堺本枕草子の研究

山中悠希
YUKI YAMANAKA

武蔵野書院

堺本枕草子の研究

——目　次——

凡例 ……ix

凡　例

一　『枕草子』の本文引用および章段番号は基本的に次のものに拠り、第九章を除いて、適宜漢字を当て、歴史的仮名遣いに改め、句読点、濁点、鍵括弧等を施した。また、読みやすいように送り仮名を適宜補い、「給」「侍」等を仮名書きにし、異体字等を通行の字体に改めた。本文に異同のある場合、あるいは明らかに意味不通の場合は、他の伝本を参照して私に校訂している箇所もある。

・堺本…林和比古編著『堺本枕草子本文集成』（私家版、一九八八年）の吉田本本文に拠る。影印版（吉田幸一編『堺本枕草子　斑山文庫本』古典文庫、一九九六年）も参照している。

・三巻本…杉山重行編著『三巻本枕草子本文集成』（笠間書院、一九九九年）に拠る。底本は陽明文庫本（甲本）、初段～七六段は岸上慎二氏蔵室町末期書写本（中邨本）。

・能因本…田中重太郎編著『校本枕冊子』（古典文庫、一九五三年（上巻）・一九五六年（下巻））に拠る。底本は学習院大学蔵三条西家旧蔵本。

・前田家本…田中重太郎編著『校本枕冊子』（古典文庫、一九五三年（上巻）・一九五六年（下巻））に拠る。ただし、章段番号は田中重太郎校註『前田家本枕冊子新註』（古典文庫、一九五一年）に拠る。

一　『枕草子』以外の作品を引用する際には、各章の末尾に引用元を明記した。

一　論中で研究論文等を引用する際には、たとえば「池田［一九三二］」のように記し、449ページからの引用文献一覧に一括して、論文名（書名）、掲載誌名、発行者名等を明記した。

序章　堺本枕草子の再検討——「再構成本」という視点——

一　はじめに

『枕草子』の本文はかつて池田〔一九三二〕の整理により各系統に分類された。その系統のひとつである堺本の本文を初めて本格的に研究したのが、楠〔一九七〇a〕所載の諸論考であった。ひろく本文を比較することで、堺本の性質を詳かにしようとした楠の研究は、『枕草子』の本文研究史に大きな功績を残したと思われる。しかしながら、そのなかで堺本は後人の「杜撰不真面目な改修」（楠〔一九七〇d〕）本と位置付けられるなど、三巻本などと比べて低く評価されることとなった。この低評価に対して、田中新一〔一九七五〕、速水〔一九九〇〕、速水〔二〇〇一〕など、堺本の初稿的な性質を主張する説も出されてはいる。とはいえ、やはり、堺本に対する現在の一般的な理解は、後世における改作本という認識に留まっている。今日、『枕草子』を扱う論考で堺本の本文にまで目を配るものは数えるほどしかない。ましてや堺本が中心的に採り上げられたり、その内容についてくわしく検討されたりすることはほとんどない。

『枕草子』の本文の問題は、『枕草子』という作品自体のありかたの問題、および『枕草子』の読者と享受の問題などときわめて密接に絡んでいる。堺本の研究が立ち後れた大きな原因に、諸本の成立の過程をめぐる議論、ならびに諸本と『枕草子』の原態との関係をめぐる議論のなかで、堺本が原態から遠いものとして退けられたという経緯がある。しかし、近年では、『枕草子』諸本の本文、あるいは異本、注釈、偽作などといった関連するテクスト群を、『枕草子』を生成・享受する活動が生み出した種々相として捉え直す見方が提示されている。なかでも、「読書行為」という観点から諸本を「動態」として捉える津島〔二〇〇五a〕所載の一連の論は、『枕草子』の諸本研究に新たな方向性を示している。また、小森〔二〇一二〕も『枕草子』の本文のバリエーションの存在を『枕草子』の享受の所産として積極的に評価し、堺本への注目をも促しており、示唆するところが大きい。小森〔二〇一二〕は、「諸々の言説を分析し、相互の関連を探ること。枕草子が個々の読者によってさまざまに読まれながら各々の時代に現象してきた様相をたどること」を「枕草子の「言説史」と名づけ」、その対象として「注釈、歌学書・歌論書、連歌論・俳論、近代以降の研究」、「偽書、江戸期のパロディー、現代語訳、外国語訳」などを挙げている。また、『光源氏物語抄（異本紫明抄）』などの鎌倉期の『源氏物語』古註釈書における『枕草子』の引用本文に、堺本系統の本文が見出されることがすでに知られているが、近年の研究成果をふまえた沼尻〔二〇〇七b〕などの論考も発表されており、『枕草子』の諸本研究の広がりが窺える。

このように『枕草子』の諸本を動的なものと見るとき、堺本は非常に重要な存在である。三田村〔一九九四〕は、当時の研究状況を「本文研究の泥沼のような呪縛から、ようやく抜け出し始めたように見える」と評し、三巻本と能因本の「両本文を対比しながら本文を読み進めることが必要であろう」と述べているが、そこでも「後代の手が加わっていることは明らかだと言われる堺本も、枕草子の非常に早い時期の「異本」として、享受論の側から論ぜらるべき本文である」と指摘されている。今後の『枕草子』の諸本研究および受容研究において、堺本の存在はいよいよ重要なポイントとなってくるだろう。しかしながら、堺本の内容そのものについては、いまだ十分な検討がなされていないのが現状である。堺本を『枕草子』の享受史のなかに位置付け直すためにも、堺本の内部を丹念に調査し、本文を精密に読み込み、再検討していく必要がある。

二　随想群検討の重要性

堺本の特徴を明らかにするためには、堺本の構成と本文表現の精緻な分析が必要になる。というのも、『枕草子』の他系統本、とりわけ三巻本・能因本と堺本とを比べてみると、まずは本文の構成と表現とが相当違っていることが容易に見て取れるからである。

構成面に関しては、堺本が「は」型類聚段、「もの」型類聚段、随想段と、内容ごとに記事が分類されていて、三巻本・能因本の構成とはまるで異なっていることがはやくから知られてきた。また、表現面については、楠〔一九七〇d〕、田中重太郎〔一九六七〕、田中新一〔一九七五〕、吉松〔一九七五〕、楠〔一九七八〕、速水〔一九九〇〕などが、堺本に使われている語句あるいは描かれている内容の異質さについて指摘してきた。ただし、これらの先行研究は、必ずしも堺本の本文全体を見据えた議論とはなっていない。たとえば、堺本は、一見前田家本と同じような「類纂形態」を取っているという理由から、前田家本と同じ「類纂本」と呼ばれるが、こまかく見ていくと、それぞれの編纂方針にはかなりの開きがある。まずは堺本の本文そのものと対峙し、その構成の論理を解明すべきであろう。また、堺本の語彙や描写を採り上げる論考は、一部を除いて七〇年代までに発表されたもので、当時の研究状況を反映して原態論や生成論を伴って行われている。よって、堺本を原態に遠いものとして否定的に見るか、逆に初稿的な要素を見出して肯定的に評価する傾向にある。現在の研究状況を取り入れた議論があらためてなされるべきであろう。さらに、ほとんどの論考は、堺本の一部の記述のみを取り出して考察を加えている。しかし、まずは堺本の本文を通読し、その全体像を捉える作業が必要であろう。局所にとらわれず、堺本の編纂の全体的な枠組みを押さえたうえで、内容も再検討されるべきと思われる。

堺本の再検討にあたって本書でとくに集中的に採り上げることになるのが、後半部の随想群である。堺本の前半部分には「は」型類聚段と「もの」型類聚段とがそれぞれ集められている。この類聚群の読みやすさと本文比較のしやすさゆえか、あるいは堺本イコール「類纂本」というイメージのなさるわざか、これまで堺本が論じられる際には、この前半部分の本文が採り上げられることが多かった。しかし、じつは、堺本の独自本文の大半は随想群に含まれている。また、堺本の随想群には、他系統本には見られないような独特の構成が認められる。「編者の意図は第二部第三部（随想群のこと――著者注）の類纂にあつたらしい」と随想群の重要性を示唆したのは楠［一九七〇d］であったが、随想群の検討こそ堺本の研究に不可欠なものと言えるのである。

本書では実際に随想群を検討することで、後世の杜撰な改作本という従来の評価に見直しを迫るさまざまな事例を確認していく。とりわけ、従来は堺本を前田家本と同じ「類纂形態」の本として横並びで把握していたが、「類纂」ということばでは説明しきれないような数々の問題が随想群の検討を通して浮上してくることは看過できない。要は、堺本を「類纂本」とする従来の見方が、かえって堺本の本質を理解する妨げとなっていたとも考えられるのであり、用語の問題をも含めて、これまでの堺本に対する認識を根本的に改めることさえも求められてくるであろう。

三 「類纂本」から「再構成本」へ

堺本が前田家本とともに「類纂本」と呼ばれてきたことは、両者の性質が同じようなものと認識される可能性が常にあったということである。実際、諸本の説明において堺本と前田家本とが一括される場面は少なくない。諸本の形式を分類した池田［一九三二］は、当初から「前田家本と堺本とは同一系統にあらず。」というまさにそのままの見出しを付けて、「前田家本と堺本及び類従本とは、分類的形式を有する所から――ただその点から同一系統であるかの如く誤解されやすい」と注意を呼びかけている。この文言自体が、諸本の分類作業によって見えなくなる重大な問題のあることを示していよう。池田［一九三二］では堺本と前田家本とが同一系統でないことの例証として、章段の数が異なること、分類形式の配列が異なること、本文に異同があること、の三点を挙げる。しかしながら、本書では、堺本と前田家本の「分類的形式」そのもの――すなわち、これまで「類纂」と説明されてきた編纂形式の方向性そのものに、まずは決定的な差異があるのではないかと考える。

「類纂」という名称の問題点については第一章にて、また堺本の編纂の特性については本書全体を通して多角的に検証していくが、ひとまず「類纂」という名称から一度距離を置いて、堺本の編纂方式を誠実に見ていく必要があると思われる。本書では堺本の編纂のありようを、堺本による再構成行為の成果と見なして、『枕草子』の生成・享受の面から積極的に捉え直していきたいと考える。すなわち、堺本を「再構成本」という独自の視点からあらためて検討しようという試みである。第一節でも確認したように、今後の『枕草子』研究では、享受の問題をめぐる議論がますます深まっていくと予想される。堺本を『枕草子』の受容、および平安文化の受容といった側面から考えることは有効な視座になってこよう。

ただし、「再構成」ということばにも限界はある。本書では従来の「類纂」という語句を相対化するためにこのような語句を選択した。「構成」ということばを用いたのは、堺本がある程度統制され、組織的に編纂されている本であることを示すためである。また、諸本の先後関係を連想させてしまう可能性を了解したうえで、あえて頭に「再」と付けた。これは、堺本にはきわめて手の込んだ統一的な編集がなされていることを明確に表したいという考えからである。むろん、突き詰めれば『枕草子』の諸本はすべてが「再構成」されたものとも言えてしまう。たとえば三巻本の跋文には「この草子」が偶然源経房の手に渡り、随分経ってから戻ってきたという記述が見える。三巻本の跋文が言うように、いくたびもの段階を経て『枕草子』が作り出されていったのだとすると、その都度編纂され更新された『枕草子』が存在したことになる。出発点――原態を定めることは『枕草子』に関するかぎり不可能であろう。ただし、堺本の場合は本文構成のありようや項目の入れ替わりなどといった全体的な構造から考えると、現在の雑纂本のようなものを材料に一貫して編纂された本である可能性が高いと思われる。よって、本書で明らかにしようとする堺本の性質は「再構成本」ということばのうちにおおよそ言い表し得ていると考える。

以上、『枕草子』の研究史と問題点を確認しながら、堺本の再検討の意義、本書における主な検討対象とその理由、および「再構成本」という新しい視点を導入することの有用性について述べてきた。本書の構成と内容は以下のとおりである。

第Ⅰ部「堺本の本文と編纂の方法」は、主に本文の構成面に焦点をあて、現存堺本がひとつの自立した作品として捉えるのに十分な要素を備えていることを述べる。具体的には、他系統本との本文比較によって、項目の流動、記事の重複といった現象が、諸本間でどのように展開しているかを分析する。堺本の構成の特徴とその機能とが明らかになろう。

第Ⅱ部「堺本の本文と生成・享受」では、主に本文の表現面について検討する。堺本の独自本文の編纂のされ方、独自表現の分析を通して、堺本の本文が一般的な『枕草子』理解からはみだすような性質を帯びていることを確認する。また、堺本の本文系統のうち宸翰本系統に分類される本文が、『枕草子』現存最古の写本である前田家本の本文と近いものであることを述べる。さらには、本書の検討をふまえた新たな本文分類案を提示する。最後に、本書で確かめ得た種々のことがらをふまえて、堺本の生成と享受の問題について考察する。

第Ⅰ部　堺本の本文と編纂の方法

第一章　複合体としての随想群とその展開性——暦日順随想群を中心に——

一　はじめに

堺本がどのように編纂された『枕草子』であるかを考えるためには、堺本の大きな特徴である類聚項目の編纂方法、重出本文のありよう、ならびに〈清少納言の中関白家讃美の記録〉という読みの枠からはみだすような記述内容などの分析が必須となってくる。とりわけ後半部の随想群の検討が重要となることは序章で述べたとおりである。

本章では、まず、従来行われてきた『枕草子』の系統分類が孕んでいる問題について確認する。また、章段区分の問題、および写本の書写形態に関する問題の検討をふまえて、堺本を前田家本と同じような「類纂本」と扱うことにより取りこぼされてきたことがらについて述べる。加えて、堺本随想群の編纂方法を分析することで、堺本が従来使われてきた「類纂本」ということばでは説明しきれないような複合的な性質をもっていることを論じる。

二　『枕草子』諸本の系統分類と「類纂」という名称

はじめに、堺本の形態を表す際に使われる「類纂本」「類纂」という語についてあらためて考えてみる。

『枕草子』の本文系統を整理した池田［一九三二］は、現存諸本を四つの系統に分類した後、以下のように述べる。

……（イ）（＊能因本—著者注。以下同）と（ロ）（＊三巻本）とは、単に外面的な編纂形式の上から見ると雑纂的であると云ふ点に於て一致し、(ハ)(＊前田家本)と(ニ)(＊堺本)とは同じく分類的であるといふ点に於て一致する。しかし大まかな編纂形式の類似といふ事は、決して本文系統の一致といふことを意味しない。

表現する。池田［一九三二］は、三巻本と能因本の「外面的な編纂形式」を「雑纂的」、堺本と前田家本のそれを「分類的」と表現する。気を付けたいのは、直後で「大まかな編纂形式の類似といふ事は、決して本文系統の一致といふことを意味しない」と注意を促す文章になっていることである。つまり右の文章はあくまで形態上の特徴の「類似」を指摘したまでであり、それ以上の意味は帯びていない発言であるとひとまず理解してよいと思われる。

「雑纂」と「類纂」ということばを対比的かつ固定的に使用したのは、楠［一九七〇d］が最初のようである。論中では「前田家本、堺本ともに整然たる類纂形態本（傍点著者）」という書き方がされており、雑纂形態の三巻本と能因本、それに対する類纂形態の前田家本と堺本、という図式が強く押し出されている。この見方はその後も基本的に変わらず、後年の論考である楠［一九七五］においても「この四系統は、さらに類纂形態本と雑纂形態本の二類に分類できる（傍点著者）」というような書き方がなされている。

加えて、楠［一九七〇d］は、「堺本は所謂類纂形態本であつて前田家本形態の根拠になつたものであるが大体三部に類纂されてゐる」、堺本の「分離接合の作為は常に雑纂本を類纂する目的のためである。此の改修の際の整理作業は前田家本に到つて更に緻密となる」というように、堺本の編纂形式が前田家本に受け継がれてさらに細密化したのだと説明する。前田家本と堺本とをいわば一直線上に位置付けようとしているのである。

これは、前田家本が能因本と堺本の整理校合本であるという楠［一九七〇d］自身の研究成果に基づいた見解と考えられる。また、楠［一九七〇d］自身が「雑纂形態本と何れが良き系統であるかを吟味したい」と表明しているように、当該論文ひいては当時の研究動静において、諸本を比較し優劣を論じることに眼目が置かれていたことも大きく関係しているだろう。その結果、楠［一九七〇d］は堺本の編纂状況について「……態度は前田家本の方が遙に穏当であつて、堺本編者の態度は何れも類纂に拘泥して大胆杜撰を極めるもの」と評している。
これ以降に確認できる『枕草子』の諸本の分類と形態への言及のうち、主なものを見てみると、たとえば田中重太郎［一九六七］は「かくて、1（＊能因本）と2（＊三巻本）とは雑纂的、3（＊前田家本）と4（＊堺本）とは類纂的であるとはいえよう」と、形式上の共通点はひとまず認めつつも、慎重な姿勢を見せている。一方、次に引用する岸上［一九七〇c］、柿谷［二〇〇二］のような押さえ方もある。

・池田博士によつて、系統論としては、二種四系に別つべきことが確立され……　（岸上［一九七〇c］）

・はやく池田亀鑑博士によって、四系統二種類に分類せられて以来、この分類がほぼ定説と認められている。…〔中略〕…これをその後の研究の成果等を考慮に入れて示し直すと、

一　雑纂形態　1三巻本系統諸本（安貞二年三月奥書本系統諸本）
　　　　　　　2伝能因所持本系統諸本
二　類纂形態　3堺本系統諸本
　　　　　　　4前田家本

となろう。…〔中略〕…諸本は123の三系統であったとする考え方も可能であるが、前田家本の書写年代の古さと天下の孤本であることから、しばらく四系統二類としておく。　（柿谷［二〇〇二］）

これらのまとめ方は「雑纂形態」と「類纂形態」とを二項対立的に押さえて、その下に四つの本文系統が属しているような捉え方になっていると思われる。

先に確認したように、池田［一九三二］は諸本分類の折、「雑纂的」と「分類的」という語でそれぞれの本の形態の特徴を説明した。しかし、それはあくまで「外面的な編纂形式」に関する言及であり、本文自体の遠近とは無関係であると繰り返し念を押していた。二つの形態を対立項的に捉えた楠論文では、その方法は論の目的と深く関わってい

た。これらの研究の経緯がその後まとめられる過程で単純化・図式化されてしまったところに問題があるのではないかと思われる。

さて、『枕草子』の諸本本文をめぐる議論が優劣論や成立論から離れた近年でも、堺本は「類纂」形態であること、あるいは前田家本との関係において注目されている。

たとえば、津島［二〇〇五b］は、諸本の「にげなきもの」の段を比較検討するなかで、前田家本を「堺本の類集行為をさらに徹底させたひとつの究極の姿」であると捉える。また、永井［一九九九］は、

三巻本の場合は、萩谷朴氏のごとく配列そのものを重視し連想による配列と見るならば、構造体としての作品は全体性が強調されることとなり、章段という切り口自体の概念も異なるはずである。類纂本の場合は、「類」としての各章段内容の把握が重視される。

と述べる。確かに、記事をいったんばらして内容ごとにまとめ直すというような類纂本の製作過程を想像すると、「章段」というような単位が、雑纂本よりも強く意識されているはずだと予想されてくるだろう。

しかしながら、堺本には必ずしもそうではない部分が見出せる。堺本は「類纂本」でありながら、その随想群において、永井［一九九九］が三巻本の特徴とした「全体性」にも似た、むしろそれ以上の、ある種の統一性を備えているると捉えられるのである。以下、そのような堺本の随想群について考察したい。

なお、本章の目的は、「個々の章段を集める」という従来の「類纂」の認識を超えた、堺本随想群のありようを明らかにすることだが、便宜上、ひとまず通行の章段区分と章段番号を用いて説明していくことを断っておきたい。

三　堺本随想群の編纂方法

堺本随想群の前半部は、季節や年中行事にまつわる随想的記事が一月一日から時系列順に並べられている。大晦日

の記事以降は雪の話題などが交じりつつ、ゆるやかに人事に関する随想へとつながっていく。次に挙げる【堺本本文1】は一月の部分の引用である。続けて挙げる【参照本文1】㋑、同㋺は、三巻本の該当本文を抜き出したものである。なお、能因本・前田家本の本文異同については必要に応じて適宜触れることとする。

【堺本本文1】堺本随想群・一月の部分（堺本一八八段）

正月一日《ついたち》に、空のけしきもうららかにかすみわたりて、目のうちつけに、よろづめづらしく見なさるるこそ、をかしけれ。…〔中略〕…七日の日は、雪間《ま》の若菜《わかな》摘み出でつつ、例は、ことに、さやうなる物も、目に近からぬ所にももてさわぎあつかひたるこそ、をかしけれ。…〔中略〕…八日は、人のよろこびして走らする車どもの音、常よりもことに聞えて、いとをかし。Ⓐ十日のほど、空のけしきは雲のあつく見えながら、さすがに日はけざやかにさしたるに、…〔中略〕…十五日には、もちかゆの節供《せく》まゐり、かゆべらひき隠しつつ、家の君達《きむだち》、若き女房どもうかがふを、打たれじと用意して、常にうしろを心づかひしたるけしきども、をかし。…〔中略〕…Ⓑつごもりになりて、除目のほどなど、いとをかし。……

（堺本一八八段）

【参照本文1】三巻本三段・一三九段（堺本一八八段に該当）

㋑　正月一日は、まいて空のけしきもうらうらとめづらしう、かすみこめたるに、…〔中略〕…ⓑ除目のころなど内《うち》わたりいとをかし。……

（三巻本三段）

㋺　ⓐ正月十余《よ》日のほど、空いと黒うくもりあつく見えながら、さすがに日はけざやかにさし出でたるに、……

（三巻本一三九段）

【堺本本文1】に挙げた堺本の一月の随想部分の内容は、おおよそ、【参照本文1】の㋑に挙げた三巻本三段「正月一日は」の段の内容と重なる。ただし【堺本本文1】の傍線（A）「十日のほど」と、（A）以下波線を引いた部分は、【参照本文1】の㋺に挙げた三巻本一三九段「正月十余日のほど」の段に相当し、三巻本では別の章段として離れて存在するものである。堺本はそれを一月の話題のひとつに取り入れてまとめている。(1) このように、他系統本では散在している記事が、月日の順に整理されて並べられているのが堺本随想群の基本的な特徴であるが、その配列に妥当性を与え、文の運びをもなめらかに整えていくような表現上の工夫がさまざまな箇所に見られて、単なる羅列に終わっていないところに注意したい。

一例として、月日を示す語句に注目してみたい。【堺本本文1】中、日付を示す語句に傍線を施してみると、正月一日から始まって、七日、八日、……と、以下日を追うかたちで記事が進んでいくことが確認できる。これらの日付を示す語句のうち（A）、（B）と記号を付した二箇所は他系統本と書き方が異なっている。傍線（A）、（B）は【参照本文1】の傍線（a）、（b）に対応するが、それぞれ比較すると堺本は傍線（A）を「十日のほど」とすることで「正月」という語句の重複を避けており、また傍線（B）では「つごもりになりて」というふうに具体的な日付けを示している。(2) このように語句が整えられることで堺本の一月の記事は統一的に並べられている。堺本が前後の統制を意識して構成されていることのあらわれと考えられよう。

次に挙げる【堺本本文2】は、四月、五月の部分の抄出である。少々長い引用となるが、賀茂祭に備えた衣装の準備、祭見物の様子と批評、還さ見物、さらに車にまつわる随想的な内容が続く箇所である。

【堺本本文2】堺本随想群・四〜五月の部分（堺本一九〇〜一九九段）

(C) 四月のころもがへ、いとをかし。…〔中略〕…祭近うなりては、青朽葉《あをくちば》、二藍《ふたあゐ》などやうなるものども、細櫃《ほそびつ》に入れ、包みに包み、もしは紙ひとひらばかり、けしきばかり押し巻《ま》きなどしつつ、持てありき行《い》き違《ちが》ふも、いとをかし。……（堺本一九〇段）

よろづよりも、わびしげなる車に装束《さうぞく》はなくて物見る人、いといともどかし。…〔中略〕…さて、ただのけにのけさせて、そこらの車をみなながら立てならべつるこそ、いとめでたけれ。一《いち》の御車をばさるものにて、次々乗りたる人どもも、いかにめいぼくありておぼゆらむと思ひやる。追ひのけられつるえせ車どもの、いづくにかあらむ、牛かけてゆるがし行《ゆ》くこそ、いとあはれなれ。なりよくきらきらしげなるをば、いとさしもえせずかし。……

（堺本一九一段）

(D)なほ見るに、かへさこそ、まさりてをかしけれ。…〔中略〕…げに、われひとり心のどかにと思へど、人はさも思はぬにやと、いとうたてあやふき事もありぬべければ、なほ異方《ことかた》よりと、責《せ》め言ひてやらする道は、むげの山里の道めきて、いとあはれなり。うつぎの垣根をわけ行《ゆ》けば、枝どもいと荒々しく、おどろがましげにてさし入るを、いそぎてとらへむとするに、いととく過ぎ行《ゆ》くや。また、花すくなきはあれど、人してすこし折らせて、葵《あふひ》かつらの枯葉《かれは》見えたるがくちをしきに、さしくはへたるも、をかしうおぼゆ。遠きほどは、えも通《とほ》るまじう見ゆるも、さきの近くなりもて行《ゆ》けば、さしもあらざりけるこそをかしけれ。誰《たれ》とも知らぬ男車の、しりにひきつづきて、むごに来《く》るもをかしと見るほどに、引きわかるる所にて、「峰にわかるる」と言ひたるこそ、をかしけれ。

（堺本一九二段）

Ⅰ　(E)節は、五月五日にしくはなし。…〔中略〕…夕暮《ぐれ》の郭公《ほととぎす》、うち名のりて行《ゆ》くも、すべてをかし。

（堺本一九三段）

(F)同じころ、雨降りたるにもまさらねど、あさはかなる赤衣《あかぎぬ》着たる者の、草のいと青《あを》きをしりさきにうるはしく切りたるやうにして、持《も》て行《ゆ》くこそ、をかしけれ。

Ⅱ　(G)世の中なべて青く見えわたるに、所々うるはしくはあらぬ垣根どもに、卯の花の枝もたははに咲きかかりたるなどよ。

（堺本一九四段）

Ⅲ　また、さやうなる道のいとほそきを行《ゆ》くに、上《うへ》はつれなく草の生ひしげりたると見ゆるを、たたざまにながながと行《ゆ》けば、下《した》はえ知らざりける水の、深くはあらぬが、さらさらと、人の歩むにつけてなりつつ、とばしりたる、いとをかし。そばなりける蓬《よもぎ》の押しひしがれたりけるが、輪《わ》のまひたりけるに起き上がりて、ふとかがえたるも、いとをかし。

Ⅳ　さて、行《い》きもて行《ゆ》けば、高き木どもなどある所になりて、郭公《ほととぎす》のいとらうらうじうかどある声にうち鳴きたるは、あないみじと、心さわがしくおぼゆかし。（堺本一九五段）

いと暑きほど、夕涼みといふほどの、物のさまなどおぼめかしきに、男車のさき追ふは言ふべきにもあらず、ただの人もしりの簾《すだれ》あげて、一、二人も乗りて走らせ行《ゆ》くこそ、いと涼しげなれ。…〔中略〕…また、さやうなるをりに、牛のしりがい、あやしうかぎ知らぬさまなれど、うちかがえたる、をかしきこそ物ぐるほしけれ。また、いと暗う闇なるに、先にともしたる松の煙《けぶり》の香《か》の、車のうちへかがえ入りたるもをかし。（堺本一九六段）

月のいと明かきに、川をわたれば、牛の歩《あゆ》むままに、水晶《すいさう》をくだきたるやうに水の散りたるこそをかしけれ。下簾《したすだれ》を高やかに押しはさみたれば、車の轅《ながえ》はいとつややかに見えて、月のかげのうつりたるなどいとをかし。行《い》きつくまでかくてあれかしとおぼゆ。（堺本一九七段）

五日の菖蒲《しやうぶ》の、秋冬よくあるが、いみじう白《しら》み枯れてあやしきを、引き取りあけたるそのをりの香《か》の、同じやうにかがえたる、いみじうをかし。（堺本一九八段）

よくたきしめたる薫物の、昨日《きのふ》、一昨日《をととひ》、今日《けふ》などはうち忘れたるに、衣《きぬ》を引《ひ》きあけたれば、煙《けぶり》の残りて、いとかうばしう、ただいまのよりはめでたくこそおぼゆれ。（堺本一九九段）

（六月はつかばかりの、いみじう暑きに、……（堺本二〇〇段））

ここでも堺本の記事は時系列順に整理されて並べられている。参考として、他系統本における該当本文の位置を三巻本を例に簡単に示すと次のようになる。

〈堺本一九〇段〉……………三巻本三段の一部に相当。
〈堺本一九一段〉……………三巻本二二二段に相当。

〈堺本一九二段〉…………三巻本二〇七段の一部に相当。
〈堺本一九三段〉…………三巻本三七段に相当。
〈堺本一九四〜一九六段〉……三巻本二〇八〜二一〇段に相当。
〈堺本一九七段〉…………三巻本二一七段に相当。
〈堺本一九八段〉…………三巻本二一五段に相当。
〈堺本一九九段〉…………三巻本二一六段に相当。

堺本の配列と表現とが密接に関係している例として、まず【堺本本文2】の堺本一九二段「なほ見るに、かへさこそ」の段に着目したい。右に示したように当該段は三巻本では二〇七段「見物は」の段の一部に相当する。具体的には、三巻本では「見物は」の段に含まれる還さ見物の記事が、堺本では「見物は」から分かたれて、四月の賀茂祭見物の記事に続くかたちで置かれている。次に三巻本本文を挙げる。

【参照本文2】三巻本二〇七段（一部が堺本一九二段に該当）

（見物は　臨時の祭。行幸。祭のかへさ。御賀茂詣で。…〔中略〕…）

(d)祭のかへさ、いとをかし。…〔中略〕…

内侍の車などのいとさわがしければ、異方《ことかた》の道より帰れば、まことの山里めきてあはれなるに、うつぎ垣根といふものの、いと荒々しく、おどろおどろしげにさし出でたる枝どもなどおほかるに、花はまだよくもひらけ果てず、つぼみたるがちに見ゆるを折らせて、車のこなたかなたにさしたるも、かつらなどのしぼみたるがくちをしきに、をかしうおぼゆ。いとせばう、えも通《とほ》るまじう見ゆる行く先を、近う行きもて行けば、さしもあらざりけるこそをかしけれ。

（三巻本二〇七段）

【堺本本文2】の堺本一九二段の傍線（D）「なほ見るに、かへさこそ、まさりてをかしけれ」と、【参照本文2】

の傍線（d）「祭のかへさ、いとをかし」とを比べると、【堺本本文2】（D）の「なほ見るに、かへさこそ、まさりてをかしけれ」という言い方は堺本特有のものであるが、（3）これは直前の賀茂祭の記事を受けた言い回しであり、堺本のような配列においてのみ有効な表現である。このような接続部の効果で前後の記事が連続性をもつよう調整されている点に注意したい。

【堺本本文2】一九〇段の傍線（C）「四月のころもがへ」、一九三段の傍線（E）「五月五日」も同様の例である。三巻本の対応箇所を次に挙げる。

【参照本文3】三巻本三段（一部が堺本一九〇段に該当）

（c）四月、祭のころ、いとをかし。……（三巻本三段）

【参照本文4】三巻本三七段（堺本一九三段に該当）

（e）節は、五月にしく月はなし。……（三巻本三七段）

三巻本の（c）「祭のころ」、（e）「五月」といった表現に比べ、堺本は（C）「四月のころもがへ」、（E）「五月五日」と限定的な日付を示し、その日付順にならって配置されているのである。続いて【堺本本文2】の一九四段〜一九六段に該当する三巻本本文を挙げる。

【参照本文5】三巻本二〇八〜二一〇段（堺本一九四〜一九六段に該当）

（g）五月ばかりなどに山里にありく、いとをかし。草葉も水もいと青く見えわたりたるに、上《うへ》はつれなくて、草生ひしげりたるを、ながながとたたざまに行けば、下《した》はえならざりける水の、深くはあらねど、人などの歩むに、走り上がりたる、いとをかし。

左右《ひだりみぎ》にある垣にあるものの枝などの車の屋形などにさし入るを、いそぎてとらへて折らむとするほどに、ふと過ぎてはづれたるこそ、いとくちをしけれ。蓬の、車に押しひしがれたりけるが、輪のまはりたるに、近ううち

（三巻本二〇八段）

かかりたるもをかし。

いみじう暑きころ、夕涼みといふほど、物のさまなどもおぼめかしきに、男車のさき追ふは言ふべきにもあらず、……
（三巻本二〇九段）

（f）五月四日の夕つかた、青き草おほく、いとうるはしく切りて、左右《ひだりみぎ》になひて、赤衣《あかぎぬ》着たる男《をのこ》の行くこそ、をかしけれ。
（三巻本二一〇段）

【堺本本文2】一九四段の傍線（F）「同じころ」は、対応する【参照本文5】の（f）「五月四日の夕つかた」に比べてぼかされたような言い方であるが、前段の「五月五日」に後続する点で齟齬がなく、かつ「五月」の語を重複させずにおさまる文言になっている。同じく【堺本本文2】一九四段の傍線（G）も、【参照本文5】の（g）のようであれば「五月」の語や場面の説明などの重複が生じるが、それをうまく省いたような文章になっている。堺本におけるこれらの独自本文は、総じて記事の前と後とをなじませる役割を果たしており、随想群全体に一種の連続性をもたらしていると考えられる。

さて、このように堺本では月日ごとに並べられた記事同士が連絡し合っているのだが、それと並行して、【堺本本文2】の周辺は車にまつわる話題群としても連続性を保っている。すなわち、一九〇～一九二段で祭見物に出発し、還さ見物の後、「山里の道め」く道を進んでいくという具合に車に乗っている場面が続き、一九三段は五月五日の節句の話ということで趣が異なるものの、一九四段以降はまた車に乗って山道を進んでいくという内容になる。さらに一九六、一九七段まで車にまつわる話は続くのであるが、この二つの段の配置は興味深い。二つの段の時節に関して、一九六段は「いと暑きほど、夕涼みといふほど」、一九七段は「月のいと明かき」ころと書かれるのみであり、具体的な月の明示がないので、少なくとも月日の順という点では、両段が五月のこの箇所に置かれる絶対的な必然性はない。むろんこれらの段が雑纂本においても五月の話題と前後して出てくること、一九六段が盛夏の夕暮れ時、一九七段が月の中頃と推察されることなどから、配置の妥当性はある程度了解できるかもしれないが、五月の記事群の別の箇所に置かれる可能性、他の月の話題として置かれる可能性、あるいは随想群以外の箇所に置かれる可能性もあったはずである。それが「五月」の区分のこの箇所に配置されることで、一連の車の記事と連動する話題として機能し、車をさらに前進させる——すなわち話題を進行させてゆくのである。

このように見ていくと、時系列順に並んだ堺本の随想群が、時間の推移と平行して話の内容も連結し展開するように整えられている姿が浮かび上がってくる。今回採り上げた箇所では車にまつわる話題が集められることでゆるやかな連続性を保っているのだが、堺本のみを目の前にして読むかぎり、その文章はよどみない。たとえば【堺本本文2】の一九二段の波線部「むげの山里の道めきて、いとあはれなり。うつぎの垣根をわけ行けば、枝どもいと荒々しく、おどろがましげにてさし入るを、いそぎてとらへむとするに、いととく過ぎ行くや」という場面に、三巻本で対応する文章を探すと、【参照本文2】の三巻本二〇七段の波線部と、【参照本文5】の三巻本二〇八段の波線部の二箇所が指摘できよう。【参照本文5】の三巻本二〇八段で捕らえようとした枝は「ものの枝」とあり、卯の花とは限定していないが、堺本は【参照本文2】と【参照本文5】の波線部をひとつに合成したような文章で、五月の山里の道におけるワンシーンを形作っている。このような手の込んだ融合的文章をも交えながら堺本随想群の四、五月は展開し、ひとつの大きなまとまりを形成している。言ってみれば、前進する牛車とともに、周囲に展開する風景を追うように従って、『枕草子』に描かれている物見や外出の各場面を順々に展覧できるような、凝った趣向になっていると思われるのである。雑纂本でも似通った内容の段がまとまって出てくる例、内容に多少の連続性が備わっている例はある。だが堺本の場合はより配列が整えられて一連の内容も無駄なく整理されている。いわば『枕草子』の随想的記事がひとまとまりの完成体として仕上がったひとつのかたちと捉えられるのではないだろうか。第四章にて論じる、堺本に明らかな重複記事が見られないという特徴もその裏付けとなるように思われる。なお、随想群の内容がつながっていく道筋は一本とは限らず、多く複線的である。たとえば【堺本本文2】の場合は、「蓬」、「牛のしりがい」、「松の煙の香」、「菖蒲」、「薫物」など一九五段あたりから嗅覚、香りにまつわる言及が繰り返し現れ、一九八段、一九九段にまで派生していく。この二つの段は厳密に言うと五月の出来事ではないので、前田家本などでは別箇所に置かれているが(4)、堺本では香りの話題を引き継ぐかたちで連携する仕組みになっていると思われる。このように五月の随想群の一帯は、先に確認したような車の話題群としてまとまっていると同時に、香りの話題群という脈絡も通じているのである。

四　堺本随想群の複合性

堺本随想群の連続性を別の面から示すのが、堺本一九四段「同じころ」の段と堺本一九五段「また、さやうなる道のいとほそきを行くに」の段の章段区分の問題である。【堺本本文2】に挙げた堺本一九四段、一九五段に対応するのは、三巻本では【参照本文5】に挙げた三巻本二〇八段、二一〇段である。異同が多い箇所ではあるが、本文を厳密に比較すると、【堺本本文2】の堺本一九四段のうちⅡ段落とした部分、「世の中なべて青く見えわたるに……」以下の部分は、堺本一九五段のⅢ段落と合わせて、【参照本文5】の三巻本二〇八段の内容に相当する。つまり、堺本一九四段のⅡ段落は本来堺本一九五段に入るものであり、正確にはⅠ段落が堺本一九四段、ⅡからⅣ段落が堺本一九五段となるはずである。しかし現行の章段区分ではずれてしまっている。

『堺本枕草子本文集成』（林［一九八八］）の章段区分は、『校本枕冊子』（田中重太郎［一九五三〜七四］）の区分に拠っており、『堺本枕草子評釈』（速水［一九九〇］）もこれを踏襲している。言うまでもなく、現行の章段区分はあくまで現代の解釈に基づいて便宜上作られたものだが、この境界線のずれも、堺本の文章が他系統本のどこに相当するのか一見わかりにくいほど、自然なつながりを保っていることのあらわれだと思われる。

堺本の本文の区切り方の問題を考えるにあたって注目したいのが、林〔一九七九b〕が行った『枕草子』の伝本における文章の改行状況の調査である。調査の結果、林〔一九七九b〕は『枕草子』の随想段、回想段が本来改行・切れ目のまったくない「追込み書き」で書かれていたと結論付けている。林論はその後『枕草子』の原態を論じる方向へと展開するため本書の意図とは異なる。しかし、堺本の随想段、回想段が、古い写本ではほとんど改行されずに書かれていることが指摘され、尊経閣蔵の堺本を対象とした調査ではその比率が九十三パーセントという高い割合を示していることは重要と思われる。尊経閣蔵の堺本には欠脱箇所があるため、今回、堺本の現存最古の古写本とされる吉田本の写真版（吉田〔一九九六〕）を用いて私に調査してみたところ、ほぼ一〇〇パーセント改行がないことが認められた。正確には九十五段中八十八段に改行が見られず、残りの七段は前の段が行の終わりに収まったため、次の段の冒頭が行の頭に来たものである。この前の段の行末部分と次の段の行頭部分には空白がないので、改行のない「追込み書き」に準ずるものと見なして数に入れると一〇〇パーセントとなる。あるいは残りの七段を除いた場合でも、改行されない率は九十三パーセントとなり高率であることに変わりない。重要なのは、堺本の随想群は、眼前の古写本によれば、本来的にはことさら区分されていないようにひとまず見える書き方で書かれているということである。前田家本では改行される割合のほうが圧倒的に高く、林論文によれば、改行率は八十六パーセントであるという。現在どちらも類纂本と呼ばれる前田家本と堺本であるが、両者の差異はこのような面からも明らかであり、堺本の古写本における随想群の連綿とした文章の特異なありようが窺えよう。

本章では、堺本の随想群の連続的なありようにまつわるさまざまな問題点を採り上げてきた。我々が通常「類纂本」と認識する際には、個別の記事を集めて作られた本という意味で、記事を区切って捉えることにあまり疑問をもたないように思われる。しかしながら、堺本の随想群はそういった切れ目を意識させない。むしろ章段という単位を越えて、各々の記事が強く結び付き合った複合体として捉えられるような構成になっているのである。堺本の随想群を章段という細切れの単位で認識し、その集合体としての章段群と捉えるだけでは不十分と言えよう。このような性質は、従来の「類纂本」という認識、また「類纂」ということばでは説明しきれないものである。たとえば「再構成本」のような表現のほうが実態に近いのではないか。

先に前田家本との差異について少し触れたが、今回堺本の随想群に関して指摘したような特徴は、前田家本にはほとんど当てはまらない。前田家本は「は」型章段、「もの」型章段、随想的章段、日記的章段がそれぞれ一巻ずつに集められている。随想的章段の巻は一月から十二月まで季節ごとに章段が並んでいるが、その配列は堺本と大きく異なっており、本文上の異同も多い。

本章で検討した箇所を例に簡単に見ておくと、たとえば堺本で寺社参詣の記事群にある「正月に寺籠りしたるは」の段（三巻本一一七段「正月に寺に籠りたるは」の段に相当）を前田家本は一月の箇所の最後に置いている。この段は比較的長文のためかなり体裁が異なってくるうえ、「正月」の語の重複という点でも、本章で確認してきた堺本の特徴とずれてくる。四、五月の箇所も堺本とかなり異なっている。配列を簡単に図式化して挙げると以下のようになる。

〈前田家本二〇〇段〉四月、ころもがへ、いとをかし　……堺本一九〇段に相当。
〈前田家本二〇一段〉よろづよりわびしげなる車に　……堺本一九一段に相当。
〈前田家本二〇二段〉五月ばかりに、山里にありくこそ　……堺本一九五段に相当。
〈前田家本二〇三段〉五、六月の夕つかた　……堺本一九四段に相当。
〈前田家本二〇四段〉しのびたる人の通ふには　……堺本二〇六段に相当。
〈前田家本二〇五段〉いと暑きほど、夕涼みといふほどの　……堺本一九六段に相当。

堺本では一九二段として賀茂祭の後に置かれていた還さ見物の記事は前田家本では四月の箇所に組み込まれることなく、「見物は」の段の一部として類聚的章段の巻に収められている。同じく堺本一九三段「節は、五月五日にしくはなし」の段に相当する段も前田家本では「節は」の段として類聚的章段の巻に収められる。一方、前田家本は二〇五段「いと暑きほど」の段の前に「しのびたる人の通ふには」の段を置いているが、この内容を堺本ではもう少し後方の夏の男女の様態を描く話題群に置いている。このように配列はお互いに異なっているうえ、前田家本には、堺本の随想群に複合的な性質を与えていたような本文上の異同が現れていない。前田家本の問題についてはあらためて総合的に検討する必要があり、ここでこれ以上踏み込むことはしないが、編纂の特徴と指向性において、堺本と前田家本との間には大きな隔たりがあることを押さえておきたい(5)。

五　おわりに

堺本の随想群に見える独特の緻密な編纂のありようからは、堺本なりの「再構成」への強い意欲を看取することができると思われる。同じような事例は前半部の類聚的章段群を含めて堺本全体にわたって指摘できる。他系統本に比べて堺本に多く項目・記事の移動現象が見られる点などもそのあらわれと言えよう(6)。

ところで、堺本は、前半部の類聚的章段の集合箇所が一見特徴的で注目されやすく、論じられる際も主に前半部が念頭に置かれる傾向にあった。ゆえに受容面においても歌語・歌枕集的な性質、和歌の方面での利用などが想定されやすかったと思われる。確かに想定される享受相の一面ではあろうが、一方で『枕草子』の歌学における評価、利用の実態の程度についてはなお慎重に構える必要もあり(7)、また今回の検討によって、前半部のみを見ただけは堺本を十分把握し得ないことが明らかになった。今後は、堺本の全体的な編纂上の特徴をふまえたうえで、享受の問題をあらためて考える必要があろう。

たとえば実際に堺本の随想群を読んでみると、『枕草子』に収録されている四季折々の記事を一望し、時系列順に追うことができる。また、似た話同士が結合されて、重複のないすっきりとした内容となり、把握しやすくなっていると思われる。さらに堺本の随想群の特徴として、各所に話題を批評的に総括するような文章が挟み込まれていることがある。本章で採り上げた四、五月の箇所を例にして挙げると、堺本一九一段の末尾部分に、物見の際の注意点をまとめる次のような文章がある。

……なほ、さやうにあなづられならむほどの物見は、とどめつべし。まことに、何事もいみじくしたてたりと見えながら、ひなびなしからぬは、いとしるし。うつくしきちご出だしすゑたるこそ、をかしけれ。にくげなるは見苦し。何事も人がらことがらに、すこしはよるべきにや。（堺本一九一段）

これは三巻本や能因本には見られない評言である。このような評言を伴って展開する堺本の随想群のありようは、物見のエピソードを通観したうえで、「さやうにあなづられならむほどの物見は、とどめつべし」というような、その際の心得まで学ぶことができる参考書的な性質をも帯びていると捉えられてくるのではないだろうか。本書第五章では、男性に関する随想群について検討し、堺本は独自の構成と表現によって、理想の男性像をより実態的に浮かび上がらせていること、その記述が男性批評的に読まれた可能性などを論じているが、ここにも、随想的記事をなだらかに統合していくとともに、ある一定のメッセージ性が押し出されてくるような編纂の方向性を読み取ることが可能ではないかと思われる。『枕草子』という作品そのものの参考書的享受については久保田［一九六七］などに指摘がある。しかしながら、堺本のような本のありようにこそそういった享受の側面が見て取れるのではないかと思われるのである。

また、今回見てきたような堺本の完成度を考えると、誰かに見せること、読まれること、進呈することなどを前提に作られた可能性も十分あるのではないかと思われてくる。堺本の成立は、少なくとも前田家本の生成よりも前だとすると、遅くとも鎌倉中期以前となる。院政期から鎌倉期にかけての古典学などの学問の動向と連動させて位置付けることが重要となろう。『光源氏物語抄（異本紫明抄）』における引用例の他に堺本の有力な享受資料が残っていないため、堺本の具体的な成立時期や場所を特定することは現時点では困難と言わざるを得ないが、学問と編集行為の面で参考となり得る『源氏物語』梗概書の生成史、あるいは私家集の部類状況などを参看してみると、平安の終わりごろから鎌倉初期の一連の時代的文化的背景を受けたものとしては比較的早い段階で発生した、達成度の高い「再構成本」として、堺本を捉え直すことができるのではないかと考えられるのである。(8)

注

（1）能因本は三巻本と同様、前田家本は堺本と同様の体裁を取る。

（2）能因本、前田家本における異同は以下のとおりである。傍線（A）「十日のほど」相当箇所…能因本「正月十日」、前田家本「十日のほど」。傍線（B）「つごもりになりて」相当箇所…能因本・前田家本ともにナシ。

（3）能因本「祭のかへさ、いみじうをかし」。前田家本「祭のかへさ、いとをかし」。なお、前田家本は堺本のような還さ見物の記事を賀茂祭の後に組み込む配列になっておらず、雑纂本と同じような「見物は」の段の一部としてある。

（4）三巻本・能因本では両段の直後に「月のいと明かきに、川をわたれば」の段があり、これら三段が本来的にもまとまっていた可能性はあるが、より有機的な配列という点で堺本の配置は注意されるべきものと考える。

（5）前田家本の場合は堺本とは別の編纂への指向性をもっていると言える。第四章でその一面を検討する。

（6）本書第二章、第三章を参照。

（7）たとえば浅田［二〇〇一］は「『枕草子』が院政期以降の歌学・歌論に与えた影響は少ない」とし、「むしろ一条期の優雅な宮中生活の記録としての意義が重要であったと考えられる」と述べる。

（8）あらためて第十一章にて見解をまとめている。

第二章　項目の流動と表現の差異――『枕草子』諸本間の比較から――

一　はじめに

第一章では、「類纂本」と認識するのみでは見落とされてしまう堺本のさまざまな特性について論じた。本章では、『枕草子』の諸本間における項目の流動現象を分析することで、堺本の特徴に迫ってみたい。

「遠くて近きもの」の段と「近くて遠きもの」の段には堺本の本文の特殊性がわかりやすく現れており、採り上げられることが多い。次に堺本と三巻本の本文を挙げる。

【堺本本文】

遠くて近きもの　極楽。鞍馬のつづらをり。師走のつごもりと正月の一日と。宮のべの祭。（堺本一三〇段）

近くて遠きもの　思はぬはらからの仲。女男《めをとこ》もさぞある。舟の道。（堺本一三一段）

【三巻本本文】

近うて遠きもの　宮のべの祭。思はぬはらから、親族の仲。鞍馬のつづらをりといふ道。師走のつごもりの日、正月《むつき》のついたちの日のほど。（三巻本一六〇段）

遠くて近きもの　極楽。舟の道。人の仲。（三巻本一六一段）

堺本の項目は他本と大きく入れ替わっている。当該箇所を、かつて楠［一九七〇d］は「内容が全く混乱してしまつて全く出鱈目な本文」と評した。楠は、堺本を扱う論考をその後も複数発表しているが、堺本を後人の杜撰な増補改作本とする態度はほぼ変わっていない(1)。その後も堺本を後世の改作本とする説がおおよそ是とされてきた(2)。他方、この部分を「自由な精神に基づいた創造的な受容」とする小森［二〇一二］の見解が先ごろ出されている。『枕草子』の類聚の問題に関しては、異本化を作品の現象として肯定的に捉え、その底流にある原動力を主張する津島［二〇〇五ａ］の諸論考もある。『枕草子』の本文をめぐる議論は、こうした近時の一部の議論を除くと、常に成立論と密接して行われていた。よって、原態を残すか否かが評価の基準となり、堺本が批判的に捉えられていたふしがある。しかし、序章でも述べたとおり、これからは成立論と優劣論からひとまず離れて『枕草子』諸本の本文を捉えていく必要があろう。

先に挙げたような列挙項目の入れ替わりは堺本の随所に見られる。よって、この入れ替わりは堺本全体に通底する論理のもと行われているのではないかと想像されるのであるが、全面的な調査はいまだになされていない。そこで、本章では、堺本と他系統本の各章段における項目・記事の流動の様相を、堺本を中心に整理してみたい。具体的には、堺本と他系統本との間で記事の出入りが見られる例を四つのパターンに分類して表に示し、考察を行っていく。従来の研究では、こういった整理は堺本以外の本文を中心にまとめられることが一般的であった。また、一部の章段間のみの比較をもとに議論されることが多かった。本章では、堺本を中心に整理することで、堺本を軸とした『枕草子』の本文世界を浮かび上がらせていく。また、本文全体を調査の対象とし、記事の流動相の全容を解明する。また、本章では、諸本の優劣や成立の先後は一旦おいて、それぞれが『枕草子』として読まれてきたものとして同列に四種の本文を扱うこととする。問題の性質上どうしても先後関係と連動して考えざるを得ない面もあるが、まずは本文を可能なかぎりフラットに見るよう心がけている。

二　堺本と他系統本間における項目流動の様相

（1）堺本のある項目が、他系統本では異なる章段に含まれるもの

【表（1）】

例	堺本	三巻本	能因本	前田家本	項目内容（抄出）
1	94雲は	236日は	227日は	7日は	「薄黄ばみたる雲」
2	183むとくなるもの		100ねたきもの	149ねたきもの	「衣を引き着る」ことなど
3	181身をかへたりと見ゆるもの		183したり顔なるもの	185身をかへたりと見ゆるもの	受領になった人の様子
4	181身をかへたりと見ゆるもの	85めでたきもの	92めでたきもの	108めでたきもの・185身をかへたりと身ゆるもの（重複）	蔵人の様子
5	131近くて遠きもの	161遠くて近きもの	171遠くて近きもの	169遠くて近きもの	「思はぬはらから」、「女男」、「舟の道」
6	130遠くて近きもの	160近うて遠きもの	170近くて遠きもの	170近くて遠きもの	「鞍馬のつづらをり」、大晦日と元旦
7	147にくきもの	41虫は	50虫は	49虫は	蝿
		136とりどころなきもの	144とりどころなきもの	167とりどころなきもの	「あと火の火箸」
		118いみじう心づきなきもの	125いみじく心づきなきものは	148心づきなきもの	祭に一人でいる男
			27文ことばなめき人こそ（にくきもの章段群）	（150にくきものに「文ことばなめき人こそ…」を含む）	祭に一人でいる男（能因本重複、前田家本ナシ）、男の引き入れ声など
8	187心づきなきもの	26にくきもの	25にくきもの	150にくきもの	酔っぱらいなど
9	152言ひ知らず言ふかひなくとりどころなきもの	119わびしげに見ゆるもの	126わびしげに見ゆるもの	157わびしげに見ゆるもの・167とりどころなきもの（重複）	「年老いたるかたゐ」
10	185あはれなるもの	263たふときこと	257たふときこと	121たふときこと	「九条の錫杖の声」、「念仏の回向」

例	堺本	三巻本	能因本	前田家本	項目内容（抄出）
11	108なまめかしきもの	85めでたきもの	92めでたきもの	108めでたきもの	「藤の松にかかりたる」
12	117いやしげなるもの	43にげなきもの	52にげなきもの	163にげなきもの	靭負佐の狩衣姿
13	192なほ見るにかへさこそ	208五月ばかりなどに山里にありく	204五月ばかり山里にありく	202五月ばかりに山里にありくこそ	車中に入った枝など
14	209七月つごもりがたに	189風は	185風は	12風は・214七月つごもりがたに（重複）	涼気など
15	105見物は	3正月一日は	3正月一日は	197正月一日は	白馬、庭の雪など
16	186にげなきもの	191心にくきもの		123心にくきもの	緑衫の扱い方
17	111ねたきもの	94あさましきもの	100ねたきもの	149ねたきもの	手紙の取り違えなど

・ある項目が、堺本・三巻本・能因本・前田家本でそれぞれどの章段に含まれているかを縦方向に対照させて示す。章段名の上に算用数字で章段番号を示す。
・空欄は該当記事がないことを示す。
・項目内容は最下段に参考程度に記すが、字数の都合上主なものに限って抄出する。
・論旨を明確にするため、堺本以外の諸本間で項目の異同がある場合は除く。また先行研究等で同じ項目であるという指摘があっても、検討の結果明らかに同一であると判断しがたかったもの（一語・一文である、内容や表現の共通性に疑問点がある等）に関しては、記載しない。
・その他注意すべきことは（　）に適宜注を入れる。
・とくに断らない場合、【表（2）】、【表（3）】、【表（4）】も同様の処理を行っている。

【表（1）】は、堺本のある章段内に列挙されている項目、あるいはその一部が、他系統本では別の章段に含まれているケースである。前節で挙げた「遠くて近きもの」と「近くて遠きもの」の例がここに当てはまる。もうひとつの代表例として、まずは【表（1）-3】と【表（1）-4】の、堺本「身をかへたりと見ゆるもの」の段の一部を挙げる。

身をかへたりと見ゆるもの　…〔中略〕…さてはまた、雑色の蔵人になりたる。

Ａ　一の人の御もとに、宣旨持てまゐり、大饗のをりの甘栗の使《つかひ》などにまゐりたるを、もてなし、やむごとながらせたまふさまなど、（ア）いづくなりし天下《あまくだ》りの人ならむとこそ見ゆれ。また、むすめの、后《きさき》、女御などにておはします所に、使《つかひ》にまゐりたるには、…〔中略〕…我《わ》が心地にも、いかがはおぼゆらむ。土《つち》の底《そこ》に入りゐて、うやまひきこえし君達《きんだち》、殿上などにてはけしきばかりこそ、うちかしこまりかたさりきこゆめれ、同じやうにうち連れありきたるほどなど、いかばかりの所をかおきためる。さてあるほど、いくばくかはある。久しき定にて、三、四年こそあなれ。そのほどなりあしく、物の色わろく、薫物の香《か》などせで交《ま》じらふこそ、言ふかひなくくちをしき事はあれ、道理《だうり》あらむ。冠《かうぶり》の近くならむだに、命にかへても惜しかるべきに、臨時の冠《かうぶり》求め、ここかしこの御たまはり、なにくれと申しまどひありきていそぎ下《お》るるこそ、いかならむ心ならむと心憂くおぼゆれ。昔の蔵人は、来年下《お》りむとて、今年《ことし》の春夏《はるなつ》よりだにこそ嘆きたちけれ。今の世には、走りくらべをこそすめれ。

Ｂ　また、家のうちわろくて、年ごろありありて、初めて受領になりたる。わづかにあるさまになめげにあなづりそしりにくみしに、我《われ》にもまさりたる人にあつまりてかしこまりまどひ、いかでおほせごとうけたまはむと、追従《ついせう》したるは、過ぎぬる人に言ふべくもあらず。　（堺本一八一段）

Ａの部分、蔵人の役目の晴れがましさと、その地位を降り急ぐ現状を嘆く一連の内容は、三巻本と能因本では「めでたきもの」の段に収められている。三巻本の本文を見慣れていると一見違和感をおぼえるかもしれないが、堺本は蔵人の様子を「身をかへたりと見ゆるもの」にふさわしい話題として扱っていると考えられ、堺本なりに問題なく読める。「身をかへたりと見ゆるもの」という題は、三巻本では「身をかへて天人などはかやうやあらむと見ゆるものは」という題になっている。よって、傍線部（ア）「いづくなりし天下りの人ならむとこそ見ゆれ」という評語が堺本の類聚の一要因となったであろうことを予想させる。堺本は堺本の論理でもって適切な場所に配していると考えられるのである。なお、前田家本は、三巻本・能因本と同様「めでたきもの」の段にこの記事をもつが、「身をかへたりと見ゆるもの」の段にも一部大饗の甘栗の使の蔵人についての記述が見られる。前田家本が能因本と堺本を校合し整理し直した本であるという楠〔一九七〇d〕の定説に拠るならば、この重複現象は、少なくとも前田家本が編纂された時点ですでに堺本の本文がこのかたちで存在した可能性を示唆して重要である。

Ⓑは、受領になった者の身の変わりようを述べた部分である。三巻本にない記事であるが、能因本では次のように「したり顔なるもの」の段に含まれている。

したり顔なるもの　…〔中略〕…　ありありて、受領になりたる人のけしきこそうれしげなれ。わづかにある従《ずん》者《ざ》もなめげにあなづりつるも、ねたしといかがせむとて念じ過《すぐ》しつるに、われにもまさる者どものかしこまり、ただ「仰せうけたまはらむ」と追従《ついじょう》するさまは、ありし人とやは見えたる。……（能因本一八三段）

受領になった者のまわりに人々が追従する様子を、堺本は「変身」という題目に適当なものとして、ここに置いていると見てよいだろう。なお、【表（1）】には載せていないが、三巻本・能因本と前田家本の間でも記事の出入りがあり、「身をかへたりと見ゆるもの」の段と「したり顔なるもの」の段の間で活発な項目流動があったことが推察される。

【表（1）】に挙げた例は全体的に類聚的章段同士の移動が多く、「〜は」「〜もの」といった類聚題目に応じるかたちで項目が流動していることが確認できる。

＊

以下、その他の【表（1）】の用例について、簡単に確認していくこととする。

【表（1）-1】「日は」の段、「月は」の段、「雲は」の段

堺本の「雲は」の段と他系統本の「日は」の段で項目の異同がある。堺本以外の諸本はほぼ同じ本文のため、堺本

と三巻本とを比較する。

なお、この周辺には「日は」、「月は」、「星は（堺本は「星は」の段ナシ）」、「雲は」といった、天文・気象関連の段がまとまっている。三巻本と能因本ではこの前の部分に「降るものは」の段も見られるが、堺本と前田家本ではその一部が離れた箇所に配置されている。これらの構成も確認する必要があるので、「日は」から「雲は」までを引用する。

〈堺〉日は　入日。（堺本九二段）

月は　有明。（堺本九三段）

雲は　紫。風吹く日の雨雲《あま》。日入り果てたる山の端《は》の、まだ名残とまれるに、薄黄ばみたる雲のほそくたなびきたる、いとあはれなり。今明けはなるるほど、黒き雲のやうやう消えて、白くなりゆく、をかし。「朝にさる色」とかや、文にもつくりためる。（堺本九四段）

〈三〉日は　入日。入り果てぬる山の端に、光なほとまりて、あかう見ゆるに、薄黄ばみたる雲のたなびきわたりたる、いとあはれなり。（三巻本二三六段）

月は　有明の、東の山ぎはにほそくて出づるほど、いとあはれなり。（三巻本二三七段）

星は　すばる。……（三巻本二三八段）

雲は　白き。紫。黒きもをかし。風吹くをりの雨雲。明けはなるるほどの黒き雲の、やうやう消えて、白う《しろ》なりゆくも、いとをかし。「朝にさる色」とかや、文《ふみ》にもつくりたなる。月のいと明かきおもてに薄き雲、あはれなり。（三巻本二三九段）

傍線部は、日没後余韻を残す山の端に、薄黄色の雲がたなびく風景の情趣を述べるものである。これが堺本では「雲は」の段に含まれるのに対して、他系統本では「日は」の段に含まれている。

この一文は「薄黄ばみたる雲」の美しさの叙述であり、堺本のように「雲は」の段に置かれてもとりあえず位置的に不都合ではない。もっとも、他系統本では、「日は　入日」という書き出しから導き出されるかたちで、あるいは入日の情緒が最も強く感じられる瞬間として、この日没の一場面が置かれているのだと思われる。この場合も位置的な不都合はない。また、堺本と三巻本ともに、「日は」の段と「月は」の段の文には対応関係がある。堺本は、「日は　入日」、「月は　有明」というふうに対照的な文となっている。三巻本は、文の長さに少々差があるものの、どちらも「いとあはれなり」で結ばれており、釣り合いが取れている。どちらの場合も文章の構成に配慮されていることがわかる。

つまり、この項目を堺本のように「雲は」に含む場合も、他系統本のように「日は」に含む場合も、良し悪しはともかくとして、単純に配置という観点から言えば問題はない。「雲」と「入日」の、どちらの要素が題目とより強く結び付いているか、その差異が配置の差異として現れていると思われる。

【表（1）-2】堺本「むとくなるもの」の段と能因本・前田家本「ねたきもの」の段

堺本の「むとくなるもの」の段と、能因本・前田家本の「ねたきもの」の段に項目の異同が見られる。三巻本には該当する項目がない。なお、能因本と前田家本はほぼ同じ本文であるため、ここでは堺本と能因本の本文を比較する。

〈堺〉むとくなるもの　潮干《しほひ》の潟《かた》にをる大船《おほふね》。おほきなる木の倒《たふ》れて、根をささげて横たはれ臥《ふ》せたる。えせ者の従者《ずさ》かうがふる。ひじりのあしもと。髪短き人の物とりおろして髪けづりたるうしろで。翁《おきな》のもとどり放《はな》ちたる。相撲《すまひ》の負けてゐるうしろで。人の妻《め》のすずろなる物怨じして隠れたるを、かならずたづねさわがむものぞと思ひたるに、さしもあらずのどかにもてなしたれば、さてもえ旅だちゐたらで、心と出で来《き》たる。

なま心劣《おと》りしたる人の、知りたる人とすずろなる事言ひむつかりて、ひとつにも臥さじと身じくるを、引き寄すれど強ひてこはがれ、あまりになりては、人も「さはれ」とてかいくくみて臥しぬる後《のち》に、冬などは単衣《ひとへぎぬ》ばかりをひとつ着たるも、あやにくがりつるほどこそ寒さも知られざりつれ、やうやう夜のふくるままに、寒くもあれど、おほかたの人も皆寝にたれば、さすがに起きてもえ行《い》かで、ありつるをりにぞ寄りぬべかりけると目も合はず思ひ臥したるに、いとど奥のかたより物のひしめき鳴るもいとおそろしうて、やをらよろぼひ寄りて、衣《きぬ》を引き着るほどこそ**むとくなれ**。人はたけく思ふらむかし。そら寝して知らぬ顔なるさまよ。（堺本一八三段）

〈能〉ねたきもの　…〔中略〕…

すずろなる事腹立ちて、同じ所にも寝ず、身じくり出づるを、しのびて引き寄すれど、わりなく心こはければ、あまりになりて、人も「さはよかなり」と怨じて、かいくくみて臥しぬる後《のち》、いと寒きをりなどに、ただ単衣ばかりにて、あやにくがりて、おほかた皆人も寝たるに、さすが起きゐらむ、あやしくて、夜のふくるままに、**ねたく**、起きてぞいぬべかりけるなど思ひ臥したるに、奥にも外《と》にも物うち鳴りなどしておそろしければ、やをらまろび寄りて衣《きぬ》引きあぐるに、そら寝したるこそ、**いとねたけれ**。「なほこそこはがりたまはめ」などうち言ひたるよ。（能因本一〇〇段）

傍線部は同衾する男女の些細な揉めごとの描写である。堺本では「むとくなるもの」の段の末尾に含まれる。対して能因本・前田家本では「ねたきもの」の段の末尾に含まれている。さらに異なる章段に含まれることで、同じ話題でも表現に差異が生まれている。堺本では太字で示したように「むとくなれ」という評語が用いられる。対して能因本では「いとねたけれ」と評される。「いとねたけれ」の前にもう一箇所「ねたく」とあり、能因本は「ねたきもの」の題と緊密に結び付いた表現になっている。それぞれの本文が類聚題目語と連携することで、その章段にふさわしい一項目として機能している例と言えよう。

【表（1）-7】堺本「にくきもの」の段と他系統本該当箇所

堺本「にくきもの」の段には、他系統本では別の章段に見える項目が多数含まれている。まずは、他系統本の「虫は」の段、「とりどころなきもの」の段、および「いみじう心づきなきもの」の段との間で項目が移動しているものを採り上げる。三巻本・能因本・前田家本の当該箇所はほぼ同様の本文をもっているので、三巻本の本文を例示して堺本と比較する。

〈堺〉にくきもの　…〔中略〕…

ねぶたしと思ふに、蚊のほそ声に名乗りて、顔のもとに飛びありくだににくきに、さる身のほどに、風さへありてあたりたるこそ、いとにくけれ。また、蝿の、秋などおほくて、よろづの物にゐて、足は濡れ、冷たくて、顔にもゐありく、いとむつかしくにくし。さるは、これら人々しくかたきにすべきさまにぞあらぬや。…〔中略〕…

鼻ひててづから誦《ずむ》じ祈る人、いとにくし。おほかた、人の主《しう》ならぬ人の鼻高くひるは、にくき事なり。ことなる事なしと思ふ男の、引き入れ声に艶《えん》だちたる。墨流るる硯。女のものゆかしうする。のみも、いとにくし。…〔中略〕…

何にまれ、物見る所に、ただ一人、車に乗りて立てる男、いとにくし。いかばかり心せばくけにくきやらむとこそおしはからるれ。

あと火の火箸《ひばし》、いとにくし。ふるき歌のはしばし、ここかしこうち誦《ずん》じて、果《は》てにかならずそへたる、いとにくし。

（堺本一四七段）

〈三〉虫は　…〔中略〕…

蝿こそにくき物のうちに入れつべく、愛敬なきものはあれ。人々しうかたきなどにすべき物のおほきさにはあらねど、秋などただよろづの物にゐ、顔などに濡れ足してゐるなどよ。人の名につきたる、いとうとまし。

（三巻本四一段）

とりどころなきもの　…〔中略〕…

また、あと火の火箸といふ事、などてか。世になき事ならねど、この草子を人の見るべき物と思はざりしかば、あやしき事も、にくき事も、ただ思ふ事を書かむと思ひしなり。

（三巻本一三六段）

いみじう心づきなきもの　祭、禊など、すべて男の物見るに、ただ一人乗りて見るこそあれ。いかなる心にかあらむ。やむごとなからずとも、若きをのこなどのゆかしがるをも、引き乗せよかし。透影にただ一人ただよひて、心ひとつにまぼりゐたらむよ。いかばかり心せばくけにくきならむとぞおぼゆる。

（三巻本一一八段）

堺本と三巻本で共通する項目に傍線を施した。「蝿」は、他系統本では「虫は」の段に含まれている。「あと火の火箸」という項目は、他系統本では「とりどころなきもの」の段に見られる。一人で牛車に乗って見物する男への非難は、他系統本では「いみじう心づきなきもの」の段にある。これらの項目は堺本ではすべて「にくきもの」の段に含まれている。

「蝿」の項目移動は興味深い。三巻本の「虫は」の段には、太字で示したように「蝿こそにくき物のうちに入れつべく」という文言がある。一方、堺本は実際に「にくきもの」の段に含めているのである。同様に、三巻本「とりどころなきもの」の段にも「にくき事も、…〔中略〕…書かむ」という文言が見られるし、三巻本「いみじう心づきなきもの」の段にも、「けにくきならむ」という文言がある。

ところで、能因本では、「にくきもの」（二五段）の段に続いて「にくきもの、乳母の男こそあれ」（二六段）、「文ことばなめき人こそ、いとどにくけれ」（二七段）、「暁に帰る人の」（二八段）という章段が並び、「にくきもの」関連のまとまった章段群を形成している。前田家本も能因本と同様の配列をなしていて、さらに、「にくきもの」を先頭に四章段がまとまって「もの」型類聚段の巻に収録されている。よって、前田家本においては、四章段を合わせて「にくきもの」の段となっている。三巻本ではこれらの章段は分散しており、堺本には該当する章段がない。

以上のことを確認したうえで、能因本「文ことばなめき人こそ」の段の本文の一部を次に挙げる。

〈能〉文ことばなめき人こそ、いとどにくけれ。……〔中略〕……

ことなる事なき男の、ひき入れ声して、艶だちたる。墨つかぬ硯。女房の物ゆかしうする。ただなるだに、いとしも思はしからぬ人の、にくげごとしたる。一人車に乗りて物見る男。いかなる者にかあらむ。やむごとなからずとも、若き男どもの物ゆかしう思ひたるなど、引き乗せても見よかし。透影にただ一人かがよひて、心ひとつにまぼりゐたらむよ。

（能因本二七段）

破線部の三つの項目は、堺本では少し異同があるものの、同じ順番で「にくきもの」の段に含まれている。三巻本の「文ことばなめき人こそ」の段には見られない。前田家本にはあるが、前述のように「文ことばなめき人こそ」の段が「にくきもの」の一部になっているので、【表（1）】には反映させなかった。「にくきもの」という項目をめぐって諸本の出入りが起こっていることを押さえる必要があろう。

なお、能因本「文ことばなめき人こそ」の段には、もうひとつ注意すべき箇所がある。傍線を引いた「一人車に乗りて物見る男」という項目の存在である。男が単独で物見することの批判は、堺本「にくきもの」の段と他系統本では「いみじう心づきなきもの」の段の間で項目の移動が見られることはすでに指摘した。能因本のみ、さらに「文ことばなめき人こそ」の段にも、この項目を含んでいるのである。前田家本に重出はない。こういった重複項目の問題については、第四章でくわしく検討する。

【表（1）-8】堺本「心づきなきもの」の段と他系統本「にくきもの」の段

堺本の「心づきなきもの」の段と、他系統本の「にくきもの」の段の間で項目の出入りが見られる。三巻本・能因本・前田家本は異同が少ないので、ここでは堺本と三巻本とを比較する。

〈堺〉心づきなきもの　…〔中略〕…

酒飲みてあめき、口をさぐり、ひげあるはそれを取りてひきなで、れうじなどやすからず経営《けいめい》する人。まして、「また飲め」などそそのかされて、はやはやと身ぶるひをして、口わきを引き垂れて、笑ひなどするこそ、わびしく心づきなけれ。はては、「うちうち殿にまゐりて」など、いたうそほれうたひしは、それらしもある。よき人のさしたまひしを見しかば、**いみじう心づきなく見えしなり**。（堺本一八七段）

〈三〉にくきもの　…〔中略〕…

また、酒飲みてあめき、口をさぐり、ひげある者はそれをなで、杯《さかづき》、異《こと》人に取らするほどのけしき、いみじうにくしと見ゆ。「また飲め」と言ふなるべし、身ぶるひをし、頭ふり、口わきをさへ引き垂れて、童《わらは》べの「こう殿にまゐりて」などうたふやうにする。それはしも、まことによき人のしたまひしを見しかば、**心づきなしと思ふなり**。（三巻本二六段）

右に引用した酔っ払いの醜態が、堺本では「心づきなきもの」の段に含まれるのに対して、他系統本では「にくきもの」の段に含まれている。

酔漢の不愉快な言動について、両本とも太字で示したように「心づきなく」、「心づきなし」と締めくくっていることに注意したい。「にくきもの」のなかにこの記事をもつ三巻本は、傍線部のように「いみじうにくしと見ゆ」とも述べて題との関連性を保ってはいるが、一方で、「心づきなし」という評語をもつことで「心づきなきもの」という題へ収集される可能性をも残している。現に堺本では「心づきなきもの」の一項目として収まっており、題と評語の結び付きが意識される。加えて、堺本は「にくし」の語をもたず、二重傍線部のように「心づきなけれ」となっているのである。堺本の編纂方法の一端を暗示するものであり、先に確認した「身をかへたりと見ゆるもの」と「めでたきもの」における蔵人の記事の流動と通じる部分がある。どちらが正しいというのではなく、堺本には堺本の論理が認められる点が重要であろう。堺本としては文章の表現に即した適切な配置になっているのである。

【表（1）-9】堺本「言ひ知らず言ふかひなくとりどころなきもの」の段と他系統本「わびしげに見ゆるもの」の段

堺本の「言ひ知らず言ふかひなくとりどころなきもの」（他本では「とりどころなきもの」）の段の項目の出入りを採り上げる。他系統本の「わびしげに見ゆるもの」（堺本では「わびしげなるもの」）の段と、他系統本の「わびしげに見ゆるもの」の段は項目の列挙の順序に異同が見られるため、参考までにすべての系統の本文を掲載する。ただし、列挙される項目の内容はおおよそ同じであるため、三巻本本文を使って比較する。

〈堺〉言ひ知らず言ふかひなくとりどころなきもの　黒土の壁。年老いたるかたゐ。黒う古《ふ》りたる板屋の漏る。黒塗りの櫛の箱のすみ割れたる。ひちうのようじ。えせ墨の朽ちたる。顔にくげなる人の心あしき。黒毛の櫛払へ。くろがねの毛抜きの抜けぬ。焼き硯。みそひめのぬりたりと言ふことをぞ、よろづの人はいみじうにくめる。それしもぞ、第一におぼえむは、いかがせむ。（堺本一五二段）

わびしげなるもの　七月ばかりに、いみじく暑き日ざかりに、よろづ古りきたなげなる車に弱牛かけてゆるがし行《ゆ》く者。いと寒くもあらぬをりに、むげにゆかしげになりあしき下衆の、子負ひたる。よろしき人は、さやはあるな。小さき板屋の黒うきたなげなるが、雨に濡れたる。また、雨いたく降る日、小さき馬に乗りて御前したる人の、冠《かうぶり》もひしげ、うへの衣《きぬ》も下襲《したがさね》もひとつになりたる、いかにわびしかるらむと見えたり。夏はされどよし。（堺本一五九段）

〈三〉わびしげに見ゆるもの　六、七月の午未《ひつじ》の時ばかりに、きたなげなる車にえせ牛かけてゆるがし行《い》く者。雨降らぬ日、張《は》り筵《むしろ》したる車。いと寒きをり、暑きほどなどに、下衆《げす》女のなりあしきが、子負ひたる。老いたるかたゐ。小さき板屋の黒うきたなげなるが、雨に濡れたる。また、雨いたう降りたるに、小さき馬に乗りて御前《ぜん》したる人。冬はされどよし、夏はうへの衣《きぬ》、下襲もひとつに合《あ》ひたり。（三巻本一一九段）

〈能〉わびしげに見ゆるもの　六、七月の午未の時ばかりに、きたなげなる車にえせ牛かけてゆるがし行く者。雨降らぬ日、張り筵したる車。降る日、張り筵せぬも。年老いたるかたゐ。いと寒きをりも、暑きにも、下衆女のなりあしきが、子負ひたる。小さき板屋の黒きが、きたなげなるが、雨に濡れたる。雨いたく降る日、小さき馬に乗りて前駆したる。夏はされどよし。冬はうへの衣《きぬ》、下襲もひとつ着合ひたり。（能因本一二六段）

〈前〉わびしげに見ゆるもの　六、七月の未の時ばかりに、きたなげなる車にえせ牛かけてゆるがし行く者。雨も降らぬに、張《は》り筵《むしろ》したる車。降るに、張《は》り筵《むしろ》せぬも。また、いと寒きをり、小さき板屋の黒きが雨に濡れたる。下衆女のなりあしきが子負ひたる。年老いたるかたゐ。雨いたく降る日、小さき馬に乗りて御前したる人。夏はされどよし、冬は、うへの衣《きぬ》も下襲もひとつに合ひたる。（前田家本一五七段）

傍線を引いた「年老いたるかたゐ（老いたるかたゐ）」という項目が、堺本では「言ひ知らず言ふかひなくとりどころなきもの」の段に含まれるのに対して、他系統本では「わびしげに見ゆるもの」の段に含まれている。些細な異同だが、状況は複雑である。というのも、「とりどころなきもの」の段にも堺本と他系統本との間にかなりの異同が見られるのである。三巻本「とりどころなきもの」の段を次に挙げる。

〈三〉とりどころなきもの　かたちにくさげに心あしき人。みそひめのぬりたる。これいみじうよろづの人のにくむなるものとて、今とどむべきにあらず。また、あと火の火箸といふ事、などてか。世になき事ならねど、この草子を人の見るべき物と思はざりしかば、あやしき事も、にくき事も、ただ思ふ事を書かむと思ひしなり。（三巻本一三六段）

三巻本と堺本は「みそひめのぬりたる（ぬりたり）」という項目のみ共通している。「年老いたるかたゐ」の流動の手がかりとしては、堺本の破線部「黒う古りたる板屋の漏る」という一文と、諸本「わびしげに見ゆるもの」の破線部「小さき板屋の黒う、きたなげなるが、雨に濡れたる」（三巻本）という一文とが類似していることが挙げられる。すなわち、この類似の文言にひかれて「年老いたるかたゐ」という項目の出入りが起こったとも考えられるのである。ただし、堺本の「わびしげなるもの」の段には「小さき板屋の黒うきたなげなるが、雨に濡れたる」という三巻本とまったく同じ文があるので、あくまでも推測の域を出ない。

なお、前田家本では「年老いたるかたゐ」が「わびしげに見ゆるもの」と「とりどころなきもの」の両段に重出する。このことについては第四章で検討する。

【表（1）-10】 堺本「あはれなるもの」の段と他系統本「たふときこと」の段

堺本の「あはれなるもの」の段と、他系統本の「たふときこと」の段に項目の出入りがある。三巻本・能因本・前田家本は異同が少ないので、ここでは堺本と三巻本を例に挙げて比較する。

〈堺〉　あはれなるもの　…（中略）…

また、荒れたる宿の板間より漏《も》りくる月影。山里の鹿の声。九条の錫杖の声。念仏の回向の、声よき人の申たる。

（堺本一八五段）

〈三〉　たふときこと　九条の錫杖。念仏の回向。

（三巻本二六三段）

他系統本では別の箇所にある「たふときこと」という短い章段の内容が、堺本では「あはれなるもの」の段のなかに含まれている。なお、前田家本では「たふときこと」（一二一段）の段の次に「あはれなるもの」（一二二段）の段が続いており、注意される。

【表（1）-11】堺本「なまめかしきもの」の段と他系統本「めでたきもの」の段

堺本の「なまめかしきもの」の段と、他系統本の「めでたきもの」の段に項目の出入りがある。三巻本・能因本・前田家本は異同が少ないので、ここでは堺本と三巻本を例に挙げて比較する。

〈堺〉なまめかしきもの　…〔中略〕…三重がさねの扇。五重になりぬれば、あまり厚くて、もとなどにくげなる。よく咲きたる藤の松にかかれる。（堺本一〇八段）

〈三〉めでたきもの　唐錦。飾り太刀。作り仏のもくゑ。色合ひ深く、花房長く咲きたる藤の花、松にかかりたる。（三巻本八五段）

藤の花が松にかかっている景色が、堺本では「なまめかしきもの」の段に含まれるのに対して、他系統本では「めでたきもの」の段に含まれている。短い文章であり、表現もやや異なっているが、堺本の「めでたきもの」の段は独自の内容をもっていて注意すべきであり、藤について書かれていないことから、項目の出入りの例として扱った。

【表（1）-12】堺本「いやしげなるもの」の段と他系統本「にげなきもの」の段

堺本の「いやしげなるもの」の段と、他系統本の「にげなきもの」の段の間の項目の流動を採り上げる。ここではすべての系統の本文を挙げる。

〈堺〉いやしげなるもの　式部丞の笏。黒き髪の筋あしき。黒塗りの台。筵《むしろ》張りの車の、をそひ（ママ）しけうちたる。布屏風のあたらしき。古り黒みたるは、なかなか何とも見えずなどして、色どり絵かきたるも、さ見ゆるなり。遣戸厨子。伊予簾《いよす》の筋ふとき。田舎五位。法師の太りたる。まことの出雲の筵《むしろ》畳。靫負佐の狩衣姿。（堺本一一七段）

にげなきもの　…〔中略〕…

検非違使の夜行《やかう》。蔵人も細殿の局に脱ぎかけたらむに、青色はあへなむ。同じ事なれど、緑衫はかいわぐみて、あとのかたにぞ投げやりて置きたらまほしき。…〔中略〕…「このわたりに嫌疑の者あるべし」など、たはぶれにてもとがめられたる、いとわづらはしかし。
（堺本一八六段）

〈三〉いやしげなるもの　式部丞の笏。黒き髪の筋わろき。布屏風のあたらしき。古り黒みたるは、さる言ふかひなきものにて、なかなか何とも見えず。あたらしうしたてて、桜の花おほく咲かせて、胡粉、朱砂など、色どりたる絵どもかきたる。遣戸厨子。法師のふとりたる。まことの出雲筵の畳。
（三巻本一四四段）

にげなきもの　…〔中略〕…

靫負佐の夜行姿。狩衣姿もいと**あやしげなり**。人におぢらるるうへの衣は、おどろおどろし。立ちさまよふも、見つけてあなづらはし。「嫌疑の者やある」と、とがむ。
（三巻本四三段）

〈能〉いやしげなるもの　式部丞の笏。黒き髪の筋ふとき。布屏風のあたらしき。古り黒みたるは、さる言ふかひなき物にて、なかなか何とも見えず。あたらしくしたてて、桜の花おほく咲かせて、胡粉、朱砂など色どりたる絵かきたる。遣戸、厨子、何も田舎物はいやしげなり。筵張りの車の裾《すそ》。検非違使の袴。伊予簾の筋ふとき。人の子に法師子のふとりたる。まことの出雲筵の畳。
（能因本一五三段）

にげなきもの　…〔中略〕…

靫負佐の夜行。狩衣姿もいと**いやしげなり**。また、人におぢらるるうへの衣、はたおどろおどろしく、立ちさまよふも、人見つけば、あなづらはし。「嫌疑の者やある」と、たはぶれにもとがむ。
（能因本五二段）

〈前〉いやしげなるもの　式部の丞の笏。黒き髪の筋わろき。布屏風のあたらしき。古り黒みたるは、さる言ふかひなき物にてなかなか何とも見えず。あたらしくしたてて、梅の花おほく咲かせ、胡粉、朱砂などにて絵描きたる。遣戸厨子。田舎五位。何も田舎物はいやしげなり。筵張りの車。検非違使の袴の裾。伊予簾の筋ふとき。

にくき法師のふとりたる。まことの出雲筵の畳。
（前田家本一五六段）

にげなきもの　…〔中略〕…
靫負佐の夜ありく狩衣姿もいと**あやしげなり**。また、人におぢらるるうへの衣はいとおどろおどろし。立ちさまよふも、人見つけば、あなづらはし。「嫌疑の者やある」と、たはぶれにもとがむ。
（前田家本一六三段）

傍線部の靫負佐に関する記述が、堺本では「いやしげなるもの」の段に含まれるのに対して、他系統本では「にげなきもの」の段に含まれている。他系統本の太字で示した評語に注目すると、三巻本・前田家本は狩衣姿を「あやしげなり」と評している。一方能因本では「いやしげなり」とあって、いみじくも堺本が項目を収めた「いやしげなるもの」の題と合致するのである。よって、【表（1）-3】や【表（1）-8】などで見てきたように、堺本の類聚の根拠を示している可能性がある。

【表（1）-13】堺本「なほ見るに、かへさこそ」の段と他系統本「五月ばかりなどに山里にありく」（三巻本）の段

堺本の「なほ見るに、かへさこそ」の段と、他系統本の「五月ばかりなどに山里にありく」（三巻本）に相当する段に記事の流動がある。三巻本・能因本・前田家本では一部構成面が違っているが、当該箇所に関しては、わずかな表現の違いを除いて重要な異同はない。よって堺本と三巻本の本文を挙げる。

〈堺〉なほ見るに、かへさこそ、まさりてをかしけれ。…〔中略〕…
げに、われひとり心のどかにと思へど、人はさも思はぬにやと、いとうたてあやふき事もありぬべければ、なほ異方《ことかた》よりと、責め言ひてやらする道は、むげの山里の道めきて、いとあはれなり。うつぎの垣根をわけ行《ゆ》けば、枝どもいと荒々しく、おどろがましげにてさし入るを、いそぎてとらへむとするに、いととく過ぎ行《ゆ》くや。また、花すくなきはあれど、人してすこし折らせて、葵かつらの枯葉見えたるがくちをしきに、さしくはへたるも、を

かしうおぼゆ。遠きほどは、えも通るまじう見ゆるも、さきの近くなりもて行《ゆ》けば、さしもあらざりけるこそをかしけれ。誰とも知らぬ男車の、しりにひきつづきて、むごに来《く》るもをかしと見るほどに、引きわかる所にて、「峰にわかるる」と言ひたるこそ、をかしけれ。

（堺本一九二段）

同じころ、雨降りたるにもまさらねど、あさはかなる赤衣《あかぎぬ》着たる者の、草のいと青きをしりさきにうるはしく切りたるやうにして、持て行《ゆ》くこそ、をかしけれ。

世の中なべて青く見えわたるに、所々うるはしくはあらぬ垣根どもに、卯の花の枝もたははに咲きかかりたるなどよ。

（堺本一九四段）

また、さやうなる道のいとほそきを行《ゆ》くに、上はつれなく草の生ひしげりたると見ゆるを、たたざまにながなと行けば、下《した》はえ知らざりける水の、深くはあらぬが、さらさらと、人の歩むにつけてなりつつ、とばしりたる、いとをかし。そばなりける蓬の押しひしがれたりけるが、輪のまひたりけるに起き上がりて、ふとかがえたるも、いとをかし。

さて、行《い》きもて行《ゆ》けば、高き木どもなどある所になりて、郭公のいとらうらうじうかどある声にうち鳴きたるは、あないみじと、心さわがしくおぼゆかし。

（堺本一九五段）

〈三〉　見物は　臨時の祭。行幸。祭のかへさ。御賀茂詣で。…〔中略〕…

わたり果てぬる、すなはちは心地もまどふらむ、われもわれもと、あやふくおそろしきまで、先に立たむといそぐを、「かくないそぎそ」と扇をさし出でて制するに、聞きも入れねば、わりなきに、すこしひろき所にて、強ひてとどめさせて立てる、心もとなくにくしとぞ思ひたるべきに、ひかへたる車どもを見やりたるこそをかしけれ。男車の誰とも知らぬが後にひきつづきて来るも、ただなるよりはをかしきに、引きわかるる所にて、「峰にわかるる」と言ひたるもをかし。なほあかずをかしければ、斎院の鳥居のもとまで行きて見るをりもあり。

内侍の車などのいとさわがしければ、異方の道より帰れば、まことの山里めきてあはれなるに、うつぎ垣根といふものの、いと荒々しく、おどろおどろしげにさし出でたる枝どもなどおほかるに、花はまだよくもひらけ果てず、つぼみたるがちに見ゆるを折らせて、車のこなたかなたにさしたるも、かつらなどのしぼみたるがくちをしきに、をかしうおぼゆ。いとせばう、えも通《とほ》るまじう見ゆる行く先を、近う行きもて行けば、さしもあらざりけるこそをかしけれ。（三巻本二〇七段）

五月ばかりなどに山里にありく、いとをかし。草葉も水もいと青く見えわたりたるに、上はつれなくて、草生ひしげりたるを、ながながとたたざまに行けば、下はえならざりける水の、深くはあらねど、人などの歩むに、走り上がりたる、いとをかし。

左右にある垣にあるものの枝などの車の屋形などにさし入るを、いそぎてとらへて折らむとするほどに、ふと過ぎてはづれたるこそ、いとくちをしけれ。蓬の、車に押しひしがれたりけるが、輪のまはりたるに、近ううちかかりたるもをかし。（三巻本二〇八段）

傍線部は車中に入り込んだ枝を捕らえようとするも通り過ぎてしまうという描写である。堺本では「なほ見るに、かへさこそ」の段に含まれるのに対して、他系統本では「五月ばかりなどに山里にありく（三巻本）」の段に含まれている。

車中に「うつぎ」の枝が差し込む描写は、三巻本では「見物は」の段の破線部に見られる。三巻本では卯の花の垣根に出くわして、枝を折らせて車に挿すという場面となっているが、「おどろおどろしげにさし出でたる枝ども」という類似の表現も見受けられる。堺本の本文は他系統本の二箇所の文をひとつにまとめたような本文とも捉えられよう。

この例を項目の移動例として扱う際には注意が必要である。第一章で検討したように、「なほ見るに、かへさこそ」

を含めた堺本の「見物」に関連するいくつかの記事は、堺本後半の随想群にまとめられており、単なる類聚作業にとどまらない独自の編纂が行われているからである。なお、他系統本における「見物は」の段は、堺本では四箇所に分散している。この件に関しては【表（2）-2】でくわしく説明する。以上のようなさまざまな事情をもつ箇所ではあるが、項目の移動とも言える一面をもつため、【表（1）】の用例に加えている。

【表（1）-14】堺本「七月つごもりがたに」の段と他系統本「風は」の段

堺本「七月つごもりがたに」の段と、他系統本「風は」の段との間で記事の移動が見られる。他系統本の本文異同はわずかなので、三巻本を例に挙げる。

〈堺〉風は　嵐。木枯らし。二、三月ばかりの夕つかた、ゆるく吹きたる雨風。また、八月ばかりの、雨にまじりてひややかに吹きたる風もをかし。　（堺本五段）

七月つごもりがたに、にはかに風いたう吹きて、雨のあしの横ざまにさわがしう降り入りて、いとど涼しきこそをかしけれ。扇もうち忘れて、綿薄き衣《きぬ》の萎えたるが、日ごろうちかけて置きたりつるを引き落として、いとよく引き着て昼寝したるに、すこしかびたる香《か》のなつかしき、汗にまじりてかがえたるもをかし。生絹《すずし》の衣《きぬ》だに暑かはしく、取り捨てまほしかりつるを、いつのほどにかはなりぬらむとおぼゆるがをかしきなり。暁、格子上げたるに、嵐の吹き入れたるに、いとひややかに顔にしみたる、いとをかし。　（堺本二〇九段）

〈三〉風は　嵐。三月ばかりの夕暮に、ゆるく吹きたる雨風。八、九月ばかりに、雨にまじりて吹きたる風、いとあはれなり。

雨のあし横ざまに、さわがしう吹きたるに、夏とほしたる綿衣のかかりたるを、生絹の単衣《ひとへぎぬ》重ねて着たるも、いとをかし。この生絹だにいと所せく暑かはしく、取り捨てまほしかりしに、いつのほどにかくなりぬるにかと思ふもをかし。暁に格子、妻戸を押しあけたれば、嵐のさと顔にしみたるこそ、いみじくをかしけれ。
九月つごもり、十月のころ、空うち曇りて、風のいとさわがしく吹きて、黄なる葉どもの、ほろほろとこぼれ落つる、いとあはれなり。桜の葉、椋の葉こそいととくは落つれ。
十月ばかりに木立おほかる所の庭は、いとめでたし。（三巻本一八九段）

七月ばかりに、風いたう吹きて、雨などさわがしき日、おほかたいと涼しければ、扇もうち忘れたるに、汗の香《か》すこしかがえたる綿衣《わたぎぬ》の薄きを、いとよく引き着て、昼寝したるこそをかしけれ。（三巻本四二段）

傍線部には、いつしか暑気がゆるんでいる面白さや、明け方の嵐の情趣などが描かれている。堺本では「七月つごもりがたに」の段に含まれているが、他系統本では「風は」の段に含まれている。なお、他系統本の「風は」の段が、堺本では三箇所に分散していることについては【表（2）-4】で再度くわしく検討する。

さて、堺本の「七月つごもりがたに」の段は、三巻本の「七月ばかりに」の段と、「風は」の段の中間部分（「雨のあし横ざまに」～「顔にしみたるこそ、いみじくをかしけれ」）をつなぎ合わせたような構造になっている。楠［一九七〇d］はこれを「類似内容の二文がある時これを一文に混合集成したもの」と説明する。しかし、堺本もそのまま読む分には不審点や破綻のない文章になっている。重要な役割を果たしている二箇所に着目したい。

ひとつめは、破線部における風雨の記述の類似性である。三巻本の「風は」の段を見ると、三月夕暮れの「ゆるく吹きたる雨風」という項目の後に、八、九月の「雨にまじりて吹きたる風」という項目を挙げて、「雨のあし横ざまに、さわがしう吹きたるに…」という長文へと続く。雨という素材を列挙の核にしながら、風に関する項目の類聚がなされる体裁である。ところが、三巻本の「七月ばかりに」の段でも、「風いたう吹きて、雨などさわがしき日」という類似の文章によって同じような状況が設定されている。この「雨などさわがしき」という場面をのりしろにしていう「風は」の段の中間部分をつなぎ合わせれば、堺本のような本文ができあがると考えられる。実際に、堺本「七月つごもりがたに」の段の「雨のあし横ざまにさわがしう降り入りて」という文章は、三巻本「風は」の段の「雨のあし横ざまに、さわがしう吹きたるに」という文章ときわめて近い。同時に堺本では他系統本のような雨風をめぐる文脈の流れを読み取ることはできなくなっている。

ふたつめは、波線部の衣の記述の類似性である。ふたたび三巻本「風は」の段を見ると、風雨の激しい時に夏に着ていた綿衣と生絹の単衣を重ね着する興趣を述べている。その後、生絹の話が媒介となって暑気のゆるみと嵐の話題へと進む。一方、三巻本「七月ばかりに」の段では綿衣を着て昼寝する興趣を述べる。またしても、綿衣を着ること、「をかし」という評言といった類似のシチュエーションが設定されている。そのことをふまえて堺本「七月つごもりがたに」の段の波線部を見ると、三巻本の類似する二つの文を合成したような文になっていることがわかる。つまるところ、風雨を背景に衣を着るというきわめて類似した二つの要素によって、堺本の文章が妥当なものとなっているのである。

なお、前田家本では生絹の単衣についての記事が重出している。第四章にてくわしく検討する。

【表（1）-15】堺本「見物は」の段と他系統本「正月一日は」の段

堺本の「見物は」の段と、他系統本の「正月一日は」の段に記事の出入りがある。「正月一日は」の段は、諸本間で一部構成が異なっているが、当該箇所はわずかな異同があるのみなので、今回は三巻本を挙げる。

〈堺〉見物は、行幸さらなり、春のも、冬のも、臨時の祭、いとなまめかしくをかし。祭のかへさ。

白馬《あをむま》は、おほうは、うちにて見るは、いとせばき塀のうちなれば、舎人どもの顔のきぬにもあらはれて、白きもののよりつかぬ所は、黒き庭に雪のむらぎえたる心地して、見苦し。馬のあまり近くて、あがりさわぐも、いとおそろしくて、えよくも見ず、引き入られぬかし。

（堺本一〇五段）

正月一日に、空のけしきもうららかにかすみわたりて、目のうちつけに、よろづめづらしく見なさるることそ、をかしけれ。…〔中略〕…

白馬《あをむま》見るとて、里人は車きよげにしたてつつ行《ゆ》く。中御門《なかのみかど》のとじきみ引き入るるほどに、かしらどももひとところに行きあひて、さしぐしも折れ、落ちなどしたるをかたみに笑ふもまたをかし。左衛門の陣のもとに殿上人あまた立ちて、舎人の弓どもを取りて、馬どもおどろかし笑ふもあり。はつかに見入りたれば、立蔀、くす殿などわづかに見えて、主殿司《とのもつかさ》など行き違ひたるがほのかに見えたる、いとをかし。いかばかりなる人、九重をかく立ちならすらむと思ひやらるるかし。……　（堺本一八八段）

〈三〉　正月一日は、まいて空のけしきもうらうらとめづらしう、かすみこめたるに、世にありとある人は、みな姿かたち心ことにつくろひ、君をもわれをもいはいなどしたる、さまことにをかし。

白馬見にとて、里人は車きよげにしたてて見に行く。中御門《なかのみかど》のとじきみ、引き過ぐるほど、頭一所《かしらひとところ》にゆるぎあひ、さしぐしも落ち、用意せねば、折れなどして笑ふもまたをかし。左衛門の陣のもとに殿上人などあまた立ちて、舎人の弓ども取りて馬どもおどろかし笑ふを、はつかに見入れたれば、立蔀などの見ゆるに、主殿司《とのもりづかさ》、女官《にょうくわん》などの行きちがひたるこそをかしけれ。いかばかりなる人、九重をならすらむと思ひやらるるに、うちにて見るは、いとせばきほどにて、舎人の顔のきぬにあらはれ、まことに黒きに、白きもの行きつかぬ所は、雪のむらむら消え残りたる心地して、いと見苦しく、馬のあがりさわぐなども、いとおそろしう見ゆれば、引き入られてよくも見えず。……　（三巻本三段）

傍線部の白馬の節会見物の話題が、堺本では「見物は」の段に含まれる。対して、他系統本では「正月一日は」の段の一月七日の条に含まれている。

堺本「正月一日に」の段にも、一月七日の条はあり、白馬の記事も見えるのだが、宮中で実際に見物した際の感想の部分だけが、「見物は」の段に現れている。なお、「見物は」の段が堺本では四箇所に分散している問題については【表（2）-2】でくわしく検討する。

【表（1）-16】堺本「にげなきもの」の段と三巻本・前田家本「心にくきもの」の段

堺本「にげなきもの」の段と、三巻本・前田家本の「心にくきもの」の段の項目の出入りを採り上げる。「にげなきもの」の段と「心にくきもの」の段は諸本間で本文異同が激しい。能因本には当該項目に相当すると判断できるものが見当たらなかった。堺本、三巻本、前田家本の本文を挙げる。

〈堺〉にげなきもの　…〔中略〕…

検非違使の夜行《やかう》。蔵人も細殿の局に脱ぎかけたらむに、青色はあへなむ。同じ事なれど、緑衫はかいわぐみて、あとのかたにぞ投げやりて置きたらまほしき。

（堺本一八六段）

〈三〉心にくきもの　…〔中略〕…

直衣、指貫など几帳にうちかけたり。六位の蔵人の青色もあへなむ。緑衫はしも、あとのかたにかいわぐみて、暁にもえさぐりつけでまどはせこそせめ。

（三巻本一九一段）

〈前〉心にくきもの　…〔中略〕…

直衣、指貫、几帳にうちかけたるこそをかしけれ。六位なりとも青色はあへなむ。緑衫などは、かいわぐみて隅のかたに投げやりて、暁にこそとみにえさぐりえでまどはさめ。

（前田家本一二三段）

青色の袍なら我慢できるが、緑衫は後ろのほうへ丸めやって困らせたい、という部分が、堺本では「にげなきもの」の段に含まれるのに対して、三巻本・前田家本では「心にくきもの」の段に含まれている。どちらも宮中の局に男性がいる文脈で現れている。「にげなきもの」の段の本文異同に関しては第四章でも詳細に検討している。

【表（1）―17】堺本・能因本・前田家本「ねたきもの」の段と三巻本「あさましきもの」の段

堺本・能因本・前田家本「ねたきもの」の段と、三巻本「あさましきもの」の段に類似の項目がある。すべての系統の本文を挙げる。

〈堺〉ねたきもの　…〔中略〕…

また、しのびたる人の文を、引きそばみて見るほどに、うしろより人にはかに引き取られぬる心地、いとわびし。庭に下《お》り走りなどしぬるを、追ひて行《い》けど、われは簾《す》のもとにとまりぬれば、したり顔に引きあけ見立てるを、うちにて見るこそ、いかにせむとねたく、飛び出でぬべき心地すれ。

また、人のがりやる文を取りたがへて、見るまじき人に見せたる使ひ、いとねたし。「かかるわざしたり」など言ふを、「げに、いとほしうあやまち」などは言はで、口《くち》こはくいらへてをるは、人目をだに思はずは、走りも打ちつべし。

（堺本一一一段）

〈三〉あさましきもの　…〔中略〕…

見すまじき人に、外《ほか》へ持て行く文見せたる。

（三巻本九四段）

ねたきもの　…〔中略〕…

見まほしき文などを、人の取りて、庭に下りて見立てる、いとわびしくねたく思ひて行けど、簾のもとにとまりて見立てる心地こそ、飛びも出でぬべき心地こそすれ。

（三巻本九二段）

〈能〉ねたきもの　…〔中略〕…

見すまじき人に、外へやりたる文取りたがへて持て行きたる、いとねたし。「げにあやまちてけり」とは言はで、口かたうあらがひたる、人目をだに思はずは、走りも打ちつべし。…〔中略〕…

見すまじき人の、文を引き取りて、庭に下りて見立てる、いとわびしうねたく、追ひて行けど、簾のもとにとまりて見るこそ、飛びも出でぬべき心地すれ。　（能因本一〇〇段）

〈前〉ねたきもの　…〔中略〕…

見すまじき人の文を引き取りて、庭に下りて見立てる、いとわびしうねたく、追ひて行けど、簾のもとよりとまりて見るこそ飛びも出でぬべき心地すれ。

見すまじき人に、外へやりたる文取りたがへて持て行きたる、いとねたし。「げにあやまちてけり」とは言はで、口がたうあらがひたる、人目をだに思はずは、走りも打ちつべし。　（前田家本一四九段）

傍線部は見せてはいけない相手に文を見せる行為に対する憤りの記述である。堺本・能因本・前田家本では、手紙にまつわる話題として、御簾のうちの歯がゆい気持ちと合わせて書かれている。対して三巻本では、傍線部のみ「あさましきもの」の段に含まれている。

当該箇所は三巻本のみが異なった類聚をしている例である。これまでの事例と比べると性質を異にするが、堺本と他系統本間における項目の出入りという側面ももっているため、用例に加えている。

（2）堺本の複数の項目が、他系統本ではひとつの章段に含まれるもの

【表（2）】

例	堺本	三巻本	能因本	前田家本	項目内容（抄出）
（A）他本で「は」型章段に含まれるもの					

例	堺本	三巻本	能因本	前田家本	項目内容（抄出）
1	103病は	182病は	305病は	75病は	「病は　胸……」
	269十八、九ばかりの人の			75病は・280十八、九ばかりなる人の（重複）	歯を病む姿
	210八月ばかり			215八月ばかりに	胸を病む姿
2	105見物は	207見物は＋208五月ばかりなどに山里にありく（連続）	203見る物は＋204五月ばかり山里にありく（連続）	76見物は（前田家本は「うちにて見るは調楽いとをかし」を含む）	行幸、白馬など
	192なほ見るに、かへさこそ				車中に入った枝など
	220臨時の祭は				臨時の祭
	224見物は、行幸に				行幸の様子
3	4降るものは	234降るものは＋235雪は（連続）	226降るものは	13降るものは	霰、雪など
	95雪は				「雪は　檜皮屋」（檜皮葺）
	96時雨、霰は				「時雨、霰は　板屋」
4	5風は	189風は	185風は	12風は	「風は　嵐……」
	209七月つごもりがたに（末尾部分）			12風は・214七月つごもりがたに（重複）	涼気など
	213同じ月のつごもり十月のついたちなどに			218同じ月のつごもり十月のついたちなどに	曇天、落葉のあはれなど
5	51説経の講師は	31説経の講師は	39説経師は＋40蔵人おりたる人、昔は（連続）	63説経師は	講師について
	241道心あるは			266道心あるは	説経の様子など
（B）他本で「もの」型章段に含まれるもの					
6	185あはれなるもの	116あはれなるもの	123あはれなるもの	122あはれなるもの	「あはれなるもの　……」
	282御嶽に詣づる道のなかは			300御嶽に詣づる道のなりは	宣孝の説話

7	154見苦しきもの 266色黒く、顔にくさげなる人の	106見苦しきもの	320見苦しきもの	158見苦しきもの	「見苦しきもの……」 醜い男女の昼寝姿
8	173さかしきもの 260ちごなどの腹など苦しうするに	243さかしきもの	234さかしきもの	182さかしきもの	「さかしきもの……」 祈祷の様子
9	180たとしへなきもの 219常磐木どもおほかる所に	69たとしへなきもの＋ 70夜鳥どもの（連続）	72たとしへなきもの＋ 73常磐木おほかる所に（連続）	168たとしへなきもの 296常磐木どもおほかる所に	夏と冬、夜と昼など 鳥が夜中に騒がしく鳴くことなど
（C）他本で随想的章段に含まれるもの					
10	206しのびたる人の通ふには 218冬のいみじう寒きに	71しのびたる所にありては	74しのびたる所にては＋ 75また、冬のいみじく寒きに（連続）	204しのびたる人の通ふには 223冬のいと寒きに	夏の夜、烏などについて 冬の共寝、鐘の音、夜の鳥の声など
11	217雪のいみじく降りたるに 275雨いみじう降りたらむ時	276成信の中将は	271成信中将は	321なりふさの中将は	雪の夜の来訪について 雨夜の来訪について
12	221うちにて見るは、調楽いとをかし 236うちの局は細殿こそをかしけれ	74うちの局、細殿いみじうをかし	78うち局は細殿いみじうをかし＋ 79まして臨時の祭の調楽などは（連続）	76見物は（前田家本は「うちにて見るは調楽いとをかし」をここに含む） 236うちの局は細殿こそをかしけれ	臨時の祭の調楽など 細殿から外を見ることなど
13	255ありがたき心あるものは 263また、きよげなる人を捨てて	252男こそ、なほいとありがたく		269ありがたき心あるものは 267また、きよげなる人を捨てて 278人のむすめ、見ぬ人などを	男の心について 男の行動の不審と理想 男が妻にしたい女

・ある章段分け（たとえば『三巻本枕草子本文集成』）では一章段とされるものが、ある場合（たとえば『校本枕冊子』）では二章段になっているなど、複数の章段がひとつの連続した章段群となっている場合、末尾に（連続）と注記している。
・他系統本の章段内容に応じて、（A）他本で「は」型章段に含まれるもの、（B）他本で「もの」型章段に含まれるもの、（C）他本で随想的章段に含まれるもの、とに三分類している。

【表（2）】は、堺本のある複数の記事、あるいは複数の項目が、他系統本ではひとつの章段に含まれているか、あるいは章段群と呼べるような一連のまとまりになっているケースである。まずは代表例として、【表（2）―7】、堺本「見苦しきもの」の段と「色黒く、顔にくさげなる人の」の段を採り上げる。

見苦しきもの　下簾《したすだれ》きたなげなる上達部の車。日照る時に張り筵《むしろ》したる車。裳など着たる下衆女の掻練の衣《きぬ》着たる。袴着たる童《わらは》べの白き足駄《あしだ》はきたる。壺装束したる人のいそぎてあゆみたる。法師、陰陽師《おんやうじ》の紙冠《かみかうぶり》したる。あやしげなる車に弱牛《よはうし》かけて、祭、行幸など見る人。（堺本一五四段）

色黒く、顔にくさげなる人の、かづらしたると、ひげがちなる男の、おもながなると、昼寝したるこそ（イ）いとにくけれ。かたみに何の見るかひあれば、さては臥したるぞ。夜《よる》などは、かたち見えず、またいかにもいかにもおしなべてさる事となりにたるなれば、われらはにくげなればとて、起きゐたるべきことにもあるかし。さて、つとめてとく起きぬるはよし。さるは、いと若き人のいづれもよきどちは、夏、昼寝したるは、いとこそをかしけれ。わろかたちは、つやめき寝腫《ねは》れて、ようせずは、ほほゆがみぬべし。うちまもり臥したらむ人の生けるかひなさよ。また、痩せ、色黒き人の、生絹の単《ひとへ》着たる、（ウ）いとびんなし。同じごと透《す》きたれど、のしひとへはかたはとも見えずかし。ほうの（ママ）をとりたればにやあらむ。（堺本二六六段）

堺本二六六段の内容は、他系統本の「見苦しきもの」の段の後半部分に相当するものであるが、堺本では、独立した記事として人事に関する随想群に置かれている。一方、堺本の「見苦しきもの」の段は、この部分をもたずに「もの」型章段群に離れて収められている。つまり、他系統本で「見苦しきもの」の一項目であった二六六段の内容は、堺本では「見苦しきもの」ではない扱いを受けているということになる。

【表（2）】の例は、他系統本でひとつの章段に列挙されていることがらを、堺本では話題を分散して独自に系統立てている例と言い換えることもできる。雑纂本では類聚事項から連想が働いて随想的な話題へと展開しているような部分が、堺本では類聚群と随想群とに分置されている例が大半を占める。また、他系統本ではひとつの随想的章段としてあったものが、堺本では随想群の中で別々の箇所に分置されている例が四例ある。堺本では、随想的な記事はまず四季の推移によって時系列順に並べられ、次に人事や宮仕えなどのおおまかなテーマごとに関連性のある記事がまとまっている[3]。

堺本の項目の流動は、本文の表現へも影響を及ぼしている。堺本二六六段で、傍線部（イ）「いとにくけれ」、傍線部（ウ）「いとびんなし」と結ばれている部分は、他系統本では「見苦し」という形容詞が使われており、「見苦しきもの」という題と直接的に結び付く表現になっている。次に三巻本本文を挙げる。

……色黒う、にくげなる女のかづらしたると、鬚がちにかじけやせやせなる男、夏、昼寝したるこそ、（い）いと見苦しけれ。…（中略）…やせ、色黒き人の生絹の単《ひとへ》着たる、（う）いと見苦しかし。（三巻本一〇六段）

能因本、前田家本の場合は、（い）の直前で「……昼寝したる。」と連体形止めになっている。（う）の部分は三巻本と同じである。このように、他系統本では「見苦しきもの」という主旨に沿う一項目として置かれ、「見苦し」きことが主張されている。対して、堺本では、項目の配置と本文の表現の両面からその従属性が断ち切られているのである。他にも、【表（1）-2】の堺本「むとくなるもの」の段、【表（2）-1】の「十八、九ばかりの人の」の段、後述の【表（3）-1】の「ねたきもの」の段、【表（3）-2】の「心にくきもの」の段などに、同様の指摘ができる。

なお、前田家本では、堺本と似たような編纂をしている箇所、どちらかといえば能因本寄りの編纂をしている箇所、他本とまったく異なる編纂をしている箇所などがあり、堺本とはまた違う編纂の論理が窺える。(4)

＊

以下、その他の【表（2）】の用例について、簡単に確認する。

【表（2）―1】「病は」の段の編纂

堺本の「病は」の段、「八月ばかり」の段、「十八、九ばかりの人の」の段の内容が、三巻本と能因本では「病は」の段にまとめられている。つまり、三巻本・能因本の「病は」の段が、堺本では三箇所に分けられているということになる。前田家本も三箇所に分かれているが、一部が重複しており、第四章でも採り上げている。能因本は三巻本とほぼ同じなので、今回は堺本・三巻本・前田家本の本文を挙げる。

〈堺〉病は　胸。脚の気。さては、そのこととなくて、物食はでなやみたる。（堺本一〇三段）

八月ばかり、白き単衣《ひとへ》のなよらかなるに、しづやかなる袴こそよきものはあれ。紫苑《しをん》色の衣《きぬ》の、あざやかなるには引きかけて、若き人の、胸をいみじう病めば、友だちなどもかはるがはる来《き》つつとぶらふ。外《と》のかたに、「いとほしきわざかな。例もかくや病みたまふ」など、ことなしびに問ふ人もあり。心かけたる人は、まことにいとほしく思ひ嘆くもあめり。うるはしき髪を引き結ひて、かたはらにうち置きたるけしきも、いとらうたげなり。上に聞こしめして、御読経の僧の中《なか》に、ただ少し読むがありけるを、たまはせたれば、几帳引き寄せて加持せさするほどに、せばきなれば、おのづからはづれて、とぶらひ人なども見えなどして隠れなきを、目をくばりつつ見るは、罪や得らむとこそ見えたれ。（堺本二一〇段）

十八、九ばかりの人の、いと肥えて、髪いとうるはしくて丈《たけ》ばかりにて、色いと白ううつくしきが、歯を病みて、髪のなるやうも知らず、泣きまどへば、うへはすこしふくだみ、額《ひたひ》髪もしとどに濡れて、顔いと赤うなりて、袖しておさへてゐたるこそは、**いみじく心苦しけれ**。（堺本二六九段）

〈三〉病は　胸。物の怪《け》。脚の気。はては、ただそこはかとなくて物食はれぬ心地。

十八、九ばかりの人の、髪いとうるはしくて丈ばかりに、すそいとふさやかなる、いとよう肥えて、いみじう色白う、顔愛敬づき、よしと見ゆるが、歯をいみじう病みて、額《ひたひ》髪もしとどに泣き濡らし、乱れかかるも知らず、面もいと赤くて、おさへてゐたるこそ、**いとをかしけれ**。

八月ばかりに、白き単衣、なよらかなるに、袴よきほどにて、紫苑の衣の、いとあてやかなるを引きかけて、胸をいみじう病めば、友だちの女房など、数々来つつ訪《とぶら》ひ、外《と》のかたにも、わかやかなる君達あまた来て、「いといとほしきわざかな。例もかうやなやみたまふ」など、ことなしびに言ふもあり。心かけたる人は、まことにいとほしと思ひ嘆きたるこそをかしけれ。いとうるはしう長き髪を引き結ひて、物つくとて、起きあがりたるけしきも、らうたげなり。上にも聞こし召して、御読経の僧の声よき、たまはせたれば、几帳引き寄せてすゑたり。ほどもなきせばさなれば、とぶらひ人あまた来て経聞きなどするも隠れなきに、目をくばりて読みゐたるこそ、罪や得らむとおぼゆれ。（三巻本一八二段）

〈前〉病は　胸。腹。脚の気。さては、そこはかとなく物食はぬ心地。物の怪《け》などもよし。

十八、九ばかりの人の、髪いとうるはしくて丈ばかりにて、すそふさやかなるが、いみじう肥えたるが、いみじう色白う、顔いと愛敬づき、よしと見ゆるが、歯をいみじう病みまどひて、額髪もしとどに泣き濡らして、髪の乱るるも知らず、面のいと赤くなりたるをおさへて、いとわびしと思ひたるさまこそ**らうたけれ**。（前田家本七五段）

八月ばかりに、白き単衣のなよよかなるに、づ《（ママ）》しやかなる袴こそよきものにはあれ。紫苑色の衣の、あざやかなるにはあらぬ、引きかけて、若き人の、胸をいみじう病めば、友だちなどもかはるがはる来つつとぶらふ。外《と》のかたにも「いとほしきわざかな。例もかく病みたまふ」など、ことなしびに問ふ人もあり。心かけたる人は、まことにいとほしと思ひ嘆くもあめり。うるはしき髪を引き結ひて、かたはらにうち置きたるけしきも、いとらうたげなり。上に聞こしめして、御読経の僧の中に、陀羅尼すこし読むがありけるを、たまはせたれば、几帳引き寄せて加持せさするに、ほどなきせばさなれば、とぶらひ人などもおのづからはづれて見えなどして隠れなきを、目をくばりつつ見るは、罪や得らむとこそ見えためれ。（前田家本二一五段）

十八、九ばかりなる人の、いとよく肥えて、髪いとうるはしくて丈ばかりにて、色いと白く、顔うつくしきが、歯を病みて、髪のなるやうをも知らず泣きまどへば、うへはすこしふくだみ、額髪もしとどに濡れて、顔はいと赤くなりて、袖してをとらへてゐたるこそ、**いみじく心苦しけれ**。（前田家本二八〇段）

堺本の「病は」の段は、「病は　胸。脚の気……」と病の名称が列挙される初めの部分のみが「は」型類聚群に置かれる。「八月ばかり」以降の胸を患う女をめぐる記述は、暦日順随想群の八月の箇所に置かれる。「八月」という時間設定を生かした編纂と言えよう。「十八、九ばかりの人の」以降の歯痛に苦しむ若い女性の描写は、人事に関わる随想群に置かれている。三巻本・能因本のような「病」を軸とした叙述の展開とは異なる編纂がなされているのである。それに伴って、「十八、九ばかりの人の」の段の歯を病む女の表現に差異が現れている。太字で示したように、三巻本では「いとをかしけれ」と書かれている（能因本も同様）のに対して、堺本は「いみじく心苦しけれ」とするのである。

なお、前田家本も「病は」の段を三つに分けて類聚的章段の巻、随想的章段の巻にそれぞれ収めるが、「病は」の段の歯痛の女の描写と、独立した随想的章段の「十八、九ばかりなる人の」の段が重複する。「病は」（七五段）の本文は三巻本・能因本に近く、独立する「十八、九ばかりなる人の」（二八〇段）の本文は堺本に近い。女の描写も七五段は「らうたけれ」、二八〇段は「いみじく心苦しけれ」となっている。前田家本が能因本を参照した結果が前者で、堺本を参照した痕跡が後者として残っているとも考えられる。つまり、相当古い段階で両者の表現は異なっていたと想像されるのであり、編纂のされ方と表現との深い関わりが確認されるのである。

【表（2）-2】「見物は」の段の編纂

堺本の「見物は」の段、「なほ見るに、かへさこそ」の段、「臨時の祭は」の段、および「見物は、行幸にならぶは何かあらむ」の段の四つが、他系統本では「見物は」の段にまとめられている。つまり、他系統本の「見物は」の段が、堺本では四箇所に分けられているということになる。他系統本にも構成等の違いはあるが、「見物は」の段に一括されている点は共通する。よって今回は堺本と三巻本を挙げて比較する。

〈堺〉見物は、行幸さらなり、春のも、冬のも、臨時の祭、いとなまめかしくをかし。祭のかへさ。

　白馬《あをむま》は、おほうは、うちにて見るは、いとせばき塀のうちなれば、舎人どもの顔のきぬにもあらはれて、白きもののよりつかぬ所は、黒き庭に雪のむらぎえたる心地して、見苦し。馬のあまり近くて、あがりさわぐも、いとおそろしくて、えよくも見ず、引き入られぬかし。（堺本一〇五段）

　なほ見るに、かへさこそ、まさりてをかしけれ。昨日《きのふ》はよろづの事うるはしくて、一条の大路の、常はいとひろきも、せばく所なき心地して、車にさし入りたる日のあしもまばゆければ、扇してさし隠し、とかくゐなほりなどしつつ、久しう待つも苦しう汗がましかりしを、今日はいととくいそぎ出でて、雲林院《うりんゐん》、知足院《ちそくゐん》などのほどに立てるに、車どものかぎり、あまりあきたださしこみてはあらず、さはらかに立ちたるなど、いとをかし。

　日は出できたれど、空はなほうち曇りたるに、いかで聞かむともこそ、夜《よる》も目を覚まし起きゐつつ待つほととぎすの、あまたさへづるにやと聞ゆるまで鳴きひびかすを、いみじうめでたしと思ふに、鶯もそれをまねばむとにや、老いたる声して似せむと、ををしううち添へたるも、ほかにては心おくれたる心地してにくけれど、所がらにや、とりどりの鳥のおぼえぞかしと思ひなされて、例よりはをかしうぞ聞ゆる。しばしばかりはありて、御社《みやしろ》のかたより、赤衣《あかぎぬ》着たる者ども連れだちて、「いかに、事はなりぬや」と問へば、「まだむご」といらへ、御輿《みこし》どもなど持て帰る。かれにたてまつりたらむ人よなど思ふもめでたくかたじけなきに、さる下衆《げす》どものけぢかくいかでさぶらふにかとぞ、おそろしき。

はるかげに言ひつれど、ほどもなく還《かへ》らせたまふに、御使ひのかざしの葵《あふひ》も、すこしなよやかなり。かつらの葉もうちしぼみたる、なかなかいと艶に見えたり。御車の過ぎさせたまふにほひよりはじめ、出《いだ》し車どもの扇、唐衣《からぎぬ》、青朽葉《あをくちば》なるなどもいみじうぞ見ゆる。雑色、所の衆《しう》、青色に白き単襲《ひとへがさね》どもけしきばかり引きかけたる、卯の花の垣根にことならず見えて、ほととぎすのかげに隠れぬべくぞあめる。昨日は、車ひとつにあまた乗りて、二藍《ふたあゐ》の直衣、指貫、あるは狩衣なども乱れ着て、簾《すだれ》をときおろし、ものぐるほしきまではれたりし君達《きんだち》の、今日は、院の垣下《ゑか》にとて、昼《ひ》の装束《さうぞく》うるはしくして、車にも一人づつ乗りたりしに、をかしげなる殿上童《てんじやうわらは》などばかりを乗せたるもをかし。

わたり果てさせたまふや遅きと、などさしもまどふらむ、まづわれさきに立たむと、おそろしきまで競《きほ》ひさわぐを、「かくな言ひそ。ただのどかに」と、扇をさし出でて制すれど、聞きも入れねば、わりなくて、すこしもひろき所にとめさせたるを、心もとなくにくしと思ひたる。

げに、われひとり心のどかにと思へど、人はさも思はぬにやと、いとうたてあやふき事もありぬべければ、なほ異方《ことかた》よりと、責め言ひてやらする道は、むげの山里の道めきて、いとあはれなり。うつぎの垣根をわけ行《ゆ》けば、枝どもいと荒々しく、おどろがましげにてさし入るを、いそぎてとらへむとするに、いととく過ぎ行《ゆ》くや。また、花すくなきはあれど、人してすこし折らせて、葵かつらの枯葉見えたるがくちをしきに、さしくはへたるも、をかしうおぼゆ。遠きほどは、えも通るまじう見ゆるも、さきの近くなりもて行《ゆ》けば、さしもあらざりける引きわかるるこそをかしけれ。誰とも知らぬ男車の、しりにひきつづきて、むごに来《く》るもをかしと見るほどに、所にて、「峰にわかるる」と言ひたるこそ、をかしけれ。（堺本一九二段）

臨時の祭は、いづれとなくおもしろくをかしきなかに、冬のはいますこしなまめかしさまさりてこそめでたけれ。空の曇りさえて寒げなるに、雪すこしうち散りて、挿頭の花の青摺のほどにかかりたるは、えも言はずをかし。太刀の鞘のきはやかに見えたるに、半臂《はむぴ》の緒の、瑩《やう》じたるやうにてかかりたる、地摺《ぢずり》の袴の中より、氷《こほり》かとおどろくばかりなる掻練の打目《うちめ》など、すべてめでたし。いますこしおほくわたらせまほしき使ひは、かならず受領などのにくげなるにてあるこそ、くちをしけれ。されば、藤の花に隠されたるほど、をかしうもありぬべきを、なほ目もとまらねば、過ぎぬるかたをぞ見送る。陪従《べいじう》のしなおくれたる、柳の下襲、挿頭の山吹など、わりなく見ゆれど、泥障《あふり》いと高くうち鳴らして、「賀茂の社のゆふだすき」とうたひたるほどは、さすがにをかし。（堺本二二〇段）

見物は、行幸にならぶは何かあらむ。御輿にたてまつりてわたらせたまふほど見るほどは、あけくれ御前《まへ》にさぶらひて、なれつかうまつる人ともおぼえず、神々《かうがう》しう、いつかしう、常は何ともおぼえぬつかさづかさの者、ひめまうちぎみなどさへぞ、やむごとなくおぼゆるや。御綱《みつな》のすけの中少将などいとをかし。近衛のつかさは、かくかぎりなく御身の近きまもりに常にさぶらふがいとめでたきぞかし。御輿持ちこそいとかたじけなき役はあれ。よき人のつかうまつるべきことにこそはあめれ。

めでたき見物なるに、このましく乗りこぼれてかみしも走らする君達の車などのなきぞ、さうざうしき。（堺本二二四段）

〈二〉　見物は　臨時の祭。行幸。祭のかへさ。御賀茂詣で。

[あ]　賀茂の臨時の祭、空の曇り寒げなるに、雪すこしうち散りて、挿頭の花、青摺などにかかりたる、えも言はず

をかし。太刀の鞘の、きはやかに黒う、まだらにて、ひろう見えたるに、半臂の緒の、瑩じたるやうにかかりたる、地摺の袴の中より、氷かとおどろくばかりなる打目など、すべていとめでたし。いますこしおほくわたらせまほしきに、使ひはかならずよき人ならず、受領などなるは目もとまらずにくげなるも、藤の花に隠れたるほどは、をかし。

なほ過ぎぬるかたを見送るに、陪従のしなおくれたる、柳に挿頭の山吹いとわりなく見ゆれど、泥障いと高ううち鳴らして、「神の社のゆふだすき」とうたひたるは、いとをかし。

[い] 行幸にならぶ物は、何かはあらむ。御輿に奉《たてまつ》るを見たてまつるには、あけくれ御前に候《さぶら》ひつかうまつるともおぼえず、神々しくいつくしういみじう、常は何とも見えぬなにつかさ、ひめまうち君《ぎみ》さへぞ、やむごとなくめづらしくおぼゆるや。御綱のすけの中少将、いとをかし。近衛の大将、ものよりことにめでたし。近衛府こそなほいとをかしけれ。

　五月こそ世に知らずなまめかしきものなりけれ。されどこの世に絶えにたることなめれば、いとくちをし。昔語に人の言ふを聞き、思ひあはするに、げにいかなりけむ。ただその日は菖蒲うちふき、世の常のありさまだにめでたきをも、殿のありさま、所々の御桟敷どもに菖蒲ふきわたし、よろづの人ども菖蒲蔓《さうぶかづら》して、あやめの蔵人、かたちよきかぎり選りて出だされて、薬玉たまはすれば、拝して腰につけなどしけむほど、いかなりけむ。ゐいのすいゑうつりよきもなどうちけむこそをこにも、をかしうもおぼゆれ。還らせたまふ御輿の先に、獅子、狛犬など舞ひ、あはれさる事のあらむ、郭公うち鳴き、ころのほどさへ似るものなかりけむかし。

[う] 行幸はめでたきものの、君達車などのこのましう乗りこぼれて、かみしも走らせなどするがなきぞ、くちをしき。さやうなる車のおしわけて立ちなどするこそ、心ときめきはすれ。

[え] 祭のかへさ、いとをかし。昨日はよろづの事うるはしくて、一条の大路のひろうきよげなるに、日のかげも暑

く、車にさし入りたるもまばゆければ、扇して隠し、ゐなほり、久しく待つも苦しく、汗などもあえしを、今日はいととくいそぎ出でて、雲林院《うりんゐん》、知足院《ちそくゐん》などのもとに立てる車ども、葵かつらどももうちなびきて見ゆる。日は出でたれども、空はなほうち曇りたるに、いみじういかで聞かむと目を覚まし起きゐて待たるる郭公の、あまたさへあるにやと鳴きひびかすは、いみじうめでたしと思ふに、鶯の老いたる声して、かれに似せむと、ををしううち添へたるこそにくけれど、またをかしけれ。いつしかと待つに、御社のかたより、赤衣うち着たる者どもなどの連れだちて来るを、「いかにぞ、事なりぬや」と言へば、「まだむご」などいらへ、御輿など持て帰る。かれにたてまつりておはしますらむもめでたく、け高く、いかでさる下衆などの近くさぶらふにかとぞおそろしき。はるかげに言ひつれど、ほどなく還らせたまふ。扇よりはじめ、青朽葉どもの、いとをかしう見ゆるに、所の衆の、青色に白襲《がさね》をけしきばかりひきかけたるは、卯の花の垣根近うおぼえて、郭公もかげに隠れぬべくぞ見ゆるかし。昨日は車一つにあまた乗りて、二藍の同じ指貫、あるは狩衣など乱れて、簾ときおろし、物ぐるほしきまで見えし君達の、斎院の垣下にとて、昼の装束うるはしうして、今日は一人づつ、さうざうしく乗りたる後に、をかしげなる殿上童乗せたるもをかし。

わたり果てぬる、すなはちは心地もまどふらむ、われもわれもと、あやふくおそろしきまで、先に立たむといそぐを、「かくないそぎそ」と扇をさし出でて制するに、聞きも入れねば、わりなきに、すこしひろき所にて、強ひてとどめさせて立てる、心もとなくにくしとぞ思ひたるべきに、ひかへたる車どもを見やりたるこそをかしけれ。男車の誰とも知らぬが後にひきつづきて来るも、ただなるよりはをかしきに、引きわかるる所にて、「峰にわかるる」と言ひたるもをかし。なほあかずをかしければ、斎院の鳥居のもとまで行きて見るをりもあり。

内侍の車などのいとさわがしければ、異方の道より帰れば、まことの山里めきてあはれなるに、うつぎ垣根といふものの、いと荒々しく、おどろおどろしげにさし出でたる枝どもなどおほかるに、花はまだよくもひらけ果てず、つぼみたるがちに見ゆるを折らせて、車のこなたかなたにさしたるも、かつらなどのしぼみたるがくちをしきに、をかしうおぼゆ。いとせばう、えも通るまじう見ゆる行く先を、近う行きもて行けば、さしもあらざりけるこそをかしけれ。

（三巻本二〇七段）

三巻本の「見物は」の段は、祭、行幸などの行列を見物する内容に始まり、十一月の賀茂の臨時祭の様子、行幸の様子、今は廃止された五月節会の想像上の様子、四月の賀茂祭の還さの様子、帰路の様子などを語る、非常に分量のある章段である。これらの内容が堺本では時期と内容によって四つに分かれている。

まず、三巻本の「見物は」の段のはじめの部分が、堺本では「は」型類聚群に置かれている。ここには、【表（1）-15】で確認したように、他系統本「正月一日は」の段との間で白馬節会の項目の出入りも起こっている。

次に、賀茂の臨時の祭、行幸、祭の還さの話題を堺本はそれぞれ分別して随想群に配置する。三巻本で[あ]と示した部分を、堺本は臨時祭が行われる十一月に即して、暦日順随想群の十一月の箇所に置く。三巻本で[い]・[う]とした行幸の話題はその数段後方の十一月の箇所に置かれる。三巻本で[え]とした祭の還さの記事は四月の箇所に置かれる。なお、三巻本で点線で囲った五月の節会のすばらしさを空想する箇所は堺本には見られない。現実の叙述として書かれていないためか、あるいは、能因本（および前田家本）にも五月節会の記述がないことと何かしら関係があるかもしれない。このあたりの堺本随想群の編纂方法については第一章でくわしく論じている。

【表（2）-3】「降るものは」の段の編纂

堺本の「降るものは」の段、「雪は」の段、「時雨、霰は」の段の三つ（あるいは、「雪は」と「時雨、霰は」は隣接しているのでひとまとまりと数えれば二つ）の段が、他系統本では「降るものは」の段にまとめられている。つまり、他系統本の「降るものは」の段の内容が堺本では二箇所に分散しているということである。諸本間に異同があるため、すべての系統の本文を挙げる。

〈堺〉降るものは　時雨。霰《あられ》。雪。

　さて、また、五月四日の夕つかたより降る雨の、五日のつとめてまで、いと青やかなる軒の菖蒲《あやめ》のすそより伝ひて落つる雫、蓬の香りにあひていとをかし。（堺本四段）

　雪は　檜皮屋《ひはだや》。（堺本九五段）

　時雨、霰《あられ》は　板屋。（堺本九六段）

〈三〉降るものは　雪。霰。霙《みぞれ》は、にくけれど、白き雪のまじりて降るをかし。

　雪は　檜皮葺《ひはだぶき》、いとめでたし。すこし消えがたになりたるほど、また、いとおほうも降らぬが、瓦の目ごとに入りて、黒うまろに見えたる、いとをかし。（三巻本二三四段）

　時雨、霰は板屋。霜も板屋、庭。（三巻本二三五段）

〈能〉降るものは　雪。にくけれど、霙の降るに、霰、雪の真白にてまじりたるをかし。

　檜皮葺、いとめでたし。すこし消えがたになるほど、おほくは降らぬが、瓦の目ごとに入りて、黒うまろに見えたる、いとをかし。

　時雨、霰は板屋。霜も板屋。（能因本二二六段）

〈前〉降るものは　時雨。霰。雪。にくけれど、霙の降るに、雪のまじりて降りたる、をかし。

　さてはまた、五月四日の夕つかたより降る雨の、五日のつとめて、いと青やかなる軒の菖蒲《あやめ》のすゑより伝ひて落つる雫、蓬の香りあひて、いとをかし。

　時雨、霰は板屋。霜も板屋。

　雪は檜皮葺、いとめでたし。すこし消えがたになりたるほど、またいとおほくは降らぬが、瓦の目ごとに入り

て黒くまろに見えたる、いとをかし。　（前田家本一三段）

「降るものは」の段には、降雨、降雪などが挙げられている。堺本のもつ五月に降る雨のしずくと蓬の香が調和するという一文は堺本にしかない。また、堺本は「雪は　檜皮屋」（九五段）「時雨、霰は　板屋」（九六段）の部分を類聚群の後方に別置している。このように分けられることで、「雪は」、「時雨、霰は」が「降るものは」とは違う題目であることが決定的になっている。

なお、前田家本は能因本と堺本のどちらの内容も兼ね備えた本文となっている。前田家本が堺本と能因本を参照したことを示す適例と言えるだろう。しかし、その前田家本も、「降るものは」の段はひとつにまとめられている。

【表（2）-4】「風は」の段の編纂

堺本「風は」の段、「七月つごもりがたに」の段、「同じ月のつごもり、十月のついたちなどに」の段の三つが、三巻本・能因本では「風は」の段にまとめられている。つまり、三巻本・能因本の「風は」の段の内容が堺本では三箇所に分散している。三巻本と能因本の異同はわずかであるので、三巻本を用いて比較する。前田家本は堺本と同じく三つに分かれているが、重出があることはすでに【表（1）-14】で述べた。

〈堺〉風は　嵐。木枯らし。二、三月ばかりの夕つかた、ゆるく吹きたる雨風。また、八月ばかりの、雨にまじりてひややかに吹きたる風もをかし。　（堺本五段）

七月つごもりがたに、にはかに風いたう吹きて、雨のあしの横ざまにさわがしう降り入りて、いとど涼しきこそをかしけれ。扇もうち忘れて、綿薄き衣《きぬ》の萎えたるが、日ごろうちかけて置きたりつるを引き落として、いとよく引き着て昼寝したるに、すこしかびたる香《か》のなつかしき、汗にまじりてかがえたるもをかし。生絹《すずし》の衣《きぬ》だに暑かはしく、取り捨てまほしかりつるを、いつのほどにかはなりぬらむとおぼゆるがをかしきなり。暁、格

子上げたるに、嵐の吹き入れたるに、いとひややかに顔にしみたる、いとをかし。（堺本二〇九段）

同じ月のつごもり、十月のついたちなどに、空も曇り、木の葉さそふ風のさわがしう吹きたるに、木の葉《こは》のほろほろとこぼれ落つるこそ、いとあはれにをかしけれ。こともの よりも桜の葉こそ、いととく落つるかし。おほかたの、そのころ木立おほかる所の庭は、まことに錦をはれると見えて、めでたきものなり。（堺本二一三段）

〈三〉風は　嵐。三月ばかりの夕暮に、ゆるく吹きたる雨風。八、九月ばかりに、雨にまじりて吹きたる風、いとあはれなり。

雨のあし横ざまに、さわがしう吹きたるに、夏とほしたる綿衣のかかりたるを、生絹の単衣《ひとへぎぬ》重ねて着たるも、いとをかし。この生絹だにいと所せく暑かはしく、取り捨てまほしかりしに、いつのほどにかくなりぬるにかと思ふもをかし。暁に格子、妻戸を押しあけたれば、嵐のさと顔にしみたるこそ、いみじくをかしけれ。

九月つごもり、十月のころ、空うち曇りて、風のいとさわがしく吹きて、黄なる葉どもの、ほろほろとこぼれ落つる、いとあはれなり。桜の葉、椋の葉こそいととくは落つれ。十月ばかりに木立おほかる所の庭は、いとめでたし。（三巻本一八九段）

堺本では、はじめの「風は　嵐。……」の部分が「は」型類聚群に置かれる。次に他系統本では「風は」の中間部にある傍線部の文章が「七月つごもりがたに」の段に接続するかたちで暦日順随想群に置かれている。「七月つごもりがたに」の段の末尾との連結状況は【表（1）-14】でも確認した。さらに、他系統本の「風は」の段の後半部にある落葉の描写は、堺本では「同じ月のつごもり、十月のついたちなどに」とやや表現を変えて暦日順随想群の九月の箇所に置かれている。

【表（2）-5】「説経の講師は」の段の編纂

堺本の「説経の講師は」の段と「道心もあるはいとよきことなれど」の段の二つが、三巻本と能因本では「説経の講師は」の段にまとめられている。つまり、「説経の講師は」の段が堺本では二箇所に分かれているということである。三巻本と能因本にも本文異同は見られるが、「説経の講師は」の段に一括されている点は同じである。よってここでは堺本と三巻本の本文を挙げる。

〈堺〉説経の講師は、顔よき。つとまぼらるるほどこそ、説く事のたふときも聞ゆれ。ほかざまに向きぬれば、耳にも入らぬ、罪の深さなれば、あから目せじといりゐたるに、にくさげなるも罪得る心地す。このことは、とどむべし。若き時こそかやうの罪深きこともよかりしが、老いてはいとおそろし。

道心《だうしん》あるはいとよきことなれど、説経する寺、坊《ばう》に、俗のつねの人のやうにさだまりゐたるこそ、あまりうたて、この罪《つみ》人の心にはおぼゆれ。（堺本五一段）

蔵人なりし人は、おりてのち、うちわたりなどに常に見ゆるをば、わがことにぞしける。されど、さまではあまりことなり。このころのやうとしては、それしもぞ、「蔵人五位」とて、いそがしく思ひ、つかふめれば、いづこにいろひて見ゆめり。このころのやうとしては、それしもぞ、いそがしく思ひ、つかふめれば、いづこにいろひて見ゆめり。されどなほ、心ひとつはありしならひのなる心地しためればにや、さやうの所へも行くを、一度《ひとたび》、二度《ふたたび》来そめつれば、常に詣でまほしくなりて行くなめり。夏などのいと暑きにも、帷子《かたびら》あざやかにて、薄二藍《うすふたあゐ》の指貫、もしは青鈍《あをにび》など踏み散らして、烏帽子に物忌みつけたるは、つつしむべき日にこそあらめ。されど、功徳のかたにははばからぬと見えむとにや。いそぎ来て、その所の聖《ひじり》と物語し、それが身およばぬ所のことまで行ひ、車立つることをさへ見入れなどして、ことについたるけしきなり。さるほどにまた、久しうあはざりける人などまゐりあひたれば、またそれめづらしがりて、近うゐ寄り、物言ひうなづきつつ、をかしきことなど語り出でて、扇ひろくひろげて、口を覆ひて笑ひ、装束よくしたる、数珠かひなにかいまくりて、手まさぐりにし、こなたかなた見やりて、立てる車のあしよし褒めそしり、なにがし寺にてその人のせし八講、くれがしの所にて経供養せしをりありしが語りしなど、言ひゐたるほどに、この説経をば聞きも入れず。何かは、常に聞く事なれば、耳馴れてめづらしくもあらぬにこそはあらめな。……　（堺本二四一段）

〈三〉説経の講師は、顔よき。講師の顔をつとまもらへたるこそ、その説く事のたふとさもおぼゆれ。ひが目しつれば、ふと忘るるに、にくげなるは、罪や得らむとおぼゆ。このことはとどむべし。すこし年などのよろしきほどは、かやうの罪得方《つみえがた》のことは書き出でけめ、今は罪、いとおそろし。

また、「たふとき事、道心おほかり」とて、説経すといふ所ごとに、さいそに行《い》きゐるこそ、なほこの罪の心には、いとさしもあらでと見ゆれ。

蔵人など、昔は御前などいふわざもせず、その年ばかりは、うちわたりなどには、かげも見えざりける。今は、さしもあらざめる。「蔵人の五位」とて、それをしもぞいそがしうつかへど、なほ名残つれづれにて、心ひとつは暇《いとま》ある心地すべかめれば、さやうの所にぞ、一度《ひとたび》、二度《ふたたび》も聞きそめつれば、常に詣でまほしうなりて、夏などのいと暑きにも、帷子いとあざやかにて、薄二藍、青鈍の指貫など、踏み散らしてゐためり。烏帽子に物忌つけたるは、さるべき日なれど、功徳のかたにはさはらずと見えむとにや。その事する聖と物語し、車立つることなどをさへぞ見入れ、ことについたるけしきなる。久しうあはざりつる人の、詣であひたる、めづらしがりて、ゐ寄り、物言ひ、うなづき、をかしき事など語り出でて、扇広うひろげて、口にあてて笑ひ、よく装束したる数珠かいまさぐり、手まさぐりにし、こなたかなたうち見やりなどして、車のあしよし褒めそしり、なにがしにてその人のせし八講、経供養せしこと、とありしこと、かかりしこと、言ひくらべゐたるほどに、この説経の事は、聞きも入れず。何かは、常に聞く事なれば、耳馴れて、めづらしうもあらぬにこそは。……　（三巻本三一段）

「説経の講師は」の段は、法会での見聞、感想を述べたり、蔵人の五位、君達、法会の常連などの振舞いを批評したりする内容である。分量が多いため、引用本文は後半部分を省略してある。三巻本前半部の「説経の講師は」以下の部分を、堺本は「は」型類聚段に収める。そして、その後に続く法会の場での人々の態度を検分する部分を随想群の人物批評の記事群に置いている。なお、前田家本は堺本と同じく類聚的章段と随想的章段とに分けており、類聚的な部分は能因本寄り、随想的な部分は堺本寄りの本文になっている。

【表（2）-6】「あはれなるもの」の段の編纂

堺本の「あはれなるもの」の段と「御嶽に詣づる道のなかは」の段の二つが、三巻本・能因本では「あはれなるもの」の段にまとめられている。つまり、「あはれなるもの」の内容が堺本では二箇所に分かれているのである。前田家本も堺本同様に分かれている。諸本間で激しい本文異同も起こっているが、分かれているかどうかに限ると、三巻本・能因本と堺本・前田家本とが対立している。第三章で別途採り上げてくわしい分析を行っているので、詳細はそちらに譲るが、堺本では内容によって記事の配置場所が変わっていることを押さえておきたい。

【表（2）-8】「さかしきもの」の段の編纂

堺本の「さかしきもの」の段と「ちごなどの腹など苦しうするに」の段の二つが、他系統本では「さかしきもの」の段にまとめられている。つまり、他系統本の「さかしきもの」の段が堺本では二箇所に分けられている。他系統本の本文異同はわずかなので、三巻本を用いて比較する。

〈堺〉さかしきもの　今様の三歳児《みとせご》。下衆の家の女あるじ。はらとりの女。（堺本一七三段）

ちごどもの腹など苦しうするに、女房呼びてさぐらせなどするに、祈りもつくるとて、そそくりたるこそ、いとをこなれ。刀のいと鈍きをとらへて、ひとつをだに切り果つべくも見えぬに、あまた重ねて押したたみたれば、いかで切られむずらむと見るほどに、口ひきゆがめて、切り彫《ゑ》りなしたり。竹など押し切り、夢に道行くらむやうにしをると見れど、例になりにければ、刀の刃なども、ならひにけるぞかし。

（堺本二六〇段）

〈三〉　さかしきもの　今様の三歳児。ちごの祈りし、腹などとる女。

物の具ども乞ひ出でて、祈り物作る、紙をあまた押し重ねて、いと鈍き刀して切るさまは、一重だに断つべくもあらぬに、さる物の具となりにければ、おのが口をさへひきゆがめて押し切り、目おほかる物どもして、かけ竹うち割りなどして、いと神々しうしたてて、うちふるひ祈る事ども、**いとさかし**。かつは、「何の宮、その殿の若君、いみじうおはせしを、かひのごひたるやうに、やめたてまつりたりしかば、禄をおほくたまはりし事。その人かの人召したりけれど、しるしなかりければ、いまに女をなむ召す。御徳をなむ見る」など語りをる顔もあやし。

下衆の家の女主。痴れたる者。それしもさかしうて、まことにさかしき人を教へなどすかし。（三巻本二四三段）

堺本の「さかしきもの」の段は、他系統本と比べると分量が極端に少なくなっている。他系統本に見られる「祈り物」を作る様子などが、堺本では人事に関する随想群に置かれているためである。他系統本では太字で示したように「いとさかし」という文言が含まれており、明らかに「さかしきもの」の一項目となり得ているが、堺本の「ちごもの腹など苦しうするに」の段には「さかし」という語句はなく、「さかしきもの」との関連性はなくなっているのである。

【表(2)-9】「たとしへなきもの」の段の編纂

堺本の「たとしへなきもの」の段と「常磐木どもおほかる所に」の段の二つが、三巻本・能因本では「たとしへなきもの」の一連の段として一箇所にまとめられている。つまり、雑纂本の「たとしへなきもの」の一連の段の内容が堺本では二箇所に分かれているということである。前田家本も堺本と同様に分かれている。「たとしへなきもの」の段についても、第三章で別途採り上げているので、詳細はそちらに譲る。

【表（2）-10】「しのびたる人の通ふには」の段の編纂

堺本「しのびたる人の通ふには」の段と、「冬のいみじく寒きに」の段の二つが、三巻本・能因本では「しのびたる所にありては」の段として一箇所にまとめられている。つまり、「しのびたる所にありては」の段が堺本では二箇所に分かれているということである。前田家本も堺本と同様に分かれている。堺本と三巻本の本文を用いて比較する。

〈堺〉しのびたる人の通ふには、夏の夜こそをかしけれ。いみじく短く、つゆもまどろまぬほどに、明けぬるよ。やがてよろづの所もあけながらあれば、涼しげに見わたさるるが、なほいますこし言ふべきことどもは残りたる心地すれば、ふともえ立ちさらで、かたみになにくれと言ひかはすほどに、ただこのゐたる上に、烏の高う鳴きて行くこそ、顕証《けむせう》になる心地してをかしけれ。（堺本二〇六段）

冬のいみじく寒きに、思ふ人とうち重ねてうづもれ臥したれば、鐘の音《おと》のただ物の底なるやうに聞《きこ》ゆるこそ、をかしけれ。とりの声も夜ふかきほどは、羽《はね》のうちに口をこめながら鳴けば、いみじう物深く遠く聞ゆるが、明くるままに近く聞ゆるもをかし。（堺本二一八段）

〈三〉しのびたる所にありては、夏こそをかしけれ。いみじく短き夜の、明けぬるに、つゆ寝ずなりぬ。やがてよろづの所あけながらあれば、涼しく見えわたされたる。なほいますこし言ふべきことのあれば、かたみにいらへなどするほどに、ただゐたる上より、烏の高く鳴きて行くこそ、顕証なる心地してをかしけれ。

また、冬の夜いみじう寒きに、うづもれ臥して聞くに、鐘の音の、ただ物の底なるやうに聞ゆる、いとをかし。烏の声も、はじめは羽のうちに鳴くが、口をこめながら鳴けば、いみじう物深く遠きが、明くるままに、近く聞ゆるもをかし。（三巻本七一段）

堺本の「しのびたる人の通ふには」の段は、暦日順随想群に置かれている。直前には三巻本・能因本にはない「七月十日よひばかりのいみじう暑きに」（堺本二〇五段）という段がある。夏から初秋の記事が並んでおり、なかには男の訪れを描くものもある。堺本の編纂が季節と内容に応じてなされていることがわかる。「冬のいみじく寒きに」の段も、暦日順随想群の冬の記事として収められている。「しのびたる人の通ふには」の段をめぐる堺本と他系統本との編纂方法の差異、表現上の差異などに関しては第三章であらためて詳細に検討する。

【表（2）-11】「成信の中将は」の段の編纂

堺本「雪のいみじく降りたるに」の段と「雨いみじう降りたらむ時」の段は、他系統本の「成信の中将は」（三巻本）の段の一部に相当する。堺本と三巻本とを比較する。

〈堺〉雪のいみじく降りたるに、人のありきたるこそをかしけれ。「われ忘れめや」などひとりごちて、直衣などもいたう濡れて立たむ、妻戸かきはなちて入れたらば、顔も身もいと冷たくなりて寄りたらむは、わりなかるべきほどかな。六位の蔵人の青色もいとをかし。すべて雪に濡れたらむをりには、靫負佐《ゆげひのすけ》の赤衣《あかぎぬ》、罪許しつべし。（堺本二一七段）

雨いみじう降りたらむ時来たらむ人こそ、つらき事ありともえうらむまじう、あはれなりぬべけれと人の言ふこそ、さらにもさおぼゆまじき事なれ。まことに来《こ》む人の、昨日《きのふ》、一昨日《をととひ》、そのあなたの夜、昨夜《よべ》なども来たらむが、今日よりもかきくらし降らむにさはらず来《き》たらむは、げにあはれなるべし。さて、日ごろ、もしは月ごろありありて、雨風のはげしからむ夜しも来《き》たらむは、ことさらめきて、さ思はせむと思ひけると、あらはにつくりたてて見えむことをば、何かうれしからむ。さらねど、風などのいたく吹きたるをり、「いかにぞ」など言ひたるは、をかしうおぼえずやはある。さて、二、三年、四、五年も絶えたる人なりとも、月のいみじう明かからむ夜来《き》たらむはしも、なかなかあはれなりなむ。すべて、過ぎぬる方《かた》のあはれも、人の恋しきことなりとも、月にこそまさり思ひ出でらるなれ。こまのの物語のあはれなることは、何により、そはもの遠く思ひながされ、来《き》し方《かた》行く先のことまで、月にぞ思ひあかしつるものを、雨にはさやはある。心ぼそくさしあたりたることこそあれ、風の荒さなどにただものおそろしくおぼえて、げにそのほどにたのもしからむ人の来《き》たらむは、いかばかりかはうれしからむ。さりとも、それをめでたく深き心ざしにすべきにもあらず。かみに言ひつるがごとく、常に来《こ》む人のさあらむは、まことにもあはれにもうれしくもありぬべし。（堺本二七五段）

〈三〉　成信の中将は、入道兵部卿宮の御子にて、かたちいとをかしげに、心ばへもをかしうおはす。…〔中略〕…など言ひ笑ふに、遣戸あけて、女は入り来ぬ。

つとめて、例の廂に、人の物言ふを聞けば、「[a]雨いみじう降るをりに来たる人なむ、あはれなる。日ごろおぼつかなく、つらき事もありとも、さて濡れて来たらむは、憂き事もみな忘れぬべし」とは、などて言ふにかあらむ。さあらむを、昨夜《よべ》も、昨日《きのふ》の夜《よ》も、そがあなたの夜《よ》も、すべてこのごろ、うちしきり見ゆる人の、今宵いみじからむ雨にさはらで来たらむは、なほ一夜《ひとよ》もへだてじと思ふなめりと、あはれなりなむ。さらで、日ごろも見えず、おぼつかなくて過ぐさむ人の、かかるをりにしも来むは、さらに、心ざしのあるにはせじとこそおぼゆれ。

…〔中略〕…

[b]さて月の明かきはしも、過ぎにし方《かた》、行末《ゆくすゑ》まで思ひ残さるることなく、心もあくがれ、めでたく、あはれなる事、たぐひなくおぼゆ。[c]それに来たらむ人は、十日、二十日、一月もしは一年《ひととせ》も、まいて七、八年ありて思ひ出でたらむは、いみじうをかしとおぼえて、えあるまじうわりなき所、人目つつむべきやうありとも、かならず立ちながらも物言ひて返し、またとまるべからむは、とどめなどもしつべし。

[d]月の明かき見るばかり、ものの遠く思ひやられて、過ぎにし事の、憂かりしも、うれしかりしも、をかしとお

ぼえしも、ただ今のやうにおぼゆるをりやはある。こまの物語は、何ばかりをかしき事もなく、ことばも古めき、見所おほからぬも、月に昔を思ひ出でて、虫ばみたる蝙蝠《かはほり》取り出でて、「もと見しこまに」と言ひてたづねたるが、あはれなるなり。

e雨は、心もなきものと思ひしみたればにや、かた時降るもいとにくくぞある。…〔中略〕…f風などの吹き、荒々しき夜来たるは、たのもしくて、うれしうもありなむ。

g雪こそめでたけれ。「忘れめや」などひとりごちて、しのびたることはさらなり、いとさあらぬ所も、直衣などはさらにも言はず、うへの衣《きぬ》、蔵人の青色などの、いとひややかに濡れたらむは、いみじうをかしかべし。緑衫《ろくさう》なりとも、雪にだに濡れなば、にくかるまじ。……

（三巻本二七六段）

三巻本の「成信の中将は」の段は、冒頭で成信と兵部のやりとりを描く。いわゆる日記的章段としての性質を明らかにもっており、その後、随想的な内容へと移っていく。いわゆる日記的記事を基本的にもたない堺本が、このような日記的要素をもつ章段から記事を抽出していることには注目すべきであろう。詳細な検討は第五章で行うので、ここでは堺本がどのように記事を編纂しているかということのみ押さえておく。

堺本の「雪のいみじく降りたるに」の段は、三巻本の「成信の中将は」の段の傍線部gの内容に相当する。堺本ではそれが暦日順随想群の冬のグループに入れられている。具体的な場所は、【表（2）-10】で採り上げた「冬のいみじく寒きに」の段の直前になる。また、堺本の「雨いみじう降りたらむ時」の段は、人事関係の随想群の、男性関連の記事のグループ内に置かれている。内容的には、三巻本「成信の中将は」の段の傍線部a～fに相当する。

【表（2）-12】「うちの局」関連章段の編纂

堺本の「うちにて見るは、調楽いとをかし」の段と「うちの局は細殿こそをかしけれ」の段の二つが、三巻本と能因本では「うちの局、細殿いみじうをかし」（三巻本）の段として一箇所にまとめられている。つまり、三巻本と能因本の「うちの局、細殿いみじうをかし」（三巻本）の段が堺本では二箇所に分かれているということである。三巻本と能因本の間の本文異同はわずかなので、堺本と三巻本の本文を用いて比較する。なお、前田家本は「うちにて見るは、調楽いとをかし」に相当する段を「見物は」の段に加えるという独自の編纂を行っている。「うちの局は細殿こそをかしけれ」に相当する段は、随想的章段の巻に収めている。

〈堺〉うちにて見るは、調楽いとをかし。主殿《とのもり》の官人の長松《ながまつ》ともして、頸《くび》は引き入れて行《ゆ》けば、ものにさしつけつるばかりになるに、をかしう遊び、笛吹き立てて通るに、心ことに思ひたる君達《きむだち》の、昼《ひ》の装束して立ちどまり、物言ひなどするに、とのもの人、随身の前駆《さき》しのびやかに追ひたるも遊びにまじり、常に似ずをかしう聞ゆ。

夜ふけぬれば、なほ明けてかへるさを待つに、君達《きんだち》の声にて、「荒田に生ふる富草の花」とうたひすさみたるも、このたびはいますこしをかしきに、いかなるま人《（ママ）》にか、すくすくとさし歩みて出でぬるもあれば、とまりたるは、「しばしや。『など、ちよ《（ママ）》を捨ててはいそぎ出でたまふ』とあめり」など言ひかくれど、倒《たふ》れぬばかり、もし人や追ひてとらふなど思ふかと見ゆるまで、まどひ走りて行《い》けば、「心地あしきことのあるにや」など言ひて笑ふもをかし。　（堺本二二一段）

うちの局は細殿こそをかしけれ。夏は、かみの蔀《しとみ》を上げたれば、風いみじく吹きて、いと涼し。冬は、雪、霰の、風にたぐひて降り入りたるもいみじうをかし。せばくて、わらべなどののぼるこそあしけれども、屏風の後ろに隠し据ゑたれば、異所《こと》のやうに、うちとけて声高くえ笑ひなどせぬ、いとよし。昼《ひる》も、人の立ち寄らぬをりはある。まぎれに見えぬをりも、今や来《こ》む、と心づかひせられ。夜《よる》はたまして、うちとくべきかたなし。かならず人あらむとのみおぼえて、たゆまぬが、いとをかしきなり。

沓《くつ》の音《おと》の夜一夜《ひとよ》聞ゆるが立ちどまりて、指《および》ただ一つしてたたくに、その人とふと聞き知らるるこそをかしけれ。いと久しうたたくに、音《おと》もせねば、寝たるとや思ふらむとねたくて、うち身じろく衣《きぬ》のけはひを、さならんと思ふらむかし。冬は、火桶にやをら立つる箸の音《おと》、しのびたると思へど、聞ゆるにや。いとたたけば、やはらすべり寄りて物など言ふをりもあり。

また、あまたが声して、物誦じ、歌うたひなどするをりは、たたかねど、まづあけたれば、来《こ》むとしも思はざりける人も立ちどまりて物語などし、尽きぬるをりは、やがてゐ明かしてやむも、いとをかし。

簾《す》のいと青きに、几帳の帷子《かたびら》あざやかにて、簾《す》のつまこのましく、うち重なりて見えたるに、直衣の後ろ、ほころびたえすきたる君達《きんだち》の、色々の衣《きぬ》こぼし出でたるが、簾《す》押し入れて、なからば入りたるやうなるを、外《と》より見るは、をかしからむかし。きよげなる硯引き寄せて、文書き、もしは、鏡乞ひ出でて、びんかきなほしなどするも、すべてをかし。

六位の蔵人の青色などにて、うけばりて、遣戸のもとにそば寄せてはえ立たず、塀のかたにうしろをして、袖うち合はせがちなるこそ、をかしけれ。

細殿のくちは、三尺の几帳を立てたるに、ひのしもただすこしぞある。それに、しもに立てる人々、うちにゐたる人に言ふ顔の、いとよくあたりたるこそをかしけれ。丈いと短く、高からむ人やいかがあらむ。なほ、世の常の人は、さのみぞある。（堺本二三六段）

〈三〉うちの局、細殿いみじうをかし。かみの蔀《しとみ》上げたれば、風いみじう吹き入りて、夏もいみじう涼し。冬は雪、霰などの、風にたぐひて降り入りたるもいとをかし。せばくて、童べなどののぼりぬるぞあしけれども、屏風のうちに隠し据ゑたれば、こと所の局のやうに、声高くえ笑ひなどもせで、いとよし。昼などもたゆまず心づかひせらる。夜はまいて、うちとくべきやうもなきが、いとをかしきなり。

沓の音夜一夜聞ゆるがとどまりて、ただ指一つしてたたくが、その人なりと、ふと聞ゆるこそをかしけれ。いと久しうたたくに、音もせねば、寝入りたりとや思ふらむとねたくて、すこしうち身じろく衣のけはひ、さななりと思ふらむかし。冬は、火桶にやをら立つる箸の音も、しのびたりと聞ゆるを、いとどたたきはらへば、声にても言ふに、かげながらすべり寄りて聞くときもあり。

また、あまたの声して、詩誦じ、歌などうたふには、たたかねど、まづあけたれば、ここへとしも思はざりける人も立ちどまりぬ。ゐるべきやうもなくて立ち明かすもなほをかしげなるに、几帳の帷子いとあざやかに、裾《すそ》のつまうち重なりて見えたるに、直衣のうしろに、ほころび絶《た》えすきたる君達、六位の蔵人の、青色など着て、うけばりて、遣戸のもとなどにそば寄せてはえ立たで、塀のかたにうしろ押して、袖うち合はせて立ちたるこそ、をかしけれ。また、指貫いと濃う、直衣あざやかにて、色々の衣《きぬ》どもこぼし出でたる人の、簾《す》を押し入れて、なから言ひたるやうなるも、外《と》より見るは、いとをかしからむを、きよげなる硯引き寄せて、文書き、もしは、鏡乞ひて、見なほしなどしたるは、すべてをかし。

三尺の几帳を立てたるに、帽額のしもただすこしぞある、外《と》に立てる人と、内《うち》にゐたる人と物言ふが、顔のもとにいとよくあたりたるこそをかしけれ。丈の高く、短からむ人などやいかがあらむ。なほ、世の常の人は、さのみあらむ。

まいて、臨時の祭の調楽などは、いみじうをかし。主殿《とのもり》の官人、長き松を高くともして、頸《くび》は引き入れて行けば、先《さき》はさしつけつばかりなるに、をかしう遊び、笛吹き立てて、心ことに思ひたるに、君達、昼の装束して立ちどまり、物言ひなどするに、供の随身どもの、前駆《さき》をしのびやかに短う、おのが君達の料《れう》に追ひたるも、遊びにまじりて、常に似ずをかしう聞ゆ。

なほ明けながら帰るを待つに、君達の声にて、「荒田に生ふる富草の花」とうたひたる、このたびは、いますこしをかしきに、いかなるまめ人にかあらむ、すくすくしうさし歩みていぬるもあれば、笑ふを、「しばしや。

『など、さ世を捨てていそぎたまふ』とあり」など言へば、心地などやあしからむ、倒《たふ》れぬばかり、もし人などや追ひてとらふると見ゆるまでまどひ出づるもあめり。

（三巻本七四段）

三巻本は、宮中の細殿におけるさまざまな場面をピックアップして、細殿から見える外の風景、往来する男性の言動などを書き留めている。その前半部分（「まいて」まで）が、堺本では「うちの局は細殿こそをかしけれ」の段として、宮中関係の随想群に置かれている。「まいて」以降の後半部分は、堺本では「うちにて見るは、調楽いとをかし」の段として、暦日順随想群の十一月の臨時の祭の位置に置かれる。

　堺本と三巻本との間に見られる異同に注意したい。堺本二二一段冒頭の「うちにて見るは、調楽いとをかし」の傍線部「うちにて見るは」という書き起こし方は堺本にしかない表現である。この「うちにて見るは」ということばは、【表（2）-10】で検討したのと同様に、分置に伴って情報が再提示されている例ではないかと考えられる。三巻本のような「うちの局、細殿……」という書き出しから読み進めていれば、「うち」での出来事であることは了解できるはずであるが、堺本のように別の箇所に置かれているとその情報がわからなくなる。よって、堺本は「うち」での見聞であることをあらためて言い直す必要があるのである。また、三巻本では、太字で示したように細殿の話題から調楽の話題になる時に「まいて」という接続詞が使われている。これによって、細殿の話題を書き継いだうえで、ましてや、臨時の祭の時はすばらしい、と強調するかたちになっている。一方、堺本には「まいて」という語はない。このことからも、配置の相違が本文の表現に影響を及ぼしていることが確認できるのである。

【表（2）-13】「ありがたき心あるものは（男こそ、なほいとありがたく）」の段の編纂

　堺本の「ありがたき心あるものは」の段と「また、きよげなる人を捨てて」の段の二つが、三巻本では「男こそ、なほいとありがたく」の段として一箇所にまとめられている。つまり、三巻本の「男こそ、なほいとありがたく」の

段が堺本では二箇所に分かれているということである。なお、能因本には相当する章段がない。前田家本では三箇所に分かれている。堺本、三巻本、前田家本の本文を挙げる。

〈堺〉ありがたき心あるものは、男こそあれ。かたちいとよく、心ばへよき人の、歌もよくよみ、手もよく書きて、うらみおこするは、さかしらに返事ばかりはことなしびにうちして、寄りつかぬが、いみじうらうたげにてうち嘆きてゐたるを見捨てて出でて行《い》きなどするは、あさましく、見証《けんそ》の人さへおほやけ腹立ちて、心憂くこそおぼゆれ。人のうへは、もどきなきものなれば、かたみにもどきてそしるべかめり。されど、身のうへになりぬれば、心苦しきことを思ひ知らぬこそ。（堺本二五五段）

また、きよげなる人を捨てて、にくげなる人を持たる人もありかし。おほやけ所のいりたち、家の子などは、あるがなかによからむを選りて、思ふべきを、人もえ言ひかかるまじき際《きは》にても、めでたしと見えむをぞ、死ぬばかり思ひかけむかし。人のむすめなどをも、よしと聞くをこそ、いかでとも思ふなれ。それに、女の目にだにかついとわろく見ゆるを、心に入れて思ふは、いかなるにかあらむ。（堺本二六三段）

〈三〉男こそ、なほいとありがたくあやしき心地したるものはあれ。いときよげなる人を捨てて、にくげなる人を持たるもあやしかし。おほやけ所に入り立ちたる男、家の子などは、あるが中によからむをこそは選りて思ひたまはめ。およぶまじからむ際《きは》をだに、めでたしと思はむを、死ぬばかりも思ひかかれかし。人のむすめ、まだ見ぬ人などをも、よしと聞くをこそは、いかでとも思ふなれ。かつ女の目にもわろしと思ふを思ふは、いかなる事にかあらむ。

かたちいとよく、心もをかしき人の、手もよう書き、歌もあはれによみて、うらみおこせなどするを、返事はさかしらにうちするものから、よりつかず、らうたげにうち嘆きてゐたるを、見捨てて行きなどするは、あさましう、おほやけ腹立ちて、見証の心地も心憂く見ゆべけれど、身のうへにては、つゆ心苦しさを思ひ知らぬよ。

〈前〉また、きよげなる人を捨てて、にくげなる人を持たる人もありかし。おほやけどころの入り立ち、家の子などは、あるかなきかによからむ人をこそ選りて思ふべきを、人もえ言ひかかるまじききはにても、めでたしと見えむをぞ死ぬばかりも思ひかくべきかし。（三巻本二五二段）

ありがたき心あるものは、男こそあれ。かたちいとよく、心ばへよき人の、歌もいとよくよみ、手もよくて、うらみおこするは、さかしらに返事ばかりは、ことなしびにうちして寄りつかぬよ。いみじうらうたげにて、うち嘆きてゐたるを見捨てて行きなどするは、あさましう、見証の人さへおほやけ腹立ちて、心憂くこそおぼゆれ。（前田家本二六七段）

人のうへは、もどきなきものなれば、かたみにもどきそしるべかめり。されど、身のうへになりぬれば、心苦しき事をも思ひ知らぬこそ。（前田家本二六九段）

人のむすめ、見ぬ人などを、よしと聞くをこそは、いかでともなれ。それに女の目にだにかついとわろく見ゆるを、心に入れて思ふ、いかなるにかあらむ。（前田家本二七八段）

三巻本の「男こそ、なほいとありがたく」の段は、男性が通う女を選ぶ基準への不審と憤りを連ねる。堺本では、三巻本で傍線を施した部分と波線を施した部分を合わせて、「また、きよげなる人を捨てて」の段として随想群に置かれている。前田家本では、傍線部分と波線部分とがさらに別々の章段として分けられている。

（3）堺本のある項目が、他系統本では複数の箇所に分けられるもの

【表（3）】

例	堺本	三巻本	能因本	前田家本	項目内容（抄出）

1	111ねたきもの	92ねたきもの	100ねたきもの	149ねたきもの	「ねたきもの　……」
		一本26初瀬に詣でて	308初瀬に詣でて		参詣時の癪な出来事など
2	134心にくきもの	191心にくきもの	187心にくきもの	123心にくきもの	「心にくきもの　……」
		57ちごは	62人の家の門の前をわたるに	259人の家の門をわたるに	子供を車に抱き入れたい気持ちなど
		58よき家の中門あけて	63よき家の中門あけて	258よき家の中門あけて	外から貴人の家を見ること
3	186にげなきもの	43にげなきもの	52にげなきもの	163にげなきもの・123心にくきもの（重複）	「にげなきもの　……」
		294左右の衛門尉を判官といふ名つけて			判官について
4	186にげなきもの	43にげなきもの	304かたちよき君達の	123心にくきもの・307かたちよき君達の（重複）	弾正の弼について
5	188正月一日に	3正月一日は	3正月一日は	197正月一日は	正月のこと
		139正月十余日のほど	147正月十日		桃の木をめぐる童の様子

【表（3）】は、堺本のある章段に含まれるある項目が、他系統本では別の箇所に別の章段として分けられているケースである。つまり、堺本がひとつの章段に項目を取り込んでいるものであり、【表（2）】とは逆のパターンである。代表例として、【表（3）-2】の堺本「心にくきもの」の段を採り上げる。

心にくきもの　…〔中略〕…

C　よき人の家の中門《もん》に、檳榔毛《びらうげ》の車の白くきよげなるに、蘇芳《すはう》の下簾《したすだれ》にほひよきほどに、あざやかなるかけて、榻《しぢ》にうち置きて立てるこそ、物へ行《ゆ》く道に、門《かど》の前わたりて見入れたるに、（エ）いみじく心にくけれ。四位五位などの、下襲のしりはさみて、笏《しやく》のいと白き、かたはらにうち置きなどしつつ、とかくうちさまよふも、また、随身の装束きよらなるが、壺胡簶《つぼやなぐひ》など持ちて、出で入りなどしたる。厨女《くりやめ》のきよげなるがさし出でて、「なにがし殿の人やさぶらふ」と言ふ、をかしくおくゆかしきに、とく行き過ぎぬるこそくちをしけれ。…〔中略〕…

D　また、七つ八つ、それより幼きなども、ちごどもの走り遊ぶなどが、小さき弓、しもと、小《こ》車やうの物さげ遊びたる、いとうつくしう、車とどめて抱《いだ》き入れまほし。薫物の香《か》のかがえたるも、(オ)いと心にくし。……

（堺本一三四段）

Cは、他系統本の「よき家の中門あけて」の段に相当する箇所である。Dは、三巻本の「ちごは」の段（能因本では「人の家の門の前をわたるに」の段）に相当する。他系統本でも記事が続いていることから、これらの記事の相関性が強く感じ取れるが、「心にくきもの」の段に属するかたちで現れるのは堺本のみである。C、Dは、傍線部（エ）、（オ）のような他系統本にはない「心にくし」の語を従えてこの場所に据えられており、他系統本とは主旨が変容して取り込まれている。[5] これらは、【表2】で確認した例と同じく、類聚題目の差異に伴う本文表現の変化と考えられる。参考として、三巻本の本文を挙げる。

ちごは、あやしき弓、しもとだちたる物などささげて遊びたる、いとうつくし。車などとどめて、抱き入れて見まくほしくこそあれ。また、さて行くに、薫物の香いみじうかがえたるこそ、いとをかしけれ。

（三巻本五七段）

よき家の中門あけて、檳榔毛の車の白くきよげなるに、蘇芳の下簾にほひいときよらにて、榻にうちかけたるこそめでたけれ。五位六位などの、……

（三巻本五八段）

このように他系統本では別の離れた箇所に見られる随想的な記事を、堺本が類聚的章段の一項目として含んでいる例は、少数ではあるが、堺本の類聚の論理として通底するものと言えよう。

＊

以下、その他の【表（3）】の用例について確認する。

【表（3）−1】「ねたきもの」と初瀬詣で

堺本の「ねたきもの」の段の末尾に、「初瀬に詣でて……」と書き出される初瀬参拝の話題がある。これが三巻本・能因本では別の箇所に分かれている。前田家本には相当する記事がない。三巻本の本文は「一本」として収録されており、堺本に近い本文になっているので、ここでは堺本と能因本の本文を比較する。

〈堺〉ねたきもの　…〔中略〕…物へ行《ゆ》く道に、きよげなる男車のあひたるなどを、誰ぞと見むなど思ふほどに、ふと簾《すだれ》下ろして行《い》き違ひぬるこそ、ねたけれ。

初瀬に詣でて、局にゐたりしに、あやしき下衆どものうしろをさしまかせつつゐ並みたりしこそ、いとねたかりしか。いみじき心を思ひおこして、詣でつきたるに、川の音などのおそろしく、くづれはしをのぼるほどなどのおぼろけならず困じて、いつしかと仏の御前《まへ》をとく見たてまつらむと思ふに、白き衣《きぬ》着たる法師の、蓑虫などのやうなる者どもあつまりて、立ちゐ額づきなどして、つゆばかり所もおかぬけしきなるは、まことにねたくて、押し倒しもしつべき心地せしかば、いづくもそれはさぞあるかし。やむごとなき人の詣で籠らせたまへる御局の前ばかりをこそ、はらひもすれ。よろしき人のは制しわづらひぬめり。さは知りながら、なほさしあたりて、さるをりは、ねたきなり。（堺本一一一段）

〈能〉初瀬に詣でて、局にゐたるに、あやしき下衆どもの、うしろをさしまぜつつゐ並みたるけしきこそ、ないがしろなれ。いみじき心をおこしてまゐりたるに、川の音などのおそろしきに、くれ階をのぼり困じて、いつしか仏の御顔を拝みたてまつらむと、局にいそぎ入りたるに、蓑虫のやうなる者の、あやしき衣着たるがいとにくき、立ちゐ、額づきたるは、押し倒しつべき心地こそすれ。いとやむごとなき人の局ばかりこそ、前はらひてあれ、よろしき人は、制しわづらひぬかし。たのもし人の師を呼びて言はすれば、「そこどもすこし去れ」なども言ふほどこそあれ、歩み出でぬれば、同じやうになりぬ。（能因本三〇八段）

初瀬参詣の記事が「ねたきもの」に含まれる堺本と、独立する能因本では、形容詞に変化が見られる。注意すべき箇所に傍線を施した。堺本では、「初瀬に詣でて、局にゐたりしに、…〔中略〕…いとねたかりしか」のように、「ねたきもの」という題詞を受けた形容詞「ねたし」が合計三箇所で用いられている。一方、能因本の該当箇所には、「ねたし」の語は見られない。堺本で「いとねたかりしか」となっている箇所は能因本では「ないがしろなれ」となっている。また、堺本で「まことにねたくて」となっている箇所は能因本では「いとにくき」となっている。そして堺本の「ねたきなり」に相当する語句はない。能因本の本文は堺本のように「ねたきもの」に加えられるような必然性を備えた表現になっていないのである。

【表（3）―3】「にげなきもの」と「判官」

堺本・能因本・前田家本の「にげなきもの」の段には、「判官」の夜歩きを述べる項目がある。三巻本のみ、その内容が独立して「左右の衛門尉を判官といふ名つけて」の段となって離れた箇所にある。すべての系統の本文を挙げる。

〈堺〉にげなきもの　…〔中略〕…

検非違使の夜行《やかう》。蔵人も細殿の局に脱ぎかけたらむに、青色はあへなむ。同じ事なれど、緑衫はかいわぐみて、あとのかたにぞ投げやりて置きたらまほしき。うへの判官など言ひつれば、世にはきらきらしき物に言ひたり。下衆などは、ましてこの世の人とも思ひたらず目をだにえ見あはせでおぢわななくめるに、しのびありきなどするがあはず、にげなきなり。空薫物にほはしたる几帳に脱ぎかけたる袴のさまなどよ、重たげにあやしく短かからむと推し測らる。うへの衣《きぬ》は、さかしらにわきあけにて、鼠の尾のやうにわげかけたらむこそ。いますこし上がりたらむ権の佐《すけ》などいふも、赤衣《あかぎぬ》に、思ひかけぬ白々しき下衆の袴のうらそひたる、さらにげなきさまなり。うへの衣《きぬ》も、しのびてここかしこたたずむにつけては、いちじるしきにやあらむ。さらぬ人も隠れてやはやむとはいひながら、これはまづこそ人によくこそ見つけらるれ。あなおそろし。「このわたりに嫌疑の者あるべし」など、たはぶれにてもとがめられたる、いとわづらはしかし。さらで、かしこく隠れ臥したるにつけても、人わろき心地こそすれ。……　（堺本一八六段）

〈三〉　にげなきもの　…〔中略〕…

靫負佐の夜行姿。狩衣姿もいとあやしげなり。人におぢらるるうへの衣《きぬ》は、おどろおどろし。立ちさまよふも、見つけてあなづらはし。「嫌疑の者やある」と、とがむ。入りゐて空薫物にしみたる几帳に、うちかけたる袴など、いみじうたづきなし。　（三巻本四三段）

左右の衛門尉を判官といふ名つけて、いみじうかしこきものに思ひたるこそ。夜行し、細殿などに入り臥したる、いと見苦しかし。布の白袴、几帳にうちかけ、うへの衣の長く所せきをわがねかけたる、いとつきなし。太刀の後に引きかけなどして立ちさまよふは、されどよし。青色をただ常に着たらば、いかにをかしからむ。「見し有明ぞ」と誰言ひけむ。　（三巻本二九四段）

〈能〉　にげなきもの　…〔中略〕…

靫負佐の夜行。狩衣姿もいといやしげなり。また、人におぢらるるうへの衣、はた、おどろおどろしく、立ちさまよふも、人見つけば、あなづらはし。「嫌疑の者やある」と、たはぶれにもとがむ。六位の蔵人、うへの判官とうち言ひて、世になくきらきらしき物におぼえ、里人、下衆などは、この世の人とだに思ひたらず、目をだに見あはせで、おぢわななく人の、うちわたりの細殿などにしのびて入り臥したるこそ、いとつきなけれ。空薫物したる几帳にうちかけたる袴の重たげにいやしう、きらきらしからむもとおしはからるるなどよ。さかしらにうへの衣わきあけ、鼠の尾のやうにてわがねかけたらむほどぞ、にげなき夜行の人々なる。このつかさのほどは、念じてとどめよかし。五位の蔵人も。　（能因本五二段）

〈前〉にげなきもの　…〔中略〕…

靫負の佐の夜ありく狩衣姿も、いとあやしげなり。また、人におぢらるるうへの衣《きぬ》は、いとおどろおどろし。立ちさまよふも、人見つけば、あなづらはし。「嫌疑の者やある」と、たはぶれにもとがむ。六位の蔵人の、うへの判官とうち言ひて、世になくきらきらしき物におぼえ、里人、下衆などは、この世の人とだに思ひたらず、目をだに見あはせで、おぢわななき、うちわたりの細殿などにしのびて入り臥したるこそ、いとつきなけれ。空《そら》薫物したる几帳にうちかけたる袴の重たげにいやしう、きらきらしからむもとおしはからるるなどよ。さかしらにうへのきぬわきあけ、鼠の尾のやうにわがねかけたらむほどぞ、にげなき夜行の人々なり。このつかさのほどは念じてとどめてよかし。五位の蔵人も。……

（前田家本一六三段）

心にくきもの　…〔中略〕…

直衣、指貫、几帳にうちかけたるこそをかしけれ。六位なりとも青色はあへなむ。緑衫などは、かいわぐみて隅のかたに投げやりて、暁にこそとみにえさぐりえでまどはさめ。衛門の佐などを、里人、下衆などは、うへの官と言ひて世になくきらきらしくかしこき物に、目をだに見あはせず、おぢまどふを、うちわたりのやうにはつきなくこそ見ゆれ。わりなくしのびて入り来てひき脱ぎたる袴つきのおもて、いやしげにてあらむ。五位の蔵人なども、靫負の佐かけつれば、いとにくし。おどろおどろしきうへの衣《きぬ》の色にあいなくしらじらしき袴などを空薫物になつかしうにほひたる几帳などにうちかけたらむ、いと心づきなし。……

（前田家本一一三段）

各本文において傍線を引いた「にげなきもの」の段の「判官」の記事が、三巻本のみ別の箇所に離れて置かれている。当該箇所は三巻本が独自の構成をなしているケースであり、これまでに挙げてきた用例とは異なっている。また、諸本間の異同も複雑である。前田家本では「心にくきもの」の段にも類似の記事を重出しているなど、「にげなきもの」の段と「心にくきもの」の段の間でも諸本間で異同が激しく、項目の出入りも起こっている。これらの関連性については第四章でくわしく検討している。次に挙げる用例も、「にげなきもの」に関わるものである。

【表（3）-4】「にげなきもの」と「宮中将」

堺本「にげなきもの」の段の末尾に、「宮中将」の夜歩きへの言及がある。能因本、前田家本では別の箇所に分かれている。また、前田家本はさらに「心にくきもの」の段にも重複している。すべての系統の本文を挙げる。

〈堺〉にげなきもの　…（中略）…

なほかやうのすきずきしさに、このつかさのほどはとどめたらむぞよかるべき。よき君達《きむだち》なれば、殿上人などはびんなしかし。宮中将、さも口惜しかりしかな。（堺本一八六段）

〈三〉にげなきもの　…（中略）…

かたちよき君達の、弾正の弼にておはする、いと見苦し。宮の中将などのさもくちをしかりしかな。（三巻本四三段）

〈能〉にげなきもの　…（中略）…六位の蔵人、うへの判官とうち言ひて、世になくきらきらしき物におぼえ、里人、下衆などは、この世の人とだに思ひたらず、目をだに見あはせで、おぢわななく人の、うちわたりの細殿などにしのびて入り臥したるこそ、いとつきなけれ。空薫物したる几帳にうちかけたる袴の重たげにいやしう、きらきらしからむもとおしはかららるるなどよ。さかしらにうへの衣わきあけ、鼠の尾のやうにてわがねかけたらむほどぞ、にげなき夜行の人々なる。このつかさのほどは、念じてとどめよかし。五位の蔵人も。（能因本五二段）

かたちよき君達の、弾正にておはする、いと見苦し。宮中将などの、くちをしかりしかな。（能因本三〇四段）

〈前〉にげなきもの　…（中略）…六位の蔵人、うへの判官とうち言ひて、世になくきらきらしき物におぼえ、里人、下衆などは、この世の人とだに思ひたらず、目をだに見あはせで、おぢわななき、うちわたりの細殿などにしのびて入り臥したるこそ、いとつきなけれ。空薫物したる几帳にうちかけたる袴の重たげにいやしう、きらきらしからむもとおしはからるるなどよ。さかしらにうへの衣わきあけ、鼠の尾のやうにわがねかけたらむほどこそ、にげなき夜行の人々なり。このつかさのほどは念じてとどめてよかし。五位の蔵人も。……

（前田家本一六三段）

心にくきもの　…〔中略〕…五位の蔵人なども、靫負の佐かけつれば、いとにくし。おどろおどろしきうへの衣の色にあいなくしらじらしき袴などを空薫物になつかしうにほひたる几帳などにうちかけたらむ、いと心づきなし。かたちよき君達の御つかさに弾正の弼、いみじく心づきなき事なり。式部卿の宮の中将などのさもびんなく見えたまひしものかな。……

（前田家本一一三段）

かたちよき君達の弾正にておはする、いと見苦し。宮の中将などの、さも見苦しかりしかな。

（前田家本三〇七段）

堺本・三巻本の「にげなきもの」の段の最後には、傍線で示したように、見目麗しい君達が夜回りする職にあるのが見苦しい、「宮中将」は残念であった、という記述がある。「宮中将」は、源頼定のことを指すという。前項でも触れたが、「にげなきもの」の段の本文は諸本間での異同が激しい。能因本・前田家本は「にげなきもの」の段には「宮中将」に言及せず、似たような文言がある。破線で示したのがそれである。能因本・前田家本では、「宮中将」の話はまったく別の箇所に現れている。すなわち、能因本では遠く離れた箇所（三〇四段）に見られ、前田家本では「心にくきもの」の段、および日記的章段を集めた巻にも現れて、重複現象を起こしている。

【表（3）-5】「正月一日」と卯槌の木をめぐる騒動

堺本、前田家本には、随想的な記事を暦日順に整理して並べている箇所がある。この暦日順随想群の先頭には「正月一日に」の段がある。その中で卯槌の木をめぐる騒動を描く「十日のほど」の条は、三巻本と能因本では別の箇所に置かれている。堺本と三巻本の本文を挙げる。

〈堺〉正月一日に、空のけしきもうららかにかすみわたりて、…〔中略〕…

七日の日は、雪間《ゆきま》の若菜摘み出でつつ、…〔中略〕…

八日は、人のよろこびして走らする車どもの音、…〔中略〕…

十日のほど、空のけしきは雲のあつく見えながら、さすがに日はけざやかにさしたるに、えせ者の家のあらばたけなど言ふ所に、小さき桃の木のあるが、若立ち、土からさしたるを、「卯槌に切らむ」など言ひ、わらはべのさわぐを見れば、片つかたは濃くつややかにて、蘇芳のやうに見えたるこそいとをかしけれ。人の小舎人にやあらむ、ひめやかなる狩衣は、ここかしこかけやりなどして、髪うるはしきがのぼりたるに、また、紅梅の衣《きぬ》白きなどひきはこびたる男子《をのこご》庭にて、半靴《はうか》はきたる、二、三人木のもとに立ちて、「毬打《ぎちやう》切りて、いで」など乞ふに、また髪をかしげなる女わらべなどの、衵《あこめ》ほころびがちなる袴のなよらかなるなど着たる、三、四人出で来て、「『卯槌の木のよからむ、切りてかくおろせ』など御前にも召すぞ」と言ふに、おろしたれば、われまづおほく取らむとはしらかひたるこそ、をかしけれ。黒袴着たる男《をのこ》の走り来《き》て、「われに」と乞ふに、取らせねば、寄り来て、木のもとを引きゆるがすに、あやふがりて猿のやうにかいつきてをめくも、をかし。梅のなりたるをりなどもさやうにする、をかし。

十五日には、もちかゆの節供《せく》まゐり、……　〔堺本一八八段〕

〈三〉正月十余日のほど、空いと黒うくもりあつく見えながら、さすがに日はけざやかにさし出でたるに、えせ者の家のあらばたけといふものの、土うるはしうもなほからぬ、桃の木の若立ちて、いとしもとがちにさし出でたる、片つかたはいと青く、いま片つかたは濃くつややかにて、蘇芳の色なるが、日かげに見えたるを、いとほそやかなる童の、狩衣はかけやりなどして、髪うるはしきがのぼりたれば、ひきはこえたる男子、また小脛にて半靴はきたるなど、木のもとに立ちて、「われに毬打《ぎちやう》切りて」など乞ふに、また、髪をかしげなる童の、袙どもほころびがちにて袴萎えたれど、よき袿着たる三、四人来て、「卯槌の木のよからむ切りておろせ。御前にも召す」など言ひて、おろしたれば、ばひしらがひ取りて、さし仰ぎて、「われにおほく」など言ひたるこそをかしけれ。黒袴着たる男の走り来て乞ふに、「まして」など言へば、木のもとを引きゆるがすにあやふがりて、猿のやうにかいつきてをめくもをかし。梅などのなりたるをりも、さやうにぞするかし。

（三巻本 一三九段）

堺本の「正月一日に」の段は、「正月一日に……」、「七日の日は……」、「八日は……」、そして傍線部「十日のほど……」というふうに、日付順に進行する。よって、「十日のほど」の段もこの場所に違和感なく収まっている。時系列順に整理した結果なのであろう。一方、別の箇所にある三巻本では、「正月十余日のほど」となっている。堺本では既出の情報である「正月」の文言は見られない。こういった語句の異同によって、記事の配列は自然なものとなっているのである。

（4）他系統本の日記的な記事が、堺本にはない、もしくは分散しているもの

【表（4）】

例	堺本	三巻本	能因本	前田家本	項目内容（抄出）
1	111ねたきもの	92ねたきもの〔南の院におはしますころ……〕	100ねたきもの〔南の院におはしますころ……〕	149ねたきもの〔南の院におはしますころ……〕	急ぎの縫い物の話など

2	184はしたなきもの	124はしたなきもの〔八幡の行幸の、かへらせたまふに……〕	131はしたなきもの〔八幡の行幸の、かへらせたまふに……〕	144はしたなきもの	一条天皇の行幸、詮子、斉信など
3	134心にくきもの	191心にくきもの〔五月の長雨のころ……〕	187心にくきもの	123心にくきもの	斉信の姿
4	185あはれなるもの 282御嶽に詣づる道のなかは	116あはれなるもの	123あはれなるもの	122あはれなるもの 300御嶽に詣づる道のなりは	宣孝の説話
5	107めでたきもの	85めでたきもの 137なほめでたきこと	92めでたきもの 145なほ世にめでたきもの	108めでたきもの（「御前の臨時の祭の事」を含む）	臨時の祭の御前の儀、試楽など

・章段内に含まれる日記的記事を〔　〕で示す。記事がない場合は破線で示す。

【表（4）】は、他系統本のある章段に含まれる日記的な記事が、堺本にはない、もしくは分散しているケースである。【表（4）-4】の「あはれなるもの」の段はすでに【表（2）】でも扱っているが、とくに日記的記事に関するデータとして【表（4）】にも加えている。

現存の堺本にはいわゆる日記的章段がそもそも存在しないのだが、たとえば、【表（4）-1】の「ねたきもの」の段における「南の院におはしますころ……」の記事のように、他系統本では類聚的な部分から連想が進んで回想的な記述へと筆が及んでいる場合でも、堺本ではその部分をそっくり欠いた本文になっている。現存堺本よりも前段階の〈原形堺本〉なるものを想定して、日記的記事があったとする橋口［一九五四］のような推論もある。しかし、今は現存する堺本が日記的記事をもたない事実と向き合うことにしたい。さしあたり現存本文を見ていくほかはないのであるが、たとえば、【表（4）‐2】の堺本「はしたなきもの」の段では、他系統本で「はしたなきもの」の列挙から八幡の行幸の記事へと移っていくはざまの部分に差異が見られる。堺本は「はしたなきもの」という題目からはみださずに話題を完結させていて、行幸の記事ももたないのである。

〈堺〉はしたなきもの　…〔中略〕…あはれなる事など、人の言ひてうち泣くに、げにあはれとは言ひながら、涙の出で来《こ》ぬ、いとはしたなし。まめだちて、泣き顔つくりて、けしきことになせど、出で来《こ》ぬ涙をばいかがせむとする。（カ）さるは、さやうなるにも、聞くかひありて、うちあひしらふ人こそ、物のあはれ知りたる心ばへとは見ゆれ。また、さしも人目に見えじとつつむことに、思ひあへず、ただ出で来《き》に出で来《く》るも、はしたなしかし。

（堺本一八四段）

〈三〉はしたなきもの　…〔中略〕…あはれなる事など、人の言ひ出でうち泣きなどするに、げにいとあはれなりなど聞きながら、涙のつと出で来ぬ、いとはしたなし。泣き顔つくり、けしきことになせど、いとかひなし。（か）めでたき事を見聞くには、まづ、ただ出で来にぞ出で来る。

八幡《やはた》の行幸の、かへらせたまふに、女院《にようゐん》の御桟敷《さじき》のあなたに御輿《こし》とどめて、……

（三巻本一二四段）

三巻本では、行幸の光景を描く布石として傍線部（か）「めでたき事を見聞くには…〔中略〕…出で来る」の一文がある。しかし、堺本には相当する文章がない。堺本は「はしたなしかし」の語で記事を結んでおり、行幸の話題への発展性そのものが備わっていないのである。なお、前田家本は行幸の記事をもたないが、能因本とほぼ重なる本文をもち、行幸の直前部分まで同じで、行幸以降の記事がまったくない体裁を取る。あたかも能因本から日記的な記事を移した跡のようになっているのである。推測に留まらざるを得ないが、堺本と前田家本の編纂姿勢の差異、日記的章段の扱い方の問題などと併せて興味深い現象であろう。ともあれ、（カ）のような文章は堺本独自のものであり、他系統本で日記的記述への推移点となっている部分を、堺本は推移を許さないようなかたちでまとめていることに着目したい。【表（2）-11】の「雨いみじう降りたらむ時」の段でも同様に、他系統本で話題が連鎖していく箇所を、堺本は題目や章段の主旨に沿って帰結させている。[6]

＊

以下、その他の【表（4）】の用例について確認する。

【表（4）-1】「ねたきもの」の段と「南の院におはしますころ」

他系統本の「ねたきもの」の段にある日記的記事が堺本にはない。他系統本間の異同はわずかと言えるので、堺本と三巻本の本文を挙げる。

〈堺〉ねたきもの　人のもとにこれよりやるも、また、返り事にても、文書きてやるに、使ひのいぬるのちに、歌の文字を一つ二つにても、さこそ言ふべかりけれと思ひなほしたる。とみの物縫ふに、かしこく縫ひ果てつと思ひて、針引き出だすほどに、糸のしりを固めざりければ、やがて抜けぬる。ひが縫ひしたるも、いとねたし。また、ゐたる所の庭に前栽など植ゑて見るを、長櫃うち持たせて、鋤《すき》など引き下げたる者の、ただ入りに入り来《き》て、制するをも聞き入れず、掘りていぬるこそ、わびしくねたけれ。よろしき男《をとこ》などのあるをりは、さもせぬものを、女どちはいみじう言へど、「ただすこしばかり」など言ひて、いぬるのちは、かひなし。……

（堺本一一一段）

〈三〉ねたきもの　人のもとにこれよりやるも、人の返事も、書きてやりつる後、文字一つ二つ思ひなほしたる。とみの物縫ふに、かしこう縫ひつと思ふに、針を引き抜きつれば、はやくしりを結ばざりけり。また、かへさまに縫ひたるも、ねたし。

南の院におはしますころ、「とみの御物なり。誰も誰も、時かはさずあまたして縫ひてまゐらせよ」とてたまはせたるに、南面にあつまりて、御衣の片身づつ、誰かとく縫ふと、近くも向はず縫ふさまも、いと物ぐるほし。命婦の乳母、いととく縫ひ果ててうち置きつる、ゆだけのかたの身を縫ひつるがそむきざまなるを見つけで、とぢ目もしあへず、まどひ置きて立ちぬるが、御背あはすれば、はやくたがひたりけり。笑ひののしりて、「はやくこれ縫ひなほせ」と言ふを、「誰あしう縫ひたりと知りてかなほさむ。綾などならばこそ、裏を見ざらむ人もげにとなほさめ、無紋の御衣なれば、何をしるしにてか。なほす人誰もあらむ。まだ縫ひたまはぬ人になほさせよ」とて、聞かねば、「さ言ひてあらむや」とて、源少納言、中納言の君などいふ人たち、物憂げに取り寄せて縫ひたまひしを見やりてゐたりしこそをかしかりしか。

おもしろき萩、薄などを植ゑて見るほどに、長櫃持たる者、鋤など引き下げて、ただ掘りていぬるこそ、わびしうねたけれ。よろしき人などのある時は、さもせぬものを、いみじう制すれど、「ただすこし」などうち言ひていぬる、言ふかひなくねたし。受領などの家にも、ものの下部などの来て、なめげに言ひ、さりとてわれをばいかがせむなど思ひたる、いとねたげなり。……　（三巻本九二段）

三巻本には、「ねたきもの」の段に、「南の院におはしますころ……」で始まる日記的な記事がある。命婦の乳母が生地を裏返しに縫ったにもかかわらず、縫い直しを拒否したので、仕方なく同僚女房が手伝った、という内容の話である。史実年時をめぐるさまざまな議論が展開されている箇所でもある。堺本にはこの部分がまったく存在しない。

【表（4）-3】「心にくきもの」と斉信の姿

三巻本の「心にくきもの」の段にある日記的記事が堺本、能因本、前田家本にはない例を採り上げる。堺本と三巻本の本文を挙げる。

〈堺〉心にくきもの　…〔中略〕…

夏、簀子《すのこ》に火ともしたるうちこそ、心にくけれ。几帳のひとへうちかけて、人の臥したるを、さしのぞきて見たる、心にくし。（堺本一三四段）

〈三〉心にくきもの　…〔中略〕…

夏も、冬も、几帳の片つかたにうちかけて人の臥したるを、奥のかたよりやをらのぞいたるも、いとをかし。

薫物の香、いと心にくし。

五月の長雨のころ、上の御局の小戸の簾に斉信の中将の寄りゐたまへし香は、まことにをかしうもありしかな。その物の香ともおぼえず。おほかた雨にもしめりて、艶なるけしきのめづらしげなき事なれど、いかでか言はではあらむ。またの日まで御簾にしみかへりたりしを、若き人などの世にしらず思へる、ことわりなりや。ことにきらきらしからぬをのこの、高き、短きあまた連れだちたるよりも、すこし乗り馴らしたる車のいとつややかなるに、牛飼童、なりいとつきづきしうて、牛のいたうはやりたるを、童はおくるるやうに綱引かれてやる。ほそやかなるをのこの裾濃だちたる袴、二藍かなにぞ、かみはいかにもいかにも、掻練、山吹など着たるが、沓のいとつややかなる、筒《どう》のもと近う走りたるは、なかなか**心にくく見ゆ**。（三巻本一九一段）

三巻本は、「心にくきもの」の段に、「五月の長雨のころ」で始まる斉信に関する記述がある。堺本、能因本、前田家本にはこの部分がない。三巻本のみに見られる本文であるが、直前の「薫物の香、いと心にくし」という文章と内容的に連続しており、また、太字で示したように「心にくく見ゆ」ということばで締めくくられていることによって、「心にくきもの」の項目として自然に収まっている。

【表（4）–4】「あはれなるもの」と宣孝御嶽詣で
三巻本・能因本の「あはれなるもの」の段のなかに書かれている宣孝の御嶽参詣の話が、堺本では「あはれなるもの」の段にはなく、「御嶽に詣づる道のなかは」の段として別の箇所に分かれている。【表（2）-6】でも言及した用例であるが、日記的な記事の扱われ方の問題とも関わってくるため、ここでもふたたび用例に数えている。詳細な検討は第三章で別途行っているので引用は省略するが、「もの」型章段と日記的（ここでは説話的な要素をもつ）記事の区別とがなされている例であることを押さえておきたい。

【表（4）-5】「めでたきもの」と臨時の祭

前田家本の「めでたきもの」の段には臨時の祭に関する記事が含まれている。三巻本と前田家本の本文を挙げる。

〈三〉なほめでたきこと、臨時の祭ばかりの事にかあらむ。試楽もいとをかし。春は、空のけしきのどかにうらうらとあるに、清涼殿の御前に、掃部司の畳を敷きて、使は北向きに、舞人は御前のかたに向きて、これらはひがおぼえにもあらむ。所の衆どもの、衝重《ついかさね》取りて、前どもに据ゑわたしたる。（三巻本一三七段）

〈前〉めでたきもの　……〔中略〕……

御前の臨時の祭の事、何事かはあらむ。試楽も、いとをかし。春の空のけしき、いとのどかにうらうらとあるに、清涼殿の御前の庭に、掃部づかさの畳を敷きて、使は北向に、舞人は御前のかたに、これらはひがおぼえにもあらむ。所の衆ども衝重とりて前ごとに据ゑたり。（前田家本一〇八段）

三巻本・能因本では独立している臨時の祭に関する記述が、前田家本では「めでたきもの」の段のなかに含まれている。三巻本に見られるような「なほめでたきこと、……」という冒頭の表現は、この記事が「めでたきもの」に類聚される可能性を与えるものであろう。前田家本の本文は、それを実行に移した結果を現しているとも言えよう。一方、堺本にはこの臨時の祭の記述に相当する記事が見当たらない。岸上［一九七〇b］の対照表では堺本の「賀茂の一の橋こそをかしけれ」の段が類似していると指摘されているが、内容的に同じ項目とは言えない程度のものであり、今回は用例に入れなかった。

三　〈『枕草子』なるもの〉からの距離感

このように、堺本の類聚項目の流動と本文表現の異同を確認していくと、あらためて堺本が他系統本、殊に雑纂本とは隔たりのある本文をもつことがわかる。しかし、それだけではない。我々が〈『枕草子』なるもの〉に当然期待する要素を、堺本本文が持ち合わせていない、という現象も起こる。『枕草子』は女房清少納言の手によるものであり、定子とその周辺の記録、主家礼讃の側面をもつものと基本的には受け止められていよう。だが、堺本に関しては その認識が決して当てはまるわけではない。ふたたび「心にくきもの」の段の一部を挙げる。

……また、しつらひよくしたる所の、何事かあらむ、することあるかたに君㋖はおはしませば、こなたには人もなくて、まだ御格子などもまゐらぬに、長炭櫃《ながすびつ》に、火をいとおほくおこしたれば、その光のいと明かきに、母屋《もや》の御簾《みす》、帽額《もかう》、几帳のかたびら、御帳《みちやう》の紐などのいとつややかに、そばそばより見入れたるこそ、めでたく心にくけれ。

また、主㋗もおはしまし、人々もさぶらふに、内《うち》の人、内侍のすけなどのはづかしげなるまゐりたる時、御前近くて御物語などあるほどは、御殿油《とのあぶら》も、物のかくれに取りやりなどしたれど、炭櫃、火桶の光には、物のあやめもいとよろしう見ゆ。心にくき今参りの、紙燭《しそく》さして御覧ずるきはにはあらぬが、まゐりたるも、さやうにぞあるべき。……　（堺本一三四段）

右のような宮仕えの記事の原型として、清少納言個人の体験を想定することは『枕草子』の読まれ方として不自然とは言えまい。また、そのような場面に登場する「主人」と定子とを重ね合わせて読む方法も当然あり得るだろう。しかし、堺本における傍線部（キ）の「君」、傍線部（ク）の「主」といった呼称は、定子を指すというよりは、ただ「主人」一般を指すようである。他系統本で定子を言うときの「宮」、「宮の御前」などの呼称に比べると、ずいぶん客観的な表現と思われる。ともすれば、立場や性別までも限定されなくなるような、漠然としたニュアンスを帯びているのではないだろうか。堺本においては、「よき人」、「御前」と並んで、「主」のような他系統本では見られない語が己が仕える対象を表すことばとして使われている。一方で、確実に后のことを指す場合には「后」、「后の宮」といった語も用いられているのである。呼称の問題に関して、田中新一［一九七五］では、「距離を置いて遠くから見つめた趣の「后」という一般的概念表現しか持たぬ堺本から、「后の宮」「中宮」「宮」「宮のお前」といった三巻本らに見る呼称への変貌に、定子中宮の側近として仕える作者の賛仰・敬愛を感受することができる」こと、また、「堺本に見る限り作者の定子中宮家頌賛意識を確かめることはかなり困難であるに比し、三巻本が明らかに中宮家一族を強く念頭に置いた作品になっている」ことを論じている。すなわち三巻本の中関白家礼讃性を裏付けるものとするのである。

定子讃美は確かに『枕草子』を形成する主要素のひとつと言えよう。三巻本のそれを指摘する点は大いに首肯できる。しかしながら、堺本と三巻本とを比べて「作者の定子中宮家頌賛意識」の軽重を論じることは、三巻本・能因本の理解のうえで成り立つ価値観を基準に、堺本と三巻本とを比較・判断していることになり、方法として適切とは言えないのではないか。そもそも、堺本の日記的記事不在の実態を考え合わせる必要があろう。先に確認したように、宮中での実体験に取材したと想像し得る内容も、表現上は直接的に定子と清少納言その人を指すものではない、項目化された話題となっているのである。堺本の表現は、女房＝清少納言、主人＝定子という図式が成り立たない、個人を特定できないものであるというのが、より実情に即した説明ではないだろうか。もうひとつ、「めでたきもの」の段の例を挙げる。

めでたきもの　后の宮はじめ。また、やがて御産屋のありさま。行啓のをりなど、御輿寄せて、名対面などしたるほど、いとめでたし。

そのころの一の人の御春日詣、さらぬ御ありきもめでたし。

今上一の宮などやうに、やむごとなき御子《みこ》たちの、まだ童におはしますを、抱《いだ》きあつかひたてまつる御おほぢはさらなり。をぢなどにても見たてまつりたまへるこそ、世にめでたげなれ。御馬《むま》引かせて御覧じ、殿上人、蔵人など召しつかひあそばせたまふほどなど、よそ人も見たてまつるは、げにこそまづえま（ママ）ほしけれ。……

（堺本一〇七段）

右に挙げた堺本「めでたきもの」の段の「今上一の宮」の記事も、同じように考えられる。「今上一の宮」に関する記述をめぐっては、能因本にあって三巻本にないことについて、また「今上一の宮」が具体的に誰なのかという問題に関して、はやくから議論されてきた。

……今上一の宮、まだ童にておはしますが、御をぢに、上達部などのわかやかにきよげなるに、抱かれさせたまひて、殿上人など召しつかひ、御馬引かせて御覧じあそばせたまへる、思ふ事おはせじとおぼゆ。（能因本九二段）

『春曙抄』以来の通説として、「今上一の宮」は定子腹の一条天皇第一皇子敦康親王ではないかという推定がある。また、「御をぢ」については『日本古典文学全集』（松尾・永井［一九七四］）の頭注で「具体的には伊周・隆家などをさすか」とされている。(7) 一方で、この部分の描写が史実とそぐわないことが『枕草子集註』（関根［一九七七］）によって指摘されている。『全講枕草子』（池田［一九七七］）の能因本の後年追記説、『枕冊子全注釈』（田中重太郎［一九七二］）の清少納言の再出仕を考える説、安藤［二〇〇二］の三巻本執筆時に省いたという説なども出されており、さらには加藤［二〇一二］のように中関白家の没落という認識そのものを疑問視する向きもある。取り扱いに慎重さを要する問題であるが、いずれにせよ、この記事が敦康親王とその周辺を彷彿とさせつつも事実性に揺れがあることは否めず、敦康親王その人を描いた記事であると決定付けるのは難しい。

そして、堺本の場合、そういった個人へと還元されない表現を取る傾向がさらに濃厚なものとなっている。「などやうに」、「御子たち」、「御おほぢ」、「をぢなど」という表現は、能因本と比べて限定範囲が広まり、堺本の記事は摂関家の栄華の究極の姿を描いた一般的なイメージ像として捉えられるのである。

かへすがへすもめでたきものは、后《きさい》の宮の御ありさまこそあれ。生まれ返りてもなる世ありなむや。宮はじめの作法、御へついなど渡したてまつるありさま、この世の人とやはおぼゆる。なにがし殿の姫君、中君などきこえたるほどはわろからねど、なほひとつくちに言ふべくも見えぬや。昼ありかせたまふをりに、女房の車、まづ皆乗りて引き立てて、出でさせたまふを待つほどに、えも言はず香《かう》ばしきにほひうちかがえて、御輿《こし》のやうやううちゆるぎておはしますを見るは、御前《おまへ》近うまゐるわが身さへぞあなづらはしくおぼえぬに、えせ心うち使ひ、さもあるまじき人の、つくり出でたる名乗りうちして〔さぶらはむなど、罪得ぬべくこそおぼゆれ〕[8]。

（堺本二七八段）

五節のころ、御仏名のをり、臨時の祭の試楽など、その日の御物忌みにあたりたるには、上達部なども籠りたまへる中に、ただこの正月まで頭《とう》なりつる人の、宰相になりて、宿直《とのゐ》めづらしくなりたるが、「昔にかへりたるを、いかが」など主殿司《とのもりのつかさ》して消息《せうそこ》せさせて、細殿に立ち寄りなどしたるも、朝夕目馴《めな》れしをりよりは、やむごとなくおぼゆるこそ、うちつけなれ。……

（堺本二三四段）

右に挙げた二つの段は雑纂本には見られない。堺本二七八段は、「めでたきもの」の段に既出の「宮はじめ」と昼の行啓の記述を詳細に描いたような内容となっている。岸上［一九七〇b］は、いわゆる道隆の積善寺供養（三巻本「関白殿、二月二十一日に」の段）の定子行啓の類似記事とするが、直接それと断言できる記述にはなっていない。「御前近うまゐるわが身」と后に伺候する者としての立場が記されているが、「后の宮」という呼称は清少納言が定子を指して使う「宮」「宮の御前」といった呼称とは隔たりのある文言である。項目化された行啓に関する記事と言うよりないだろう。

堺本二三四段は田中新一［一九七五］が「ただこの正月まで頭なりつる人の、宰相になりて」の任官の事実に合う人物を検討して、正暦二年（九九一年）の藤原伊周の事例を指すものとする。貴公子との交流の話題はまさに『枕草子』的ではあるが、清少納言の出仕推定時期との関係が微妙であること、何よりも当該箇所の表現、とりわけ敬語の不足した記述方法が、清少納言の伊周に向けた称讃意識と記述方法に比べてかけ離れたものになっていることなどから、ここもまた、あくまで一般的な話題として落ち着いた記述であると捉えられるだろう。

四　おわりに

これまでの研究では、堺本の類聚段の本文を他系統本の本文と比較することで、堺本本文の類聚性や題目への帰結性などが説かれてきた。しかし実際には、堺本はしばしば随想的な記事を分けて編集していた。また、堺本全体にわたって項目の出入り現象が見られ、そこには一定の方向性が読み取れた。今回の整理によって、堺本の編纂方法の全体像が明らかになったと言えよう。また、堺本の本文には、項目化、一般化と呼べるような、他本にはない表現上の特性が認められた。こうした表現は、雑纂本の、とくに日記的記事の理解に基づいた、女房清少納言による定子周辺の記録という暗黙の読みの前提を相対化するような距離感を生み出していた。

本章でまとめた堺本の編纂方法の全体像を見るかぎりでは、項目の取捨はかなり吟味されて行われていると言えるのではないかと思われる。なお、『枕草子』諸本における記事の重複現象にも注意したい。能因本、前田家本には少なからぬ量の記事の重複が見られる。三巻本も「森は」の段などの重出例をもつ。しかし堺本においては、同一の記事が再出することはない。くわしくは第四章で検討するが、このような面からも堺本の態度は杜撰どころか、徹底、周到を極めており、明確な意識で貫かれていると考えられるのである。津島［二〇〇五ａ］の一連の論考では、『枕草子』の本文自体が類聚を誘発する力を有していることを論じており、首肯できる。だが、本章における検討の結果から堺本にかぎって推理するならば、現存堺本の構成の大枠は、ある一時期に、一個人ないしは一集団の手によって、何らかの一貫した意図をもって作られたものではないかという想像が働くのである。あくまで推測の域を出ないが、他系統本に比べてきわめて特異な、しかし同時に綿密な計算が行われたかのような項目流動の事例の数々は、特定の編纂方針、編集者の存在をにおわせる。少なくとも不特定多数による享受の過程のなかで発生した増補や改作の結果としてすべて理解できる問題とは思えないのである。(9)

注

（1）楠［一九七〇a］所収の諸論考のほか、楠［一九七六］、楠［一九七七］、楠［一九七八］、楠［一九七九］などがある。

（2）たとえば、部分的に初稿の面影を残すとする説（山脇［一九六六］）、堺本の初稿的要素を主張する説（林［一九七九a］）、「原堺本」が原初枕草子であると想定する説（速水［一九九〇］、速水［二〇〇一］）などもある。しかしながらなお少数派であろう。

（3）堺本の随想群の構成については、第一章、第五章、および第六章でくわしく検討している。

（4）第四章では重複の問題を中心に考察を試みている。

（5）浜口［一九九二］では、この箇所を「命題と辻褄を合わせるための意図的な改訂」、「堺本内部においても章段の主題との関係が極めて希薄な本文」とする。三巻本の優位を主張する論であるが、堺本独自の理論を読み解こうとする本論とは方向性を異にする。

（6）第五章では「雨いみじう降りたらむ時」の段と関連記事の分析によって、堺本の編纂意識を論じている。

（7）『前田家本枕冊子新註』（田中重太郎［一九五一］）の六〇ページ、頭注三にも同様の指摘がある。

（8）［　］の部分は前田家本本文により補った。

（9）　磯山［二〇〇二］では、「堺本・能因本は、前田家本編纂以後も、段階的に独自の増補が重ねられていた…〔中略〕…明らかに後人の書写者の意識的な増補が行われた」と述べられている。本論は段階的な後人の増補の可能性を了解しつつ、それだけでは説明しきれない現存堺本の大きな枠組みの統一性を見出すことを目的としており、後人による増補それ自体を否定するものではない。

第三章　編纂の特性と構成力

一　はじめに

『枕草子』の諸本の各章段を見比べると、ある記事が本によって別々の異なる章段に組み込まれている場合がある。とくに堺本と他系統本との間で記事の入れ替わりが顕著となっている。第二章では、その記事の出入りの状況を全体的に調査し、一覧表にまとめて、考察を行った。従来の研究とは視点を変えて、堺本を中心に記事の出入りの様相を整理した結果、記事の入れ替わりには堺本なりの論理を見出すことができると考えられた。たとえば、ある記事が他系統本とは異なる場所に置かれていても、堺本だけを目の前にして読むには違和感なく読めてしまう。それは、単にその記事がその場所に取り入れられているだけでは終わらず、そこに置かれるにふさわしい話題となるよう、本文にさまざまな工夫が施されているからなのであった。他系統本と比較した際に本文異同として現れてくる表現の差異は、堺本の徒な増補や改変として片付けてしまうのではなく、その編纂行為の特性が現われた一例として捉えるべきものなのであった。

本章では、本文と形態とが互いに作用し合う堺本のありようについて、より深く掘り下げていく。とくに、第二章で言及しきれなかった記事の出入りの特徴的な事例をいくつか採り上げて、新たな側面から検討したい。また、現存堺本の最後尾に置かれている「御嶽に詣づる道のなかは」の段に着目して、堺本の編纂の特性と論理について考察を試みたい。

二　「たとしへなきもの」関連記事の編纂方法

先の第二章で、堺本における項目移動の様相をまとめた際には、記事の出入りに応じて類聚題目語——たとえば「見苦しきもの」の段なら「見苦し」という語——も変化し、記事の相応性を増している例などについて説明した。しかし決して堺本の編纂状況が類聚的章段に偏っていたり、類聚題目語の力のみに頼っていたりするわけではない。本章では新たに興味深い事例を採り上げて、その特徴を検討する。

「たとしへなきもの」の段は、比べようがないもの、対照的なものを列挙する段である。堺本・前田家本では、三巻本・能因本の「たとしへなきもの」の段とその後続の段が取り分けられて、随想群の一部として別箇所に現れる。まず、三巻本の本文を挙げる。

【三巻本本文1】

たとしへなきもの　夏と冬と。夜と昼と。雨降る日と照る日と。人の笑ふと腹立つと。老いたると若きと。白きと黒きと。思ふ人とにくむ人と。同じ人ながらも、心ざしあるをりとかはりたるをりは、まことにこと人とぞおぼゆる。火と水と。肥えたる人痩せたる人。髪長き人と短き人と。（三巻本六九段）

夜烏どものゐて、夜中ばかりにいねさわぐ。落ちまどひ、木づたひて、寝起きたる声に鳴きたるこそ、昼の目にたがひてをかしけれ。（三巻本七〇段）

能因本には傍線部の三項目がない。一方で三巻本にない「藍ときはだと。雨と霧と。」の二項目を含む。それ以外には多少の本文異同が見られる程度である。なお、両段を一つの章段にまとめている『新編日本古典文学全集』（松尾・永井［一九九七］）のような注釈書もあり、当該本文の連続的な性質が表れていると言えよう。(1) 続いて堺本の本文を挙げる。

【堺本本文1】

たとしへなきもの　夏と冬と。夜と昼と。かきくらし雨降る日といみじく照りたる日と。人の笑ふと腹立つと。老いたると若きと。白きと黒きと。思ふ人とにくむ人と。同じ人ながらも、心ざしあるをりと変はりたるをりとは、まことにこと人とこそおぼゆれ。火と水と。肥えたる人、痩せたる人。髪長き人と短き人。（堺本一八〇段）

常磐木どもおほかる所に、鳥どもの寝て、夜中ばかりにいねさわがしう落ちまろび、木づたひて、寝おびれたる声に鳴きたるこそ、をかしけれ。（堺本二一九段）

前に述べたとおり、【堺本本文1】の最大の特徴は、三巻本・能因本では「たとしへなきもの」に続いて現れる夜の鳥の騒がしさに関する記述が、「常磐木どもおほかる所に」の一条として、冬にまつわる随想が並ぶ箇所に置かれていることである。【堺本本文1】の「たとしへなきもの」の段の本文は三巻本に近いと言えるが、一方で「常磐木どもおほかる所に」の条の書き出しと内容は能因本寄りと言える。重要なのは、【堺本本文1】に、【三巻本本文1】で二重線を施した「昼の目にたがひて（能因本は「昼の見目にはたがひて」）」の一句が見られないことである。雑纂本の場合はこの一言があるからこそ、昼の鳥と夜の鳥とが対照されて、夜の鳥の騒々しさの項が「たとしへなきもの」の射程内に含まれるのである。逆に、この句をもたない堺本において、夜の鳥は昼の鳥と対比されることがなく、「たとしへなきもの」とリンクする必然性をもたない。(2) 事実分置されているのであるが、分置された先で新たな役割を担っている点が興味深い。

堺本「常磐木どもおほかる所に」の一条は、「たとしへなきもの」とはまったく別の位置的必然性を帯びて随想群に存在する。それは随想群における直前の記事（堺本二一八段）との内容的な結び付きである。次に堺本二一八段の本文を挙げる。

【堺本本文2】

冬のいみじく寒きに、思ふ人とうち重ねてうづもれ臥したれば、鐘の音《おと》のただ物の底なるやうに聞ゆるこそ、をかしけれ。とりの声も夜ふかきほどは、羽《はね》のうちに口をこめながら鳴けば、いみじうもの深く遠く聞ゆるが、明くるままに近く聞ゆるもをかし。

（堺本二一八段）

二一八段の末尾部分は、傍線で示したように「夜ふかき」頃の「とりの声」の「をかし」さを述べる。そして、この直後に「常磐木どもおほかる所に」の一節が置かれている。夜に鳥の声を聞くという状況の共通性と位置的な連続性によって、両段は強くつながり合っている。(3) また、二一八段は冒頭に波線部「冬のいみじく寒きに」とあることで、「冬」の記事であることが明示されている。二一八段、二一九段という章段区分はもちろん本来的なものではないから、後続の「常磐木どもおほかる所に」の条も自然と冬の設定になる。総括すると、この一帯は冬の夜、共寝の床から鳥の声を聞くという一場面を形作っており、「常磐木どもおほかる所に」の条はその一要素として機能していると捉えられるのである。他方、三巻本・能因本で眼目の置かれていた昼夜の対照性は薄れている。項目の入れ替え、並べ替えにもそれなりの理屈を見出せるが、堺本の編纂はそういったレベルを超えて、雑纂本の本文や配置では見出し得ないような設定を施すことで意味が生成されるという地点にまで達していると思われる。なお、前田家本も堺本同様「常磐木どもおほかる所に」の段を分置するが、堺本のような前段との結び付きはない。また「昼の見目にはたがひて」という昼夜の対比を表す語句を含む点で根本的に異なっている。堺本のような効果は見出せない。

ところで、前掲【堺本本文2】の堺本二一八段「冬のいみじく寒きに」にも注目してみると、三巻本・能因本の「しのびたる所にありては」の段が、堺本・前田家本では二箇所（たとえば堺本では「しのびたる人の通ふには」の段と「冬のいみじく寒きに」の段と）に分かれて、随想群の一部を構成している。能因本はたとえば『日本古典文学全集』（松尾・永井［一九七四］）では前後が区別されて別々の章段になっているが、やはり連続した文章であることには変わりない。次に三巻本と堺本の本文をそれぞれ挙げる。

【三巻本本文2】

しのびたる所にありては、夏こそをかしけれ。いみじく短き夜の、明けぬるに、つゆ寝ずなりぬ。やがてよろづの所あけながらあれば、涼しく見えわたされたる。なほいますこし言ふべきことのあれば、かたみにいらへなどするほどに、ただゐたる上より、鳥の高く鳴きて行くこそ、顕証なる心地してをかしけれ。また、冬の夜いみじう寒きに、うづもれ臥して聞くに、鐘の音の、ただ物の底なるやうに聞ゆる、いとをかし。鳥の声も、はじめは羽のうちに鳴くが、口をこめながら鳴けば、いみじう物深く遠きが、明くるままに、近く聞ゆるもをかし。

（三巻本七一段）

【堺本本文3】

しのびたる人の通ふには、夏の夜こそをかしけれ。いみじく短く、つゆもまどろまぬほどに、明けぬるよ。やがてよろづの所もあけながらあれば、涼しげに見わたさるるが、なほいますこし言ふべきことどもは残りたる心地すれば、ふともえ立ちさらで、かたみに何くれと言ひかはすほどに、ただこのゐたる上に、鳥の高う鳴きて行くこそ、顕証《けむせう》になる心地してをかしけれ。

（堺本二〇六段）

冬のいみじく寒きに、思ふ人とうち重ねてうづもれ臥したれば、……

（堺本二一八段）

堺本「しのびたる人の通ふには」の段は、暦日順随想群のなかに置かれている。直前には「七月十日よひばかりのいみじう暑きに」と始まる堺本独自の一条がある。周辺には夏から初秋の話題、男が通ってくる話題などが並べられている。対して三巻本「しのびたる所にありては」の段は、逢瀬の夜の情景を、夏と冬とで対照的に描いている。波線部では、堺本にはない接続詞「また」によって共寝の夜という場面設定をつなぎ、傍線部では鳥の声、鳥の声などが対比されている。何よりもこの段は「たとしへなきもの」の段の直後に置かれており、「たとしへなきもの」の影響下で話題が展開していると捉えられる。つまり、三巻本では、比べようのないものの列挙から昼夜の鳥、夏冬の同衾と鳥の声、と一連の記述が発展するのに対して、堺本では夜の烏と冬の鳥の話が選び出されて、それぞれが新しい役割をもって随想群の一条として再構成されているのである。

『堺本枕草子評釈』（速水［一九九〇］）は、【堺本本文3】の二一八段「冬のいみじく寒きに」の段が、「堺本のポルノ性」が表れている「私家版的文章」である可能性を指摘する。「冬のいみじく寒きに」の段に相当する内容は他系統本にも存在するので、これはおそらく破線部「思ふ人とうち重ねてうづもれ臥したれば……」のような表現があることを「ポルノ性」と説明したものと思われる。ただし、たとえば能因本では「思ふ人とうづもれ臥して聞くに」とあるので、この箇所が仮にあからさまな表現だとしても、堺本だけが特別な言い方をしているとは必ずしも言い切れない。

情痴的、卑俗的などと言われてきた堺本特有の表現については本書第五章で再度くわしく検討しているが、第五章では堺本の文章を男の挙動と嗜みの教示に関わる文章として、すなわち日常性を帯びた実態描写として捉える見方を提案している。当該箇所も同様のものとして捉えられると思われるが、もうひとつ、文章構造上の性質についても指摘しておきたい。要は、【堺本本文3】の破線部は、記事が編纂されることによって失われた情報を再提示する役割を果たしているのではないだろうか。三巻本・能因本のように「しのびたる所にありては」の段に含まれるか、あるいは連続していれば、この部分が前の文と対照的に書かれていることは明らかであり、男女の逢瀬における描写と自然に理解できる。しかしながら、堺本のように季節を優先した配置をとった場合、そういった情報は得られない。ゆえに、堺本の「思ふ人とうち重ねて」という一句は、男女が同衾している場面であることを説明するために備わっている一句なのではないかと考えられるのである。類似の例は堺本の随所で確認できる。たとえば、三巻本・堺本の「さかしきもの」の段と堺本の「ちごどもの腹など苦しうするに」の段を比較してみる。

【三巻本本文3】

さかしきもの　今様の三歳児。ちごの祈りし、腹などとる女。物の具ども乞ひ出でて、祈り物作る、紙をあまた押し重ねて、いと鈍き刀して切るさまは、一重だに断つべくもあらぬに、……
（三巻本二四三段）

【堺本本文4】

さかしきもの　今様の三歳児《みとせご》。下衆の家の女あるじ。はらとりの女。（堺本一七三段）

ちごどもの腹など苦しうするに、女房呼びてさぐらせなどするに、祈りもつくるとて、そそくりたるこそ、いとをこなれ。刀のいと鈍きをとらへて、……（堺本二六〇段）

三巻本の「さかしきもの」の内容が堺本では二つに分けられて、それぞれ類聚群と随想群とに収められているが、随想群の文頭には、傍線部「ちごどもの腹など苦しうするに……」という独自本文が置かれている。三巻本のごとく直前に「ちごの祈りし、腹などとる女」という項目があれば、以下もその「女」にまつわる話題であることが推察できる。堺本の場合、そのような経路で情報は得られないが、傍線部の本文が情報不足を補うことで意味が通るようになっており、堺本二六〇段は一個の記事として自立しているのである。

三　宣孝御嶽参詣説話の位置付け

続く編纂の一例として、堺本の「あはれなるもの」の段と藤原宣孝の御嶽参詣の逸話の段を採り上げる。三巻本・能因本の「あはれなるもの」の段は、堺本・前田家本における類聚的章段としての「あはれなるもの」の段と、宣孝の御嶽詣での逸話の段とがひとまとまりになっている。次に三巻本と堺本の本文を挙げる。

【三巻本本文4】

あはれなるもの　孝ある人の子。よき男の若きが、御嶽精進したる。たてへだてゐてうちおこなひたる、暁の額、いみじうあはれなり。むつましき人などの、目覚まして聞くらむ、思ひやる。詣づるほどのありさま、いかならむなどつつしみおぢたるに、たひらかに詣で着きたるこそいとめでたけれ。烏帽子のさまなどぞ、すこし人わろき。

なほいみじき人と聞ゆれど、こよなくやつれてこそ詣づと知りたれ。右衛門佐宣孝といひたる人は、「あぢきなき事なり。ただきよき衣を着て詣でむに、なでふ事かあらむ。かならずよも『あやしうて詣でよ』と御嶽さらにのたまはじ」とて、三月つごもりに、紫のいと濃き指貫、白き襖、山吹のいみじうおどろおどろしきなど着て、隆光が主殿亮なるには、青色の襖、紅の衣、摺りもどろかしたる水干といふ袴を着せて、うちつづき詣でたりけるを、帰る人も今詣づるも、めづらしうあやしき事に、「すべて昔よりこの山にかかる姿の人見えざりつ」と、あさましがりしを、四月ついたちに帰りて、六月十日のほどに、筑前守の辞せしになりたりしこそ、「げに言ひけるにたがはずも」と聞えしか。これはあはれなる事にはあらねど、御嶽のついでなり。

男も、女も、若くきよげなるが、いと黒き衣着たるこそ、あはれなれ。

九月つごもり、十月ついたちのほどに、ただあるかなきかに聞きつけたるきりぎりすの声。……

（三巻本一一六段）

【堺本本文5】

あはれなるもの　親のために孝《けう》ある人の子。若き男の御嶽精進《さうじ》する。さだまりたる人具したるも、またさらで、うちしのびたる思ふ人あるも、あはぬよなよなへだつるは、苦しき物にこそ思ふべかめるを、ことのほかにきびしくへだてなして、ひとり出でゐて、うちおこなひたる暁の額《ぬか》の音《おと》など、いみじくあはれなり。むつまじき人の、目覚まして聞くらむ心地、いかならむと思ひやる。果てぬるのちも、道のほどいかがおぼつかなく、つつしみ思ひたるこそ、めでたけれ。

男も女も、若うかたちよき人の、服なるこそ、あはれなれ。

十月ばかりに、あるかなきかのきりぎりす、声聞きつけたる、いとあはれなり。……

（堺本一八五段）

御嶽に詣づる道のなかは、かぎりなき人と聞ゆれど、ただいみじくやつれて、浄衣《え》といふ名つけてきよきばかりをこそことにてあるものと知りたるに、衛門佐宣孝といふ人の詣でけるをり、例の作法にせむとて後見《うしろみ》の人々しけるを、「などてかさしもあらむ。あぢきなきことなり。ただきよき衣《きぬ》を着てまゐれとこそあらめ。かならずあやしき衣《きぬ》の姿にて詣でよと御嶽よにのたまはじ」とて、三月つごもりなりければ、紫のいと濃き指貫、桜の唐綾の襖《あを》、山吹のおどろおどろしき濃き袿《うちき》など着て、隆光が主殿亮《とのもりのすけ》なるは、青色の襖《あを》に紅の衣《きぬ》を、えも言はず摺りもどろかしたる水干袴など着て、うち続きて歩みたるを、まかづる人も、帰りたる人も、めづらかなる事に言ひあさみ、「すべて昔より今にいたるまで、この道にまだかかる姿なる見えざりつ」と言ひさわぎしを、いかがあらむずらむと思ひしに、四月ついたちころに、いとたひらかに帰りて、六月十日のほどに、筑前守の失せしかはりになりにしこそ、げに言ひけることにたがはず、と聞きしか。これは、をかしきことにもあらず、あはれなることにもあらず、めでたきことにもあらねど、ただそのころ耳にとまりしことを書きたるなり。（堺本二八二段）

「あはれなるもの」の段は諸本間で列挙項目、配列の順序、本文の分量などにかなりの異同が見られる。たとえば、荒れた庭と月の情緒、池ある所の趣の記述などは、三巻本のみ「あはれなるもの」に含まれず、巻末に「一本」として収められている。前田家本は「あはれなるもの」の段の内部で項目の重出がある。諸本それぞれが特徴的な本文を有しているが、今回はそうした問題には深く踏み込まず、堺本本文の問題を中心に検討する。

【堺本本文５】に挙げたように、堺本本文はちょうど【三巻本本文４】の破線で囲った部分を切り取るようなかたちで、「あはれなるもの」の段と「御嶽に詣づる道のなかは」の段（宣孝の御嶽参詣の話）とが分置されている。傍線部「御嶽に詣づる道のなかは……」という前文が冠された点が堺本本文の特徴である。さらに能因本・前田家本の本文をもそれぞれ引き比べて見ると、堺本が編纂にあたって細心の注意を払っているさまが見て取れる。次に能因本と前田家本の本文を挙げる。

【能因本本文】

あはれなるもの　孝ある人の子。鹿の音。よき男の若き、御嶽精進したる。…〔中略〕…烏帽子のさまなどぞ、なほ人わろき。なほいみじき人と聞ゆれど、こよなくやつれて詣づとこそは知りたるに、右衛門佐宣孝は、「あぢきなき事なり。ただきよき衣を着て詣でむに、なでふ事かあらむ。かならずよも『あしくて詣でよ』と御嶽のたまはじ」とて、…〔中略〕…これはあはれなる事にはあらねども、御嶽のついでなり。

九月つごもり、十月ついたち、ただあるかなきかに聞きわけたるきりぎりすの声。……

（能因本一二三段）

【前田家本本文】

あはれなるもの　孝心ある人の子。鹿の音。よき男の若きが御嶽精進したる。…〔中略〕…烏帽子のさまなどぞすこし人わろき。なほいみじき人と聞ゆれど、こよなくやつれてのみこそ人はまうづると知りたるに。[A]

九月のつごもり、十月のついたちに、ただあるかなきかに聞きつけたるきりぎりすの声。……

（前田家本一二二段）

御嶽に詣づる道のなりは、かぎりなき人と聞ゆれど、ただいみじくやつれて、浄衣といふ名つけて、きよきばかりをこそ、かごとにてあるものと知りたるに、衛門佐のぶかたといふ人のまうでけるをりに、……

（前田家本三〇〇段）

右に引用したように、前田家本も堺本同様「あはれなるもの」の段に宣孝の逸話は含まれておらず、「御嶽に詣づる道のなりは」の段として日記的章段を集めた巻に分けて収められている。本文は、「あはれなるもの」の段は能因本寄り、「御嶽に詣づる道のなりは」の段は堺本寄りの本文となっている。しかし、前田家本と堺本の本文には決定的な相違点がある。それは【前田家本本文】の「あはれなるもの」の段に傍線で示した一文「なほいみじき人と聞ゆれど、こよなくやつれてのみこそ人はまうづると知りたるに」の存在である。これは【能因本本文】に傍線で示した

「なほいみじき人と聞ゆれど、こよなくやつれて詣づとこそは知りたるに」とほとんど同一の文章である。能因本はここで文が終わらずに、「右衛門佐宣孝は、……」と以下宣孝の逸話へと入っていく。対して、【前田家本本文】ではここでぷつりと途絶えて、「九月のつごもり、十月のついたちに……」と次の項目が来る。つまり、前田家本は「あはれなるもの」の段の【A】の部分から宣孝の話を除去したような体裁になっており、傍線部分はその摘出の痕跡のようにも思われてくるのである。第二章で採り上げた「はしたなきもの」の段でも、日記的記事（八幡の行幸の話）を取り出したような跡が指摘できた。

他方、堺本の「あはれなるもの」の段は、日記的章段の名残と思われるような箇所をもたず、宣孝の逸話を含まないかたちで完結している。なお、堺本二八二段の「御嶽に詣づる道のなかは」という書き出しの直後に見られる「かぎりなき人と聞ゆれど……」の内容は、他系統本にそれぞれ傍線で示した部分に相当する。よって、前田家本三〇〇段の「かぎりなき人と聞ゆれど……」以下の文章は一種の重複とも言える。また、三巻本の当該箇所は「こそ……知りたれ」と結ばれているので『新編日本古典文学全集』（松尾・永井［一九九七］）などでは次文より改行がなされているが、他本が「こそ……知りたるに」となっていることから、逆接で次文にかかるものとも読み得る。

堺本二八二段冒頭の「御嶽に詣づる道のなかは」という一句は、前節で検討した例と同様に、直後の文章だけではフォローしきれない情報を補充する役割を果たすものと思われる。三巻本・能因本のように「あはれなるもの」に連続して宣孝の話を読むならば、冒頭近くで触れられる御嶽精進、寺社参りなどと連続性のある話題と受け止められる。ところが堺本の場合はそのような事前情報が得られないため、「御嶽に詣づる……」の一句が必要となってくるのである。前田家本には重複を厭わず本文を収録しようという姿勢が見て取れる一方で、堺本にはそのまま読んで不自然にならぬよう、一貫した工夫が施されている。いわゆる「類纂形態」といっても、両者はまったく異なる論理に基づいているのである。

この宣孝のエピソードは現存堺本において実在の人物が登場する数少ない例である。現存堺本にはいわゆる日記的章段が基本的に存在しない。実体験から題材をとったような宮仕えの話題などは見られるが、実際の清少納言と定子の姿を重ね合わせるには大きく距離のある書き方がなされていることは第二章で述べたとおりである。また、初瀬参詣などの寺社参りにまつわる話題などは含まれているが、特定の出来事の記録というよりはより随想的な文章となっている。現行の堺本において具体的な人名が挙がることはきわめて珍しい。実際には、二八二段「御嶽に詣づる道のなかは」における藤原宣孝とその子隆光、二八〇段「うちへまゐるにも」に登場する高階業遠のみである。次に堺本二八〇段「うちへまゐるにも」の段を抄出する。

【堺本本文6】

うちへまゐるにも、里へ出づるにも、人の車借りたるに、牛飼ひ、雑色の腹立たぬこそなけれ。……〔中略〕……業遠の朝臣の車のみぞ、夜中暁わかず、借るにしたがひて、つゆいかにぞやあるけしきなくてありし、よくこそ教へ習はしたりしか。……

（堺本二八〇段）

しかしながら、これらの記事に実名が見えるからといって、堺本が他系統本と同じように日記的記事を含んでいるとしてはいささか早計となる。なぜなら、これらの記事は堺本の随想群の後半部に収められており、そこでは男女の身につけるべき芸道や所作、心がけなどにまつわる半ば教示的な文章が連なって出てくるのである。これら随想群の構成については第五章で検討するが、宣孝の逸話も業遠の逸話も、参詣の装いや日ごろのしつけに関する話題として見れば、ここ一帯の随想群の主眼からはみだすものではないのである。よって、宣孝の逸話を日記的章段とする橋口［一九五四］の見方には首肯できない。ただし、「御嶽に詣づる道のなかは」が現存堺本最後の記事であることは、その最末尾の一文が実質的に堺本の末文となるという意味において、非常に興味深い現象である。

宣孝の逸話が「あはれなるもの」の段に含まれる三巻本・能因本では、エピソードの最後に、「これはあはれなる事にはあらねど、御嶽のついでなり」と言い添えられている。「あはれなるもの」の題から外れるものだけれども、御嶽詣でを語るついでなのだと断りを入れる発言で、『枕草子』の執筆意識や対読者意識などが窺えるきわめて重要な箇所である。翻って、宣孝の逸話が「あはれなるもの」の段から分けて置かれている堺本の場合は、如上の断り書きは意味をなさない。それではどのようになっているのかというと、【堺本本文5】二重傍線部に示したように、「これは、をかしきことにもあらず、あはれなることにもあらず、めでたきことにもあらねど、ただそのころ耳にとまりしことを書きたるなり」となっているのである。三巻本・能因本と同じく断り書きのような体裁ではあるが、堺本では「あはれなるもの」の題に限定されない言い方になっているのである。

この一文が現存堺本の最後の文となり、堺本が締めくくられているということは、案外大きな意味をもつのではないか。たとえば堺本全体の基本姿勢を「をかしきこと」、「あはれなること」、「めでたきこと」などを書き集めることと統括して堺本が閉じられていると解釈することも可能ではないだろうか。三巻本・能因本のような跋文をもたない堺本にとって、このような自己言及的発言は貴重である。堺本の締めのことばとして、いわば跋文的な性質を帯びている文章としてこの箇所を読むことができるのではないだろうか。この一文が本来的なものかどうか、いつ誰によって書かれたのかという問題もあろう。だが、むしろそういった議論を呼び起こすほどの威力をもつ文章が末尾に置かれることの意味と影響力にこそ目を向けるべきとも思われる。堺本の巻末にふさわしいものとして存在し、事実そのように機能している末尾部分に注目すると、ひとつの完成体としての堺本の姿が確認されてくるのではないだろうか。

四　おわりに

本章では、堺本の編纂方法の特色とその統一性、そして最終段の位置付けについて検討した。堺本の末尾の一文はこれまでにも何度か考察の対象となってきた。たとえば田中新一［一九七五］は、【堺本本文5】の二重傍線部内の

「そのころ」という語を、宣孝の筑前守任官の時点を指すものと捉え「正暦元年時点のエピソードを長徳四年以降（恐らくは長保三年〈一〇〇一〉の宣孝の死以前）に此処に書き加えたものと読みとってよかろう」とする。また、堺本の末尾の数段が後年の追記であること、堺本が三巻本に先行したことなどを主張し、三巻本が「随想段を採り込んで改編された段」であると述べている。岸上［一九七〇c］も、堺本のような姿を初稿と見、宣孝の逸話が「あはれなるもの」に収められているものを改稿版と見る。橋口［一九五四］も、堺本の末尾部分を作者清少納言自身の注記と捉え、作者の類纂意識が認められる本文とする。そして、『枕草子』は当初類纂形態であったとまで論じている。

しかしながら、これまでにもたびたび述べてきたように、現存堺本の内部を詳細に観察してみると、全体にわたる徹底した工夫が凝らされながら編纂されている様子が見て取れる。したがって、堺本の大枠はある段階において一括して再編纂されたものである可能性が高いと推測される。そして、他系統本との構成の違い、項目の出入り、出入りに伴う本文の異同の様相などを勘案すると、仮に他系統本のような本文から堺本のような本文を編纂する過程は想像できても、その逆はきわめて困難であるように思われるのである。むろん、現存堺本の本文に再編集される以前の古態を残す本文が含まれている可能性はある。しかし、それをもって堺本原態説や『枕草子』の類纂形態原態説を論証することには無理がある。

本章では、類聚群と随想群からなる現存堺本がひとつの完結した世界を作り上げており、跋文的な一文をもってきちんと閉じられているのではないかということを確認した。堺本は、一個の自立した作品として捉えるのに十分な構成上の要素を備えている。日記的記事をもたないところにこそ堺本の個性があり、堺本という『枕草子』を解く手がかりがあるものと思われる。

注

（1）三巻本の注釈書でも、たとえば角川文庫『新版 枕草子』（石田［一九七九］）などでは別の章段になっているし、「たとしへなきもの」の段に含むべき項目でないとする見方もある（山脇［一九六六］など）。しかし、今はこれらの文章が連続して現れ、関連性を読み取り得るということに着目したい。

（2）同様の指摘が岸上［一九七〇c］にもある。しかし岸上［一九七〇c］では堺本の本文が初案であったと推定しており、本論の主旨とは異なる。

（3）随想群の編纂と記事の連続性に関しては、第一章でくわしく検討している。

第四章　類似記事の重出現象と編纂の指向性

――『枕草子』諸本間の比較から――

一　はじめに

第三章までは、従来の杜撰な改作本という堺本の評価に対して、堺本の構成のありようからはじつは独自の一貫した編纂の論理が認められること、堺本は周到に計画し工夫を凝らして作られた本と考えられることを複数の角度から論じた。第一章でも検討したが、堺本と前田家本とは同じ「類纂本」とされることが多く、両者は似たもののような印象を受けかねない。しかし、堺本と前田家本の編纂方法を比べてみると、そこには明らかな差異がある。堺本と前田家本は、形態に共通点があるものの、両本の内容は根本的な部分でかなり隔たっており、そのような扱われ方が妥当とは言えない。しかし、両本の内部の詳細な比較検討はこれまでほとんどなされないままであった。

堺本と前田家本の編纂の姿勢に関する従来の見解を確認すると、たとえば楠［一九七〇d］は、「底本に対する態度は堺本編者の杜撰不誠実に対して前田家本編者のは精密誠実」であると言い、前田家本を「誠に慎重で、しかも（著者注・能因本と堺本の）両底本本文に対する判断を敢てせず増補集成に極力努めた」ものと説明している。津島［二〇〇五b］は、「にげなきもの」の段から諸本の編纂姿勢を比較し、「こうした前田家本の編集態度からは、いわば諸本に対する潔癖さのようなものが窺えよう。たとえ結果として本文を重出させようと、各々の本文と配列をできる限り尊重するという態度である」と述べ、「堺本の類集行為をさらに徹底させたひとつの究極の姿」が前田家本の姿であるとする。

本書第一章から第三章において行った調査結果をふまえれば、堺本を杜撰な改作本とする見方には同意できない。また、「堺本の類集行為」の内実自体もいまだ十分に解明されているとは言いがたい。(1) 前田家本に対する「誠実」、「慎重」、「潔癖」といった評価の妥当性も再検討されるべきであろう。両者の編纂方法を同類のものとしてそれぞれの延長線上に捉えるだけではなく、それぞれの編纂の指向性の根本的な差異をも見極めながら論じる必要があると考えられるのである。

本章では、堺本と前田家本それぞれの編纂行為の方向性を探ることを目的に、両本における記事の重複現象について検討する。堺本と前田家本とが、三巻本・能因本においては散在している記事を、叙述形式、類聚題目、内容等に基づいて整理し、まとめている以上、その内部における記事の重出の意味は大きい。同一もしくは類似の記事の扱われ方を引き比べることで、編纂行為における各本のルールのようなもの、言い換えればそれぞれの編纂の指向性が捉え直されてくると思われる。

前もって言ってしまうと、じつは、堺本の場合、前田家本と同じ「類纂形態」とされているにもかかわらず、同一本文の重複例は見当たらないのである。よって、堺本に関しては、重複とまでは言い得ない微妙な範疇の類似記事の重出現象についてくわしく検討していくことになる。対して、前田家本の場合、さまざまな本文の重出が見られる。同一章段内に項目を重複させることすらある。このことだけを見ても、両本の編纂が異なる指向性をもつものと予想されてくるだろう。まずは前田家本の本文重出の独特な様相を確認するべく、次節でその一例を見てみたい。

二　前田家本「心にくきもの」の段と「にげなきもの」の段における同一・類似記事の重出

前田家本「心にくきもの」の段と「にげなきもの」の段では、本文がさまざまなレベルで重出しており、前田家本の重出現象の種々相を端的に見ることができる。次に「心にくきもの」の段と「にげなきもの」の段の本文を挙げる。本文には項目・内容ごとに通し番号をふっている。ただし、他系統本の本文と比較する関係上、文章の区切れや内容のまとまりとは必ずしも一致させず、便宜的な項目分けとなっている。はじめに「心にくきもの」の段の本文を挙げる。

【前田家本本文1】前田家本「心にくきもの」

心にくきもの

① 物へだてて聞くに、女房とはおぼえぬ手のしのびやかに聞えたるに、答《こた》へわかやかにしてうちそよめきてまゐるけはひ。

② 御膳《もの》などまゐるほどにや、箸、匙《かひ》などのとりまぜて鳴りたる、をかし。

③ 提子《ひさげ》の柄《え》の倒《たふ》れふすも耳こそとまれ。

④ ようちたる衣《きぬ》のあざやかなるに、さわがしうはあらで髪のふりやられたる。

⑤ いみじうしつらひたる所の御殿油《とのあぶら》まゐらせて、長炭櫃などにいとおほくおこしたる火の光に御几帳の紐《ひも》の見え、御簾の帽額《もかう》あげたる鈎《こ》のきはやかなるもけざやかに見ゆ。

⑥ よう調じたる火桶の灰きよげにて、おこしたる火に、よく描《か》いたる絵の見ゆるもをかし。

⑦ 箸のいときはやかに筋かひて立てるもをかし。

⑧ [a]夜いたうふけて、皆人寝ぬるのちに、外《と》のかたにて殿上人など物言ふに、奥に碁石笥《け》に石入るる音のあまたたび聞えたる、いと心にくし。

⑨ やむごとなき所におしなべたらぬ今参りの、すこし夜ふかしてまゐりたるに、うちそよめき、衣《きぬ》の音《おと》なつかしう聞えてゐざり出でて御前《まへ》近くさぶらへば、物などほのかにうちおほせられ、御いらへつつましうこめかしきさまに、声のありさま聞ゆべくだにあらぬほど、いとしづかなり。

⑩ 女房ここかしこに群れゐつつ、しのびやかに物語し、うちしはぶき、とかくうち身じろき、おりのぼる衣《きぬ》の音《おと》おどろおどろしくは鳴らねど、さなりと聞えたる。

⑧ 御前《bまへ》にも御とのごもり、皆人寝たるのち、人の物言ふ聞くとて、端のかたにゐたるに、夜中にもなりぬらむかしと思ふほどに、人の声はせで、碁石の箱に入るる音《おと》の聞えたるこそ、まだ起きたりけりとおぼゆれ。

⑪ よく鳴る琵琶をよくしらべて、爪弾きに音《ね》高く出ださぬものから、心とどめて弾きたるを、夜いたうふけて聞きたる、思ひやりをかしう、心にくし。

⑫ むげに人の寝はててのち、夜いたくふけておどろきなどしても、またさるやうありて起きゐなどしても聞くに、火箸をしのびやかに火桶に立つる音《おと》も、何をして起きたるならむ。

⑬ 寝ねぬ人はなほ心にくし。

⑭ 夜居の僧のあらはなるまじと、御屏風、御几帳と、あまたかさねて、つぼね据ゑ、脇息、火桶などとらせて、そこさししぞきても、かたはらいと近くても、あつまり臥して物語し笑ひ、人のうへ言ひ、人まねし、男女のありさまなど、らうがはしう言ひののしるに、音《おと》もせねば、寝にけるなめりと思ひあなづりたるに、数珠《ずず》のすがりの、衣《きぬ》の袖もしは脇息《けうそく》などにあたりて、ほのかに聞えたるこそ、心にくくはづかしけれ。

⑮ うちの局などに、うちとくまじき人のあれば、こなたの火は消ちたるに、かたはらの火の、物のかみよりとほりたれば、さすがに物のあやめほのかに見ゆるに、短き几帳おしやりて、添ひ臥したるかしらつき、けはひ、をかし。

⑯ 直衣、指貫、几帳にうちかけたるこそをかしけれ。六位なりとも青色はあへなむ。緑衫などは、かいわぐみて隅のかたに投げやりて、暁にこそとみにえさぐりえでまどはさめ。

⑰ 衛門の佐などを、里人、下衆などは、うへの官と言ひて、世になくきらきらしくかしこき物に、目をだに見あ

はせず、おぢまどふを、うちわたりのやうにはつきなくこそ見ゆれ。

⑱ わりなくしのびて入り来てひき脱ぎたる袴つきのおもて、いやしげにてあらむ。

⑲ 五位の蔵人なども、靫負の佐かけつれば、いとにくし。

⑳ おどろおどろしきうへの衣《きぬ》の色にあいなくしらじらしき袴などを空薫物になつかしうにほひたる几帳などにうちかけたらむ、いと心づきなし。

㉑ かたちよき君達の御つかさに弾正の弼、いみじく心づきなき事なり。式部卿の宮の中将などのさもびんなく見えたまひしものかな。

㉒ 簀子に火ともしたる。

㉓ 物へだてて聞くに、人の臥したるが夜中などにうちおどろきて、言ふことは聞えず、男もしのびやかにうち笑ひたるこそ、何事ならむとをかしけれ。　（前田家本一二三段）

次に、「にげなきもの」の段の本文を挙げる。

【前田家本本文2】前田家本「にげなきもの」

にげなきもの

1 下衆の家に雪の降りたる。また、月のさし入りたるも、いとくちをし。

2 髪あしき人の白き綾の衣《きぬ》着たる。

3 衛府のふとりたる。

4 あしき手を赤き紙に書きたる。

5 月の[a]いと明かきに、屋形なき車のありきたる。また、さる車にあめ牛かけてあらくやる。

6 老いたる者の腹高くてありく。また、若き男持ちたる、いと見苦し。こと人のもとへ行くなど言ひ、ねたみたる。

7 [a]人の声おそろしげなるがねによびたる。老いたる男のねによびしたる。

8 [a]ひげがちなる者の椎摘みたる。

9 歯もなき女の、梅食ひて酸がりたる。

10 下衆の、紅の袴着たる。このごろは、それのみこそはあめれ。

11 靫負佐の夜ありく狩衣姿もいとあやしげなり。

12 また、人におぢらるるうへの衣《きぬ》はいとおどろおどろし。立ちさまよふも、人見つけば、あなづらはし。「嫌疑の者やある」と、たはぶれにもとがむ。

13 六位の蔵人の、うへの判官とうち言ひて、世になくきらきらしき物におぼえ、里人、下衆などは、この世の人とだに思ひたらず、目をだに見あはせで、おぢわななき、うちわたりの細殿などにしのびて入り臥したるこそ、いとつきなけれ。

14 空薫物したる几帳にうちかけたる袴の重たげにいやしう、きらきらしからむもとおしはからるるなどよ。

15 さかしらにうへの衣《きぬ》わきあけ、鼠の尾のやうにわがねかけたらむほどこそ、にげなき夜行の人々なり。

16 このつかさのほどは念じてとどめてよかし。

17 五位の蔵人も。

18 細殿に人々あまたゐて、ありく者どもめやすからず呼び寄せて、物など言ふに、きよげなる男、小舎人童などの、よきつつみ、袋に衣《きぬ》どもつつみて指貫の腰などうち見えたる、袋に弓、矢、楯、細太刀など持てありくを「誰が御ぞ」といふに、ついゐて「なにがし殿の」と言ひて行く者はよし。けしきばみ、やさしがりて、「知らず」とも言ひ、聞きも入れで往ぬる者は、いみじうぞにくきかし。

5 [b]月夜にむな車のありきたる。

[19]　しじかみたる髪に葵つけたる。
[20]　きよげなる男の、にくげなる妻持ちたる。
[7]・[8]　ひげ黒くにくげなる人の年老いたるが、物語するちごもてあそびたる。
（前田家本一六三段）

まずはひととおり、両段に見える重出現象を確認してみる。「心にくきもの」の段では、項目番号⑧aと⑧bとした箇所の傍線部に、深夜に碁石の音を聞くという記述が二度出てくる。文章そのものが同じというわけではないが、内容は酷似しており、「心にくきもの」の段内に二度も描かれるのは異例と言うべきだろう。同一章段内における再出という点では、「にげなきもの」の段の項目番号[5]aと[5]b、および[7]a・[8]aと[7]・[8]bにも、類似の記述が繰り返されていると言える。

また、「心にくきもの」の段の項目番号⑰、⑱、⑳に描かれる衛門佐の姿は、「にげなきもの」の段の項目番号[12]、[13]、[14]の記述と似通っている。項目番号⑲の五位の蔵人への言及も、「にげなきもの」の[17]と被っている。これら⑰～⑳に相当する記述は、他系統本では、三巻本二九四段のように別箇所に独立している場合もあるが、それ以外は「にげなきもの」の段に含まれているから、前田家本で「心にくきもの」の段に再出しているのは特殊な事例と言わざるを得ない。さらに、前田家本では、項目番号㉑の内容と同じような宮中将への言及が、日記的章段を集めた巻にも登場している。

【前田家本本文3】前田家本「かたちよき君達の」

かたちよき君達の弾正にておはする、いと見苦し。宮の中将などの、さも見苦しかりしかな。
（前田家本三〇七段）

当該箇所は、三巻本・堺本では「にげなきもの」の末尾部分にある。能因本では孤立したような位置にあり、諸注釈書は独立の章段として扱っている。この本文が「心にくきもの」と日記的章段群とに重出するのは前田家本のみの現象である。

同様に、前田家本では、「にげなきもの」の段の⑱と類似の記事が、随想的記事を集めた巻にも出てくる。

【前田家本本文4】前田家本「細殿に人々あまたゐて」

細殿に人々あまたゐて、物など言ふほどに、きたなげなき男、小舎人童などの、きよげなる袋、包に色々の衣《きぬ》どもをひきつつみて、指貫の括《くくり》など、ほの見えたる、また袋に入れたる小弓、矢、楯、細太刀など持てありくを、「それ誰が御ぞ」と問ふに、ついゐて「なにがし殿の」とうちいらへて行くは、よし。けしきばみ、やさしがりて、「知らず」とも言ひ、また聞き入れでもいぬるは、にくし。

（前田家本二三八段）

これは、能因本の「にげなきもの」の段の構成の問題とも絡むものであり、第四節にて再度くわしく検討する。

以上、前田家本の「心にくきもの」の段と「にげなきもの」の段に関わる記事の重出現象を確認した。ほぼ同一項目の重複から、類似記事の再出と言えるものまで、さまざまなレベルの重出が認められた。前田家本には他の箇所にも種々の重出例が見受けられ、前田家本の成立事情とも深く関わってくるのだが、詳細は第四節にてあらためて論じることとする。ここで一旦議論を戻して、『枕草子』の各系統本において重出現象がどのように起こっているのか、また従来どのように論じられてきたのかを概括してみたい。

三　三巻本・能因本における同一・類似記事の重出

現存の『枕草子』諸本には、文章の長短を問わず、同一の記述、もしくは似たような話題が別箇所で再出する例が、多かれ少なかれ必ず認められる。それらの性質はさまざまであるが、諸本における重出の具体例を、先行研究とともに確認する。

三巻本では、「森は」の段と「原は」の段が重複している。

【三巻本本文1】三巻本「森は」の段の重出

森は　うきたの森。うへ木の森。岩瀬の森。立ち聞きの森。　（三巻本一〇九段）

森は　うへ木の森。石田の森。木枯しの森。うたた寝の森。岩瀬の森。大荒木の森。たれその森。くるべきの森。立聞の森。よこたての森といふが耳とまるこそあやしけれ。森などいふべくもあらず、ただ一木あるを、何事につけむ。　（三巻本一九五段）

【三巻本本文2】三巻本「原は」の段の重出(2)

原は　みかの原。あしたの原。その原。　（三巻本一四段）

原は　あしたの原。あはづの原。篠原。その原。　（三巻本一一〇段）

「原は」の段の重出について、池田［一九四九］は、「三巻本の原型本にはその再編輯者によつて二ヶ所にとり入れられ、重複の事実が生じ、それがそのまま第一類に遺伝された。その後他本との比校によつてこの段を除去し整理したのが第二類である」と推測する。また、『全講枕草子』（池田［一九七七］）は、「原作が、作者自身により、あるいは後人によつて順次成長し変化したあとを示すものとして注意しなければなるまい」として、再編集の一証としている。林［一九七二］は、「現存の分類堺本の原形は雑纂形態であった」とし、「この原形堺本が清少の初稿的の（これも最初の枕草子であったとは言えないが）枕草子で、それを作者自身で改稿したのが能因本祖本であった。その後、別人が現れて原形堺本の一本と能因本の一本を比較しながら改作改編した。それが三巻本（一類本）である」との仮説を提唱する。「「森は」「原は」の段は三巻本祖本の時から既に重出していた（これをかりに甲種・乙種と命名する）」、「三巻本「森は」「原は」両段のそれぞれの甲種の方は堺本から抄出され、同じく両段のそれぞれ乙種の方は能因本から抄出された」と説明し、「森は」「原は」の重出を堺本原態説の裏付けとする。

一方、三巻本を最善本とし、他本に対してはっきりと優劣をつける立場から、『枕草子解環』（萩谷［一九八一］）は

「原は」の段の「論説」において池田説を「類纂本においては、明確な分類意識によって、系統別に編纂されることであるから、同一命題の章段の重複は元来生じ得ない」と批判する。また、林説も批判して、「むしろ、これは、林説とは反対に、（甲）（乙）の三巻本・堺本を合併した上に、更に恣意的な増補を重ねたのが、能因本・前田本であるというべきであろう」と述べる。「森は」の段の「論説」（萩谷［一九八二］）でも、「森は」の重出を「連想の赴くがままに自由に叙述していったが為に」起こった「原作者の原手記における無意識の重複」であると論じる。萩谷説では、「……雑纂本なるが故の、極めて自然発生的なものと断じて誤りはあるまい。類纂本ならば発生すべくもない重複も、自由な連想の糸筋に操られて、思いつくままに筆を進めてゆく場合には、重複の愚を犯すまいと用心していても、ついつい筆のすさみに重複の生じることは防ぎ難いものである。これだけ多種多様な類想・随想・回想の章段の中で、「原は」と「森は」と僅か二か所の重複をしか犯さなかったとは、むしろ、作者清少納言の明晰な頭脳の働きを感嘆すべきである。」（萩谷［一九八二］）とまで述べられている。

このように、三巻本の重出現象は『枕草子』の原態をめぐる議論と重ねて論じられてきたのである。しかしながら、すでに繰り返し述べてきたように、原態論のみでは限界がある。萩谷説のように清少納言の頭の中に原因を求める見方にも従いがたい。また、大室［一九七八］は、各重出章段が前後の章段群との連想性を備えていることを指摘する。そして、その配列構成は順当であり、「三巻本の重出現象は章段群を連接するための意図的な重出」であると述べる。偶然か故意かという点では萩谷説と一線を画す説であるが、記事の配列に相関性を見出せるのは三巻本に限ったことではないとも思われる。よって、連想性が認められるから重出を本来的なものとする大室［一九七八］の見方にも首肯できない。

次に、能因本の重出例に目を向けてみたい。まず同一章段の重出を二例挙げる。

【能因本本文1】能因本「物のあはれ知らせ顔なるもの」の段の重出

物のあはれ知らせ顔なるもの　鼻垂り、間もなくかみて物言ふ声。眉抜く。
（能因本八九段）

物のあはれ知らせ顔なるもの　鼻垂り、間もなくかみつつ物言ひたる声。眉抜くをりのまみ。
（能因本一一二段）

【能因本本文2】能因本「にくきもの、乳母の男こそあれ」の段の重出

にくきもの、乳母の男こそあれ。女子は、されど近く寄らねばよし。をのこ子は、ただわが物に領《りやう》じて、立ち添ひうしろ見、いささかもこの御事にたがふ者をば詰め讒《ざん》し、人にも思ひたらず。あしけれど、これがとがをば、心にまかせ言ふ人しなければ、所得《え》、いみじき面《おも》持ちして、事行ひなどするよ。
（能因本二六段）

にくきもの、乳母の男こそあれ。女はされども、近く寄らねばよし。をのこ子をば、ただわが物にして、立ち添ひ領じてうしろ見、いささかもこの御事にたがふ者をば讒《ざん》し、人を人とも思ひたらず。あやしけれど、これがとがを心にまかせて言ふ人もなければ、所得《え》、いみじき面《おも》持ちして、事を行ひなどするによ。
（能因本二四〇段）

【能因本本文1】に関しては、山脇［一九六六］が「別の本のを誤つて入れたのであらう」、『枕冊子全注釈』（田中重太郎［一九七五］）が「再出重複現象の理由はわからない」といった程度のコメントをつけるにとどまっている。また、【能因本本文2】に関しては、『枕草子評釋』（金子［一九三九］）、『枕草子集註』（関根［一九七七］）などではひとつの章段としてまとめてしまうなどの処理がなされている。

対して、【能因本本文2】も含めた能因本の「にくきもの」関連章段をめぐる問題を、諸本の類集化・異本化という新しい観点から論じるのが津島［二〇〇五e］である。「にくきもの」の段は、諸本間で複数の章段に跨った複雑な記事の出入りが見られる。次に挙げる重出例もその一部で、〈単独で車に乗って物見をする男〉という項目が「文ことばなめき人こそ」の段と「いみじく心づきなきものは」の段に重出している。[3]

【能因本本文3】能因本「一人車に乗りて物見る男」の項の重複

文ことばなめき人こそ、いとどにくけれ。…〔中略〕…一人車に乗りて物見る男。いかなる者にかあらむ。やむごとなからずとも、若き男どもの物ゆかしう思ひたるなど、引き乗せても見よかし。透影にただ一人かがよひて、心一つにまぼりゐたらむよ。（能因本二七段）

いみじく心づきなきものは、祭、禊など、すべてをのこの見る物見車に、ただ一人乗りて見る人こそあれ。いかなる人にかあらむ。やむごとなからずとも、若き男どもの物ゆかしと思ひたるなど、引き寄せても見よかし。透影にただ一人かがよひて、心の一つにまもりゐたらむよ。（能因本一二五段）

津島［二〇〇五e］の論は、これまで原作者の執筆過程、あるいは後の編集過程における、過失もしくは作為とされてきた重出現象を、「にくきもの」へと類集化を遂げ、同時に類集化しつつある本文の現在進行形の姿と捉え直すものであり、大いに首肯できる。次に挙げる「にげなきもの」の段の重出例についても同様である。

【能因本本文4】能因本「にげなきもの」関連章段における重複

にげなきもの　…〔中略〕…月のいと明かきに、屋形なき車にあめ牛かけたる。……（能因本五二段）

細殿に人とあまたゐて、…〔中略〕…けしきばみやさしがりて、「知らず」とも言ひ、聞きも入れでいぬる者は、いみじうぞにくきかし。（能因本五三段）

月夜にむな車のありきたる。きよげなる男のにくげなる妻持ちたる。鬚黒ににくげなる人の、年老いたるが、物語する人のちごもてあそびたる。（能因本五四段）

「にげなきもの」の段も諸本間の異同が激しい。なかでも能因本は、五四段「月夜にむな車のありきたる」以下の数文が明らかに「にげなきもの」の続きと思われ、間に挟まった五三段「細殿に人とあまたゐて」の段の存在が不審である。従来、「「にげなきもの」の一部であることは明白であるが、どうしてこうなったかの経緯についての説明はきめてがない」（田中重太郎［一九七二］）などとされていた箇所であるが、津島［二〇〇五b］は新たな解釈を提示する。

そこでは、「「にげなきもの」という類聚段を完成させてゆくにあたり、暫定的にここに放置されているのではないか、あるいは構成上ひとまずは除外したものの、結局は捨てきれなかったのではないか」と述べており、「こうした類集過程の露呈ぶり」を能因本の個性と捉える見解が示されているのである。

以上、明らかな同一記事の重出、すなわち誰が見ても本文の重複と認められる事例の数々を確認した。しかし、『枕草子』の本文の重複例はこのようなものばかりではない。ここからは、より広い意味での記事の再出例について押さえたい。

『枕草子』では、ある話題と場面状況、趣向、語句表現等の似た話が別の箇所で繰り返されることがしばしばある。このような例は、完全な本文の重複とは言えなくとも、それに近い事態ではあると思われる。そういった類似記事の再出現象を確認していくと、類似記事に対する認識と処置という点で、諸本間に差異があることが見出されてくる。

たとえば、田中重太郎［一九六〇b］では、三巻本の、

○「正月一日は」の段と「清涼殿の丑寅の隅の」の段の桜を瓶にさす一興、桜の直衣をまとった伊周（「正月一日は」の段では「御せうとの君達」）の姿の描写の類似

○「十二月二十四日、宮の御仏名の」の段と「大納言殿まゐりたまひて」の段の装束、詩吟の描写の類似

○「七月ばかりに」の段と「風は」の段の雨風と綿衣の描写の類似

といった例を同趣向の重複として挙げている。また、験者の居眠り、通わぬ婿の話なども再三叙述されていると指摘する。注釈書レベルでも言われていることとして、はじめの二例は、一方はある特定の時間と場所での体験を背景にした回想的な文章であり、一方はその経験をもとに抽出された一般論としての随想的文章となっていることが指摘されている。参考までに、ひとつめの「正月一日は」の段と「清涼殿の丑寅の隅の」の段の本文を引用する。

【三巻本本文3】日記的な文章と随想的文章の例

三月三日は、うららとのどかに照りたる。…〔中略〕…おもしろく咲きたる桜を、長く折りて、大きなる瓶にさしたるこそをかしけれ。桜の直衣に出　袿《いだしうちき》して、まらうどにもあれ、御せうとの君達にても、そこ近くゐて物などうち言ひたる、いとをかし。……

（三巻本三段）

……高欄のもとに青きかめの大きなるを据ゑて、桜の、いみじうおもしろき枝の五尺ばかりなるを、いとおほくさしたれば、高欄の外まで咲きこぼれたる昼かた、大納言殿、桜の直衣のすこしなよらかなるに、濃き紫の固紋の指貫、白き御衣ども、うへには濃き綾の、いとあざやかなるを出だして、まゐりたまへるに、上のこなたにおはしませば、戸口の前なるほそき板敷にゐたまひて、物など申したまふ。……

（三巻本二一段）

重複というよりも、日記的記事の一般化というかたちでの再出といった体である。類例としては、「すさまじきもの」の段と「つれづれなるもの」の段の除目の日の描写、「見物は」の段と「鳥は」の段（能因本は「木の花は」の段）における郭公と卯の花の描写などが挙げられよう。三つめに挙げた「七月ばかりに」の段と「風は」の段の雨風と綿衣の描写の類似も同様のものと言える。また、修験者や婿は、『枕草子』のさまざまな題目下で、多様な視点から採り上げられており、いわば定番の題材のようなものと思われる。このように、項目の内容としては類似していても、個々の文脈のなかでそれぞれの記事が必然性をもって収められると、それぞれが生きた話題として個別性を帯びてくるのである。

以上、三巻本と能因本における重出例を確認しながら、かつての成立論・原態論に終始していた研究状況、および諸本の異同を『枕草子』の過渡的な性質を表すものと捉えてそれぞれの本文に向き合う近年の研究動向を押さえてきた。津島［二〇〇五ｂ］は、雑纂本という形態自体がさらなる展開の可能性を予感させるものであると述べるが、そうすると、これらの重出・再出現象には、享受の歴史の中で再生産されてきた『枕草子』の受容の過程が体現されていると言えるのではないだろうか。

四　前田家本における同一・類似記事の重出——前田家本の編纂姿勢——

次に前田家本の重出例について検討する。前田家本における記事の重出現象の特徴と問題点を明確にするため、まずは三つの事例を挙げる。

【前田家本本文5】前田家本「顔は……」の記事の重出

顔はさる事にて、しなこそ、男も女もあらまほしき事なめれ。家の君にてあるにも、誰かはよしあしをさだむる。それだにもの見知りたる仕へ人出で来て、おのづから言ふべかめり。まして、まじろひする人は、いとこよなし。猫の地《つち》に落ちたるやうにて、をかし。（前田家本二四八段）

顔はさるものにて、人は、しなこそ、男も女も、あらまほしけれ。われひとり家の君にてある時は、誰かはよしあしさだめむ。それだにほどほどにしたがひては、人ども出で来ては、おのがどち褒めそしりもいふべかめり。まして、まじらひする人は、きずなく言はれむ事、いとかたし。（前田家本二五〇段）

【前田家本本文6】前田家本「纓」で「顔」をふさぐ男の描写の重出

細殿の遣戸をいとうおしあけたれば、御湯殿の馬道よりおりて来る殿上人の萎えたる直衣、指貫のいみじうほころびたれば、色々の衣《きぬ》どものこぼれ出でたるをおし入れて、北の陣のかたざまに歩み行くに、あきたる遣戸を過ぐれば、纓をひきこして、顔にふたぎて過ぎぬるも、をかし。（前田家本二三七段）

男《をとこ》も、まみいとよき人の、直衣の袖にほころびたえて、衣《きぬ》の袖口見えたるが、纓を顔に引きかけて、口おほひして、細殿の遣戸口などにひれ伏したる、いとをかし。（前田家本二四六段）

【前田家本本文7】前田家本「ことば」の使い方を批判する記事の重出

人は、男も女も、よろづの事よりもまさりてわろきものは、ことばの文字いやしう使ひたるこそあれ。…（中略〕…いとあやしき事を、男はわざとつくろはで、ことさらに言ふはあしからず。わがことばにもてつけて言ふが心おとりするなり。（前田家本二四五段）

ふと心おとりしてわろくおぼゆるもの　ことばわろく、こわづかひあやしき人の、いやしきことも、さとは知りながらことさらに言ひたると見ゆるは、されど、さしもあらず。わがもと言ひつけたりけることばをなだらかに、ふとつつみもなくうち言ひ出でたるは、あさましきわざなり。……（前田家本一六四段）

【前田家本本文5】に挙げた二つの段は、前者が能因本系統に近く、後者が堺本系統に近い本文となっている。両段の位置は非常に近接しており、間に「同じ人ながら」（二四九段）の段を挟むのみである。内容もほぼ同一となっている。【前田家本本文6】の場合も、前者が能因本寄りで、堺本にない本文、後者が堺本寄りで、能因本（および三巻本）にない本文である。こちらは重出というより共通性のある話題という程度の重なり具合ではあるが、両方の本文を有しているのは前田家本のみである。楠〔一九七〇d〕は堺本の本文を雑纂本本文の改作とするが、実際のところは不明としか言いようがない。【前田家本本文7】も同様に、前者が能因本に近く、堺本にはない本文で、後者が堺本に近く、能因本にはない本文となっている。

これについて楠〔一九七〇d〕は、「これは前田家本が底本として伝能因本と堺本とを併用した際に編者の犯した過失である。…〔中略〕…かうした個所すべて伝能因本、堺本夫々決して重複してゐない。」と述べる。そして具体的に「（イ）同趣向同本文であるが堺本と伝能因本との対照不完全のため重複したもの」、「（ロ）全然別本文なるが故に気づかず或は気づいてもどちらをも捨て兼ねて併載したもの」、「（ハ）堺本の編輯の際の文段の截断分離が機械的に余りに杜撰で当然連続すべきものを分離したため前田家本編者が従ひ得ず両本文を併載したもの」と三分類する。

前田家本本文の重出が、能因本と堺本の二系統本文の校合という、前田家本の成立背景と深く関係しているであろうことは、想像に難くない。前田家本本文の重出は、能因本と堺本の本文異同に起因するものと概ね捉えられる。前田家本の本文構成について楠〔一九七〇d〕は「前田家本が堺本組織に準拠して更に徹底させた」ものと指摘する。たしかに、前田家本の類聚題目の並び方、随想段の本文および配列などは堺本と共通する部分が多く、堺本からの影響関係を想定することに異論はない。ただし、すでに述べたとおり、両本の編纂態度について堺本を「杜撰不誠実」、前田家本を「精密誠実」とする見解には従えない。よって、その見解をふまえた三分類にも全面的には賛同できない。

たとえば、【前田家本本文7】に関連して、三巻本が興味深い本文を有している。三巻本には能因本と堺本の本文を合体させたような内容の「ふと心おとりとかするものは」（一八七段）の段が存在するが、前田家本のような重複は起こっていないのである。

【三巻本本文4】三巻本「ふと心おとりとかするものは」の段

ふと心おとりとかするものは　男も女もことばの文字いやしう使ひたるこそ、よろづの事よりまさりてわろけれ。ただ文字一つに、あやしう、あてにもいやしうもなるは、いかなるにかあらむ。さるは、かう思ふ人、ことにすぐれてもあらじかし。いづれをよしあしと知るにかは。されど、人をば知らじ、ただ心地にさおぼゆるなり。いやしき事もわろき事も、さと知りながらことさらに言ひたるは、あしうもあらず。われもてつけたるを、つつみなく言ひたるは、あさましきわざなり。また、さもあるまじき老いたる人、男などの、わざとつくろひひなびたるはにくし。まさなき事もあやしき事も、大人なるは、まのもなく言ひたるを、若き人はいみじうかたはらいたき事に、消え入りたるこそ、さるべき事なれ。

何事を言ひても、「その事させんとす」「言はんとす」「何とせんとす」と言ふ「と」文字を失ひて、ただ「言はんずる」「里へ出でんずる」など言へば、やがていとわろし。まいて文に書いては、言ふべきにもあらず。物語などこそあしう書きなしつれば、言ふかひなく、つくり人さへいとほしけれ。「ひてつ車に」と言ひし人もありき。「もとむ」と言ふ事を「みとむ」なんどはみな言ふめり。

（三巻本一八七段）

右に挙げた【三巻本本文4】の本文のうち、第一段落と第三段落に相当する部分が、能因本に「男も女もよろづのことまさりてわろきもの」の段として見えており、【三巻本本文4】の第二段落に相当する部分が、堺本に「ふと心おとりしてわろくおぼゆるもの」の段として見えている。この諸本異同をめぐって、三巻本本文を能因本と堺本の合成本文とする説（林［一九七〇］）と、逆に三巻本本文のほうを原態とする説（石田［一九七二］）とが出されているが、定説をみない。現段階では安易に結論を出せない問題であるが、三巻本の本文と前田家本の本文とを比較すると、前田家本の本文は、再編集されたにしてはどこか道半ばといった状態の本文のようにも思われる。重複のない現行三巻本の本文を、前田家本がその編纂過程においてたどり着かなかったひとつの姿として捉えるならば、前田家本の重出現象は、その編纂行為の限界点を示すものとも受け止められてくるのではないだろうか。「慎重」、「精密」に編集され、類纂を極めたと目されてきた前田家本であるが、その類纂性とはいかなるものであるのか、あらためて追求することが求められてくるのではないだろうか。

＊

本章は、堺本と前田家本との編纂の指向性に迫ることを主眼としている。よって、以下においては、既存の分類方法とは視点を変えて、はじめに前田家本のみに見られる重出例を確認し、次に前田家本と堺本に共通して見える重出例を確認して、それぞれの性質を検討するという手順を取りたい。

先に引用した【前田家本本文5】～【同7】は前田家本に単独で見える重出例である。引き続き前田家本にしか見られない重出例を検討していくが、じつは前田家本の重出例は堺本における項目流動現象と関連性をもつものが大半であり、これと関連させた整理が有効となる。【前田家本本文5】のような例は実際には例外的であり、前述のように前田家本本文の構成自体に不審な点があった。また、【同6】【同7】のように能因本と堺本の本文内容が直接的に重なり合わず、項目流動現象と関連付けられない例については、本節後半にてあらためて採り上げたい。

第二章で検討したように、堺本の項目流動現象は性格ごとに四つに分類できる。

【参考1】堺本の項目流動の種類

（1）堺本のある項目が、他系統本では異なる章段に含まれるもの

（2）堺本の複数の項目が、他系統本ではひとつの章段に含まれるもの

（3）堺本のある項目が、他系統本では複数の箇所に分けられるもの

（4）他系統本の日記的な記事が、堺本にはない、もしくは分散しているもの

まず、堺本の項目流動の種類（1）と関連する前田家本の重出例として、二つの例が挙げられる。

【前田家本本文8】前田家本「年老いたるかたゐ」の重出

わびしげに見ゆるもの…〔中略〕…また、いと寒きをり、小さき板屋の黒きが雨に濡れたる。下衆女のなりあしきが子負ひたる。年老いたるかたゐ。……（前田家本一五七段）

とりどころなきもの　黒土の壁。年老いたるかたゐ。黒く古りたる板屋の漏る。……（前田家本一六七段）

【前田家本本文9】前田家本「甘栗の使」の記事の重出

めでたきもの　…〔中略〕…六位の蔵人こそなほめでたけれ。いみじき君達なれどもえしも着たまはぬ綾織物を心にまかせて着たる青色姿などのいとめでたきなり。所の雑色のただの人の子どもなどにて殿ばらのさぶらふに、四位、五位、六位も、つかさあるが下にうちゐて何とも見えざりし、蔵人になりぬれば、えも言はずぞあさましうめでたき。

宣旨持てまゐり、大饗のをりの甘栗の使などにまゐりたるをもてなし饗応したまふさまは、いづくなりし天降

の人ならむとこそおぼゆれ。

御むすめの女御、后にておはします、また姫君などきこゆるにも、御使にてまゐりたるに、御文取り入るる袖口よりはじめて、褥さし出づるほどなど、あけくれ見し者ともおぼえず。……　（前田家本一〇八段）

身をかへたりと見ゆるもの　身をかへて天人などはかくやあらむと思ふものは　…〔中略〕…雑色の、蔵人になりたる、いとめでたし。うちわたりに見えぬは、とあるもかかるも知らず。去年《こぞ》の霜月の臨時の祭に御琴持たりし人とも見えず。君達に連れだちてありくは、いづくなりし人ぞとおぼゆれ。ほかよりなりたるは、同じ事なれど、さしもおぼえず。

蔵人は、つねにつかまつりし所の大饗などしたまふぞ甘栗の使にまゐり、おほんむすめの后、女御などの御使に心寄せをとて、まゐりたるに、いみじくあなづりし女房、褥さし出でて、うち据ゑたるなど、何《なに》心地すらむ。宣旨など持てまゐりたれば、かうぶりして御帯《おび》さして出であひたまふ、果報《くわほう》など尽きて、死なむとやすらむとこそ見ゆれ。……　（前田家本一八五段）

【前田家本本文8】に挙げたのは、「年老いたるかたゐ」の項の重出例である。能因本（および三巻本）では前田家本一五七段と同じく「わびしげに見ゆるもの」の段に含まれており、堺本では前田家本一六七段と同じく「言ひ知らず言ふかひなくとりどころなきもの」の段に含まれている。また、【前田家本本文9】に挙げたのは甘栗の使の話題の重出例である。能因本（三巻本）では前田家本一〇八段と同じく「めでたきもの」の段に含まれており、堺本では前田家本一八五段と同じく「身をかへたりと見ゆるもの」の段に含まれている。ただし、現存堺本の本文はどちらかというと前田家本一〇八段の本文に近い。前田家本の「身をかへたりと見ゆるもの」の段の本文は、どの系統からも距離のある本文となっている。

続いて堺本の項目流動の種類（2）と関係する重出例を一例挙げる。

【前田家本本文10】前田家本「綿衣」に関する記事の重出

風は　嵐。木枯。三月ばかりの夕暮れにゆるく吹きたる雨風。また、八、九月ばかりなど、雨にまじりて吹きたる風、いとあはれなり。雨のあし横ざまに、さわがしう吹きたるに、夏とほしたる綿衣の、汗のすこしかがえたるに、生絹の単衣に引き重ねて着たるもをかし。この生絹のだにいと暑かはしくて取り捨てまほしかりしは、いつの間にかくなりぬらむと思ふもをかし。暁、格子、妻戸など押しあけたるに、嵐の、さと吹きわたりて、顔にしみたるこそいみじうをかしけれ。（前田家本一二段）

七月つごもりがたに、にはかに風いたく吹きて、雨のあしの横ざまにさわがしく降り入りて、いと涼しきこそをかしけれ。扇もうち忘れて、ただ綿薄き衣の萎えたるが、日ごろうちかけておきたりつるを引き落として、いとよく引き着て昼寝したるに、すこしうち嗅いだる香の、なつかしき汗の香にまじりて、かがえたるも、をかし。生絹の単衣だに暑かはしう、とり捨てまほしかりつるを、いつのほどにかはなりぬらむとおぼゆるがをかしきなり。（前田家本二一四段）

【前田家本本文10】に挙げた二つの段の本文は、前者が能因本系統に近く、後者が堺本系統に近い本文となっている。なお、堺本の「七月つごもりがたに」の段は、雑纂本の「七月ばかりに」の段と、「風は」の段の中間部分をつなぎ合わせたような構造となっている。これは堺本が類聚的記事から随想的記事を取り分けて、随想群のなかに時節順に配列するという独自の編纂を行ったため、二箇所の記事を合成したような本文になったものと考えられる。(4) 堺本にはこのような本文をもつ随想的記事が他にも見られる。前田家本の随想的章段を集めた巻は、他の巻に比べて堺本系統寄りの本文が多数収録されており、堺本随想群の影響を比較的強く受けている箇所ではないかと考えられる。そして、そのような堺本系統寄りの本文と、類聚的章段を集めた巻に含まれる能因本系統寄りの本文とがしばしば重出を起こしているのである。そのような重出の例をさらに三例挙げる。

【前田家本本文11】前田家本「道心」ある人への言及の重出

説経師は　顔よき。…〔中略〕…また、たふとき事、道心おほかりとて説経すといふところに最初《さいそ》に行きゐたるこそ、なほこの罪の心地にはさしもあらでとおぼゆれ。（前田家本六三段）

道心あるは、いとよき事なれど、説経する寺、坊に、俗の常の人のやうにさだまりゐたるこそ、あまりうたて、この罪人の心におぼゆれ。蔵人なりし人は、……（前田家本二六六段）

【前田家本本文12】前田家本「歯」を病んだ女性の描写の重出

病は　胸。腹。脚の気。…〔中略〕…十八、九ばかりの人の、髪いとうるはしくて丈ばかりにて、すそふさやかなるが、いみじう肥えたるが、いみじう色白う、顔いと愛敬づき、よしと見ゆるが、歯をいみじう病みまどひて、額髪もしとどに泣き濡らして、髪の乱るるも知らず、面のいと赤くなりたるをおさへて、いとわびしと思ひたるさまこそらうたけれ。（前田家本七五段）

十八、九ばかりなる人の、いとよく肥えて、髪いとうるはしくて丈ばかりにて、色いと白く、顔うつくしきが、歯を病みて、髪のなるやうをも知らず泣きまどへば、うへはすこしふくだみ、額髪もしとどに濡れて、顔はいと赤くなりて、袖してをとらへてゐたるこそ、いみじく心苦しけれ。（前田家本二八〇段）

【前田家本本文13】前田家本「御嶽詣で」の際の身なりに関する文の重出

あはれなるもの　…〔中略〕…烏帽子のさまなどぞすこし人わろき。なほいみじき人と聞ゆれど、こよなくやつれてのみこそ人はまうづると知りたるに。……（前田家本一一二段）

御嶽に詣づる道のなりは、かぎりなき人と聞ゆれど、ただいみじくやつれて、浄衣といふ名つけて、きよきばかりをこそ、かごとにてあるものと知りたるに、衛門佐のぶかたといふ人の……（前田家本三〇〇段）

【前田家本本文11】～【同13】もすべて先述の堺本随想群の特殊性に関連して発生したと見られる重出例であり、各例ではじめに挙げた本文が能因本寄り、後に挙げた本文が堺本寄りの本文となっている。以上の四例に加えて、第二節で挙げた「にげなきもの」の段の項目番号18と【前田家本本文4】の重出例も同様の性質をもっている。なお、「にげなきもの」の段の18は能因本に近い本文となっており、【前田家本本文4】は堺本に近い本文となっている。

＊

じつは、右に見てきた諸現象は、前田家本単独の問題ではない。『枕草子』のすべての諸本間において、項目が入れ替わったり、記事同士がまとまったり、離れたりといった流動現象が起きていることと密接に関わるのである。ここであらためて第二節で採り上げた「心にくきもの」と「にげなきもの」の段を具体例として、諸本全体の本文異動のありようをていねいに見てみよう。

【前田家本本文1】および【同2】と比較して、堺本、能因本、三巻本の「心にくきもの」と「にげなきもの」の段の本文がどのような構成になっているかの一覧を次に示した。山脇［一九六六］に類似の対照表が存在するが、論旨をわかりやすくするため、あらためて作成した。それぞれの本文の配列どおりに項目を挙げ、括弧内に内容を抄出し、注記は亀甲括弧内にゴシック体で記している。項目番号は第二節で付けた【前田家本本文1】【同2】の番号と対応している。また、同じ章段内に含まれていない項目に関する情報を備考欄に記している。なお、本表は諸本本文の構成の違いを概観するためのものであるので、本文に多少の異同があっても、内容がある程度一致する場合は共通する項目と見なして、同じ番号を付けている。

【表1】《堺本一三四段「心にくきもの」》

①（物隔てて聞く気配）
②（御膳の箸、匙の音）
③（提子の倒れる音）

※「よき人の家の、中門に……」の条〔堺本独自の構成〕

※「また、七つ八つそれより幼きなども……」の条〔堺本独自の構成〕

Ⓐ（薫物の香）〔前田家本にない内容、前条とのつながりが強い〕

⑤（長炭櫃の火の光に見る几帳、御簾などの細部）

Ⓑ（御前で物語ある時の炭櫃、火桶の火）〔前田家本にない内容〕

⑨（今参り）

⑧（夜中に聞く碁石の音）

⑫（火箸の音、匙の音）

⑪（琵琶の音）

④（衣と髪の音）

⑭（夜居の僧の音）

⑥（火をおこした火桶の内側）

⑦（交差した火箸）

⑮（横になった人の後頭）

㉒＋Ⓒ（簀子にともした火＋几帳の奥に臥す人を覗く）〔後半は前田家本にない内容〕

【備考】⑩⑬㉓該当内容ナシ、⑰～⑳は「にげなきもの」の段12～15に相当、
⑯㉑は「にげなきもの」の段に含まれる

【表2】《能因本一八七段「心にくきもの」》

①（物隔てて聞く気配）
②（御膳の箸、匙の音）
③（提子の倒れる音）
④（衣と髪の音）
⑤（長炭櫃の火の光に見る几帳、御簾などの細部）
⑥（火をおこした火桶の内側）
⑦（交差した火箸）
⑧（夜中に聞く碁石の音）
㉒（簀子にともした火）
㉓（夜中の声、男の笑い声）

【備考】⑨〜⑯該当内容ナシ、⑰〜⑳は「にげなきもの」の段⑫〜⑭、⑰に相当、㉑該当内容は三〇四段に独立

【表3】《三巻本一九一段「心にくきもの」》

①（物隔てて聞く気配）
②（御膳の箸、匙の音）
③（提子の倒れる音）
④（衣と髪の音）
⑤（長炭櫃の火の光に見る几帳、御簾などの細部）
⑥（火をおこした火桶の内側）

⑦（交差した火箸）
⑧（夜中に聞く碁石の音）
⑫（火箸の音）
⑬（寝ない人）
㉓（夜中の声、男の笑い声）
Ⓑ（御前で物語ある時の炭櫃、火桶の火）〔前田家本にない内容〕
⑨（今参り）
⑩（女房の話し声、衣ずれの音）
⑮（横になった人の後頭）
⑯（几帳にかけた装束、六位蔵人の青色、緑衫）
Ⓒ（几帳の奥に臥す人を覗く）〔前田家本にない内容〕
Ⓐ（薫物の香）〔前田家本にない内容〕
＊「五月の長雨のころ……」の条〔三巻本独自の構成〕

【備考】⑪⑭⑲㉒該当内容ナシ、⑰⑱に類似の記事が二九四段に独立、⑳は「にげなきもの」の段12、14に類似、㉑は「にげなきもの」の段に含まれる

【表4】《堺本一八六段「にげなきもの」》

2（「髪あしき人」の白い綾の衣）
19（「下髪たはつきたる人」の葵）

1（下衆の家に雪、月）
3（太った衛府）
5（月夜の空車）
20（きれいな男の醜い妻）
6（老いた女の妊娠、嫉妬）
7（老いた男の幼い子供、「声わろき人のねこよびしたる」）
8（鬚がちな男の椎摘み）
9（歯無し女が梅を食べる顔）
10（下衆の紅袴）
11（検非違使の夜行）
⑯（几帳にかけた装束、六位蔵人の青色、緑衫）
13（上の判官の姿、忍び歩き）
14（空薫物した几帳にかけた袴）
15（上の衣、権の佐の赤衣、白袴）
12（目立つ上の衣、嫌疑の者を咎む）
16（「このつかさのほどはとどめたらむぞよかるべき」）
㉑（宮中将）

【備考】4、17該当内容ナシ、18該当内容は一三九段に独立

【表5】《能因本五二段「にげなきもの」》

2（「髪あしき人」の白い綾の衣）
19（「しじかみたる髪」の葵）
4（下手な字を赤い紙に書く）
1（下衆の家に雪、月）
5a（月夜の屋形のない車、あめ牛）
6（老いた女の妊娠、嫉妬）
7a（「老いたる男のねこよびたる」）
8a（鬚がちなる男の椎摘み）
9（歯無し女が梅を食べる顔）
10（下衆の紅袴）
11（靫負佐の夜行）
12（目立つ上の衣、嫌疑の者を咎める）
13（上の判官の姿、忍び歩き）
14（空薫物した几帳にかけた袴）
15（上の衣、権の佐の赤衣、白袴）
16（「このつかさのほどはとどめたらむぞよかるべき」）
17（五位の蔵人）
18（「細殿に人とあまたゐて……」）〔能因本五三段〕

5 b（月夜にむな車）〔**以下能因本五四段**〕

20（きれいな男の醜い妻）

7・8 b（「鬚黒ににくげなる人の、年老いたるが、物語する人のちごもてあそびたる」）

【備考】3該当内容ナシ

【表6】《三巻本四三段「にげなきもの」》

1（下衆の家に雪、月）

5（月夜の屋形のない車、あめ牛）

6（老いた女の妊娠、嫉妬）

7（「老いたる男の寝まどひたる」）

8（鬚がちな男の椎摘み）

9（歯無し女が梅を食べる顔）

10（下衆の紅袴）

11（靫負佐の夜行）

12（目立つ上の衣、嫌疑の者を咎める）

14（空薫物した几帳にかけた袴）

㉑（宮中将）

18（「細殿に人あまたゐて……」）〔**三巻本四四段**〕

【備考】2、3、4、15、16、17、19、20該当内容ナシ、13該当内容は二九四段に独立

第二節の【前田家本本文1】【同2】と照らし合わせながら項目の出入りの一例を押さえると、たとえば前田家本で「心にくきもの」に含まれる衛門府の忍び歩き関連の話題（⑯〜㉑相当）が、他本では「にげなきもの」に含まれたり、独立したりしている。また、諸本単独の事例としては、「心にくきもの」の段に堺本のみ「よき人の家の、中門に……」以下の条が含まれている例（※印の部分）、三巻本のみ末尾に「五月の長雨のころ……」の条が続いている例（＊印の部分）などがある。その他、番号の順序、脱落の有無などを確認していると、諸本間の異同がいかに多いかが了解できるだろう。

また、第二節で挙げた「にげなきもの」の段の項目番号⑱と【前田家本本文4】の重出現象は、能因本の「にげなきもの」の段と後続の二つの段の構成がほぼそのままの順で「にげなきもの」の段として前田家本に受け継がれたためである可能性が高いことも確認できる。項目番号5aと5b、および7a・8aと7・8bの重出も同様に説明ができるだろう。第三節【能因本本文4】において能因本の「にげなきもの」関連章段における重複例を採り上げた際、能因本の「にげなきもの」の段周辺には類聚項目が不確定的に集まっていて、記事同士の境界も曖昧であることを述べた。前田家本の場合は、⑱「細殿に……」以下の後続項目も「にげなきもの」の範囲内と結論付けて類聚的章段の本文として収め、一方で堺本の随想群からも類似の記事を随想的章段を集めた巻に収録したのではないかと考えられる。

さらに【前田家本本文1】【同2】の重出例を検討すると、「にげなきもの」の段の7aにおける「人の声おそろしげなるがねによびたる」、「老いたる男のねによびしたる」という二つの相似する項目の存在は、堺本系統の本文と能因本系統の本文を併存させたものではないかと推察されてくる。他にも、「心にくきもの」の段において⑧aと⑧bに「碁石の音」の項が再出している例、⑰、⑱、⑲、⑳が「にげなきもの」の段の12、13、14、17と重なっている例などがあるが、これらは前田家本のみに見える特殊な重出例である。他系統本においてこれらの項目が「心にくきもの」の段に含まれることはない。前田家本が参照した能因本系統の本文と堺本系統の本文がどうなっていたのかは不明であるが、少なくとも現行前田家本の「心にくきもの」の段への項目の集中現象は異例である。それらの重出本文が現行の能因本本文とも堺本本文とも距離のある本文であることや、衛門府の忍び歩きの項が「心にくきもの」という題と必ずしも調和しないことなども相俟って、特殊な様相をなしている。

前田家本は「あはれなるもの」の段にも、同一章段内での重出例が見出される。

【前田家本本文14】前田家本「あはれなるもの」の段内での重出

あはれなるもの　…〔中略〕…男も女も、若くきよげなるが黒き衣着たる。二十六、七日ばかりの暁に物語してゐ明かして、見れば、あるかなきかに心ぼそげなる月の、山の端近く見えたる。…〔中略〕…同じ心なる人と物言ひ明かしたるに、あるかなきかにほそき月の、山ぎは近く見えたる。若き男の、物いたく思ひておこなひし、ものまうでなどしたる。若き女のかたちよきが黒く服したる。男もあはれなり。……

（前田家本一二二段）

同じ章段内で明らかに同一項目が重出しているが、その必然性は判然としない。傍線で示した本文は能因本に近いものである一方、破線で示した本文はどの系統とも共通せず、前田家本の独自本文となっている。

以上、前田家本の重出例のうち、堺本の項目流動、ひいては『枕草子』諸本の項目流動と関連性のあるものを整理した。そのうち、現存諸本と比較するかぎり、前田家本が独自の判断で類聚を行っているような傾向が少なからぬ事例において見られた。楠〔一九七〇d〕の言うように、能因本系統の本と堺本系統の本とを突き合わせて「誠実」かつ「慎重」に編集を進めたと仮定するならば、「心にくきもの」の段のような状況をどう説明すればいいのだろうか。また、前田家本の重出数の多さは、それを過失と見れば前田家本の「精密」性に疑問がわくし、暫定的処置と見れば前田家本の未定稿的な性格が強調されて、完成されたものとは必ずしも言い切れないということになる。前田家本に働いている編纂の指向性は予想以上に強硬なもので、参照した堺本・能因本への「尊重」、あるいは「潔癖」な態度はしばしば薄れているように思われてくるのである。

＊

前田家本にはさらに複雑な重出例もある。次に挙げる重出例は、直接的な項目流動や本文異同とは異なる事態が要因になっていると思われる例である。

【前田家本本文15】前田家本「賭弓」の重出

かたはらいたきもの　…〔中略〕…賭弓にわななくわななくひさしうありてはづしたる矢のもてはなれてことかたへゆきたる。（前田家本一三八段）

あへなきもの　賭弓にいみじう念ずる人のわななきてひさしうてゆるしたる矢のはづれたる。……（前田家本一三一段）

前田家本「かたはらいたきもの」の段の「賭弓」に関する本文は能因本に近く、前田家本「あへなきもの」の段の本文は堺本に近い。しかし、この「賭弓」の項目を「かたはらいたきもの」に含むのは前田家本のみの現象である。「賭弓」の項目は、能因本（および三巻本）では「あさましきもの」の段にある。堺本は「あさましきもの」の段が「あへなきもの」という題へと変わっているが、内容はおおよそ能因本と共通している。ただし後半部には「碁」「調半」に関する独自の項目が加わっている。後掲の【参考2】を参照されたい。

一方、前田家本は能因本とほぼ同じ内容の「あさましきもの」の段をもっている。ただし「賭弓」の項だけは含まれていない。前田家本は、堺本「あへなきもの」の段後半部の「碁」「調半」の項目を「あへなきもの」の段として別に立て、そこに「賭弓」の項も加えて遊戯関係の一章段としている。それだけなら問題はないのだが、さらに「かたはらいたきもの」の段にも「賭弓」の項を重複させている点が不審なのである。あるいは、能因本・堺本ともに「かたはらいたきもの」と「あさましきもの（あへなきもの）」の段が連続していることと何らかの関連性があるのかもしれない。しかし前田家本では二つの章段は離れており、現段階では原因不明と言わざるを得ない。

【参考2】諸本間における「あさましきもの」「あへなきもの」「かたはらいたきもの」の関係

［三・能］あさましきもの＝［堺］あへなきもの＝［前］一二六あさましきもの〈他本と同内容・賭弓の項は含まない〉

［前］一三一あへなきもの〈堺本「あへなきもの」後半部に相当。賭弓・碁・調半の項を含む〉

［前］一三八かたはらいたきもの〈賭弓の項目を重出させる〉

このような例を見ると、前田家本は参照した本文を大幅に変化させてしまうような操作は控えつつも、類聚行為という点では、能因本や堺本の構成に倣いながら、ある程度独自の判断を下して類聚作業を進めていったのではないかと考えられる。たとえば、前田家本の「めでたきもの」の段には、末尾に「御前の臨時の祭の事、何事にかはあらむ。……」と始まる石清水臨時祭の御前の儀の様子を描く日記的記事が収められている。雑纂本では「なほめでたきこと、臨時の祭ばかりの事にかあらむ」（三巻本一三七段）、および「なほ世にめでたきもの　臨時の祭の御前《おまへ》ばかりの事にかあらむ」（能因本一四五段）と書き起こされている記事で、「めでたきもの」とはまったく別箇所にある日記的章段である。雑纂本の書き出しに「なほめでたきこと（もの）……」と宣言されてはいるものの、この記事を類聚的章段である「めでたきもの」の段に組み込んでいるのは前田家本のみであり、そこに類聚行為への意識的な判断を読み取ることは不可能ではないだろう。

堺本本文の特性と関連すると見られる別の重出例を見てみよう。前述のように、堺本の場合、類聚題目が他系統本と異なっていることがあるが、それだけではない。堺本独自の類聚題目あるいは項目をもつこともある。そのような場合、堺本の本文を他系統本と直接的に対照させることが難しくなる。ゆえに、第二章で項目流動を検討した際には採り上げることをしなかった。しかし、第二章で確認したのと同様の編纂方法が独自の類聚題目においても取られている。

【前田家本本文16】前田家本「単」の記事の重出

男は、何の色の衣《きぬ》も着たれ、単《ひとへ》は白き。昼の装束の紅の単《ひとへ》、衵《あこめ》などを、あからさまに着たるはよし。されど、なほ色黄ばみたる単《ひとへ》など着たるは、心づきなし。練色《ねりいろ》の衣どもなど着たれど、単《ひとへ》は白うてこそ。

（前田家本二四四段）

束帯は　四位、五位は、冬。六位は、夏。白がさねなどもよし。すべて男は、うちきは何色も着たれ、単衣《ひとへぎぬ》は白き、よし。紅のもよけれど、なほ白きはまさる。

（前田家本八八段）

【参考3】諸本間における「単」関係の記事

[三]　男は、何の色の衣《きぬ》をも着たれ、単《ひとへ》は白き。昼《ひ》の装束の紅の単《ひとへ》の衵《あこめ》など、かりそめに着たるはよし。されど、なほ白きを。黄ばみたる単《ひとへ》など着たる人は、いみじう心づきなし。練《ねり》色の衣《きぬ》どもなど着たれど、なほ単《ひとへ》は白うてこそ。

（三巻本二六七段）

[能]　男は、何色の衣も、単《ひとへ》は白き。昼《ひ》の装束の紅の単《ひとへ》衵《あこめ》など、かりそめに着たるはよし。されど、なほ色黄ばみたる単《ひとへ》など着たるは、いと心づきなし。練《ねり》色の衣《きぬ》も着たれど、なほ単《ひとへ》は白うてぞ。

（能因本二六一段）

四位五位は　冬。六位は夏。宿直姿なども。

（能因本三一〇段）

[堺]　束帯は　四位、五位、冬。六は、夏。白襲《しらがさね》などもよし。すべて、男はうちには何色も着たれ、単衣《ひとへぎぬ》は白き、よし。紅のも着たれど、なほ白き、まさる。

（堺本五七段）

女のうはぎぬは　薄色。（堺本五八段）
単衣《ひとへ》は　濃き。（堺本五九段）

諸本の状況がやや複雑なので、【参考3】の引用本文を参照しつつ見ていきたい。

前田家本二四四段は能因本寄りの本文となっている。三巻本・能因本を底本とした諸注釈書のなかには、二重傍線部「男は、何の色の衣も着たれ」に相当する本文を前段「狩衣は」に含めるものもあり、解釈の分かれる箇所であるが、ここでは堺本・前田家本との本文比較の観点より、「男は、……」からの引用を行った。仮に、三巻本・能因本の「男は、何の色の衣をも着たれ（男は、何色の衣も）」を前段「狩衣は」に含めた場合、ここは「単は」で始まる類聚的な本文となる。対して、前田家本の「狩衣は」の段は「男は、……」以下の本文をもたずに、類聚的章段を集めた巻に収められている。そして、「男は、……」以下の本文は引用に示したように後文と共に読むべきものと見なされ、類聚的章段を集めた巻には置かれず、随想的章段の巻に置かれている。前田家本の八八段「束帯は」の段は堺本寄りの本文となっている。「束帯は」という章段は三巻本にはない。能因本では類似の本文の一部が三一〇段に見えるが、「束帯は」という題目が付いていない。一方、堺本では、「束帯は」に始まる男性の装束に関する記述、「女のうはぎぬは」、「単衣は」という題目の女性の衣装に関する記述が連続して並んでおり、男女の衣服という内容の対照性を意識した題目の立て方がなされている。なお、前田家本九三段に「夏のうはぎは薄物《うすもの》」という本文があり、堺本の「女のうはぎぬは」とよく似た本文となっているが、堺本のような対照性は窺えない。類例をもうひとつ挙げる。

【前田家本本文17】前田家本「篇」の重出

あそびわざは　小弓。さまあしけれど、鞠も見所ありて、をかし。韻塞。双六はちようばみ。碁。女は篇、いとをかし。（前田家本八六段）

女のあそびは　ふるめかしけれど、乱碁。けうとき。双六。はしらき。篇つくもよし。（前田家本八七段）

前田家本八六段「あそびわざは」は能因本に近い本文となっており、八七段「女のあそびは」は堺本に近い本文となっている。三巻本の「あそびわざは」の段には「篇」の項がない。また、堺本では「あそびわざは」が「男のあそびは」という題になっている。さらに「女のあそびは」という題目は、能因本・三巻本にはない。堺本はここでも男女を対照的に配置するような題目の並びとなっている。

このように、堺本が男女を並列させる観点から特徴的な類聚題目を立てている場合でも、前田家本ではそのような構成の効果までは生かされず、むしろ能因本と堺本の本文の両方を併載することで項目を重出させる結果となっている。[5] 参照したとおぼしい能因本系統の本文と堺本系統の本文とを、ある程度そのままのかたちで収録したような格好である。ただし一方では、【前田家本本文16】のように、類聚的章段から随想的章段へと変容している等、すべてをそのまま記載したとは言えない箇所もある。これらのことと、前田家本の記事が章段単位でテーマ別に整然と並べられていることなどを考え合わせると、前田家本は堺本のように内容的な対照性を重視するというよりも、類書的な分類配列を指向した編纂方針をとっていたのではないかと推察されるのである。

＊

以上、前田家本の重出本文の性格について、主に堺本と対比させつつ考察を行ってきた。濃淡さまざまな重出例が認められたが、総合的に考えてみると、前田家本は、類聚題目の配列順に気を配り、列挙項目の題目との結び付きを重視して、能因本系統と堺本系統の本文を集成する傾向にある。独自の編纂方法を取る例も見られた。それに対して、堺本には、記事同士の対照性や関連性を付与する、文脈を整理し文言を整えるなどといった工夫が施されており、本文自体の連絡性を重視した編纂行為が認められた。前田家本に対する従来の評価では、「両底本の集成」（楠［一九七〇d］）という側面までは捉えられていた。本検討では、前田家本の編纂の指向性をより具体的なかたちで明らかにすることができたと思われる。

五　堺本の類似記事――堺本の編纂姿勢――

前節では前田家本の重出例を採り上げて、その多様性について確認したが、類似の表現が別々の章段において見られる例、すなわち「重出未満」と言い得る例もいくつか存在する。本節では、堺本における類似記事の再出例に着目したい。

すでに何度か言及したように、堺本において同一項目が明らかに重出している例はない。ただし、部分的に表現が重なっているような例、もしくは似たような話題、項目が挙がっている例などは見出せる。堺本における類似記事の扱われ方を検討し、そこに底流する編纂意識を読み取ることで、堺本の編纂姿勢の一面に迫りたい。

たとえば、堺本では異なる類聚的章段間でよく似た題材が繰り返し使用されることがある。次に挙げるのは、楠［一九七〇d］において前田家本の重出例とされているものである。

【前田家本本文18】前田家本「板屋」の項目

わびしげに見ゆるもの…（中略）…また、いと寒きをり、小さき板屋の黒きが雨に濡れたる。下衆女のなりあしきが子負ひたる。年老いたるかたゐ。……（前田家本一五七段）

とりどころなきもの　黒土の壁。年老いたるかたゐ。黒く古りたる板屋の漏る。……（前田家本一六七段）

波線部を中心に語感の良く似た風物となっているが、これらの文言は堺本にも同じように存在する。

【堺本本文1】堺本「板屋」の項目

わびしげなるもの　…（中略）…小さき板屋の黒うきたなげなるが、雨に濡れたる。……（堺本一五九段）

言ひ知らず言ふかひなくとりどころなきもの　黒土の壁。年老いたるかたゐ。黒う古りたる板屋の漏る。……

（堺本一五二段）(6)

第四節の【前田家本本文8】で検討した「年老いたるかたゐ」の重出と近接する箇所であるので、その項目移動との関連性も想定されるが、この程度の語句の類似であれば重複とは見なさなくてもよいのではないかとも思われる。文章の流れにも不自然なところはない。主に類聚的章段において、このような短文・単語レベルで項目が列挙される場合には、相似する題材も、それぞれがその題目下で、別個の項目として登場していると考えられるのである。たとえば、堺本では、「思ふ人の文」という項が、「とくゆかしきもの」の段と「心もとなきもの」の段とに出てくる。あるいは、「舟の路」という項が、「心ゆるびなきもの」の段と「近くて遠きもの」の段とに出てくる。語句レベルでは重出しているのであるが、これらの項目はそれぞれ別の類聚題目のもとで適切に使用されている。能因本・三巻本でも同様である。(7) また、「すさまじきもの」の段、「にくきもの」の段、「したり顔なるもの」の段などに挙がる「験者」の話題、あるいは「はづかしきもの」の段と「心にくきもの」の段に挙がる「夜居の僧」の話題、そして多くの章段に度々挙がる「婿」の話題などは、第三節でも確認したが、能因本・三巻本でも再三叙述されている。これらの項目はそれぞれの文脈に必然性をもって据えられている。本章で検討の対象としてきた重出現象とは性質が異なるのである。

随想的章段における類似記事についても同様のことが言える。

【前田家本本文19】前田家本「宮仕へ」する人に関する記述

あぢきなきもの　わざと思ひたちて宮仕へに出でたる人の、物憂がりてうるさげに思ひたる。人にも言はれ、むつかしごともあれば、「いかでまかでなむ」といふ言ぐさをして出でて、親をうらめしがりて、「またまゐりなむ」と言ふよ。とりこの顔にくげなる。しぶしぶに思ひたる人を強ひて婿に取りて、思ふさまならずと嘆く人。

（前田家本一四五段）

宮仕へする人の、そらごとにても人に言はれ、むつかしき事のあるには、「まづいかでまかでなむ」といふ言ぐさをして、とりもあへず、人ににくまるるこそをかしけれ。また、さて出でたれば、里にては、親のうらめしきことなどのあるを、また見る人の、あひ思はずあるを見ては、つけては、かくていかであらじと嘆くめりかし。

（前田家本二八五段）

これらの話題は堺本にも存在する。ただし、堺本では重なる表現が少なくなっている。

【堺本本文2】堺本「宮仕へ」する人に関する記述

あぢきなきもの　わざと思ひたちて、宮仕へに出で立ちたる人の、のちに物憂がりて里がちなる。……

（堺本一六八段）

宮仕へする人の、そらごとにても、人に言はれ、むつかしき事などあるには、まづいかで、とりもあへず人に憎まるるこそをかしけれ。また、さて出でたれば、里にても、親などのうらめしきことあるを、見るにつけても、かくていかであらじと嘆くめりかし。

（堺本二六五段）

前田家本の「あぢきなきもの」の本文は能因本に近い本文となっている。「宮仕へする人の、そらごとにても……」は堺本寄りの本文となっている。それぞれの重なり具合は比較的高いとも言え、重出に類する例とも言えそうである。一方、堺本「あぢきなきもの」の段は本文が簡潔になっている。よって、「あぢきなきもの」の段の本文と「宮仕へする人の」の段の本文とは、それぞれの文脈になじむ話題でありつつ、お互いには距離のある本文となっている。

【堺本本文2】のように随想の文脈において詳述される話題が、類聚的章段でも項目立てされているような例を探してみると、たとえば、主殿司、随身への羨望の念を述べる「うらやましきもの」の段と、その羨望を詳細に語る「主殿司こそ」の段、および「をのこは、随身こそ」の段といった例が見出される。

【堺本本文3】堺本「主殿司」と「随身」に関する記述

うらやましきもの　…〔中略〕…下郎の中には、女は主殿司《とのもづかさ》、男は随身ぞ、うらやましき。あやしくさてもありなむかしとうらやましくこそおぼゆれ。　（堺本一二五段）

主殿司《とのもづかさ》こそなほをかしきものはあれ。下女《しも》の際はさばかりうらやましきものはなし。よき人にもせさせまほしきわざなり。……　（堺本一三七段）

をのこは、随身こそはあめれ。随身なき君達《きんだち》は、いとさうざうし。あるは、いとはえばえしくをかし。……　（堺本一三八段）

【堺本本文3】と同様の記述はすべての系統の本文に存在する。また、同様の例が、堺本・前田家本にはあって三巻本・能因本にはない記事に関連しても確認できる。堺本・前田家本では、来客の際の話し声に対する不快な気持ちが「かたはらいたきもの」の段に挙げられており、「よにわびしくおぼゆることは」の段でよりくわしく述べられている。次に堺本の本文を引用する。

【堺本本文4】堺本「うちとけごと」に関する記述

かたはらいたきもの　…〔中略〕…客人《まらうど》の来《き》て、物など言ふほどに、我が人にもあれ、人のひとにもあれ、うちとけごと言ひ、声《こゑ》高になどあるを、えは制せで聞き居たる、いとかたはらいたし。　（堺本一一二段）

よにわびしくおぼゆることは、はづかしき人のあるをりに、奥のかたにうちとけごとども言ひ、もしは、ほかより来たる者などの、あやしき事ども言ひつづけなどしたるこそ、「あなかま」なども言はまほしけれ。制せむにもはしたなく、聞き入れぬさまにてまぎらはすも、すべて汗あえてわびし。なかなか、外《と》なる人も聞き入れて、笑ひなどしたる。さるかたにてたはぶれてやみぬ。有心《うしむ》なる人は、はづかしく思ふらむとて、聞き入れぬさまにもてなし、そら知らずしたる。心のうちとかかる人を見るらむと思ふらむかし。……　（堺本一三五段）

堺本における類似記事の再出例は、管見のかぎりでは、すべて以上に見てきた例と同類のものとなっている。

六　おわりに

本章では、『枕草子』における重出現象という視点から、前田家本と堺本における記事の重出例の共通点と相違点とを比較検討し、それぞれの編纂態度の分析を行った。最後に、堺本の編纂意識がより明確に現れていると思われる重出例を確認して、総括としたい。

前田家本の「めでたきもの」の段と「かへすがへすめでたきものは」の段には、「宮はじめ」に関する記述が見られる。

【前田家本本文20】

めでたきもの　…（中略）…后の昼の行啓。后の御産屋。宮はじめの作法。獅子、狛犬、大床子《だいしやうじ》などまゐりて御帳の前にしつらひ据ゑ、内膳に御へつひわたしてたてまつりなどしたる。姫君、中宮など聞えし、ただ人とぞつゆ見えさせたまはぬ。……（前田家本一〇八段）

かへすがへすめでたきものは、后の御ありさまこそあれ。生まれかへりてもある世ありなむや。宮はじめの作法、御へつひなどわたしたてまつるありさまは、この世の人とやはおぼゆる。なにがし殿の姫君、中の君など聞えたるほどもわろからねど、なほひとつ口にいふべくぞあらぬや。……（前田家本二二三段）

「めでたきもの」の段の「宮はじめ」の本文は能因本に近く、「かへすがへすめでたきものは」は堺本に近い本文になっている。また、「かへすがへすめでたきものは」は堺本・前田家本のみにある記事である。次に堺本の本文を挙げる。

【堺本本文5】

めでたきもの　后の宮はじめ。また、やがて御産屋のありさま。行啓のをりなど、御輿寄せて、名対面などし

たるほど、いとめでたし。……　（堺本一〇七段）

かへすがへすめでたきものは、后《きさい》の宮の御ありさまこそあれ。生まれかへりてもなる世ありなむや。宮はじめの作法、御へつひなど渡したてまつるありさま、この世の人とやはおぼゆる。……　（堺本二七八段）

「宮はじめ」に関する二つの記述は、后の姿を採り上げている点で共通する。ただし、堺本の「めでたきもの」の段の本文はよりシンプルに立項された本文となっており、第五節【堺本本文2】で検討した例と同種の事例と言える。したがって、堺本の場合は、「めでたきもの」の項目は類聚章段における列挙事項であること、「かへすがへすめでたきものは」の記事は女性・宮仕え関連の内容が集まった一連の随想群のなかに置かれていることが重視されているものと思われる。個々の記事が対応する文脈における必然性を備えて配置されている例である。加えて言えば、「かへすがへすめでたきものは」の段における二重傍線部の叙述、とくに「かへすがへすめでたきもの」というような表現が、「めでたきもの」の段に后の記述があることを承知で、ふたたびそのめでたさを称揚するのだという意思表示とも宣言ともとれるような語り口となっている。堺本は、類聚的章段である「めでたきもの」の段と、宮中・女性関連の随想群とに類似の記事が併存していることを自覚したうえで、二つの記述をそれぞれの文脈に必要な話題として収録していると考えられるのである。

前田家本と堺本の重出例を比較するかぎり、両者の編纂の方向性には確固たる差異があると思われる。前田家本は、その形態や随想的章段を集めた巻の構成など、堺本に影響されているように見える部分も多い。「類纂形態」の本としての堺本との共通性がまったく指摘できないわけではない。しかしながら、前田家本独自の特性もあった。たとえば、能因本と堺本の記事の両方を取り込んでいる箇所では、二種類の本文を併載するというケースが見られた。また、記事を辞書的に分類配列し、題目との関連性を重視して編纂していくという傾向のなかで、必ずしも能因本・堺本の様態をそのまま受け継がず、独特の編纂方法が取られていることもあった。一方で、堺本にはまず明らかな記事の重出がなかった。編纂方法に関しては、内容の対照性や文章の流れを重視する傾向にあると捉えられた。第一章にて述べたように、堺本の暦日順随想群では、類似の風物や情景が整頓されてなめらかに読めるように並べられている。よって、類似の要素をもっていながら並び置かれている記事には、それぞれの場所にふさわしい意味と役割とが負わされていると考えるべきなのである。堺本の本文には自らの併載を自覚していることを示唆するような文言も見られた。したがって、楠［一九七〇ｄ］に代表されるような、前田家本の態度を「精密誠実」とし、逆に堺本を「杜撰不誠実」と否定的に評価する従来の見方は正当とは言えまい。また、堺本と前田家本の編纂の指向性がそれぞれ異なっている以上、形態の共通性のみを理由に両者を同一視することも避けなければなるまい。

注

（1）ただし、津島説は「にげなきもの」の段のみを対象に諸本を比較しており、堺本本文の類聚題目への回帰性の強さについて論じている。よって、本論とは主旨がずれている面もある。

（2）一四段「原は」の段に関しては、三巻本第一類本が初段〜七五段までを欠いているため、厳密にはその存在を確認できない。しかし、第一類本を底本に成立したとされる『枕草子』抜書本が一本を除いてすべて「原は」を重複させているところから、失われた箇所にも「原は」の段があったのだろうとされている（岸上［一九七〇ａ］）。第二類本は一一〇段「原は」の段をもたない。あるいはこの重複現象と関係があるかもしれない。

（3）なお、能因本は、「いみじく心づきなきものは」の段の他に、「心づきなきもの」の段ももつが、能因本の「心づきなきもの」の段は「いみじく心づきなきものは」の段の内容とまったく重ならない。ただし、能因本「心づきなきもの」に相当する、三巻本「いみじく心づきなきもの」の段と、前田家本「心づきなきもの」の段には、〈祭を一人で見物する男〉の項目が入っている。つまり、能因本「いみじく心づきなきものは」の段は、内容と類聚題目の二重の重複を起こしているのである。

（4）堺本の随想群における編纂方法については、第一章、第五章、第六章でとくにくわしく検討している。

（5）堺本の項目における男女の対照性については、第六章でも採り上げている。

（6）台北本、吉田本、山井本、龍門本、河野甲本、朽木本、多和本の本文には「かたゐ」の下に「の」字がある。

（7）ただし、能因本・三巻本では「舟の路」の項が「遠くて近きもの」の段と「うちとくまじきもの」の段とに現れる。「思ふ人の文」の項は、能因本のみ「とくゆかしきもの」の段と「心もとなきもの」の段とに現れている。

第Ⅱ部　堺本の本文と生成・享受

第五章　男性に関する随想群の編纂と表現

一　はじめに

第Ⅰ部では、堺本における項目の流動、記事の構成、また、それに伴う文章表現の異同などの分析を通して、堺本の編纂の方法について検討した。その結果、堺本もまたひとつの自立した『枕草子』となり得ていると考えられた。第Ⅱ部では、堺本の本文をさらに具体的に読み込むことで、堺本の生成と享受の問題について考えていく。

本章では、堺本の後半にある随想群、とくに男性に関する話題を集めた一連の随想群に焦点をあてる。堺本独自の本文が多く現れるこの随想群の本文表現を検証することで、堺本の特性の一側面を確かめることができると思われる。また、この男性関連の随想群の構成の仕組みを明らかにすることで、堺本の編纂意図にまで論を及ぼしたい。人々に読み継がれてきた『枕草子』のひとつのかたちとして、堺本はどう読むことができるのか。生成・享受といった問題と関わらせながら、堺本本文の構成および表現の特色に迫っていく。

二　「成信の中将は」の段からの抽出

現存堺本の特徴のひとつに、日記的章段の不在がある。第二章でも述べたことであるが、定子とその周辺に関する記事を含まないという『枕草子』としては特異と言える状況に堺本が置かれていることを考えると、三巻本の読解を中心に発展してきた『枕草子』の研究史のなかで導き出された論理をそのまま堺本に当てはめても、有効な解釈は得られまい。堺本には、清少納言の活躍ぶりも、中関白家の栄光の日々も記録されていない。また、その表現も清少納言や定子などの個人に必ずしも還元されない。堺本の本文は、『枕草子』理解において当然のように受け入れられている「女房清少納言の手による定子とその周辺の記録」という認識とは距離をおいたものとなっているのである。永井［一九九九］は、『枕草子』の全章段に「私」を主体とした一人称の語りを固定化し、「『枕草子』全体の語りの主体はすべて清少納言であるという理解の枠組み」を充当させることに疑問を呈する。これは『枕草子』のどの系統の本文を読むにあたっても注意すべきことがらであると思われる。永井［一九九九］はとくに三巻本の本文を例示して論じているが、類聚的章段と随想的章段とを中心に構成された堺本に関して言えば、なおさら正鵠を射た見解であると思われる。

このように、現存本における日記的章段の不在は堺本を考えるうえできわめて重要な問題である。正確には、便宜的にいわゆる日記的章段と呼ばれているもののなかでも、定子、中関白家一族、その周辺の男性貴族たちにまつわる話題を堺本はもたない。よって、たとえば、「見物は」（一〇五段）、あるいは「うちの局は」（二三六段）のような、宮廷行事や宮中に関する随想的な記事、「初瀬に詣でて」（一一一段）、「稲荷詣でするに」（一二五段）、「正月に寺籠りしたるは」（二八一段）のような寺社参詣に取材した記事、宣孝御嶽詣での逸話のような聞き書きの類などは堺本にも収録されている。

本章では、他系統本において「成信の中将は」の段と呼ばれる段からの抄出とおぼしい堺本本文に注目する。基本的に日記的章段をもたない堺本であるが、「成信の中将は」の段は他系統本において日記的な性質を備えている段である。よって堺本がその一部を含んでいることには注意すべきと思われる。しかも、堺本は他系統本に見られる日記的な要素を削ぎ落として、随想的な記述のみを取り出して編纂しているように見える。したがって、堺本に何らかの編纂意図があるならばここに濃厚に現れているものと考えられ、堺本の編纂の問題を探るにあたって当該箇所を検討する意味は大きいであろう。加えて、他系統本には見られない堺本独自の本文の検討を通じて、堺本の論理を読み解くことを試みる。以下、はじめに三巻本「成信の中将は」の段の本文を挙げ、次に堺本の二つの章段の本文を挙げる。なお、能因本・前田家本の本文は引用しないが、いずれも三巻本とわずかに相違する程度である。

【三巻本本文1】三巻本「成信の中将は」

成信の中将は、入道兵部卿宮の御子にて、かたちいとをかしげに、心ばへもをかしうおはす。…〔中略〕…など言ひ笑ふに、遣戸あけて、女は入り来《き》ぬ。

①つとめて、例の廂に、人の物言ふを聞けば、②a「雨いみじう降るをりに来たる人なむ、あはれなる。日ごろおぼつかなく、つらき事もありとも、さて濡れて来たらむは、憂き事もみな忘れぬべし」とは、などて言ふにかあらむ。さあらむを、昨夜《よべ》も、昨日の夜も、そがあなたの夜も、すべてこのごろ、うちしきり見ゆる人の、今宵《こよひ》いみじからむ雨にさはらで来たらむは、なほ一夜《ひとよ》もへだてじと思ふなめりと、あはれなりなむ。さらで、日ごろも見えず、おぼつかなくて過ぐさむ人の、かかるをりにしも来むは、さらに、心ざしのあるにはせじとこそおぼゆれ。

…〔中略〕…

②bさて月の明かきはしも、過ぎにし方《かた》、行末まで思ひ残さるることなく、心もあくがれ、めでたく、あはれなる事、たぐひなくおぼゆ。②cそれに来たらむ人は、十日、二十日、一月もしは一年《ひととせ》も、まいて七、八年ありて思ひ出でたらむは、いみじうをかしとおぼえて、えあるまじうわりなき所、人目つつむべきやうありとも、かならず立ちながらも物言ひて返し、またとまるべからむは、とどめなどもしつべし。

②d月の明かき見るばかり、ものの遠く思ひやられて、過ぎにし事の、憂かりしも、うれしかりしも、をかしとおぼえしも、ただ今のやうにおぼゆるをりやはある。こまのの物語は、何ばかりをかしき事もなく、ことばも古《ふる》

めき、見所おほからぬも、月に昔を思ひ出でて、虫ばみたる蝙蝠《かはほり》取り出でて、「もと見しこまに」と言ひてたづねたるが、あはれなるなり。

②e雨は、心もなきものと思ひしみたればにや、かた時降るもいとにくくぞある。…〔中略〕…②f風などの吹き、荒々しき夜来たるは、たのもしくて、うれしうもありなむ。

③雪こそめでたけれ。「忘れめや」などひとりごちて、しのびたることはさらなり、いとさあらぬ所も、直衣《なほし》などはさらにも言はず、うへの衣《きぬ》、蔵人の青色などの、いとひややかに濡れたらむは、いみじうをかしかべし。緑衫《ろうさう》なりとも、雪にだに濡れなば、にくかるまじ。……

（三巻本二七六段）

【堺本本文1】堺本二一七段・二七五段

雪のいみじく降りたるに、人のありきたるこそをかしけれ。「われ忘れめや」などひとりごちて、直衣などもいたう濡れて立たむ、④妻戸かきはなちて入れたらば、顔も身もいと冷たくなりて寄りたらむは、わりなかるべきほどかな。六位の蔵人の青色もいとをかし。すべて雪に濡れたらむをりには、靫負佐《ゆげひのすけ》の赤衣《あかぎぬ》、罪許しつべし。

（堺本二一七段）

雨いみじう降りたらむ時来たらむ人こそ、つらき事ありともえうらむまじう、あはれなりぬべけれと人の言ふこそ、さらにもさおぼゆまじきことなれ。まことに来《こ》む人の、昨日《きのふ》、一昨日《をととひ》、そのあなたの夜、昨夜《よべ》なども来たらむが、今日よりもかきくらし降らむにさはらず来《き》たらむは、げにあはれなるべし。さて、日ごろ、もしは月ごろありありて、雨風のはげしからむ夜しも来《き》たらむは、ことさらめきて、さ思はせむと思ひけると、あらはにつくりたてて見えむことをば、何かうれしからむ。さらねど、風などのいたく吹きたるをり、「いかにぞ」など言ひたるは、をかしうおぼえずやはある。さて、二、三年、四、五年も絶えたる人なりとも、月のいみじう明かからむ夜来《き》たらむはしも、なかなかあはれなりなむ。すべて、過ぎぬる方《かた》のあはれも、人の恋しきことなりとも、月にこそまさり思ひ出でらるなれ。こまの物語のあはれなることは、何により、そはもの遠く思ひながされ、来《き》し方《かた》行く先のことまで、月にぞ思ひあかしつるものを、雨にはさやはある。心ぼそくさしあたりたることこそあれ、風の荒さなどにただものおそろしくおぼえて、げにそのほどにたのもしからむ人の来《き》たらむは、いかばかりかはうれしからむ。さりとも、それをめでたく深き心ざしにすべきにもあらず。⑤かみに言ひつるがごとく、常に来《こ》む人のさあらむは、まことにもあはれにもうれしくもありぬべし。

（堺本二七五段）

【三巻本本文1】の「成信の中将は」の段は、成信と兼資女の逸話に始まり、来訪した成信と兵部にまつわる日記的記述から、雨夜の来訪論が展開され、さらに天候と男性の来訪に関する随想的な記述へと話題が進んでいく。数種の話題が盛り込まれ、日記的な要素と随想的な要素を併せもっていて、きわめて複雑な構成をなしている。ところが、【堺本本文1】は、三巻本の前半に描かれている成信の逸話や小廂でのエピソードをまったく記さない。また、【三巻本本文1】の傍線部①は、成信の訪れた翌日、「例の廂」で、「人」が雨夜の来訪について自論を述べているのを聞いたとするもので、ここから男性の来訪論へと文章が展開していく。つまり、傍線部①は、前半の日記的記事から男性の来訪論へと話題を導いていく架け橋のような働きをしているのであるが、この部分を堺本はもたない。すなわち、三巻本における日記的記事から来訪論に到る文章の道筋が、堺本では痕跡も残されておらず、随想部分に焦点を絞って取り出されたような本文となっているのである。

堺本の抄出の仕方について、より具体的に確認してみたい。【堺本本文1】の堺本二七五段は、雨夜の来訪と月夜の来訪について述べるものであるが、【三巻本本文1】の傍線部②a～②fを下敷きに構成されたような本文となっている。全体的に表現が重なっており、ポイントを押さえたかたちで文言が取り出されている。雨夜と月夜の男の訪れについて述べたあと、暴風の折の訪問への言及に移るが、【堺本本文1】の破線部⑤では、「かみに言ひつるがごとく」と、あらためて念押ししており、「常に来む人のさあらむは、まことにもあはれにもうれしくもありぬべし」と、あくまで日ごろから通っているのが前提なのだと主旨を確認して締めくくっている。論旨明快になるよう、また、主張が伝わりやすくなるよう整えられた本文体裁と言えよう。また、次節以降で後述するように、この段の前後には男性の来訪に関する段が並んでいる。その記事群のひとつとしても、堺本二七五段は機能しているのである。

同様に、雪の日の来訪について述べる【堺本本文1】の堺本二一七段は、【三巻本本文1】の傍線部③にあたる箇所を取り出したような本文となっている。なお、堺本二一七段は時系列順にまとめられた冬の随想群のなかに位置しており、雪の日に関する一連の話題のひとつという役割も果たしている。

以上まとめると、他系統本では日記的な性格を併せもつ「成信の中将は」の段から、堺本は雨夜、月夜の来訪論、および雪の日の来訪論をとくに選び出し、整えて、それぞれを適切なテーマの随想群に配置していると言える。本章では『枕草子』諸本の成立の先後関係について論じることを眼目としないが、堺本が成信に関する日記的記事を採らず、男性の来訪に関する話題を選択してそのエッセンスを抽出したような本文となっていることは確かであり、この堺本特有の現象から堺本編纂の論理あるいは編纂意図などが透視できるのではないかと考える。次節では、これらの男性来訪論が配置されている随想群に着目してこの問題を検証する。

三　男性に関する随想群とその表現

堺本後半（一八八段以降）の随想群には、他系統本にはない堺本独自の本文が数多く含まれている。よって、堺本の特徴は随想群にこそ現れていると言えようが、その内容はいまだほとんど検討されていない。本章では、そのうち男性に関する一連の随想群（二七一段～二七七段）に注目する。繁雑を避けるためすべての本文を挙げることはせず、全体の概容が把握できる程度に適宜抄出する。なお、以下の引用本文のうち、(A)に関しては節を改めて論じる。(E)は前節ですでに採り上げている。

【堺本本文2】 堺本二七一段〜二七七段

(A) 人の婿は、物知りさかしき、いとにくし。…… (堺本二七一段)

(B) 男は、⑥かたちこまかにをかしからねど、まみ、心はづかしげに、愛敬《あいぎやう》なからで、おほきさなどよきほどにて、大方《おほかた》のありさま、もてなしなどだに見苦しからねば、いとよし。⑦君達《きんだち》はさらにも言はず。それよりくだりたる人にても、実《じち》の心はいとよくて、いたく心あがりし、才《ざえ》いとよくありて、よき歌詠みなどしてまことしう心にくきが、おぼえありて、⑧世間の追従《ついせう》などはなけれど、またげににくすさまじうはあらず。遊びの道などもいみじう上手《じやうず》と言はるばかりこそなからめ、物の音《ね》うち聞き、笛すこし、琵琶《びは》なども心に入れたらむ、よし。すずろならむもの嘆きし、世をはかなくあぢきなきものには知りながら、また、見え聞えてたちまちに背《そむ》き、身いたづらになすべくなどはあらず。 (堺本二七二段)

(C) 帝、親王《みこ》たちの御身を…〔中略〕…⑨親はかなしうすれど、やむごとなき継母《ままはは》のわづらはしきにて、入れなどもせねば、心地いとすさまじく、常に昔が恋しくて、…〔中略〕… 妹《いもうと》のおもだたしき一人ぞあるを物言ひ合はせ人にして、おぼつかなからぬほどに行きつつ、心に思ふことをうち語らひ、さるべき人の文をも、をかしと見るをばかならず見せなどして、かたみにいみじく思ひかはしたり。 (堺本二七三段)

(D) 親の家の、西ならずは 東《ひむがし》 の対の 南面《みなみおもて》 などをつきづきしうしつらひて、…〔中略〕…さるべきことの折節《をりふし》に、語らふ人の言ひつけなどする檜破子《ひわりご》、扇、火桶なども、目馴れぬさまに異《こと》人々よりはし出でて、その日はそれよりととりわかれ、花、紅葉の所に 誘《いざな》 はれたるに、⑩歌もべちに優れねど、「もてはなれだいにおはす」と笑はるまじう、寝眠《いねぶ》たくせずなどだにあらば、あへなむかし。…… (堺本二七四段)

(E) 雨いみじう降りたらむ時来たらむ人こそ…… (堺本二七五段)

(F) 昼は泊まらで夜《よる》々来る人の、…〔中略〕…また、女のもとに入り来《く》るままに、いみじうそそきさわぎ、衣《きぬ》を鳴らし、そよそよとひこじろひ、ものさわがしくもてなすは、いかなることにかあらむ。…〔中略〕…袴《はかま》をまどひ脱がせ、夏は誰《たれ》も誰《たれ》も汗になりて、扇を使ひては、また取りかかりなどするはにくく、心もとなしとおぼゆ。うめきてかいしめりて臥しぬるも、いとわろしかし。女のためにもあいなしかし。（堺本二七六段）

(G)　しのびたる所より暁帰らむ人は、…〔中略〕…⑪冠《かうぶり》、烏帽子《えぼうし》ばかりこそなからむにせめて見苦しからめ。それだにせめてならば袖をうちかづきても出でよかし。いとさこそあらずとも、起きし所になくは、女にしのびて「それこそなけれ」と言へかしと思ふを、強《あなが》ちに求め出でては、懐《ふところ》に紙差し入れ、扇ふたふたと使ひて、「まかりなむよ」とばかりこそは言ふらめな。冬などは、かくそそめきありくほどに、手なども冷たくなりたるを、さすがに懐《ふところ》に差し入れなどしたらむ愛敬《あいぎやう》なさよ。さばかり心づきなきことはまたもありなむや。宵にも入るままに、いつしかと立ちながらあざやかなるものこしふつふつと解く音《おと》しるくて、屏風、几帳に脱ぎかけなどして、とく寝なむさわぎする、いとにくし。さながらしばしは臥しもゐもして、物語りしながらも、たちひろめかねど、装束は解きつるものにはあらずや。……（堺本二七七段）

(A)～(G)のうち、(A)、(B)、(C)、(D)、(F)は堺本と前田家本にのみ見られる記事である。(C)に関しては三巻本「男は、女親亡くなりて」の段に一部重なる表現があるので、その部分を破線部⑨に示した。また、(G)は他系統本で「暁に帰らむ人は」の段としてあるが、堺本の末尾には独自の長文が付属している。一部を引用し傍線を施して⑪とした。

堺本の随想群には、まず宮廷行事や四季の話題に関する記事が、「正月一日に」の段を先頭に暦日順に並べられている。続いて、時節がとくに示されていない記事が、宮仕え、人事など関連のあるもの同士集められて並べられている。【堺本本文2】に挙げた一連の記事はそのほぼ最後尾部分にあたる。(G)の堺本二七七段の後には、「かへすがへすもめでたきものは」の段などの、女房、女性関連の段が数段と、清水参詣の話、宣孝の話を掲載して、堺本は閉じられる。

今回引用した(A)~(G)は、共通して「男性の振舞い方」に関係する内容をもつ。なお、(A)の堺本二七一段以前の数段も、記事の内容が男性に偏重している傾向が見られる。次の【堺本本文3】にそれらを引用する。つまり、この随想群の周辺を大きく貫くテーマとして「男」が設定されていると言うことができるのである。

【堺本本文3】　堺本二六七段・二六八段・二七〇段

今初めて言ふべきにはあらねど、なほ世の中に、あはれにも、めでたくも、しおきたることは、文こそはあれ。…〔中略〕…⑫男などのえあへぬをこひわびて、「ただひとくだりの御返りを見て命延《の》べむ」と言ふ、いとことわりなりや。（堺本二六七段）

男も、まみいとよき人の、直衣の袖にほころびたえて…〔中略〕…口覆《くちおほ》ひして、細殿の遣戸口などにひき臥したる、いとをかし。（堺本二六八段）

硯きたなげに、墨のしりさきしどけなく磨《す》りひらめて、…〔中略〕…よろづの物の具をばさるものにて、鏡、硯にてこそ、⑬人の心ばへ見ゆるものなれ。…〔中略〕…⑭男はまして、文机きよげにおしのごひてもてならし、重ねならずは、古懸籠《ふるかけご》のいとつきづきしく、蒔絵のさまも、わざとこまかならねどもこのましくて、同じき筆、墨のさまなども、人のとりてうち見るに、目とまるばかりなるこそをかしけれ。……（堺本二七〇段）

【堺本本文3】に挙げたもののうち、二つめに挙げた堺本二六八段に相当する段を三巻本・能因本はもたない。二六七段と二七〇段は、三巻本にはないが能因本には相当する段が存在する。ただし、内容に変化をもたらす表現上の違いが見出せる。たとえば、堺本二六七段に相当する能因本二二一段では、手紙の効用とすばらしさを言う点では一致している。しかし、堺本では傍線部⑫のように、男性が女性へ返信を乞い「ただひとくだりの御返りを見て命延べむ」と発言するのに対して、能因本では、「まして返事見つれば、命を延ぶべかめる、げにことわりにや」と、状況を推量する表現になっている。堺本は、恋文の返事を待ち望む男の心情を例に出して同意を示しており、手紙論に男性の視点と男女の交流に関わる内容を持ち込んでいる。結果的に、「男」もしくはその延長線上としての「男女」というテーマとの結び付きが生まれているのである。また、堺本二七〇段の傍線部⑬「人の心ばへ」という語句にも注目すると、堺本二七〇段に相当する能因本二一九段では、ここが「女は、鏡、硯こそ、心のほど見ゆるなめれ」となっている。つまり、能因本では鏡、硯の手入れ具合によって女の心のほどが見えると説く文章が、堺本では「男」に対する「人」の「心ばへ」を説く文章になっているのである。堺本では、その後傍線部⑭のように「男はまして……」と展開する。このように展開することによって、堺本は相対的に男性論、男女関係論に偏った記述となっているのである。以上のように、堺本には男性論の性格を強めるような表現が各所に散らばっており、それによって(A)〜(G)の文章ともゆるやかな統一性を保っているのである。

(A)〜(G)に話を戻そう。『堺本枕草子評釈』（速水［一九九〇］）では、(F)の段、(G)の傍線⑪部分、および前節【堺本本文1】の堺本二一七段（雪の日の来訪論）の破線部④について「ポーノグラフィーの感じがつよい文章」、「情痴の世界の描写」と解釈している。はやくに吉松［一九七五］が(F)を露骨で卑俗な表現と論じたこと、楠［一九七八］が(F)と(G)について、「枕草子の文体ないし内容にふさわしくない」ものと見なしたことに端を発して、まさに堺本の評価を貶めてきた核心部分と思われるが、この文章のみを取り出して堺本の性質を情痴的と判断することが妥当と言えるだろうか。吉松［一九七五］の「清少納言のデリカシイにあわぬ」、楠［一九七八］の「枕草子の作者の文章ではない」ということばからも窺えるように、これらの主張は「作者清少納言が書いた枕草子」という絶対的な前提に基づいているが、そういった基準で価値をはかることが堺本の実情に即しているとは言いがたい。他本に比べて特殊な堺本の表現方法に関してはなお詳細に考察する必要があろうが、まずはここに男性に関する随想群が形成されていることを押さえて、その全体像を見極めたうえで論じられねばならない。

(A)〜(G)の本文は大部分が三巻本・能因本にはないものである。省略部分も合わせると、ここに引用した約三倍の分量が費やされて、男の立居振舞の是非、嗜み、心得、すべからざることなどが具体的かつ詳細に書き連ねられている。すなわち、(A)では婿の婚家における挙動について、(B)〜(D)では男性が心がけておくべき最低限の芸道、(1)男性の理想的な生活や思考などがこまかく設定されている。(E)は前述のごとく、女性を訪問する折について。(F)、(G)は女性のもとに訪れた際の作法を述べ、悪例を挙げて批判する。三巻本・能因本にも男性の行動に対する批評は当然見られるのであるが、堺本の場合は一箇所に集められ、系統立てられ、大量の独自本文が投入されているのである。ここに男性のあるべき姿を実体的に押し出そうという意図が読み取れないだろうか。

他系統本で(C)と重なる内容をもつ「男は、女親亡くなりて」の段について、『新編日本古典文学全集』（松尾・永井〔一九九七〕）四五一ページの頭注は「長い話の冒頭のような形であるが、断片のみで終ってしまったものか」とし、「不審」とする。『新日本古典文学大系』（渡辺〔一九九一〕）は三三四ページにおいて「母親を亡くした若い男性の、好ましい生き方への一般論」と注記する。林〔一九七九c〕では「理想的な男の条件を列挙した議論文——判断文」であると述べて、堺本の(B)〜(D)が「男は、女親亡くなりて」の段の初稿と推察する。それに反論して安藤〔二〇〇三〕は、「女房日記またはその援用（資料）に基づいて記事の処理がなされ、時にその長文の女房日記を分割・要約して（改編）、本文中に取り入れた」ものと論じる。さらに「「ある男の身の上」を描写しようとした一文」とし、「男」を定子腹の一条天皇第一皇子、敦康親王に比定する読みを示唆する。安藤〔二〇〇三〕における『枕草子』の資料となった記録類の存在の想定は魅力的であるが、敦康親王を重ねる読みに関しては首肯できない。また、林〔一九七九c〕の付言する堺本草稿説にも同意しがたい。

「男は、女親亡くなりて」の段の言わんとするところが捉えにくいことは確かであって、「不審」とした『新編日本古典文学全集』の注ももっともであろう。一方、堺本では男に関する随想群の一部に加えられることで、これらの文脈が理想の男性像を描き出すものとして有効に機能していると考えられるのではないだろうか。林〔一九七九c〕のように作者の意図を論証するのではなく、このような編纂方法から堺本の意識を掬い取ることを目論むのである。

さらには、男のあらまほしさを説くにあたって、堺本はより実態に沿う描き方をしており、より実践的である、と言えるのではないか。三巻本の読解に基づいた従来の考え方に拠るならば、『枕草子』に描かれる理想の男性像は、おおよそ、伊周、斉信、行成などに代表される、身分が高く諸芸に秀でた貴公子ということになるだろう。藤本［一九七五］では『枕草子』の男性観を、

かりに尊敬し且つ好ましいタイプをA型、嫌悪し蔑視するタイプをB型とすれば、A型は、(一) 身分、官位が高く、(二) 才があり、機智に富み、(三) かたち・こころばえをかしき男性…〔中略〕…条件完備のものは殆どなく、そのうちのいくつかを備えていればA型に入れてよいようである。B型はいうまでもなくこの反対で、官位高からず、教養低く、機智、みやびを解せず、それらを野暮な男性とみる（傍点ママ）

と分類する。生昌、方弘、則光などは、現実には決して身分が低い人物というわけではないけれども、『枕草子』における位置付けは藤本［一九七五］の言う「B型」に区分されよう。もちろんこのような分類で終わらせるのは乱暴に過ぎようが、いわゆる日記的章段において彼らが決して理想的人物として描かれず、時には厳しく批評されていることは認められよう。ところが堺本の当該箇所においては、(B)傍線部⑦のように、君達より「くだりたる人」でも、実際の心ばえがよくて、気位高く、学才があり、よい歌が詠めて……といった条件を備えていればよいとされる。ずいぶん歩み寄った姿勢と言おうか。加えて傍線部⑥、⑧、⑩などには、「……でなくても、……ならばよい」というふうに、評価に値する十分条件が提示されている。満たすべき内容を具体的に説明し、許容範囲を広げるという譲歩を見せているのである。文章が具体的であるほど、きわどいと言えるような描写にもなるのである。堺本の場合は、良い例、悪い例の詳細な批判が行われ、批評の対象範囲が広がることで、むしろリアリティの高い日常性のある描写が実現されているとも考えられるのではないか。

四　堺本に描かれる「婿」

男性に関する随想群(A)～(G)のなかでも注目すべきものが(A)である。(A)も三巻本・能因本にはない記事であるが、本文が独自なだけでなく、記述内容も特異と言える。ここで、前節で説明を保留した(A)についてあらためて見ていくことにする。

【堺本本文4】　堺本「人の婿は」

(A)　人の婿は、物知りさかしき、いとにくし。前にて細工をもし、絵をも描きなどするに、ただうち見て「これこそよけれ」、「これこそあしけれ」、「とせめ」、「かうこそせめ」などもさくじらず、舅《しうと》の「これはいかに」など言はば、よきはすさまじからぬほどに褒めなどして、物食《く》はするに汁物《しるもの》持て来たるをも、いそぎて遠くより手さし出でても取らず、「うたて心もとなくもあるかな。痴れたるにやあらむ」とは言はるともあらなむ。朝寝《あさゐ》、昼寝などいたくして、まひろげがちにあざれがましくして、常に女君とたはぶれしたらむこそ、をかしからめ。心ばせあらむ舅《しうと》はいとはづかしかりぬべきものなり。親、舅《しうと》ならねど、年おほくまさりぬる人の前にて、若き人のしたり顔にさかしき、いとにくし。まひろげても、袴引き抜きて、脛《はぎ》さし出でて立ち走りやすくあらむをば、何にかはせむ。……
（堺本二七一段）

(A)の内容は、差し出た口をきく婿を非難し、しどけない姿でうちとけているのがよいと述べ、通い先の家で、とくに舅に対してどう振舞うのがよいか具体的な場面を例示する。さらに、年配者に対する態度にも言及し、若者と年配者それぞれの立場ごとに身なりが批評されている。男性のゆったりと落ち着いた風情を評価する姿勢は、三巻本「好き好きしくて人かず見る人の」の段などが思い起こされよう。男性のあり方の模範の具体的な説明となっており、前節で確認した随想群の主旨にも適う。しかし、ここでとくに注意を払いたいのは、「婿」という題材を批評の対象としていることと、その扱われ方が他系統本における「婿」の描かれ方に比べて非常に特異な点である。三巻本・能因本において「婿」がどのように描写され位置付けられているのか、三巻本から「婿」に関係する記述を抜き出して確認すると次のようである。

【三巻本本文2】三巻本における「婿」

○……十五日、節供《せく》まゐりすゑ、かゆの木引き隠して、…〔中略〕…あたらしうかよふ婿の君などのうちへまゐるほどをも、心もとなう、所につけてわれはと思ひたる女房ののぞき、けしきばみ、奥の方《かた》にたたずまふを、前にゐたる人は心得て笑ふを、「あなかま」とまねき制すれども、女はた知らず顔にて、おほどかにてゐたまへり。「ここなるもの取りはべらむ」など言ひ寄りて、走り打ちて逃ぐれば、あるかぎり笑ふ。男君も、にくからずうちゑみたるに、ことにおどろかず顔すこし赤みてゐたるこそをかしけれ。（三巻本三段）

○すさまじきもの　…〔中略〕…また、家のうちなる男君の来ずなりぬる、いとすさまじ。…〔中略〕…婿取りして、四、五年まで産屋《うぶや》のさわぎせぬ所も、いとすさまじ。（三巻本二三段）

○ありがたきもの　舅《しうと》に褒《ほ》めらるる婿。また、姑に思はるる嫁の君。（三巻本七三段）

○あぢきなきもの　…〔中略〕…しぶしぶに思ひたる人を、強《し》ひて婿取りて、思ふさまならずと嘆く。（三巻本七六段）

○たのもしげなきもの　心短く、人忘れがちなる婿の、常に夜がれする。（三巻本一五八段）

○したり顔なるもの　…〔中略〕…また、言ふ人おほく、いどみたる中に、選《え》りて婿になりたるも、われはと思ひぬべし。（三巻本一七九段）

○いみじうしたてて婿取りたるに、ほどもなく住まぬ婿の、舅にあひたる、いとほしとや思ふらむ。ある人の、いみじう時にあひたる人の婿になりて、ただ一月《ひとつき》ばかりもはかばかしう来でやみにしかば、…〔中略〕…六月に人の八講《はかう》したまふ所に、人々あつまりて聞きしに、蔵人になれる婿の、綾《れう》のうへの袴、黒半臂《くろはんぴ》など、いみじうあざやかにて、忘れにし人の車の鵄《とみ》の尾といふ物に、半臂《はんぴ》の緒を引きかけつばかりにてゐたりしを、「いかに見るらむ」と、車の人々も知りたるかぎりはいとほしがりしを、こと人々も、「つれなくゐたりしものかな」など、後にも言ひき。

（三巻本二五〇段）

【三巻本本文2】のうち、最後に挙げた二五〇段以外はすべて他系統本にもあり、こまかな異同はあるものの内容は一致する。三巻本二五〇段「いみじうしたてて婿取りたるに」の段のみ、堺本・前田家本には相当する本文がない。ただし、堺本一一二段「かたはらいたきもの」の段に、「わざと婿取りたるに、住まぬ婿の、えさりがたき所にてさしあひたる、舅の心地」という三巻本・能因本にはない独自本文が見られる。婿ではなく舅の心情へとややずれてはいるが、類似の表現が堺本に存在することを押さえておきたい。

さて、「婿」に関する話題の書かれ方をひととおり見ていくと、「婿取り」という語が七つの章段のうち三例確認でき、重要なキーワードであることがわかる。多くの候補者から選んで、あるいは無理強いをして家に婿を迎えること、また、それにもかかわらず婿が夜離れがちになったり、関係が途絶えてしまったり、子供ができなかったりと、なかなか思うようにいかない「婿取り」の苦労が往々にして語られている。唯一、三巻本三段「正月一日は」の段の、女房たちが粥杖で腰を打ち合う場面は、微笑んで構えている婿君の姿が描かれて趣きが異なっているので注意したいが、全体的な傾向として、『枕草子』における「婿」の語、および「婿」という題材は、おおむね「婿取り」にまつわる労苦や憤りを語るものとして繰り返し使われているのである。対して、(A)の堺本「人の婿は」の段の内容は、如上の一般的な「婿」の描かれ方とは明らかに異なっている。堺本にはもうひとつ「人の婿」の実際的な挙動を論じる章段がある。

【堺本本文5】堺本「人の婿とやがてその御方は」

人の婿とやがてその御方は、なやらはぬよし。若人の身をなげてわが高く鳴らさむとやらひまどふを、几帳のそばに添ひ臥《ふ》して見やり、うち笑ひなどしたるこそをかしけれ。大上《おほうへ》などもたたきこぼめかしたまはむは、すこしきやうぎやうなるべけれど、なかなかそれはあへなむ。わざとさまあしからむこそ見苦しからめ。ゐながらなきなどして見えむ物をうちたたきなどしたまふらむは、なでうことかあらむ。大殿《おほとの》、はたよそほしくもほこりかに立ち走りたまはむ、あしからじ。婿の君はしも、すべてやらふまじうも、親の御家《いへ》、殿上などにては、人よりげにやらふべし。ただ、そのかしづきをすゐたる所にてのことなり。……

（堺本二二八段）

【堺本本文5】も三巻本・能因本には含まれない記事である。婿と妻は鬼やらいをするべきではないことなど大晦日のありようをこまかく述べる独自の内容である。自分は参加せずに横になって眺める婿の態度は、婿家でうちとけて鷹揚に構えているのがよいと論じた(A)の主張とも通じている。三巻本・能因本の『枕草子』において「婿」が話題にされるとき、「婿取り」の成否を問題とする視点が不可避なものとして認められ、それ以上の発展を見せないが、堺本はそういった枠を越えて、他本にはない「人の婿」という題材を提示し、婿の具体的な言動の批評へと踏み込んでいる。大晦日の様子が一家総出演で語られる内容は『枕草子』として特異だが、婚家という舞台が設定され批評されるという、対象の広がりがここにも認められる。

五　おわりに

以上、堺本の男性に関する随想群に着目して、独自の構成と本文のありようを見てきた。他系統本では日記的な要素をも含むような章段から、随想的な記事のみを取り出して形成された堺本の本文の存在は、堺本の編纂過程において、まさにその随想的な部分が必要とされて選び出されたことを示唆するものであった。また、単に抜き取られるのではなく、男性に関する話題のひとつとしての役割を果たすものとして、かたちが整えられ配置されていた。

男性関係の記事には数多の独自本文が見られ、その表現が特異であることから、これまでは堺本の表現の卑俗性ばかりに目が向けられていた。しかし、この箇所は周囲の章段も含めて、男性に関する随想群として大きく捉えるべきなのであった。更に前後の文章と合わせて読むことにより、表現が卑俗的であると排除するのではなく、実体的で現実味のある描写と受け止め得るとの見方を示した。堺本のように編纂されることによって、ここには通俗性をも帯びた「男性のあらまほしさ」が具体的に浮かび上がってきているのである。このような堺本本文の観点の異質性は、「婿」に関する記述を通しても確認できるものであった。

第一章でも論じたように、堺本の随想群を読む際には一連の文章の流れに注意する必要がある。次章では、類聚群においても同様の読み方が有効である場合があることを検証する。

注

（1）章段分けはあくまで便宜上の区切りであるが、とりわけ(B)〜(D)は一続きの文章と捉えられる。林［一九七九c］でも同様の指摘がなされている。堺本の章段分けの問題については第一章で詳細に検討している。

第六章　「女」と「宮仕へ」に関する記事の編纂と表現

一　はじめに

本章では、堺本に見られる宮中出仕に関する叙述、および女性に関する叙述を中心に検討する。『枕草子』という作品への向き合い方にはさまざまな立場がある。しかし、少なくとも、定子に仕えた女房である清少納言が、何らかのかたちで関わって『枕草子』が作られたと見る向きにはおおよそ異論はないと思われる。また、その『枕草子』において、少なくとも文字のうえでは、宮中出仕がすばらしい体験として肯定的に書かれている。清少納言自身の体験を記す体裁で書かれる回想的な記事にも、定子に仕える誉れ、宮廷世界に身を置く喜びなどが前面に出されていると基本的には受け止められる。

ところが、堺本における「宮仕へ」関連の記事を見ていくと、右に述べた通常の『枕草子』理解には収まらないような独自の記述が見出せてくる。『枕草子』の一系統本である堺本がこのような本文をもつことには注意すべきである。本章では、堺本において「女」と「宮仕へ」とがどのようなものとして位置付けられてくるのかを探りながら、そこから導き出された堺本の性質が、堺本の成立、あるいは『枕草子』の享受などの問題と、どのように結び付けられてくるのかを考える。

二　堺本「女は」の段の検討

現行の三巻本・能因本には見られない注目すべき本文として、はじめに堺本「女は」の段を採り上げる。まず、三巻本・能因本の「女は」の段を見てみたい。

【参考A】三巻本「女は」(能因本も同一)

　女は　内侍のすけ。内侍。　(三巻本一七〇段)

右のように、三巻本の「女は」の段は、二項目を挙げるのみのごく短い類聚段である。能因本も三巻本と同じである。対して、堺本の内容はまったく異なるものである。

【堺本本文1】堺本「女は」

　女は　おほどかなる。下《した》の心はともかくもあれ、うはべはこめかしきは、まづらうたげにこそ見ゆれ。①いみじきそらごとを人に言ひつけられなどしたれど、みちみちしくあらがひ、わきまへなどはせで、ただうち泣きなどしてゐたれば、**見る人**おのづから心苦しうて、ことわりよし。　(堺本八五段)

堺本の場合は、「は」型類聚群のなかに置かれてはいるものの、三巻本・能因本と比べると随想的な内容の、やや長めの文章となっているのである。

一方、前田家本ではこれら二種類の文章を両方とも含んでいる。

【参考B】前田家本「女は」

　女は　おほどかなる。下の心はともかくもあれ、うへはこめかしきはまづらうたげにこそ見ゆれ。いみじきそらごとを人に言ひつけられなどしたれど、みちみちしくあらがひわきまへなどもせで、ただうち泣きてゐたれば、見る人おのづから心苦しうて、ことわりつかし。内侍のすけ。内侍。　(前田家本六七段)

前田家本は、前半が堺本に近く、後半が三巻本・能因本に近い、合作のような本文になっている。前田家本は現存堺本の祖本と能因本の祖本とを校合して作られたことが現在通説となっており（楠［一九七〇d］）、ひとまず支持できるものと思われる。また、池田［一九二七］によると前田家本が書写された時期は鎌倉中期を下らないとされ、楠［一九七〇d］は校合の際に使われた堺本祖本と能因本祖本とは現存本に近いものであったと推定している。よって、当該箇所の堺本本文についても、遡り得るかぎり堺本に独自のものである可能性が高く、比較対照する意味は大きい。

三巻本・能因本の「女は」の段は、「内侍のすけ。内侍」という短いものではあるが、あるいは「清少納言」の、あるいは「『枕草子』に描かれた」宮中出仕論、女性論などが論じられる際に頻繁に引かれるきわめて重要な段と言える。『枕草子』ではたびたび「内侍のすけ」もしくは「内侍」が賞賛とあこがれの対象として語られるからである。次に三巻本における「内侍のすけ」および「内侍」の用例を挙げる。

【参考C】三巻本における「内侍のすけ」および「内侍」関連の記述(1)

(あ) なほ、さりぬべからむ人のむすめなどは、さしまじらはせ、世のありさまも見せならはさまほしう、内侍のすけなどにてしばしもあらせばやとこそおぼゆれ。…〔中略〕…またうちの内侍のすけなどいひて、をりをりうちへまゐり祭の使などに出でたるも、面立たしからずやはある。（三巻本二二段）

(い) 「俊賢の宰相など、『なほ内侍に奏してなさむ』となむさだめたまひし」（三巻本一〇三段）

(う) うちわたりに、御乳母は、内侍のすけ、三位などになりぬれば、重々しけれど、……（三巻本一八〇段）

(え) また、おはしまし、女房などさぶらふに、上人、内侍のすけなど、はづかしげなるまゐりたるとき、……（三巻本一九一段）

(お) 内侍の車などのいとさわがしければ、……（三巻本二〇七段）

右の例からは、天皇の身近に奉仕できる、晴れがましい公的な女性の役職として「内侍のすけ」もしくは「内侍」

が認知されていることが読み取れよう。『枕草子』におけるそうした職へのまなざしについては、石坂［二〇一〇］などの先行研究もすでに積み上げられている。

　しかし、堺本の場合は日記的記事をもたないこともあって、【参考C】の(う)(え)を除いて現存堺本には存在しない。したがって、先行研究における議論がおおよそそぐわないのである。「女は」の段も「内侍のすけ。内侍」という女性の職掌を挙げるのではなく、女房、女官に限定されない、広く女性の振舞い方に関する批評となっている。女は「おほどか」に、表面上おっとりとしているのが「らうたげ」に見え、ひどい「そらごと」を言われてもただ「うち泣き」などしていればよい、というのである。

　この堺本の文章は、じつは前の段から続けて読むことによって、その意味するところがより鮮明になると思われる。三巻本・能因本・堺本では、「女は」の段の直前には「法師は」の段が置かれている。まず三巻本・能因本の本文を確認すると、

【参考D】三巻本「法師は」（能因本も同一）

　法師は　律師。内供。　（三巻本一六九段）

とあり、「律師」と「内供」の二項目を挙げる類聚段となっている。一方、堺本では、

【堺本本文2】堺本「法師は」

　法師は　ことすくなる。**男だに**あまりつきづきしきは②にくし。されど、それはさてもやあらむ。　（堺本八四段）

という、批評的な文章になっている。そして、前田家本では、

【参考E】前田家本「法師は」

　法師は　言すくなる。男だにあまりつきづきしきはにくし。されど、それはさてもありなむ。律師。内供。

（前田家本六二段）

というふうに、やはり合成的な本文となっているのである。

【堺本本文2】の「法師は」の段は、「法師」の口数を問題にしたあと、「男だにあまりつきづきしきはにくし」、すなわち「男でさえ、もっともらしくぺらぺらと弁が立ちすぎるのは気に入らない」と言いつつも、[2]「されど、それはさてもやあらむ」と態度がやや軟化して終わる。「男だに」は、「法師」との対比で持ち出された語句だが、この一条に引き続いて【堺本本文1】「女は」の段の「女は　おほどかなる。……」の一文が現れるため、文脈上「法師」と「男」、そして「男」と「女」という対照関係が成り立ってくる。すると【堺本本文1】の末文、「見る人おのづから心苦しうて」の「見る人」も、「女」を見る「男」という意味合いが濃く読み取れてくる。[3]さらに、【堺本本文2】「法師は」の段の二重傍線部②「つきづきしき」の意味を勘案すると、「女は」の段の二重傍線部①あたりの文意も明瞭になってくる。つまり、「男ですら口が達者すぎるのは気に入らないのに、まして女は、いつわりごとを言いつけられても、もっともらしい理屈を言い返したりすべきではない」という批評が展開されているのである。

堺本の、とりわけ随想群の文章は、章段として区切られた枠を取り払って、ゆるやかに連なった文章として読んでいくことができることを第一章にて論じたが、この「法師は」と「女は」の段においても、一連の文の流れを汲んだ解釈が有効であろう。この有効性は、前田家本の構成との比較からも窺える。前田家本は、批評的な文章自体は含んでいるものの、本文が合成的になっているうえに、次に示すように「法師は」の段と「女は」の段が離れた箇所に置かれているため、堺本のような対比的な読み取りは難しくなっている。

【参考F】前田家本における記事の配列

法師は　（前田家本六二段）

説経師は　（前田家本六三段）

雑色、随身は〈前田家本六四段〉
小舎人童は〈前田家本六五段〉
牛飼は〈前田家本六六段〉
女は〈前田家本六七段〉

このように堺本「女は」の段の特徴を確認したうえで、女性の発言を封じるような「女は」の段の内容をどのように捉えていく必要があるだろうか。堺本の「女は」の段に見られる「おほどかなり」、「こめかし」、「らうたげなり」、「うち泣き」といったことばは、あるタイプの女性の特徴を表す典型的な形容句として、セットで使われることがしばしばある。主な用例を『源氏物語』と『無名草子』から引用する。

【参考G】「おほどかなり」「こめかし」「らうたげなり」「うち泣き」の用例

㋐「らうらうじうかどめきたる心はなきなめり。いと児めかしうおほどかならむこそ、らうたくはあるべけれ」と思し忘れずのたまふ。〈『源氏物語』「末摘花」巻、亡き夕顔をしのぶ光源氏の発言〉

㋑ただうち泣きたまへるさま、おほどかにらうたげなり。〈『源氏物語』「夕霧」巻、落葉宮の描写〉

㋒「女三宮こそ、いとほしき人とも言ひつべけれど、…〈中略〉…あまりに言ふかひなきものから、さすがに色めかしきところのおはするが、心づきなきなり。かやうの人は、一筋に子めかしく、おほどきたればこそらうたけれ。」〈『無名草子』、『源氏物語』批評における女三宮に関する叙述〉

また、楠〔一九七〇d〕は「女は」の段の文章について、

大胆な臆測が許されるならば堺本本文は後人の増補で殊に「女は」の段は源氏物語「雨夜の品定め」に於ける……たゞひたぶるに児めきてやはらかならん人をとかくひきつくろひてはなどかみざらん心もとなくともなほし所あるこゝちすべし……あたりに着想してゐると思はれる。これも堺本編者の態度に注意すると一概に却けられ

るものとは思はれぬ

と述べている。『源氏物語』との影響関係については現時点では不明とせざるを得ないが、それよりも、こういった女性を批評する文言が、『枕草子』という名のついた書物に記されている、ということの意味を考えていく必要があるのではないか。

おっとりとした女性を評価すること自体はとりわけ珍しい価値観でないと考えられるが、『枕草子』に書かれた文章となると事は違ってくる。『枕草子』の日記的章段などでは、体験者としての清少納言が、宮中などの場において男性貴族たち相手に和漢の知識を駆使してさまざまに渡り合うエピソードが印象的に語られており、その記述が宮廷讃美・中宮賞讃の方法ともなっている。そういった面から見ると、堺本の「女は」の段は、そのような論理と真っ向から対立する、いわば『枕草子』としての自己を否定しかねない文章であるように思われる。現存堺本には日記的章段が存在しない。それゆえ、堺本のなかに書かれている女性への言及として、「女は」の段が有する意味は大きいのではないだろうか。

三　『枕草子』に描かれた「宮仕へ」をめぐって

女性のあり方という観点から『枕草子』を検討することは、作品の性質上、女房論、出仕論へと結び付いていくだろう。堺本の随想群には、三巻本・能因本には見られない独自の「宮仕へ」記事が少なからぬ量含まれており、注目される。この独自本文に関しては、宮崎〔一九九六〕と田中新一〔一九七五〕がそれぞれ異なる見解を示している。宮崎〔一九九六〕は、

三巻本にはなく前田家本や堺本にみられる記述であるが、「すべてうちわたりのやうによき宮仕所はなし。たのもしくめでたきをばさるものにて、ただすずろにはづかしく、をかしき事ぞかぎりなきや」（二三九段）、「かへ

すがへすめでたきものは、后の御ありさまこそあれ。生れかへりてもある世ありなむや」（二三二段）などをも視野に収めておくならば、中宮讃美の背景ともいうべき「命も身も、さながら捨ててなん」（「さて、その左衛門の陣などに」の段）との中宮への一途な心情、帰依の姿勢の基盤が、いっそう鮮明になってくるはずである。と述べて、中宮讃美の性質を補強するものと捉える。他方、田中新一［一九七五］は、

堺本に見る限り作者の定子中宮家頌賛意識を確かめることはかなり困難であるとする。しかしこれらの論考は、三巻本を中心とした従来の『枕草子』の研究史の延長線上でなされており、堺本の本文を綿密に検討しているとは言いがたい点で問題がある。

これまでの研究史において、『枕草子』の「宮仕へ」についてはいわゆる日記的章段の検討を主として、そこに描かれる定子付の女房としての清少納言に注意が向けられていた。(4) また、『枕草子』の出仕論として有名な文章に、「生ひさきなく、まめやかに」の段があるが、(5) この段の内容も合わせて、『枕草子』の宮中出仕の記事は基本的に定子讃美へと収斂していくこと、またそこで説かれているのは定子女房としての理想像であり、一定以上の身分の女性の「宮仕へ」についてであることが、原［二〇〇二］、湯本［二〇〇二］をはじめとしてすでに指摘されている。

しかしながら、現存堺本には日記的章段や「生ひさきなく、まめやかに」の段が含まれない。前節で検討した「女は」の段の例を思い起こしてみても、三巻本・能因本と同じ論理を当てはめて読むことが適当とは思われない。この点については、田中新一［一九七五］の、

日記的章段と跋文——これが堺本にはともにない。脱落したものとする有効な証明は容易でない。逆に三巻本・能因本に日記的章段と跋文がともにあり、堺本にともにないことが、事の本来的なあり方を有力に示唆しているとも言える。

という指摘が示唆に富む。しかし、ここで言われている「事の本来的なあり方」とは、堺本の本文のほうが原態に近

く、三巻本の本文は定子讃美の意識下に執筆、補筆された改訂版、完成稿であるという見方を指すものと考えられるのだが、この結論には従いがたい。以上の経緯を確認すると、堺本が独自にもつ「宮仕へ」記事について、なおあらためてくわしく見ていく必要があるだろう。

次に引用するのは、宮崎［一九九六］で採り上げられたうちのひとつ「すべて、うちわたりのやうに」の段である。三巻本・能因本にこの段はない。

【堺本本文3】堺本「すべて、うちわたりのやうに」（三巻本・能因本ナシ。前田家本二三九段）

すべて、うちわたり（＊朽木本・鈴鹿本以外「うち」ナシ）のやうによき宮仕へ所はなし。たのもしくめでたきをばさるものにて、ただすずろにはづかしく、をかしきことぞ、**かぎりなきや**。殿ばら宮仕へは、君一所《ひとところ》をこそは見たてまつれ。関白殿ばかりこそ、殿上人常にまゐりまかづる所はあめれ。③されどとたちかうたち、よしめきやはする。ただ見参《げざん》ばかりにて、うるはしだちてこそあめれ。④家ひとつにかしこきものにする上達部をはじめ、殿上人、それよりしも受領なるなにくれまで、うちにまゐるをばいみじきことにしてこそ心づかひしためれ。⑤われよりまさりたる君達《きむだち》、おもとびと達のやうに言ひ交はし、もてなしたるさまぞ、**かぎりなきや**。かく言へば、あたらむ人は人なめくやあらむ。それはいとあしかるべき。人はいと見苦しきものなり。局などのつくろはまほしき所あれば、うちつくりめして、よろづ心にまかせてつくらせつつ、すべて何事も言ふべきにぞあらぬ。月の明かさも、世の中の所には似ず。雪、はたさらなりや。

（堺本二三三段）

宮中出仕のすばらしさを讃える文章であり、「かぎりなきや」という賛辞が二度繰り返されて感嘆の気分を高めている。ここでの宮廷礼讃と出仕推奨の文脈は、前節で押さえたような三巻本・能因本における身分の高い女性の社会勉強的な「宮仕へ」論とはやや異なっている。まず傍線部③と⑤のように、宮中こそ、多くの貴顕に立ち交じって「よしめ」いた振舞いをし、ことばを「言ひ交は」すことのできる最も「よき宮仕へ所」とされる。傍線部⑤の「われよりまさりたる君達、おもとびと達のやうに」という表現からは、上流階級層に対する強い意識と交流できることの喜びとが読み取れよう。また、傍線部④では「上達部」、「殿上人」、「受領なるなにくれまで」といった、さまざまな身分の男性たちが、参内を「いみじきことにして」「心づかひし」ている様子が、出仕のすばらしさを保証するものとして描かれている。三巻本・能因本で語られていたような、身分ある女性に向けた発言とは異なり、宮廷の高貴な人々からは身分的にも距離のある人々にとっての、宮廷世界の憧憬化、権威化を促すような「宮仕へ」礼讃の記述と言えるのではないか。換言すれば一般的、直接的、素直な宮廷礼讃とも言えるのだが、着目したいのは、なお続いて置かれている宮中にまつわる話題である。

【堺本本文4】堺本「五節のころ、御仏名のをり」（三巻本・能因本ナシ。前田家本二四〇段）

　五節のころ、御仏名のをり、臨時の祭の試楽など、その日の御物忌みにあたりたるには、上達部なども籠りたまへる中に、ただこの正月まで頭《とう》なりつる人の、宰相になりて、宿直《とのゐ》めづらしくなりたるが、「昔にかへりたるを、いかが」など主殿司《とのもりのつかさ》して消息《せうそこ》せさせて、細殿に立ち寄りなどしたるも、朝夕目馴れしをりよりは、やむごとなくおぼゆるこそ、うちつけなれ。……　（堺本二三四段）

右に挙げた「五節のころ、御仏名のをり」の段は、細殿での貴人との交流について語る内容で、前の段【堺本本文3】の傍線部⑤などで述べられていた、高貴な人と交渉できる栄誉の叙述を引き継いでいると考えられる。さらに後続の「よにわびしくおぼゆることは」の段では、高貴な人々を前にした際に起こるさまざまな問題が採り上げられてくる。

【堺本本文5】堺本「よにわびしくおぼゆることは」（三巻本・能因本ナシ。前田家本二七四段）

　よにわびしくおぼゆることは、はづかしき人のあるをりに、奥のかたにうちとけごとども言ひ、もしは、ほかより来たる者などの、あやしき事ども言ひつづけなどしたるこそ、「あなかま」なども言はまほしけれ。制せむにもはしたなく、聞き入れぬさまにてまぎらはすも、すべて汗あえてわびし。なかなか、外《と》なる人も聞き入れて、笑ひなどしたる。さるかたにてたはぶれてやみぬ。有心《うしむ》なる人は、はづかしと思ふらむとて、聞き入れぬさまにもてなし、そら知らずしたる。心のうちとかかる人を見るらむと思ふらむかし。⑥宮仕へ所の局などは、まして下衆ぢかなれば、**あさましき事しもこそおほかれ**。⑦立ちぬる後に「いかでかくはあるぞ。あな心憂」など、爪弾きをし聞かすれば、「いなや、聞えやしはべりつる。みそかにこそ、なにがしは言ひはべりつるが、それかと言ひはべりつる」など、すべりもて行きて、ふかくいとほしとだに思ひたらぬ心どもこそあさましけれ。のちの事を思へば、かへすがへすいみじく言へども、常にさのみこそあるや。またこれは制せらるることぞと思ひ出でたることにや、⑧あたらしく言ひなしつくろふさまも、いとなかなかをこなり。また、さやうなる人にあひて、いみじう心にくきさまにもてなし、しはぶきなどするに、五つ六つばかりなるちごの、北面《きたおもて》にて、乳母《めのと》などのおそく聞きけることを、走り来てうれへかくるこそ**わりなけれ**。「こはなぞ。あなあやし」など言ふをも聞かず、あやにくにぐるを抱《いだ》きていざなふを聞きて、笑ひかけられたるも、わびてはあらねど、**いとねたくおぼゆれ**。

（堺本二三五段）

立派な人物を客として迎えている折に、奥から聞こえてくる不都合な会話などが「よにわびしくおぼゆること」であるとされ、「すべて汗あえてわびし」と困惑のさまが表現されている。これまでのはれがましさが反転してしまうようなトラブルの様子である。さらに、続く傍線部⑥では、「宮仕へ所の局などは、まして下衆ぢかなれば、あさましき事しもこそおほかれ」と述べられている。困った事態は使用人・外部の者などによって引き起こされるもので、「宮仕へ所の局」が「まして下衆ぢか」な場所であるとまで言ってしまう当該箇所の語調の、前段までの出仕賞讃記事との落差には看過できないものがある。この後も厄介ごとの話題に筆が費やされ、「あさましけれ」、「いとなかなかをこなり」、「わりなけれ」、「いとねたくおぼゆれ」と、あたかも前段までの賞讃のことばを塗りつぶすような困惑と非難の文言が重ねられていく。こういった本文の連動作用は章段単位で読むだけでは見落とされがちになるだろう。なお、前田家本では「すべて、うちわたりのやうに」の段（二三九段）と「五節のをり」の段（二四〇段）は宮中関連の記事を集めたグループ（二三一～二四一段あたり）のなかにまとめられているが、「よにわびしくおぼゆることは」の段（二七四段）はかなり離れた場所に置かれており、堺本のような連続性はなくなっている。前田家本の「よにわびしくおぼゆることは」の段は、下衆・従者・女房などにまつわる記事群に置かれているため、下層の者を対象とした出仕全般の話題という面が強調されるかたちになっている。

客人の前で恥をかくというトピックの例としては、「かたはらいたきもの」の段の「まらうどなどにあひて物言ふに、奥のかたにうちとけごとなど言ふを、えは制せで聞く心地」[6]というようなものもある。しかし堺本は、理想世界としての宮廷出仕を称揚しながら、その場で起こり得る具体的で現実的なトラブルの数々を直後に列挙することで賞讃の文勢を引き戻し、逆に注意を喚起させている。また、使用人たちが反論する様子を採り上げ、二重傍線部⑦、⑧で、苦情に際しての彼らの弁明を「ふかくいとほしとだに思ひたらぬ心ども」、「あたらしく言ひなしつくろふさま」だと非難している。これは、【堺本本文1】の「女は」の段における「みちみちしくあらがひ、わきまへなどはせで、ただうち泣きなどしてゐたれば、見る人おのづから心苦しうて、ことわりよし」というような文言とも重なり合う言説である。つまり、堺本には、下位の者、部外者の言論を抑えるような叙述が見られるが、そこに「女」も組み込まれてくるのだと考えられるのではないだろうか。

四　堺本と批評的行為

さて、宮崎［一九九六］の採り上げたもうひとつの段「かへすがへすもめでたきものは」の段にも言及しておきたい。

【堺本本文6】堺本「かへすがへすめでたきものは」（三巻本・能因本ナシ。前田家本二三二段）

かへすがへすめでたきものは、后《きさい》の宮の御ありさまこそあれ。生まれ返りてもなる世ありなむや。宮はじめの作法、御へついなど渡したてまつるありさま、この世の人とやはおぼゆる。……（堺本二七八段）

この段における「后の宮」云々の記述が、呼称などの面からとくに定子などの個人を断定しがたい一般的な内容となっていることを第二章にて論じた。堺本の本文は表現上特定の個人に還元されることのない項目的な性質を帯びており、【堺本本文4】なども同様の例であると見なせる。以上のように、表現と構成の両面において、堺本の「宮仕へ」関連記事は、三巻本・能因本に見られる宮廷出仕の論理とは異なる位相にあると思われるのである。

ところで、【堺本本文6】の次には、堺本独自の本文が置かれているが、その内容は興味深いものである。

【堺本本文7】堺本「若き人の」（三巻本・能因本ナシ。前田家本二八三段）

若き人の、なにがしくれがしの集、物語かきあつめ、ささげて読みなどするこそ、いとをかしきことなれ。ことおほく、明け暮れおほやけごとしげき殿ばらの上たち、受領、里々のおとなしかるべき北の方などの、いとなむことおほかるに、そのことは捨てぬ、いとをかし。まして、つれづれとうちかしづかれたらむ人のむすめをば、何事をして明かし暮らすべき。そは、⑨世の中に物語、歌などはよみても、「そこもとは、とあり。かかり」とも、得がたき所をも見ときて褒めもにくみもするこそ、かひあれ。正月一日はらかなど見るやうにてやむはいとかひなし。（堺本二七九段）

右に挙げた「若き人の」の段では、女性の趣向として歌集や物語を読むことを評価している。三巻本・能因本では話題にのぼってこないような、受領・里住みの北の方といった階層の女性たちの読書行為への言及であり、『枕草子』の享受層のひろがりをも暗示する本文となっていて注意される。その享受のレベルも、傍線部⑨のように、ただ漫然と眺めるのではなく、習得した知識を活用して比較・論評までこなすことが要求されているのである。

『枕草子』は批判することで成立した文学であると高橋〔二〇〇七〕は指摘する。しかし、堺本の場合は、三巻本・能因本のもつ批評性とはまた別種の批評性を有しているようにも思われる。たとえば、相当に工夫が凝らされて再構成されたとおぼしい堺本は、『枕草子』自身を対象とした一種の批評的営為の産物とも言える。堺本の再構成行為をひとつの批評行為であると捉え返して、堺本の批評的性質を考察するような視座が、今後有効になってくるかもしれない。(7)

五　おわりに

本章では、堺本が「清少納言」の「枕草子」という名を冠しながら、いわゆる『枕草子』的な論理からそれてくるような内容をもっていることについて、「女」と「宮仕へ」とをキーワードに検討を試みた。

『枕草子』は『源氏物語』ほどの聖典化はなされなかったものの、「清少納言」の書いたものとして知られ、享受されてきたことに違いはないだろう。堺本の書名も、現存本のかぎりではあるが、大半が「清少納言枕草子」あるいは「枕草子」となっている。つまり堺本も、あくまで「清少納言」の「枕草子」として、「一条朝の女房の書いたもの」として読まれることを要求するテクストなのである。しかし堺本は、「清少納言」の「枕草子」という名目のもとにありながら、一般的に考えられているような『枕草子』的な物の見方に相応しない記述を含みもっているのである。その背景には堺本の成立と読者の問題が関わっていると考えられるが、くわしい検討は第八章にてあらためて行うこととする。

＊引用は次のものに拠る。
『蜻蛉日記』…木村正中・伊牟田経久校注・訳『新編日本古典文学全集13 蜻蛉日記』小学館　一九九五年

『源氏物語』…阿部秋生・秋山虔・今井源衛・鈴木日出男校注・訳『新編日本古典文学全集20・22・23 源氏物語①・③・④』小学館　一九九四年・一九九六年

『無名草子』…久保木哲夫校注・訳『新編日本古典文学全集40 松浦宮物語・無名草子』小学館　一九九九年

注

(1) この他に実在の「内侍」「内侍のすけ」に関する記述もある。以下に用例を挙げる。

・「右近ぞ見知りたる。呼べ」とて、召せば、…（中略）…右近内侍召して、「かくなむ」と仰せらるれば、……（三巻本七段）

・右近内侍のまゐりたるに、…（中略）…右近内侍に、「かくなむ」と言ひやりたれば、……（三巻本八四段）

・職におはしますころ、八月十余日の月明かき夜、右近内侍に琵琶ひかせて、端近くおはします。（三巻本九七段）

・宮のぼらせたまふべき御使にて、馬の内侍のすけまゐりたり。（三巻本一〇一段）

・……と啓したれば、右近の内侍などに語らせたまひて、笑はせたまひけり。（三巻本二二三段）

(2) 従来「つきづきしき」の意味が不審とされる。『全講枕草子』（池田［一九七七］）は「物事に調子を合せる態度をいうか」とするが、『前田家本枕草子新註』（田中重太郎［一九五一］）および旺文社文庫版（田中重太郎［一九七四］）では「つぎつぎ（継継・次次）」の形容詞形で次から次へと続けざまであることの意と説く。『枕冊子全注釈』（田中重太郎ほか［一九九五］）、『堺本枕草子評釈』（速水［一九九〇］）も田中説を踏襲する。しかしながら、今回「つとめては、「還饗の近くなりたれば」など、つきづきしう言ひなしつ。」（『蜻蛉日記』中巻・天禄二年）、「言葉多かる人にて、つきづきしう言ひつづくれど、……」（『源氏物語』「若紫」巻）、「まかでさせたまふべきさま、つきづきしきことつけども作り出でて、……」（『源氏物語』「真木柱」巻）などの用例に鑑みて、「もっともらしく、いかにもふさわしく」話をする意と解釈した。

（3）旺文社文庫版（田中重太郎［一九七四］）および『枕冊子全注釈』（田中重太郎ほか［一九九五］）でも、「見る人」は「男」であると注記されている。

（4）『枕草子』の「宮仕へ」をめぐる論考の主なものを以下に挙げる。主家讃美と宮廷文化の記録という性質を指摘する野村［一九五七］、石田［一九七九］、表現分析を通して讃美の二面性・重層性を読み取る三田村［一九九五］、讃美方法の変化と個別世界への出発を論じる小森［一九九八］、雑纂本の宮仕え記事の位相を検討することで「この草子に描かれる「宮仕え」は純度を保ち続けている」と結論付ける津島［二〇一四］など。

（5）三巻本二二段、能因本二一段、前田家本三一段。

（6）三巻本九三段。能因本は一〇一段、前田家本は一三八段、堺本は一一二段が相当。

（7）堺本を批評行為のひとつの体現と見るならば、【堺本本文7】のような「物語、歌など」を論評する場に『枕草子』のような冊子（書物）そのものが登場する可能性も考えられる。その場合、【堺本本文7】は、当の『枕草子』が批評の対象となり得ることを示唆する記述と捉えられてくるのではないか。また、現存堺本は跋文などの自己言及的な文章をもたないが、堺本の姿と記述とが、いわばひとつの自己表明となり得ているのではないかとも考えられてくる。読書行為、書物の生成などとも関わる大きな問題であり、堺本以外の作品も含めて、平安末期から鎌倉期の時代背景を見渡しながら多角的に考える必要がある。詳細な検討は別の機会に譲りたい。

第七章　堺本・前田家本における『白氏文集』受容
――堺本の随想群と『和漢朗詠集』――

一　はじめに

『枕草子』と漢籍との関わりについてはこれまでにも多くの研究が積み重ねられている。本章では、『枕草子』の本文のうち、堺本・前田家本にのみ見える漢詩文の引用について検討する。『枕草子』の研究は、従来、雑纂本と呼ばれる三巻本と能因本とを中心に進められてきた。それゆえ、堺本・前田家本には調査不十分の箇所が残されているのである。

今回は、前田家本二〇六段「六月二十余日ばかりに」の段と、堺本二〇〇段「六月はつかばかりの」の段に着目したい。これらは前田家本・堺本のみに存する記事である。前田家本には『白氏文集』の「新秋」（巻十八〔一一二一〕）の一節が引かれている。一方、堺本の対応する箇所では本文が異なっている。従来、典拠が必ずしも明確になっていなかったこの箇所について、本章では「長恨歌」（『白氏文集』巻十二〔〇五九六〕）の一節が関わる可能性を提示し、それが『和漢朗詠集』（巻下・恋・七八〇）を経由した文言ではないかということを検討する。また、堺本随想群と『和漢朗詠集』との類似点、ならびに前田家本の白詩引用と堺本の記述との比較を通して、堺本・前田家本それぞれの特徴を捉えるとともに、堺本・前田家本の生成過程の一側面についても考察を及ぼしたい。

二　堺本随想群の特徴と『和漢朗詠集』

『枕草子』の堺本・前田家本は、それぞれ、三巻本・能因本とは異なる構成を取っている。前田家本は、鎌倉初期頃までには編纂されていたとされる（池田［一九二七］）現存最古の『枕草子』の写本である。現存能因本と現存堺本の祖本を合成するようなかたちで作られており（楠［一九七〇d］）、巻ごとに、類聚的な記事、随想的な記事、日記的な記事が分けてまとめられている。一方、堺本は、類聚的な記事と随想的な記事とが分けられ、内容ごとにまとめて並べられているが、配列は随処で前田家本と異なっている。

前章までに述べたとおり、前田家本は、能因本と堺本それぞれの記事を集成することを重視して編纂されている。時に記事を重複させることもある。配列は分類的で、たとえば随想的記事を集めた「正月一日は」の巻では、記事が季節順に並べられている。

一方、堺本の随想群も内容ごとに配列されているが、前田家本との違いは、全体が大きくゆるやかにつながっている点である。また、同一記事の重複などは見られない。次に堺本の四月・五月の随想群を抄出する。

【本文1】堺本随想群・四～五月の部分の抄出（堺本一九〇～一九九段）

①四月の**ころもがへ**［三巻本・能因本「祭のころ」］、いとをかし。上達部、殿上人も、うへの衣《きぬ》の濃き薄きけぢめばかりに、白襲ども同じさまに涼しげなる姿ども、をかし。……（堺本一九〇段）

よろづよりも、わびしげなる車に装束はなくて物見る人……（堺本一九一段）

②なほ見るに、かへさこそ、まさりてをかしけれ［三巻本「祭のかへさ、いとをかし」能因本「祭のかへさ、いみじうをかしけれ」］。…（中略）…なほ異方《ことかた》よりと、責め言ひてやらする道は、むげの山里の道めきて、いとあはれなり。うつぎの垣根をわけ行《ゆ》けば……（堺本一九二段）

③節は、**五月五日**［三巻本・能因本「五月」］にしくはなし。九重の大殿よりはじめて、言ひ知らぬ民の住みかまで、わがもとにおほくつか

むと思ひ、さわぎてつきわたしてふけちらかしたる菖蒲、蓬の香りあひたる香などは、なほいとさまことにめづらし。……（堺本一九三段）

④同じころ［三巻本「五月四日の夕つかた」能因本「五六月の夕がた」］、雨降りたるにもまさらねど、あさはかなる赤衣《あかぎぬ》着たる者の、草のいと青きをしりさきにうるはしく切りたるやうにして、持て行《ゆ》くこそ、をかしけれ。……（堺本一九四段）

また、さやうなる道のいとほそきを行《ゆ》くに、…〔中略〕…そばなりける蓬の押しひしがれたりけるが、輪のまひたりけるに起き上がりて、ふとかがえたるも、いとをかし。……（堺本一九五段）

いと暑きほど、夕涼みといふほどの、物のさまなどおぼめかしきに、男車のさき追ふは言ふべきにもあらず、ただの人もしりの簾《すだれ》あげて、一、二人も乗りて走らせ行《ゆ》くこそ、いと涼しげなれ。…〔中略〕…また、さやうなるをりに、牛のしりがい、あやしうかぎ知らぬさまなれど、うちかがえたる、をかしきこそ物ぐるほしけれ。また、いと暗う闇なるに、先にともしたる松の煙《けぶり》の香の、車のうちへかがえ入りたるもをかし。（堺本一九六段）

月のいと明かきに、川をわたれば、牛の歩むままに、水晶をくだきたるやうに水の散りたるこそをかしけれ。……（堺本一九七段）

五日の菖蒲の、秋冬よくあるが、いみじう白み枯れてあやしきを、引き取りあけたるそのをりの香の、同じやうにかがえたる、いみじうをかし。（堺本一九八段）

よくたきしめたる薫物の、昨日《きのふ》、一昨日《をととひ》、今日などはうち忘れたるに、衣《きぬ》を引きあけたれば、煙の残りて、いとかうばしう、ただいまのよりはめでたくこそおぼゆれ。（堺本一九九段）

（六月はつかばかりの……（堺本二〇〇段））

【本文1】の傍線部①～④の箇所には、三巻本・能因本との間に本文異同が見られる。他本と比べると、堺本の本文は前後の文脈を受けた言い回しになっているところに特徴がある。とくに、傍線部②「なほ見るに、かへさこそ、まさりて」のような言い方、および傍線部④の「同じころ」といった表現により、堺本の本文は前後の記事との連続性を強めている。また、二重傍線部に示した「車」関係の話題、および破線部に示した「香」関係の話題が後続の箇所にも出てくることで、文章に複数の脈絡が通じている。このようにして、堺本の随想群は大きなひとつのまとまりを形作っているのである[1]。

ところで、季節の移り変わりに配慮して文章を配置するという行為は、ある面で、和歌集・漢詩文集における、部立・題の配列と通じる面があるように思われる。もちろん、韻文と散文の違い、内容の違いなどはあるが、堺本の随想群の並び方を見ると、和歌集・漢詩文集の配列意識と重なる部分があるのではないかと考えられるのである。

たとえば、【本文1】傍線部①のように、堺本の四月の記事は「四月のころもがへ」で始まる。前田家本の本文も「ころもがへ」となっている。三巻本・能因本では、「ころもがへ」の箇所が「祭のころ」となっている。また、傍線部③の「節は、五月五日にしくはなし」の「五月五日」の部分は、三巻本・能因本では「五月」であり、「節は、五月にしく月はなし」（三巻本）といった記述になっている。前田家本では「五月五日」となっているが、この記事自体は類聚的記事を集めた巻に収められている。季節の随想の連なりのなかに含めるのは堺本のみである。

このように、他本と比べて日付が詳細で、それに即して記事が配列されているところに堺本の特徴があるのだが、一方で、「ころもがへ」と「五月五日」は夏の題でもある。「ころもがへ」、および「更衣」は、夏の始まりを告げるものとして和歌に詠まれる。「五月五日」、および「端午」も、ちまきや薬玉の贈答を行う伝統的な節日として和歌に詠まれている。堺本の随想群は、夏の題を織り込んだ本文という特徴ももっていると言えよう。

同様のことが、続く六月・七月の箇所にも指摘できる。

【本文2】堺本随想群・六～七月の部分の抄出（堺本二〇〇～二〇九段）

六月はつかばかりの、いみじう暑きに、蝉《せみ》の声《こゑ》のみたえず鳴き出だして、風のけしきもなきに、いとど木だかき木どものおほかるが、こぐらくあをき中より、黄《き》なる葉の、やうやうひるがへり落ちたるこそ、すずろにはあはれなれ。秋の露おもひやられて、おなじ心に。（堺本二〇〇段）

いみじう暑き昼中に、いかなるわざをせむと、**扇**の風もぬるくわびしければ、水に手をひたしなどあつかひて、ただいま何ばかりのことあらむに、この暑さを忘れて、また心うつることありなむと言ふほどに、あたり匂《にほ》ふばかりの薄様を、撫子のいみじう色濃きに結び付けたる文を取り入れたるこそ、書きつらむほどの汗思ひやるも、心ざし浅くはあらじと思ふに、かくつかふ風だにあかず、ぬるくおぼえつる**扇**もうち置きて、まづ引きあけつべけれ。（堺本二〇一段）

また、手やみもせず**扇**を使ひ暮らして、夕涼み待ち出でたるがうれしければ、端近く臥して聞くに、月のいと明かきに井近き所の水汲みたるこそ、いと涼しけれ。まして遣水などの近きは言ふべきならず。（堺本二〇二段）

南ならずは東の廂の板のかげ見ゆばかりつやめきたるに……（堺本二〇三段）

六月つごもり、[三巻本・能因本「七月ばかり」]七月のついたちなどは、いみじう暑ければ、よろづの所あけながら、うたたねにてぞ夜も明かすらし。…〔中略〕…しばし立ちたるに、枕のかみの方《かた》に、朴の木の、紫の紙はりたる**扇**の、絵をかしうかきたるに、まなのてならひ所々《ところどころ》したる、ひろごりながらあり。…〔中略〕…枕上なる**扇**を、およびて、わが持たる塗り骨に赤き紙はりたるして、かき寄するほど、あまり近く寄り来る心地して、心ときめきせられて、いますこし引きぞ入らるる。……（堺本二〇四段）

七月十日よひばかりのいみじう暑きに、起き臥し、いつしか夕涼みにもならなむと思ふほどに、やうやう暮れ方《がた》になりて、ひぐらしのはなやかに鳴き出でたる声聞きつるこそ、ものよりことにあはれにうれしけれ。

しのびたる人の通ふには、夏の夜こそをかしけれ。いみじく短く、つゆもまどろまぬほどに、明けぬるよ。（堺本二〇五段）

……

松高き東南などの格子上げ通したれば、涼しげに見ゆるに……

（堺本二〇六段）

きよげなる童べの……

（堺本二〇七段）

（堺本二〇八段）

七月つごもりがたに〔三巻本・能因本「七月ばかりに」〕、にはかに風いたう吹きて、雨のあしの横ざまにさわがしう降り入りて、いとど涼しきこそをかしけれ。**扇**もうち忘れて、綿薄き衣《きぬ》の萎えたるが、日ごろうちかけて置きたりつるを引き落として、いとよく引き着て昼寝したるに、すこしかびたる香のなつかしき、汗にまじりてかがえたるもをかし。……

（堺本二〇九段）

（八月ばかり、白き単衣のなよらかなるに、……

（堺本二一〇段））

右に挙げた夏から秋にかけての箇所では、太字で示したような「扇」ということばが頻出する。また、波線部「夕涼み」、「涼し」、「涼しげなり」というような文言も繰り返し使われている。(2)

「扇」は『和漢朗詠集』で夏部に立項されている。田中幹子〔二〇〇六b〕は、『和漢朗詠集』の「扇」について、「「扇」は、三代集を含め、先行歌集において夏の素材として扱われることがなかった」が、『和漢朗詠集』において夏部巻末の項目に入れられていること、初秋になると忘れられるもの、捨てられるものとして「夏から秋への橋渡しという意図」を込めて夏部巻末に置かれていることを論じている。

三木〔一九九五d〕および三木〔一九九五e〕では、『和漢朗詠集』前半の歳時の部は、「『千載佳句』の四時部の各季の部立の配列に基本的には拠りながら、そこに『古今六帖』の歳時部に置かれた節日（行事）の部立を組み入れて構成されている」とされている。さらに、後半の景物の部では、『古今集』、『後撰集』などの勅撰集の構成も取り入れていること、歌合の歌題の配列も参考にしていること、『和漢朗詠集』特有の設定、配列も加わっていることなどを指摘している。また、具体的に夏部の項目を採り上げて、歳時は『千載佳句』の「首夏」「夏夜」「納涼」「晩夏」に、

『古今和歌六帖』の「五日」「更衣」を取り込んで立項し、景物は勅撰集夏部の構成を取り入れていると論じている。そして『和漢朗詠集』の夏部が冒頭に「更衣」を据えることについて、「「惜春」の心をも持つ部立として…〔中略〕…春部の終わりにも接続」させているとし、「更衣」は夏の終わりの「扇」の項とも対応しているとも述べている。「端午」の項についても、『古今和歌六帖』の「五日」を組み込んで『和漢朗詠集』が立項したものとする。(3)

このように、『和漢朗詠集』夏部のはじめと終わりに「更衣」と「扇」とが配されて季節の橋渡しの役割を担っていること、また、『和漢朗詠集』に「端午」や「納涼」という項目が立てられていることを、先述の堺本の夏の随想群に照らして見ると、両者には重なる部分があるように思われてくる。そもそも『枕草子』の描く題材や表現が、和歌・漢詩文の世界と強く結び付いていることとも関係していようが、堺本の随想群はそれとは別に、配列の要素で和歌・漢詩文の集に近づいているのではないかと思われるのである。あるいは、堺本の編纂時にこうした集の配列を参考にした可能性もあるのではないだろうか。堺本が直接『和漢朗詠集』を参照して編纂されているのか、他の集の要素も取り入れているのかについては、なお慎重な検討を要するが、『和漢朗詠集』とのある程度の類似性は認めてよいように思われるのである。

三　前田家本二〇六段における白詩引用

前節では、堺本と前田家本の随想的記事の編纂方法の違いを確認し、堺本の随想群と『和漢朗詠集』との類似点について言及した。ところで、堺本と前田家本に収録されている随想的記事のなかに、漢詩文引用と思われる記述がある。前田家本二〇六段と、前田家本に対応する堺本二〇〇段に含まれる記述であるが、これらは三巻本・能因本にない随想的記事のため、これまであまりくわしく検討されたことがない。まず、前田家本の検討から始める。次に前田家本二〇六段の本文を挙げる。

【本文3】前田家本二〇六段（※三巻本・能因本にない段）

六月二十《廿》余《よ》日ばかりに、いみじう暑《あつ》かはしきに、蟬《せみ》の声《こゑ》せちに鳴《な》き出《い》だして、ひねもすにたえずいささか風のけしきもなきに、いとたかき木どものこぐらき中より、黄《き》なる葉《は》のひとつづつやうやうひるがへり落《お》ちたるみるこそあはれなれ。「一葉《えう》の庭《には》に落《お》つるとき＊時〔傍記〕」とかいふなり。

蟬がしきりに鳴き、風の気配のまったくない酷暑のなか、黄色く色がわりした葉が一枚ずつひらりひらりと落ちていく様子を「あはれ」と評し、「「一葉の庭に落つるとき」などというようだ」と漢詩文の一節を引用する。この漢詩文の一節は、『白氏文集』巻十八「新秋」のものである。

二毛生レ鏡日　一葉落レ庭時
二毛 鏡に生ずる日、一葉 庭に落つる時。
老去争由レ我　愁來欲レ泥レ誰
老い去ること争でか我に由らん、愁ひ來ること誰にか泥せんと欲する。
空銷二閑歳月一　不レ見二舊親知一
空しく閑歳月を銷し、舊親知を見ず。
唯弄二扶レ牀女一　時時強展レ眉
唯だ牀を扶する女を弄し、時時 強ひて眉を展ぶ。

（白居易「新秋」『白氏文集』巻十八〔一一二一〕）

「新秋」は、自らの老いと落葉とを重ねて、初秋の愁い悲しみを述べる内容の詩である。前田家本は、猛暑の折、木の葉の舞い落ちる動きに秋の趣を敏感に感じ取っているが、そこに「「一葉の庭に落つるとき」とかいふなり」、すなわち「(「新秋」の詩では)「一葉の庭に落つるとき」などというようだ」と付け加えている。『白氏文集』の一節との趣向の重なりが確認されているのである。

当該箇所の引用は池田〔一九四七〕によって初めて指摘された。池田〔一九五二〕では次のようにも言及されている。

　このやうな出典の考証は単なる知識の遊戯ではなく、やはり原作者の精神の秘密に迫る企になりうると思ふ。原作者は、自然の推移の中に、人生の姿を見出し、「あはれ」と感じてゐるのである。総じて「正月一日」の巻、すなはち四季の風物とか人生とかに関する随想を集めた部分には、雑纂形態本にない章段が多い。また、夕涼みとか、ひぐらしのこゑとか、井の水をくむ音とか、柴をたく匂ひとか、田舎びた情景が題材となつており、人生観照もそれにつれて寂びと澁味とが加はつてゐるやうである。このことは、作者清少納言の生活が、孤独から諦観へと深まつてゐることを示すのではあるまいか。さうして、さういふ生活の営まれた時期が、彼女の生涯のいかなる期間に位置してゐるかといふことの闡明から、枕冊子の最終的な成立時期と事情とを決定することも、必ずしも不可能ではないやうに思はれる。

傍線部のように記述内容を清少納言自身の心境と結び付けて晩年の記述と捉え、『枕草子』の成立時期にまで論を及ぼしている。しかしながら、この箇所をそこまで読み込むことの妥当性には疑問が残る。前田家本の漢詩文の引用は、堺本の同じ箇所の記述と比べてみると、情景からの連想に伴う注釈的な性格が強いようにも思われるのである。これについては、次節での堺本の検討の後、あらためて言及することとする。

また、この「新秋」の詩に関して、西山〔一九九四〕が、相模詠「したもみぢひとはづつちるこのしたにあきとき　こゆるせみのこゑかな」（相模集・三一・せみのこゑ／詞華集・夏・八〇・第四句「あきとおぼゆる」／後葉集・夏・一〇九・第四句「あきとおぼゆる」）の表現への影響を指摘して、次のように述べている。

如上の考察からすれば、本章段に描かれた美的情景は、和歌史的に見れば後拾遺的世界なるものが突如時代を逆流して現われたかのような清新な映像であったことがよく窺われよう。

『枕草子』の表現と後拾遺集時代の和歌表現との関連を指摘し、それを「後拾遺的世界なるもの」の「逆流」と喩えるこの論考では、『枕草子』からの影響、および『枕草子』摂取という観点からは「きわめて興味深い問題を提起しているといえよう」と述べられるのであるが、より積極的に『枕草子』の影響を見てもよいのではないかと思われる。この問題に関しては、機を改めて検討したい。

四　堺本二〇〇段における漢詩文引用の可能性

堺本で前田家本二〇六段に対応するのが二〇〇段である。前掲【本文2】でも挙げた箇所であるが、再度本文を挙げる。

【本文4】堺本二〇〇段（※三巻本・能因本にない段）

六月はつかばかりの、いみじう暑《あつ》きに、蟬《せみ》の声《こゑ》のみたえず鳴《な》き出《い》だして、風のけしきもなきに、いとど木だかき木どものおほかるが、こぐらくあをき中より、黄《き》なる葉の、やうやうひるがへり落《お》ちたるこそ、すずろにはあはれなれ。秋の露おもひやられて、おなじ心に。

前田家本では太線部に「新秋」の一節が引用されていたが、堺本では「秋の露おもひやられて、おなじ心に」という本文になっている。また、前田家本では破線部で黄色く色づいた葉が「ひとつづつ」翻り落ちていくと描写されていたが、堺本に「ひとつづつ」という文言はない。前田家本の「一葉の庭に落つる時」は「ひとつづつ」という本文に即した引用でもあったことがここから確認できよう。

さて、堺本は「秋の露おもひやられて、おなじ心に」と結んでいる。落葉の風情と同じ趣向として、「秋の露」が自然と想起されるというような意味であろう。「露」が木々の葉を紅葉させることは、和歌・漢詩でも定番の表現となっている。

ⓐあきのつゆいろいろごとにおけばこそ山のこのはのちくさなるらめ

（古今集・秋下・二五九・よみ人しらず／古今和歌六帖・五五四・つゆ）

ⓑ秋去者　妹令視跡　殖之芽子　露霜負而　散来毳

あきさらば　いもにみせむと　うゑしはぎ　つゆしもおひて　ちりにけるかも

（万葉集・秋雑・二一三一／人丸集・一〇七（第一句「秋されば」第五句「ちりにけらしも」））

ⓒ棹壮鹿之　来立鳴野之　秋芽子者　露霜負而　落去之物乎
さをしかの　きたちなくのの　あきはぎは　つゆしもおひて　ちりにしものを　（万葉集・秋雑・一五八四）

ⓓ真十鏡　見名淵山者　今日鴨　白露置而　黄葉将散
まそかがみ　みなぶちやまは　けふもかも　しらつゆおきて　もみちちるらむ　（万葉集・秋雑・二二一〇）

ⓔおく露にくちゆくのべのくさのはやあきのほたるとなりわたるらむ
（是貞親王家歌合・四四・壬生忠岑／夫木抄・五五四八）

ⓕ秋ならずちるこのはともみえなくにつゆやは人のこころともなる
（伊勢集・二九八）

ⓖ秋露勢染千種色《しうろのいきほひはそむちくさのいろ》　虚月和照万数処《こげつわしててるばんすうのところ》
邕良弦弾歌㆓漢月㆒《ようらうげんをだんじかんげつにうたふ》　姮娥手㆑柏廻儛捨《こうがかしはをてにしてくわいぶしてすつ》
（新撰万葉集・三六一）

ⓐの歌では、「秋の露」による木の葉の紅葉が歌われている。「露」によって落ちるものは、ⓑ、ⓒのような「萩」が多くの例を占めるが、ⓓのように「もみち」が散るという例も見られる。ⓔは、野辺の草ではあるものの、朽ちゆく草葉に置く露という例である。ⓕは「秋」と並んで「ちるこのは」が引き合いに出され、下の句の「つゆ」とつながっている。ⓖは『新撰万葉集』収録の漢詩で、「秋露」が紅葉をもたらす例である。このように見ると、堺本の「秋の露おもひやられて……」という文言は、露によって色づいた草木の葉がやがて散っていくという秋の風景の典型であるという説明もできそうである。しかし、直前の「こぐらくあをき中より、黄なる葉の、やうやうひるがへり落ちたるこそ、すずろにはあはれなれ」という文章からのつながりという点で考えてみると、その情景から「秋の

露」が想起されるという流れは、文脈的にやや飛躍しているようにも思われる。あるいは、何かしら具体的な詩句をふまえているのではないかとも考えられるのである。

『全講枕草子』（池田［一九七七］）は、ここに「古詩の引用があるように思われる」として、『白氏文集』巻二十「逢二張十八員外籍一」が典拠かと指摘し、傍線部分を引用している。

旅思正茫茫　相逢此道傍　　旅思 正に茫茫、相逢ふ 此の道傍。
晩嵐林葉闇　秋露草花香　　晩嵐 林葉闇く、秋露 草花香ばし。
白髪江城守　青衫水部郎　　白髪 江城の守、青衫 水部の郎。
客亭同宿處　忽似二夜歸一レ郷　　客亭 同に宿する處、忽として 夜郷に歸るに似たり。

（白居易「逢二張十八員外籍一」『白氏文集』巻二十［一三二二］）

「秋露」という語句が使われており、「林葉闇」が「こぐらくあをき中より」という風景と重なるようでもある。しかしながら肝心の落葉の描写がなく、一致の度合いは低いと言わざるを得ないだろう。そこで今回、当該箇所の描写に重なってくるものとして、「長恨歌」の詩句を採り上げたい。次に「長恨歌」の検討箇所とその前後を抄出する。

君臣相顧盡霑レ衣　東望二都門一信レ馬歸　　君臣相顧みて盡く衣を霑し、東のかた都門を望み馬に信せて歸る。
歸來池苑皆依レ舊　太液芙蓉未央柳　　歸り來れば池苑は皆舊に依り、太液の芙蓉　未央の柳。
對レ此如何不二涙垂一　芙蓉如レ面柳如レ眉　　此に對して如何ぞ涙垂れざらん、芙蓉は面の如く 柳は眉の如し。
春風桃李花開日　**秋雨梧桐葉落時**　　春風 桃李 花開く日、秋雨 梧桐 葉落つる時。
西宮南内多二秋草一　落葉滿レ階紅不レ掃　　西宮 南内 秋草多く、落葉階に滿ち 紅掃はれず。
梨園弟子白髪新　椒房阿監青蛾老　　梨園の弟子 白髪新たに、椒房の阿監 青蛾老いたり。

（白居易「長恨歌」『白氏文集』巻十二［〇五九六］）

今回検討するのは、太字で示した「秋雨梧桐葉落時」という一節である。引用本文は「秋雨」となっているが、この箇所には本文異同がある。「長恨歌」の本文異同に関する先行研究には花房〔一九六〇〕、平岡・今井〔一九七二〕、太田〔一九九七a〕といったものがあるが、正安本、神田氏正安本、文和本、斯道文庫本、陽明墨跡本の五本において、「秋雨」が「秋露」となっている（太田〔一九九七b〕）。金沢文庫本ほかその他の諸本は「秋雨」である。これらの五本について、太田〔一九九七b〕は「本文として極めて近」く、「旧鈔本として、金沢本・管見抄本に次ぐ一群を形成」しており、「正安書写本二種は、共に、元来は大集旧鈔本より抽出され、それ以後、若干の異同の生じた本と見做すのが穏当ではなかろうか」と述べる。

「長恨歌」のように、白居易の生前から大変な人気を博し、短篇作品として広まった単行諸本には、大集とは別種の本文異同が生じているという指摘が太田〔一九九五〕および中川〔一九九五〕においてすでになされている。ただし、表現的な観点から考えると、この箇所はやはり「雨」のほうが適当であろう。近藤〔一九六六〕も、「ここは「秋雨」が本来のものと思われる。」とする。私に行った調査でも、白詩の表現のなかで、落葉に降りかかる雨の描写、また、雨に打たれて花や果実が落ちる描写などは複数確認できるが、(4)「露」によって木の葉や花が落ちるという表現は確認できなかった。しかし、「雨」と「露」の字形の類似、およびどちらも「涙」の比喩となり得るということから、「露」という本文も享受されていた可能性はあろう。堺本の「秋の露おもひやられて」の「秋の露」は、あるいはこの句を指しているのではないだろうか。「梧桐葉落時」と「黄なる葉の、やうやうひるがへり落ちたる」という情景も重なり合ってくると思われる。

五　日本における受容

「長恨歌」は平安時代から日本でも盛んに享受されていた。その中でも「秋雨梧桐葉落時」の句は、日本においてとりわけ親しまれた句であったようである。新間〔二〇〇三〕は、「「梧桐葉落」が秋という季節を象徴している」と述べている。さらにこの句は、貴族たちが愛唱した「秋の悲哀」の段の冒頭にあることから、「「秋の悲哀」の全体が集約されていると感じられ」たであろうと指摘する。そして、「「秋雨梧桐」の句は、「長恨歌」を代表する一句であると言える」とする。

また、この句の他作品における引用例の調査も近藤〔一九九〇〕において行われている。『伊勢集』、『唐物語』、『俊頼口伝集』、謡曲『柳』など、大多数のものは「秋雨」で引用されているのだが、『和漢朗詠集』と『大弐高遠集』では「秋露」で引用されており、注目に値する。

『和漢朗詠集』では、一本が「雨」と傍記しているのを除いて、すべての諸本で次のように「露」になっている。(5)

春風桃李花開日　秋露梧桐葉落時　同　（和漢朗詠集・巻下・恋・七八〇）

また、『和漢朗詠集』の古注釈書でも、江注系に「雨」と傍記があるのみで、他の本文はすべて「露」になっている。(6)これらの例を見るかぎり、『和漢朗詠集』においてこの句が「秋露」で享受されていたことは間違いないだろう。

『大弐高遠集』には、「長恨歌」を題材とした句題和歌が収められているが、次のように「秋露」となっている。

秋露梧桐葉落時

木のはちるときにつけてぞなかなかにわがみのあきはまづしられける　（大弐高遠集・二八三）

大弐高遠（藤原高遠）は平安期の歌人で、小野宮実頼の孫にあたる。弟に実資、従兄弟に藤原佐理、藤原公任がいる。『高遠集』にはさまざまな贈答歌、筑紫への旅にまつわる歌、句題和歌、月次歌などが収められており、基本的には自撰説が採られているようである。(7)

さて、遠藤〔一九七七〕はこの句題和歌に触れ、

金沢文庫本とはやや異なる長恨歌の存在が考えられる。…（中略）…しかし「秋露」に作る長恨歌は、わが国にだ

け伝わるものであり、それが白居易の手による改作か、或いは後人の加筆によって生じたものか判らないが、金沢文庫本の系統の長恨歌であろうと考えられる。

と述べている。また、岡部［二〇〇二］もこの箇所の依拠本文を検討して、「長恨歌」は金沢文庫本に、「新楽府（上陽白髪人）」は神田本他旧鈔本に依拠しているとする。さらに岡部［二〇〇二］は、『大弐高遠集』の他に『道済集』の長恨歌和歌の例も挙げて、「寛弘年間前後の長恨歌や白氏文集に、旧鈔本のような唐の写本の系統の本文（平安初期以来の本文）に加えて北宋以降の刊本の系統の新しい本文が入っている」と述べ、「当時の「白氏文集」の本文の多様性」を指摘している。

『大弐高遠集』の「長恨歌」と「上陽白髪人」の歌題の校異について私にも調べたが、その結果、おおよそ旧鈔本系（金沢文庫本など。「上陽白髪人」については神田本）に近い傾向を示した。しかし、旧鈔本系とは異なる本文になっている箇所、いずれの本文とも一致しない箇所もあった(8)。したがって、先行研究でも指摘されているように、『高遠集』の引く「長恨歌」は、旧鈔本系に近いながらも、やや異なる部分ももつ本文と言える。そして、少なくとも平安時代において、「長恨歌」のこの詩句を「秋露」で享受した場合もあったことは認めてよいと思われる。

「長恨歌」は平安当時から広く親しまれた詩であった。「秋雨梧桐」の句も当然周知の句であったと考えられ、それは確実に「秋雨」で認知されていたと考えられる。現存作品での引用例も「秋雨」での引用が多かった。しかし一方で、『大弐高遠集』、『和漢朗詠集』のように、「秋露」で享受された例もあった。とりわけ、『和漢朗詠集』に「秋露」で採られたことは、少なからぬ影響力があったのではないだろうか。後世、『和漢朗詠集』は注釈書も含めて幅広い層に盛んに享受されていく（三木［一九九五ａ］、三木［一九九五ｂ］、および三木［一九九五ｃ］）。院政期の歌学書に引用される詩のほとんどが『和漢朗詠集』所収詩であるという指摘もある（田中幹子［二〇〇六ａ］）。第二節で確認した堺本と『和漢朗詠集』との類似性も考え合わせると、**【本文4】**の堺本本文「秋の露」は、やはり『和漢朗詠集』に引かれた「長恨歌」の一句を指す可能性が高いのではないだろうか。さらに想像するなら、堺本の編集段階で『和漢朗詠集』が参照、もしくは利用された可能性も考えられるのではないかと思われるのである。

六　おわりに

本章では、雑纂本には見られない、堺本・前田家本における漢詩文引用について考えてきた。【本文4】の堺本の「秋の露……」の文言は直接的な詩句の引用かどうか、慎重な判断の必要なところだが、本章では「長恨歌」に含まれる一節と関わると考え、『和漢朗詠集』を経由した引用の可能性もあることを指摘した。また、堺本の随想群と『和漢朗詠集』との類似点も複数見えてきたと思われる。

【本文3】の前田家本は「一葉落庭時」という「新秋」の句をそのまま引用するかたちとなっていて非常にわかりやすい。一方、堺本の「秋の露おもひやられて、おなじ心に」という記述は、前田家本のような直接的な引用ではなく、明解さに欠けるところがある。しかし、『枕草子』が漢詩文や和歌による表現の蓄積を拠りどころにしながら、散文による独自の表現世界を生み出していることを考えると、一見それとはわからないところでも詩句の表現をふまえている可能性は高い。堺本の「秋の露」の記述に関しても、漢詩文を下敷きにしたものと考えてよいのではないだろうか。

そのように考えてみると、前田家本の直接的な引用は、むしろ落葉という状況の共通性に引かれて、白詩にも類似の場面があったことをそのまま注記的に加えているだけというふうにも見える。池田［一九七七］は、前田家本と堺本の同じ箇所に詩句の引用が「なぜ二通りあるのか不審である」と述べている。前田家本が堺本と能因本から作られたことを前提に、今回の結果を合わせて憶測するならば、たとえば、前田家本の編纂時、あるいは書写段階において、堺本の「秋の露」の部分を目にした編者あるいは書写者が、堺本の記述よりもわかりやすい「新秋」の一節を引いたというようなことがあった可能性が考えられてこよう。この箇所に限って言えば、堺本から前田家本へという流れを認めてよいように思われるのである。(9)前田家本の独自本文が他本に比べて具体的かつわかりやすい本文になっているような例は他にもいくつか確認できる。この問題については引き続き慎重に論を重ねたい。

*引用は次のものに拠る。
『千載佳句』…金子彦二郎著『平安時代文学と白氏文集　句題和歌・千載佳句研究会篇　増補版』培風館　一九五五年
『白氏文集』…岡村繁著『白氏文集　二上・二下』明治書院　二〇〇七年、岡村繁著『白氏文集　四』明治書院　一九九〇年
（底本は那波本）
『和漢朗詠集』…菅野禮行校注・訳『新編日本古典文学全集19　和漢朗詠集』小学館　一九九七年
和歌の引用…新編国歌大観（日本文学Ｗｅｂ図書館）二〇一五年十一月三十日参照

注

（1）「輪」、「牛」は牛車の車輪と車を引く牛のことであり、「車」に関係することばとして二重傍線を付した。
（2）なお、「夕涼み」、「涼し」、「涼しげなり」といったことばは、波線部で示したように【本文1】にも現れている。一方、【本文1】で見られた「香」の脈絡も点線部で示したように【本文2】にまで通じている。
（3）『千載佳句』、『古今和歌六帖』、『和漢朗詠集』の夏部の題は次のようになっている。
『千載佳句』　首夏　夏興　夏夜　苦熱　避暑　納涼　晩夏
『古今和歌六帖』　はじめのなつ　ころもがへ　卯月　うのはな　神まつり
五月　五日　あやめぐさ　みな月　なごしのはらへ　夏のはて
『和漢朗詠集』　更衣　首夏　夏夜　端午　納涼　晩夏　橘花　蓮　郭公

蛍蝉扇

（4）『白氏文集』で確認できる例の一部を次に挙げておく。

零落桐葉雨　蕭條槿花風　零落す 桐葉の雨、蕭條たり 槿花の風。
悠悠早秋意　生二此幽閑中一　悠悠たる早秋の意、此の幽閑の中に生ず。
（「別二元久一後、詠二所懐一」『白氏文集』巻九［〇四〇四］）

遅遅禁漏盡　悄悄暝鴉喧　遅遅として禁漏盡き、悄悄として暝鴉喧し。
夜雨槐花落　微涼臥二北軒一　夜雨 槐花落ち、微涼 北軒に臥す。
（「禁中暁臥、因懐二王起居一」『白氏文集』巻五［〇一九九］）

（5）堀部正二編著・片桐洋一補『校異和漢朗詠集』（堀部・片桐［一九八一］）で確認。なお、池田亀鑑氏所蔵影写伝世尊寺行尹筆本（二冊）のみ、「雨」と傍記がある。

（6）伊藤正義・黒田彰・三木雅博編『和漢朗詠集古注釈集成』（伊藤ほか［一九八九～一九九七］）で確認。

（7）『大弐高遠集』に関して、有吉［一九五二］、五島［一九六九］、名子［一九八三］を参照した。

（8）『大弐高遠集』所収の「長恨歌」「上陽白髪人」句題和歌のうち、①『白氏文集』の旧鈔本系との異同が見られるもの、②『白氏文集』諸本と一致しないもの、③その他注意すべき箇所が見られるもの、はそれぞれ次のとおりである。ただし、①の「宮葉」は、和歌の初句が「おちつもる」となっており、本来旧鈔本系の本文「落葉」に依拠していたと考えられることが岡部［二〇〇一］にて指摘されている。

①旧鈔本系とは異なる本文になっている箇所

・九華帳裏夢中驚（二六二）金沢文庫本・正安本・管見抄本などは「下」、那波本は「裏」。

・宮葉満階紅不掃（二八五）金沢文庫本・正安本・管見抄本などは「落」、那波本は「宮」。

②『白氏文集』の本文と一致しない箇所

「上陽白髪人」

・秋夜長|長長無睡天不明（二六七）『文集』諸本は「夜」。

・春日遅|・遅独坐難天暮（二七〇）『文集』諸本は「日」字あり。

・唯向深窓|望明月（二七二）『文集』諸本は「宮」。

・外人不見見応咲|（二七四）『文集』諸本は「笑」。

「長恨歌」

・聖主朝暮|之慕|情（二七九）『文集』諸本は「朝暮暮」。

・君王|相顧尽霑衣（二八〇）『文集』諸本は「臣」。

・西宮南門|多秋草（二八四）金沢本・正安本・管見抄本などは「内」、那波本などは「苑」。

・蓬莱宮上|日月長（二八八）『文集』諸本は「中」。

③その他注意すべき箇所

・馬嵬坡|下泥土中（二五八）斯道文庫本は「堤」。

（9）逆に、前田家本のような直接的な漢詩文の引用から、現存堺本のような記述が出てくる可能性というのは、きわめて低いのではないかと思われる。両方の可能性を比較した場合、堺本から前田家本へという流れを見るほうが妥当であろう。

〔付記〕本章執筆にあたり、さまざまにご教示いただいた岡部明日香氏に心から御礼申し上げる。

第八章　〈雪月夜〉と〈車〉の景の再構成

――「十二月十日よひの月いと明かきに」の段と一連の随想群をめぐって――

一　はじめに

『枕草子』堺本の後半部分には、随想的な記事が内容ごとにゆるやかなまとまりを作りながら並べられている。この堺本随想群の編纂のありようについて、本章では「十二月十日よひの月いと明かきに」の段とそれに続く一連の随想的記事を対象に考察を行いたい。堺本「十二月十日よひの月いと明かきに」の段は、三巻本・能因本の「十二月二十四日、宮の御仏名の」の段に相当する内容をもつものであるが、堺本は再構成とでも呼ぶべき方法でもって、独自の本文世界を開拓していると考えられるのである。

二　「十二月十日よひの月いと明かきに」の段周辺の構成

はじめに、本章で考察の対象とする堺本二二五段から二二七段までの本文を左に挙げる。

【本文1】堺本「十二月十日よひの月いと明かきに」

[I]　(A)十二月十日よひの月いと明かきに、(B)日ごろ降りつもりたる雪の、凍《し》み固まりたるが、空はやみたれど、なべて白く見えわたりたるに、(C)直衣いと白く、指貫濃き人の、色々の衣《きぬ》どもあまた着て、片《かた》つ方の袴とじきみに踏み出だしたるが、(D)傍《かたは》らに白き衣《きぬ》ども、濃き綾のあざやかなる上に着て、(E)簾高やかに上げて、(F)里へまれ、も

しは夜のほどしのびて出づるにまれ、あひ乗りたる車は、道のほどこそをかしけれ。

(G)例はいときたなげに見ゆる家どもも、雪に面隠《おもかく》して、白銀《しろかね》を葺きたらむやうに、おしなべて、世《よ》の端々《つまづま》には、垂氷《たるひ》の長く短くつやめきて見えたる、なほいとをかしと見行《ゆ》くに、(H)「月千里に明らかなり」といふことを声のかぎり誦じたるは、さらに琴、笛の音《ね》よりもをかしくめでたし。

若き人の、髪うるはしくかかりたる、掻練のつやにもわかれず、額髪《ひたひかみ》のはざまより見えたるつらつき、いとふくらかに、おとがひの下、物よりことに白う見えたるなど、(I)鵄尾《とみのを》の方《かた》よりさし入りたる月かげに見るかひあれば、片つ方《かた》の袖どもはひとつらねのやうに貫きなして、かき寄せて、物など言ひ行《ゆ》くは、やがて千代《ちよ》も尽くしつべくおぼえぬべきわざなり。

Ⅱ　年老い、顔にくさげに、鬘《かづら》などしたると、なほそのをりにさだにあひ乗る人あらば、飛びつきぬべき心地こそすれ。わいても、人やりならず、「あな心づきな」と見おこせむ後目《しりめ》こそ、ことに心地わびしかりぬべけれ。

(堺本二二五段)

Ⅲ　直衣姿なる人の、衣《きぬ》どももしどけなくこぼしかけて、いたうはやる馬のわりなくさわがしきに乗りて、冠《かうぶり》も烏帽子《えぼし》も落ちぬべきを片手しておさへて、供に人もなし。つきづきしき男《をのこ》一人、小脛《こはぎ》なる小舎人童などばかりぞある。それらも汗になりて走るは、何事のあるにかあらむと、行きちがふ人も見るこそをかしけれ。

(堺本二二六段)

Ⅳ　また、忌違へなどして暁に帰るに、しのびたる男《をとこ》の、さるべき所より帰るけしきのしるく、闇にも顔をふたぎて、つきづきしげに、かむてうげに思ひたれど、ありつかず、袴ひろかに見えて、せめて車の近く来れば、まだあけぬ家の門《かど》に立ち止まりて過ごしたるこそ、むげに知らぬ人ならめど、車にも乗せつべき心地すれ。

Ⅴ　また、(J)車の簾上げて、有明の月の明かきに、「残りの月に行く」と声をかしくて誦じつつ行くこそをかしけれ。

（堺本二二七段）

まずは他系統本本文との対応関係を確認しながら、堺本の当該箇所がどのように編成されているかを見てみたい。「十二月十日よひの月いと明かきに」で始まる堺本二二五段が、三巻本・能因本の「十二月二十四日、宮の御仏名の」の段と内容的に重なることには従来より指摘がある。しかし、本文間にはかなりの異同が見られる。次に三巻本の本文を挙げて対応関係を確認する。なお、能因本の本文については必要に応じて言及する。

【本文2】三巻本「十二月二十四日、宮の御仏名の」

(a)十二月二十四日、宮の御仏名の半夜の導師聞きて出づる人は、夜中ばかりも過ぎにけむかし。(b―1)日ごろ降りつる雪の、今日はやみて、風などいたう吹きつれば、(g―1)垂氷いみじうしだり、(b―2)地《つち》などこそ、むらむら白き所がちなれ、屋の上はただおしなべて白きに、(g―2)あやしき賤《しづ》の屋も雪にみな面隠しして、(b―3)有明の月のくまなきに、いみじうをかし。(g―3)白銀などを葺きたるやうなるに、水晶の滝など言はましやうにて、(g―4)長く短く、ことさらにかけわたしたると見えて、言ふにもあまりてめでたきに、下簾もかけぬ車の、(e)簾をいと高う上げたれば、(i―1)奥までさし入りたる月に、(d)薄色、白き、紅梅など、七つ八つばかり着たる上に、濃き衣のいとあざやかなるつやなど、月に映えてをかしう見ゆるかたはらに、(c)葡萄染の固紋の指貫、白き衣どももあまた、山吹、紅など着こぼして、直衣のいと白き紐を解きたれば、ぬぎ垂れられていみじうこぼれ出でたり。指貫の片つ方はとじきみのもとに踏み出だしたるなど、道に人あひたらば、をかしと見つべし。(i―2)月のかげのはしたなさに、うしろざまにすべり入るを、常に引き寄せ、あらはになされてわぶるもをかし。(h)「凛々として氷鋪けり」といふことを、かへすがへす誦しておはするは、いみじうをかしうて、夜一夜もありかまほしきに、行く所の近うなるも、くちをし。（三巻本二八五段）

【本文1】の堺本二二五段では、はじめに傍線部（A）で日付が示されている。次に傍線部（B）で景色と天候に言及し、月の明るい夜であることと積雪の風景を描写している。傍線部（C）で男の装束、傍線部（D）で女の装束について描いた後、傍線部（E）、（F）で相乗りの車の様子と道程の情趣を記す。続く傍線部（G）で周囲の雪景色や垂氷のつやめく様子などを叙述し、傍線部（H）で詩句を朗詠する声のすばらしさを述べる。さらに「若き人」の様子、男女の相乗りの姿について述べ、「若き人」の話題と対比されるかたちで老女の話題へと移る。

この堺本本文と【本文2】の三巻本とを比較してみると、まず冒頭部分には共通して日付が示されている。ただし【本文2】の三巻本に見える「宮の御仏名の半夜の導師聞きて出づる人は、夜中ばかりも過ぎにけむかし」という一文は堺本にはない。続いて堺本は空模様と雪景について述べるが、【本文2】の三巻本は傍線部（b-1）から天候の描写に入り、積雪の風景は少し間を隔てた傍線部（b-2）でも描写され、月への言及は、さらにその先の傍線部（b-3）の箇所にある。次に、【本文1】の堺本では男の装束描写、女の装束描写が続くが、【本文2】の三巻本では傍線部（d）で女の装束を先に描出し、その後に傍線部（c）で男の装束を描出している。また、堺本では装束描写の後に簾を上げる車の様子を描くが、【本文2】の三巻本では傍線部（e）の簾を上げる記述は装束描写の前にある。なお、【本文1】堺本の傍線部（F）に相当する文は【本文2】の三巻本にはないが、能因本冒頭部分には類似の文がある。(1)

さて、堺本では続いて周囲の風景、朗詠の声の叙述へと移るが、【本文2】の三巻本では雪や垂氷の風景は天候描写・男女の装束描写に混じって傍線部（g-1）～（g-4）あたりで描かれている。朗詠への言及は傍線部（h）にある。「若き人」の様子、男女の相乗りの様子の描写については重なる部分が少ないが、ひとまず【本文1】の傍線部（I）と、【本文2】の傍線部（i-1）、（i-2）とが、月光の差し込む情景と女を抱き寄せる男の様子という要素で重なり合っているとは言えよう。

以上のことをまとめてみると、従来堺本二三五段とされている範囲のうち、とくに【本文1】でⅠと記号を付した箇所が、三巻本・能因本の「十二月二十四日、宮の御仏名の」の段とおおよそ内容的に重なっており、とりわけⅠの前半部分に三巻本と対応する内容が集約されている。もう少し正確に述べると、現存両本の当該箇所を比較するかぎりでは、【本文1】の堺本は【本文2】のような文を事項別に整理したうえで、

（A）（B）…日時、天候　（C）…男の装束描写　（D）…女の装束描写

（E）（F）…車の様子、相乗りの景であることの説明

（G）（H）…風景の詳細、朗詠の声　（I）…男女の姿

というふうに組み替えたものと思われる。とくに（A）から（F）の部分では、日時、天候、景色、男女の様子などの情報がかなり手際よく整理されて並べられており、出だしから場面全体のイメージが把握できるような構成になっている。その後、堺本は（G）、（H）の具体的な風景描写へと移り、さらに同乗する女性の様態描写・批評へと進む。このあたりから三巻本と重なる部分が少なくなり、Ⅱの部分に至っては堺本の独自本文とも呼べるものになっている。

堺本の二二六段・二二七段については、三巻本・能因本に同一の記事は見られない。ただし、Ⅴと記号を付した二二七段の後半部分は、『全講枕草子』（池田［一九七七］）にも指摘があるように、三巻本の「大路なる所にて聞けば」の段の前半部に相当するものと考えられる。次に三巻本の本文を挙げる。なお、この段は現存能因本には見られないものである。

【本文3】三巻本「大路近なる所にて聞けば」（能因本ナシ）

大路近なる所にて聞けば、車に乗りたる人の、有明のをかしきに簾上げて、「遊子なほ残りの月に行く」といふ詩を、声よくて誦したるもをかし。馬にても、さやうの人の行くはをかし。

さやうの所にて聞くに、泥障の音の聞ゆるを、いかなる者ならむと、するわざもうち置きて見るに、あやしの者を見つけたる、いとねたし。（三巻本一八六段）

【本文1】の堺本の傍線部（J）と【本文3】の三巻本の傍線部（j）は、いずれも有明の月、御簾を上げた牛車、

朗詠の声の趣について記している。朗詠される詩句も、ともに次に挙げる『和漢朗詠集』巻下「暁」に載る暁の情景をうたう詩の一節である。

【参考①】

佳人尽飾於晨粧　魏宮鐘動
遊子猶行於残月　函谷鶏鳴

佳人尽く晨粧《しんしやう》を飾る　魏宮に鐘動く
遊子猶ほ残月に行く　函谷《かんこく》に鶏鳴く

（和漢朗詠集・巻下・暁・四一六・賈嵩）

しかしながら、【本文1】Ⅴと【本文3】との間には注意すべき違いがある。【本文3】の三巻本には、二重傍線部に示したように「大路近なる所にて聞けば」という文言が含まれており、「大路近なる所」において外を通る車に乗る人の朗詠の声を「聞」くという場面を提示している。「大路近なる所にて」という場の意味については、『新編日本古典文学全集』の「大通りに近い家の中で」（松尾・永井［一九九七］）という類の解釈と、『枕草子解環』の「現在自分の居る家屋・殿舎が、表通りに近いということであって、…（中略）…邸宅そのものが大路に近いということではない」（萩谷［一九八三ａ］）という解釈とがあるが、『枕冊子全注釈』（田中重太郎ほか［一九九五］）が「「大路近なる」という場所設定は、賈島の詩を時宜に適うように朗詠している貴公子の姿を印象深く描くのに効果をあげるためであると解することもできるのではあるまいか」と示唆するように、「大路近なる所」は風流な貴人の姿を彷彿とさせる朗詠の声と「さやうの所にて聞くに、……」以下の期待を裏切られた憤りとを記す【本文3】の文脈上、重要な文言であることは確かであろう。

一方、【本文1】のⅤにはこの「大路近なる所にて」という文言はなく、「さやうの所にて聞くに、……」のような文も後続しない。外からの声を屋内で聞くという場面設定は読み取れないのである。かわりに、堺本ではこの朗詠の記事は、人、車、馬などの往来にまつわる話のひとつとして置かれていると考えられる。【本文1】の流れをあらためて押さえると、Ⅰと Ⅱで男女の相乗りの様子、Ⅲで直衣を着崩した男が一人の男と小舎人童のみを従えて疾駆する様子、Ⅳで明け方の忍び歩きの男の様子、といったふうに、主に男女の逢瀬を想起させるような、人々の行動への関心事を記している。また、Ⅲには「何事のあるにかあらむと、行きちがふ人も見るこそをかしけれ」、Ⅳには「忌違へなどして暁に帰るに」、「せめて車の近く来れば」などの文があるが、叙述の視点は共通して往来の場にあるようである。したがって、Ⅴの記事の眼目も朗詠の車の姿の情趣そのものに置かれていると捉えられよう。堺本はたとえば「心にくきもの」の段でも類似の編纂方法を取っている。

【本文4】堺本「心にくきもの」

心にくきもの　物隔《へだ》てて聞くに、女房のとはおぼえぬ手の音のしのびやかに聞えたるに答《こた》へて、うちそよめきたる人のまゐるけはひする。…〔中略〕…

Ⅵ よき人の家の中門《もん》に、檳榔毛《びらうげ》の車の白くきよげなるに、…〔中略〕…榻《しぢ》にうち置きて立てるこそ、物へ行《ゆ》く道に、門《かど》の前わたりて見入れたるに、いみじく心にくけれ。…〔中略〕…廚女《くりやめ》のきよげなるがさし出でて、「なにがし殿の人やさぶらふ」と言ふ、をかしくおくゆかしきに、とく行き過ぎぬるこそくちをしけれ。

Ⅶ また、ざればみたる家の門《かど》に向かひたる立蔀《たてじとみ》引きやりて、ただ今車の出でにけるけしきしるくて、…〔中略〕…いかなる人の住みかにかとこそをかしう見入れられしか。

Ⅷ また、指貫の色こまやかにて、掻練《かいねり》、山吹など色々に脱ぎかけこぼしなどしたる人の、…〔中略〕…妻戸の前に円座《わらうだ》置きてゐたるも、見入るる心にくし。

Ⅸ また、七つ八つ、それより幼きなども、ちごどもの走り遊ぶなどが、小さき弓、しもと、小《こ》車やうの物さげ遊びたる、いとうつくしう、車とどめて抱き入れまほし。薫物の香のかがえたるも、いと心にくし。

また、しつらひよくしたる所の、何事かあらむ、することあるかたに君はおはしませば、こなたには人もなく

て、……　（堺本一三四段）

右に挙げた堺本「心にくきもの」の段の開始部分は、三巻本・能因本と同じく物越しに聞こえる音への関心を記している。しかし、次段落Ⅵは、三巻本では五八段（能因本は六三段）「よき家の中門あけて」の段として別箇所にあり、「心にくきもの」の一部ではない。Ⅸの部分も同様で、三巻本では五七段「ちごは」、能因本では六二段「人の家の門の前をわたるに」に相当するものである。Ⅶ、Ⅷと類似の文は三巻本・能因本には確認できない。しかし、堺本はⅥからⅨまでを車で通行中に興味を引かれた物事についての話群としており、「心にくきもの」の段の一部を形成している。(2) 話題をつなげる際に「また、……」、「また、……」と列挙している点にも注意される。これらのことを勘案すると、【本文1】の[Ⅳ]、[Ⅴ]も[Ⅲ]に連続するかたちで並列的に置かれているものと捉えられる。以上のように、【本文1】の[Ⅰ]から[Ⅴ]は、一種のオムニバスのごとく一連の話群としてまとめられていると考えられる。『枕草子』の章段区分が便宜的なものであることは言うまでもないが、堺本の随想群ではとくにその限界性が高い（本書第一章）。そのような堺本の性質がここでも確認されるのである。(3)

三　「白」の風景への統一性

【本文2】に描かれている冬の夜の月下の風景、その凍りついた風景を行く相乗りの男女という構図は、非常に美しく印象的なものであるが、はたしてこれが現実的にあり得た風景なのかということは、これまでにも考察の対象とされてきた。たとえば傍線部（b-3）「有明の月のくまなきに」という文言について、『新潮日本古典集成』（萩谷［一九七七］）では「東山から顔を出すか出さないかの時刻」の「痩せ細った下弦の月」にしては「少しこの表現は誇大である」と言う。また、傍線部（i-1）「奥までさし入りたる月」について、『枕草子解環』（萩谷［一九八三b］）では「三日月の眉にも近い下弦の月が、それほど明るく照らすとは思われない」と述べる。そして、「本段の内容そのものが、幻想と現実との入りまじった奇妙なものであるから、虚構脚色もあろうし、実際には、雪明りを錯覚したとも考えられる」（萩谷［一九七七］）などといった解釈を示している。

【本文2】の傍線部（h）「凛々として氷鋪けり」という句の朗詠に関しても同様の問題がある。「凛々として氷鋪けり」は『和漢朗詠集』に収められる漢詩句の一節である。

【参考②】

秦甸之一千余里　凜凜氷鋪
漢家之三十六宮　澄澄粉餝

秦甸《しんでん》の一千余里　凜凜として氷鋪《し》けり
漢家の三十六宮　澄澄として粉餝《かざ》れり

（和漢朗詠集・巻上・秋・十五夜付月・二四〇・公乗億）

長安の周囲千里の地が月光に照らされて氷を敷きつめたように輝き、漢代の宮殿のあたりも白粉で飾ったように澄んで見えると述べる詩であるが、ここにうたわれているのは八月十五夜の満月である。【本文2】は冬の有明の月夜であるから、『新日本古典文学大系』（渡辺［一九九一］）に「やや季節外れ」と注記されるのももっともであろう。『枕草子解環』は「月光が氷のように冷たく照らすというのと、積雪そのものが月光に映えるのとでは印象は異なる」（萩谷［一九八三b］）と述べて、この男が「作者清少納言と同じく、些か自己陶酔の心理状態にあった」のだとする。一方、三田村［一九七一］は実体験よりも漢詩のイメージの影響のもとで風景が象られたことが「「有明月」にしてしかも「明かき月」を可能にさせた」と述べ、最も効果的な場にこの詩が置かれることで全体的な情趣が作り出されているのだとする。現実との齟齬をあげつらうのではなく、表現面から解釈する方法を示している点で傾聴すべき意見であるが、それでもやはり、【本文2】が表現的に落ち着かない部分を残していることは確かであろう。[4]

ところが、【本文1】の堺本の場合、そういった表現上の問題はひとまず解消されているようである。たとえば、堺本は傍線部（A）で「十日よひ」という日付を示す。楠［一九七〇d］では「十日よひ」の「よひ」を「宵」と解釈して「宵月夜」の意としているが、速水〔一九九〇〕でも指摘されているように、堺本二〇五段に「七月十日よひばかりのいみじうあつきに」という例も見られることから、「よひ」は「余日」つまり「十日過ぎ」の意とも考えることができる。(5) そうすると時期的にも十五夜が近づくころとなり、月が明るく照らすという当場面の趣向とも対応しているのではないか。続く傍線部（B）「月いと明かきに」という情景にも適っていよう。なお、前田家本は「十日」となっており、堺本ほどの対応性は見出せなくなっている。

漢詩文の朗詠についても、堺本は傍線部（H）「月千里に明らかなり」という三巻本とはまったく別の詩句の一節を引用する。これは『和漢朗詠集』所収の句の一節と思われる。

【参考③】

暁入梁王之苑　雪満群山　　暁梁王の苑に入れば　雪群山に満てり

夜登庾公之楼　月明千里　白賦　　夜庾公《ゆうこう》の楼に登れば　月千里に明らかなり　白賦

（和漢朗詠集・巻上・冬・雪・三七四・謝観）

『和漢朗詠集』所収の詩句であることは【参考②】と同じであるが、重要なのは、これが「冬」の部の「雪」の項にあり、「すべてが白雪で覆われた景観を、故事をふまえて述べる」（菅野〔一九九九〕）内容であるということである。【本文1】の堺本は傍線部（B）「月いと明かきに、日ごろ降りつもりたる雪の」において早々に当場面の舞台が「月」と「雪」の景であることを示し、あたり一帯が「なべて白く見えわたりたる」様子であることを述べるが、まさにうってつけの一節を堺本は引用していると思われるのである。

また、こまかな表現の端々からも、堺本が一定の志向性をもってこの風景を作り出していることが見て取れる。たとえば、堺本は【本文1】傍線部（B）で周囲の景色を「なべて白く見えわたりたるに」と表現するが、【本文2】の三巻本では傍線部（b-2）「地などこそ、むらむら白き所がちなれ、屋の上はただおしなべて白きに」とあり、屋根の上は一様に白いものの地面の白色はまだら模様という風情である（なお、能因本では「むらむら黒きがちなれ」となっている）。また、【本文1】堺本の傍線部（C）の「直衣いと白く、指貫濃き人の、色々の衣どもあまた着て」、傍線部（D）の「白き衣ども、濃き綾のあざやかなる上に着て」は、それぞれ男女の衣装について述べる箇所だが、【本文2】では傍線部（c）の「葡萄染の固紋の指貫、白き衣どももあまた、山吹、紅など着こぼして、直衣のいと白き紐を解きたれば」、および傍線部（d）の「薄色、白き、紅梅など、七つ八つばかり着たる上に、濃き衣のいとあざやかなるつやなど」のように「葡萄染」、「白」、「山吹」、「紅」、「薄色」、「紅梅」、「濃き」といったさまざまな色名が記されており、華やかな装いであることがわかる。堺本は「白」と「濃き」以外は「色々の衣」と一括しており、表現の特異なさまが窺えよう。(6)さらに、【本文1】には破線部で示したように「おとがひの下、物よりことに白う見えたるなど」という、「若き人」の容貌の「白」さへの言及がある。如上の例からは、ここを「白」の風景として仕立てようという堺本の意識が読み取れるのではないだろうか。「月千里に明らかなり」の詩句はこの一種人工的な世界を象徴するものとも考えられる。このように、堺本の随想群は表現面にも注意が払われながら、巧みに再構成されていると思われるのである。

四　「年老い」た女の登場

【本文2】は前節で触れたような解釈上の問題を残すものの、美しく幻想的と言い得る内容であることは大方の認めるところであり、堺本も同様である。ところで、「にげなきもの」の段にはこの風景と相対関係にあるような項目が挙げられている。

【本文5】堺本「にげなきもの」

にげなきもの　髪あしき人の白き織物の衣着《きぬ》たる。…〔中略〕…下衆の家のあやしきに雪の降りたる。また、月のさし入りたるもにげなしかし。…〔中略〕…月の明かきにむなし車といふ物のありく。

（堺本一八六段）

右は堺本からの引用である。「髪あしき人の白き織物の衣着たる」に相当する項目は三巻本にはないが、能因本・前田家本には「髪あしき人の、白き綾の衣着たる」という項目がある。また、「月の明かきにむなし車といふ物のありく」については、能因本・前田家本に「月夜にむな車のありきたる」という文言がある。雪や月といった素材は『枕草子』の諸所で賞美の対象となっているが、【本文5】では〈白い衣〉、〈雪〉、〈月光〉が、それぞれ「髪あしき人」、「下衆の家」、「空車」との組み合わせにおいて、そのすばらしさを十分に発揮できないものとして示されており、(7)【本文1】Ⅰや【本文2】が逆にその理想型として存在しているようにも思われる。

しかし、【本文1】の堺本は理想的な一場面の描写にとどまらない。【本文1】Ⅱには「年老い、顔にくさげに、鬘などしたるると、なほそのをりにさだにあひ乗る人あらば、飛びつきぬべき心地こそすれ。わいても、人やりならず、「あな心づきな」と見おこせむ後目こそ、ことに心地わびしかりぬべけれ」という雑纂本には見えない老女の相乗りへの言及が続いている。これが【本文1】Ⅰの第三段落における、「若き人の、髪うるはしくかかりたる、掻練のつやにもわかれず、額髪のはざまより見えたるつらつき、いとふくらかに、おとがひの下、物よりことに白う見えたるなど、鵄尾の方よりさし入りたる月かげに見るかひあれば、……」という「若き人」の容貌、髪つきの描写と対照的に書かれていることは明らかであろう。『枕草子』では、「鬘」は役に立たないもの、あるいは不愉快なものとして、否定的な文脈において言及される。

【本文6】『枕草子』における「鬘」

・昔おぼえて不用なるもの　…〔中略〕…七尺のかづらの赤みたる。

（堺本一二九段）

・色黒く、顔にくさげなる人の、かづらしたると、ひげがちなる男の、おもながなると、昼寝したるこそいとにくけれ。かたみに何の見るかひあれば、さては臥したるぞ。夜などは、かたち見えず、またいかにもいかにもおしなべてさる事となりにたるなれば、われらはにくげなればとて、起きゐたるべきことにもあるかし。さて、つとめてとく起きぬるはよし。さるは、いと若き人のいづれもよきどちは、夏、昼寝したるは、いとこそをかしけれ。わろかたちは、つやめき寝腫れて、ようせずは、ほほゆがみぬべし。うちまもり臥したらむ人の生けるかひなさよ。

（堺本二六六段）

右は堺本からの引用である。他本にも同様の記述が確認できるが、二例めの「色黒く……」は、他本では「見苦しきもの」の段に含まれている。ここで注目したいのは、傍線を付した、色黒で顔立ちが悪く鬘を付けている女が鬚面の男と昼寝するさまを非難する条である。ここでは、鬘を付けた女がその容貌にそぐわない振舞いをすることが不愉快なものとして挙げられている。また、【本文1】では「若き人」を描写して「おとがひの下、物よりことに白う見えたるなど、鵄尾の方よりさし入りたる月かげに見るかひあれば」と女の容貌を「見るかひ」のあるものとしているが、【本文6】の傍線部では逆に容貌の悪い者がお互いに「何の見るかひ」があってそうするのかと憤っている。加えて、【本文6】の破線部では、「いと若き人のいづれもよきどち」と比較して「わろかたち」な人を非難しているが、【本文1】でも「若き人」の様態との対比を行っている。なお、三巻本の【本文6】破線部に相当する箇所では「よき人」、能因本・前田家本では「いとよき人」とあり、「若き人」との対比となっているのは堺本の特徴である。よって、堺本【本文1】Ⅱの「年老い」た女の条は、不相応な振舞いを非難する文脈にあると捉えられるのではないか。「飛びつきぬべき心地」はわかりにくいが、「ねたきもの」の段に「飛び出でぬべき心地」という例があり、辛い状況下においてどうすることもできずに焦る気持ちを表している。

【本文7】堺本「ねたきもの」

また、しのびたる人の文《ふみ》を、引きそばみて見るほどに、うしろより人にはかに引き取られぬる心地、いとわびし。庭に下り走りなどしぬるを、追ひて行けど、われは簾《す》のもとにとまりぬれば、したり顔に引きあけ見立てるを、うちにて見るこそ、いかにせむとねたく、飛び出でぬべき心地すれ。
（堺本一一一段）

このように見てくると、「人やりならず、「あな心づきな」と見おこせむ後目こそ、ことに心地わびしかりぬべけれ」というのも、老女に似合わないなまめいた素振りを咎めるものと捉えられるのではないか。先行の解釈（速水［一九九〇］）とは異なる見方となると思われるが、(8)こうした老女の嬌態は、【本文5】に挙げた「にげなきもの」の段の別箇所の内容にも通じるように思われる。

【本文8】堺本「にげなきもの」

にげなきもの　…〔中略〕…きたなげなき男の、にくげなる妻《め》持ちたる。老いたる女の腹高くありきたる。若き男持たるだににげなきに、異《こと》人のもとへ行くとてねたみ腹立ちたる、いと見苦し。
（堺本一八六段）

ここでは、「老いたる女」の妊娠した姿、若い男の存在、嫉妬などが「いと見苦し」と評されている。見目良い男と醜い妻の取り合わせにも言及がある。こうした種々の記事との響き合いをも考え合わせてみると、【本文1】Ⅱにおける「年老い」た女が、いわば「若き人」の合わせ鏡のような滑稽な存在として批判的に描かれていることが浮かび上がってくるのではないか。物事の理想的なありようを述べながら、そこから逸れて理想を相対化するような内容へと展開するところに、堺本随想群の特徴があると思われるのである。(9)

五　おわりに

本章では、堺本「十二月十日よひの月いと明かきに」の段、および後続の一連の随想的記事を考察の対象とし、その編纂のありようをていねいに追った。これらの随想群は、〈車〉をはじめとする往来物関連の話題としてまとめられていたが、その前半部分は、三巻本などと比べると情報が整理・集約されており、語句の表現も整えられて月下の雪景が仕立てられていることを指摘した。さらに滑稽な老女の叙述からは独自の反転した世界が展開されていた。このような堺本随想群のありようから考えると、当該箇所に関しては、三巻本・能因本のような本文から堺本本文へという流れが認められ得るものと思われる。また、こうした堺本の再構成行為は相当の工夫と趣向を凝らして行われているものと思われる。こうした堺本のありようを見ていくことは、『枕草子』生成の営みを再確認することでもあるだろう。なお詳細な検討を積み重ねていく必要があると思われる。(10)

＊『和漢朗詠集』の引用は、菅野禮行校注・訳『新編日本古典文学全集19　和漢朗詠集』(小学館、一九九七年)に拠る。

注

(1) 能因本二八二段冒頭部分の本文を以下に挙げる。

十二月二十四日、宮の御仏名の初夜、御導師聞きて出づる人は、夜中も過ぎぬらむかし、里へも出で、もしは、しのびたる所へも夜のほど出づるにもあれ、あひ乗りたる道のほどこそをかしけれ。(能因本二八二段)

(2) 堺本「心にくきもの」の編纂方法に関しては第四章でも検討している。

(3) 前田家本においては、随想的記事を分類・配列してはいるものの、【本文1】のⅢに当たる部分が別の箇所に配置されており、堺本と同様の効果は見られなくなっている。

(4) 本書ではこれ以上踏み込まないが、【本文2】の虚構性に関する議論は叙述の視線の問題とも絡む。近年では津島[二〇〇五c]が「視線の統一が取れていないというのなら、それは交錯しているのではなく、切り替わっているに過ぎまい」として、「観察者と当事者、フレームを自在に切り替えながら、結果として「私の体験」に限定されない「深夜の相乗り」なるものが映し出されてくる」との見方を示している。人称の問題、および章段分けの問題にも言及されており、合わせて首肯される。

(5) なお、原田[一九六二]では「「十よ日」「廿よ日」等が原態であること、その読みは、他の類似形式から推して「じふよにち」「にじふよにち」のように字音語に処理することが、正しい解釈であると思う」と論じられているが、本章では論の展開上本文を改めずに「十日よひ」のまま表記している。

(6) 「濃き色」に関する研究に森田［二〇一一］がある。

(7) 「むなし車」「空《むな》車」は『春曙抄』以来、人の乗っていない牛車のことかとされるが、『枕草子評釋』（金子［一九三九］）、山脇［一九六六］では荷車のことと説く。『枕冊子全注釈』（田中重太郎［一九七二］）が「月夜には人が乗って月見に出かけるのが常であるのに、人の乗っていない空車は「にげなきもの」と解するか、風流を味わうべき月夜に実用的な車が通るのは「にげなきもの」と解するかである」と言うように、どちらとも解し得る。本章で確認した【本文1】との対応性を考えると人の乗らない牛車の意が妥当ではないかと考えられるが、風流味のない荷車としても意味は通ると思われる。

(8) 『堺本枕草子評釈』（速水［一九九〇］）では、「「あな、心づき」など、みおこせんしりめ」として、脚注で「「ど」は「と」か。」と指摘する。また、現代語訳は「年をとり、顔はみにくく、かづらなどしていても、もしそんな折りに一緒に相乗りしてくれる人があれば、飛びついてしまうにちがいない気持ちがする。わけても、自身の心から「ああ、いい感じ」などと、こちらを見たながし目こそは、ことに内心せつないに違いない。」となっている。

(9) こうした堺本の特性については第六章でもくわしく検討している。

(10) 「十二月の月夜」と「老女の痴態」という取り合わせで思い至るのが、『源氏物語』の古註釈書に再三引かれる「すさまじきもの　しはすの月夜　おうなのけさう」という現存『枕草子』にない一節である。『二中歴』「十列歴」との関連も含めて論議のまととなっており、近年では沼尻［二〇〇七c］にて再検討されている。冬の月を「すさまじ」とする例は『源氏物語』『狭衣物語』『更級日記』などにも見られることから、一種の俗諺かともされるが、三谷［一九七六］は『狭衣物語』の例を『枕草子』の「ものは尽し」を念頭にしたものと捉える。本章の検討箇所との関連性については、現段階では議論できるだけの準備が整っていない。後の課題として記しておきたい。

第九章　堺本宸翰本系統の本文とその受容
――前田家本との本文異同をめぐって――

一　はじめに

堺本の伝本の本文は、最新の研究である林〔一九八八〕において、Ⅰ類、Ⅱ類、Ⅲ類の三系統に分類されている。この三系統のうち、現在最も参照されているのは、Ⅰ類系統の本文である。堺本の現存最古の写本とされる吉田幸一蔵本が、このⅠ類に分類される。ただし、吉田本の本文に不審な箇所がしばしば見受けられることは、すでに田中重太郎〔一九五六b〕が次のように指摘していた。

高野博士本（著者注、吉田本のこと）を底本として堺本の校本を編んだわたくしは、その本が相当誤脱の多いものであることを確かめ得た。又、旧台北帝大本も少くとも高野博士本程度に、或はそれ以上に誤脱箇所を有することを知った。…（中略）…しかも、あえてこれらの本を底本としたのは、堺本としての純正さをとりたかつたからである。

一方で、Ⅰ類の本文とかなり対立する本文をもつのがⅢ類、いわゆる後光厳院宸翰本（宸翰本）である。『群書類従』に収められており、『枕草子』の異本としてはやくから知られているが、後半部を欠いているという事情もあって、これまでくわしく研究されたことはない。しかし、このⅢ類系統（宸翰本）の本文について、田中重太郎〔一九六七〕は、堺本・宸翰本は、同一原拠本から出たと考えられるが、宸翰本が堺本の後半部が脱落したものか、あるいは、逆に堺本から抄出したものが宸翰本なのかよくわからない。おそらく前者なのであろうが、この両本を比較してみると、宸翰本本文のほうに古態正当と認められる本文現象が多いことは注目すべきである。それは、もちろん現存の堺本・宸翰本の本文を比較校合することによって判明するのであるが、おそらく両者の原拠本から伝流・転写の間に誤りを重ねたためであろう。

とする。ただし、宸翰本の本文が「古態正当と認められる」理由について具体的な説明はなく、これ以上のことはわからない。

結局、諸伝本はそれぞれが少なからぬ本文上の問題を抱えている。そのなかで吉田本は、書写年代の古さに加えて、完本であること、容易に写真版が確認できることなどの条件が整っており、相対的に見てもやはり利用価値は高いと思われる。よって、本書でも吉田本をもとに校訂本文を立てている。

ところが、これら堺本の各系統の本文と、前田家本の本文とを比較してみると、興味深い結果が得られる。すなわち、堺本の随想群前半部分において、宸翰本（Ⅲ類）の本文が、Ⅰ類、Ⅱ類の本文よりも、前田家本において堺本系統本文が採用されたと推定される部分の本文と一致する割合が高いのである。前田家本は「少くとも鎌倉中期を下らざる書写」（池田［一九二七］）の、現存最古の『枕草子』の写本であり、現存能因本の祖本と現存堺本の祖本とを合わせて作られた本とされている（楠［一九七〇d］）。すると、平安末期から鎌倉初期ごろにおいて、前田家本が編纂された際に利用された堺本系統の本が、現存堺本のなかでは宸翰本（Ⅲ類）に近い本文をもつものであった可能性が浮かび上がってくるのではないだろうか。現在では顧みられることのないような系統の本文であるが、おおよそ鎌倉初期ごろまでの段階で、すでに『枕草子』の享受・生成に深く関わっていたということである。あらためて注意を向けてみる必要があろう。

本章では、堺本の伝本の研究史と問題点を整理したうえで、実際に堺本と前田家本の本文を比較し、その本文異同を検討する。調査の結果得られた用例は、堺本諸本の本文と前田家本の本文とがどのように一致しているかという観点から、異同の性質によって七つのパターンに分けて考察する。さらに、堺本の奥書にある文言から見えてくる堺本の受容の一面についても言及しておきたい。

二　堺本の伝本と本文系統の分類

先述のとおり、林［一九八八］は、十八本の堺本の本文を三分類して、Ⅰ類・Ⅱ類・Ⅲ類に分けている。その分類を示すと次のようである。

Ⅰ類（九本）
台北本（台北大学蔵本）、静嘉堂本（下巻のみ）、三時本（三時知恩寺蔵本、上巻のみ）、吉田本（吉田幸一蔵本）、尊経閣本（下巻のみ）、山本本（山本嘉将蔵本、下巻のみ）、山井本（山井我足軒自筆本）、龍門本、河甲本（河野記念館蔵本、上巻のみ）

Ⅱ類（四本）
朽木本（朽木文庫旧蔵本）、鈴鹿本（鈴鹿三七旧蔵本）、無窮会本、多和本

Ⅲ類（五本）
群書本（『群書類従』雑部三十四、巻四百七拾九上下に所収）、宮内庁本、京大本、河乙本（河野記念館蔵本）、彰考館本

Ⅰ類は、多くが「元亀元年十一月日宮内卿清原朝臣」の類の奥書をもつことから、「宮内卿本」とも呼ばれる。このうち堺本現存最古の写本と言われる吉田本の書写年代は、池田〔一九二八〕で「慶長を下るものではあるまい」とされている。

Ⅱ類は、田中重太郎〔一九五三〕、速水〔二〇〇二〕などの分類ではⅠ類と同じ系統にまとめられている。二分類する場合、Ⅲ類（宸翰本）と区別して、Ⅰ類・Ⅱ類を総称して狭義の「堺本」と言うことがある。しかし、Ⅱ類の本文には、Ⅰ類・Ⅲ類とは明らかに対立する箇所が見られる。林〔一九八八〕が本文系統を分けたのも首肯される。ただし、校訂本であることが鈴鹿本の奥書に記されていたり、無窮会本、多和本の本文がⅢ類本に近づく箇所をもっていたりということもあり、Ⅱ類の本文についてはなお不明な点が多い。Ⅱ類に分類されている四つの写本における問題点、分類の妥当性にもなお検討の余地がある。

Ⅲ類は、「這本以　後光厳院宸翰不違一字書写功了」という類の奥書をもつことから、「宸翰本」とも呼ばれる。現存する宸翰本（Ⅲ類）系統の伝本は共通して後半の「七月つごもりがたに」以下の部分を欠いている。また、「虫損箇所の印が5種本とも同じ語句の所に存する」ことから、「同一系統上の底本（同一本ではなくても）から写し伝へられたと思はれる」（林〔一九八八〕）。書写年代の古いものは、河乙本が一六六九年の書写、彰考館本が一六七八年の書写という。

堺本Ⅰ類・Ⅱ類・Ⅲ類（宸翰本）の本文の相互関係については、はやく池田〔一九二八〕で、

宸翰本はもと堺本と同じ本であつたのが、「七月つこもりかたに云々」以下散佚したのである。ところが一方、宸翰本の散佚前における或る本が、実に幸運にもわづかに世の中に残り、散佚した宸翰本とは別に存在してきたのである。その本が即ち高野博士本である。

という指摘があった。また、池田〔一九二八〕は、

後光厳院宸翰本は、早くから散佚し、それが二つの部分に分れてまとめられて、今日に伝つたのではなからうか。いつの頃から散佚したか、それは今の所断言することが出来ない。

とも指摘している。

その後、先述の田中重太郎［一九六七］でも、「堺本・宸翰本」の「同一原拠本」の存在が想定されている。林［一九八八］も同じで、「Ⅰ類本文とⅢ類本文は古い時代に同じ系統から何らかの事情で二系統に分かれた本文であつただらう」とし、「そのためⅠとⅢが比較的に独立的に各自の系統を保持して来た」と述べる。林［一九八八］の新しいところは、従来の「堺本」をⅠ類とⅡ類とに分けて、「Ⅰ・Ⅲ類とⅡ類の間には相当深い区別があるのではないか」と指摘した点である。Ⅱ類の説明として、

・Ⅰ類系本にはⅢ類系本の校合があり、Ⅲ類にはⅠ類のそれが存するといふわけで、この現象は歴代の写本に共通する現象である。しかしⅠ類の何本によつて校合したか、Ⅲ類の何本が用ゐられたかまでは明らかでない。わたくしはかやうな系統をⅡ類本として分類した。

・……Ⅱ類は、Ⅰ類とⅢ類に影響され交配されながら書写されて来たであらうといふことである。（それ故Ⅱ類はⅠ・Ⅲ類より後の成立であらうといふことが考えられる）

と述べており、校合本の性格の強いことを示している。

堺本の本文と前田家本の本文との比較も行われている。楠［一九七〇b］では、堺本Ⅰ類系統に分類される三時知恩寺本の校訂・書き入れの箇所を検討して、「前田家本そのものが三時知恩寺本の校訂に使用された」と推定している。さらに、「前田家本が転写本・類本もなく、はやくから秘蔵されていたらしいことも想像されると、この二本が一時どこかで同じところにあったと考えるのが良いと思われる」とも述べる。本当に現存前田家本の利用による校合・書き入れと認めてよいものかどうか、現在伝わっていない前田家本系統の本文をもつ写本があった可能性も考えるべき

ではないかとも思われるが、次のような指摘には注意される。

校合・書き入れで二六四個所のうち、前田家本と一致するものは、いちおうぜんぶ前田家本と推定すればのこるは七八個所になる。これらはほかの資料によったものと思われるが、このうちこんにちのこる堺本系諸本文のどれかと一致するものが四一個所になる。さらに、それらをどの本ということになると宸翰本三四個所がいちばん多くなって宸翰本系の本を資料としたことも推定できるが、現在の宸翰本は塙保己一によって群書類従に採用されたものしかのこらないのであるから、原宸翰本となればもっと多くなることはたしかであろう。こんにちまったく不明すなわちどの本とも一致しないものが約三〇個所あるのもやむをえないことと言えよう。かくて、三時知恩寺本の校合・書き入れは現存する前田家本が第一資料であり、ついでは宸翰本のもとになったものが第二資料になり、すくなくとも二種以上の資料によったと推定されるのである。

右の結論に従うかどうかはおいても、三時知恩寺本の校合・書き入れの本文が、主に現存前田家本と宸翰本（堺本Ⅲ類）の本文とに類似しているということは認められよう。それを複数の資料に拠ったためとする見方は首肯されるものではあるが、あるいは、三時知恩寺本の校訂資料に、現存前田家本と宸翰本（堺本Ⅲ類）の本文の特徴を併せもつ写本が含まれていた可能性もあるのではないだろうか。三時知恩寺本の校合・書き入れについては再検討する必要がありそうだが、本書ではこれ以上踏み込まない。ただし、前田家本と宸翰本（堺本Ⅲ類）の本文とに何らかの関連性があるらしいということは、強く意識しておくべきであろう。

楠［一九七〇c］では、前田家本の本文が、堺本の鈴鹿本・朽木本と一致する箇所について、主なもの二十三例を挙げて検討している。そして、「三時知恩寺本の場合とちがって、前田家本を利用したあとはな」く、「前田家本の特異語句を、前田家本編者の作為と見るよりは、そうした作為を否定しないながらも、いちおう、そうした語句を有した堺本系古写本がかつて存在したと考える方がより適当であろう」とする。前述のように、鈴鹿本・朽木本は、林［一九八八］の分類でⅡ類とされた本である。鈴鹿本の奥書に書かれた校訂・成立の過程、およびその本文の性質に関しても十分に解明されているとは言いがたい。Ⅱ類本と前田家本とに共通する語句をもつ古写本の存在もあり得る想定だと思われるが、なお慎重な検討を要するだろう。とくに気になるのが、楠［一九七〇c］に挙がっている二十三の用例のうち、十八例が堺本随想群の後半部分（二三六段以降）に集中していることである。現存宸翰本（堺本Ⅲ類）にはこの部分がないため、本文の比較ができない。したがって、後半部分が存在する宸翰本（堺本Ⅲ類）系統の本があって、その本文と前田家本の本文とがより高い割合で一致していたというような可能性を否定しきれない。論証は困難であるが、たとえば、Ⅰ類・Ⅱ類の本文がそれぞれどれくらいの割合で前田家本と一致するのか確認し、本章で行う随想群前半部分の調査結果と比較するというような作業などを行う必要があるかもしれない。これについては機を改めることとする。ひとまず、堺本と前田家本の本文の関係を考えるにあたって、随想群におけるⅡ類・Ⅲ類（宸翰本）の本文の検討が重要な意味をもってくることを押さえておきたい。

なお、近年、速水［二〇〇二］が、能因本にない章段、および三巻本・能因本にない章段における前田家本の本文について、

現存堺本では、第二類本（宸翰本のこと――著者注）といわれる、群書類従所収本・宮内庁書陵部蔵本・京都大学蔵本・河野記念館蔵本・彰考館蔵本の本文に一致する。

と、宸翰本（堺本Ⅲ類）の本文との一致を指摘している。しかし、これ以上の具体的な説明や考察はなく、一致の指摘にとどまっている。

よって、次節以降、堺本諸本の本文と前田家本の本文を具体的に比較し、考察を試みたい。

三　堺本本文と前田家本本文の比較・検討

今回、調査範囲を堺本の一八八段～一九一段、一九六段～一九九段、二〇一段～二〇六段に限定して前田家本本文との比較を行った。その理由を説明する。

前田家本の編集に関わりのあった堺本が、現存堺本のどの系統に近い本文をもつものであったかという問題を検証するためには、前田家本において明らかに堺本系統本文が採用されているとおぼしい箇所を定めて、比較する必要があろう。前田家本は能因本系統の本と堺本系統の本とを合成して作られた本という楠〔一九七〇d〕の通説は基本的には支持できると考える。しかし、前田家本の本文から、能因本系統の本文と堺本系統の本文とを正確に判別するのは容易ではない。たとえば、能因本の本文を基本にしながら、能因本にない堺本の語句や文章を補っているように見える箇所でも、語句・文章の順序が入れ替わったり、表現のこまかな異同が見えたり、前田家本独自の文言が出てきたりして、きわめて複雑である。楠〔一九七〇d〕では「前田家本を全部バラ〳〵に分離解体して」、本文の「断片」を「伝能因本系統」、「堺本系統」、「両系統混成」、「特殊」と四つに分けて数値化している。ただし、具体的な判別の方法、用例までは記されていないので、その結果を再検証すること、および分類方法を参考にすることができない。そこで今回、私に前田家本と他系統本の本文とを見比べて、前田家本において堺本系統の本文の割合が多そうだと思われる箇所を拾い上げ、さらに詳細な比較を行った。その結果、前田家本の「正月一日は」の巻に着目した。前田家本の「正月一日は」の巻は、随想的な記事を季節順に並べてまとめた巻である。このまとめ方は堺本の随想群のまとめ方と類似する。楠〔一九七〇d〕でも、「この巻は堺本第三部を主として移したものではないか」とされる。さらに本文をくわしく見たところ、堺本の一八八段（随想群の最初の段）～一九一段、一九六段～一九九段、二〇一段～二〇六段の本文が前田家本の該当本文とかなり類似していることがわかった。なお、一九二～一九五段に相当する前田家本の本文は、能因本寄りで、堺本とはかなり異なっており、今回は省いた。また、堺本の二〇〇段、二〇七段は、前田家本では独自色の強い本文になっており、別に検討する必要があると判断して、今回は省いた。二〇八段以降は宸翰本（堺本Ⅲ類）が本文を欠いている。よって、調査範囲を二〇六段までとした。

また、前田家本の「は」型章段、「もの」型章段の本文は、楠［一九七〇d］が「堺本本文を採択した所は全く僅かである」とするように、大部分が能因本寄りの本文であったり、分解の困難な本文であったりして、宸翰本（堺本Ⅲ類）本文との比較がしづらい。しかし、現存能因本になく、堺本にはある段、ならびに前田家本に重出している段の場合は、堺本系統の本文であると推定できる可能性がある。そのような条件に該当する段の本文を確認したところ、次に挙げる各段が堺本の本文との類似を示した。

「夏は」（前田家本五段）　「冬は」（前田家本六段）　「湯は」（前田家本二五段）
「束帯は」（前田家本八八段）　「夏のうはぎは」（前田家本九三段）　「硯の箱は」（前田家本一〇一段）
「鏡は」（前田家本一〇四段）　「櫛の箱は」（前田家本一〇五段）　「火桶は」（前田家本一〇六段）
「畳は」（前田家本一〇七段）　「めもあやなるもの」（前田家本一一二段）　「あへなきもの」（前田家本一三一段）

これらの段の本文が、堺本系統に類似して、かつ堺本Ⅰ類・Ⅱ類・Ⅲ類（宸翰本）との比較ができそうな異同を含んでいた。ただし、これらの本文は短いものが多い。随想群のほうが分量的にもまとまっており、より検討に値すると思われる。したがって、今回はひとまず随想群のみを対象に調査を行うこととした。

調査は、以下のような原則のもと行った。

〇堺本の諸本の本文は、『堺本枕草子本文集成』（林［一九八八］）に拠った。ただし、適宜、吉田本は吉田［一九九六］の写真版、朽木本は田中重太郎［一九七三］の影印版、山井本、河甲本、鈴鹿本、無窮会本、多和本、河乙本、および彰考館本は紙焼写真を参照した。龍門本は原物を確認している。『堺本枕草子本文集成』の翻刻には誤りがかなり含まれるため、適宜本文を改めている。前田家本および能因本（三条西家旧蔵本）の本文は、『校本枕冊子』（田中重太郎［一九五三］、田中重太郎［一九五六ａ］）に拠った。前田家本は尊経閣刊の複製を適宜参照した。

○基本的に、仮名遣いの違い、漢字の当て方の違い、音便の表記の違い、明らかな誤字・脱字の類については異同の数に入れていない。ただし、必要に応じて採り上げる場合もある。
○堺本Ⅰ類、Ⅱ類、Ⅲ類（宸翰本）の内部で異同がある場合も当然見出される。今回はそうした異同がある場合、Ⅰ類は吉田本、Ⅱ類は朽木本・鈴鹿本、Ⅲ類（宸翰本）は彰考館本・河乙本を、各類の中で優先的に採り上げて比較した。各類において書写年代が古く、それぞれの本文の特徴が保たれていると思われるものを優先的に見ていくためである。ただし、これらの本文に明らかな誤脱等がある場合は、他の写本の本文を優先的に見る場合もある。

得られた用例は、異同の性質により以下のように七種類に分けた。この分け方は、宸翰本（堺本Ⅲ類）の本文と、前田家本および堺本Ⅰ類、Ⅱ類の本文との間の異同のありようをわかりやすく捉えるためのものである。さらに、七種の異同の用例数を集計し、【表1】のようにまとめた。なお、本書の結論としては、林によるⅠ類、Ⅱ類、Ⅲ類という本文分類自体に問題があると考えるが（第十章）、本章の論旨を明快にするため、あえてⅠ類、Ⅱ類、Ⅲ類という分類の名称を使用して論述を進めていく。またⅢ類については、「宸翰本（Ⅲ類）」などと表記するが、煩瑣な場合は「Ⅲ類」とのみ表記することもある。

①前田家本・堺本Ⅰ類・堺本Ⅱ類が一致する例　〔※宸翰本（堺本Ⅲ類）のみが異なっている。〕

②前田家本・堺本Ⅰ類が一致する例　〔※堺本Ⅱ類と宸翰本（堺本Ⅲ類）とが一致する場合、一致しない場合がある。〕

③前田家本・堺本Ⅱ類が一致する例　〔※堺本Ⅰ類と宸翰本（堺本Ⅲ類）とが一致する場合、一致しない場合がある。〕

④前田家本・堺本Ⅲ類が一致する例

〔※宸翰本（堺本Ⅲ類）のみが一致している。〕

⑤前田家本・堺本Ⅲ類・堺本Ⅱ類が一致する例

〔※堺本Ⅰ類とⅡ類とが一致する場合、一致しない場合がある。〕

⑥前田家本・堺本Ⅲ類・堺本Ⅰ類が一致する例

〔※堺本Ⅰ類のみが異なっている。〕

⑦前田家本が堺本とは異なる本文をもつ例

〔※堺本Ⅱ類のみが異なっている。〕

〔※堺本の本文は、各類がすべて一致する場合、すべて異なる場合、Ⅰ類とⅡ類とが一致する場合、Ⅰ類と宸翰本（堺本Ⅲ類）とが一致する場合、Ⅱ類と宸翰本（堺本Ⅲ類）とが一致する場合がある。〕

【表1】は、堺本Ⅰ類・Ⅱ類・Ⅲ類（宸翰本）と前田家本との本文異同の用例の数を、章段ごとに示している。各章段の文章の分量をはかる目安として、章段番号の下の括弧内に、吉田本における各章段の行数を記している。今回調べた分量は全部で約三十丁分となる。また、最下段には、それぞれの本文異同のパターンが全体に占める割合を百分率で示している。

以下、【表1】の数字と照らし合わせながら、本文異同の具体的な内容について見ていきたい。その際、本章の主旨により、前田家本と堺本Ⅲ類（宸翰本）の異同の情報をとくに重視して見ていくことになる。堺本Ⅱ類の内部でも異同が少なからず見受けられるのだが、今回は堺本Ⅲ類（宸翰本）の本文が、前田家本および堺本Ⅰ類の本文とどのように異なっているのかということを中心に確認していく。

引用本文は、はじめにゴシック体で前田家本の本文と丁数を記し、異同の見られる箇所を太字で示している。続いて堺本の該当本文をそれぞれ挙げている。また、参考として、能因本に該当する本文がある場合はその本文を挙げて

【表１】堺本本文（Ⅰ類・Ⅱ類・Ⅲ類）と前田家本本文との一致状況

一致のパターン	①	②	③	④	⑤	⑥	⑦	計
（どの本が一致しているか）	(前・Ⅰ・Ⅱ)	(前・Ⅰ)	(前・Ⅱ)	(前・Ⅲ)	(前・Ⅱ・Ⅲ)	(前・Ⅰ・Ⅲ)	(前)	
堺本一八八段（約 72 行分）	8	0	1	27	18	3	26	83
堺本一八九段（約 10 行分）	2	0	0	3	4	1	8	18
堺本一九〇段（約 24 行分）	2	1	0	8	1	4	12	28
堺本一九一段（約 48 行分）	8	0	1	19	17	5	23	73
堺本一九六段（約 9 行分）	2	1	0	0	4	1	0	8
堺本一九七段（約 5 行分）	0	0	0	0	1	0	1	2
堺本一九八段（約 3 行分）	1	0	0	1	0	0	2	4
堺本一九九段（約 3.5 行分）	1	0	0	0	0	0	1	2
堺本二〇一段（約 9 行分）	2	0	0	5	1	0	1	9
堺本二〇二段（約 4.5 行分）	1	1	0	0	2	0	1	5
堺本二〇三段（約 16 行分）	1	0	0	2	1	0	6	10
堺本二〇四段（約 56 行分）	9	2	0	21	11	3	12	58
堺本二〇五段（約 4 行分）	1	0	0	2	0	0	1	4
堺本二〇六段（約 7 行分）	2	0	0	2	1	0	3	8
計	40	5	2	90	61	17	97	312
%	12.8%	1.6%	0.6%	28.8%	19.6%	5.4%	31.1%	

いる。最後に＊印の箇所で考察を行っている。なお、堺本の伝本の略号は次のとおりである。

Ⅰ類

台‐台北本、時‐三時本（一九二段途中まで）、吉‐吉田本、尊‐尊経閣本（一九二段途中から）、嘉‐山本本（一九二段途中から）、山‐山井本、龍‐龍門本、甲‐河甲本（一九二段途中まで）

Ⅱ類

朽‐朽木本、鈴‐鈴鹿本、無‐無窮会本、多‐多和本

Ⅲ類

群‐群書本、宮‐宮内庁本、京‐京大本、乙‐河乙本、彰‐彰考館本

①前田家本・堺本Ⅰ類・堺本Ⅱ類が一致する例

前田家本、堺本Ⅰ類、および堺本Ⅱ類が一致する例、すなわち宸翰本（堺本Ⅲ類）のみが異なっている例は、計四〇例見られた。なお、Ⅱ類の一部の写本（とくに無窮会本、多和本）とⅢ類とが一致している場合があり、注意される。Ⅱ類とⅢ類とがきれいに分けきれるものではないことを念頭に置きながら異同の傾向を見る必要があろう。

【例①―1】（堺本一八八段、前田家本一九七段、能因本三段・一四七段）

〈前〉　**正月**一日はそらの（一オ）
〈堺Ⅰ〉　正月　（台時吉山龍甲）
〈堺Ⅱ〉　正月　（朽鈴無）――正月の（多）
〈堺Ⅲ〉　正月の　（群宮京乙彰）
〈能〉　正月

＊宸翰本（堺本Ⅲ類）は「正月」と「一日」の間に「の」がある。ただし、助詞の「の」は表記されない場合も多いと思われる。

【例①―2】（堺本一八八段、前田家本一九七段、能因本三段・一四七段）

〈前〉　あをやかに**つみいてつゝ**れいは（一オ）
〈堺Ⅰ〉　つみいてつゝ　（台時吉山龍）――つみいてゝつゝ（甲）
〈堺Ⅱ〉　つみいてつゝ　（朽鈴多）――つみ出つゝ（無）

〈堺Ⅲ〉つみいて、（宮乙彰）――つみいてて（群）つみいてし（京）
〈能〉〔該当ノ一節ナシ〕
＊宸翰本（堺本Ⅲ類）は、京大本を除いて「つみいて、（つみいてて）」であるが、堺本Ⅰ類・Ⅱ類は、Ⅰ類河甲本、Ⅱ類無窮会本を除いて「つみいてつゝ」となっている。「つ、」（字母「川、」）と「て」（字母「天」）の字形の類似による異同と考えられる。

【例①―3】（堺本一八八段、前田家本一九七段、能因本三段・一四七段）
〈前〉**左衛門**のちむに（一ウ）
〈堺Ⅰ〉左衛門の（台時吉龍）――左ゑ門の（山）さゑもんの（甲）
〈堺Ⅱ〉さゑもんの（朽鈴）――さ衛門の（無）左衛門の（多）
〈堺Ⅲ〉さいもの（群宮京乙彰）
〈能〉左衛門
＊宸翰本（堺本Ⅲ類）のみが「さいもの」となっている。

【例①―4】（堺本一八八段、前田家本一九七段、能因本三段・一四七段）
〈前〉ちやゐさやかなる**もゝの木**のあるか（二ウ）
〈堺Ⅰ〉桃の木の（吉山龍）――もゝの木の（台時）物ゝ木の（甲）
〈堺Ⅱ〉桃の木の（朽鈴）――もゝの木の（無多）
〈堺Ⅲ〉ものゝきの（群宮京乙彰）

〈能〉　桃の木

＊「桃の木の」が、宸翰本（堺本Ⅲ類）は「もの、きの」となっている。Ⅰ類河甲本も「物、木の」である。「も、の」と「もの、」の間に転訛が起こったと考えられよう。

【例①-5】（堺本一八八段、前田家本一九七段、能因本三段・一四七段）

〈前〉　**三四人**いてきて（三オ）

〈堺Ⅰ〉　三四人（台時吉山龍甲）

〈堺Ⅱ〉　三四人　（朽鈴無多）

〈堺Ⅲ〉　三四人なと（群宮京乙彰）

〈能〉　三四人

＊宸翰本（堺本Ⅲ類）のみ「三四人」の次に「なと」をもつ。

【例①-6】（堺本一八八段、前田家本一九七段、能因本三段・一四七段）

〈前〉　**十五日には**もちかゆの（三ウ）

〈堺Ⅰ〉　十五日には（台時吉山龍甲）

〈堺Ⅱ〉　十五日には（朽鈴多）――十五日は（無）

〈堺Ⅲ〉　十五日は　（群宮京乙彰）

〈能〉　十五日は

＊宸翰本（堺本Ⅲ類）、およびⅡ類無窮会本は「十五日は」となっている。堺本Ⅰ類・Ⅱ類は、Ⅱ類の無窮会本以外

「十五日には」である。なお、能因本も「十五日は」である。

【例①―7】（堺本一八八段、前田家本一九七段、能因本三段・一四七段）

〈前〉　**いかにしたりつる**ひまにかあらん（三ウ）
〈堺Ⅰ〉　いかにしたりつる（台時吉山龍甲）
〈堺Ⅱ〉　いかにしたりつる（朽鈴無多）
〈堺Ⅲ〉　いかにしつる（群宮京乙彰）
〈能〉　いかにしてける

＊宸翰本（堺本Ⅲ類）のみ「いかにしつる」となっている。助動詞「たり」をもたないかたちである。

【例①―8】（堺本一八八段、前田家本一九七段、能因本三段・一四七段）

〈前〉　**たうりあるよしなと**心ひとつやりて（五オ）
〈堺Ⅰ〉　道理あるよしなと（時吉山龍）――なと（台）たうりあるよしなと（甲）
〈堺Ⅱ〉　たうりあるよしなと（朽鈴）――たうり有よしなと（無）道理あるよしなと（多）
〈堺Ⅲ〉　たうりぬるよしなと（群京乙彰）――たうりあるよしなと（宮）
〈能〉　身のかしこきよし

＊宮内庁本を除いて、宸翰本（堺本Ⅲ類）のみ「たうりぬる」となっている。Ⅲ類の本文だと文章の意味が通りにくい。ただし、「あ」（字母「安」）と「ぬ」（字母「奴」）の字形の類似による転訛が想定できる。

【例①-9】（堺本一八九段、前田家本一九九段、能因本三段）

〈前〉　**はひろになりたるはにくし**（一一オ）
〈堺Ⅰ〉　にくし（台時吉山龍甲）
〈堺Ⅱ〉　にくし（朽鈴）――いとにくし（無多）
〈堺Ⅲ〉　いとにくし（群宮京乙彰）
〈能〉　にくし

＊宸翰本（堺本Ⅲ類）、およびⅡ類無窮会本、多和本は「いとにくし」となっている。堺本Ⅰ類・Ⅱ類は、Ⅱ類の無窮会本・多和本を除いて「にくし」である。なお、能因本も「にくし」である。

【例①-10】（堺本一八九段、前田家本一九九段、能因本三段）

〈前〉　**ひたひつきは**いとうつくしうて（一一ウ）
〈堺Ⅰ〉　ひたいつきは（時吉山龍甲）――ひたひつきは（台）
〈堺Ⅱ〉　ひたいつきは（朽）――ひたひつきは（鈴無多）
〈堺Ⅲ〉　ひたひつき（群宮乙彰）――ひたゐつき（京）
〈能〉　ひたいつき

＊宸翰本（堺本Ⅲ類）のみ「ひたひつき（ひたゐつき）」となっていて、助詞の「は」をもたない。なお、能因本も「は」をもたない。

前田家本の「はい」の部分の字母が「八以」となっており、「は」（字母「八」）と次の文字の「い」（字母「以」）の字形が似ている。このことを参考にすると、「は」と「い」が同じ文字の重複と見られて落ちた可能性、あるいは

「い」が「、」となって脱落した可能性などが想定できる。

【例①―11】（堺本一九〇段、前田家本二〇〇段、能因本三段）
〈前〉　**しのひわひたる**郭公の（一二オ）
〈堺Ⅰ〉しのひわひたる（時吉甲）――忍ひ佗たる（台）忍ひたる（山龍）
〈堺Ⅱ〉しのひわひたる（朽鈴）――忍ひわひたる（無）しのひたる（多）
〈堺Ⅲ〉しのひわたる（群宮京乙彰）
〈能〉　しのひたる

＊宸翰本（堺本Ⅲ類）のみ「しのひわたる」となっている。他の写本では、「わたる」の部分が、Ⅰ類の山井本・龍門本、Ⅱ類の多和本では「たる」、それ以外では「わひたる」となっている。堺本Ⅲ類の本文の場合、意味が異なってくる。

【例①―12】（堺本一九〇段、前田家本二〇〇段、能因本三段）
〈前〉　をすけさせ**なとして**（一二ウ）
〈堺Ⅰ〉なとして（台時吉山龍）――なとて（甲）
〈堺Ⅱ〉なとして（朽鈴多）――なとて（無）
〈堺Ⅲ〉なとて（群宮京乙彰）
〈能〉　て

＊宸翰本（堺本Ⅲ類）、およびⅠ類河甲本、Ⅱ類無窮会本が「なとて」となっている。それ以外では「なとして」と

なっている。Ⅲ類の文章だとややわかりにくい。「して」（字母「之天」）が連綿体になって見分けられなくなり、「し」の字が落ちた可能性が考えられる。

【例①―13】（堺本一九一段、前田家本二〇一段、能因本二一四段）

〈前〉 **説きやうきゝなとは**（一三オ）
〈堺Ⅰ〉 せきやうきゝなとは（台時吉山龍甲）
〈堺Ⅱ〉 せきやうきゝなとは（朽鈴無多）
〈堺Ⅲ〉 せ経きくなとは（群宮乙）――せ経きゝなとは（京彰）
〈能〉 説経なとは

＊宸翰本（堺本Ⅲ類）は京大本・彰考館本を除いて「説経きく」となっているが、他は「きゝ」になっている。彰考館本は『堺本枕草子本文集成』では「きく」と翻刻してある。「ゝ」と「く」（字母「久」）の字形の類似による異同と思われる。

【例①―14】（堺本一九一段、前田家本二〇一段、能因本二一四段）

〈前〉 **ゆかしくと**ねむして（一三オ）
〈堺Ⅰ〉 ゆかしうと（台時吉龍甲）――ゆるしうと（山）
〈堺Ⅱ〉 ゆかしうと（朽）――ゆかしと（鈴無）ゆかしくて（多）
〈堺Ⅲ〉 ゆかしと（群宮京乙彰）
〈能〉 〔該当ノ一節ナシ〕

＊宸翰本（堺本Ⅲ類）、およびⅡ類鈴鹿本・無窮会本が「ゆかしと」になっている。Ⅰ類、Ⅱ類は大半が「ゆかしうと」になっており、Ⅰ類の山井本は「ゆるしうと」、Ⅱ類の多和本は「ゆかしくて」となっている。ただし、Ⅱ類鈴鹿本は「ゆかしと」となっているため、鈴鹿本を優先して見れば②のパターンに含まれる例となる。なお前田家本本文は「ゆかしくと」であるが、ウ音便表記ということで異同とは見なさずに①の例に含めたが、異同と見なした場合は⑦のパターンに含まれることとなる。

【例①-15】（堺本一九一段、前田家本二〇一段、能因本二一四段）

〈前〉　**をしわけて**ちかうたつる（一三ウ）

〈堺Ⅰ〉　おしわけて（時吉山）――をしわけて（台龍甲）

〈堺Ⅱ〉　をしわけて（朽鈴多）――おしわけて（無）

〈堺Ⅲ〉　をしあけて（群京乙彰）――おしあけて（宮）

〈能〉　おしわけて

＊宸翰本（堺本Ⅲ類）のみ「あけて」で、他は「わけて」となっている。「わ」（字母「和」）と「あ」（字母「安」）の字形の類似による異同と思われる。前田家本、吉田本、河甲本の字母は「王」だが、朽木本が「和」になっている点が参考になる。

【例①-16】（堺本一九一段、前田家本二〇一段、能因本二一四段）

〈前〉　**をしわけてちかう**たつる（一三ウ）

〈堺Ⅰ〉　ちかう（台時甲）――ちから（吉）ちかく（山龍）

〈堺Ⅱ〉　ちかう（朽鈴）――ちかふ（無）ちかく（多）
〈堺Ⅲ〉　ナシ　（群宮京乙彰）
〈能〉　ちかう
＊宸翰本（堺本Ⅲ類）のみ「ちかう」がない。

【例①―17】（堺本一九一段、前田家本二〇一段、能因本二一四段）
〈前〉　**いてきたるこそゝ**ことなりにけりと（一四オ）
〈堺Ⅰ〉　いてきたるこそそら（台時吉山龍）――いてきたるこそそゝ（甲）
〈堺Ⅱ〉　いてきたるこそそと（朽鈴）――出きたるこそ（無）いてきたるこそ（多）
〈堺Ⅲ〉　いてきたるこそ　（群宮京乙彰）
〈能〉　くるにそ
＊宸翰本（堺本Ⅲ類）、およびⅡ類無窮会本・多和本は「そゝ（そら、そと）」にあたる部分がない。「こそそゝ」、「こそそら」、「こそそと」というふうに、「そ」（字母「曽」）、「ゝ」、「ら」（字母「良」）、「と」（字母「止」）などの、字形の似た文字が連続するため異同が発生したのではないかと考えられる。

【例①―18】（堺本一九一段、前田家本二〇一段、能因本二一四段）
〈前〉　ひとの**こせん**さうしきなとはおりて（一四オ）
〈堺Ⅰ〉　こせん　（台時吉山龍甲）
〈堺Ⅱ〉　こせん　（朽無多）――こせむ（鈴）

〈堺Ⅲ〉　ことも　（群宮京乙彰）
〈能〉　子とせ
＊宸翰本（堺本Ⅲ類）のみ「ことも」、他は「こせん（こせむ）」となっている。堺本Ⅲ類だと後続の文意が通じなくなる。「せん」（字母「世无」）と「とも」（字母「止毛」）の字形の類似による転訛などが想定できる。

【例①-19】（堺本一九一段、前田家本二〇一段、能因本二一四段）
〈前〉　**いとをかしけなるか**（一四オ）
〈堺Ⅰ〉　いとをかしけなる（台時吉山龍甲）
〈堺Ⅱ〉　いとおかしけなる（朽鈴無多）
〈堺Ⅲ〉　いとおしけなる（群京彰）――いとをしけなる（宮）いとくちおしけなる（乙）
〈能〉　いとおしけなる
＊宸翰本（堺本Ⅲ類）は四本が「いとおしけなる（いとをしけなる）」で、他のⅠ類・Ⅱ類は「いとをかしけなる（いとおかしけなる）」となっている。さらに、堺本Ⅲ類の河乙本は「いとくちおしけなる」となっている。文意はまったく変わってしまっている。ただし、「か」（字母「可」）の脱落はしばしば起こりうる異同の例と思われる。なお、能因本も「いとおしけなる」となっている。なお、「なるか」の「か」の有無については後述の【例⑦-55】で検討している。

【例①-20】（堺本一九一段、前田家本二〇一段、能因本二一四段）
〈前〉　**こゑたかに**いつらは（一四ウ）

〈堺Ⅰ〉　こゑたかに　（時吉山龍甲）——聲たかに（台）
〈堺Ⅱ〉　聲たかに　（朽鈴）——こゑたかに（無多）
〈堺Ⅲ〉　こはたかに　（群宮京乙彰）
〈能〉　〔該当ノ一節ナシ〕

＊宸翰本（堺本Ⅲ類）のみ「こは」で、他は「こゑ」または「聲」となっている。単純な表記の違いと見て本文異同の例には含めない見方もあろうが、系統間に明らかな対立があるため、用例に含めた。

【例①―21】（堺本一九六段、前田家本二〇五段、能因本二〇五段）
〈前〉　あやしうかきしらぬ**さまなれと**うちかゝへたるかおかしきこそ（一七オ）
〈堺Ⅰ〉　さまなれと　（台吉尊嘉山龍）
〈堺Ⅱ〉　さまなれと　（朽鈴）——さまなと（無多）
〈堺Ⅲ〉　さまなと　（群宮京乙彰）
〈能〉　さまなれと

＊宸翰本（堺本Ⅲ類）、およびⅡ類の無窮会本・多和本が「さまなと」で、他は「さまなれと」となっている。「れ」の一字の有無であるが、文意が変わってくる。

【例①―22】（堺本一九六段、前田家本二〇五段、能因本二〇五段）
〈前〉　くるまのうちに**かゝへいりたるも**をかし（一七オ）
〈堺Ⅰ〉　かゝへいりたるも　（台吉尊山龍）——かゝくいりたるも（嘉）

〈堺Ⅱ〉　か丶へいりたるも　（朽鈴）――か丶れいりたるも　（無多）

〈堺Ⅲ〉　か丶れいりたるも　（群宮京乙）――かくれたるも　（彰）

〈能〉　か丶りたるも

＊宸翰本（堺本Ⅲ類）、およびⅡ類の無窮会本・多和本が「か丶れ」で、他は「か丶へ（か丶く）」となっている。堺本Ⅲ類の場合、意味が異なってくる。なお、Ⅲ類彰考館本は「かくれ」となっていて、この場合も文意が変わる。異同の原因としては、「へ」（字母「辺（邊）」）と「れ」（字母「連」）の字形の類似などが挙げられる。Ⅱ類であるが朽木本が「辺（邊）」、Ⅲ類は彰考館本が「連」になっていて、参考になる。

【例①―23】（堺本一九八段、前田家本二九七段、能因本二〇六段）

〈前〉　**五日のしやうふの**　（八〇ウ）

〈堺Ⅰ〉　しやうふの　（台吉嘉）――さうふの　（尊）　菖蒲の　（山龍）

〈堺Ⅱ〉　しやうふの　（朽鈴）――さうふの　（無）　菖蒲の　（多）

〈堺Ⅲ〉　さうふの　（群宮京乙彰）

〈能〉　さそふの

＊宸翰本（堺本Ⅲ類）、およびⅠ類尊経閣本、Ⅱ類無窮会本が「さうふの」で、他は「しやうふの（菖蒲の）」である。「菖蒲」の表記の違いであって本文異同の例には含めないという見方もあろうが、系統間に明らかな対立があるため、用例に含めた。

【例①―24】（堺本一九九段、前田家本二九八段、能因本二〇七段）

〈前〉　**めてたくこそおほゆれ**（八一オ）
〈堺Ⅰ〉　めてたくこそおほゆれ（台吉尊嘉山龍）
〈堺Ⅱ〉　めてたくこそおほゆれ（鈴）――めとたくこそおほゆれ（朽）めてたくこそはおほゆれ（無）
　　　　めてたくこそ覚ゆれ（多）
〈堺Ⅲ〉　めてたくこそはおほゆれ（群宮京乙彰）
〈能〉　めてたし
　＊宸翰本（堺本Ⅲ類）、およびⅡ類の無窮会本は「めてたくこそは」の係助詞「は」を含んでいる。他本は「めてたく
　こそ」となっている。

【例①-25】（堺本二〇一段、前田家本二〇七段、能因本ナシ）
〈前〉　**わすれて又こゝろ**うつす事ありなんやと（一七ウ）
〈堺Ⅰ〉　わすれてまた心（吉山龍）――わすれて又こ、ろ（台）忘てまた心（尊）忘れてまた心（嘉）
〈堺Ⅱ〉　わすれてまた心（朽鈴多）――忘れて心（無）
〈堺Ⅲ〉　わすれて心（群宮京乙彰）
　＊宸翰本（堺本Ⅲ類）、およびⅡ類の無窮会本は「わすれて心（忘れて心）」となっていて、「また」という語句がない。

【例①-26】（堺本二〇一段、前田家本二〇七段、能因本ナシ）
〈前〉　**にほふはかりの**うすやうを（一七ウ）
〈堺Ⅰ〉　匂ふはかりの（吉尊山龍）――にほふはかりの（台嘉）

〈堺Ⅱ〉　にをふはかりの　（朽鈴）――にほふはかりなる（無）匂ふ斗の（多）
〈堺Ⅲ〉　にほふ斗なる　　（彰）――にほふはかりなる（群宮）にあふはかりなる（京乙）
＊宸翰本（堺本Ⅲ類）、およびⅡ類無窮会本が「はかりなる（斗なる）」で、他は「はかりの（斗の）」となっている。

【例①―27】（堺本二〇八段、前田家本二〇八段、能因本ナシ）
〈前〉　**いふへきならす**（一八オ）
〈堺Ⅰ〉　いふへきならす　（台吉尊嘉山龍）
〈堺Ⅱ〉　いふへきならす　（朽鈴多）――いふへきにあらす（無）
〈堺Ⅲ〉　いふへきにあらす　（群宮京乙彰）
＊宸翰本（堺本Ⅲ類）、Ⅱ類無窮会本は「にあらす」で、他は「ならす」である。

【例①―28】（堺本二〇三段、前田家本二〇九段、能因本ナシ）
〈前〉　**いたくは**なえぬを（一八ウ）
〈堺Ⅰ〉　いたうは　（台吉尊嘉山龍）
〈堺Ⅱ〉　いたうは　（朽鈴多）――いたう（無）
〈堺Ⅲ〉　いたう　（群宮京乙彰）
＊宸翰本（堺本Ⅲ類）、およびⅡ類無窮会本は「いたくは（いたうは）」の「は」がない。

【例①―29】（堺本二〇四段、前田家本二一二段、能因本四三段）

〈前〉　いたくは**なえす**又あまりこはくしくはあらぬを（二三オ）
〈堺Ⅰ〉　なへす（台吉尊嘉山）――なへて（龍）
〈堺Ⅱ〉　なへす（朽鈴無多）
〈堺Ⅲ〉　ならす（群宮京乙彰）
〈能〉　なえぬ

＊宸翰本（堺本Ⅲ類）のみ「ならす」で、他は「なへす」もしくは「なへて」である。衣装のさまを説明する文章なので、堺本Ⅲ類の本文だと意味が通らない。ただし、前田家本の「え」（字母「衣」）と、「ら」（字母「良」）の字形が似ているので、「え」と「ら」の間の転訛の可能性がある。すると、前田家本との異同という点では、堺本Ⅰ類・Ⅱ類と同程度と見なすことができる。あるいは⑦に分類してもよい例かもしれないが、今回は①に分類した。

【例①―30】（堺本二〇四段、前田家本二一二段、能因本四三段）
〈前〉　**ひとへは**かうそめきすゝしなとにや（二三オ）
〈堺Ⅰ〉　ひとへは（台吉尊嘉山龍）
〈堺Ⅱ〉　ひとへは（朽鈴多）――ひとつは（無）
〈堺Ⅲ〉　ひとつは（宮京乙彰）――ひとへは（群）
〈能〉　ひとへ

＊群書本の「ひとへは」を除き、宸翰本（堺本Ⅲ類）は「ひとつは」となっている。Ⅱ類無窮会本も「ひとつは」である。それ以外の本では「ひとへは」となっている。堺本Ⅲ類の「ひとつは」だと文意が通りにくいように思われる。ただし、「へ」（字母「阝」）と「つ」（字母「川」）の字形の類似による転訛が想定できる。

【例①―31】（堺本二〇四段、前田家本二一二段、能因本四三段）

〈前〉　**とをすにこそは**あらめ（二三ウ）

〈堺Ⅰ〉　とをすにこそ（台吉尊嘉山龍）

〈堺Ⅱ〉　とをすにこそ（朽鈴多）――とをすこそは（無）

〈堺Ⅲ〉　とほすこそは（群宮京乙彰）

〈能〉　とほそにこそ

＊宸翰本（堺本Ⅲ類）は「とほすこそ」、およびⅡ類無窮会本は「とをすこそ」となっている。他本では「とをすにこそ」である。堺本Ⅲ類およびⅡ類無窮会本は助詞の「に」がない。なお、「こそは」の「は」の異同については、【例④―73】で検討する。

【例①―32】（堺本二〇四段、前田家本二一二段、能因本四三段）

〈前〉　しはしみたちたるに**まくらかみの**（二四オ）

〈堺Ⅰ〉　まくらの（吉嘉）――枕の（台尊山龍）

〈堺Ⅱ〉　まくらの（朽鈴）――まくら（無）枕の（多）

〈堺Ⅲ〉　さくらの（群京乙彰）――まくらの（宮）

〈能〉　枕

＊宸翰本（堺本Ⅲ類）は宮内庁本を除いて「まくら」が「さくら」となっている。堺本Ⅲ類の本文では文章の意味が通じない。ただし「ま」（字母「万」）と「さ」（字母「左」）の字形の類似による転訛が想定できる。なお、「かみ」の

異同については【例⑦―87】で検討する。

【例①―33】（堺本二〇四段、前田家本二一二段、能因本四三段）
〈前〉　まくら**かみのかたに**ほをの木の（二四オ）
〈堺Ⅰ〉　かみのかたに（台吉嘉山龍）――かみのに（尊）
〈堺Ⅱ〉　かみのかたに（朽鈴）――かみのほとに（無）かたに（多）
〈堺Ⅲ〉　かみのほとに（群宮京乙彰）
〈能〉　かみの方に
＊宸翰本（堺本Ⅲ類）、およびⅡ類無窮会本は「ほとに」であるが、他本は「かたに（に）」になっている。

【例①―34】（堺本二〇四段、前田家本二一二段、能因本四三段）
〈前〉　**たれとふしみのとて**（二四ウ）
〈堺Ⅰ〉　たれとふしみのとて（台吉尊嘉）――たれと伏みのとて（山龍）
〈堺Ⅱ〉　たれとふしみのとて（朽鈴多）――たれをふしみのとて（無）
〈堺Ⅲ〉　たれをふしみのとて（群宮京乙彰）
〈能〉　〔該当ノ一節ナシ〕
＊宸翰本（堺本Ⅲ類）、およびⅡ類無窮会本は「たれを」、他本は「たれと」である。堺本Ⅲ類は文のつながりがよくないように思われる。ただし、「と」（字母「止」）と「を」（字母「遠」）の字形の類似による異同と思われる。

【例①-35】（堺本二〇四段、前田家本二一二段、能因本四三段）

〈前〉　**なをおとこのこゝろは**（二五オ）

〈堺Ⅰ〉　猶男の心は（吉尊嘉）――なをおとこの心は（台）猶男のこゝろは（山龍）

〈堺Ⅱ〉　なを男の心は（朽）――なをおとこの心は（鈴無）猶おとこの心は（多）

〈堺Ⅲ〉　なを〳〵とこの心は（群京乙彰）――なをおとこの心は（宮）

〈能〉　〔該当ノ一節ナシ〕

＊宸翰本（堺本Ⅲ類）のみ、宮内庁本を除いて「なを〳〵」となっている。「〳〵」が「なを」の繰り返しではなく「を」を繰り返す意味で用いられているとすれば、異同とは見なされない。しかし、Ⅲ類の写本で「〳〵」が一字を繰り返す際に使われている例は今のところ確認できていない。よって、他例はないが、たとえば「なをゝとこの」から「なを〳〵とこの」と変化した可能性が高いのではないか。

【例①-36】（堺本二〇四段、前田家本二一二段、能因本四三段）

〈前〉　**丁字のうつしの**（二五ウ）

〈堺Ⅰ〉　丁子のうつしの（台吉尊嘉山龍）

〈堺Ⅱ〉　丁子のうつしの（朽鈴多）――丁子そめのうつしの（無）

〈堺Ⅲ〉　丁子そめのうつしの（群宮乙彰）――丁子のうつしの（京）

〈能〉　香の

＊京大本を除く宸翰本（堺本Ⅲ類）、およびⅡ類無窮会本は「丁字」の後に「そめ」が入っている。

【例①―37】（堺本二〇四段、前田家本二一二段、能因本四三段）

〈前〉　**女人しれす**（二五ウ）

〈堺Ⅰ〉　女人しれす　（台吉尊嘉山龍）

〈堺Ⅱ〉　女ひとしれす　（杇鈴）――女も人しれす（無）女人しれす（多）

〈堺Ⅲ〉　女もひとしれす　（群京乙）――女も人しれす（宮彰）

〈能〉　〔該当ノ一節ナシ〕

＊宸翰本（堺本Ⅲ類）、およびⅡ類無窮会本は「女も」となっており、他本は「女」となっていて「も」がない。文意がまったく変わるということはないが、Ⅲ類の本文には添加の意味が加わってくる。

【例①―38】（堺本二〇五段、前田家本二一三段、能因本ナシ）

〈前〉　やうくくれかたになりてひくらしのはなやかに**なきいてたる**こゑ（二六オ）

〈堺Ⅰ〉　鳴出たる　（吉嘉山龍）――なきいてたる（台）鳴いてたる（尊）

〈堺Ⅱ〉　なきいてたる　（杇鈴）――なきいてつる（無）鳴出たる（多）

〈堺Ⅲ〉　なきいてつる　（群宮京乙）――鳴いてつる（彰）

＊宸翰本（堺本Ⅲ類）、およびⅡ類無窮会本は「つる」、他本は「たる」になっている。文意はやや異なってくる。堺本Ⅲ類も文章として成立はしているが、蜩が鳴くという文脈においては、存続の助動詞「たる」のほうがつながりがよいように思われる。ただし、同じような完了の助動詞であることから、転訛の起こりやすい例と言えるのではないか。

【例①―39】（堺本二〇六段、前田家本二〇四段、能因本七四段）

〈前〉よろつのところもあけなからあれはすゝしけに**みえわたされたるか猶**いますこしいふへきことゝもはのこりたるこゝちすれは（二六ウ）
〈堺Ⅰ〉みわたさるゝか猶（吉尊嘉山龍）――みわたさるゝかなを（台）
〈堺Ⅱ〉みわたさるゝかなを（朽）――みわたさるゝか猶（鈴多）みわたされたるかほ（無）
〈堺Ⅲ〉みわたされたるかほ（群宮京乙彰）
〈能〉みわたされたる

＊宸翰本（堺本Ⅲ類）、およびⅡ類無窮会本のみ「かほ」となっている部分が、他本では「か猶（かなを、かなほ）」となっている。「な」の有無による異同である。堺本Ⅲ類の場合、前後の文章の意味がつながらない。なお、「れたる」と「るゝ」の異同は【例④-89】で検討する。また、「え」の有無による異同は【例⑦-97】で検討する。

【例①-40】（堺本二〇六段、前田家本二〇四段、能因本七四段）
〈前〉**けせうになる**（二六ウ）
〈堺Ⅰ〉そむせうになる（台吉嘉山）――けんせうになる（尊）せむせうになる（龍）
〈堺Ⅱ〉けむせうになる（朽鈴多）――けせうなる（無）
〈堺Ⅲ〉けせうなる（群宮京乙彰）
〈能〉いとけせうなる

＊宸翰本（堺本Ⅲ類）、およびⅡ類無窮会本のみ「なる」、他本は「になる」となっている。なお、「けせう」の異同については【例④-90】で検討する。

②前田家本・堺本Ⅰ類が一致する例

前田家本と堺本Ⅰ類とが一致する例は、計五例見られた。堺本Ⅱ類とⅢ類とが一致する場合と、一致しない場合とは区別していない。ここでも、Ⅱ類とⅢ類とが一致していない場合でも無窮会本とⅢ類とが一致している場合があり、やはり注意される。

【例②―1】（堺本一九〇段、前田家本二〇〇段、能因本三段）

〈前〉　ほそひつにいれ**つゝみにつゝみ**もしは（一二オ）

〈堺Ⅰ〉　つゝみにつゝみ（台時吉山龍甲）

〈堺Ⅱ〉　つゝみ（朽鈴）――つゝみにつゝみ（無多）

〈堺Ⅲ〉　つゝみ（群宮京乙彰）

〈能〉　〔該当ノ一節ナシ〕

＊前田家本と堺本Ⅰ類、およびⅡ類の無窮会本と多和本とが「つゝみにつゝみ」であるのに対して、宸翰本（堺本Ⅲ類）とⅡ類の朽木本、鈴鹿本は「つゝみ」となっている。

【例②―2】（堺本一九六段、前田家本二〇五段、能因本二〇五段）

〈前〉　かきしらぬさまなれと**うちかゝへたるか**おかしきこそ（一七オ）

〈堺Ⅰ〉　うちかゝへたる（台吉嘉山龍）――うちかゝへたるか（尊）

〈堺Ⅱ〉　うちかゝえたるか（朽鈴）――うちかゝれたるか（無）打かゝれたるか（多）

〈堺Ⅲ〉　うちかゝれたるか（群宮京乙彰）

〈能〉　〔該当ノ一節ナシ〕

＊前田家本と堺本Ⅰ類とが「か丶へたる」となっているのに対して、宸翰本（堺本Ⅲ類）、およびⅡ類無窮会本、多和本は「か丶れたる」となっている。前田家本と堺本Ⅰ類では、香りのただよってくるさまを「か丶へたる」と表現しているので、堺本Ⅲ類の「か丶れ」では文章としてつながっているようではあるものの、やはり意味が異なってこよう。「へ」（字母「辺」）と「れ」（字母「連」）との間の転訛とも思われるが、確認した範囲ではⅢ類の写本の「れ」は「礼」であった。あるいは、Ⅱ類の「え」（字母「衣」）と「れ」（字母「礼」）の字形が類似しているので、「へ」と「え」と「れ」との間で異同が発生したとも考えられる。なお、助詞「か」の有無については【例⑤-43】で検討する。

【例②-3】（堺本二〇二段、前田家本二〇八段、能因本ナシ）

〈前〉　**ゆふす丶み**まちいてたるか（一八オ）

〈堺Ⅰ〉　夕す丶み　（台吉尊嘉山龍）

〈堺Ⅱ〉　ゆふす丶みの（朽鈴無）――夕す丶み（多）

〈堺Ⅲ〉　ゆふす丶みの（群宮京乙）――夕す丶みの（彰）

＊前田家本と堺本Ⅰ類、およびⅡ類多和本が「ゆふす丶み」であるのに対して、宸翰本（堺本Ⅲ類）、およびⅡ類多和本以外の本では「ゆふす丶み」に格助詞「の」が伴っている。

【例②-4】（堺本二〇四段、前田家本二一二段、能因本四三段）

〈前〉　**うた丶ねにてそ**よるも（二二ウ）

〈堺Ⅰ〉　うた丶ねにてそ　（台吉尊嘉）――うた丶ねにてこそ（山龍）

〈堺Ⅱ〉たゝねにてそ　（朽鈴）――うたゝねにて（無）うたゝねにてこそ（多）
〈堺Ⅲ〉うたゝねにて　（群宮京乙彰）
〈能〉〔該当ノ一節ナシ〕
＊前田家本と堺本Ⅰ類、および無窮会本以外のⅡ類が「にてそ（にてこそ）」であるのに対して、宸翰本（堺本Ⅲ類）、およびⅡ類無窮会本は係助詞の「そ」をもっていない。

【例②―5】（堺本二〇四段、前田家本二一二段、能因本四三段）
〈前〉**事ともあるへし**（二五オ）
〈堺Ⅰ〉こと共あるへし　（吉山）――ことともあるへし（台龍）事ともあるへし（尊）こと、も有へし（嘉）
〈堺Ⅱ〉ことともあるへし　（朽）――ことゝももあるへし（鈴）事とも、あるへし（無）こと、もあるへし（多）
〈堺Ⅲ〉ことゝもゝあるへし　（宮京乙）――ことともゝあるへし（群）こと、もあるへし（彰）
〈能〉〔該当ノ一節ナシ〕
＊前田家本と堺本Ⅰ類、およびⅡ類多和本が「ともあるへし（共あるへし、ゝもあるへし）」となっているところが、宸翰本（堺本Ⅲ類）、および多和本以外のⅡ類では「ゝもゝあるへし（ともあるへし、ゝももあるへし、とも、あるへし）」となっている。「も」がある堺本Ⅲ類、Ⅱ類の本文には添加の意味が加わっている。

③前田家本・堺本Ⅱ類が一致する例

前田家本と堺本Ⅰ類とが一致する例は、計二例見られた。堺本Ⅰ類とⅢ類とが一致する場合と、一致しない場合とは区別していない。

【例③―1】（堺本一八八段、前田家本一九七段、能因本三段・一四七段）

〈前〉　**あか君〳〵などいふこそいとをしけれ**（五オ）
〈堺Ⅰ〉いと〳〵おしけれ（台時吉山龍）――いととをしけれ（甲）
〈堺Ⅱ〉いとをしけれ（朽）――いとおしけれ（鈴）いとおかしけれ（無）いといとおしけれ（多）
〈堺Ⅲ〉いとおかしけれ（群京乙彰）――いとをかしけれ（宮）
〈能〉〔該当ノ一節ナシ〕

＊前田家本と、堺本Ⅱ類の朽木本・鈴鹿本が「いとをしけれ（いとおしけれ）」となっている。堺本Ⅰ類、およびⅡ類多和本はさらに「いと」が加わるかたちで、文意は同じである。一方、宸翰本（堺本Ⅲ類）、およびⅡ類無窮会本は「いとおかしけれ」となっていて、文意がまったく異なってくる。堺本Ⅲ類も文章自体は通じている。また、「か」（字母「可」）は異同の起こりやすい例と言えよう。

【例③―2】（堺本一九一段、前田家本二〇一段、能因本二一四段）

〈前〉　**馬ひきよするにおほくある**ひとのこせんさうしきなとはおりて（一四オ）
〈堺Ⅰ〉おほえある（台時吉山龍甲）
〈堺Ⅱ〉おほくある（朽鈴）――おほえあるな（無）おほえある（多）
〈堺Ⅲ〉おほえある（群宮京乙）――覚えある（彰）
〈能〉おほえある

＊前田家本と堺本Ⅱ類の朽木本・鈴鹿本とが「おほくある」となっているのに対して、堺本Ⅰ類と宸翰本（堺本Ⅲ類）、

およびⅡ類無窮会本、多和本が「おほえある」となっている。文章の意味としては、「おほえある」のほうがつながりがよいと思われるが、「おほくある」でも文章としてはつながっているようである。「く」（字母「久」）と「え」（字母「衣」）の字形の類似による転訛が想定できよう。

④前田家本・堺本Ⅲ類が一致する例

前田家本と宸翰本（堺本Ⅲ類）のみが一致している例は、計九十例見られた。堺本Ⅰ類とⅡ類とが一致する場合と、一致しない場合とは区別していない。なお、ここでもⅡ類の無窮会本・多和本とⅢ類とが一致している場合があり、注意される。よって、Ⅱ類の異同状況についても適宜言及したい。

【例④-1】（堺本一八八段、前田家本一九七段、能因本三段・一四七段）

〈前〉　**正月一日は**（一オ）

〈堺Ⅰ〉　つゐたちに（時吉山龍）――ついたちに（台）ついたちには（甲）

〈堺Ⅱ〉　ついたちには（朽鈴無）――朔日に（多）

〈堺Ⅲ〉　一日は（群宮京乙彰）

〈能〉　一日はまして

＊前田家本と宸翰本（堺本Ⅲ類）が「一日は」で一致している。他はおおよそ「に」もしくは「には」となっている。

【例④-2】（堺本一八八段、前田家本一九七段、能因本三段・一四七段）

〈前〉　**七日は**（一オ）

〈堺Ⅰ〉　七日の日は　（台時吉山龍）――なぬかのひは（甲）
〈堺Ⅱ〉　なぬかのひは（朽）――七日の日は（鈴無多）
〈堺Ⅲ〉　七日は　（群宮京乙彰）
〈能〉　七日

＊前田家本と宸翰本（堺本Ⅲ類）のみ「七日は」で一致する。他は「の日（のひ）」が入る。

【例④―3】（堺本一八八段、前田家本一九七段、能因本三段・一四七段）

〈前〉　**人もみな**（一オ）
〈堺Ⅰ〉　人みな　（台時吉山龍甲）
〈堺Ⅱ〉　人みな　（朽無多）――ひとみな（鈴）
〈堺Ⅲ〉　人もみな　（群宮京乙彰）
〈能〉　人は

＊前田家本と宸翰本（堺本Ⅲ類）のみ「人もみな」で一致する。他は「も」がない。

【例④―4】（堺本一八八段、前田家本一九七段、能因本三段・一四七段）

〈前〉　**わかなあをやかに**つみいてつゝ（一オ）
〈堺Ⅰ〉　わかな　（台時吉山龍甲）
〈堺Ⅱ〉　わかな　（朽鈴）――若な（無）わかなあをやかに（多）
〈堺Ⅲ〉　わかなあをやかに　（群宮京乙彰）

〈能〉　わかなつみあをやかに

＊前田家本と宸翰本（堺本Ⅲ類）、およびⅡ類多和本のみ「あをやかに」をもつ。なお、能因本も「あをやかに」をもつ。

【例④―5】（堺本一八八段、前田家本一九七段、能因本三段・一四七段）

〈前〉　**ところ〳〵にも**（一オ）

〈堺Ⅰ〉　所とも（吉龍）――所にも（台時甲）所共（山）

〈堺Ⅱ〉　所にも（朽多）――ところにも（鈴）所〳〵にも（無）

〈堺Ⅲ〉　所〳〵にも（宮乙彰）――所々にも（群）所〳〵共（京）

〈能〉　ところに

＊前田家本と宸翰本（堺本Ⅲ類）、およびⅡ類無窮会本が、「ところ（所）」の次に踊り字が来る点で一致している。

【例④―6】（堺本一八八段、前田家本一九七段、能因本三段・一四七段）

〈前〉　**とのもつかさなとの**（一ウ）

〈堺Ⅰ〉　とのもつかさなと（台時吉甲）――とものつかさなと（山龍）

〈堺Ⅱ〉　とのもつかさなと（朽鈴多）――とものつかさなとの（無）

〈堺Ⅲ〉　とのもつかさなとの（群宮京乙彰）

〈能〉　とのもりつかさ女官なとの

＊前田家本と宸翰本（堺本Ⅲ類）、およびⅡ類無窮会本は格助詞の「の」をもつ。

【例④―7】（堺本一八八段、前田家本一九七段、能因本三段・一四七段）

〈前〉　**つねよりことに**（二オ）

〈堺Ⅰ〉　つねよりもことに（時吉山龍甲）――常よりもことに（台）

〈堺Ⅱ〉　つねよりもことに（杤鈴）――つねよりことに（無）常よりもことに（多）

〈堺Ⅲ〉　つねよりことに（群宮京乙彰）

〈能〉　つねよりはことに

＊前田家本と宸翰本（堺本Ⅲ類）、およびⅡ類無窮会本は「つねよりことに」で一致する。他は係助詞「も」が入る。

【例④―8】（堺本一八八段、前田家本一九七段、能因本三段・一四七段）

〈前〉　**ちやゐさやかなる**もゝの木の（二ウ）

〈堺Ⅰ〉　ちいさき（台時吉山龍）――ちゐさき（甲）

〈堺Ⅱ〉　ちいさき（杤鈴無多）

〈堺Ⅲ〉　ちいさやかなる（群宮京乙彰）

〈能〉　〔該当ノ一節ナシ〕

＊前田家本と宸翰本（堺本Ⅲ類）のみ「ちゐさやかなる（ちいさやかなる）」が一致する。他は「ちいさき」となっている。

【例④―9】（堺本一八八段、前田家本一九七段、能因本三段・一四七段）

〈前〉　もゝの木のあるかわかたちの**つらゝかに**さしたるをうつちにきらん（二ウ）

〈堺Ⅰ〉　つちから（台時吉山龍甲）

〈堺Ⅱ〉　つちから　（朽鈴多）――つよからす（無）
〈堺Ⅲ〉　つら、かに（群宮京乙彰）
〈能〉　いとしもかたに

＊前田家本と宸翰本（堺本Ⅲ類）のみ「つら、かに」で一致する。他は「つちから」となっている。文章の意味がわかりにくいため異同が起こったものと思われる。彰考館本の「ら、かに」（字母「良、可尓」）のつながった字形、吉田本の「ちから」（字母「知可良」）のつながった字形が比較的似ている点が参考になると思われる。

【例④―10】（堺本一八八段、前田家本一九七段、能因本三段・一四七段）
〈前〉　**きらんなといひて**わらはへの（二ウ）
〈堺Ⅰ〉　きらむなといひ（台時吉）――きらんなといひ（山龍）き覧なといひ（甲）
〈堺Ⅱ〉　きらむなといひ（朽）――きらんなといひ（鈴多）きらむなとはいひて（無）
〈堺Ⅲ〉　きらむなといひて（群宮彰）――きらむといひて（乙）きらむなといかて（京）
〈能〉　〔該当ノ一節ナシ〕

＊前田家本と宸翰本（堺本Ⅲ類）、およびⅡ類無窮会本は「いひて」の「て」がある点で一致する。

【例④―11・④―12】（堺本一八八段、前田家本一九七段、能因本三段・一四七段）
〈前〉　ことねりなとにやあらん**ほそやかなるわらはの**（二ウ）
〈堺Ⅰ〉　ひめやかなる（台時吉山龍）――ひそやかなる（甲）
〈堺Ⅱ〉　ひそやかなる（朽鈴）――ほそやかなる（無）ひめやかなる（多）

〈堺Ⅲ〉　ほそやかなるわらはの　（群宮京乙彰）
〈能〉　ほそやかなるわらはの
＊前田家本と宸翰本（堺本Ⅲ類）は「ほそやかなるわらはの」で一致する。能因本も同様である。堺本Ⅰ類とⅡ類の多くは、「ほそやか」が「ひめやか」または「ひそやか」となっており、さらに「わらはの」がない。ただし、Ⅱ類無窮会本は「ほそやか」である。注目すべき異同と言えよう。

【例④－13】（堺本一八八段、前田家本一九七段、能因本三段・一四七段）
〈前〉　**にはにきて**（二ウ）
〈堺Ⅰ〉　にはにて　（台時吉山龍甲）
〈堺Ⅱ〉　にはにて　（朽鈴）――庭にきて（無）庭にて（多）
〈堺Ⅲ〉　にはにきて　（群宮京乙彰）
〈能〉　〔該当ノ一節ナシ〕
＊前田家本と宸翰本（堺本Ⅲ類）、およびⅡ類無窮会本は「にはにきて（庭にきて）」で一致する。他は「き」がない。

【例④－14】（堺本一八八段、前田家本一九七段、能因本三段・一四七段）
〈前〉　二三人きのもとにたちて**き丁きりて**いてなとこふに（三オ）
〈堺Ⅰ〉　きちやうきりて　（台時吉山龍甲）
〈堺Ⅱ〉　きちやうきりて　（朽鈴無多）
〈堺Ⅲ〉　木丁きりて　（宮）――きてきりて（群京乙彰）

〈能〉　われによき木きりて

＊前田家本と宸翰本（堺本Ⅲ類）の宮内庁本とが「き丁（木丁）」となっている。堺本Ⅲ類の他の写本は「丁」が「て」になっているが、これは「丁」の誤写と思われる。彰考館本の「て」（字母「手」）の字形が参考になる。ただし、「きちやう」は、諸注釈書によると「毬打（ぎちやう）」のことである。よって堺本Ⅲ類の本文そのままでは文章が通じなくなってしまっている。表記上は漢字を使用しているため一致しているとも捉えられるのだが、この例は、例外的に、前田家本と堺本Ⅲ類のみ「丁」を漢字にしている点に注目すべきと考え、例に含めた。

【例④-15】（堺本一八八段、前田家本一九七段、能因本三段・一四七段）

〈前〉　**はかまのいろよきか**なよゝかなるなときたるも（三オ）

〈堺Ⅰ〉　はかまの　（台時吉山龍甲）

〈堺Ⅱ〉　はかまの　（朽鈴多）――はかまの色よきか（無）

〈堺Ⅲ〉　はかまの色よきか　（群宮京乙彰）

〈能〉　はかまなへたれといろなとよき

＊前田家本と宸翰本（堺本Ⅲ類）、およびⅡ類無窮会本は「いろよきか（色よきか）」という文言をもつ。他の本にはない。なお、能因本も「いろなとよき」という類似の表現が見出せる。

【例④-16】（堺本一八八段、前田家本一九七段、能因本三段・一四七段）

〈前〉　**めすそなといふに**（三オ）

〈堺Ⅰ〉　めすそといふに　　（台時吉山龍甲）

〈堺Ⅱ〉　めすそといふに　（朽鈴）——めすそなといふに（無多）
〈堺Ⅲ〉　めすそなといふに　（群宮京乙彰）
〈能〉　めすそなといひて

＊前田家本と宸翰本（堺本Ⅲ類）、およびⅡ類無窮会本・多和本は「めすそなといふに」の「な」がある。能因本も「な」を含んでいる。

【例④−17】（堺本一八八段、前田家本一九七段、能因本三段・一四七段）

〈前〉　**よりて**　（三オ）
〈堺Ⅰ〉　よりきて　（台時吉山龍甲）
〈堺Ⅱ〉　よりきて　（朽鈴無）——ナシ（多）
〈堺Ⅲ〉　よりて　（群宮京乙彰）
〈能〉　よりて

＊前田家本と宸翰本（堺本Ⅲ類）のみ「よりて」で一致する。能因本も「よりて」となっている。

【例④−18】（堺本一八八段、前田家本一九七段、能因本三段・一四七段）

〈前〉　わかき女房とも**うたむとうかゝふを**（三ウ）
〈堺Ⅰ〉　うかゝふを　（台時吉山龍甲）
〈堺Ⅱ〉　うかゝふを　（朽鈴多）——うたんとうかゝふを（無）
〈堺Ⅲ〉　うたんとうかゝふを　（群宮京乙彰）

〈能〉　うかゝふ

＊前田家本と宸翰本（堺本Ⅲ類）、およびⅡ類無窮会本は「うたむと（うたんと）」という語をもつ。

【例④-19】（堺本一八八段、前田家本一九七段、能因本三段・一四七段）

〈前〉　**けうあり**うれしと思て（三ウ）

〈堺Ⅰ〉　けうありいみしく（台時吉山龍甲）

〈堺Ⅱ〉　けうありていみしく（朽鈴）――けふあり（無）けうあり（多）

〈堺Ⅲ〉　けうあり（群宮京乙彰）

〈能〉　けうありと

＊前田家本と宸翰本（堺本Ⅲ類）、およびⅡ類無窮会本・多和本は「いみしく」をもたない。能因本にも「いみしく」はない。

【例④-20】（堺本一八八段、前田家本一九七段、能因本三段・一四七段）

〈前〉　**我はとおもひところえたる**（四オ）

〈堺Ⅰ〉　われはとおもふ所えたる（時吉山龍甲）――我はと思ふ所えたる（台）

〈堺Ⅱ〉　われはとおもふ所えたる（朽鈴）――われわとおもひ所えたる（無）我はと思ひ所えたる（多）

〈堺Ⅲ〉　われはとおもひところえたる（群京乙彰）――われはと思ひところえたる（宮）

〈能〉　われはとおもひたる

＊前田家本と宸翰本（堺本Ⅲ類）、およびⅡ類無窮会本・多和本は「おもひ（思ひ）」となっている。他の本は「おもふ」となっている。

【例④-21】（堺本一八八段、前田家本一九七段、能因本三段・一四七段）
〈前〉**あなかまと**（四オ）
〈堺Ⅰ〉あなかまなと（台時吉山龍甲）
〈堺Ⅱ〉あなかまなと（朽鈴無）――あなかまと（多）
〈堺Ⅲ〉あなかまと（群宮京乙彰）
〈能〉あなかま〳〵と

＊前田家本と宸翰本（堺本Ⅲ類）、およびⅡ類多和本は「あなかまと」となっている。他の本では「あなかまなと」である。

【例④-22】（堺本一八八段、前田家本一九七段、能因本三段・一四七段）
〈前〉女きみはしらぬかほにて**ゐたるこそ**おかしけれ（四オ）
〈堺Ⅰ〉ねたるこそ（台時吉山龍甲）
〈堺Ⅱ〉ねたるこそ（朽鈴）――居たるこそ（無）ゐたるこそ（多）
〈堺Ⅲ〉ゐたるこそ（群宮京乙彰）
〈能〉居給へり

＊前田家本と宸翰本（堺本Ⅲ類）、およびⅡ類無窮会本・多和本は「ゐたる（居たる）」となっている。能因本も「居」になっている。他の堺本はほぼ「ねたる」となっているが、「ねたる」では文章の意味が通じない。

【例④-23】（堺本一八八段、前田家本一九七段、能因本三段・一四七段）

〈前〉　**うちえみて**みをこせたるに（四オ）
〈堺Ⅰ〉　うちわらひて（台時吉山龍甲）
〈堺Ⅱ〉　うちわらひて（朽鈴多）——うちゑみて（無）
〈堺Ⅲ〉　うちえみて（宮京乙彰）——うちゑみて（群）
〈能〉　ゑみたる

＊前田家本と宸翰本（堺本Ⅲ類）、およびⅡ類無窮会本は「うちえみて（うちゑみて）」となっている。なお能因本は「ゑみたる」である。

【例④―24】（堺本一八八段、前田家本一九七段、能因本三段・一四七段）
〈前〉　**かほうちあかみて**（四オ）
〈堺Ⅰ〉　かほうちあかめて（台時吉山龍甲）
〈堺Ⅱ〉　かほうちあかめて（朽鈴無多）
〈堺Ⅲ〉　かほうちあかみて（群宮京乙彰）
〈能〉　かほすこしあかみて

＊前田家本と宸翰本（堺本Ⅲ類）は「あかみて」となっている。能因本も「あかみて」である。

【例④―25】（堺本一八八段、前田家本一九七段、能因本三段・一四七段）
〈前〉　おかし**をのかとちはかたみにうち**のゝしりて（四オ）
〈堺Ⅰ〉　うちをのかとちは（台時吉山龍甲）

〈堺Ⅱ〉　うちをのかとちは　（朽）――うちおのかとちは（鈴）をのかとちはかたみにうち（無）
　　　　　　　　　　　　　　　　　　こゝらをのかとちは（多）
〈堺Ⅲ〉　をのかとちはかた身にうち　（群京乙）――おのかとちはかた身にうち（宮）
　　　　　　　　　　　　　　　　　　をのかとちはかたみにうち（彰）
〈能〉　又かたみにうち

＊前田家本と宸翰本（堺本Ⅲ類）、およびⅡ類無窮会本は、「うち」の位置と「かたみに」の有無が一致する。注目すべき異同と言えよう。

【例④-26】（堺本一八八段、前田家本一九七段、能因本三段・一四七段）

〈前〉　**かしらしろきなとか**この人かの人と（四ウ）
〈堺Ⅰ〉　白きなと　（時吉山龍）――しろきなと（台甲）
〈堺Ⅱ〉　しろきなと　（朽鈴無多）
〈堺Ⅲ〉　しろきなとか　（群宮京乙彰）
〈能〉　しろきなとか

＊前田家本と宸翰本（堺本Ⅲ類）のみ「しろきなとか」で一致する。能因本も同様である。他の堺本は「か」をもたない。

【例④-27】（堺本一八八段、前田家本一九七段、能因本三段・一四七段）

〈前〉　**つほねにもきつゝ**わかたうりあるよしなと（五オ）
〈堺Ⅰ〉　つほねにも　（時吉山龍甲）――ナシ（台）

〈堺Ⅱ〉つほねにも（朽鈴多）――つほねにもきつゝ（無）
〈堺Ⅲ〉つほねにもきつゝ（群宮京乙）――局にもきつゝ（彰）
〈能〉つほねによりて

＊前田家本と宸翰本（堺本Ⅲ類）、およびⅡ類無窮会本は「きつゝ」をもつ。

【例④―28】（堺本一八九段、前田家本一九九段、能因本三段）
〈前〉**はひろになりたるは**にくし（一一オ）
〈堺Ⅰ〉はひろに成たる（吉）――葉ひろになりたる（台）はひろになりたる（時甲）葉色になりたる（山龍）
〈堺Ⅱ〉はひろになりたる（朽鈴）――葉ひろになりたるは（無）葉色になりたるは（多）
〈堺Ⅲ〉ゝひろになりたるは（群宮京彰）――ゝひろくなりたるは（乙）
〈能〉ひろこりたるは

＊前田家本と宸翰本（堺本Ⅲ類）、およびⅡ類無窮会本・多和本は「なりたるは」の「は」をもつ。

【例④―29】（堺本一八九段、前田家本一九九段、能因本三段）
〈前〉**なをしに**いたしうちきなとしたる（一一ウ）
〈堺Ⅰ〉なをし（時吉山龍甲）――なを〳〵（台）
〈堺Ⅱ〉なをし（朽鈴多）――なをしに（無）
〈堺Ⅲ〉なをしに（群宮京乙彰）
〈能〉なをしに

＊前田家本と宸翰本（堺本Ⅲ類）、およびⅡ類無窮会本は「なをしに」の「に」をもつ。

【例④―30】（堺本一八九段、前田家本一九九段、能因本三段）
〈前〉　その**わたりにとりむしの**ひたひつきはいとうつくしうてとひありくも（一一ウ）
〈堺Ⅰ〉　わたりにひとりむしの（台時吉山龍甲）
〈堺Ⅱ〉　わたりにひとりむしの（朽鈴多）――わたりにとりむしの（無）
〈堺Ⅲ〉　わたりにとりむしの（群宮京乙彰）
〈能〉　とりむしの

＊前田家本と宸翰本（堺本Ⅲ類）、およびⅡ類無窮会本は「とりむしの」となっている。能因本も同様である。堺本Ⅰ類・Ⅱ類の「ひとりむし」が「火とり虫」（速水［一九九〇］）の意だとすれば、三月ののどかな情景に飛び交うという文脈にそぐわない本文になってしまっている。

【例④―31】（堺本一九〇段、前田家本二〇〇段、能因本三段）
〈前〉　**けちめはかりにて**しろかさねともは（一一ウ）
〈堺Ⅰ〉　けちめはかりに（台時吉山龍甲）
〈堺Ⅱ〉　けちめはかりに（朽鈴多）――けちめはかりにて（無）
〈堺Ⅲ〉　けちめはかりにて（群宮京乙彰）
〈能〉　〔該当ノ一節ナシ〕

＊前田家本と宸翰本（堺本Ⅲ類）、およびⅡ類無窮会本は「にて」の「て」をもつ。

【例④−32】（堺本一九〇段、前田家本二〇〇段、能因本三段）

〈前〉　**しろかさねともは**おなしさまに（一一ウ）
〈堺Ⅰ〉　しらかさねとも（台時吉山龍甲）
〈堺Ⅱ〉　しらかさねとも（朽鈴多）——しらかさねともは（無）
〈堺Ⅲ〉　しらかさねともは（群宮京乙彰）
〈能〉　〔該当ノ一節ナシ〕

＊前田家本と宸翰本（堺本Ⅲ類）、およびⅡ類無窮会本は「ともは」の「は」をもつ。

【例④−33】（堺本一九〇段、前田家本二〇〇段、能因本三段）

〈前〉　**こゑをきゝつけたるは**（一二オ）
〈堺Ⅰ〉　聲（台時吉山龍）——こゑ（甲）
〈堺Ⅱ〉　聲（朽鈴多）——こゑを（無）
〈堺Ⅲ〉　声を（京乙）——聲を（群）ナシ（宮）こゑを（彰）
〈能〉　を

＊前田家本と宸翰本（堺本Ⅲ類）、およびⅡ類無窮会本は「こゑを（声を）」の「を」がある点で一致する。

【例④−34】（堺本一九〇段、前田家本二〇〇段、能因本三段）

〈前〉　**おかしくおほゆ**（一二オ）

〈堺Ⅰ〉をかし　（台時吉山龍）――をかしけれ（甲）
〈堺Ⅱ〉おかしけれ　（朽鈴無）――おかし（多）
〈堺Ⅲ〉おかしうおほゆ　（群京乙彰）――をかしうおほゆ（宮）
〈能〉〔該当ノ一節ナシ〕

＊前田家本と宸翰本（堺本Ⅲ類）のみ「おかしくおほゆ（おかしうおほゆ）」で一致する。他の堺本は「おほゆ」がなく、「をかし（おかし）」もしくは「をかしけれ（おかしけれ）」である。

【例④-35】（堺本一九〇段、前田家本二〇〇段、能因本三段）
〈前〉かみ**ひとひら**なとはかりに（一二オ）
〈堺Ⅰ〉ひとへら　（台時吉山龍甲）
〈堺Ⅱ〉ひとつら　（朽鈴）――ひとひら（無）ひとへら（多）
〈堺Ⅲ〉ひとひら　（群宮京乙彰）
〈能〉など

＊前田家本と宸翰本（堺本Ⅲ類）、およびⅡ類無窮会本は「ひとひら」で一致する。

【例④-36】（堺本一九〇段、前田家本二〇〇段、能因本三段）
〈前〉すそこむらこまきそめなともつねに**みるは**さもおほえねと（一二オ）
〈堺Ⅰ〉みゆるは　（台時吉山龍甲）
〈堺Ⅱ〉みゆるは　（朽鈴多）――みるは（無）

〈堺Ⅲ〉　みるは　（群宮京乙彰）

〈能〉　よりも

＊前田家本と宸翰本（堺本Ⅲ類）、およびⅡ類無窮会本は「みるは」で一致する。他の堺本は「みゆるは」となっている。

【例④—37】（堺本一九〇段、前田家本二〇〇段、能因本三段）

〈前〉　さも**おほえねとそのころはいと**をかしう（一二オ）

〈堺Ⅰ〉　おほえねと　（台時吉山龍甲）

〈堺Ⅱ〉　おほえねと　（朽鈴）——おほゑねと其頃はいと（無）覚えねと（多）

〈堺Ⅲ〉　おほえねとそのころはいと　（群宮京乙）——おほえねとその比はいと（彰）

〈能〉　〔該当ノ一節ナシ〕

＊前田家本と宸翰本（堺本Ⅲ類）、およびⅡ類無窮会本は「そのころはいと（その比はいと、其頃はいと）」をもつ。

【例④—38】（堺本一九〇段、前田家本二〇〇段、能因本三段）

〈前〉　**なえほころひかちに**うちみたれて（一二ウ）

〈堺Ⅰ〉　なへほころひ　（台時吉山龍甲）

〈堺Ⅱ〉　なへほころひ　（朽鈴無）——みなほころひかちに（多）

〈堺Ⅲ〉　なえほころひかちに　（群宮京乙彰）

〈能〉　ほころひたえ

＊前田家本と宸翰本（堺本Ⅲ類）、およびⅡ類多和本は「かちに」をもつ。

【例④-39】（堺本一九一段、前田家本二〇一段、能因本二一四段）

〈前〉　さうそく**わろくくて**ものみる人（一三オ）
〈堺Ⅰ〉　なくて　（台時吉山龍甲）
〈堺Ⅱ〉　なくて　（朽鈴多）——わろくて（無）
〈堺Ⅲ〉　わろくて（群宮京乙彰）
〈能〉　わろくて

＊前田家本と宸翰本（堺本Ⅲ類）、およびⅡ類無窮会本が「わろくて」となっている。能因本も「わろくて」である。なお、前田家本は「く」が重複している。写本では「……わろく／（改行）くて……」と書かれている。前田家本と堺本Ⅲ類の「わろくて」と、堺本Ⅰ類・Ⅱ類の「なくて」との対立関係が見られるため、④の例に加えた。

【例④-40】（堺本一九一段、前田家本二〇一段、能因本二一四段）

〈前〉　**それたに猶**あなかちなるさまなるは（一三オ）
〈堺Ⅰ〉　それたに　（台時吉山龍甲）
〈堺Ⅱ〉　それたに　（朽鈴多）——それたになを（無）
〈堺Ⅲ〉　それたになを（群宮京乙）——それたに猶（彰）
〈能〉　それたに猶

＊前田家本と宸翰本（堺本Ⅲ類）、およびⅡ類無窮会本は「それたに」に続けて「猶（なを）」がある。能因本も「猶」をもつ。

【例④―41】（堺本一九一段、前田家本二〇一段、能因本二一四段）
〈前〉　**まして行幸**（一三オ）
〈堺Ⅰ〉　行幸（台時吉山龍）――きやうかう（甲）
〈堺Ⅱ〉　行幸（朽）――きやうかう（鈴）まして行幸（無多）
〈堺Ⅲ〉　まして行幸（群宮京乙彰）
〈能〉　まして

＊前田家本と宸翰本（堺本Ⅲ類）、およびⅡ類無窮会本・多和本は「まして」をもつ。

【例④―42】（堺本一九一段、前田家本二〇一段、能因本二一四段）
〈前〉　**したすたれも**（一三オ）
〈堺Ⅰ〉　したすたれなとも（台時吉山龍甲）
〈堺Ⅱ〉　したすたれなとも（朽鈴無）――下すたれなとも（多）
〈堺Ⅲ〉　したすたれも（群宮京乙彰）
〈能〉　下すたれも

＊前田家本と宸翰本（堺本Ⅲ類）のみ「したすたれも」で一致する。能因本も同様である。他本では「なと」が入る。

【例④―43】（堺本一九一段、前田家本二〇一段、能因本二一四段）
〈前〉　ちかう**たつる**をりなとこそ（一三ウ）
〈堺Ⅰ〉　たつ（台時吉山龍甲）

〈堺Ⅱ〉　たつ　（朽鈴無多）
〈堺Ⅲ〉　たつる　（群宮京乙彰）
〈能〉　たつ

＊前田家本と宸翰本（堺本Ⅲ類）のみ「たつる」で一致する。他本は「たつ」となっている。

【例④―44】（堺本一九一段、前田家本二〇一段、能因本二一四段）
〈前〉　**いとひさしければ**（一三ウ）
〈堺Ⅰ〉　ひさしければ　（台時吉山龍甲）
〈堺Ⅱ〉　ひさしければ　（朽鈴無多）
〈堺Ⅲ〉　いとひさしければ　（群宮京乙彰）
〈能〉　いと久しきに

＊前田家本と宸翰本（堺本Ⅲ類）のみ「いと」をもつ。能因本にも「いと」がある。

【例④―45】（堺本一九一段、前田家本二〇一段、能因本二一四段）
〈前〉　**まいりたりけるきむたち弁**小納言なとの（一三ウ）
〈堺Ⅰ〉　まいりたりける人上達部弁　（時吉山龍）――まいりたる人上達部辨（台）
まいりたりけるへかむたちへゝむ（甲）
〈堺Ⅱ〉　まいりたりける人かむたちめへむ　（朽鈴）――まいりたりけるきんたちへむ（無）
まいりたりける人上達部弁（多）

〈堺Ⅲ〉　まいりたりけるきんたち弁　（群宮京乙彰）
〈能〉　まいりたる殿上人所の衆辨
　＊前田家本と宸翰本（堺本Ⅲ類）は「きむたち弁（きんたち弁）」となっている。Ⅱ類無窮会本も「きんたちへむ」となっている。他の堺本の多くは「人上達部弁（人かむたちめへむ）」等になっている。河甲本を参考にすると、「きむたちへむ」と「人かむたちへゝむ」との間で異同が起こったのではないかと思われる。どちらの場合も文章の意味はうまく通じるようになっている。

【例④―46】（堺本一九一段、前田家本二〇一段、能因本二一四段）
〈前〉　**なゝつやつとをと**（一三ウ）
〈堺Ⅰ〉　なゝつやつとを（時吉甲）――七・八・とを（台）なゝつ八とを（山）なゝつはとを（龍）
〈堺Ⅱ〉　なゝつやつとを（朽鈴）――なゝつやつとをと（無）なゝつやつとをほと（多）
〈堺Ⅲ〉　七八とほと　（群宮京乙彰）
〈能〉　七重八重
　＊前田家本と宸翰本（堺本Ⅲ類）、およびⅡ類無窮会本・多和本が「とを（とほ）」のあとに「と」をもつ。ただし多和本は「とをほと」となって、意味が異なってくる。

【例④―47】（堺本一九一段、前田家本二〇一段、能因本二一四段）
〈前〉　**けのまへにたちて**（一四オ）
〈堺Ⅰ〉　まへに　（台時吉山龍甲）

〈堺Ⅱ〉まへに　（朽鈴無）――前に（多）
〈堺Ⅲ〉けのまへに（群宮京乙彰）
〈能〉〔該当ノ一節ナシ〕
＊前田家本と宸翰本（堺本Ⅲ類）のみ「けの」をもつ。

【例④―48】（堺本一九一段、前田家本二〇一段、能因本二一四段）
〈前〉**殿上人もの**いひにをこせなとし（一四オ）
〈堺Ⅰ〉殿上人ももの（時吉甲）――殿上人も物（台山）殿上人に物（龍）
〈堺Ⅱ〉殿上人ものの（朽鈴）――殿上人もの（無）殿上人も物（多）
〈堺Ⅲ〉殿上人物（群宮京乙彰）
〈能〉殿上人の物
＊前田家本と宸翰本（堺本Ⅲ類）、およびⅡ類無窮会本は「もの（物）」となっている。他の堺本では、「ももの（も物）」、「に物」等、一字多くなっている。

【例④―49】（堺本一九一段、前田家本二〇一段、能因本二一四段）
〈前〉**すきさせ給ぬれはまたいそきあくるもおかし**（一四オ）
〈堺Ⅰ〉いとをかし（台時吉山龍甲）
〈堺Ⅱ〉いとおかし（朽鈴）――又いそきあくるもおかし（無多）
〈堺Ⅲ〉又いそきあくるもおかし（群京彰）――又いそきあくるもをかし（宮）又いそきありくるもおかし（乙）

〈能〉　まとひありくもおかし

＊前田家本と宸翰本（堺本Ⅲ類）、およびⅡ類無窮会本・多和本は「またいそきあくるも（又いそきあくるも）」をもつ。堺本Ⅰ類・Ⅱ類はほぼ「いとをかし（いとおかし）」であり、かなり大きな異同となっている。

【例④—50】（堺本一九一段、前田家本二〇一段、能因本二一四段）

〈前〉　**なとてかとて**（一四ウ）

〈堺Ⅰ〉　なとてわかとて（時吉山）——ナシ（台）なとにわかとて（龍）なとてにかとて（甲）

〈堺Ⅱ〉　なとてにかとて（朽鈴）——なとてかとて（無多）

〈堺Ⅲ〉　なとてかとて（宮彰）——なとてかとく（群宮乙）

〈能〉　なとてたつましきそと

＊前田家本と宸翰本（堺本Ⅲ類）の宮内庁本・彰考館本、およびⅡ類無窮会本・多和本は「なとてかとて」で一致する。堺本Ⅲ類の群書本・宮内庁本・河乙本の「なとてかとく」は、「て（字母「天」）」と「く（字母「久」）」の字形の類似によるものと思われる。

【例④—51】（堺本一九一段、前田家本二〇一段、能因本二一四段）

〈前〉　**かくところもなう**たちこみてひまもなし（一四ウ）

〈堺Ⅰ〉　かくと心もとなく（台時吉山龍甲）

〈堺Ⅱ〉　かくと心もとなく（朽鈴）——かくところもなく（無）かく所もとなく（多）

〈堺Ⅲ〉　かくところもなく（群宮京乙彰）

〈能〉　所もなく

＊前田家本と宸翰本（堺本Ⅲ類）、およびⅡ類無窮会本は「ところもなう（ところもなく）」となっている点で一致する。堺本Ⅰ類とⅡ類は、多くは「かくと心もとなく」、Ⅱ類多和本が「かく所もとなく」となって、意味が異なっており、文章としてもつながらない。現存の写本ではすべて「心」が漢字表記になっているが、おそらく「ころもなく」が「こゝろもとなく」に転訛したものと考えられよう。

【例④―52】（堺本一九一段、前田家本二〇一段、能因本二二四段）

〈前〉　このくるまとものをのこともなきかなといふにてまとひするけしきとも（一四ウ）

〈堺Ⅰ〉　なにかかなと（時吉山龍）――なにかなと（台甲）

〈堺Ⅱ〉　なにかなと（朽鈴）――なきかなと（無）なきかかなと（多）

〈堺Ⅲ〉　なきかなと（群宮京乙彰）

〈能〉　〔該当ノ一節ナシ〕

＊前田家本と宸翰本（堺本Ⅲ類）、およびⅡ類無窮会本のみ「なきかなと」で一致する。

【例④―53】（堺本一九一段、前田家本二〇一段、能因本二二四段）

〈前〉　**つき〳〵にのりたる**（一五オ）

〈堺Ⅰ〉　つき〳〵のりたる（時吉山龍甲）――つき〳〵乗たる（台）

〈堺Ⅱ〉　つき〳〵のりたる（朽鈴多）――つき〳〵にのりたる（無）

〈堺Ⅲ〉　つき〳〵にのりたる（群宮京乙彰）

〈能〉　〔該当ノ一節ナシ〕

＊前田家本と宸翰本（堺本Ⅲ類）、およびⅡ類無窮会本は「つき〳〵」の次に「に」をもつ。

【例④―54】（堺本一九一段、前田家本二〇一段、能因本二一四段）

〈前〉　**思やらる**（一五オ）

〈堺Ⅰ〉　思ひやる（台吉山龍）――おもひやる（時）おもひやらる（甲）

〈堺Ⅱ〉　おもひやらるゝ（朽鈴）――思ひやらる（無）思ひやる（多）

〈堺Ⅲ〉　思ひやらる（群京乙）――思やらる（宮彰）

〈能〉　〔該当ノ一節ナシ〕

＊前田家本と宸翰本（堺本Ⅲ類）、およびⅡ類無窮会本は「思やらる（思ひやらる）」となっている。Ⅰ類でも例外的に河甲本が「おもひやらる」となっている。他の堺本Ⅰ類とⅡ類の多和本が「思ひやる（おもひやる）」、Ⅱ類の朽木本と鈴鹿本が「おもひやらるゝ」となっている。「やらる」（字母「也良留」）がつながった字形と「やる」「やらるゝ」がつながった字形は似ているので、異同が起こったと考えられよう。

【例④―55】（堺本一九一段、前田家本二〇一段、能因本二一四段）

〈前〉　**いつくへにか**あらん（一五オ）

〈堺Ⅰ〉　いつくにか（台時吉山龍甲）

〈堺Ⅱ〉　いつくにか（朽鈴）――いつくへにか（無多）

〈堺Ⅲ〉　いつくへにか（群宮京乙彰）

〈能〉　〔該当ノ一節ナシ〕

＊前田家本と宸翰本（堺本Ⅲ類）、およびⅡ類無窮会本・多和本は「いつくへにか」の「へ」をもつ。

【例④―56】（堺本一九一段、前田家本二〇一段、能因本二一四段）

〈前〉　**うしうちかけて**（一五オ）

〈堺Ⅰ〉　うしかけて（台時吉山龍甲）

〈堺Ⅱ〉　うしかけて（朽鈴多）――うしうちかけて（無）

〈堺Ⅲ〉　うしうちかけて（群宮京乙彰）

〈能〉　牛かけて

＊前田家本と宸翰本（堺本Ⅲ類）、およびⅡ類無窮会本のみ「うし」の後に「うち」をもつ。

【例④―57】（堺本一九一段、前田家本二〇一段、能因本二一四段）

〈前〉　**またなに事も**（一五オ）

〈堺Ⅰ〉　まことに（台時吉山龍甲）

〈堺Ⅱ〉　まことに（朽鈴無多）

〈堺Ⅲ〉　又（群宮京乙彰）

〈能〉　〔該当ノ一節ナシ〕

＊前田家本と宸翰本（堺本Ⅲ類）のみ「また（又）」となっている。他の堺本はすべて「まことに」である。

【例④―58】（堺本一九八段、前田家本二九七段、能因本二〇六段）
〈前〉　五日のしやうふの**秋冬まで**あるか（八〇ウ）
〈堺Ⅰ〉　秋冬よく　（台吉尊嘉）――秋の冬よく（山龍）
〈堺Ⅱ〉　あき冬よく　（朽鈴）――秋冬まで（無多）
〈堺Ⅲ〉　秋冬まで　（群宮京乙彰）
〈能〉　秋冬すくるまで
＊前田家本と宸翰本（堺本Ⅲ類）、およびⅡ類無窮会本・多和本は「まて（まで）」となっている。他はほぼ「よく」となっており、文章の意味がとりにくい。「まて」（字母「万天」）と「よく」（字母「良久」）との字形の類似による異同と思われる。

【例④―59】（堺本二〇一段、前田家本二〇七段、能因本ナシ）
〈前〉　わひしけれは**ひ水に**（一七ウ）
〈堺Ⅰ〉　水に　（台吉尊嘉山龍）
〈堺Ⅱ〉　水に　（朽鈴）――ひみつに（無）水にて（多）
〈堺Ⅲ〉　ひみつに　（群宮京乙彰）
＊前田家本と宸翰本（堺本Ⅲ類）、およびⅡ類無窮会本は「ひ水（ひみつ）」となっている。他の堺本では「水」である。

【例④―60】（堺本二〇一段、前田家本二〇七段、能因本ナシ）
〈前〉　**てひたしなと**（一七ウ）

〈堺Ⅰ〉　てをひたしなと（吉嘉山龍）――手をひたしなと（台尊）
〈堺Ⅱ〉　手をひたしなと（朽多）――てをひたしなと（鈴）てひたしなと（無）
〈堺Ⅲ〉　てひたしなと（群宮京乙彰）
＊前田家本と宸翰本（堺本Ⅲ類）、およびⅡ類無窮会本は「てひたしなと」となっている。他の堺本は「てを」の「を」を含んでいる。

【例④—61】（堺本二〇一段、前田家本二〇七段、能因本ナシ）
〈前〉　**なにはかりなる事**の（一七ウ）
〈堺Ⅰ〉　なにはかりのこと（台吉嘉）――なにはかりの事（尊）なにはかりこと（山龍）
〈堺Ⅱ〉　なにはかりのこと（朽鈴）――何はかりなる事（無）なに斗のこと（多）
〈堺Ⅲ〉　なにはかりなること（群宮京乙彰）
＊前田家本と宸翰本（堺本Ⅲ類）、およびⅡ類無窮会本は「なにはかり（何はかり）」の次に「なる」をもつ。

【例④—62】（堺本二〇一段、前田家本二〇七段、能因本ナシ）
〈前〉　又こゝろ**うつす事**ありなんやといふほとに（一七ウ）
〈堺Ⅰ〉　うつる事（台吉尊嘉山龍）
〈堺Ⅱ〉　うつること（朽鈴）――うつす事（無）うつる事（多）
〈堺Ⅲ〉　うつす事（群宮京乙）――うつすこと（彰）
＊前田家本と宸翰本（堺本Ⅲ類）、およびⅡ類無窮会本のみ「うつす」で一致する。他本では「うつる」となっている。

【例④－63】（堺本二〇一段、前田家本二〇七段、能因本ナシ）

〈前〉　**ありなんやと**いふほとに（一七ウ）

〈堺Ⅰ〉　ありなんと（吉尊山龍）――ありなむと（台嘉）

〈堺Ⅱ〉　ありなんと（朽多）――ありなむと（鈴）ありなんやと（無）

〈堺Ⅲ〉　ありなんやと（群宮京乙彰）

＊前田家本と宸翰本（堺本Ⅲ類）、およびⅡ類無窮会本は「ありなんや」の「や」をもつ。「や」をもたない堺本Ⅰ類・Ⅱ類の本文とは文章の意味が変わってくる。

【例④－64】（堺本二〇三段、前田家本二〇九段、能因本ナシ）

〈前〉　**そひふしたりと**うちに（一八ウ）

〈堺Ⅰ〉　そひふしたり（台吉尊嘉山龍）

〈堺Ⅱ〉　そひふしたり（朽鈴多）――そひふしたりと（無）

〈堺Ⅲ〉　そひふしたりと（群宮京乙彰）

＊前田家本と宸翰本（堺本Ⅲ類）、およびⅡ類無窮会本は「そひふしたりと」の「と」をもつ。

【例④－65】（堺本二〇三段、前田家本二〇九段、能因本ナシ）

〈前〉　ひわのよく**なるをゝきたるを**（一九オ）

〈堺Ⅰ〉　なるをきたるを（台吉嘉龍）――なるををきたるを（尊）なるきたるを（山）

〈堺Ⅱ〉　なるをきたるを　（朽鈴）――なるををきたるを（無）なるを置たるを（多）
〈堺Ⅲ〉　なるをゝきたるを　（宮京乙彰）――なるををきたるを（群）

＊前田家本と宸翰本（堺本Ⅲ類）、およびⅡ類無窮会本は「なるをゝきたるを（なるををきたるを）」で、「を」を重ねている。例外的に、Ⅰ類の尊経閣本も同様である。また、Ⅱ類多和本は「なるを置たるを」というふうに漢字を当てている。

【例④―66】（堺本二〇四段、前田家本二一二段、能因本四三段）

〈前〉　**六月のつこもり**（二一ウ）
〈堺Ⅰ〉　六月つこもり　（台吉尊嘉）――六月晦日（山龍）
〈堺Ⅱ〉　六月つこもり　（朽鈴多）――六月のつこもり（無）
〈堺Ⅲ〉　六月のつこもり　（群宮京乙彰）
〈能〉　七月はかり

＊前田家本と宸翰本（堺本Ⅲ類）、およびⅡ類無窮会本は「六月の」の「の」をもつ。

【例④―67】（堺本二〇四段、前田家本二一二段、能因本四三段）

〈前〉　よるも**あかすかし**（二一ウ）
〈堺Ⅰ〉　あかすらし　（吉嘉山龍）――あかすかし（台尊）
〈堺Ⅱ〉　あかすらし　（朽鈴多）――あかすかし（無）
〈堺Ⅲ〉　あかすかし　（群宮京乙彰）
〈能〉　あかすに

＊前田家本と宸翰本（堺本Ⅲ類）、およびⅡ類無窮会本は「あかすかし」となっている。Ⅰ類の台北本・尊経閣本も「あかすかし」である。その他の堺本の「あかすらし」のようになると、推定の意味が伴ってくる。

【例④—68】（堺本二〇四段、前田家本二一二段、能因本四三段）
〈前〉　**き丁をおくの**（二三オ）
〈堺Ⅰ〉几帳おくの（吉嘉山龍）——木丁おくの（台尊）
〈堺Ⅱ〉几帳くれ（朽鈴）——木丁をおくの（無）几帳おくの（多）
〈堺Ⅲ〉木丁をおくの（群京乙彰）——木丁を、くの（宮）
〈能〉　木丁おくの

＊前田家本と宸翰本（堺本Ⅲ類）、およびⅡ類無窮会本は「をおくの（を、くの）」となっている。堺本Ⅰ類、およびⅡ類多和本は「おくの」となっており、「お」が一文字である。能因本も同様である。なお、Ⅱ類の朽木本・鈴鹿本のみ「くれ」となっている。

【例④—69】（堺本二〇四段、前田家本二一二段、能因本四三段）
〈前〉　なえす**又あまり**（二三オ）
〈堺Ⅰ〉あまり（台吉尊嘉山龍）
〈堺Ⅱ〉あまり（朽鈴）——又あまり（無）ナシ（多）
〈堺Ⅲ〉又あまり（群宮京乙彰）
〈能〉　〔該当ノ一節ナシ〕

＊前田家本と宸翰本（堺本Ⅲ類）、およびⅡ類無窮会本のみ「又」をもつ。

【例④―70】（堺本二〇四段、前田家本二一二段、能因本四三段）

〈前〉　**こは〳〵しくはあらぬをかしらなから**ひきゝて（二一三オ）

〈堺Ⅰ〉をかしなから（台吉山）――あらぬをかしなから（尊）おかしなから（嘉）をかしなら（龍）

〈堺Ⅱ〉あらぬをかしなから（朽鈴）――あらぬをかしらなから（無多）

〈堺Ⅲ〉あらぬをかしらなから（群宮彰）――あらぬかしらなから（乙）あらぬをかしらな□ら（京）

〈能〉をかしらこめて

＊前田家本と宸翰本（堺本Ⅲ類）の群書本・宮内庁本・彰考館本、およびⅡ類無窮会本・多和本が「あらぬをかしらなから」となっている。Ⅲ類の河乙本は「あらぬかしらなから」で、「を」をもたないが、文意に変わりはない。一方、他の堺本Ⅰ類とⅡ類に見える「をかしなから（おかしなから）」、「あらぬをかしなから」では文章が通じない。なお、「あらぬ」の異同については【例⑤―52】で検討する。

【例④―71】（堺本二〇四段、前田家本二一二段、能因本四三段）

〈前〉　**ひとへはかうそめきすゝしなとにや**くれなゐのはかまのこしの（二一三オ）

〈堺Ⅰ〉かうそめにすゝしなとにや（台吉尊嘉山）――かうそめにすすしなとにや（龍）

〈堺Ⅱ〉かうそめにすゝしなとにや（朽鈴多）――かうそめきすゝしなとにや（無）

〈堺Ⅲ〉かうそめきすゝしなとにや（群宮乙彰）――からすそめきすすしなとにや（京）

〈能〉かうそめのひとへ

＊前田家本と宸翰本（堺本Ⅲ類）、およびⅡ類無窮会本は「かうそめきす丶し」、つまり「香染め、黄生絹」となる。ただし堺本Ⅲ類の京大本は「かうそめ」の部分が「からすそめ」になってしまっている。他の本では「かうそめにす丶し」となっており、意味としては「香染めに生絹」となる。少しであるが、違いが生じている。

【例④―72】（堺本二〇四段、前田家本二一二段、能因本四三段）

〈前〉　**した丶かにはゆはれぬなるへし**（二三ウ）

〈堺Ⅰ〉いはれぬなるへし（吉尊嘉山龍）――いつれぬなるへし（台）

〈堺Ⅱ〉いはれぬなるへし（朽鈴多）――ゆはれぬなるへし（無）

〈堺Ⅲ〉ゆはれぬなるへし（群宮京彰）――ゆはれぬへし（乙）

〈能〉〔該当ノ一節ナシ〕

＊前田家本と宸翰本（堺本Ⅲ類）、およびⅡ類無窮会本のみ「ゆはれぬ」となっている。

【例④―73】（堺本二〇四段、前田家本二一二段、能因本四三段）

〈前〉　**とをすにこそはあらめ**（二三ウ）

〈堺Ⅰ〉とをすにこそあらめ（台吉尊嘉山龍）

〈堺Ⅱ〉とをすにこそあらめ（朽鈴多）――とをすこそはあらめ（無）

〈堺Ⅲ〉とほすこそはあらめ（群宮京乙彰）

〈能〉　とほそにこそあらめ

＊前田家本と宸翰本（堺本Ⅲ類）、およびⅡ類無窮会本は「こそは」の「は」をもっている。なお、「とほす（とをす）」

の次の「に」の有無については【例①—31】で検討している。

【例④—74】（堺本二〇四段、前田家本二一二段、能因本四三段）

〈前〉　ひむのすこし**ふくたみたれは**（二三ウ）

〈堺Ⅰ〉　ふくみたれは（台吉尊嘉山）——ふりみたれは（龍）

〈堺Ⅱ〉　ふくみたれは（朽鈴多）——ふくたみたれは（無）

〈堺Ⅲ〉　ふくたみたれは（群宮京乙彰）

〈能〉　ふくたみたれは

＊前田家本と宸翰本（堺本Ⅲ類）、およびⅡ類無窮会本は「ふくたみたれは」となっている。能因本も同様である。その他の堺本Ⅰ類・Ⅱ類の「ふくみたれは（ふりみたれは）」の場合、文意が通りにくい。

【例④—75】（堺本二〇四段、前田家本二一二段、能因本四三段）

〈前〉　あさかほのつゆ**おちぬ**さきにふみかゝんと（二四オ）

〈堺Ⅰ〉　おきゐぬ（吉尊山龍）——をきゐぬ（台嘉）

〈堺Ⅱ〉　をきいぬ（朽）——おきゐぬ（鈴）おちぬ（無）をきぬ（多）

〈堺Ⅲ〉　おちぬ（群宮京乙彰）

〈能〉　おちぬ

＊前田家本と宸翰本（堺本Ⅲ類）、およびⅡ類無窮会本は「おちぬ」となっている。能因本も同様である。

【例④―76】（堺本二〇四段、前田家本二二二段、能因本四三段）

〈前〉　あきたれは**人はおきてやと**（二四オ）

〈堺Ⅰ〉　おきてやと（台吉尊嘉山）――おきやと（龍）

〈堺Ⅱ〉　をきてやと（朽）――おきてやと（鈴多）人はおきてやと（無）

〈堺Ⅲ〉　人はおきてやと（群宮京乙彰）

〈能〉　〔該当ノ一節ナシ〕

＊前田家本と宸翰本（堺本Ⅲ類）、およびⅡ類無窮会本のみ「人は」をもっている。

【例④―77】（堺本二〇四段、前田家本二二二段、能因本四三段）

〈前〉　**ゆかしきに**（二四オ）

〈堺Ⅰ〉　ゆかしけに（吉尊嘉山龍）――ゆるしけに（台）

〈堺Ⅱ〉　ゆかしけに（朽鈴多）――ゆかしきに（無）

〈堺Ⅲ〉　ゆかしきに（群宮京乙彰）

〈能〉　〔該当ノ一節ナシ〕

＊前田家本と宸翰本（堺本Ⅲ類）、およびⅡ類無窮会本のみ「ゆかしきに」となっている。

【例④―78】（堺本二〇四段、前田家本二二二段、能因本四三段）

〈前〉　**しはしみたちたるに**（二四オ）

〈堺Ⅰ〉　しはしたちたるに（台吉山龍）――しはし立たるに（尊嘉）

〈堺Ⅱ〉しはしたちたるに（朽鈴多）――しはしみたちたるに（無）
〈堺Ⅲ〉しはしみたちたるに（群宮京乙彰）
〈能〉しはしみたれは

＊前田家本と宸翰本（堺本Ⅲ類）、およびⅡ類無窮会本は「みたちたるに」となっている。他の本では「たちたるに（立たるに）」となっており、「見立つ」という複合動詞になっていない。

【例④―79】（堺本二〇四段、前田家本二一二段、能因本四三段）

〈前〉**かきたるか**（二四オ）
〈堺Ⅰ〉かみたるに（台吉龍）――かきたるに（尊嘉山）
〈堺Ⅱ〉かきたるに（朽鈴）――かきたるか（無）書たるに（多）
〈堺Ⅲ〉かきたるか（群宮京乙彰）
〈能〉〔該当ノ一節ナシ〕

＊前田家本と宸翰本（堺本Ⅲ類）、およびⅡ類無窮会本のみ「かきたるか」になっている。

【例④―80】（堺本二〇四段、前田家本二一二段、能因本四三段）

〈前〉**みちのくにかみの**（二四オ）
〈堺Ⅰ〉みちのくかみ（台吉嘉山龍）――みちのく紙の（尊）
〈堺Ⅱ〉みちのくかみの（朽鈴）――みちのくにかみの（無）みちのくに紙の（多）
〈堺Ⅲ〉みちのくにかみの（群宮京乙彰）

〈能〉　みちのくにかみの

＊前田家本と宸翰本（堺本Ⅲ類）、およびⅡ類無窮会本・多和本は「みちのくに」の「に」をもつ。格助詞「の」の有無については【例⑤-58】で検討する。

【例④-81】（堺本二〇四段、前田家本二一二段、能因本四三段）

〈前〉　**たゝうかみの**（二四オ）

〈堺Ⅰ〉　たゝむかみの（台吉尊嘉山龍）

〈堺Ⅱ〉　たゝふかみの（朽）――たたふかみの（鈴）ナシ（無）たゝむかみの（多）

〈堺Ⅲ〉　たゝうかみの（群宮京乙彰）

〈能〉　たゝうかみの

＊前田家本と宸翰本（堺本Ⅲ類）のみ「たゝうかみ」である。能因本も同様である。堺本Ⅰ類・Ⅱ類とは表記の違いとして異同に含めない考え方もあろうが、はっきりとした対立関係にあるので、例に挙げた。

【例④-82】（堺本二〇四段、前田家本二一二段、能因本四三段）

〈前〉　**ちりほひたりけり**（二四ウ）

〈堺Ⅰ〉　ちろほひたりけり（台吉尊嘉山）――ちほひたりけり（龍）

〈堺Ⅱ〉　ちろほひたりけり（朽鈴多）――ちりほひたりけり（無）

〈堺Ⅲ〉　ちりほひたりけり（群宮京乙彰）

〈能〉　ちりほひたり

＊前田家本と宸翰本（堺本Ⅲ類）、およびⅡ類無窮会本は「ちり」となっている。他の本は「ちろ（ち）」となっている。文意は変わらない。

【例④―83】（堺本二〇四段、前田家本二二二段、能因本四三段）
〈前〉　**つゆよりさきにおきける人の**もとかしけれはといらふ（二四ウ）
〈堺Ⅰ〉　おきゐる人の（台吉尊嘉山龍）
〈堺Ⅱ〉　をきいるひとの（朽）――おきゐるひとの（鈴）おきける人の（無）おきゐる人の（多）
〈堺Ⅲ〉　をきける人の（京乙彰）――おきける人の（群宮）
〈能〉　人の
＊前田家本と宸翰本（堺本Ⅲ類）、およびⅡ類無窮会本は「おきける（をきける）」となっている。他の堺本Ⅰ類・Ⅱ類は「おきゐる（をきいる）」である。

【例④―84】（堺本二〇四段、前田家本二二二段、能因本四三段）
〈前〉　**かくへき事には**（二四ウ）
〈堺Ⅰ〉　かくへきには（台吉尊山龍）――かくへきに（嘉）
〈堺Ⅱ〉　かくへきには（朽鈴多）――かくへき事には（無）
〈堺Ⅲ〉　かくへきことには（群宮京乙彰）
〈能〉　かくへきに
＊前田家本と宸翰本（堺本Ⅲ類）、およびⅡ類無窮会本のみ「事（こと）」がある。

【例④—85】（堺本二〇四段、前田家本二一二段、能因本四三段）
〈前〉　**たゆみぬめるこそ**（二五オ）
〈堺Ⅰ〉　たゆみぬるめこそ（台吉嘉山）――たゆみぬるめるこそ（尊）たゆみぬる冬こそ（龍）
〈堺Ⅱ〉　たゆみぬるめるこそ（朽鈴多）――たゆみぬめるこそ（無）
〈堺Ⅲ〉　たゆみぬめるこそ（群宮京乙彰）
〈能〉　たゆみぬるとこそ
＊前田家本と宸翰本（堺本Ⅲ類）、およびⅡ類無窮会本は「たゆみぬめる」となっている。他の堺本Ⅰ類・Ⅱ類は「たゆみぬるめる」、「たゆみぬるめ」などとなっている。

【例④—86】（堺本二〇四段、前田家本二一二段、能因本四三段）
〈前〉　**うしろめたなけれ**（二五オ）
〈堺Ⅰ〉　うしろめたけれ（台吉尊嘉山龍）
〈堺Ⅱ〉　うしろめたけれ（朽鈴多）――うしろめたなけれ（無）
〈堺Ⅲ〉　うしろめたなけれ（群宮乙彰）――らしろめたなけれ（京）
〈能〉　うしろめたけれ
＊前田家本と宸翰本（堺本Ⅲ類）、およびⅡ類無窮会本のみ「うしろめたなけれ」の「な」をもつ。

【例④—87】（堺本二〇五段、前田家本二一三段、能因本ナシ）

〈前〉　**七月十よ日はかりの**（二五ウ）
〈堺Ⅰ〉　七月十日よひはかりの（台吉尊嘉山龍）
〈堺Ⅱ〉　七月十日よひはかりの（朽鈴）――七月十よ日はかりの（無多）
〈堺Ⅲ〉　七月十よ日はかりの（群宮京乙彰）
＊前田家本と宸翰本（堺本Ⅲ類）、およびⅡ類無窮会本・多和本は「十よ日」となっている。他の堺本Ⅰ類・Ⅱ類では「十日よひ」となっている。

【例④―88】（堺本二〇五段、前田家本二一三段、能因本ナシ）
〈前〉　**七月十よ日はかりのひさかりのいみしう**あつきに（二五ウ）
〈堺Ⅰ〉　いみしう（台吉尊嘉山龍）
〈堺Ⅱ〉　いみしう（鈴多）――いみし（朽）日さかりのいみしう（無）
〈堺Ⅲ〉　日さかりのいみしう（宮京彰）――ひさかりのいみしう（群）日さかりにいみしう（乙）
＊前田家本と宸翰本（堺本Ⅲ類）、およびⅡ類無窮会のみ「ひさかりの（日さかりの）」がある。なおⅢ類河乙本は「日さかりに」となっている。

【例④―89】（堺本二〇六段、前田家本二〇四段、能因本七四段）
〈前〉　**みえわたされたるか猶**（一六ウ）
〈堺Ⅰ〉　みわたさるゝか猶（吉尊嘉山龍）――みわたさるゝかなを（台）
〈堺Ⅱ〉　みわたさるゝかなを（朽）――みわたさるゝか猶（鈴多）みわたされたるかほ（無）

〈堺Ⅲ〉　みわたされたるかほ（群宮京乙彰）
〈能〉　みわたされたり
＊前田家本と宸翰本（堺本Ⅲ類）、およびⅡ類無窮会本は「わたされたる」の部分が一致する。他の堺本Ⅰ類・Ⅱ類では「わたさるゝ」となっている。なお、「猶」の部分の異同は【例①―39】で検討している。「え」の有無は【例⑦―97】で検討する。

【例④―90】（堺本二〇六段、前田家本二〇四段、能因本七四段）
〈前〉　**けせうになる**　（一六ウ）
〈堺Ⅰ〉　そむせうになる（台吉嘉山）――けんせうになる（尊）せむせうになる（龍）
〈堺Ⅱ〉　けむせうになる（朽鈴多）――けせうなる（無）
〈堺Ⅲ〉　けせうなる　（群宮京乙彰）
〈能〉　いとけせうなる
＊前田家本と宸翰本（堺本Ⅲ類）、およびⅡ類無窮会本は「けせう」となっている。なお、「に」の有無については【例①―40】で検討している。

⑤前田家本・堺本Ⅲ類・堺本Ⅱ類が一致する例

前田家本、宸翰本（堺本Ⅲ類）、および堺本Ⅱ類が一致する例、すなわち堺本Ⅰ類のみが異なっている例は計六十一例見られた。

【例⑤―1】（堺本一八八段、前田家本一九七段、能因本三段・一四七段）

〈前〉　**そらのけしきもうらゝかにかすみわたりて**（一オ）

〈堺Ⅰ〉　すみわたりて（時吉山龍甲）――かすみわたりて（台）

〈堺Ⅱ〉　かすみわたりて（鈴無多）――すみわたりて（朽）

〈堺Ⅲ〉　かすみわたりて（群宮京乙彰）

〈能〉　かすみこめたるに

＊前田家本と宸翰本（堺本Ⅲ類）、朽木本以外のⅡ類は「かすみわたりて」となっている。堺本Ⅰ類は台北本を除いて「か」がなく、「すみわたりて」となっている。能因本は「かすみこめたるに」である。なお、三巻本も「霞」となっている。

【例⑤―2】（堺本一八八段、前田家本一九七段、能因本三段・一四七段）

〈前〉　**さまにとつくろひ**（一オ）

〈堺Ⅰ〉　さまにつくろひ（台時吉山龍）――さまにとつくろひ（甲）

〈堺Ⅱ〉　さまにとつくろひ（朽鈴）――さまにつくろひ（無）□まにつくろひ（多）

〈堺Ⅲ〉　さまにとつくろひ（群宮京乙彰）

〈能〉　心ことにつくろひ（※三条西家本のみ「つくろひ」ナシ）

＊前田家本と宸翰本（堺本Ⅲ類）、およびⅡ類の朽木本・鈴鹿本のみ「さまにとつくろひ」の「と」をもっている。Ⅰ類は河甲本が「と」をもつが、それ以外にはない。

【例⑤—3】（堺本一八八段、前田家本一九七段、能因本三段・一四七段）

〈前〉　**わかたちの**つらゝかに（二ウ）

〈堺Ⅰ〉　わかたち（台時吉山龍）——わかたちの（甲）

〈堺Ⅱ〉　わかたちの（朽鈴無）——わかたち（多）

〈堺Ⅲ〉　わかたちの（群宮京乙彰）

〈能〉　わか立て

＊前田家本と宸翰本（堺本Ⅲ類）、および多和本以外のⅡ類が「わかたちの」の「の」をもつ点で一致する。

【例⑤—4】（堺本一八八段、前田家本一九七段、能因本三段・一四七段）

〈前〉　**かたつかたはいとあをくいま**（二ウ）

〈堺Ⅰ〉　ナシ（台時吉山龍）——かたつかたはいとあをくいま（甲）

〈堺Ⅱ〉　かたつかたはいとあをくいま（朽鈴）——かた〱はあをくいま（無）ナシ（多）

〈堺Ⅲ〉　かた〱はいとあをくいま（宮京乙）——かたかたはいとあをくいま（群）

かた〱はいとあをく今（彰）

〈能〉　かたつかたはあをくいま

＊この異同例は厳密な分類がしにくい。堺本Ⅰ類の多くの本、すなわち台北本・三時本・吉田本・山井本・龍門本が「かたつかたはいとあをくいま」に相当する部分をもたないので、分類上ここに入れた。ただしⅠ類の河甲本にはこの一節が存在する（なお山井本・龍門本には傍記で記されている）。また、「かたつかた」の部分が、宸翰本（堺本Ⅲ類）およびⅡ類無窮会本では共通して「かたかた（かた〱）」となっている点、注意が必要である。

【例⑤―5】（堺本一八八段、前田家本一九七段、能因本三段・一四七段）

〈前〉　**ことねりなとにや**（二ウ）

〈堺Ⅰ〉　こてねりにや　（台時吉山）――ことねりにや（龍）こてねりなとにや（甲）

〈堺Ⅱ〉　ことねりなとにや　（朽鈴無）――ことねりにや（多）

〈堺Ⅲ〉　ことねりなとにや　（群宮京乙彰）

〈能〉　〔該当ノ一節ナシ〕

＊前田家本と宸翰本（堺本Ⅲ類）、およびⅡ類の多和本以外は「ことねりなとにや」の「なと」をもつ。ただし、Ⅰ類の河甲本は「こてねりなとにや」となっている。

【例⑤―6】（堺本一八八段、前田家本一九七段、能因本三段・一四七段）

〈前〉　**ひきゝこえたる**（二ウ）

〈堺Ⅰ〉　ひきはこひ　（台時吉山龍）――ひきはこひたる（甲）

〈堺Ⅱ〉　ひきはこひたる　（朽鈴）――ひきはえたる（無多）

〈堺Ⅲ〉　ひきはへたる　（群宮京乙彰）

〈能〉　ひきはこへたる

＊前田家本と宸翰本（堺本Ⅲ類）、Ⅱ類、およびⅠ類の河甲本は助動詞の「たる」をもつ。なお、「ゝこえ」、「はへ」、「はこひ」の異同については【例⑦―10】で検討する。

【例⑤—7】（堺本一八八段、前田家本一九七段、能因本三段・一四七段）

〈前〉　**なよゝかなるなと**（三オ）

〈堺Ⅰ〉　なよらかなるなと（台時吉龍）——なよゝかなるなと（山甲）

〈堺Ⅱ〉　なよゝかなるなと（朽鈴）——なよらかなるなと（無多）

〈堺Ⅲ〉　なよゝかなるなと（群宮京乙彰）

〈能〉　なへたれと

＊前田家本と宸翰本（堺本Ⅲ類）、Ⅱ類の朽木本・鈴鹿本、およびⅠ類の山井本・河甲本は「なよゝか」となっている。それ以外では「なよらか」となっている。なお、堺本Ⅰ類山井本の「ゝ」の字は「ら」のようにも見える。

【例⑤—8】（堺本一八八段、前田家本一九七段、能因本三段・一四七段）

〈前〉　**きたるも**三四人（三オ）

〈堺Ⅰ〉　きたる（台時吉山龍）——きたるも（甲）

〈堺Ⅱ〉　きたるも（朽鈴無）——きたる（多）

〈堺Ⅲ〉　きたるも（群宮京乙彰）

〈能〉　うちきたる

＊前田家本と宸翰本（堺本Ⅲ類）、および多和本以外のⅡ類では「きたるも」の「も」をもつ。Ⅰ類の河甲本も「も」をもつ点は注意される。

【例⑤—9】（堺本一八八段、前田家本一九七段、能因本三段・一四七段）

〈前〉　**きりておろせ**（三オ）
〈堺Ⅰ〉　かくおろせ（台時吉山龍）――おろせ（甲）
〈堺Ⅱ〉　おろせ（朽鈴無多）
〈堺Ⅲ〉　おろせ（群宮京乙彰）
〈能〉　をこそ

＊前田家本、宸翰本（堺本Ⅲ類）、Ⅱ類、およびⅠ類の河甲本は「おろせ」で一致する。その他の堺本Ⅰ類は「かく」がある。

【例⑤―10】（堺本一八八段、前田家本一九七段、能因本三段・一四七段）
〈前〉　**けしきとも〻をかし**（四ウ）
〈堺Ⅰ〉　けしきともをかし（台時吉山龍）――けしきとももをかし（甲）
〈堺Ⅱ〉　けしきとももをかし（朽）――けしきとももおかし（鈴）けしきとももおかし（無多）
〈堺Ⅲ〉　気色とも丶おかし（京乙彰）――気色とももおかし（群）気色とも丶（宮）
〈能〉　けしきもおかしきに

＊前田家本と宸翰本（堺本Ⅲ類）、およびⅡ類の朽木本・鈴鹿本は「けしきとも（気色とも）」の次に「も（丶）」をもつ。Ⅰ類では河甲本のみ「も」がある。

【例⑤―11】（堺本一八八段、前田家本一九七段、能因本三段・一四七段）
〈前〉　**こ〻ろもとなければ**（四オ）

〈堺Ⅰ〉　心もとなけなれは　（台時）――心もとなけたれは（吉山龍）心もとなけれは（甲）
〈堺Ⅱ〉　心もとなけれは　（朽鈴）――心もとなけなれは（無多）
〈堺Ⅲ〉　心もとなけれは　（群宮京乙彰）
〈能〉　心もとなく

＊前田家本と宸翰本（堺本Ⅲ類）、およびⅡ類の朽木本・鈴鹿本は「こゝろもとなけれは（心もとなけれは）」となっている。Ⅰ類では河甲本のみ「心もとなけれは」となっている。

【例⑤−12】（堺本一八八段、前田家本一九七段、能因本三段・一四七段）

〈前〉　**女房の**うた**む**とて（四オ）
〈堺Ⅰ〉　女の　（台時吉山龍）――女はうの（甲）
〈堺Ⅱ〉　女はうの　（朽鈴）――女房の（無多）
〈堺Ⅲ〉　女はうの　（群宮乙彰）――女ほうの（京）
〈能〉　女房の

＊前田家本と宸翰本（堺本Ⅲ類）、Ⅱ類は「女房の（女はうの、女ほうの）」で一致する。Ⅰ類では河甲本のみ「女はうの」である。能因本も「女房の」となっている。堺本Ⅰ類は河甲本を除いて「女の」とあり、文意が違ってくる。

【例⑤−13】（堺本一八八段、前田家本一九七段、能因本三段・一四七段）

〈前〉　**人〳〵は**こゝろえて（四オ）
〈堺Ⅰ〉　人とは　（台時吉龍）――人〳〵とは（山）ひと〳〵は（甲）

〈堺Ⅱ〉　ひと〱は（朽）――人〻は（鈴無）人とは（多）
〈堺Ⅲ〉　ひと〱は（群京乙）――人〱は（宮彰）
〈能〉　人は

＊前田家本と宸翰本（堺本Ⅲ類）、および多和本を除くⅡ類、Ⅰ類の山井本・河甲本が「人（ひと）」という語を踊り字で重ねている。一方、堺本Ⅰ類は、山井本・河甲本を除いて「人とは」となっている。

【例⑤―14】（堺本一八八段、前田家本一九七段、能因本三段・一四七段）
〈前〉　**かきなとすれと**女きみは（四オ）
〈堺Ⅰ〉　かきなとすれは（台時吉山龍）――かきなとすれはと（甲）
〈堺Ⅱ〉　かきなとすれと（朽鈴無）――かきなとすれは（多）
〈堺Ⅲ〉　かきなとすれと（群宮京乙彰）
〈能〉　かくれと

＊前田家本と宸翰本（堺本Ⅲ類）、および多和本以外のⅡ類のみ「すれと」となっている。それ以外の本では「すれは」となっている。なお、Ⅰ類の河甲本は「すれはと」となっており、両者を合わせたようなかたちである。

【例⑤―15】（堺本一八八段、前田家本一九七段、能因本三段・一四七段）
〈前〉　**とりいてむなと**（四オ）
〈堺Ⅰ〉　とりていてむなと（台吉山龍）――とりていてなと（時）とりいてんなと（甲）
〈堺Ⅱ〉　とりいてんなと（朽鈴）――とりいてむなと（無）とりていてむなと（多）

〈堺Ⅲ〉　とりいてんなと　（群宮京彰）――とりいてなんなと（乙）
〈能〉　とり侍らんなと
＊前田家本と河乙本以外の宸翰本（堺本Ⅲ類）、和本以外のⅡ類、およびⅠ類の河甲本が「とりいてん（とりいてむ）」となっている。

【例⑤―16】（堺本一八八段、前田家本一九七段、能因本三段・一四七段）
〈前〉　**なにとかは思はん**（五オ）
〈堺Ⅰ〉　なにとか思はむ　（吉）――なにとか思はん（台吉山龍）□にとか思はむ（時）なにとかは思はん（甲）
〈堺Ⅱ〉　なにとかは思はん　（朽）――なにとかはおもはん（鈴）何とかはおもわむ（無）何とかおもはん（多）
〈堺Ⅲ〉　なにとかは思はむ　（群乙）――なにとかは思はん（宮彰）なにとかは思はぬ（京）
〈能〉　〔該当ノ一節ナシ〕
＊前田家本と宸翰本（堺本Ⅲ類）、多和本以外のⅡ類、およびⅠ類の河甲本は「なにとかは（何とかは）」の「は」をもつ。

【例⑤―17】（堺本一八八段、前田家本一九七段、能因本三段・一四七段）
〈前〉　**おこかましけに思て**（五オ）
〈堺Ⅰ〉　おこかましくけに思ひて　（吉）――おこかましけに思ひて（台）おこかましく気《マヽ》に思ひて（時）
おこるましくけにおもひて（山龍）をこかましけにおもひて（甲）
〈堺Ⅱ〉　おこかましけにおもひて　（朽鈴）――をこかましけにおもひて（無）おこかましくけに思いて（多）
〈堺Ⅲ〉　おこかましけに思ひて　（群宮京乙彰）

〈能〉　〔該当ノ一節ナシ〕

＊前田家本と宸翰本（堺本Ⅲ類）、多和本以外のⅡ類、およびⅠ類の台北本・河甲本が「おこかましけに（をこかましけに）」となっている。一方、堺本Ⅰ類は台北本・河甲本を除いて「おこかましくけに（おこるましくけに）」と「く」が入る。

【例⑤―18】（堺本一八八段、前田家本一九七段、能因本三段・一四七段）

〈前〉　**あか君〳〵なと**（五オ）

〈堺Ⅰ〉　あかきみ〳〵と（時吉山龍）――あか君〳〵と（台）あかきみ〳〵なと（甲）

〈堺Ⅱ〉　あかきみ〳〵なと（朽鈴無）――あかきみ〳〵と（多）

〈堺Ⅲ〉　あかきみ〳〵なと（群宮京乙彰）

〈能〉　なと

＊前田家本と宸翰本（堺本Ⅲ類）、多和本以外のⅡ類、およびⅠ類の河甲本は「〳〵なと」の「な」をもつ。

【例⑤―19】（堺本一八九段、前田家本一九九段、能因本三段）

〈前〉　**てりわたりたるこそ**（一一オ）

〈堺Ⅰ〉　ぬるこそ（台時吉山龍）――たるこそ（甲）

〈堺Ⅱ〉　たるこそ（朽鈴無）――ぬるこそ（多）

〈堺Ⅲ〉　たるこそ（群宮京乙彰）

〈能〉　たる

＊前田家本と宸翰本（堺本Ⅲ類）、多和本以外のⅡ類、およびⅠ類の河甲本は「たるこそ」となっている。その他の本では「ぬるこそ」となっている。

【例⑤―20】（堺本一八九段、前田家本一九九段、能因本三段）

〈前〉　あまりてさきてちりたる**としも**ありかし（一一オ）

〈堺Ⅰ〉　とし　（台時吉山龍）――としも（甲）

〈堺Ⅱ〉　としも（朽鈴無多）

〈堺Ⅲ〉　としも（群宮京彰）――も（乙）

〈能〉　〔該当ノ一節ナシ〕

＊前田家本と宸翰本（堺本Ⅲ類）、堺本Ⅱ類、およびⅠ類の河甲本のみ「としも」の「も」をもつ。

【例⑤―21】（堺本一八九段、前田家本一九九段、能因本三段）

〈前〉　おもしろくさきたるさくらを**なから**おりて（一一オ）

〈堺Ⅰ〉　なかく（時吉山龍甲）――ナシ（台）

〈堺Ⅱ〉　なから（朽鈴）――なかく（無多）

〈堺Ⅲ〉　なから（群宮京乙彰）

〈能〉　なかく

＊前田家本と宸翰本（堺本Ⅲ類）、Ⅱ類の朽木本・鈴鹿本は「なから」で一致する。堺本Ⅰ類の「なかく」とは文意が異なってくる。

【例⑤—22】（堺本一八九段、前田家本一九九段、能因本三段）

〈前〉　**いたしうちきなと**（一一ウ）
〈堺Ⅰ〉　いたしううちきなと（台吉山龍）——いたしうちきなと（時甲）
〈堺Ⅱ〉　いたしうちきなと（朽鈴無）——いたきうちきなと（多）
〈堺Ⅲ〉　いたしうちきなと（群宮京乙彰）
〈能〉　いたしうちき

＊前田家本と宸翰本（堺本Ⅲ類）、多和本以外のⅡ類、およびⅠ類の三時本・河甲本は「いたしうちきなと」となっている。堺本Ⅰ類は三時本と河甲本を除いて「う」が重なっている。この場合、文章が通じない。

【例⑤—23】（堺本一九〇段、前田家本二〇〇段、能因本三段）

〈前〉　ひとひらなと**はかりに**（一二オ）
〈堺Ⅰ〉　はかり（台時吉）——はかりに（山龍甲）
〈堺Ⅱ〉　はかりに（朽鈴無多）
〈堺Ⅲ〉　はかりに（群宮京乙彰）
〈能〉　〔該当ノ一節ナシ〕

＊前田家本と宸翰本（堺本Ⅲ類）、Ⅱ類は「はかりに」となっている。堺本Ⅰ類は山井本、龍門本、河甲本が「はかりに」となっている。それ以外は「に」をもたない。

【例⑤-24】（堺本一九一段、前田家本二〇一段、能因本二一四段）

〈前〉　**なに事もその日のれうとおもひしたてゝ**いとむけにあらしと思て（一三オ）

〈堺Ⅰ〉　したりと（台吉山龍）――ナシ（時）したてゝ（甲）

〈堺Ⅱ〉　したてゝ（朽鈴無多）

〈堺Ⅲ〉　したてゝ（群宮京乙彰）

〈能〉　したてゝ

＊前田家本と宸翰本（堺本Ⅲ類）、Ⅱ類、およびⅠ類の河甲本は「したてゝ」となっている。能因本も「したてゝ」である。河甲本以外の堺本Ⅰ類では「したりと」となっているが、その場合、文意がつながりにくい。

【例⑤-25】（堺本一九一段、前田家本二〇一段、能因本二一四段）

〈前〉　**またまさるくるまなと見つけてはなにしに**いてつらんと（一三ウ）

〈堺Ⅰ〉　みつけてなにしに（台時吉山龍）――みつけてはなにし（甲）

〈堺Ⅱ〉　みつけてはなにし（朽鈴）――みつけてはなにしに（無多）

〈堺Ⅲ〉　みつけてはなにしに（群宮京乙彰）

〈能〉　みつけてはなにしに

＊前田家本と宸翰本（堺本Ⅲ類）、Ⅱ類、およびⅠ類の河甲本は「みつけては」の「は」をもつ。能因本にも「は」がある。

【例⑤-26】（堺本一九一段、前田家本二〇一段、能因本二一四段）

〈前〉　**あつくゝるしうまちこうする**ほとに（一三ウ）
〈堺Ⅰ〉　まちこそする（台時吉龍）――まちする（山）まちこうする（甲）
〈堺Ⅱ〉　まちこうする（朽鈴無多）
〈堺Ⅲ〉　まちこうする（群宮京乙彰）
〈能〉　待こうする

＊前田家本と宸翰本（堺本Ⅲ類）、Ⅱ類、およびⅠ類の河甲本は「まちこうする」で一致する。能因本も同様である。

【例⑤―27】（堺本一九一段、前田家本二〇一段、能因本二一四段）
〈前〉　**ことなりにけりと**（一四オ）
〈堺Ⅰ〉　なりけりと（吉）――成けると（台）なりけると（時龍）なりけれと（山）なりにけりと（甲）
〈堺Ⅱ〉　なりにけりと（朽鈴無）――なりにけれと（多）
〈堺Ⅲ〉　なりにけりと（群宮京乙彰）
〈能〉　なりにけりと

＊前田家本と宸翰本（堺本Ⅲ類）、Ⅱ類、およびⅠ類の河甲本は「なりにけり」の「に」をもつ。能因本も同様に「に」をもつ。

【例⑤―28】（堺本一九一段、前田家本二〇一段、能因本二一四段）
〈前〉　**御せんともにすいはん**（一四オ）
〈堺Ⅰ〉　日すいはん（台時吉龍甲）――同すいはん（山）

〈堺Ⅱ〉すいはん　（朽鈴多）――すいはむ（無）
〈堺Ⅲ〉すいはん　（群宮京乙彰）
〈能〉すいくわん

＊前田家本と宸翰本（堺本Ⅲ類）、Ⅱ類は「すいはん（すいはむ）」で一致する。堺本Ⅰ類は「すいはん」の前に「日」もしくは「同」をもつ。

【例⑤―29】（堺本一九一段、前田家本二〇一段、能因本二一四段）
〈前〉**いひわつらひてはては**（一四ウ）
〈堺Ⅰ〉いひわつらひはては　（吉山）――いひわつらひては（台時）いひわつらひいては（龍）
いひわつらひてはては（甲）
〈堺Ⅱ〉いひわつらひてはては　（朽鈴無）――いひわつらひはては（多）
〈堺Ⅲ〉いひわつらひてはては　（群宮京乙彰）
〈能〉いとわつらひて

＊前田家本と宸翰本（堺本Ⅲ類）、多和本以外のⅡ類、およびⅠ類の河甲本は「いひわつらひて」の「て」をもつ。なおⅠ類の台北本・三時本は「ては」が落ちている。また、龍門本の「いては」は「はては」の誤写であろう。

【例⑤―30】（堺本一九一段、前田家本二〇一段、能因本二一四段）
〈前〉**かくところもなうたちこみて**（一四ウ）
〈堺Ⅰ〉たちこえて　（台時吉山龍）――たちこみて（甲）

〈堺Ⅱ〉たちこみて（朽鈴無多）
〈堺Ⅲ〉たちこみて（群宮京乙彰）
〈能〉たちかさなり

＊前田家本と宸翰本（堺本Ⅲ類）、Ⅱ類、およびⅠ類河甲本は「たちこみて」で一致する。河甲本以外の堺本Ⅰ類のように「たちこえて」となっている場合、文章がつながらない。

【例⑤—31】（堺本一九一段、前田家本二〇一段、能因本二一四段）
〈前〉**時のところの**御くるまの（一四ウ）
〈堺Ⅰ〉時のところ（台時吉山龍）——ときのとしろの（甲）
〈堺Ⅱ〉ときのところの（朽鈴）——時のところ（無）時の一のところの（多）
〈堺Ⅲ〉ときの所の（群宮京乙彰）
〈能〉昨日のところの

＊前田家本と宸翰本（堺本Ⅲ類）、無窮会本以外のⅡ類、およびⅠ類の河甲本は「ところの（所の）」の「の」をもつ。

【例⑤—32】（堺本一九一段、前田家本二〇一段、能因本二一四段）
〈前〉**時のところの御くるまの**（一四ウ）
〈堺Ⅰ〉くるまの（時吉山龍）——車の（台）御くるまの（甲）
〈堺Ⅱ〉御車の（朽鈴無）——くるまの（多）
〈堺Ⅲ〉御くるまの（群京乙）——御車の（宮彰）

〈能〉　御車

＊前田家本と宸翰本（堺本Ⅲ類）、多和本以外のⅡ類、およびⅠ類の河甲本は「御」をもつ。

【例⑤―33】（堺本一九一段、前田家本二〇一段、能因本二一四段）

〈前〉　くるまをいつくにいかにして**たゝむすらんと**（一四ウ）

〈堺Ⅰ〉　たゝむと（吉山龍）――たゝすむらんと（台）たゝむすらむと（時）たゝんす覧と（甲）

〈堺Ⅱ〉　たゝむすらんと（朽無）――たゝんすらんと（鈴）たゝむと（多）

〈堺Ⅲ〉　たゝんすらんと（乙）――たゝんすらむと（群京）たゝむすらむと（宮）たゝむすらんと（彰）

〈能〉　たゝんと

＊前田家本と宸翰本（堺本Ⅲ類）、多和本以外のⅡ類、Ⅰ類の三時本は「たゝむすらんと」の類になっている。Ⅰ類の河甲本も漢字を当てたかたちになっている。それ以外では、「すらん」をもたないもの、あるいは「たゝすむらんと」となっているものがある。

【例⑤―34】（堺本一九一段、前田家本二〇一段、能因本二一四段）

〈前〉　**はら〱と**おりて（一四ウ）

〈堺Ⅰ〉　はう〱と（台時吉山龍）――はら〱と（甲）

〈堺Ⅱ〉　はら〱と（朽鈴無多）

〈堺Ⅲ〉　はら〱と（群宮京乙彰）

〈能〉　たゝおりに

＊前田家本と宸翰本（堺本Ⅲ類）、Ⅱ類、およびⅠ類河甲本は「はら〳〵と」で一致する。堺本Ⅰ類は河甲本以外「はう〳〵と」となっているが、この場合文意が通じにくい。

【例⑤—35】（堺本一九一段、前田家本二〇一段、能因本二一四段）
〈前〉このくるまともすこしつゝあふ**さゝせよなと**（一四ウ）
〈堺Ⅰ〉さらせよなと（台時吉山龍）――さゝせよなと（甲）
〈堺Ⅱ〉さゝせよなと（朽鈴多）――さらせよなと（無）
〈堺Ⅲ〉さゝせよなと（群宮彰）――ささせよなと（京乙）
〈能〉〔該当ノ一節ナシ〕

＊前田家本と宸翰本（堺本Ⅲ類）、無窮会本以外のⅡ類、およびⅠ類の河甲本は「さゝ（ささ）」となっている。

【例⑤—36】（堺本一九一段、前田家本二〇一段、能因本二一四段）
〈前〉くるまを**みなゝから**たちなめつるこそ（一五オ）
〈堺Ⅰ〉みなから（台時吉龍）――みなゝから（山甲）
〈堺Ⅱ〉みななから（朽鈴無多）
〈堺Ⅲ〉みなゝから（宮京乙）――みななから（群彰）
〈能〉〔該当ノ一節ナシ〕

＊前田家本と宸翰本（堺本Ⅲ類）、Ⅱ類、およびⅠ類の山井本・河甲本は「みなゝから（みななから）」となっている。それ以外では「みなから」になっているが、その場合文意がつながらない。

【例⑤―37・⑤―38】（堺本一九一段、前田家本二〇一段、能因本二二四段）
〈前〉　さやうに**人あなつられ**ならんほとのものみは（一五オ）
〈堺Ⅰ〉あなつられん（時吉山龍）――あなつられ（甲）
〈堺Ⅱ〉ひとあなつられ（朽鈴）――あなつられむ（台）ひとあなつられ（甲）
〈堺Ⅲ〉人あなつられ（群宮京乙彰）あなつられ（無）あなつられん（多）
〈能〉〔該当ノ一節ナシ〕

＊前田家本と宸翰本（堺本Ⅲ類）、Ⅱ類の朽木本・鈴鹿本、およびⅠ類の河甲本は「人あなつられ」の「人（ひと）」をもつ。また、河甲本を除く堺本Ⅰ類が「あなつられ」の次に「ん（む）」をもつが、前田家本と堺本Ⅲ類、およびⅡ類の多和本以外は「ん（む）」をもたない。

【例⑤―39】（堺本一九一段、前田家本二〇一段、能因本二二四段）
〈前〉　**ひなく〱からぬけしきしたるは**（一五オ）
〈堺Ⅰ〉ひなく〱しからぬは（台時吉山龍）――ひなく〱しからぬけしきしたるは（甲）
〈堺Ⅱ〉ひなく〱しからぬけしきしたるは（朽鈴無）――ひなく〱しからぬは（多）
〈堺Ⅲ〉ひなく〱しからぬ気色したるは（群宮京乙彰）
〈能〉ひなひあやしくけすもたえす

＊前田家本と宸翰本（堺本Ⅲ類）、多和本以外のⅡ類、およびⅠ類の河甲本は「けしきしたる」をもつ。なお、「ひなく〱」の次の「し」の有無については【例⑦―67】で検討する。

【例⑤-40】（堺本一九一段、前田家本二〇一段、能因本二一四段）

〈前〉　い**と****しるしかし**うつくしきちこ（一五ウ）
〈堺Ⅰ〉　しるし（台時吉山龍）――しるしかし（甲）
〈堺Ⅱ〉　しるしかし（朽鈴無多）
〈堺Ⅲ〉　しるしかし（群宮京乙彰）
〈能〉　〔該当ノ一節ナシ〕

＊前田家本と宸翰本（堺本Ⅲ類）、Ⅱ類、およびⅠ類の河甲本は「しるしかし」で一致する。

【例⑤-41】（堺本一九六段、前田家本二〇五段、能因本二〇五段）

〈前〉　**しりかゐの**かの（一七オ）
〈堺Ⅰ〉　しりかい（吉嘉山龍）――しりかひ（台）しりかひの（尊）
〈堺Ⅱ〉　しりかひの（朽鈴無）――しりかい（多）
〈堺Ⅲ〉　しりかひの（群宮京乙彰）
〈能〉　しりかひも

＊前田家本と宸翰本（堺本Ⅲ類）、多和本以外のⅡ類、およびⅠ類の尊経閣本は「しりかゐの（しりかひの）」の「の」をもつ。

【例⑤-42】（堺本一九六段、前田家本二〇五段、能因本二〇五段）

〈前〉　しりかゐのかのあやしう**かきしらぬ**さまなれと（一七オ）
〈堺Ⅰ〉　かさりしらぬ（台吉嘉山）――限しらぬ（尊）かきりしらぬ（龍）
〈堺Ⅱ〉　かきしらぬ（朽鈴無多）
〈堺Ⅲ〉　かきしらぬ（群宮京乙彰）
〈能〉　かきしらぬ

＊前田家本と宸翰本（堺本Ⅲ類）、Ⅱ類は「かきしらぬ」で一致する。能因本も同様である。堺本Ⅰ類の「かさりしらぬ」、「かきりしらぬ（限しらぬ）」の場合は文意が異なってくる。とくに「かさりしらぬ」では意味が通じない。

【例⑤―43】（堺本一九六段、前田家本二〇五段、能因本二〇五段）
〈前〉　**うちかゝへたるか**おかしきこそ（一七オ）
〈堺Ⅰ〉　うちかゝへたる（台吉嘉山龍）――うちかゝへたるか（尊）
〈堺Ⅱ〉　うちかゝえたるか（朽鈴）――うちかゝれたるか（無）打かゝれたるか（多）
〈堺Ⅲ〉　うちかゝれたるか（群宮京乙彰）
〈能〉　〔該当ノ一節ナシ〕

＊前田家本と宸翰本（堺本Ⅲ類）、Ⅱ類、Ⅰ類尊経閣本は「たる」の次に「か」をもつ点で一致する。なお、「かゝへ」、「かゝえ」、「かゝれ」の異同は【例②―2】で検討している。

【例⑤―44】（堺本一九六段、前田家本二〇五段、能因本二〇五段）
〈前〉　**うちに**かゝへいりたるも（一七オ）

〈堺Ⅰ〉　うちへ　（台吉嘉山龍）――うちに（尊）
〈堺Ⅱ〉　うちに　（朽鈴無）――中へ（多）
〈堺Ⅲ〉　うちに　（群宮京乙彰）
〈能〉　〔該当ノ一節ナシ〕

＊前田家本と宸翰本（堺本Ⅲ類）、多和本以外のⅡ類、およびⅠ類の尊経閣本が「うちに」で一致する。

【例⑤―45】（堺本一九七段、前田家本二六〇段、能因本二〇八段）
〈前〉　したすたれをたかやかに**をしはさみたれは**（五四ウ）
〈堺Ⅰ〉　をはさみたれは　（台吉尊嘉山）――をはさしたれは（龍）
〈堺Ⅱ〉　をしはさみたれは　（朽鈴多）――おしはさみたれは（無）
〈堺Ⅲ〉　をしはさみたれは　（群京乙彰）――おしはさみたれは（宮）
〈能〉　〔該当ノ一節ナシ〕

＊前田家本と宸翰本（堺本Ⅲ類）、Ⅱ類は「をしはさみたれは（おしはさみたれは）」で一致する。堺本Ⅰ類は「し」をもたないが、その場合文意が通じにくい。

【例⑤―46】（堺本二〇一段、前田家本二〇七段、能因本ナシ）
〈前〉　かく**つかふ**風たにあかすぬるく（一八オ）
〈堺Ⅰ〉　つよふ　（台吉嘉山龍）――つかふ（尊）
〈堺Ⅱ〉　つかふ　（朽鈴無多）

〈堺Ⅲ〉　つかふ　（群宮京乙彰）

＊前田家本と宸翰本（堺本Ⅲ類）、Ⅱ類、およびⅠ類の尊経閣本は「つかふ」で一致する。堺本Ⅰ類は尊経閣本を除いて「つよふ」だが、その場合文意が通じない。

【例⑤―47】（堺本二〇二段、前田家本二〇八段、能因本ナシ）

〈前〉　**あふきをつかひくらして**（一八オ）

〈堺Ⅰ〉　くわして　（台吉嘉）――くらして（尊山龍）

〈堺Ⅱ〉　くらして　（朽鈴無多）

〈堺Ⅲ〉　くらして　（群宮京乙彰）

＊前田家本と宸翰本（堺本Ⅲ類）、Ⅱ類は「くらして」で一致する。一方、堺本Ⅰ類は台北本・吉田本・山本本が「くわして」となっている。ただし、堺本Ⅰ類の尊経閣本・山井本・龍門本は前田家本等と同じ「くらして」となっている。「くわして」の場合、文意がつながらない。

【例⑤―48】（堺本二〇二段、前田家本二〇八段、能因本ナシ）

〈前〉　**くみたるおとこそ**（一八オ）

〈堺Ⅰ〉　くみたるこそ　（台吉嘉山龍）――くみたるをとこそ（尊）

〈堺Ⅱ〉　くみたるおとこそ　（朽無）――くみたるをとこそ（鈴）くみたるこそ（多）

〈堺Ⅲ〉　くみたるをとこそ　（群京乙彰）――くみたるおとこそ（宮）

＊前田家本と宸翰本（堺本Ⅲ類）、多和本以外のⅡ類、およびⅠ類の尊経閣本は「くみたる」の次に「おと（をと）」を

もつ。

【例⑤—49】（堺本二〇三段、前田家本二〇九段、能因本ナシ）

〈前〉　人め**はかりてやをら**いさりいりたるこそ（一九オ）

〈堺Ⅰ〉　はかりやをら（台吉尊嘉山龍）

〈堺Ⅱ〉　はかりてやをら（鈴無）――は、かりてやをら（朽）はかりやをら（多）

〈堺Ⅲ〉　はかりてやをら（群宮京乙彰）

＊前田家本と宸翰本（堺本Ⅲ類）、多和本以外のⅡ類は「はかり」の次に「て」をもつ。

【例⑤—50】（堺本二〇四段、前田家本二一二段、能因本四三段）

〈前〉　**あをやかなる**うわむしろなとを（二三オ）

〈堺Ⅰ〉　あをきやかなる（台吉山龍）――あをやかなる（尊嘉）

〈堺Ⅱ〉　あをやかなる（朽鈴無多）

〈堺Ⅲ〉　あをやかなる（群宮京乙彰）

〈能〉　〔該当ノ一節ナシ〕

＊前田家本と宸翰本（堺本Ⅲ類）、Ⅱ類、およびⅠ類の尊経閣本・山本本は「あをやかなる」で一致する。

【例⑤—51】（堺本二〇四段、前田家本二一二段、能因本四三段）

〈前〉　とにこそ**たつへけれ**（二三オ）

〈堺Ⅰ〉うつへけれ（台吉山）――たつへけれ（尊）みつへけれ（嘉）□へけれ（龍）
〈堺Ⅱ〉たつへけれ（朽鈴無）――うつへけれ（多）
〈堺Ⅲ〉たつへけれ（群宮京乙彰）
〈能〉たつへけれ

＊前田家本と宸翰本（堺本Ⅲ類）、多和本以外のⅡ類、およびⅠ類の尊経閣本は「たつへけれ」で一致する。なお、能因本も同様である。「たつへけれ」以外の本文では意味が通じない。

【例⑤―52】（堺本二〇四段、前田家本二一二段、能因本四三段）
〈前〉**こは〱しくはあらぬをかしらなから**（二三オ）
〈堺Ⅰ〉こは〱しくはをかしなから（台吉山）――こは〱しくはあらぬをかしなから（尊）
こは〱しくはおかしなから（嘉）
こは〱しくはをかしな□ら（龍）
〈堺Ⅱ〉こは〱しくはあらぬをかしなから（朽鈴）――こは〱しくはあらぬをかしらなから（無多）
〈堺Ⅲ〉こは〱しくはあらぬをかしらなから（群宮彰）――こは〱しくはあらぬをかしらな□ら（京）
こは〱しくはあらぬかしらなから（乙）
〈能〉をかしらこめて

＊前田家本と宸翰本（堺本Ⅲ類）、Ⅱ類、およびⅠ類の尊経閣本は「あらぬ」をもつ点で一致する。尊経閣本以外のⅠ類の本文では文意が異なってくる。なお、「をかしらなから」の部分の「ら」の有無については、【例④―70】で検討している。

【例⑤—53】（堺本二〇四段、前田家本二一二段、能因本四三段）

〈前〉　**ひきゝてそねためる**（二三オ）
〈堺Ⅰ〉　ひきゝてねためる（台吉）——ひききてねためる（嘉山龍）ひきゝてそねためる（尊）
〈堺Ⅱ〉　ひききてそねためる（朽鈴）——ひきゝてそねためる（無多）
〈堺Ⅲ〉　ひきゝてそねためる（宮彰）——ひききてそねためる（群）ひきゝてそねたかる（京）
　　　　　　　　　　　　　　　　　　ひきゝてそねたる（乙）
〈能〉　ひきゝてそねためる

＊前田家本と宸翰本（堺本Ⅲ類）、Ⅱ類、およびⅠ類尊経閣本は「ひきゝてそ（ひききてそ）」の「そ」をもつ。

【例⑤—54】（堺本二〇四段、前田家本二一二段、能因本四三段）

〈前〉　**ゆるらかに**をかれたる（二三ウ）
〈堺Ⅰ〉　ゆるゝかに（吉尊嘉山龍）——ゆるらかに（台）
〈堺Ⅱ〉　ゆるらかに（朽鈴）——ゆるゝかに（無多）
〈堺Ⅲ〉　ゆるらかに（群宮京乙彰）
〈能〉　ゆるゝかなる

＊前田家本と宸翰本（堺本Ⅲ類）、Ⅱ類の朽木本・鈴鹿本、およびⅠ類の台北本は「ゆるらかに」となっている。それ以外の本では「ゆるゝかに」となっている。

【例⑤―55】（堺本二〇四段、前田家本二一二段、能因本四三段）

〈前〉　**ひむのすこし**ふくたみたれは（二三ウ）
〈堺Ⅰ〉　ひんをすこし（台吉嘉山龍）――ひんのすこし（尊）
〈堺Ⅱ〉　ひむのすこし（朽鈴）――ひんのすこし（無多）
〈堺Ⅲ〉　ひむのすこし（群宮京乙）――ひんのすこし（彰）
〈能〉　ひんのすこし

＊前田家本と宸翰本（堺本Ⅲ類）、Ⅱ類、およびⅠ類の尊経閣本は「ひむの（ひんの）」となっている。能因本も同様である。堺本Ⅰ類は尊経閣本を除いて「ひんを」となっている。堺本Ⅰ類の場合、文章のつながりに不審な点が残る。

【例⑤―56】（堺本二〇四段、前田家本二一二段、能因本四三段）

〈前〉　**えほうし**（二三ウ）
〈堺Ⅰ〉　ゑほし（台吉嘉山龍）――ゑほうし（尊）
〈堺Ⅱ〉　えほうし（朽鈴無）――ゑほし（多）
〈堺Ⅲ〉　えほうし（群宮京乙彰）
〈能〉　ゑほうしの

＊前田家本と宸翰本（堺本Ⅲ類）、多和本以外のⅡ類、およびⅠ類の尊経閣本は「えほうし（ゑほうし）」となっている。能因本も「ゑほうし」である。

【例⑤―57】（堺本二〇四段、前田家本二一二段、能因本四三段）

〈前〉　**こなたのかうしの**あきたれは（二四オ）
〈堺Ⅰ〉　こなたのかしの　（吉）——こなたのはしの（台嘉山龍）こなたのかうしの（尊）
〈堺Ⅱ〉　こなたのかうしの（朽鈴無）——こなたのはしの（多）
〈堺Ⅲ〉　こなたのかうしの（群宮京乙彰）
〈能〉　かうしの

＊前田家本と宸翰本（堺本Ⅲ類）、多和本以外のⅡ類、およびⅠ類の尊経閣本は「かうしの」となっている。能因本も同様である。それ以外の本では「かしの」、あるいは「はしの」となっている。「かうしの」のほうが文章のつながりがよいと思われる。

【例⑤—58】（堺本二〇四段、前田家本二二二段、能因本四三段）
〈前〉　みちのくに**かみの**（二四オ）
〈堺Ⅰ〉　かみ　（台吉嘉山龍）——紙の（尊）
〈堺Ⅱ〉　かみの（朽鈴無）——紙の（多）
〈堺Ⅲ〉　かみの　（群宮京乙彰）
〈能〉　かみの

＊前田家本と宸翰本（堺本Ⅲ類）、Ⅱ類、およびⅠ類の尊経閣本は「かみ」の次に「の」をもつ。

【例⑤—59】（堺本二〇四段、前田家本二二二段、能因本四三段）
〈前〉　**またまことに**（二四ウ）

〈堺Ⅰ〉　又そことに（台吉）――又まことに（尊）又そに（嘉）又そこに（山龍）
〈堺Ⅱ〉　まことに（朽鈴）――又まことに（無多）
〈堺Ⅲ〉　又まことに（群宮京乙彰）
〈能〉　〔該当ノ一節ナシ〕

＊前田家本と宸翰本（堺本Ⅲ類）、Ⅱ類、およびⅠ類の尊経閣本は「まことに」となっている。堺本Ⅰ類は尊経閣本以外「そことに」、「そこに」、「そに」等となっているが、文章がつながらない。

【例⑤-60】（堺本二〇四段、前田家本二一二段、能因本四三段）
〈前〉　**たかくなる〳〵へし**（二五オ）
〈堺Ⅰ〉　たかくなるへし（吉尊嘉）――たかく成へし（台山龍）
〈堺Ⅱ〉　たかくなるなるへし（朽鈴）――たこう成る成へし（無）たかく成へし（多）
〈堺Ⅲ〉　たかうなるなるへし（群宮乙彰）――たかくなるへし（京）
〈能〉　さし出ぬへし

＊前田家本と、京大本を除く宸翰本（堺本Ⅲ類）、および多和本を除くⅡ類は「なる〳〵へし（なるなるへし）」となっている。それ以外の本文では「なる」を重ねていない。

【例⑤-61】（堺本二〇六段、前田家本二〇四段、能因本七四段）
〈前〉　いふへき**こと〻もは**（一六ウ）
〈堺Ⅰ〉　こともらは（吉山龍）――事もらは（台）事ともは（尊）ことは（嘉）

〈堺Ⅱ〉　事ともは　（朽）――こと丶もは（鈴）事ともい（無）こと丶も丶（多）
〈堺Ⅲ〉　こと丶もは　（宮京乙彰）――こともは（群）
〈能〉　ことのあれは

＊前田家本と宸翰本（堺本Ⅲ類）、無窮会本・多和本以外のⅡ類、およびⅠ類の尊経閣本は「こと（事）」の次に「丶もは（ともは）」をもつ。それ以外の本では「こと（事）」の次に「もらは」、「ともい」あるいは「は」などが続くが、文章が通じにくい。

⑥前田家本・堺本Ⅲ類・堺本Ⅰ類が一致する例

前田家本、宸翰本（堺本Ⅲ類）、および堺本Ⅰ類が一致する例、すなわち堺本Ⅱ類のみが異なっている例は計十七例見られた。ただし、多くの場合、堺本Ⅱ類のうち朽木本と鈴鹿本とが異なっている割合が多く、無窮会本と多和本は堺本Ⅲ類と一致する傾向にある。

【例⑥―1】（堺本一八八段、前田家本一九七段、能因本三段・一四七段）

〈前〉　**ゆきまの**わかな（一オ）
〈堺Ⅰ〉　雪まの　（時吉山龍）――雪間の（台）ゆきのまの（甲）
〈堺Ⅱ〉　ゆきのまの　（朽鈴）――雪まの（無多）
〈堺Ⅲ〉　ゆきまの　（群宮京乙彰）
〈能〉　ゆきまの

＊堺本Ⅱ類の朽木本と鈴鹿本、堺本Ⅰ類の河甲本のみ、「ゆきのまの」で、「ゆき」の次に「の」をもつ。

【例⑥―2】（堺本一八八段、前田家本一九七段、能因本三段・一四七段）

〈前〉　**いみしと**思たるも（三ウ）

〈堺Ⅰ〉いみしと（台吉）――□しと（時）いみしう（山龍）いみし（甲）

〈堺Ⅱ〉いみし（朽鈴）――いみしと（無）いみしう（多）

〈堺Ⅲ〉いみしと（群宮京乙彰）

〈能〉　と

＊堺本Ⅰ類河甲本、Ⅱ類朽木本・鈴鹿本のみ「いみし」となっている。その他の堺本と前田家本は「いみしと」、「いみしう」などとなっている。

【例⑥―3】（堺本一八八段、前田家本一九七段、能因本三段・一四七段）

〈前〉　**しえたる**おりはいとよし（五オ）

〈堺Ⅰ〉しえたる（台時吉山龍）――しひたる（甲）

〈堺Ⅱ〉しひたる（朽）――しゐたる（鈴）しえたる（無）えたる（多）

〈堺Ⅲ〉しえたる（群宮京乙彰）

〈能〉　えたる

＊前田家本、河甲本を除く堺本Ⅰ類、Ⅱ類無窮会本、宸翰本（Ⅲ類）は「しえたる」で一致する。堺本Ⅰ類河甲本、Ⅱ類朽木本は「しひたる」、鈴鹿本は「しゐたる」、多和本は「えたる」となっている。

【例⑥―4】（堺本一八九段、前田家本一九九段、能因本三段）

〈前〉　**やなきなといとをかし**（二一オ）
〈堺Ⅰ〉　いとをかし（台時吉山龍）――をかし（甲）
〈堺Ⅱ〉　おかし（朽鈴）――いとおかし（無多）
〈堺Ⅲ〉　いとおかし（群宮京乙彰）
〈能〉　いとおかしくこそさらなれ

＊堺本Ⅰ類河甲本、Ⅱ類朽木本・鈴鹿本のみ「をかし（おかし）」となっている。その他の堺本と前田家本は「いと」をもつ。

【例⑥―5】（堺本一九〇段、前田家本二〇〇段、能因本三段）

〈前〉　**なりは**なえほころひかちに（二二ウ）
〈堺Ⅰ〉　なりは（台時山龍）――なかは（吉甲）
〈堺Ⅱ〉　なかは（朽鈴無多）
〈堺Ⅲ〉　なりは（群宮京乙彰）
〈能〉　なりは

＊堺本Ⅰ類吉田本・河甲本、Ⅱ類のみ「なかは」となっている。その他は「なりは」で一致している。

【例⑥―6】（堺本一九〇段、前田家本二〇〇段、能因本三段）

〈前〉　**いそきたるも**（二二ウ）

〈堺Ⅰ〉　いそきたるも（台時吉山龍）――いゐきたるも（甲）
〈堺Ⅱ〉　いひきたるも（朽鈴）――いそきたるも（無多）
〈堺Ⅲ〉　いそきたるも（群宮京乙彰）
〈能〉　いそきはしりありくも
　＊堺本Ⅰ類河甲本のみ「いゐきたるも」、Ⅱ類朽木本・鈴鹿本のみ「いひきたるも」となっている。それ以外の堺本と前田家本は「いそきたるも」で一致する。

【例⑥―7】（堺本一九〇段、前田家本二〇〇段、能因本三段）
〈前〉　**その日はみな**とも人に（一二ウ）
〈堺Ⅰ〉　みな（台時吉山甲）――みな〳〵（龍）
〈堺Ⅱ〉　みな〳〵（朽鈴）――みな（無多）
〈堺Ⅲ〉　みな（群宮京乙彰）
〈能〉　〔該当ノ一節ナシ〕
　＊堺本Ⅰ類龍門本、Ⅱ類朽木本・鈴鹿本のみ「みな〳〵」となっている。それ以外の堺本と前田家本では「みな」で一致する。

【例⑥―8】（堺本一九〇段、前田家本二〇〇段、能因本三段）
〈前〉　みな**とも人に**なりて（一二ウ）
〈堺Ⅰ〉　とも人に（台時吉山龍甲）

〈堺Ⅱ〉　とも人と（朽）――とも人とと（鈴）とも人に（無）供人に（多）
〈堺Ⅲ〉　とも人に（群宮京乙彰）
〈能〉　とも人し

＊堺本Ⅱ類の朽木本・鈴鹿本のみが「とも人と（とも人とと）」となっている。それ以外の堺本と前田家本では「とも人に（供人に）」で一致する。

【例⑥―9】（堺本一九一段、前田家本二〇一段、能因本二一四段）
〈前〉　**ひとへきぬの**袖うちたれなと（一三オ）
〈堺Ⅰ〉　ひとへきぬの（台時吉山龍）――ひとつきぬの（甲）
〈堺Ⅱ〉　ひとつきぬの（朽鈴無）――ひとへきぬの（多）
〈堺Ⅲ〉　ひとへきぬの（群宮京乙彰）
〈能〉　ひとへ

＊堺本Ⅰ類河甲本、Ⅱ類朽木本・鈴鹿本・無窮会本のみ「ひとつきぬの」となっている。それ以外の堺本と前田家本は「ひとへきぬの」で一致する。

【例⑥―10】（堺本一九一段、前田家本二〇一段、能因本二一四段）
〈前〉　**うちたれなとしたるもありかし**（一三オ）
〈堺Ⅰ〉　ありかし（台時吉山龍甲）
〈堺Ⅱ〉　あるかし（朽鈴）――ありかし（無多）

〈堺Ⅲ〉ありかし（群宮京乙彰）
〈能〉あめりかし
＊堺本Ⅱ類朽木本・鈴鹿本のみ「あるかし」となっている。それ以外の堺本と前田家本は「ありかし」で一致する。

【例⑥―11】（堺本一九一段、前田家本二〇一段、能因本二一四段）
〈前〉**はしらかして見ありく**（一三ウ）
〈堺Ⅰ〉みありく（台時吉山龍甲）
〈堺Ⅱ〉みめくりて（朽鈴）――みありく（無多）
〈堺Ⅲ〉みありく（群宮京乙彰）
〈能〉ありく
＊堺本Ⅱ類朽木本・鈴鹿本のみ「みめくりて」となっている。それ以外の堺本と前田家本とは「みありく」で一致する。

【例⑥―12】（堺本一九一段、前田家本二〇一段、能因本二一四段）
〈前〉**君たちくるまの**（一三ウ）
〈堺Ⅰ〉きむたち車の（時吉）――きんたち車の（台）君たち車の（山龍）きむたちくるまの（甲）
〈堺Ⅱ〉きむたちの車の（朽鈴）――きんたち車の（無）公達の車（多）
〈堺Ⅲ〉きんたちくるまの（群宮京乙彰）
〈能〉きんたちの車の
＊堺本Ⅱ類朽木本・鈴鹿本・多和本のみ「車」の前に「の」をもつ。能因本も「の」をもつ。それ以外の堺本と前田家

本には「の」がない。

【例⑥―13】（堺本一九一段、前田家本二〇一段、能因本二一四段）

〈前〉　**くるまとも**なゝつやつとをと（一三ウ）

〈堺Ⅰ〉車とも（台時吉龍）――車共（山）くるまとん（甲）

〈堺Ⅱ〉車とて（朽鈴）――車とも（無）車共（多）

〈堺Ⅲ〉車とも（群宮京乙彰）

〈能〉〔該当ノ一節ナシ〕

＊堺本Ⅱ類朽木本・鈴鹿本のみ「車とて」となっている。その他の堺本と前田家本は「くるまとも（車とも、車共）」で一致する。

【例⑥―14】（堺本一九六段、前田家本二〇五段、能因本二〇五段）

〈前〉　さきにともしたる**まつのけふりの**（一七オ）

〈堺Ⅰ〉松のけふりの（台時吉山龍甲）

〈堺Ⅱ〉まつけふりの（朽鈴）――松のけふりの（無多）

〈堺Ⅲ〉松のけふりの（群宮京乙彰）

〈能〉松のけふりの

＊堺本Ⅱ類朽木本・鈴鹿本のみ「まつけふりの」となっている。それ以外の堺本と前田家本は「松のけふりの」で一致しており、「松」の次に「の」をもつ。

【例⑥-15】（堺本二〇四段、前田家本二一二段、能因本四三段）

〈前〉**こきあやのいとつやゝかなるなとか**（二三オ）

〈堺Ⅰ〉こきあやのいとつやゝかなるなとか（台時吉山龍甲）

〈堺Ⅱ〉こきあやめのいとつゝやかなるかなとか（朽）——こきあやめのいとつややかなるかなとか（鈴）

こきあやのいとつやゝかなるなとか（無）

こきあやのつやゝかなるなとか（多）

〈堺Ⅲ〉こきあやのいとつやゝかなるなとか（群宮京乙彰）

〈能〉こきあやのいとつやゝかなる

＊堺本Ⅱ類朽木本・鈴鹿本のみ「こきあやめ」および「なるかなとか」とあり、「あや」の次に「め」、「なる」の次に「か」をもつ。それ以外の堺本と前田家本は「こきあや」および「つやゝかなるなとか」で一致する。

【例⑥-16】（堺本二〇四段、前田家本二一二段、能因本四三段）

〈前〉**またまことに**（二四ウ）

〈堺Ⅰ〉又（台吉尊嘉山龍）

〈堺Ⅱ〉ナシ（朽鈴）——又（無多）

〈堺Ⅲ〉又（群宮京乙彰）

〈能〉〔該当ノ一節ナシ〕

＊堺本Ⅱ類朽木本・鈴鹿本のみ「また（又）」がない。

【例⑥―17】（堺本二〇四段、前田家本二一二段、能因本四三段）
〈前〉　つけたるふみ**あめれと**（二五ウ）
〈堺Ⅰ〉　あめれと（台時吉尊山龍）
〈堺Ⅱ〉　あれと（朽鈴）――あめれと（無多）
〈堺Ⅲ〉　あめれと（群宮京乙彰）
〈能〉　あれと

＊堺本Ⅱ類朽木本・鈴鹿本のみ「あれと」となっている。能因本も「あれと」である。それ以外の堺本と前田家本は「あめれと」で一致する。

⑦前田家本が堺本とは異なる本文をもつ例

前田家本が堺本とは異なる本文をもつ例は、計九十七例見られた。堺本の本文間での異同状況としては、堺本の各類がすべて一致する場合、すべて異なる場合、堺本Ⅰ類とⅡ類とが一致する場合、堺本Ⅰ類と宸翰本（Ⅲ類）とが一致する場合、および堺本Ⅱ類と宸翰本（Ⅲ類）とが一致する場合があるが、それらを区別して用例を並べることはしていない。ただし、多くの場合、堺本の本文はおおよそ一致している。また、全体の傾向として前田家本と能因本の本文とが重なることもあまりない。これは今回の調査範囲が、前田家本と堺本の本文が近い箇所に絞られているためである。

【例⑦—1】（堺本一八八段、前田家本一九七段、能因本三段・一四七段）

〈前〉**かたちなと**かはる事も（一オ）

〈堺Ⅰ〉かたちなとこそ（台時吉山龍甲）

〈堺Ⅱ〉かたちなとこそ（朽鈴無多）

〈堺Ⅲ〉かたちなとこそ（群宮京乙彰）

〈能〉かたち

＊堺本はすべての本が「こそ」をもつ。前田家本にはない。

【例⑦—2】（堺本一八八段、前田家本一九七段、能因本三段・一四七段）

〈前〉かはる**事もあらしを**（一オ）

〈堺Ⅰ〉ことしもあらしを（時吉山龍甲）——事しもあらしを（台）

〈堺Ⅱ〉ことしもあらしを（朽鈴多）——事しもあらしを（無）

〈堺Ⅲ〉ことしもあらしを（群宮京乙彰）

〈能〉〔該当ノ一節ナシ〕

＊堺本は「こと」の次に「し」をもつ。前田家本にはない。

【例⑦—3】（堺本一八八段、前田家本一九七段、能因本三段・一四七段）

〈前〉つくろひたてゝ**きみをもみをもこといみしつゝ**（一オ）

〈堺Ⅰ〉こといみしつゝ（時吉山龍甲）——事いみしつゝ（台）

〈堺Ⅱ〉　こといみしつ、　（朽鈴無多）
〈堺Ⅲ〉　こといみしつ、　（群宮京乙彰）
〈能〉　君をもわかみをも　（三条西家本コノ一節ナシ）

＊堺本は「きみをもみをも」をもたない。

【例⑦―4】（堺本一八八段、前田家本一九七段、能因本三段・一四七段）
〈前〉　**ことにあらためいはひたる**（一オ）
〈堺Ⅰ〉　ことにあらためなしたる　（台時吉山龍甲）
〈堺Ⅱ〉　ことにあらためなしたる　（朽鈴無多）
〈堺Ⅲ〉　ことにあらためなしたる　（群宮京乙彰）
〈能〉　いはひなとしたる　（三条西家本コノ一節ナシ）

＊前田家本で「いはひたる」とあるところが、堺本では「なしたる」となっている。

【例⑦―5】（堺本一八八段、前田家本一九七段、能因本三段・一四七段）
〈前〉　**ちむに**殿上人（一ウ）
〈堺Ⅰ〉　ちんのもとに　（台時吉甲）――陣の許に（山龍）
〈堺Ⅱ〉　ちんのもとに　（朽鈴無多）――陣の許に（多）
〈堺Ⅲ〉　ちんのもとに　（群宮京乙彰）
〈能〉　陣なとに

＊堺本は「ちん」の次に「のもと」をもつ。前田家本にはない。

【例⑦―6】（堺本一八八段、前田家本一九七段、能因本三段・一四七段）

〈前〉　**たてしとみみす殿なと**（一ウ）
〈堺Ⅰ〉　たてしとみくす殿なと　（台時吉山龍）――たてしとみみくす殿なと（甲）
〈堺Ⅱ〉　たてしとみみくす殿なと　（朽鈴）――たてしとみくす殿なと（無多）
〈堺Ⅲ〉　たてしとみくすとのなと　（群宮京彰）――たてしとみくすとのなとの（乙）
〈能〉　立蔀なとの

＊前田家本が「みす殿」とあるところが、堺本では「くす殿」、「みくす殿」などとなっている。「みみ」の部分の前田家本の字母は「三美」であるが、「み〻」と表記すれば、「く」（字母「久」）と字形が類似すると思われる。

【例⑦―7】（堺本一八八段、前田家本一九七段、能因本三段・一四七段）

〈前〉　**たちならすらんと思やるおかし**（一ウ）
〈堺Ⅰ〉　思ひやらるかし　（台吉山龍）――おもひやらるかし（時甲）
〈堺Ⅱ〉　おもひやらるかし　（朽鈴無多）
〈堺Ⅲ〉　思ひやらるかし　（群宮京乙彰）
〈能〉　おもひやらる〻に

＊前田家本では「やるおかし」とあるところが、堺本では「やらるかし」となっている。

【例⑦-8・⑦-9】（堺本一八八段、前田家本一九七段、能因本三段・一四七段）

〈前〉　**そらはいとくろく雲もあつく**（二オ）

〈堺Ⅰ〉　空のけしきは雲のあつく（時吉山龍）――そらのけしきは雲のあつく（台）

そらのけしきはくものあつく（甲）

〈堺Ⅱ〉　空のけしきは雲のあつく（朽鈴無多）

〈堺Ⅲ〉　そらの気色は雲のあつく（群宮乙彰）――そらのけしきは雲のあつく（京）

〈能〉　空いとくらふ空もあつく

＊前田家本の「そらはいとくろく」が、堺本は「空のけしきは（そらのけしきは、そらの気色は）」となっている。また、前田家本「雲も」が、堺本では「雲の（くもの）」となっている。

【例⑦-10】（堺本一八八段、前田家本一九七段、能因本三段・一四七段）

〈前〉　**ひきゝこえたる**をのこゝ（二ウ）

〈堺Ⅰ〉　ひきはこひ（台時吉山龍）――ひきはこひたる（甲）

〈堺Ⅱ〉　ひきはこひたる（朽鈴）――ひきはえたる（無多）

〈堺Ⅲ〉　ひきはへたる（群宮京乙彰）

〈能〉　ひきはこへたる

＊前田家本が「ひきゝこえ」とあるところが、堺本では「ひきはこひ」、「ひきはえ」、「ひきはへ」などとなっている。

【例⑦-11】（堺本一八八段、前田家本一九七段、能因本三段・一四七段）

〈前〉　**はうくわん**（三オ）
〈堺Ⅰ〉　はう火（台時吉山龍甲）
〈堺Ⅱ〉　半靴　（朽）――はうくわ（鈴）はう火（無多）
〈堺Ⅲ〉　はう火（群宮京乙彰）
〈能〉　はうくわ

＊前田家本の「はうくわん」に対して、堺本は「はう火」、「半靴」、「はうくわ」などとなっている。漢字の仮名表記、促音の無表記などとも見なせるが、ここでは表記の違いに注目して例に加えている。

【例⑦-12】（堺本一八八段、前田家本一九七段、能因本三段・一四七段）
〈前〉　**おむなわらはへなとの**あこめ（三オ）
〈堺Ⅰ〉　をんなわらへなとの（台時吉山龍甲）
〈堺Ⅱ〉　をんなわらへなとの（鈴多）――おんなわらへなとの（朽）女わらへなとの（無）
〈堺Ⅲ〉　女わらへなとの　（群宮京乙彰）
〈能〉　わらはへの

＊前田家本は「わらはへ」、堺本は「わらへ」となっている。

【例⑦-13】（堺本一八八段、前田家本一九七段、能因本三段・一四七段）
〈前〉　おむなわらはへなとの**あこめ**（三オ）
〈堺Ⅰ〉　あこめの（台時甲）――あこめ（吉山龍）

〈堺Ⅱ〉あこめの（朽鈴無多）
〈堺Ⅲ〉あこめの（群宮京乙彰）
〈能〉あこめとも
＊堺本は「あこめ」の次に「の」をもつ。前田家本はもたない。ただし、Ⅰ類の吉田本・山井本・龍門本は「の」をもたない。

【例⑦－14】（堺本一八八段、前田家本一九七段、能因本三段・一四七段）
〈前〉**うつちの木のよからむきりておろせ**（三オ）
〈堺Ⅰ〉かくおろせなと（台時吉山龍）――おろせなと（甲）
〈堺Ⅱ〉おろせなと（朽鈴無多）
〈堺Ⅲ〉おろせなと（群宮京乙彰）
〈能〉をこそ
＊堺本は「なと」をもつ。前田家本にはない。「かく」の有無については【例⑤－9】で言及する。

【例⑦－15】（堺本一八八段、前田家本一九七段、能因本三段・一四七段）
〈前〉**梅のなりたるおりも**（三ウ）
〈堺Ⅰ〉おりなとも（吉山龍）――おりなとに（台）お□も（時）をりなとも（甲）
〈堺Ⅱ〉をりなとも（朽）――おりなとも（鈴無多）
〈堺Ⅲ〉おりなとも（群宮京乙彰）

〈能〉　おりも

＊堺本は「なと」をもつ。前田家本にはない。

【例⑦-16】（堺本一八八段、前田家本一九七段、能因本三段・一四七段）

〈前〉　**さやうにするかし**（三ウ）

〈堺Ⅰ〉　さやうにするをかし（台時吉山龍甲）

〈堺Ⅱ〉　さやうにするをかし（朽）――さやうにするおかし（鈴無）さやうにするかし（多）

〈堺Ⅲ〉　さやうにするそかし（群宮京乙彰）

〈能〉　さやうにてあるかし

＊堺本はⅡ類の多和本を除いて、「する」の次に「そ」あるいは「を（お）」をもつ。前田家本にはない。

【例⑦-17】（堺本一八八段、前田家本一九七段、能因本三段・一四七段）

〈前〉　**かゆの木**（三ウ）

〈堺Ⅰ〉　かゆへう（台吉山龍）――かゆ《マヽ》（時）かゆへら（甲）

〈堺Ⅱ〉　かゆへら（朽鈴）――かゆつみ（無）かゆつえ（多）

〈堺Ⅲ〉　かゆつえ（群宮京乙彰）

〈能〉　かゆの木

＊前田家本が「かゆの木」となっているところが、堺本では「かゆへう」、「かゆへら」、「かゆつみ」、「かゆつえ」などとなっている。能因本も「かゆの木」である。

【例⑦-18】（堺本一八八段、前田家本一九七段、能因本三段・一四七段）
〈前〉　**おとこなとをさへ**うつめる（四ウ）
〈堺Ⅰ〉おとこなとさへをそ（台時吉山龍）――おとこなとさへを（甲）
〈堺Ⅱ〉おとこなとさへを（朽鈴）――おとこなとをさへそ（無）おとこなとさへをそ（多）
〈堺Ⅲ〉おとこなとをさへそ（群宮京乙彰）
〈能〉　おとこなとをさへ
＊前田家本が「をさへ」となっているところが、堺本は「さへをそ」、「さへを」、「をさへそ」、「さへそ」などとなっている。

【例⑦-19】（堺本一八八段、前田家本一九七段、能因本三段・一四七段）
〈前〉　まかくしき**事を**（四ウ）
〈堺Ⅰ〉こととも（吉山）――事ともを（台時龍）こと、もを（甲）
〈堺Ⅱ〉こと、もを（朽）――こととも（鈴）こと共を（無）事ともを（多）
〈堺Ⅲ〉事ともを　（群宮京乙彰）
〈能〉　〔該当ノ一節ナシ〕
＊堺本は「こと（事）」の次に「とも（、も、共）」をもつ。前田家本にはない。

【例⑦-20】（堺本一八八段、前田家本一九七段、能因本三段・一四七段）

〈前〉　**内わたりなと**やむことなきも（四ウ）
〈堺Ⅰ〉　うちわたりなとの（台時吉山龍甲）
〈堺Ⅱ〉　うちわたりなとの（朽鈴無多）
〈堺Ⅲ〉　うちわたりなとの（群宮京乙彰）
〈能〉　内わたりなと

＊堺本は「なと」の次に「の」をもつ。前田家本にはない。

【例⑦―21】（堺本一八八段、前田家本一九七段、能因本三段・一四七段）
〈前〉　**しるましかめり**（四ウ）
〈堺Ⅰ〉　しらるましかめり（台時吉甲）――しらるゝましかめり（山龍）
〈堺Ⅱ〉　しらるましかめり（朽鈴無）――しらるゝましかめり（多）
〈堺Ⅲ〉　しらるましかめり（群宮京乙彰）
〈能〉　〔該当ノ一節ナシ〕

＊前田家本が「しる」となっているところが、堺本では「しらる」、「しらるゝ」となっている。

【例⑦―22・⑦―23】（堺本一八八段、前田家本一九七段、能因本三段・一四七段）
〈前〉　**内わたりはちもくのほとなとも**（四ウ）
〈堺Ⅰ〉　つこもりになりてちもくの程なと（時吉山）――つこもりになりてちもくのほとなと（台龍甲）
〈堺Ⅱ〉　つこもりになりてちもくのほと（朽鈴）――つこもりになりてちもくのほとなと（無）

つこもりになりてちもくの程なと（多）
〈堺Ⅲ〉　つこもりになりてちもくのほとなと（群宮京乙彰）
〈能〉　ちもくのほとなと内わたりは
＊前田家本が「内わたりは」とあるところが、堺本は「つこもりになりて」となっている。また、前田家本は「なと」の次に「も」をもつが、堺本にはない。

【例⑦-24】（堺本一八八段、前田家本一九七段、能因本三段・一四七段）
〈前〉　**申文とも丶てありく**（四ウ）
〈堺Ⅰ〉　まうしふみとももてありき（台時吉）――まうし文ともありき（山龍）まうしふみとんもてありき（甲）
〈堺Ⅱ〉　まうしふみとももてありき（朽無）――まうしふみとももちてありき（鈴）まうし文とももてありき（多）
〈堺Ⅲ〉　まうしふみとも丶てありき（宮京乙彰）――まうしふみとももてありき（群）
〈能〉　申文もてありく
＊前田家本が「ありく」となっているところが、堺本は「ありき」となっている。

【例⑦-25】（堺本一八八段、前田家本一九七段、能因本三段・一四七段）
〈前〉　**思はぬま丶には**おこかましけに（五オ）
〈堺Ⅰ〉　ま丶に（台時吉山龍甲）
〈堺Ⅱ〉　ま丶に（朽鈴無多）
〈堺Ⅲ〉　ま丶に（群宮京乙彰）

〈能〉　〔該当ノ一節ナシ〕

＊前田家本は「ま丶に」の次に「は」をもつ。堺本にはない。

【例⑦-26】（堺本一八八段、前田家本一九七段、能因本三段・一四七段）

〈前〉　**しえたるおりは**（五オ）

〈堺Ⅰ〉　おりには（台時吉山龍甲）

〈堺Ⅱ〉　おりには（朽鈴無多）

〈堺Ⅲ〉　おりには（群宮京乙彰）

〈能〉　は

＊堺本は「おり」の次に「に」をもつ。前田家本にはない。

【例⑦-27】（堺本一八九段、前田家本一九九段、能因本三段）

〈前〉　**のとやかにてり**（一一オ）

〈堺Ⅰ〉　てりわたり（台時吉山龍甲）

〈堺Ⅱ〉　てりわたり（朽鈴無多）

〈堺Ⅲ〉　てりわたり（群宮京乙彰）

〈能〉　てり

＊堺本は「わたり」をもつ。前田家本にはない。

【例⑦―28】（堺本一八九段、前田家本一九九段、能因本三段）

〈前〉**もゝのはな**いまさきはしめたる（一一オ）

〈堺Ⅰ〉もゝの花の（台吉山龍）――桃の花の（時）もゝのはなの（甲）

〈堺Ⅱ〉もゝの花の（朽鈴）――桃の花の（無多）

〈堺Ⅲ〉もゝの花の（群宮京乙彰）

〈能〉もゝの花は

＊堺本は「花」の次に「の」をもつ。前田家本にはない。

【例⑦―29】（堺本一八九段、前田家本一九九段、能因本三段）

〈前〉やなきなといとをかし**それもまゆにこもりたるこそおかしけれ**（一一オ）

〈堺Ⅰ〉ナシ（台時吉山龍甲）

〈堺Ⅱ〉ナシ（朽鈴無多）

〈堺Ⅲ〉ナシ（群宮京乙彰）

〈能〉それも又まゆにこもりたるこそおかしけれ

＊前田家本は「それもまゆにこもりたるこそおかしけれ」という一節がある。能因本にも「それも又まゆにこもりたるこそおかしけれ」とほぼ同文がある。堺本にはないが、「こそよりさきたれは」という前田家本にはない一節が見える。

【例⑦―30】（堺本一八九段、前田家本一九九段、能因本三段）

〈前〉**あまりて**さきてちりたるとしもありかし（一一オ）

〈堺Ⅰ〉　あまりとく（台時吉山龍甲）
〈堺Ⅱ〉　あまりとく（朽鈴無多）
〈堺Ⅲ〉　あまりとく（群宮京乙彰）
〈能〉　〔該当ノ一節ナシ〕

＊前田家本が「て」となっているところが、堺本は「とく」となっている。「て」（字母「天」）と「とく」（字母「止久」）の字形の類似によるものと思われる。

【例⑦―31】（堺本一八九段、前田家本一九九段、能因本三段）
〈前〉　**まことのかめに**（一一オ）
〈堺Ⅰ〉　まことの花かめに（時吉山）――まことに花かめに（台）まことのはなかめに（龍甲）
〈堺Ⅱ〉　まことのはなかめに（朽鈴）――まことの花かめに（無多）
〈堺Ⅲ〉　まことの花かめに（群宮京乙彰）
〈能〉　まことの花かめ

＊堺本は「かめ」の前に「花（はな）」が付く。能因本も同様だが、前田家本にはない。

【例⑦―32】（堺本一八九段、前田家本一九九段、能因本三段）
〈前〉　**きんたちにもあれ**（一一ウ）
〈堺Ⅰ〉　きむたちにまれ（時吉山龍甲）――きんたちにまれ（台）
〈堺Ⅱ〉　きむたちにまれ（朽鈴）――きんたちにまれ（無）公達にまれ（多）

〈堺Ⅲ〉きんたちにまれ（群宮京乙彰）
〈能〉　君たちにも
＊前田家本が「にもあれ」となっているところが、堺本では「にまれ」となっている。

【例⑦—33】（堺本一八九段、前田家本一九九段、能因本三段）
〈前〉**ものかたりなとし給へる**（二一ウ）
〈堺Ⅰ〉したる　（台時吉山龍甲）
〈堺Ⅱ〉したる　（朽鈴多）――し給ふ（無）
〈堺Ⅲ〉し給ふる（群宮京乙彰）
〈能〉　打いひたる
＊前田家本が「給へる」とあるところが、堺本では「たる」、「給ふ」、「給ふる」となっている。敬語の「給」をもつという点では宸翰本（堺本Ⅲ類）が近いが、「御せうとの君達にまれ…〔中略〕…物かたりなとし給ふる」となって、敬語の用法上つながりが悪い。

【例⑦—34】（堺本一八九段、前田家本一九九段、能因本三段）
〈前〉**とひありくもいとをかし**（二一ウ）
〈堺Ⅰ〉をかし　（台時吉山龍甲）
〈堺Ⅱ〉をかし　（朽）――おかし（鈴無多）
〈堺Ⅲ〉おかし　（群宮乙彰）――いとおかし（京）

〈能〉　いとおかし

＊前田家本は「いと」をもつ。堺本はⅢ類京大本を除いて「いと」がない。

【例⑦―35】（堺本一九〇段、前田家本二〇〇段、能因本三段）

〈前〉　**四月**ころもかへ（一一ウ）

〈堺Ⅰ〉　四月の（台時吉山龍甲）

〈堺Ⅱ〉　四月の（朽鈴無）――四月（多）

〈堺Ⅲ〉　四月の（群宮京乙彰）

〈能〉　まつりのころは

＊堺本は多和本を除いて「の」をもつ。前田家本にはない。

【例⑦―36】（堺本一九〇段、前田家本二〇〇段、能因本三段）

〈前〉　**うへのきぬ**こきうすき（一一ウ）

〈堺Ⅰ〉　うへのきぬの（吉山龍）――うへのきぬも（台）□へのきぬの（時）うゑのきぬの（甲）

〈堺Ⅱ〉　うえのきぬの（朽）――うへのきぬの（鈴無多）

〈堺Ⅲ〉　うへのきぬの（群宮京乙彰）

〈能〉　〔該当ノ一節ナシ〕

＊堺本は「きぬ」の次に「の」、「も」をもつ。前田家本にはない。

【例⑦－37】（堺本一九〇段、前田家本二〇〇段、能因本三段）

〈前〉　そらのけしきなとこそたゝ**なるともなく**おかしけれ（一二オ）

〈堺Ⅰ〉　なにともなく（台時吉山龍甲）

〈堺Ⅱ〉　なにともなく（朽鈴多）――何ともなく（無）

〈堺Ⅲ〉　なにともなく（群宮京乙彰）

〈能〉　なにとなく

＊前田家本が「なるとも」とあるところが、堺本では「なにとも（何とも）」となっている。前田家本のほうが文意がつながりにくい。

【例⑦－38】（堺本一九〇段、前田家本二〇〇段、能因本三段）

〈前〉　**ゆふつかたなと**（一二オ）

〈堺Ⅰ〉　夕つかたよるなと（時吉山龍）――夕つかたより夜るなと（台）ゆふつかたよるなと（甲）

〈堺Ⅱ〉　夕つかたよるなと（鈴無多）――ゆふつかたよるなと（朽）

〈堺Ⅲ〉　夕つかたよるなと（群京乙）――ゆふつかたよるなと（宮彰）

〈能〉　夕つかたよるなと

＊堺本は「よる（夜る）」がある。能因本にも「よる」がある。前田家本にはない。

【例⑦－39】（堺本一九〇段、前田家本二〇〇段、能因本三段）

〈前〉　**ひとひらなと**はかりに（一二オ）

〈堺Ⅰ〉　ひとへら（台時吉山龍甲）
〈堺Ⅱ〉　ひとつら（朽鈴）――ひとひら（無）ひとへら（多）
〈堺Ⅲ〉　ひとひら（群宮京乙彰）
〈能〉　なと

＊前田家本は「なと」をもつ。堺本にはない。なお、「ひとひら」の異同については【例④―35】で検討している。

【例⑦―40】（堺本一九〇段、前田家本二〇〇段、能因本三段）
〈前〉　みるは**さも**おほえねと（一二オ）
〈堺Ⅰ〉　さしも（台時吉山龍甲）
〈堺Ⅱ〉　さしも（朽鈴無多）
〈堺Ⅲ〉　しも（群宮京乙彰）
〈能〉　〔該当ノ一節ナシ〕

＊前田家本が「さも」となっている部分が、堺本Ⅰ類・Ⅱ類は「さしも」、Ⅲ類は「しも」となっている。

【例⑦―41】（堺本一九〇段、前田家本二〇〇段、能因本三段）
〈前〉　**そのころはいとをかしう**みなるゝ（一二オ）
〈堺Ⅰ〉　をかしうそ（台時吉山龍甲）
〈堺Ⅱ〉　おかしうそ（朽無）――おかしうこそ（鈴）おかしう（多）
〈堺Ⅲ〉　おかしうそ（群京乙彰）――をかしうそ

〈能〉　おかしう

＊堺本は「そ」、「こそ」をもつ。前田家本にはない。

【例⑦―42】（堺本一九〇段、前田家本二〇〇段、能因本三段）

〈前〉　**そのころはいとをかしうみなるゝ**（一二オ）

〈堺Ⅰ〉　みなさるゝ（台時吉山龍甲）

〈堺Ⅱ〉　みなさるゝ（杤無多）――みなさるれ（鈴）

〈堺Ⅲ〉　みなさるゝ（宮京乙彰）――みなさるる（群）

〈能〉　みゆ

＊前田家本が「みなるゝ」とあるところが、堺本は「みなさるゝ」等、「さ」を含む。

【例⑦―43】（堺本一九〇段、前田家本二〇〇段、能因本三段）

〈前〉　**わらはへの**かしらはかり（一二ウ）

〈堺Ⅰ〉　わらはの（台時吉山龍甲）

〈堺Ⅱ〉　わらはの（杤鈴無多）

〈堺Ⅲ〉　わらはの（群宮京乙彰）

〈能〉　わらはへの

＊前田家本は「わらはへ」、堺本は「わらは」となっている。

【例⑦—44】（堺本一九〇段、前田家本二〇〇段、能因本三段）
〈前〉　**しやうすくしたてつれは**（一二ウ）
〈堺Ⅰ〉　さうそく（台時吉山龍甲）
〈堺Ⅱ〉　さうそく（杤鈴無多）
〈堺Ⅲ〉　さうそく（群宮京乙彰）
〈能〉　さうそき
＊前田家本が「しやうすく」とあるところが、堺本は「さうそく」である。「装束」の表記の違いと見なして異同には入れないという考え方もあるが、前田家本と堺本とで本文が対立しているため、例に加えた。

【例⑦—45】（堺本一九〇段、前田家本二〇〇段、能因本三段）
〈前〉　**定者なと**（一二ウ）
〈堺Ⅰ〉　さうさなと（台時吉甲）——さうなと（山龍）
〈堺Ⅱ〉　ちやうさなと（杤鈴）——さうさなと（無多）
〈堺Ⅲ〉　さうなと（群京乙）——さうさなと（宮彰）
〈能〉　ちやうさと
＊前田家本が「定者」となっているところが、堺本は「さうさ」、「さう」、「ちやうさ」などとなっている。「さうさ」、「ちやうさ」などは「定者」を仮名で書いたかたちともとれるが、堺本との本文上の対立により例に加えた。また宸翰本（堺本Ⅲ類）の群書本などに見られる「さう」あたりになると意味が異なってしまう。

【例⑦―46】（堺本一九〇段、前田家本二〇〇段、能因本三段）

〈前〉　ほと〳〵に**つけて**おやをはの女（一二ウ）

〈堺Ⅰ〉　つけては（台時吉山龍甲）

〈堺Ⅱ〉　つけては（朽鈴無多）

〈堺Ⅲ〉　つけては（群宮京乙彰）

〈能〉　つけて

＊堺本は「は」をもつ。前田家本にはない。

【例⑦―47】（堺本一九一段、前田家本二〇一段、能因本二一四段）

〈前〉　さうそくわろくくてものみる人**いともとかし**（一三オ）

〈堺Ⅰ〉　いと〳〵もとかし（台時吉山龍甲）

〈堺Ⅱ〉　いと〳〵もとかし（朽鈴無）――いともとかし（多）

〈堺Ⅲ〉　いと〳〵もとかし（群宮京乙彰）

〈能〉　いともとかし

＊堺本はⅡ類多和本を除いて「いと」を重ねる踊り字をもつ。前田家本にはない。

【例⑦―48】（堺本一九一段、前田家本二〇一段、能因本二一四段）

〈前〉　したすたれもなくて**うれたる**ひとへきぬの袖（一三オ）

〈堺Ⅰ〉　なへたる（台時吉山龍甲）

〈堺Ⅱ〉なへたる（朽鈴無多）
〈堺Ⅲ〉なへたる（群宮京乙彰）
〈能〉しろき

＊前田家本が「うれたる」とあるところが、堺本は「なへたる」となっている。前田家本は文意が取りにくい。

【例⑦—49】（堺本一九一段、前田家本二〇一段、能因本二一四段）
〈前〉**なに事もその日の**（一三オ）
〈堺Ⅰ〉なに事もたゝその日の（台時吉山龍）――なにこともたゝそのひの（甲）
〈堺Ⅱ〉なにこともたゝそのひの（朽）――なにこともたゝそのひとの（鈴）
何事も其日の（無）何事もたゝその日の（多）
〈堺Ⅲ〉なにこともたゝその日の（群宮京乙彰）
〈能〉たゝその日の

＊堺本は「たゝ」をもつ。前田家本とⅡ類無窮会本に「たゝ」はない。

【例⑦—50】（堺本一九一段、前田家本二〇一段、能因本二一四段）
〈前〉**むけにあらしと**（一三オ）
〈堺Ⅰ〉むけにはあらしと（台時吉山龍甲）
〈堺Ⅱ〉むけにはあらしと（朽鈴無多）
〈堺Ⅲ〉無下にはあらしと（群宮京乙彰）

〈能〉　くちおしうはあらしと

＊堺本は「むけに（無下に）」の次に「は」をもつ。前田家本にはない。

【例⑦―51】（堺本一九一段、前田家本二〇一段、能因本二一四段）

〈前〉　**おほゆるをまして**（一三ウ）

〈堺Ⅰ〉　おほゆるものをまして（台時吉甲）――覚るものをまして（山龍）

〈堺Ⅱ〉　おほゆるものをまして（朽鈴無）――覚るものをまして（多）

〈堺Ⅲ〉　おほゆる物まして（群宮京乙）――おほゆるものまして（彰）

〈能〉　おほゆる物を

＊前田家本が「おほゆるを」となっているところが、堺本は「おほゆるものを」、「おほゆる物」など「もの（物）」を含む。

【例⑦―52】（堺本一九一段、前田家本二〇一段、能因本二一四段）

〈前〉　**ゑかきに**まいりたりけるきむたち弁（一三ウ）

〈堺Ⅰ〉　ゑかう（台時吉龍甲）――ちかう（山）

〈堺Ⅱ〉　えかう（朽）――ゑかう（鈴）ゑかに（無）ちかう（多）

〈堺Ⅲ〉　ゑかに（群宮京乙彰）

〈能〉　えんかに

＊前田家本が「ゑかきに」となっているところが、堺本は「ゑかう」、「ちかう」、「えかう」、「ゑかに」などとなっている。宸翰本（堺本Ⅲ類）の「ゑかに」は、前田家本の「ゑかきに」と意味も変わらず、比較的近い異同と思われる。

④のパターンに近い例と言えよう。

【例⑦―53】（堺本一九一段、前田家本二〇一段、能因本二一四段）

〈前〉けのまへに**たちてみる**（一四オ）
〈堺Ⅰ〉たてゝみる（時吉山龍甲）――たててみる（台）
〈堺Ⅱ〉たてゝみる（朽鈴無多）
〈堺Ⅲ〉たてゝみる（群宮京乙彰）
〈能〉〔該当ノ一節ナシ〕

＊前田家本が「たちて」となっているところが、堺本は「たてゝ（たてて）」となっている。

【例⑦―54】（堺本一九一段、前田家本二〇一段、能因本二一四段）

〈前〉**ものいひにをこせなとし**（一四オ）
〈堺Ⅰ〉ものいひをこせなとし（時吉甲）――物いひをこせなとし（台山龍）
〈堺Ⅱ〉ものいひをこせなとし（朽鈴無）――物いひをこせなんとして（多）
〈堺Ⅲ〉物いひをこせなとし（群京乙彰）――物いひおこせなとし（宮）
〈能〉物いひおこせ

＊前田家本は「ものいひ」の次に「に」をもつ。堺本にはない。

【例⑦―55】（堺本一九一段、前田家本二〇一段、能因本二一四段）

〈前〉　**いとをかしけなるか**みこしわたらせ給へは（一四オ）
〈堺Ⅰ〉　いとをかしけなる（台時吉山龍甲）
〈堺Ⅱ〉　いとおかしけなる（朽鈴無多）
〈堺Ⅲ〉　いとおしけなる（群京彰）――いとをしけなる（宮）いとくちおしけなる（乙）
〈能〉　いとおしけなる

＊前田家本は「なる」の次に「か」をもつ。堺本にはない。能因本にもない。「いとをかしけ（いとおかしけ）」と「いとおしけ」の異同については【例①―19】で検討している。

【例⑦―56】（堺本一九一段、前田家本二〇一段、能因本二一四段）

〈前〉　**御くるまのあまた**ひきてきて（一四ウ）
〈堺Ⅰ〉　くるまのひとの給へともあまた（時吉）――車のひとの給へともあまた（台）
　くるまのひと給へともあまた（山龍）
　御くるまのひとの御へとんあまた（甲）
〈堺Ⅱ〉　御車の人ののたまへともあまた（朽鈴）――御車の日と給へともあまた（無）
　くるまのひとたまへともあまた（多）
〈堺Ⅲ〉　御くるまのひとたき人もあまた（群京乙）――御車のひとたき人もあまた（宮彰）
〈能〉　御車人たまひ

＊堺本は「ひとの給へとも」、「人ののたまへとも」、「ひとたき人も」などといった語句をもつ。前田家本にはない。

【例⑦―57】（堺本一九一段、前田家本二〇一段、能因本二一四段）

〈前〉　あまた**ひきてきて**（一四ウ）

〈堺Ⅰ〉ひきつゝきて（時吉山龍甲）――ひきつゝけて（台）

〈堺Ⅱ〉ひきつゝきて（朽鈴無多）

〈堺Ⅲ〉ひきつゝきて（群宮京乙彰）

〈能〉　ひきつゝきて

＊前田家本が「ひきて」となっているところが、堺本は「ひきつゝ」となっている。能因本も同様である。「て」（字母「天」）と「つゝ」（字母「川ゝ」）の字形の類似が考えられる。

【例⑦―58】（堺本一九一段、前田家本二〇一段、能因本二一四段）

〈前〉　いかにしてたゝむすらんと**みるを**（一四ウ）

〈堺Ⅰ〉みるに（台吉山龍甲）――□るに（時）

〈堺Ⅱ〉みるに（朽鈴無多）

〈堺Ⅲ〉みるに（群宮京乙彰）

〈能〉　みるほとに

＊前田家本が「みるを」とあるところが、堺本は「みるに」となっている。

【例⑦―59】（堺本一九一段、前田家本二〇一段、能因本二一四段）

〈前〉　このくるまともすこしつゝ**あふ**さゝせよなと（一四ウ）

〈堺Ⅰ〉あそ（吉山龍）――あと（台）あそ《マヽ》（時）あう（甲）
〈堺Ⅱ〉あと（朽鈴多）――あう（無）
〈堺Ⅲ〉あう（宮京乙彰）――あら（群）
〈能〉〔該当ノ一節ナシ〕

＊前田家本で「あふ」とあるところが、堺本は「あそ」、「あと」、「あう」、「あら」などとなっている。文章の意味がとりにくい箇所なので、「そ」（字母「曽」）、「と」（字母「止」）、「う」（字母「宇」）、「ら」（字母「良」）などの字形の類似によって異同が発生したものと思われる。

【例⑦―60】（堺本一九一段、前田家本二〇一段、能因本二一四段）
〈前〉こゑたかに**いつらは**このくるまとものをのこともなきかなといふに（一四ウ）
〈堺Ⅰ〉いへるは（台時吉山龍甲）
〈堺Ⅱ〉いへるは（朽鈴無）――いへは（多）
〈堺Ⅲ〉いへるは（群宮京乙彰）
〈能〉〔該当ノ一節ナシ〕

＊前田家本が「いつら」となっているところが、堺本は「いへる（いへ）」となっている。「つら」（字母「以川」）と「へる」（字母「部留」）の類似によるものと思われる。

【例⑦―61】（堺本一九一段、前田家本二〇一段、能因本二一四段）
〈前〉この**くるまともの**をのこともなきかなといふに（一四ウ）

〈堺Ⅰ〉　車の　（台時吉山龍）――くるまの（甲）
〈堺Ⅱ〉　車の　（朽鈴無多）
〈堺Ⅲ〉　くるまの　（群宮京乙彰）
〈能〉　〔該当ノ一節ナシ〕

＊前田家本は「とも」をもつ。堺本にはない。

【例⑦―62】（堺本一九一段、前田家本二〇一段、能因本二一四段）
〈前〉　みなゝから**たちなめつる**こそいとめてたけれ（一五オ）
〈堺Ⅰ〉　たてならへつる　（台時吉山甲）――さてならへつる（龍）
〈堺Ⅱ〉　たてならへつる　（朽無多）――たてならへたる（鈴）
〈堺Ⅲ〉　たてならへつる　（群宮京乙彰）
〈能〉　たてたる

＊前田家本が「たちなめ」となっているところが、堺本は「たてならへ（さてならへ）」となっている。

【例⑦―63】（堺本一九一段、前田家本二〇一段、能因本二一四段）
〈前〉　**人もいかに**めいほくあまりておほゆらんと（一五オ）
〈堺Ⅰ〉　人ともゝいかに　（台時吉山龍甲）
〈堺Ⅱ〉　人とももいかに　（朽鈴）――人ともゝいかに（無多）
〈堺Ⅲ〉　人ともゝいかに　（宮京乙彰）――人とももいかに（群）

〈能〉　〔該当ノ一節ナシ〕

＊堺本は「人」の次に「とも」をもつ。前田家本にはない。

【例⑦―64】（堺本一九一段、前田家本二〇一段、能因本二一四段）

〈前〉　**めいほくあまりて**おほゆらんと（一五オ）

〈堺Ⅰ〉　めいほくありて（台時吉山龍甲）

〈堺Ⅱ〉　めいほくありて（朽鈴無多）

〈堺Ⅲ〉　めいほくありて（群宮京乙彰）

〈能〉　〔該当ノ一節ナシ〕

＊前田家本が「あまりて」となっているところが、堺本は「ありて」になっている。

【例⑦―65】（堺本一九一段、前田家本二〇一段、能因本二一四段）

〈前〉　をいのけられつる**くるまともの**（一五オ）

〈堺Ⅰ〉　ゑせ車ともの（台山）――ゑそ《マヽ》車ともの（時）ゑそ車ともの（吉龍）ゑせくるまともの（甲）

〈堺Ⅱ〉　えせ車ともの（朽鈴）――ゑせ車ともの（無多）

〈堺Ⅲ〉　ゑせ車ともの（群宮乙彰）――ゑせくるまともの（京）

〈能〉　ゑせ車とも

＊堺本は「車」の前に「ゑせ（えせ）」がある。能因本も同様である。前田家本にはない。

【例⑦-66】（堺本一九一段、前田家本二〇一段、能因本二一四段）
〈前〉　**なりよくきよけなるをは**（一五オ）
〈堺Ⅰ〉　きら〳〵しけなるをは（台時吉山龍甲）
〈堺Ⅱ〉　きら〳〵しけなるをは（朽鈴無）――きら〳〵しけるをは（多）
〈堺Ⅲ〉　きら〳〵しけなるをは（宮京乙彰）――きらきらしけなるをは（群）
〈能〉　きら〳〵しきなとは
＊前田家本が「きよけ」となっているところが、堺本は「きら〳〵しけ（きらきらしけ）」となっている。

【例⑦-67】（堺本一九一段、前田家本二〇一段、能因本二一四段）
〈前〉　**ひな〳〵からぬ**けしきしたるは（一五オ）
〈堺Ⅰ〉　ひな〳〵しからぬ（台時吉山龍甲）
〈堺Ⅱ〉　ひな〳〵しからぬ（朽鈴無多）
〈堺Ⅲ〉　ひな〳〵しからぬ（群宮京乙彰）
〈能〉　ひなひあやしく
＊堺本は「〳〵」の次に「し」をもつ。前田家本にはない。

【例⑦-68】（堺本一九一段、前田家本二〇一段、能因本二一四段）
〈前〉　**人からのことからに**（一五ウ）
〈堺Ⅰ〉　人からことからに（台時吉山龍）――ひとからことからに（甲）

〈堺Ⅱ〉人がらことからに　（朽鈴）——人からことからに（無多）
〈堺Ⅲ〉人からことからに　（群宮京乙彰）
〈能〉〔該当ノ一節ナシ〕

＊前田家本は「人から」の次に「の」をもつ。堺本にはない。なお、『堺本枕草子本文集成』（林〔一九八八〕）では「人から」が脱落しているため、台北本は田中重太郎〔一九五六b〕、河甲本・鈴鹿本・多和本は紙焼き写真、朽木本は田中重太郎〔一九七三〕の影印、三時本・山井本・無窮会本・群書本・宮内庁本・京大本は田中重太郎〔一九五六a〕でそれぞれ確認を取っている。龍門本は原本で確認を取った。

【例⑦–69】（堺本一九一段、前田家本二〇一段、能因本二一四段）
〈前〉**すこしよるへきにや**（一五ウ）
〈堺Ⅰ〉すこしはよるへきにや（台時吉山龍甲）
〈堺Ⅱ〉すこしはよるへきにや（朽鈴無多）
〈堺Ⅲ〉すこしはよるへきにや（群宮京乙彰）
〈能〉〔該当ノ一節ナシ〕

＊堺本は「すこし」の次に「は」をもつ。前田家本にはない。

【例⑦–70】（堺本一九七段、前田家本二六〇段、能因本二〇八段）
〈前〉**すいしやうをくたきたるやうに**（五四ウ）
〈堺Ⅰ〉すいさうを　（台吉尊嘉山）——すいさう紙（龍）

〈堺Ⅱ〉すいさうを　（朽鈴無多）
〈堺Ⅲ〉すいさうを　（群宮京乙彰）
〈能〉すいしやうなとの
＊前田家本は「すいしやう」、堺本は「すいさう」である。「水晶」の表記の違いによるものと思われるが、前田家本と堺本とではっきりと対立しているため、例に加えた。

【例⑦―71】（堺本一九八段、前田家本二九七段、能因本二〇六段）
〈前〉**ひきあけたる**そのおりのかの（八〇ウ）
〈堺Ⅰ〉ひきとりあけたる　（台吉尊嘉山龍）
〈堺Ⅱ〉ひきをりあけたる　（朽）――ひきおりあけたる（鈴）ひきとりあけたる（無多）
〈堺Ⅲ〉ひきとりあけたる　（群宮彰）――ひけとりあけたる（京）ひきとりたる（乙）
〈能〉引おりあけたる
＊前田家本が「ひきあけ」となっているところが、堺本は「ひきとりあけ」、「ひきおりあけ（ひきをりあけ）」、「ひけとりあけ」、「ひきとり」などとなっている。

【例⑦―72】（堺本一九八段、前田家本二九七段、能因本二〇六段）
〈前〉**かゝえたる**いみしうをかし（八〇ウ）
〈堺Ⅰ〉こゝへたる　（台嘉山）――たゝへたる（吉）かゝへたる（尊）こへたる（龍）
〈堺Ⅱ〉かゝへたる　（朽鈴）――かゝれたる（無）きゝえたる（多）

〈堺Ⅲ〉　かゝれたる　（群宮京乙彰）
〈能〉　かゝへたるも

＊前田家本が「かゝえ」となっているところが、堺本は「こ、へ」、「た、へ」、「か、へ」、「かゝれ」などとなっている。「かゝ」（字母「可ゝ」）と「こゝ」（字母「己ゝ」）と「たゝ」（字母「多ゝ」）の字形の類似、さらに「え」（字母「衣」）と「へ」（字母「部」）と「れ」（字母「礼」）の字形の類似による異同と思われる。

【例⑦―73】（堺本一九九段、前田家本二九八段、能因本二〇七段）
〈前〉　**けふりのゝこりてことにかうはしき**（八一オ）
〈堺Ⅰ〉　かうはしう　（台吉尊嘉山龍）
〈堺Ⅱ〉　かうはしう　（朽鈴無多）
〈堺Ⅲ〉　かうはしう　（群宮京乙彰）
〈能〉　〔該当ノ一節ナシ〕

＊前田家本が「かうはしき」とあるところが、堺本は「かうはしう」となっている。

【例⑦―74】（堺本二〇一段、前田家本二〇七段、能因本ナシ）
〈前〉　**なにはかりなる事のあらんに**（一七ウ）
〈堺Ⅰ〉　ことあらむに　（台吉山）――事あらんに（尊）ことあらんに（嘉龍）
〈堺Ⅱ〉　ことあらんに　（朽鈴多）――事あらんに（無）
〈堺Ⅲ〉　ことあらんに　（群宮京乙彰）

＊前田家本は「事」の次に「の」をもつ。堺本にはない。

【例⑦-75】（堺本二〇二段、前田家本二〇八段、能因本ナシ）
〈前〉　**くみたるおとこそすゝしけれ**（一八オ）
〈堺Ⅰ〉　いと涼しけれ（吉尊山龍）――いとすゝしけれ（台嘉）
〈堺Ⅱ〉　いとすゝしけれ（朽鈴無多）
〈堺Ⅲ〉　いとすゝしけれ（群宮京乙彰）
＊　堺本は「いと」をもつ。前田家本にはない。

【例⑦-76】（堺本二〇三段、前田家本二〇九段、能因本ナシ）
〈前〉　**ひさしのかけ**（一八オ）
〈堺Ⅰ〉　ひさしのいたのかけ（台吉尊山龍）――ひさしの板のかけ（嘉）
〈堺Ⅱ〉　ひさしのいたのかけ（朽鈴無多）
〈堺Ⅲ〉　ひさしのいたのかけ（群宮京乙彰）
＊堺本は「いたの（板の）」をもつ。前田家本にはない。

【例⑦-77】（堺本二〇三段、前田家本二〇九段、能因本ナシ）
〈前〉　うちきのいたくは**なえぬを**（一八ウ）
〈堺Ⅰ〉　なれぬを（台吉尊嘉山龍）

〈堺Ⅱ〉なれぬを（朽鈴多）――なえぬを（無）
〈堺Ⅲ〉なへぬを（群京乙彰）――なえぬを（宮）

＊前田家本で「なえぬ」とあるところが、堺本は「なれぬ」、「なへぬ」などとなっているものがある。「え」（字母「衣」）、「へ」（字母「阝」）、「れ」（字母「礼」）などの字形の類似による異同と思われる。この場合、表記のされかたはさまざまに分かれてはいるが、大半は「なれぬ」、「なへぬ（なえぬ）」で一致するものととることもでき、分類しにくい。今回は、仮に、前田家本と堺本との異同を重視して⑦に加えた。

【例⑦―78】（堺本二〇三段、前田家本二〇九段、能因本ナシ）
〈前〉**うろに**火ともしたるふたまはかりをさりて（一八ウ）
〈堺Ⅰ〉うちに（台吉嘉山龍）――内に（尊）
〈堺Ⅱ〉うちに（朽鈴無多）
〈堺Ⅲ〉うちに（群宮京乙彰）

＊前田家本が「うろに」となっているところが、堺本は「うちに（内に）」となっている。前田家本の場合、文章が通じにくい。

【例⑦―79】（堺本二〇三段、前田家本二〇九段、能因本ナシ）
〈前〉なけしに**をしかゝり**（一八ウ）
〈堺Ⅰ〉よりかゝり（台吉尊嘉山龍）
〈堺Ⅱ〉よりかゝり（朽鈴無多）

〈堺Ⅲ〉　よりか丶り　(群宮京乙彰)

＊前田家本が「をし」となっているところが、堺本は「より」となっている。

【例⑦―80】(堺本二〇三段、前田家本二〇九段、能因本ナシ)

〈前〉　**火ひとりによく**うつみて（一八ウ）

〈堺Ⅰ〉　ひとりに火よく　(台吉尊嘉山龍)

〈堺Ⅱ〉　ひとりにひよく　(朽鈴)　――火とりに火よく　(無多)

〈堺Ⅲ〉　ひとりに火よく　(群宮京乙)　――火とりに火よく　(彰)

＊前田家本と堺本とで、「火」の場所が異なっている。

【例⑦―81】(堺本二〇三段、前田家本二〇九段、能因本ナシ)

〈前〉　心しりの**人のけしきはめは**（一九オ）

〈堺Ⅰ〉　人けしきはめは　(台吉尊嘉山龍)

〈堺Ⅱ〉　人けしきはめは　(朽鈴無多)

〈堺Ⅲ〉　人気色はめは　(群宮京乙彰)

＊前田家本は「人」の次に「の」をもつ。堺本にはない。

【例⑦―82・⑦―83】(堺本二〇四段、前田家本二一二段、能因本四三段)

〈前〉　**ありあけはたいふにも**あらす（二二ウ）

〈堺Ⅰ〉　有明はいふへきにも　（台吉尊嘉山龍）
〈堺Ⅱ〉　ありあけはいふへきにも　（杇鈴無）——有明はいふへきにも　（多）
〈堺Ⅲ〉　ありあけはいふへきにも　（群宮京乙彰）
〈能〉　あり明はたいふにも

＊前田家本が「はた」となっているところが、堺本は「は」となっている。さらに前田家本が「いふにも」となっているところが、堺本は「いふへきにも」となっている。

【例⑦―84】（堺本二〇四段、前田家本二一二段、能因本四三段）
〈前〉　**おくうしろめたからむよ**　（二三三オ）
〈堺Ⅰ〉　おくのうしろめたからんよ　（吉尊嘉山）——おくのうしろめてからむよ　（台）おくのうしろめたからむよ　（龍）
〈堺Ⅱ〉　をくのうしろめたからむよ　（杇）——おくのうしろめたからむよ　（鈴）おくのうしろめたからん也　（無）おくのうしろめたからんよ　（多）
〈堺Ⅲ〉　おくのうしろめたからむよ　（群宮京乙）——おくのうしろめたからんよ　（彰）
〈能〉　おくのうしろめたからんよ

＊堺本は「おく」の次に「の」をもつ。前田家本にはない。

【例⑦―85】（堺本二〇四段、前田家本二一二段、能因本四三段）
〈前〉　ふたあひの**さしぬきにあるか**なきかにうすき　（二三三ウ）
〈堺Ⅰ〉　さしぬきあるか　（台吉尊嘉山龍）

〈堺Ⅱ〉　さしぬきあるか（朽鈴無）——さしぬき有か（多）
〈堺Ⅲ〉　さしぬきあるか（群宮京乙彰）
〈能〉　さしぬきあるか

＊前田家本は「さしぬき」の次に「に」をもつ。堺本にはない。能因本にも見られない。

【例⑦—86】（堺本二〇四段、前田家本二一二段、能因本四三段）
〈前〉　みすの**そはをすこし**（二四オ）
〈堺Ⅰ〉　そはすこし（台吉尊嘉山龍）
〈堺Ⅱ〉　そはすこし（朽鈴多）——そは丶すこし（無）
〈堺Ⅲ〉　そは丶すこし（宮京乙彰）——そははすこし（群）
〈能〉　そはをいさ丶か

＊前田家本が「そはを」となっているところが、堺本は「そは」、「そは丶（そはは）」となっている。

【例⑦—87】（堺本二〇四段、前田家本二一二段、能因本四三段）
〈前〉　**まくらかみの**かたにほをの木の（二四オ）
〈堺Ⅰ〉　まくらのかみの（吉嘉）——枕のかみの（台尊山龍）
〈堺Ⅱ〉　まくらのかみの（朽鈴）——まくらかみの（無）枕の（多）
〈堺Ⅲ〉　さくらのかみの（群京乙彰）——まくらのかみの（宮）
〈能〉　枕かみの

＊堺本は「まくら（さくら）」の次に「の」をもつ。前田家本はもたない。なお、Ⅱ類無窮会本ももたない。能因本にも見られない。なお、「ま」と「さ」の異同については【例①―32】で検討している。

【例⑦―88】（堺本二〇四段、前田家本二一二段、能因本四三段）

〈前〉**ほをの木の**むらさきのかみはりたる（二四オ）

〈堺Ⅰ〉ほゝの木の（吉尊嘉山龍）――ほくの木の（台）

〈堺Ⅱ〉ほをのきの（朽）――はうの木の（鈴）ほゝの木の（無多）

〈堺Ⅲ〉ほゝの木の（群宮京乙彰）

〈能〉ほをる

＊前田家本は「ほを」となっているところが、堺本は「ほゝ」、「ほく」、「はう」などとなっている。堺本Ⅱ類の朽木本のみ「ほを」で一致しているが、この一本のみのため、パターン③には分類しなかった。

【例⑦―89】（堺本二〇四段、前田家本二一二段、能因本四三段）

〈前〉もとかしけれはと**いらふわさと**ゝりたてゝ（二四ウ）

〈堺Ⅰ〉いらふるもわさと（台吉尊嘉山龍）

〈堺Ⅱ〉いらふるもわさと（朽鈴無多）

〈堺Ⅲ〉いらふるもわさと（群宮京乙彰）

〈能〉いらふ

＊堺本は「いらふ」の次に「るも」をもつ。前田家本にはない。

【例⑦—90】（堺本二〇四段、前田家本二一二段、能因本四三段）
〈前〉　**あふきをよひて**（二五オ）
〈堺Ⅰ〉　あふきをおよひて（台吉山龍）——扇を丶よひて（尊嘉）
〈堺Ⅱ〉　あふきをおよひて（朽）——あふきををよひて（鈴）おふきををよひて（無）扇をおよひて（多）
〈堺Ⅲ〉　あふきを丶よひて（宮乙彰）——あふきををよひて（群）あふきを丶よひ□（京）
〈能〉　扇を
＊堺本は「あふきを」の次に「お」、「丶」、「を」などをもつ。前田家本にはない。

【例⑦—91】（堺本二〇四段、前田家本二一二段、能因本四三段）
〈前〉　**こよなく**おほしたることなんと（二五オ）
〈堺Ⅰ〉　こよなううとく（台吉尊嘉山龍）
〈堺Ⅱ〉　こよなうとく（朽鈴）——こよなううとく（無多）
〈堺Ⅲ〉　こよなうことく（群京乙彰）——こよなううとく（宮）
〈能〉　うとく
＊堺本は「うとく（ことく）」をもつ。前田家本にはない。

【例⑦—92】（堺本二〇四段、前田家本二一二段、能因本四三段）
〈前〉　**おほしたることなんと**（二五オ）

〈堺Ⅰ〉おほしたることなと（吉尊嘉山）――おほしたる事なと（台龍）
〈堺Ⅱ〉おほしたることなと（朽鈴多）――おほしたる事なと（無）
〈堺Ⅲ〉おほしたる事なと（群宮京乙彰）
〈能〉おほしたる事なと

＊前田家本が「なんと」となっているところが、堺本は「なと」となっている。能因本も「なと」である。

【例⑦―93】（堺本二〇四段、前田家本二一二段、能因本四三段）
〈前〉**はなやかにゝほひたるほといと**をかし（二五ウ）
〈堺Ⅰ〉程なといと（台吉嘉山龍）――ほとなといと（尊）
〈堺Ⅱ〉ほとなといと（朽鈴）――ほとなをいと（無）程なといと（多）
〈堺Ⅲ〉ほとなといと（群宮京乙彰）
〈能〉いと

＊堺本は「ほと」の次に「なと」、「なを」をもつ。前田家本にはない。

【例⑦―94】（堺本二〇五段、前田家本二一三段、能因本ナシ）
〈前〉なきいてたるこゑ**きゝたるこそ**（二六オ）
〈堺Ⅰ〉きゝつるこそ（台吉嘉山龍）――聞つるこそ（尊）
〈堺Ⅱ〉きゝつるこそ（朽鈴無多）
〈堺Ⅲ〉きゝつるこそ（群宮京乙彰）

＊前田家本が「たる」となっているところが、堺本は「つる」となっている。

【例⑦-95】（堺本二〇六段、前田家本二〇四段、能因本七四段）
〈前〉**夏のよこそいとをかしけれ**（一六オ）
〈堺Ⅰ〉をかしけれ（台吉尊山龍）——おかしけれ（嘉）
〈堺Ⅱ〉をかしけれ（朽）——おかしけれ（鈴無多）
〈堺Ⅲ〉おかしけれ（群宮京乙彰）
〈能〉おかしけれ
＊前田家本は「いと」をもつ。堺本にはない。

【例⑦-96】（堺本二〇六段、前田家本二〇四段、能因本七四段）
〈前〉**つゆもまとろまぬほとにあけぬるにやかて**（一六オ）
〈堺Ⅰ〉あけぬるよやかて（吉嘉山龍）——明ぬるよやかて（台尊）
〈堺Ⅱ〉あけぬるよやかて（朽鈴多）——あけぬる也やかて（無）
〈堺Ⅲ〉あけぬるよやかて（群宮京乙彰）
〈能〉あけぬるに露ねすなりぬやかて
＊前田家本が「あけぬるに」となっているところが、堺本はⅡ類無窮会本を除いて「あけぬるよ」となっている。「に」（字母「尓」）と「よ」（字母「与」）との類似によるものであろう。

【例⑦―97】（堺本二〇六段、前田家本二〇四段、能因本七四段）
〈前〉　**みえわたされたるか猶**（一六ウ）
〈堺Ⅰ〉　みわたさる丶か猶（吉尊嘉山龍）――みわたさる丶かなを（台）
〈堺Ⅱ〉　みわたさる丶かなを（朽）――みわたさる丶か猶（鈴多）みわたされたるかほ（無）
〈堺Ⅲ〉　みわたされたるかほ（群宮京乙彰）
〈能〉　みわたされたる
＊前田家本が「みえ」となっているところが、堺本は「み」となっている。なお、「れたる」と「る丶」の異同については【例④―89】で検討している。また、「猶」の「な」の有無については【例①―39】で検討している。

四　本文異同の傾向

調査結果を分析すると、最も多いパターンが、⑦の前田家本が堺本とは異なる本文をもつ例で、計九十七例、全体の三二・一パーセントとなっている。次に多いのが④の前田家本・堺本Ⅲ類（宸翰本）が一致する例で、計九十例、二八・八パーセントを占める。さらに⑤の前田家本・堺本Ⅲ類（宸翰本）・堺本Ⅱ類が一致する例が、計六十一例、一九・六パーセントと続く。前田家本が独自の表現になっている割合、および前田家本と堺本Ⅲ類（宸翰本）とが一致する割合が高くなっているのである。前田家本と堺本Ⅰ類・Ⅱ類が一致する例も四十例あるが、全体に占める割合は一二・八パーセントであり、堺本Ⅲ類と一致する割合よりは低い。次の【グラフ1】に、【表1】のデータを円グラフ化して示した。

この七つのパターンを傾向別に三つにまとめなおすと、【表2】のようになる。【表2】は、Ⅲ類（宸翰本）以外の堺本が前田家本と一致する例（①+②+③）、堺本Ⅲ類（宸翰本）と前田家本とが一致する例（④+⑤+⑥）、前田家本と堺本の本文が一致しない例（⑦）とに分けて百分率を計算したものである。さらに【表2】を円グラフ化したものが【グラフ2】である。これにより、前田家本と堺本との本文異同の状況をより鮮明に把握することができる。

Ⅲ類（宸翰本）以外の堺本が前田家本と一致する例（①+②+③）は四十七例となり、全用例の一五．一パーセントを占める。堺本Ⅲ類（宸翰本）と前田家本とが一致する例（④+⑤+⑥）は百六十八例で、五三．八パーセントとなる。前田家本と堺本の本文が一致しない例（⑦）は九十七例で、三一．一パーセントである。つまり、前田家本と堺本諸本との間に本文異同がある場合において、前田家本と堺本Ⅲ類（宸翰本）とが一致する例が半分を超えるのである。そのなかで、前田家本と堺本Ⅲ類とだけが一致していて、他の堺本が一致しない例（④）が最も高く、二八．

【グラフ1】

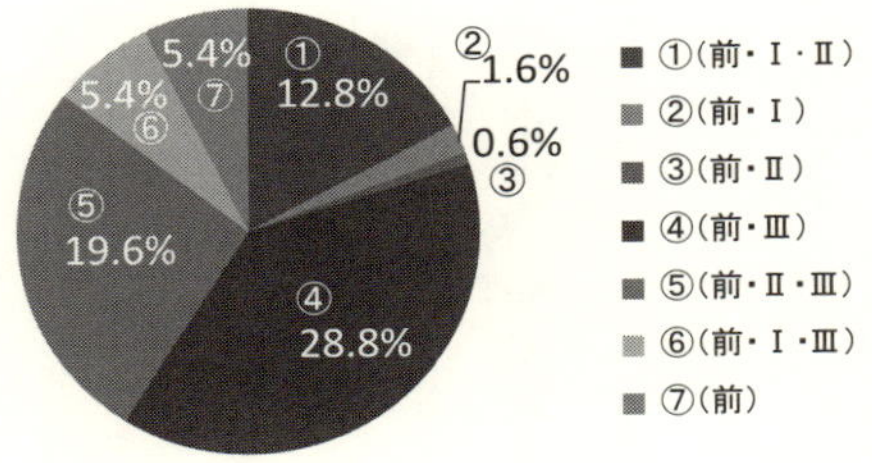

【グラフ2】

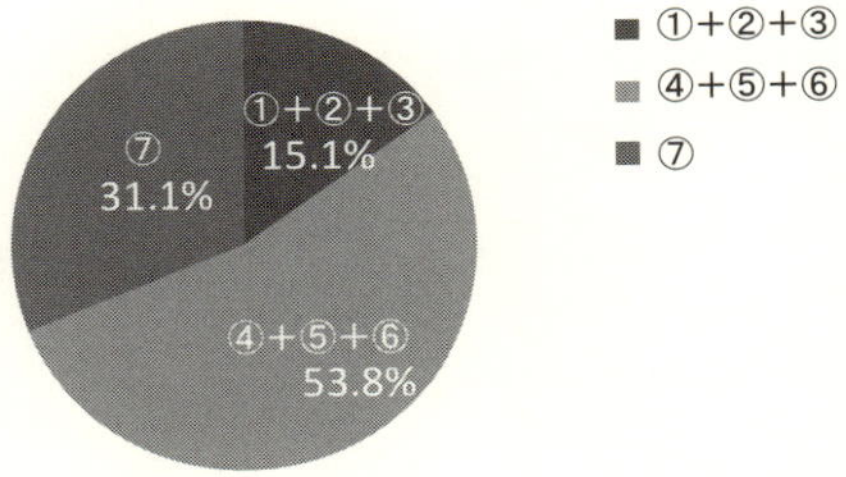

【表2】

	①+②+③	④+⑤+⑥	⑦
計	47	168	97
%	15.1%	53.8%	31.1%

八パーセントとなる。

もちろん、それと同様に、残る半数弱の例において前田家本と堺本Ⅲ類（宸翰本）とは一致しないことになる。とくに、堺本Ⅲ類だけが前田家本と一致しない例（①）が一二・八パーセント含まれている。また、前田家本の本文が堺本のどの本とも重ならない例（⑦）も三一・一パーセントにのぼり、前田家本の本文の独自性にも注意を払う必要がある。このように、前田家本と堺本Ⅲ類（宸翰本）の本文とがまったく一致するというわけではないのだが、しかしながら、前田家本と堺本Ⅲ類とが一致する例と一致しない例との間には、さらに質的な差異が認められるのである。

Ⅲ類（宸翰本）以外の堺本が前田家本と一致する例（①＋②＋③）を見ていくと、まず、その異同がすべて一文字から三文字までの異同であることに気付く。また、堺本Ⅲ類（宸翰本）の本文そのままだと文章のつながりが悪い、もしくは文章の意味が違ってくるような例が全四十七例中二十六例ほど挙げられるが、ほとんどの場合、異同の発生について、書写の過程における文字の転訛、誤脱、補入などの何らかの原因を推定することができる。

一方、堺本Ⅲ類（宸翰本）と前田家本とが一致する例（④＋⑤＋⑥）の場合は性質が異なってくる。そもそも用例の数が約三倍強になっているが、それに加えて、異同の程度も大きくなっているのである。たとえば、Ⅲ類以外の堺本が前田家本と一致する例（①＋②＋③）では見られなかったような、まとまった語句の異同、あるいは文章の意味に隔たりを生むような異同が現れてくる。主なものを次に挙げてみる。

用例番号	前田家本・堺本Ⅲ類の本文	堺本Ⅰ類の本文
【例④―4】	あをやかに	ナシ
【例④―8】	ちいさやかなる	ちいさき
【例④―11】	ほそやかなる	ひめやかなる
【例④―12】	わらはの	ナシ

【例④—15】	いろよきか	ナシ
【例④—18】	うたんと	ナシ
【例④—19】	ナシ	いみしく
【例④—23】	うちえみて	うちわらひて
【例④—25】	をのかとちはかたみにうち	うちをのかとちは
【例④—27】	きつゝ	ナシ
【例④—30】	とりむしの	ひとりむしの
【例④—34】	おかしくおほゆ	をかし
【例④—37】	そのころはいと	ナシ
【例④—41】	まして	ナシ
【例④—45】	きむたち弁	人上達部弁
【例④—49】	またいそきあくるも	ナシ
【例④—88】	ひさかりの	ナシ
【例⑤—4】	かたつかたはいとあをくいま	ナシ
【例⑤—12】	女房の	女の
【例⑤—39】	けしきしたる	ナシ
【例⑤—52】	あらぬ	ナシ

右に挙げた二十一例は、前田家本・堺本Ⅲ類（宸翰本）と、堺本Ⅰ類との間で、まとまった語句をめぐる対立があり、また、その本文異同によって文章の意味に明らかな変化が起こるものである。これらの異同は、文字の転訛、脱

落、補入などによる異同よりは、もう少し程度の大きな、発生するのにより多くのエネルギーを伴う異同であると思われる。むろん、堺本Ⅲ類（宸翰本）と前田家本とが一致する例（④＋⑤＋⑥）にも、異同の発生の経緯が容易に推測できるものは多数存在する。しかし、異同の総数と性質にはやはり歴然とした差異が認められると思われる。前田家本との本文異同という点では、堺本Ⅲ類（宸翰本）とⅠ類・Ⅱ類との間にはかなりはっきりとした差があると言えよう。以上の分析から総合的に判断すると、前田家本に見られる堺本系統の本文は、現存堺本のうちでは宸翰本（Ⅲ類）の本文に最も接近すると考えてよいと思われる。

次に、その原因を推測すれば、二通りの可能性が考えられよう。ひとつは、前田家本成立の材料となった堺本が、現存の宸翰本（堺本Ⅲ類）系統に近い本文をもっていた可能性。もうひとつは、宸翰本（堺本Ⅲ類）系統の本文が前田家本の影響を受けている可能性である。

前田家本が能因本の祖本と堺本の祖本との合成本であるとするならば、後者の想定は、能因本＋堺本↓前田家本↓宸翰本（堺本Ⅲ類）という順番で影響関係を見ることとなる。能因本系統の本文と堺本系統の本文とが一度組み合わさったかたちの前田家本ができ、その堺本系統の本文が、ふたたび堺本Ⅲ類（宸翰本）の本文に影響を及ぼすというような流れは複雑に過ぎるように思われる。相対的に見ても、やはり前田家本の編纂時に現存宸翰本（堺本Ⅲ類）に近い本文の堺本が使われたと考えるほうが無理がなく、妥当と言えよう。今日残る宸翰本とまったく同一のものとは到底言い得ないにしても、少なくとも前田家本の成立した平安末期から鎌倉初期ごろには、現存宸翰本に近い本文をもつ堺本が存在し、前田家本の編纂に利用されたと考えられるのである。

五　現存宸翰本と林白水所持本

現在伝わっている宸翰本（堺本Ⅲ類）は「同一系統上の底本」をもつ伝本群である（林［一九八八］）が、書写奥書の最も古いものが河乙本の寛文九年（一六六九年）となり、江戸時代中期以降のものしか見つかっていない。前田家本の編纂された時代からは相当時代が下ってしまうのであるが、前田家本とこれだけの本文の一致を見ることは、かえって宸翰本（堺本Ⅲ類）に着目する重要性を示唆しているようにも思われる。さらなる検討が必要となろう。今回はその一端として、宸翰本系の一本である彰考館本の奥書に記されている「林白水」なる人物に言及したい。

彰考館本は次のような奥書をもつ。

【彰考館本奥書】

Ⓐ這本以　後光嚴院宸翰／不違一字書写功了

Ⓑ以林白水本写之／延宝戊午歳　洛陽新謄本

奥書Ⓐは、宸翰本系統の本に基本的に共通して備わっている奥書である。奥書Ⓑは、彰考館本だけがもつ奥書で、延宝六年（一六七八年）、「林白水本」をもって写したという情報が記されている。延宝六年の書写は、宸翰本のなかでは河乙本に次いで二番目に古いことになる。さらに、「林白水」という名前は、無窮会本がもつ北村季吟の奥書にも確認できる。

【無窮会本（堺本Ⅱ類）奥書の一部】

此枕草紙始承應之頃借尾州人之一本使／傭書寫焉間嘗　後光嚴院宸翰之本需林／氏白水而重考之以補其闕畧矣合校今世／刊行之本其条目之次序文意等有小同大異／者也記其來由遺孫謀余云／寛文八年二月九日　季吟

従来の研究では、この「林白水」は「江戸初期にあつて宸翰本を伝来した」ということ以外は「未詳」とされていた（林［一九八八］）。しかし、近年、藤實［二〇〇六］によってその人物と業績とが明らかにされている。それによると、林白水は、寛永末期から正保期に京都で創業し、元禄期に幕府の御用達町人となった書肆出雲寺家の初代当主である林時元のことである。寛文三年〜四年（一六六三〜六四年）に隠居して「白水」と称し、元禄五年（一六九二年）

以降、家名「出雲寺」を名乗り、宝永元年（一七〇四年）に没したという。彰考館本奥書の延宝六年（一六七八年）、無窮会本奥書の寛文八年（一六六八年）と時期的にも符合する。また、時元の活動として、『本朝通鑑』、『大日本史』などの編集の際に書籍・写本を持参したこと、「出版を行う板元であると共に、写本屋」であり、「九世紀以降十七世紀までに成立した書籍、また分野では和歌や漢詩文、公家・武家の記録類について、探索して見つけ出す能力を備えており、注文に応じて、国史館に持参した」ことなどが論じられている。藤實［二〇〇六］には、彰考館所蔵本のなかの出雲寺本として三十八の書名がリストアップされており、そこに『枕草子』の名前も確認できる。

時元の出版の特徴としては、「信頼できる底本の入手、写本や既刊の出版物との校合、学問的初心者への配慮」などが挙げられている。また、「京都の公家や江戸の儒者林家とその周辺の文人との交流」を基盤に底本を入手し、「京都の文化サロン」へ書籍を持参して出入り関係を拡大し、さらに「江戸を中継点として在国中の大名嫡子と京都の文人とを媒介する役割をも果た」すなど、幅広い人脈と「知」のネットワークの形成の実態が示されている。このような活動によって宸翰本系統の写本が時元の手にわたったものと思われる。北村季吟が堺本を書写するに至ったのも、こういった交流が背景にあったからではないかと推測されるのである。

なお、同じく奥書に「林白水」の名前が出てくる無窮会本に関しては、本章の調査でも無視できない結果が出ている。第三節で前田家本と堺本諸本との本文異同を調査した際、堺本Ⅱ類に分類される無窮会本が、Ⅱ類ではなくⅢ類（宸翰本）の本文と一致している例がしばしば見られた。とくに、①のパターンでは全四十例中二十二例においてⅢ類（宸翰本）と一致し、④のパターンでは全九十例中七十例においてⅢ類（宸翰本）と一致する。また、Ⅱ類と前田家本とが一致しないパターンである⑥でも、無窮会本、および多和本に関しては前田家本と一致している例があり、その場合はⅡ類の朽木本、鈴鹿本のみの独自本文となり、注意が必要となる。すでに説明したように堺本Ⅱ類は林［一九八八］以前にはⅠ類と同じグループに入れられ、区別されていなかった類である。しかしながら、今回のような調べ方をした時には、Ⅱ類に分類されたもののうち、無窮会本、場合によっては多和本も、むしろ堺本Ⅲ類（宸翰本）のほうに近くなっているのである。多和本の場合は、奥書の記述から「Ⅰ類の山井本か竜門本を底本として書写し、類従本により書写者松岡調氏が校合した」（林［一九八八］）ことがわかるので、堺本Ⅲ類（宸翰本）と一致することがあるのも頷ける。このような成立事情をもつ多和本と、無窮会本・鈴鹿本・朽木本とを合わせて堺本Ⅱ類として扱う時には、これら四本の特殊性に十分な注意を払う必要がある。とりわけ、無窮会本の奥書は、林白水所持本を経て写された写本群と、季吟の本とにつながりがあることを確実に伝えている。現在残っている宸翰本（Ⅲ類）はすべて林白水所持本から出た本である。これまで宸翰本（堺本Ⅲ類）には入れられてこなかった無窮会本が、林白水所持本と何らかの関連をもつことに関しては、Ⅱ類の本文の位置付けと分類方法の是非を含めて、次章にて考察を行う。

六　おわりに

本章では、前田家本と堺本の各系統の本文を比較して、本文異同の状況を分析した。その結果、今日の宸翰本（堺本Ⅲ類）そのままとは言えないが、その系統に近い本文をもつ本が、前田家本の編纂に利用されていた可能性が高いことが指摘できた。前田家本の編纂時点で、現存の宸翰本系統の本文にある程度接近する本が存在し、校合に使われるほどの位置にはあったということである。第二節で触れたように、従来池田［一九二八］、林［一九八八］らの言及はあったが、より具体的なかたちで論証することができたと思われる。

本章では深く踏み込めなかったが、Ⅰ類とⅢ類（宸翰本）の本文の比較、Ⅱ類の本文の分析なども課題として残る。また、今回範囲に入れなかった前田家本二〇〇段、二〇七段などの分析を通して、前田家本の独自本文の考察も行う必要があろう。これらについては機を改めて検討したい。

第十章　堺本の本文系統とその分類

一　はじめに

『枕草子』を読むにあたって、その本文の多様性とどのように向き合うかということは重要であろうと思われる。いわゆる雑纂本だけに目を向けるのではなく、堺本・前田家本といった本文も併せて『枕草子』を捉えることで、従来の解釈の相対化を図ることが可能になってくる。また、『枕草子』の生成・受容のありようへと迫ることもできる。異本という存在は、『枕草子』をめぐるさまざまな問題と密につながっていると言えよう。しかしながら、研究史の充実している三巻本・能因本とは違って、堺本・前田家本にはいまだ多くの検討されるべき課題が残っている。そのなかでも今回は、堺本の本文分類の問題について採り上げたい。

現在、堺本の本文は、『堺本枕草子本文集成』（林［一九八八］）によって活字で読めるようになっており、そこでは堺本を本文上三分類する見方が示されている。しかし、第九章における堺本と前田家本との本文比較分析において、林［一九八八］で「Ⅱ類」とされていたうちの一本が実際には「Ⅲ類」（宸翰本）の本文に近くなっている可能性が浮上し、堺本の本文分類の方法をあらためて見直す必要が出て来た。この「Ⅱ類」には、唯一の堺本の注釈書『堺本枕草子評釈』（速水［一九九〇］）の底本となっている朽木本も含まれており、堺本の本文として論文等に引用されることもあるため、この問題の解決は急務であろうと思われる。

よって本章では、まず堺本の本文分類の現状を確認した後、本文比較を通して問題点を洗い出し、現行の方法の妥当性を再検討することとする。とくに「Ⅱ類」とされている諸本の性質についてくわしく述べていく。さらには、本章で明らかになった事項をふまえて、従来の方法を更新するような分類案の提示を試みたいと考えている。

二　堺本の本文分類に関する先行研究

はじめに、堺本の本文分類について、先行研究を整理しつつ問題点を確認していきたい。

『堺本枕草子本文集成』（林［一九八八］）に本文が収録されている十八本の伝本のうち、狭義の「堺本」として後掲の「宸翰本」と区別されてきたのが次の十三本である。(1)

○台北本（旧台北大学蔵）　○静嘉堂本（下巻）　○三時本（三時知恩寺蔵、上巻）
○吉田本（吉田幸一氏蔵）　○尊経閣本（下巻）　○山本本（山本嘉将氏蔵、下巻）
○山井本（山井我足軒自筆本）　○龍門本　○河野甲本（河野記念館蔵、上巻）
○朽木本（朽木文庫旧蔵）　○鈴鹿本（鈴鹿三七氏旧蔵）　○無窮会本　○多和本

これらの写本群は、おおよそのものが「元亀元年十一月日宮内卿清原朝臣」に類する奥書をもっており、初段の「春はあけぼのの空は（春はあけぼの　空は）」から、二八二段末尾の「そのころ耳にとまりし事を書きたるなり」までの本文を備えている。上下巻に分かれている本、およびそのどちらかのみが伝わる本もある。その場合、下巻は共通して一九二段の途中（「よるもめをさまし……」）から始まっている。

この狭義の「堺本」に対して「宸翰本（後光厳院宸翰本）」と呼ばれるのが次の五本である。

○群書本（群書類従雑部三十四、巻四百七拾九上下に所収）　○宮内庁本　○京大本
○河野乙本（河野記念館蔵）　○彰考館本

これらの本には「宮内卿清原朝臣」の奥書はなく、代わりに「後光厳院宸翰」の類の奥書が備わっている。本文は二〇七段で終わっており、それ以降の本文（「七月つごもりがたに」以下）は存在しない。加えて狭義の堺本との間には少なからぬ量の本文異同が認められる。また、虫食いによる欠字箇所の共通などから同一系統上の底本の存在が推定されている（林［一九八八］）。

堺本と宸翰本の関係については、はやく武藤［一九一二］が、堺本について「宸翰本に比ぶるに、文字の異同こそあれ。順序は全く同じ」と述べている。その後、池田［一九二八］において、「宸翰本はむしろ堺本の残欠本であらう」、「後光厳院宸翰本は、早くから散佚し、それが二つの部分に分れてまとめられて、今日に伝つたのではなからうか。いつの頃から散佚したか、それは今の所断言することができない」とされ、田中重太郎［一九五三］でも、「宸翰本は堺本の後半部の脱落した本」であろうと推定されている。近年では、速水［二〇〇二］の解説において、堺本系統（台北本～多和本）を「第一類」とし、宸翰本系統（群書本～彰考館本）を「第二類」とする区分の方法が示されている。一方で、『堺本枕草子本文集成』（林［一九八八］）では、狭義の「堺本」をさらにⅠ類（台北本～河野甲本）とⅡ類（朽木本～多和本）とに分け、宸翰本をⅢ類とする三分類の方法を提示している。

この本文の三分類は、Ⅰ類とⅢ類との間に一定の語句の対立が見られること、対してⅡ類――朽木本・鈴鹿本・無窮会本・多和本には、Ⅰ類・Ⅲ類のどちらの語句も現れるが語句の対立に一定の法則が見られないことをもとに立てられており、「Ⅰ・Ⅲ類とⅡ類の間には相当深い区別があるのではないかと考へられる」とされている。そのうえで、次のような「仮説」が示されている。

その一はⅠ類本文とⅢ類本文は古い時代に同じ系統から何らかの事情で二系統に分かれた本文であつただらうといふこと。（そのためⅠとⅢが比較的に独立的に各自の系統を保持して来た）

その二はⅡ類は、Ⅰ類とⅢ類に影響され交配されながら書写されて来たであらうといふことである。（それ故

Ⅱ類はⅠ・Ⅲ類より後の成立であらうといふことが考へられる）

また、同書の「諸本解題」には、Ⅰ類とⅡ類という新たな分類を行った理由が次のように述べられている。

元来堺本はかなり古くから宸翰系の本と宮内卿系の本が対立してゐる。わたくしは前者をⅢ類系とし、後者をⅠ類系と言つてゐるが、この両系本はそれぞれ個人的な誤写をもつてゐて、歴代の研究家たちはその誤写を相手の系統本文と校合することによつて解読して来た。従つてⅠ類系本にはⅢ類系本の校合があり、Ⅲ類にはⅠ類のそれが存するといふわけで、この現象は歴代の写本に共通する現象である。しかしⅠ類の何本によつて校合したか、Ⅲ類の何本が用ゐられたかまでは明らかでない。わたくしはかやうな系統をⅡ類本として分類した。

右掲の比較分析は個々の本の性質にも論を及ぼすものであり、堺本の本文研究を大幅に進展させた。しかしながら、朽木本、鈴鹿本、無窮会本、多和本のような校合本としての性質が強いものを「かやうな系統」として「Ⅱ類本として分類した」点については再考の余地があるのではないかと思われる。

なぜなら、朽木本以下の四本が他本とは異質であることを区別する目的での分類とはいえ、これらを「Ⅱ類」としてひとつにまとめた場合、どうしてもひとつの「系統」のごとく見えてしまうおそれがあるからである。しかし、実際のところ、朽木本と鈴鹿本の間には共通の独自本文の存在などから相互関係が認められるものの、無窮会本、多和本に関しては、朽木本・鈴鹿本と必ずしも本文異同が一致してこない。したがって、「Ⅱ類」のような本文上のひとつの系統として捉えられ得る名称でくくるのは実態にそぐわないように思われるのである。

多和本については同書にも、

Ⅰ類の山井本か竜門本を底本としてⅢ類本の群書類従本により書写者松岡調氏が校合したといふ具体的性質の明らかな新写本であるといふ点で堺本の本文現象の見本として提出する次第である。

との記述があり（書写は明治二十六年とのこと）、朽木本・鈴鹿本とはやはり別扱いすべきであろう。

また、無窮会本に関しては、宸翰本との関連が見受けられる点で注意される。第九章において、宸翰本の本文が、狭義の堺本よりも前田家本の本文とより高い割合で一致することが判明し、前田家本の編纂にあたって利用された堺本の本文が、現在の宸翰本系統に近い本文であった可能性が明らかになったわけであるが、そのなかで、『堺本枕草子本文集成』ではⅡ類に分類されている無窮会本が、宸翰本（Ⅲ類）の本文と一致している箇所がしばしば見出され、むしろ宸翰本のほうに近づいているような箇所も見受けられた。この点からも「Ⅱ類」という分類の限界性が予想されるのであるが、この問題に関しては節を改めてよりくわしく検討していくこととする。また、無窮会本については第四節にて言及したい。

三　諸本の本文比較――山井本・龍門本・河甲本・朽木本・鈴鹿本・無窮会本を対象に――

前節では、堺本の本文系統の分類史を押さえたうえで、『堺本枕草子本文集成』（林［一九八八］）において示された本文の三分類が有する問題について述べた。本節では、その問題の中心となる「Ⅱ類」という区分についてあらためて検討してみたい。具体的には、『堺本枕草子本文集成』においてⅡ類に分類された本文、およびⅠ類に分類された一部の本文が、それぞれどの程度Ⅰ類・Ⅲ類（宸翰本）の本文と近くなっているのか、あるいは遠くなっているのか、ということについて比較を行い、それぞれの本文のありようを見ていく。調査の対象とするのは、同書でⅠ類に分類されている山井本・龍門本・河甲本、およびⅡ類に分類されている朽木本・鈴鹿本・無窮会本である。(2) 調査の方法としては、Ⅰ類とⅢ類（宸翰本）との間に本文異同がある箇所について、調査対象の本文がⅠ類とⅢ類（宸翰本）どちらの本文に一致するか、その数を調べていくこととする。(3)

具体例を挙げて説明する。たとえば、例1のような本文異同箇所があるとする。(4)

例1は、Ⅰ類が「なりたるに」、Ⅲ類（宸翰本）は五本中四本が「みえわたるに」となっており、本文の対立が見られる箇所である。山井本・龍門本・河野甲本・朽木本・鈴鹿本は本文が「なりたるに」となっているため、Ⅰ類と一致する箇所としてカウントする。無窮会本の本文のみ「なりたる」とあるが、このようなⅠ類とⅢ類（宸翰本）のどちらにも振り分けがたい独自の本文をもつ場合は、「その他」として数えていく。

　この調査方法の注意点は、得られた数字は純粋に異同の数のみを表す数字となり、諸本間の異同数が同一になった場合でも、本文異同の箇所が同一ということにはならないという点である。実際の本文を見ると、それぞれ類似の数値を示す山井本と龍門本、および朽木本と鈴鹿本に関しては、異同箇所が重なることが比較的多くなっているのであるが、それでもまったく重なるというわけではない。また、この調査は、本文異同の有無の比較を主眼としたものになるので、それぞれの本文異同における程度の差――たとえば誤字脱字の類と思われる箇所と、大きな本文異同の見られる箇所との違いなど――を反映させることはできない。しかしながら、諸本間の本文の遠近の度合いを測る第一段階としては、この試みは有効であろうと考える。[5]

台北本	なりたるに	（Ⅰ類）
三時本	なりたるに	
吉田本	なりたるに	
山井本	なりたるに	
龍門本	なりたるに	
河野甲本	なりたるに	
朽木本	なりたるに	（Ⅱ類）
鈴鹿本	なりたるに	
無窮会本	なりたる	
多和本	なりたるに	
群書本	みえわたるに	（Ⅲ類）＊宸翰本
宮内庁本	なりたるに	
京大本	みえわたるに	
河野乙本	みえわたるに	
彰考館本	みえわたるに	

【例1】本文異同箇所の例

　以上の要領で各本文を比較し、得られた調査結果の一部を抄出して次に挙げる。今回は、調査範囲をある程度絞ってもおおよその傾向が把握可能なため、「は」型類聚群の初段から一八段、「もの」型類聚群の一〇七段から一二〇段、および随想群の一八八段から一九〇段までを対象として表にまとめた。はじめに、山井本と龍門本のデータを見てみたい。

　山井本は、Ⅰ類と一致すると認められた箇所が三八三箇所、Ⅲ

類（宸翰本）と一致すると認められた箇所が九箇所という結果となった。龍門本は、Ⅰ類と一致する箇所が三八九箇所、Ⅲ類（宸翰本）と一致する箇所が五箇所となった。棒グラフは、章段ごとに異同の総数を示しており、異同が多

《山井本》

【表1】山井本本文の一致状況

	Ⅰ類と一致	Ⅲ類と一致	その他
堺本一段	14	0	2
堺本二段	1	0	0
堺本三段	0	0	0
堺本四段	4	0	0
堺本五段	1	0	0
堺本六段	0	0	0
堺本七段	15	1	0
堺本八段	43	1	3
堺本九段	15	0	1
堺本一〇段	15	0	2
堺本一一段	29	2	2
堺本一二段	12	1	0
堺本一三段	11	0	0
堺本一四段	0	0	0
堺本一五段	3	0	0
堺本一六段	2	0	0
堺本一七段	0	0	0
堺本一八段	0	1	0
堺本一〇七段	21	1	0
堺本一〇八段	20	0	1
堺本一〇九段	0	0	0
堺本一一〇段	5	0	0
堺本一一一段	22	1	0
堺本一一二段	14	0	0
堺本一一三段	12	0	0
堺本一一四段	8	0	1
堺本一一五段	5	0	0
堺本一一六段	6	0	0
堺本一一七段	2	0	1
堺本一一八段	10	0	0
堺本一一九段	9	0	2
堺本一二〇段	5	0	1
堺本一八八段	57	0	3
堺本一八九段	11	0	0
堺本一九〇段	11	1	1
計	383	9	20

《龍門本》

【表2】龍門本本文の一致状況

	Ⅰ類と一致	Ⅲ類と一致	その他
堺本一段	15	0	1
堺本二段	1	0	0
堺本三段	0	0	0
堺本四段	4	0	0
堺本五段	1	0	0
堺本六段	0	0	0
堺本七段	15	1	0
堺本八段	46	0	1
堺本九段	16	0	0
堺本一〇段	15	0	2
堺本一一段	30	1	2
堺本一二段	10	1	2
堺本一三段	11	0	0
堺本一四段	0	0	0
堺本一五段	3	0	0
堺本一六段	2	0	0
堺本一七段	0	0	0
堺本一八段	1	0	0
堺本一〇七段	22	0	0
堺本一〇八段	19	0	2
堺本一〇九段	0	0	0
堺本一一〇段	5	0	0
堺本一一一段	22	1	0
堺本一一二段	14	0	0
堺本一一三段	12	0	0
堺本一一四段	7	0	2
堺本一一五段	5	0	0
堺本一一六段	6	0	0
堺本一一七段	3	0	0
堺本一一八段	10	0	0
堺本一一九段	9	0	0
堺本一二〇段	5	0	1
堺本一八八段	58	0	2
堺本一八九段	11	0	0
堺本一九〇段	11	1	1
計	389	5	16

【グラフ1】山井本本文の一致状況

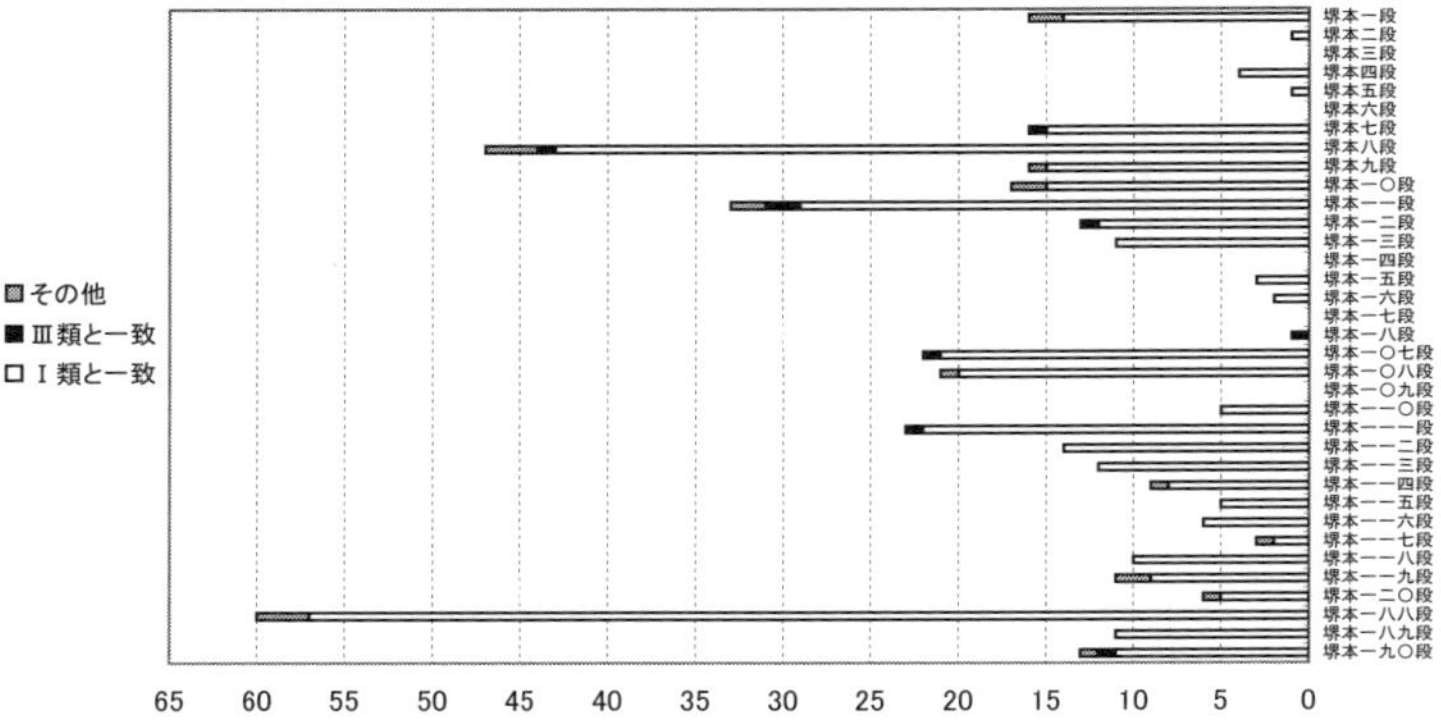

【グラフ2】龍門本本文の一致状況

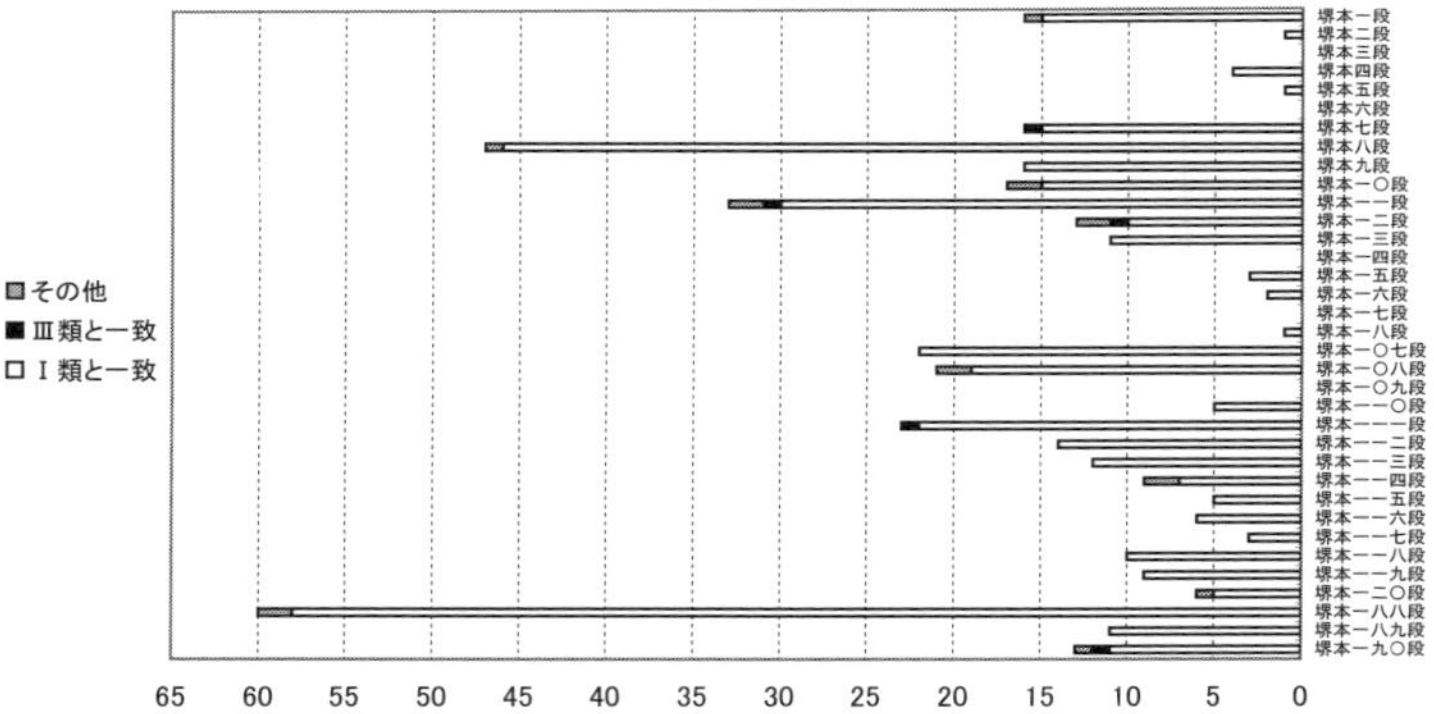

いほどバーが長くなっている。バーの内訳は、Ⅰ類との一致が白、Ⅲ類（宸翰本）との一致が黒、その他がグレーで示されている。よって、白い部分が多いほど全体的にⅠ類と一致する割合が高く、黒が多いほどⅢ類（宸翰本）と一致する割合が高いということになる。山井本、龍門本に関しては黒い部分がほとんど見えないため、Ⅲ類（宸翰本）に近づく要素はかなり低いと言える。それ以外には、その他の数が山井本二〇箇所、龍門本一六箇所となっている。[6] これらの二本が共通して同じ独自本文をもつ場合もあり、併せて両本の関係の近さを裏付けるものと考えられる。

次に、河野甲本・朽木本・鈴鹿本・無窮会本を見てみたい。

河野甲本は、Ⅰ類と一致する箇所が三〇九箇所、Ⅲ類（宸翰本）と一致する箇所が八四箇所、その他が一七箇所と

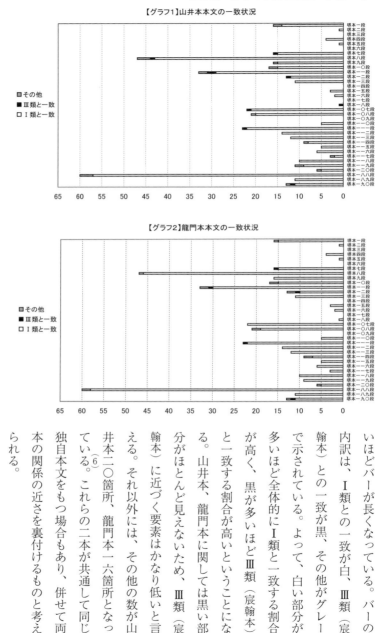

《河野甲本》

【表3】河野甲本本文の一致状況

	Ⅰ類と一致	Ⅲ類と一致	その他
堺本一段	13	3	0
堺本二段	1	0	0
堺本三段	0	0	0
堺本四段	4	0	0
堺本五段	1	0	0
堺本六段	0	0	0
堺本七段	14	1	1
堺本八段	35	10	2
堺本九段	13	3	0
堺本一〇段	14	2	1
堺本一一段	28	5	0
堺本一二段	12	1	0
堺本一三段	7	4	0
堺本一四段	0	0	0
堺本一五段	2	1	0
堺本一六段	2	0	0
堺本一七段	0	0	0
堺本一八段	0	1	0
堺本一〇七段	18	4	0
堺本一〇八段	13	5	3
堺本一〇九段	0	0	0
堺本一一〇段	2	2	1
堺本一一一段	18	5	0
堺本一一二段	12	2	0
堺本一一三段	9	3	0
堺本一一四段	8	1	0
堺本一一五段	4	1	0
堺本一一六段	4	2	0
堺本一一七段	1	2	0
堺本一一八段	8	2	0
堺本一一九段	8	1	0
堺本一二〇段	6	0	0
堺本一八八段	35	17	8
堺本一八九段	7	4	0
堺本一九〇段	10	2	1
計	309	84	17

《朽木本》

【表4】朽木本本文の一致状況

	Ⅰ類と一致	Ⅲ類と一致	その他
堺本一段	13	3	0
堺本二段	1	0	0
堺本三段	0	0	0
堺本四段	4	0	0
堺本五段	1	0	0
堺本六段	0	0	0
堺本七段	14	1	1
堺本八段	32	13	2
堺本九段	11	3	2
堺本一〇段	13	3	1
堺本一一段	27	6	0
堺本一二段	11	1	1
堺本一三段	7	4	0
堺本一四段	0	0	0
堺本一五段	2	1	0
堺本一六段	2	0	0
堺本一七段	0	0	0
堺本一八段	0	1	0
堺本一〇七段	17	5	0
堺本一〇八段	13	5	3
堺本一〇九段	0	0	0
堺本一一〇段	2	2	1
堺本一一一段	18	5	0
堺本一一二段	12	2	0
堺本一一三段	9	3	0
堺本一一四段	7	2	0
堺本一一五段	4	1	0
堺本一一六段	4	2	0
堺本一一七段	1	2	0
堺本一一八段	8	2	0
堺本一一九段	9	0	0
堺本一二〇段	5	1	0
堺本一八八段	37	17	6
堺本一八九段	7	4	0
堺本一九〇段	9	2	2
計	300	91	19

【表6】無窮会本本文の一致状況

《無窮会本》

	Ⅰ類と一致	Ⅲ類と一致	その他
堺本一段	4	9	3
堺本二段	1	0	0
堺本三段	0	0	0
堺本四段	2	2	0
堺本五段	1	0	0
堺本六段	0	0	0
堺本七段	4	12	0
堺本八段	16	27	4
堺本九段	2	13	1
堺本一〇段	3	13	1
堺本一一段	15	18	0
堺本一二段	5	8	0
堺本一三段	4	6	1
堺本一四段	0	0	0
堺本一五段	1	1	1
堺本一六段	1	1	0
堺本一七段	0	0	0
堺本一八段	0	1	0
堺本一〇七段	10	11	1
堺本一〇八段	12	8	1
堺本一〇九段	0	0	0
堺本一一〇段	2	2	1
堺本一一一段	11	11	1
堺本一一二段	6	5	3
堺本一一三段	6	6	0
堺本一一四段	4	5	0
堺本一一五段	4	1	0
堺本一一六段	0	1	5
堺本一一七段	2	1	0
堺本一一八段	2	8	0
堺本一一九段	7	2	0
堺本一二〇段	3	2	1
堺本一八八段	23	34	3
堺本一八九段	3	7	1
堺本一九〇段	4	8	1
計	158	223	29

【表5】鈴鹿本本文の一致状況

《鈴鹿本》

	Ⅰ類と一致	Ⅲ類と一致	その他
堺本一段	12	2	2
堺本二段	1	0	0
堺本三段	0	0	0
堺本四段	4	0	0
堺本五段	1	0	0
堺本六段	0	0	0
堺本七段	14	1	1
堺本八段	32	13	2
堺本九段	12	3	1
堺本一〇段	14	3	0
堺本一一段	27	6	0
堺本一二段	11	1	1
堺本一三段	7	4	0
堺本一四段	0	0	0
堺本一五段	2	1	0
堺本一六段	2	0	0
堺本一七段	0	0	0
堺本一八段	0	1	0
堺本一〇七段	17	5	0
堺本一〇八段	13	5	3
堺本一〇九段	0	0	0
堺本一一〇段	2	2	1
堺本一一一段	18	5	0
堺本一一二段	12	2	0
堺本一一三段	9	3	0
堺本一一四段	7	2	0
堺本一一五段	4	1	0
堺本一一六段	4	2	0
堺本一一七段	1	2	0
堺本一一八段	8	2	0
堺本一一九段	9	0	0
堺本一二〇段	4	1	1
堺本一八八段	36	18	6
堺本一八九段	7	4	0
堺本一九〇段	9	2	2
計	299	91	20

なっている。山井本・龍門本に比べてⅠ類と一致する割合が減り、Ⅲ類（宸翰本）と一致する割合が増えている。朽木本は、Ⅰ類と一致する箇所が三〇〇箇所、Ⅲ類（宸翰本）と一致する箇所が九一箇所、その他が一九箇所となっている。鈴鹿本は、Ⅰ類と一致する箇所が二九九箇所、Ⅲ類（宸翰本）と一致する箇所が九一箇所、その他が二〇箇所となっている。Ⅲ類と一致する割合が徐々に高くなっていることが窺えよう。

無窮会本では、Ⅰ類と一致する箇所が一五八箇所、Ⅲ類（宸翰本）の本文と一致する箇所が二二三箇所、その他が二九箇所となり、Ⅲ類の本文と一致する数が上回っている。

このように見ていくと、異同の様相はグラデーションのように段階的な傾向を示している。そして、この調査のかぎりでは、河野甲本と朽木本・鈴鹿本との間には、はっきり区分できるほどの差はないように見受けられる。『堺本枕草子本文集成』の示す本文区分の妥当性に再考を促すものであろう。

【グラフ3】河野甲本本文の一致状況

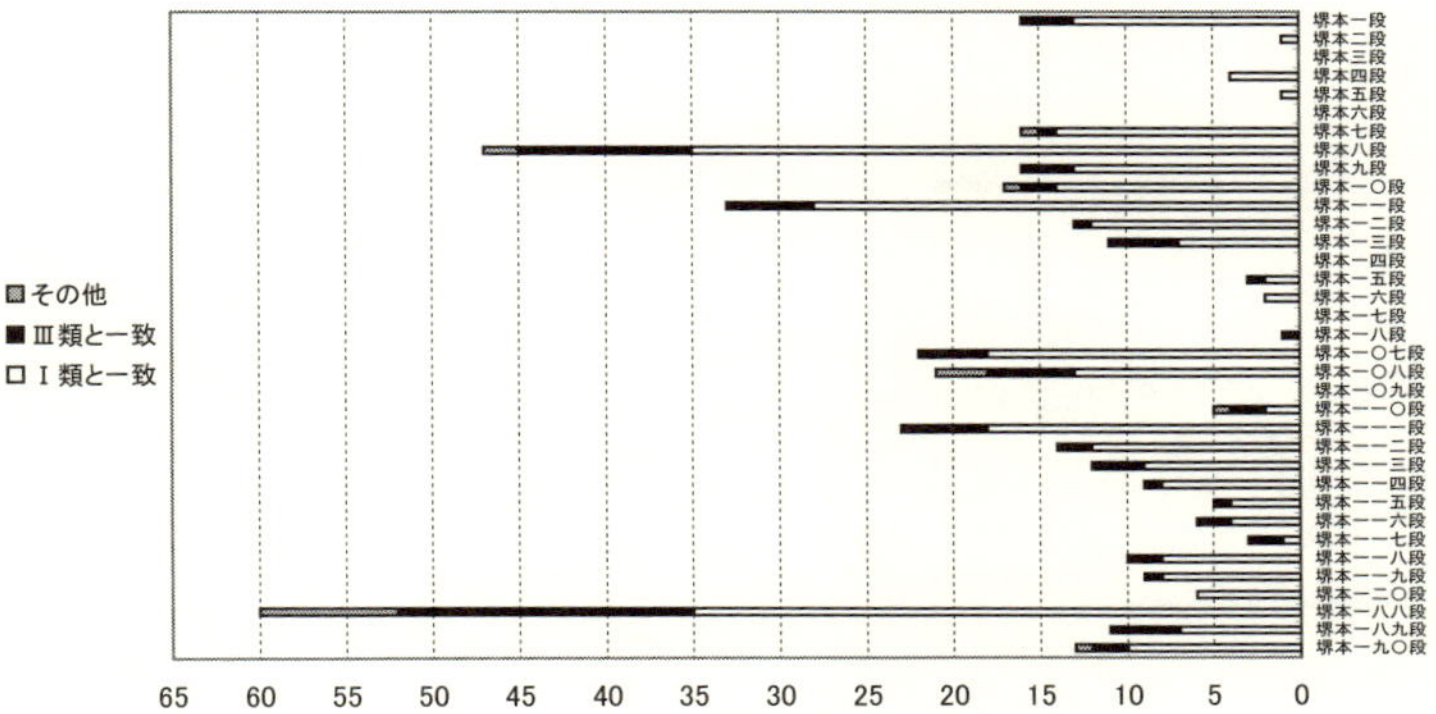

【グラフ4】朽木本本文の一致状況

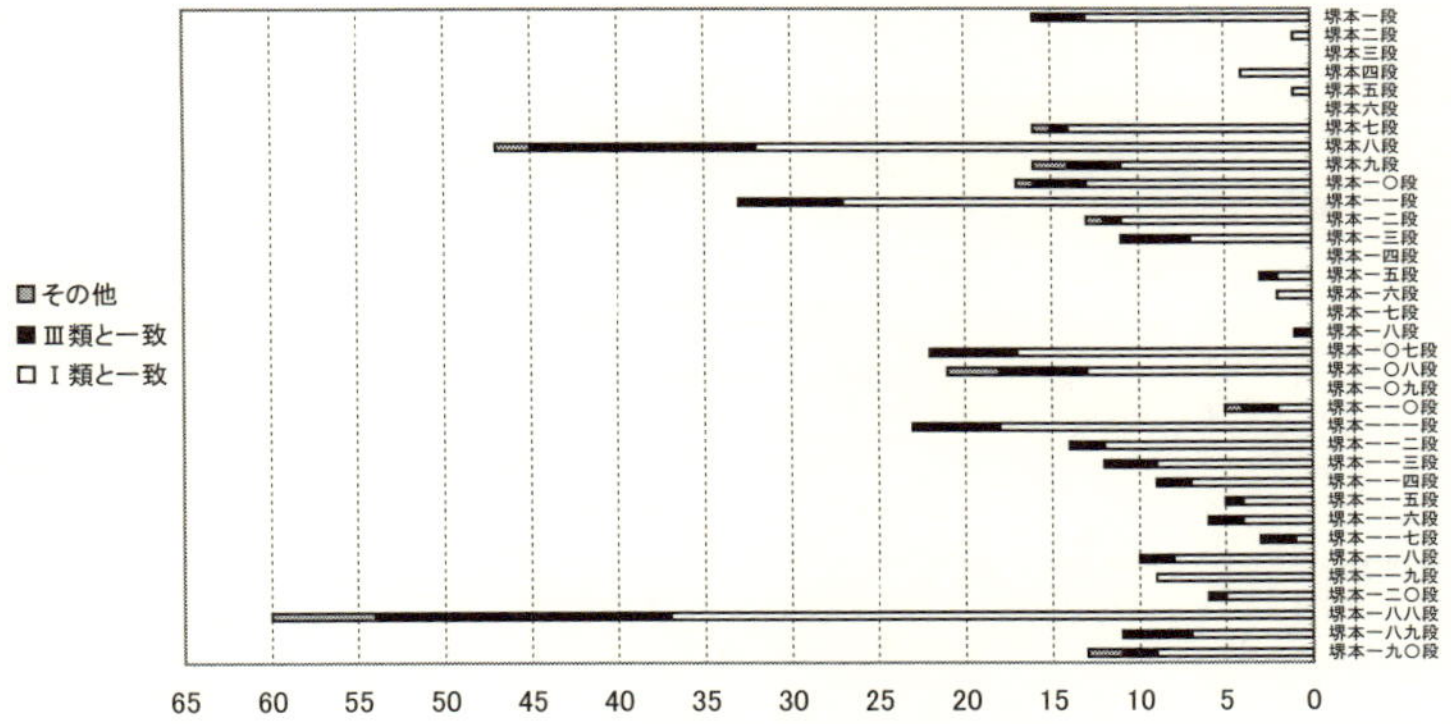

以上まとめると、今回の調査では、Ⅰ類本文に一致する割合が高い順から、山井本・龍門本—河野甲本—朽木本・鈴鹿本—無窮会本となった。また、無窮会本はⅢ類（宸翰本）と一致する割合のほうが高いことが判明した。この順番は『堺本枕草子本文集成』における諸本の配列順と同じであり、同書の把握がかなり正確なものであることが裏付けられるかたちとなったが、一方で、その区分の方法に対する疑問も浮上してきた。とくに、河野甲本と朽木本との間で類を区別することの妥当性、および無窮会本の現在の分類に関する再検討が重要事項になると考えられる。

【グラフ5】鈴鹿本本文の一致状況

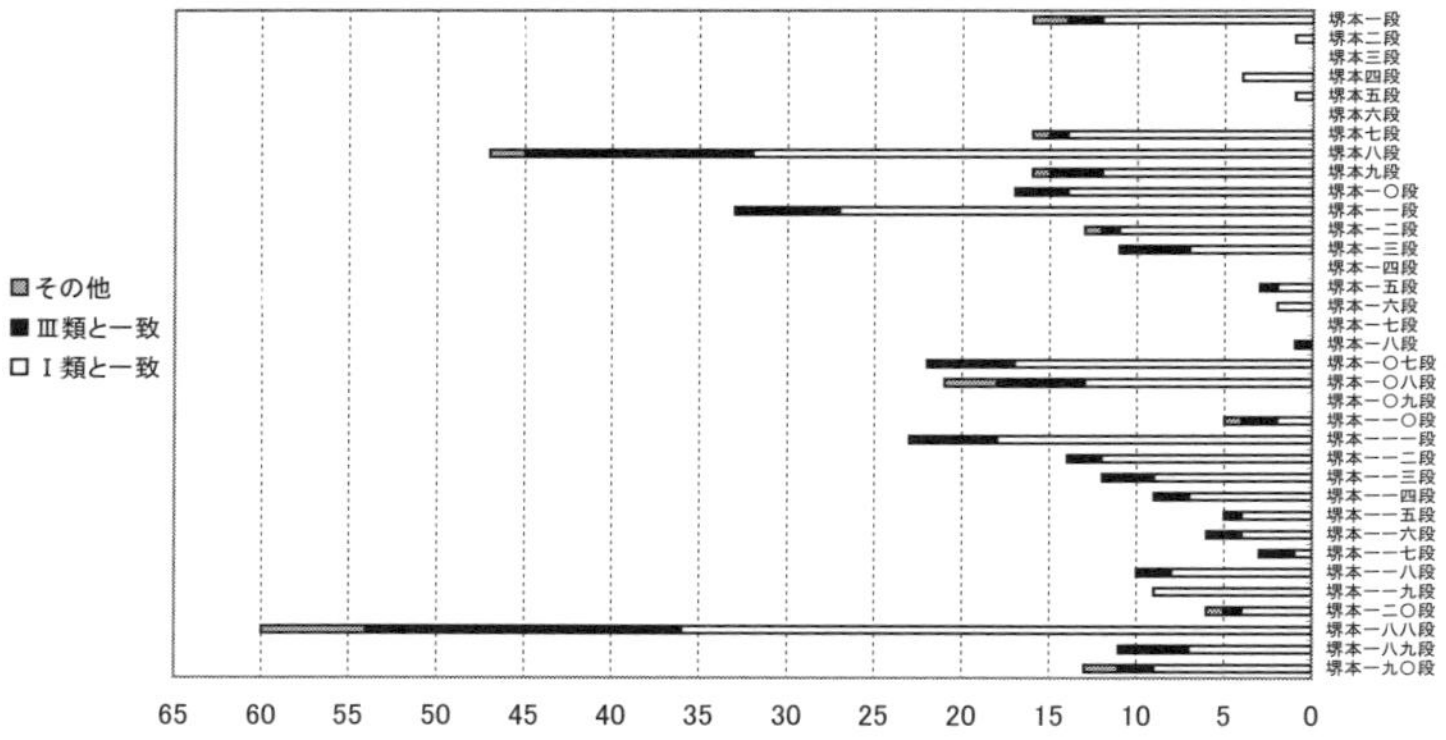

【グラフ6】無窮会本本文の一致状況

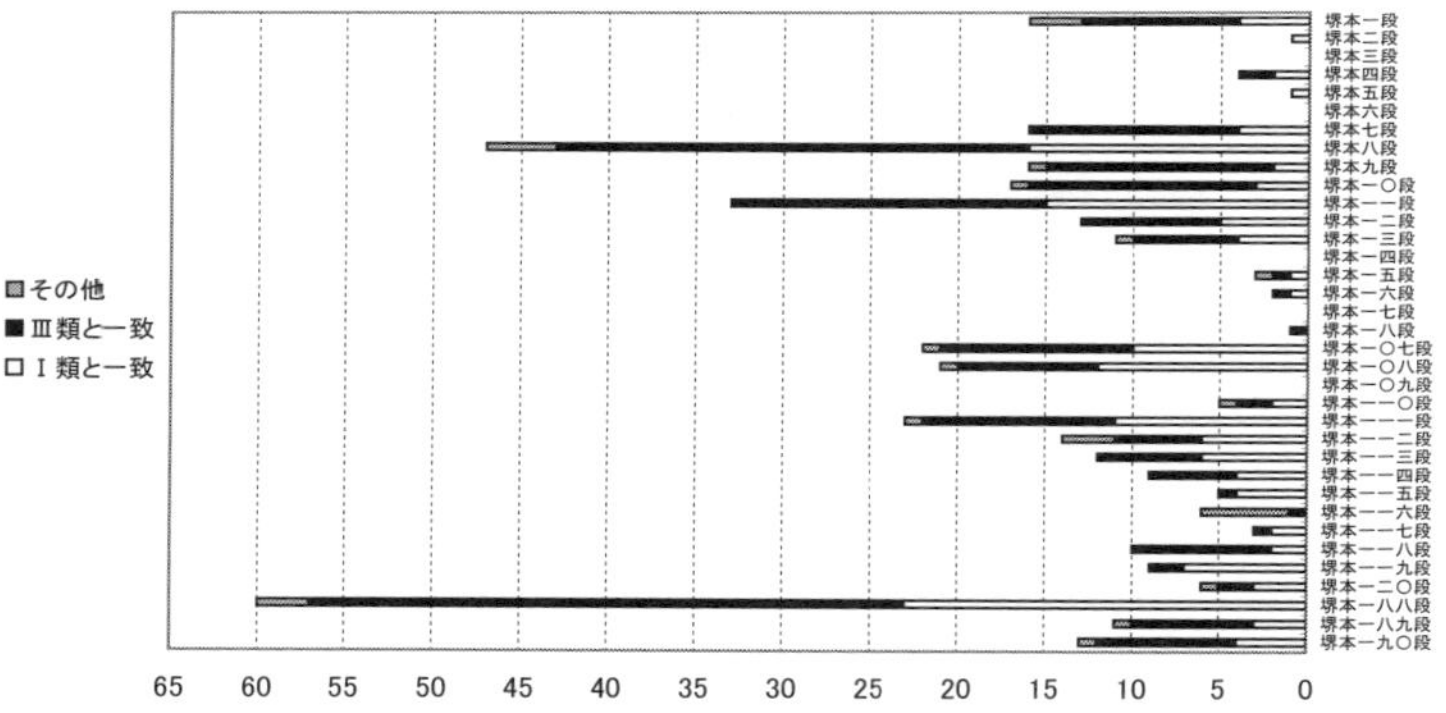

河野甲本の分類の経緯に関して、同書は、

> 本書は朽木本…（中略）…・鈴鹿本…（中略）…に相似語句を多く有つが、Ⅱ類に入れなかつた。その理由は朽木本・鈴鹿本にも相似するが、一方またⅠ類本にも相似する語句を有つ、いはゞ相似は半々であるから、である。その成立については朽木本、鈴鹿本と共

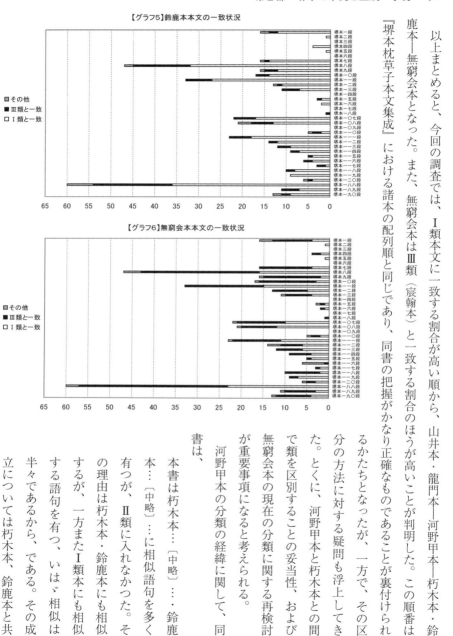

に考察すべき所が多い。また前田本とも関係した本文を有する。との説明を行っている。河野甲本本文の特徴をある程度押さえたうえでの判断と思われる。しかし、「前田本とも関係した本文を有する」ということは、すなわち前田家本と関係の深いⅢ類（宸翰本）の本文とも関係してくることになる。事実、本調査の結果からも、Ⅲ類（宸翰本）と一致する箇所の割合が山井本・龍門本に比べてかなり高くなっていた。河野甲本をⅠ類に含めて朽木本・鈴鹿本は含めないとするのは、やはり少々無理があるように思われるのである。また、引用部分でも指摘されているが、河野甲本の独自本文のなかには、朽木本・鈴鹿本と一致するものが少なからず確認できる。このことも、河野甲本と朽木本との間で線引きすることの難しさを証していると思われる。

また、朽木本・鈴鹿本の本文の側にも問題がある。鈴鹿本は他の伝本にはない長い奥書をもっており、そこから特殊な成立事情を窺うことができる。とくに、

此草子いふかしき事のみおほく侍るまゝにかすく〳〵の本共を取あつめて…〔中略〕…合て九本を十あまり七とせを経てかんかへたゝし侍るうちにことのつまひらかなると詞のはふけると品はあれとそれか中にも何といはせもりの本とみまくさもよき飛鳥井の古きほんと難波津に咲や此花のもとの本とみしなおなしきをもとひにして題をあけてよみやすからしめんかためにそれ〳〵の品をわけて……

とあり、『校本枕冊子』（田中重太郎〔一九五三〕）の解題は鈴鹿本を「異本を適宜取捨――それもさうははなはだしくない程度の――して校訂した本」と推定する。鈴鹿本の奥書にはなお不明な部分も残り、引き続き検討を加える必要があるが、校合作業が行われ、読みやすいように手が加えられた本であろうことは想像できる。

朽木本は奥書をもたないが、鈴鹿本と近い本文を有しており、やはり校訂本の性格が強いと考えられる。もちろん、現存の本はすべて何らかのかたちで必ず校合・校訂の手が加わっていると見るべきである。ただし、朽木本に関しては、影印版が出版されており（田中重太郎〔一九七三〕）、現在唯一刊行されている堺本の注釈書（速水〔一九九〇〕）

の底本ともなっている。それゆえ参照に便利であり、堺本の本文として引用される場面も多い。しかしながら、今見てきたように、朽木本・鈴鹿本の本文は、四箇所に一箇所程度の割合で、宸翰本（Ⅲ類）と一致している。堺本の本文として参照する際にはそのことを十二分に考慮する必要がある。とりわけ、校異については慎重に確認すべきと思われる。

四　無窮会本について

前節では、本文対立の見られる箇所において、無窮会本の本文が、Ⅰ類よりもⅢ類（宸翰本）と一致する割合が高くなっていることを指摘した。先行研究では狭義の堺本の範疇に分類されていた無窮会本であるが、本文の性質から見るとむしろ宸翰本（Ⅲ類）に近づいていると言えるのである。

無窮会本と宸翰本との関係が示唆される別の資料もある。無窮会本七十五丁裏に次のような記述が見出せる。

此枕草紙始承應之頃借尾州人之一本使／傭書寫焉間嘗後光嚴院宸翰之本需林／氏白水而重考之以補其闕畧矣合校今世／刊行之本其条目之次序文意等有小同大異／者也記其來由遺孫謀余云／寛文八年二月九日　季吟

末尾の名により北村季吟の関与を知ることができる点でも注目されるが、傍線部には、「林氏白水」という人物から「後光嚴院宸翰之本」を入手し校勘したことが記されており、堺本の流布の一端が垣間見えている。「林氏白水」の名は、次に挙げる彰考館本（宸翰本系統）の奥書にも登場する。

這本以　後光嚴院宸翰／不違一字書写功了

以林白水本写之／延宝戊午歳　洛陽新謄本

前章でも述べたように、林白水は江戸時代初期の京都の書肆であり、近年、藤實［二〇〇六］などによってその活動の実態が明らかにされている。無窮会本の記述は、この林白水が所持していた「後光嚴院宸翰之本」と、季吟の所持していた本とが接触したことを伝えている。

なお、『堺本枕草子本文集成』の解題では、無窮会本巻末に置かれている「寛文元年八月廿日　盤斎」の奥書と、七十五丁裏の「寛文八年二月九日　季吟」の記述について、「この季吟本の上巻と盤斎本の下巻とが一書に纏められて現在遺つてゐるのが奇異」であると述べており、整合性のある説明に苦労してさまざまな仮説を立てている。しかし、無窮会本の七十五丁裏という箇所が、現存する宸翰本の本文がちょうど終わる箇所であることを考えると、たとえば、宸翰本と何らかの照合作業を行った季吟が、宸翰本の本文が尽きたこの箇所にその経緯を書き付けた等と想定してみることも可能ではないだろうか。(7)江戸期における『枕草子』研究の動向とも絡めて検討していく必要があろうが、ここで重要なのは、無窮会本は本文的にむしろ宸翰本に接近していると言い得る点で、堺本の中でも独特な位置にあるということである。

五　朽木本・鈴鹿本の性格について

第三節において、朽木本と鈴鹿本の特徴として、「校訂本の性格が強い」ものであることを述べた。ただし、他の写本では意味が不明瞭な箇所において、朽木本・鈴鹿本が見るべき本文を有している場合もある。そこで本節では、これら二本の本文の性格をよりくわしく探る試みとして、独自本文の分析を行ってみたい。なお、鈴鹿本の奥書の一部を適宜句読点を入れ漢字を当てつつ引用しておくと、

此草子、いふかしき事のみおほく侍るまゝに、数々《かす〲》の本共を取集《あつ》めて、あるは梓《あつさ》に彫《ゑ》れる本のうちに、古き、新しき、中比なる、あるは渡辺《わたのへ》や大江の岸の程近《ちか》き尼崎善通寺といへる寺《てら》に日脚《ひあし》さして秘《ひ》め置《お》ける本、あるは吉備《きひ》の中山庭瀬の郷《かう》戸川朝臣《あそん》の家に有ける本、あるは長門の国門司《文字》の関近《ちか》き萩《はき》の城の主《あるし》毛利《もり》の宰相《さいさう》のかしつき給へる本、あるは花のもとの好士の某《何かし》の書写しける本、ちかくは飛鳥井《あすか》藤《とう》大納言雅章《まさあきら》の君《きみ》のてつから写《うつ》し給

へる本、又一本《ほん》、合て九本を、十あまり七とせを経て考《かんか》へ正《たゝ》し侍るうちに、ことの詳《つまひ》らかなると詞の省《はふ》けると品はあれと、それか中にも何と岩瀬《いはせ》のもりの本と、みまくさもよき飛鳥井の古き本《ほん》と、難波津に咲や此花のもとの本と、みしな同《おな》しきをもとひにして題をあけて読《よ》みやすからしめんかためにそれ〳〵の品をわけて……

とあり、十七年の歳月を経て枕草子の伝本九本を校勘したことが書かれている（この奥書は朽木本にはない）。田中重太郎［一九六〇ａ］によれば、校勘したのは江戸時代の医師福住道祐である。ここに書かれている種々の写本、および基になった三本について詳細はいまだ不明であるが、鈴鹿本の本文の性格に道祐の作業が影響していることが推察される。

今回調査の範囲とするのは、ａ堺本一八八段～一九一段、ｂ一九二段、ｃ二二一段～二三三段である。このうち、ａはすでに調査した範囲であり、ｂとｃは新たに調査した範囲である。また、ａとｂは宸翰本の影響を受けていることが確認できる範囲であり、ｃは現存宸翰本の本文が失われている範囲である。このように少しずつ条件を変えながら調べてみると、朽木本・鈴鹿本の独自本文には共通していくつかの傾向が見られる。次にほんの一部ではあるが、具体例を挙げてみたい。

〈朽木本・鈴鹿本のみが他系統の本文と一致する箇所〉

①ちやうさなといふほうしのやうに(8)（朽・鈴）（一九〇段）

※堺本の他本はすべて傍線部が「さうさ」あるいは「さう」とある。三巻本は「さうさ」とある。能因本は「ちやうさ」で、朽木本・鈴鹿本と一致する。前田家本は「定者」。

②あらたにおふるとみくさのはな（朽・鈴）（二二一段）

※堺本の他本はすべて傍線部が「あくたに」とあり、意味が通らない。三巻本・能因本・前田家本は「あらたに」とあり、朽木本・鈴鹿本と一致する。

③うちわたりのやうによきみやつかへところはなし（朽）（鈴「うちわた」）（二二三段）

※堺本の他本はすべて傍線部が「わたり」とあり、意味が通らない。三巻本・能因本は該当記事がない。前田家本には「内わたり」とあり、朽木本・鈴鹿本と一致する。

これらは、朽木本・鈴鹿本のみが他系統本の本文と一致し、他系統本による校訂の可能性が示唆される箇所である。とくに能因本系統・前田家本と一致する例が多い。③のような例は、現在孤本である前田家本とのみ一致する点で貴重であるが、前田家本による校訂というよりは、「そうした語句を有した堺本系古写本がかつて存在したと考える方がより適当であろう」（楠［一九七〇ｃ］）ともされる。あるいは宸翰本の失われた後半部分の本文のかたちを残している可能性があるのではないかとも考えられる。

〈朽木本・鈴鹿本が独自の本文をもっている箇所〉

④うくひすも…（中略）…をひたるこえしておかしう（朽・鈴・嘉）（一九二段）

※堺本の他本は傍線部がほぼ「おゝしう」である（例外は無窮会本の「おほしう」）。三巻本は「をゝしう」、能因本は「おほしく」とある。

⑤なれつかうまつるひとゝもおほえさせたまはす（朽・鈴）（二二四段）

※堺本の他本、および三巻本・能因本・前田家本の該当部分には傍線部がない。

⑥かたつかたのそてともはひとつそてのやうにつらぬきなして（朽・鈴）（二二五段）

※堺本の他本は山本本を除きすべて傍線部が「ひとつね」とあり、意味が通りにくい。山本本は「ひとつ袖」とある。前田家本は「ひとつらね」とある。三巻本・能因本に該当語句はない。

これらは、誤写の場合もあろうが、朽木本・鈴鹿本の本文が独自であり、独自の校訂か、あるいは散佚本文の影響を受けているかとも考えられる箇所である。このうち④は他本とは意味が変わってしまう一例、⑤は補足的な語句が加わる一例である。また、⑥の「ひとつね」は本来前田家本のように「ひとつらね」とあった所から「ら」字が脱落したものか、あるいは山本本のように「袖」であった所から「祢」の誤写が発生したものか、その逆か、想定はさまざまにできるが、朽木本・鈴鹿本・山本本が、ひとまず意味が通じやすい点で着目される。

このように見ると、朽木本・鈴鹿本の本文は、堺本の本文群の中ではやはり特殊な位置にある。とくに、他の堺本では文の意味がわかりづらい箇所において、朽木本・鈴鹿本の本文は、その正誤はともかく、文意が通っていることが多いことには注意される。たとえば、磐斎・季吟の手を経ている無窮会本には、③⑥のような箇所に「本ノマ、」の傍記がある。堺本はそのままでは読めない箇所もあり、本文を立てる際に苦労することも多いが、朽木本・鈴鹿本の本文は、そのような意味不明の箇所を積極的に校訂したり、よりわかりやすく補足したりする傾向が強いように思われるのである。現時点では想定でしかないが、あるいは福住道祐の校訂作業を反映している可能性も考えられよう。福住道祐は『枕草紙旁註』の著者岡西惟中の著書の序も書いており、当時の枕草子研究に連なる人物としても注目されているが(9)、堺本枕草子をスムーズに読めるよう、長年の研究成果を生かして意欲的に校訂を施した本を作った可能性も考えられてこよう。なお、龍門本には朽木本・鈴鹿本の独自本文の多くが傍記されており、本節で挙げた中でも③⑤以外はすべて注記されている。道祐校訂本の広まりの一端として捉えることもできるのではないだろうか(10)。

六　おわりに

本章では、堺本の本文分類をめぐる問題点を採り上げた。『堺本枕草子本文集成』(林〔一九八八〕)で行われている三分類の問題点を指摘し、さらに特殊な位置にあると見られる本文の性質を確認した。とくに朽木本(および鈴鹿本)は影印本・注釈書が刊行されている関係上、その特殊性を強く認識する必要があると思われた。

個々の本文に関しては今後さらなる精査が求められると思われるが、今回の報告はここで一段落としたい。最後に本章のまとめとして、今回の調査をふまえた堺本本文の分類案を次のように考えてみた。

《堺本の本文分類（試案）》

一類（宮内卿清原朝臣奥書本系統）

(1)(a)台北本・吉田本・三時本（上巻）

（静嘉堂本（下巻）・尊経閣本（下巻）・山本本（下巻））

(b)山井本・龍門本

(2)(a)河野甲本

(b)朽木本・鈴鹿本

(3)　無窮会本

(4)　多和本

二類（後光厳院宸翰本系統）

群書本・宮内庁本・京大本・河野乙本・彰考館本

まずは従来の狭義の堺本（宮内卿清原朝臣奥書本系統）を一類とし、宸翰本系統を二類とした。一類はさらに本文の特徴ごとに(1)～(4)と分け、その下位分類として(a)(b)を設けた。

一類(1)とした八本は、狭義の「堺本」本文の特徴を強くもつ写本群となる。そのうち、山井本と龍門本には、しばしば共通の独自本文が表れ、台北本や吉田本などとは一線を画すと思われるため、(a)と(b)に分けた。なお、括弧でくくった静嘉堂本、尊経閣本、山本本は、下巻のみ現存する本であり、あらためて調査の必要があると思われるが、暫定的にここに分類した。

一類(2)は河野甲本、朽木本、鈴鹿本とした。これらの本文は、一類(1)に比べて二類（宸翰本系統）の影響を受けている部分が多いことが確認可能であり、一方で独自本文を諸所に有しているという特徴をもつ。このなかでも朽木本と鈴鹿本とは近い関係にあると考えられるため、河野甲本と区別して、(a)と(b)とに分けた。

一類(3)は無窮会本とした。本調査で明らかになったように、無窮会本は校合などの過程を経て宸翰本と一致する割合が高くなっている。しかし、現存宸翰本にない後半部分の本文ももっているので、このような処置をとった。校合の経緯が判明している多和本は一類(4)とした。

以上が、現時点において提示できる本文分類案である。(3)の無窮会本と(4)の多和本とが一類(1)(2)の写本群と同列のように見えてしまう、あるいは一類の区分が微細に過ぎるといった批判もあろうが、今回はこのような提案となった。また、従来の二分類に似ているようでもあるが、以前の大雑把な分け方に戻ったのではなく、『堺本枕草子本文集成』の成果をふまえたうえで、従来よりも本文の実態に添った区分案となっているのではないかと考えている。各写本の検討など残された課題も多い。諸賢のご批正をいただけると幸いである。

注

(1)『堺本枕草子本文集成』に収録されている十八本の堺本伝本以外にも、いくつかの写本が諸機関に収められている。本文上どのように位置付けられるかを含めて、現在調査中である。
・実践女子大学黒川文庫蔵清少納言枕草紙上下…宮内卿本系統の本。
・実践女子大学黒川文庫蔵枕草紙後光厳院宸翰御本写上下…群書本本文と似る。群書本の写しか。
・相愛大学春曙文庫蔵清少納言枕草子上下…宮内卿本系統の本。河甲本・朽木本・鈴鹿本に近いか。
・相愛大学春曙文庫蔵異本枕雙紙全…宸翰本系統の本。河乙本・京大本に近いか。
(2)以下に、『堺本枕草子本文集成』（林［一九八八］）における各本の本文関連の言及を簡単に挙げておく。
○山井本…「本文は田中博士の言の如く（解説）高野本にもつとも近く、三時知恩寺本とも近い。」「反対のⅢ類本系の語句を取ることもあつて、その成立は必ずしも単純とはいへないが、量的にはやはり吉田本に似ることが多いといへよう。」

○龍門本…「本書はⅠ類本系に属し、特に山井本に近い。」

○河野甲本…「本文は私の分類ではⅠ類に属し、…〔中略〕…下巻はない。」なお、田中重太郎〔一九五三〕には「書写年時は慶長・承応ころかといはれる。…〔中略〕…本文は相当乱れてゐるが書写時からしてこの系統本中善本の一といへる。下巻が闕けてゐる。」とある。

○朽木本…田中重太郎〔一九七三〕の「解題」に「鈴鹿本の本文に極めて近い」とある（引用部分は神作光一・速水博司氏によるものという）。

○鈴鹿本…「行文・用字共に朽木本と極めてよく似る。江戸時代中期の写しと見られる。」

○無窮会本…「無窮会本本文の成立については、単に親本の本文を素直に採上げず、批判的反省的に検討の手を加へてゐることが本文を一見してよくわかる。それには盤斎・季吟といふ様な研究家が与つて作用してゐると思はれる。」

（3）本章で調査対象とした本文については、『堺本枕草子本文集成』を利用しつつ、紙焼き写真・影印本等で確認を行っている。『堺本枕草子本文集成』の翻刻とは異なる判断をした箇所もある。とくに龍門本に関しては現物を確認した結果、『堺本枕草子本文集成』の明らかな誤りと思われる箇所が少なからずあった。

（4）例1は第一段「春はあけぼの」に見える本文対立である。『堺本枕草子本文集成』の「本文の三分類」で示されている本文箇所と同じものを例示した。

（5）今回の調査では、音便や仮名遣いの違いによる異同、および漢字と仮名の表記の違いについては、明らかな本文異同とは区別する意味で、異同の数には含まなかった。たとえば、山井本と龍門本、あるいは河野甲本・朽木本・鈴鹿本の三本などにおいては、音便・漢字仮名表記・仮名遣いなどが、少なからぬ箇所で共通して一致する。しかし、こうした例まで加えるとかえって煩雑な報告になることが予想されるので、今回は本文間の対立が明らかに確認できる箇所に絞って統計を取っている。この方法でも、本文間の傾向はかなりはっきりと捉えられるものと思われる。

（6）本稿発表時には、本文対立箇所に限定しない各写本の独自本文の総数を表に示していたが、各写本のⅠ類・Ⅲ類本文との距離に焦点を絞るため、本書の表には示さなかった。各写本の独自本文の総数は、山井本一〇八箇所、龍門本一一八箇所、河甲本六三箇所、朽木本一〇二箇所、鈴鹿本一一〇箇所、無窮会本八〇箇所となっている。

（7）なお、無窮会本では、七十五丁表は紙面が三行半ほどの空白を残して終わっており、七十五丁裏がこの記述となっている。

（8）朽木本と鈴鹿本との間に表記の違いがある場合は朽木本の本文を引用している。

（9）田中重太郎［一九六〇a］。福住道祐の活動については、市古［一九九八］にくわしい。沼尻［二〇一一］にも言及がある。

（10）龍門本の奥書には「福住道祐といへる人のもたりし本を…〔中略〕…三つを合せて改たりし」という「校合本」の記述がある。鈴鹿本の奥書とは異なり、別の校訂本があったのかもしれないが、あるいは朽木本・鈴鹿本に連なる道祐校合本を指すものだろうか。

第十一章　堺本の成立と生成・享受

一　はじめに

本章では、第十章までに明らかになった堺本の特徴をふまえて、堺本の成立と享受の問題について考察を行う。堺本という『枕草子』は、一体いつ、誰によって、何の目的で、あるいはどのような方法で作り出されたものなのだろうか。また、どのような人々が堺本を読んだのだろうか。これまでにもさまざまな議論が重ねられてきたが、いまだに結論の出ない問題である。序章でも触れたように、能因本系統の本と堺本系統の本から作られたらしい前田家本の存在以外には、かろうじて、『光源氏物語抄（異本紫明抄）』などの、鎌倉期に成立した『源氏物語』古註釈書の引用本文に堺本系統の本文が見出せるくらいで、実際に確認できる堺本本文の引用例はきわめて乏しい。したがって、ある程度の推測を交えざるを得ないが、本書の成果から導き出せる堺本の成立の背景と享受のありようについて、現段階で能うかぎりのことを述べてみたい。

二　先行研究と成立論

主に本書第Ⅰ部で検討してきたように、堺本は全体を通して構成面、表現面にさまざまな工夫が施されており、一個の作品としての完成度が保たれている。この一貫した編纂姿勢、他系統本との構成の差異、項目の入れ替わり、およびそれに伴う本文の異同などの数々の例を勘案すると、現存諸本の相互関係を考えてみるかぎりでは、他系統本から堺本のような本を生成する過程はある程度想像可能だが、逆の場合はかなり難しいのではないかと思われる。よって、現存堺本は、何らかの意図をもって手が加えられた本であることが他系統本に比べれば明白である。また、前田家本の存在によって少なくとも平安末期から鎌倉前期ごろまでには成立していたことがわかっている。

現存のかたちに編纂される以前の堺本の本文が、現在伝わる本文に比してどれほど違うものであったのかは、不明としか言いようがない。ただし、堺本の全体的な統一性を考慮すれば、おそらくは雑纂形態の本を素材として、記事の内容を吟味・整理し、現在のようなかたちに編纂し、その際に、これまで見てきたような語句や文章表現の調整がなされたのではないかと考えられる。むろん、現存堺本に見える独自本文のすべてが書き換えられたものかどうかはわからない。堺本の本文のなかに、古い時代の『枕草子』本文に近いものが含まれていることも当然あり得る。ただ、それはどの系統の本にも言えることであろう。また、本書では現在のかたちに編纂される前の堺本が『枕草子』の原態に近いか遠いかということを論じようとしているわけではない。

堺本に『枕草子』の原態的な要素を見る立場はいくつかある。はじめに目に付くのが池田亀鑑氏の論である。氏は池田［一九三〇］において「是等の諸本はいづれも後人によつて編輯し直されたもので、原本の形そのままのものでない」との見方を示している。堺本については、池田［一九三二］の「前田家本とほぼ同じ時代に於て対立的に存在した一本と見て差支ない。但し堺本には、著しい後人の補筆が認められるのであつて、現存の形を以つて直ちに古い形のまゝであると断言し難い」という記述がある。前田家本と「対立的に存在した一本」であるという意見は楠［一九七〇d］によって修正されることになるが、現存堺本もまた後世の編纂によるものという考えは同じであった。そして平安末期にはすでに『枕草子』の証本が存在せず、思い思いの改修、改纂がなされ得たとした。しかし一方で、「前田家本枕草子は、最も原本に近きものであり、これが分類は、又最も原本の分類に近いものであると想像するのである」（池田［一九三〇］）、「自分は自分一箇の私案としては、「雑纂型」よりもむしろ「分類型」を枕草子の原形と考へるのが自然であらうと思ふ。但し自分の考へてゐる「分類型」といふものは、決して堺本そのものでもなく、又前田家本そのものでもない」（池田［一九三二］）というように、『枕草子』の原態は類纂形態であったと主張し、後年までその姿勢を変えなかった。池田［一九三八］における、短期間に執筆された「類纂的・歌枕的記事」と、別に成立した「随筆的・日記的記事」が一旦ひとつにまとめられたがばらばらになり、不完全なかたちで修復されたのが現存諸本であるという説明、あるいは池田［一九五六］における、類聚的章段が長徳二年秋、回想的章段が皇后崩御後数年間、随想的章段が老後に成立したというような説明は、憶測に憶測を重ねたものであり、かなり無理な方向へと議論が進んでいるように思われる。この類纂原態説をめぐる問題については、小沢［一九六七］、および津島［二〇〇五d］において、和辻［一九二六］に端を発し、大正末期の古典本文研究の機運を反映したものであることが論じられており、卓見と言えよう。

次に林［一九七九a］が、堺本の本文に初稿的な性格があると唱えている。林説の概要は、おおむね次のようなものである。

・まず雑纂形態の堺本が初稿本として成立し、増補が続けられた。
・その際現在能因本に見られる長跋が跋文として著者により付けられた。その理由に長跋に堺本本文の性質が見られることが挙げられる。
・この雑纂堺本がその後別人によって分類体に改編された。
・本文自体に変化はあまりなかったが、章段の位置が変わるとともに、跋文は除かれた。分類本は一種の索引、資料書の類であって、生きた本ではないから跋を付ける必要がないというのがその理由である。

林説ではさらに、能因本、三巻本一類、三巻本二類の発生事情まで想定されている。林説は堺本の本文を従来のように冗長でさかしらな増補と退けず、諸本の本文を比較検討して右のような結論を導いており、その方法は参考にし得るものである。しかし『枕草子』という作品にひとつの出発点を定めて、諸本の関係をすっきりと説明しようとすること自体、やはり無理の伴う作業のように思われる。

同様のことが速水［二〇〇一］の説にも言える。速水［二〇〇一］は、「原堺本」なるものを想定して、以下のように諸本の成立事情を説明する。

・現存堺本の祖本「原堺本」は、源経房が「伊勢（権）守ときこえし時、（清少納言の）里におはし」て、「持ておはして、いと久しくありて」返却した本ではないか。とすると、原堺本は「原初枕冊子」であり、それは類纂形式で、回想的章段は含んでいなかったのではないか。

・宮仕中に歌材集か話題集でも作らないかと話し合われ、「…は」と「…もの」形式で「類聚集」を作ってみようということになったのであろう。

・清少納言が主務となり類聚集を書いていると、「ただ心一つにおのづから思ふこと（随想）」も出てきて、類聚集のほかにもう一冊、「つれづれなる里居のほどに」随想集も書き集められた。当初は類聚集とは別々に「個人的」な「副産物」として随想集が生まれた。

・道隆の逝去などにより集を紛失。その後、往時を思い出して「全く新たに書き始めた」のが雑纂形態の本である。数年後に「原初枕冊子」は思い出されたように返されたとしたら、それは作者の手元で往時の記念として保管され、清原家に相伝されたのではないか。

堺本の評釈書（速水［一九九〇］）を手がけ、堺本と他系統本との内容の隔たりを十分に承知したうえで出された説である。速水［一九九〇］では、

堺本はまだ枕冊子としては一部が未完成の段階の祖本であると推定されるが、「ディレッタントの放恣な改作」をされたと言われるものしか今日に伝わらないので、遺憾ながら低い評価に甘んじなければならないでいる。し

かし、堺本には、素朴な、原文の面影も垣間見ることができると考える。また「ディレッタント《ママ》な放恣な改作」は、言い過ぎである、と言いたい。

と述べており、堺本に対する楠［一九七〇d］の否定的な評価に異議を唱えている。こういった見地から、堺本の特異なありようを成立の経緯の違いによるものとする前述の成立過程の想定が行われたのであろう。堺本に対するネガティヴな評価に見直しを迫る姿勢は強く共感できるものである。しかしながら、成立論に関しては、結局は憶測の域を出ない。本書では堺本全体を検討した結果、堺本は現存雑纂本のような『枕草子』の記事を整理・編纂した本ではないかとの結論に達しており、速水説には従えない。

　田中新一［一九七五］も、部分的にではあるが堺本の本文の内容を検討しており、「堺本に先行本（草稿の一種）的性格を見る立場に立っている」と述べる。田中新一［一九七五］の場合は、三巻本と堺本との比較を通して、堺本に「対中宮家意識の乏しさ」などを読み取っている。他にもいくつかの理由を挙げながら、『枕草子』は堺本が先行本として存在し、後に中宮家を意識して三巻本のように書き直されたのではないかと述べている。指摘される用例の数々は注目すべきものであるが、三巻本中心の『枕草子』理解の延長線上で、三巻本と堺本とを比べて論じるという方法には疑問も残る。やはり、三巻本中心の『枕草子』読みの前提を一端取り払う必要があろう。本書では、第二章、第三章、および第六章において田中説の検討を行っている。このように、堺本を評価しようとする従来の論考が、結果的に成立論、原態論へと陥ってしまっているのは諸本研究史の影響によるものと思われ、ある意味では致し方のないことであった。その経緯と問題点については序章および第一章にてくわしく論じた。

　本書では、堺本がひとつの完結した作品として捉えられること、達成度の高い再構成本と言い得るものであることを、構成と表現の両面から多角的に検討した。現存堺本の枠組みには、統一的な構成意識が明らかに認められる。このような堺本の性質は、一個人ないしは一集団の手によって、ある時点で意識的に編纂されたことにより生じたものではないだろうか。楠［一九七〇d］は、堺本を後世の好事家による興味本位の杜撰な改作本ではないかとする。しかし、本書で見てきたように、一見激しい堺本の異同例には、多く堺本なりの理由が伴っている。『枕草子』の内容を深く読み込み、記事を整理し、工夫して編纂しなければ堺本のような本は作れまい。第一章で指摘した、『枕草子』の記事を一望できるように編纂された随想群のありようや、第二章から第四章にて論じた記事をまったく重複させずに整理する徹底ぶりからは、相当手の込んだ作業を経て堺本が作られていることが察せられる。堺本なりに『枕草子』をよりよいものにしようとした結果が現存堺本の姿なのではないだろうか。

三　堺本の成立と日記的章段の問題

本書第四章では、現存堺本の完結性を示す一例として、堺本の末文の果たす跋文的な役割について論じた。また、まずは現存堺本と向き合う必要があり、いわゆる日記的章段をもたないところに現存堺本の性質が現れていると述べ、第六章でもそのような観点から議論を展開した。しかしながら、先行研究においては、堺本が本来日記的章段を備えていた可能性や、終末部以降に本来日記的章段が続いていた可能性なども論じられている。

橋口［一九五四］は、『源氏物語』の古註釈書における『枕草子』引用本文の検討から、堺本には当初日記的章段があったと論じている。近年の『源氏物語』古註釈研究の成果を反映させて同問題を再検討したのが沼尻［二〇〇七b］である。具体的には、『異本紫明抄（光源氏物語抄）』における『枕草子』の引用例から堺本系統の「西円所持本」の存在を想定し、「西円所持本」には日記的章段が含まれていたと指摘している。『枕草子』の享受を考えるにあたって重要な指摘であると思われる。ただし、沼尻［二〇〇七b］が堺本の成立について「現存の堺本はいわゆる類纂形態といわれるもので、日記的章段や日記的要素のある随想的章段をさほど多く含まないものだ。ところが、西円所持本には日記的要素がある随想的章段が含まれていたのである。このことにより、現存する堺本がもともとは西円所持本のような雑纂形態の本文で、類纂的部分を書き抜いて再編集したものであったと推測できる」と論じる部分には首肯できない。

沼尻〔二〇〇七b〕では、堺本について「類聚的章段を中心に、随想的章段をさほど多くは含まず、日記的章段を原則として含まない本文が、類纂形態の本文、すなわち堺本だ、とされてきた」と押さえられている。しかしながら実際には、堺本は随想群の編纂にも相当の力を入れている。楠〔一九七〇d〕の「編者の意図は第二部第三部（随想群のこと――著者注）の類纂にあつたらしい」という指摘もあるように、他系統本にあって堺本にない随想的記事もなかにはあるが、一方で堺本と前田家本にしかないものもあり、分量的にはそれほど劣らない。また、堺本における随想群の重要性に関しては、本書を通して繰り返して述べてきたとおりである。

沼尻論では、さらに「西円所持本は、日記的要素のある類纂的章段である「無名といふ琵琶の御琴を」章段と、「円融院の御はての年」章段を含む性格のものであったとおぼしい。…（中略）…ともに類纂的要素よりも、記録的、日記的な要素が強い随想的章段といえる。先に見てきたように、西円所持本は、現存する本文の中では、堺本にきわめて近接する本文であった。現存の堺本は、「―は」型や「―もの」型という類聚的章段によって構成された類纂形態であるが、しかし鎌倉時代における堺本の系統の本文の性格は、日記的章段や日記的な随想的章段をはらんだ雑纂形態であった可能性が高いと言える。」と述べられている。鎌倉期に存在した「西円所持本」が現存の堺本とは異なるものであった可能性は十分に考え得ることである。しかし、「円融院の御はての年」の段と「無名といふ琵琶」の段の引用例の存在から、「鎌倉時代における堺本の系統の本文の性格は、日記的章段や日記的な随想的章段をはらんだ雑纂形態であった」と導かれる結論部には首肯しがたい。沼尻論文自体が「記録的、日記的な要素が強い随想的章段」と説明するように、『異本紫明抄（光源氏物語抄）』で引用されるのは、「無名といふ琵琶」の段の中の楽器の名前を連ねる部分と、「円融院の御はての年」の段の聞き書き的な箇所であり、清少納言と中関白家の回想譚そのものではない。よって、中関白家関連の記事を含まない現存堺本の基本的な性格からまったくはずれるものではないとも言い得るのではないか。それゆえ、仮にこれらの引用本文が「西円所持本」に含まれていたとしても、現在のいわゆる日記的章段が堺本に含まれていたと言い切ることはできないように思われる。また、仮に「西円所持本」が日記的章段を備えていたとしても、そこからすぐに「西円所持本」が雑纂形態であったと言えるのか、まして鎌倉期の堺本が雑纂形態であったと言えるのかは疑問である。堺本が日記的な要素を含む記事をもつことと、堺本の形態を推定することとは、別々の問題として議論する必要があるのではないか。たとえば、本書第五章では、堺本がいわゆる日記的章段——沼尻論の表現を借りれば「記録的、日記的な要素が強い随想的章段」——の、日記的な要素をうまく取り除いて、随想群を形成している例を検討している。これと同じようなかたちで「西円所持本」に現存堺本にはない説話が記載されていた可能性もあるのではないか。もしくは日記的記事だけをまとめた巻があった可能性など、いろいろな場合が想定できる。よってこれらの引用例から堺本の形態にまで論を及ばせることには慎重にならねばならない。また、続く「現存する堺本は、雑纂形態の本文、具体的には西円所持本のような本文の、類纂的部分を抜き書きすることによって成立したと考えられる」というくだりにも同意しかねる。抜き書きという作業のみでは、本書で検討してきたようなレベルの編纂本には到底なり得ないと考えられ、説明として十分ではないと思われるからである。

主に本書第四章、第五章にて検討したように、現存堺本が編纂される際に素材となった『枕草子』に日記的章段も含まれていた可能性は十分あるだろう。また、現存本のかたちに整理された際に、その作業と連動して文章の表現などに手が加えられたとするならば、素材元の『枕草子』が雑纂形態であった可能性も高いと思われる。ただ、現行のかたちに再構成される以前の堺本の本文と形態とがどのようであったかを論証することはきわめて困難であり、容易に結論付けることができない。少なくとも現存堺本に文章を付け加えたり、シャッフルしたりして、雑纂形態にしたような本ではあるまい。現存堺本の綿密な構成のありようや、そのように編纂されているからこそ生きてくる独自の表現を考えると、現行のかたちに編纂された本文とその前の段階における本文との間にはある程度以上の開きがあったと考えるのが自然であるように思われるのである。日記的記事の有無についてもいっそう慎重に構えるべきであろう。楠［一九七〇d］も、現存堺本にはこの後さらに日記的記事が続いていたとの見解を示しているが、本書は日記的章段を含まない姿に堺本という本の特性が現れていると考える。本書で明らかになった堺本本文の性質に照らしてみても、堺本の現在の姿が形成された時点で、日記的記事が含まれていなかった可能性を視野に入れておくべきなのではないだろうか。

四　『枕草子』の享受と堺本

次に、『枕草子』の享受の多様性や読者層の広がりについて考えてみたい。

たとえば、本書の第五章では、堺本随想群のうち男性関連の記事が連続する箇所に、理想の男性論が展開されているのではないかということを論じた。また、第六章では、「女」と「宮仕へ」に関する記述から、女性と宮廷出仕に向けられた独自のまなざしが窺えることについて考察した。これらの記事に共通していたのは、三巻本・能因本には見られない堺本独自の論理のはたらきであった。一般的な『枕草子』の読み方に当てはまらない堺本本文の内容は、従来の三巻本・能因本中心の研究によって培われた読解の方法を相対化するものでもあった。

このような独自の内容をもつ堺本の背景には、堺本の内容を身近に受け止められる享受者の存在があったのではないかと考えられる。たとえば、読者にとっての現実に即した具体的な内容を要請する状況などにより生み出されたのが堺本だったのではないだろうか。堺本本文の批評対象が三巻本・能因本と比べて広がっていることと、そこに独自の文章表現が見られることは、『枕草子』の享受の場が時間的、空間的、および階層的に広がっていることを反映しているのではないだろうか。久保田［一九六七］は、「中世においては、人々は実に様々な興味を以てこの作品に接した」と述べて、人々の生きた時代、立場、思惑により、歌論書、作法の参考書、有職故実の資料、時には説話の権威化の材料として『枕草子』が読まれたことを指摘する。そのような『枕草子』の多様な用途の実態が堺本にも映し出されているのではないだろうか。第五章、第六章で採り上げた人物批評的な記事がまとめられた随想群は、男女の交流や宮中出仕といったここぞという場での立居振舞の指南書的な側面をもっていよう。第一章で論じたように、堺本は全体として、『枕草子』の類聚段、随想段の内容をおおよそのテーマごとに重複もなく通覧できるという性質をもっており、誰かに読まれることを前提として作られたのではないかと考えられるほど徹底した完成度を見せている。久保田〔一九七六〕が「中世には、枕草子を王朝文化の記録の一つとして読む読み方があった」、「王朝文化を懐古する人々にとって、枕草子はその縮図と考えられたのであろう」と指摘するように、平安末期から鎌倉期にかけて、『枕草子』は王朝文化を知るよすがとして受け止められていた。こういった時代において、堺本は『枕草子』に書かれている内容を一度でわかりやすく理解できるバージョンとして、貴族文化理解の需要に応えていたのではないだろうか。如上の使われ方を意図して堺本が成立したことを外部資料から論証することは難しいけれども、堺本の内実からして、こうした用途を想定したハンディな『枕草子』として享受されたのではないだろうかという推測自体はそれほど的外れではないように思われるのである。

五　おわりに

諸本の成立をめぐる議論には限界がある。本書も本文の優劣や成立の先後関係に拘らず、四種すべての『枕草子』本文と対等に向き合いたいと考える。しかし一方で、堺本について考究を進めるかぎり、成立をめぐる議論を避けて通ることはできない。また、享受の問題についても考察の余地は多く残されている。

堺本についてこれまでなされてきた説明はおよそ断片的なものが多く、内部まで総合的に検討したうえで堺本の性質が評価されることはほとんどなかった。しかしこれからは、本書によって得られたさまざまな特性をふまえつつ、堺本を「再構成本」として捉え直し、文学史・享受史のなかに積極的に位置付けることが必要となるであろう。

終　章　まとめと展望

本書は、『枕草子』の一系統である堺本について、本文構成と文章表現の分析を通してその特徴と意味とを論じるものである。本書を通して明らかになったことを以下にまとめてみたい。

序章では、これまでの研究史とその問題点を確認したうえで、堺本の再検討の必要性、「再構成本」という従来とは異なる視点を取り入れる意義について述べた。堺本は、『枕草子』の諸本のなかでもとりわけ特異な異本とされ、内容の精査が長い間行われないままになっていた。しかし近年、諸本の本文ならびに関連するテクスト群を『枕草子』が生成・享受される過程で生み出された種々相として捉える見方が示されている。このように諸本の生成を動的なものと見るとき、堺本はきわめて重要な位置を占めてくる。堺本を『枕草子』の享受史から捉え直すために、まずは内部の丹念な調査が必要であることを指摘し、とくに堺本の後半部の随想群の検討が不可欠であることを述べた。

第一章では、堺本がこれまで形態上の特徴から「類纂本」と呼ばれてきたことが、堺本の理解においてかえって妨げになっていた可能性を述べた。「類纂」という語句は、「雑纂形態」の三巻本と能因本とが『枕草子』の原態に近いものであり、「類纂形態」の堺本と前田家本とが原態からは遠いものであるという対立項的な説明において使われていた。その結果、堺本の構成の特色や、堺本と前田家本の編纂方法の差異に注意が向かなくなっていた。しかし、堺本の随想群には、「章段」という「類」を集積したものというような従来の「類纂」の認識を超えるさまざまな例が指摘できる。たとえば、堺本の随想群は全体がゆるやかにつながっている。いわば「複合体」のような体裁をとっており、堺本の随想群を「章段」という単位で区分することの限界を指摘した。また、この連続的な性格と、堺本の古写本における連綿とした書かれ方との関連性にも言及した。以上のような例は、従来の「類纂本」という認識、また「類纂」ということばでは説明しきれないものであり、「再構成本」という新たな視点で堺本を捉え直す必要性を提言した。

第二章では、『枕草子』の諸本間における項目・記事の流動・出入りについて堺本を中心に検討した。その異同の様相は、(1)堺本のある項目が、他系統本では異なる章段に含まれるもの、(2)堺本の複数の項目が、他系統本ではひとつの章段に含まれるもの、(3)堺本のある項目が、他系統本では複数の箇所に分けられるもの、(4)他系統本の日記的な記事が、堺本にはない、もしくは分散しているもの、という四つのパターンに分類された。

その結果、従来指摘されていた堺本の類聚性、題目への帰結性が確認できる一方で、随想的な記事を分けて編集するなどさまざまな場合があり、全体にわたって堺本なりの論理によって編纂されていることが判明した。また、そこには記事の項目化と呼べるような、他系統本にはない表現上の特徴も指摘できた。現在一般的には、雑纂本の、とくに日記的記事の理解に基づいて、『枕草子』を女房清少納言による定子周辺の記録として読む前提が暗黙のうちに成り立っているが、堺本の本文はそのような前提を相対化するような距離感を生み出していた。如上の堺本の編纂の全体像を見るかぎりでは、項目の取捨はかなり吟味されて行われており、堺本は一定の編纂方針のもとで統一的に作られた本ではないかということを述べた。

第三章では、記事の出入りの特徴的な事例を採り上げて新たな側面から検討を加えた。たとえば、堺本本文には、構成と表現上の工夫によって、他系統本の本文や配置では見出し得ない設定が施され、新たな意味が付与されていた。それぞれの記事は他系統本の記述の進み方とは異なる文脈上の新しい役割をもって再構成されており、これは前田家本にも見られない特徴であった。また、現存堺本の最後尾に置かれている藤原宣孝の御嶽参詣に関する逸話に着目して、堺本の編纂の特性と論理について考察を行った。宣孝の話は三巻本・能因本では「あはれなるもの」の段のなかに配置されている。前田家本では別の箇所に分かれているが、「あはれなるもの」の段から摘出した跡のような一文が確認される。対して、堺本の「あはれなるもの」の段は、日記的章段の名残と思われるような箇所をもたず、宣孝の逸話を含まないかたちで完結しており、そのまま読んでも不自然ではない。このような一貫した工夫の有無が、堺本と前田家本との決定的な差異として認められた。また、末文が現存堺本の体裁において跋文的な役割を担っており、ひとつの完成体として自立する堺本の姿が確認されてくることを論じた。

第四章では、『枕草子』に見られる記事の重出に関する検討を通して、堺本と前田家本との編纂の方向性の違いについて論じた。堺本と前田家本とが、三巻本・能因本では散在している記事を内容ごとに整理した本——いわゆる「類纂」形態の本である以上、その内部で記事が重出することの意味は大きい。堺本の場合、同一本文の重複はない。一方、前田家本には多数の重複があり、同一章段内での重出すら見える。この前田家本の重出は、大半が堺本および『枕草子』諸本の記事の出入りと関連性をもっていた。前田家本は、類書的な分類・配列の方針をとりながら、類聚題目と項目との結び付きを重視して本文を集成し、場合によっては独自の判断による類聚も行っていると考えられた。同一本文の重出がない堺本については、類似の記事の再出現象を分析した。その結果、堺本は類似の記事の再出に見えても、文章・語句などが整えられ、内容的な対応を考えた編纂となっており、前田家本の重出とは異質なものであることを論じた。

第五章では、堺本の随想群の後半部にある男性関連の随想群を採り上げた。この箇所には他系統本には見られない独自本文が多く含まれている。独自本文の構成と表現を分析することによって、堺本の特性を論じた。まずは他系統本で日記的章段に分類される「成信の中将は」の段から、堺本が記事を抄出し編纂している例を採り上げた。現存堺本はいわゆる日記的章段をもたないため、他系統本で日記的な性質を備えている段の一部分を堺本がもつことは非常に重要である。その方法を確認すると、堺本が日記的な要素をうまく取り除き、雨夜の来訪論、月夜の来訪論、雪の日の来訪論といった記述を取り出して、それぞれを適切な随想群に組み込んでいるさまが見て取れた。また、男性随想群の構成は、各記事が全体的に統一され、ひとつの男性論のような体裁になっていた。従来、卑俗的な内容として否定的な評価を受けてきた箇所であるが、堺本の展開する男性論として随想群全体を捉え直すと、現実的に男性を描写し、批評して、男性の振舞い方を具体的に記す文章であると考えられた。このような堺本の観点は三巻本・能因本などを中心とした『枕草子』観からは逸れてくるものであり、堺本の「婿」の記述の違いを通してもこの問題は指摘できた。

第六章では、堺本における「女」に関する記述、および「宮仕へ」に関する記述について考察した。『枕草子』の研究の方法には個々の立場があるが、少なくとも、定子に仕えた女房である清少納言が、何らかのかたちで関わることで『枕草子』が作られたと見る向きにはおおよそ異論はないと思われる。また、その『枕草子』において、少なくとも文字のうえでは宮中出仕がすばらしい体験として描かれていることも認められる事実であろう。しかし堺本には、そのような『枕草子』の読みの論理が当てはまらない独自の文章が見出せた。たとえば、堺本の「女は」の段は、反抗しない女性を評価する内容で、他の『枕草子』に見られる清少納言と男性貴族の応酬、宮中賞讃の叙述などと噛み合わない異質なものと考えられた。現存堺本には日記的章段が存在しないため、堺本の内部に書かれる女性への言及として、「女は」の段のもつ意味は重要であった。また、堺本独自の「宮仕へ」の記事の内容は、三巻本・能因本で語られていた身分ある女性の宮中出仕の薦めとは違って、高貴とは言えない身分の人々の宮廷世界の憧憬化、権威化を促す性質の文章になっていると考えられた。「宮仕へ」に伴う苦労と困惑にも目が向けられている点に特徴があった。下層の者、部外者への抑圧的な発言には、「女は」の段に見られたものと類似の論理が用いられていた。

また、堺本のもつ批評性の問題について言及した。非常に凝った編纂の施された堺本は、『枕草子』そのものを対象とした一種の批評的営為の産物とも言える。堺本の再構成行為をひとつの批評行為と捉えることで、『枕草子』の生成の問題を新たに論じていく可能性を示した。

第七章では、堺本・前田家本のみに見える漢詩文引用を採り上げた。前田家本が『白氏文集』「新秋」の句をそのまま引用している一方で、堺本の引用はわかりづらく、出典元に関する先行の指摘も確実性に乏しかった。そこで新たに、「長恨歌」の一節と関わる可能性を指摘し、『和漢朗詠集』を経由した引用の可能性があることを提示した。また、堺本の随想群と『和漢朗詠集』との複数の類似点についても言及した。さらに、前田家本と堺本の引用の性質を比較検討することで、少なくともこの箇所にかぎっては、堺本から前田家本へという生成の流れを認め得るのではないかということを述べた。

第八章では、堺本「十二月十日よひの月いと明かきに」の段、および後続の一連の随想群の編纂のありようについて検討した。この箇所は、〈車〉を代表に、往来物関連の話題が一群となっている箇所であるが、他系統本に比べて表現が整理された文章世界が形作られていること、一方で独自の展開が行われていることを指摘した。このようなありようからは、やはり少なくともこの箇所においては、三巻本・能因本のような本文から堺本本文へという生成の流れを認め得るのではないかと述べた。

第九章では、前田家本の本文と堺本の各系統本の本文とを比較して、本文異同の状況を分析した。その結果、現在最も参照されない宸翰本（堺本Ⅲ類）系統の本文が、その他の本文と比べて前田家本と一致する割合が高いことが明らかになった。すなわち、今日の宸翰本（堺本Ⅲ類）そのものとは言えないまでも、宸翰本（堺本Ⅲ類）系統に近い本文をもつ本が、前田家本の編纂時点――平安末期から鎌倉初期ごろ――において存在し、前田家本の編纂時に利用された可能性を指摘することができた。また、堺本の奥書にみえる「林白水」という人物に関する研究成果をふまえて、江戸初期において堺本が書写された状況について考察した。

第十章では、現在行われている堺本の本文系統の分類法について、その問題点を指摘し、あらためて本文の調査を行った。調査の対象としたのは、山井本、龍門本、河甲本、朽木本、鈴鹿本、無窮会本の六写本である。特定の範囲に絞った分析ではあったが、その結果は、現行の三分類の限界性を浮き彫りにするものであった。さらに特殊な性質をもつ本文についても考察を加え、今後の留意点について述べた。最後に今回の調査結果をふまえて新たな本文分類案の提示を行った。

第十一章では、堺本の成立に関する先行の議論の歴史と問題点を押さえたうえで、本書が明らかにした堺本の特徴から、堺本の成立と享受について論じた。堺本には全体を通して、構成上、表現上のさまざまな工夫が見出されるが、こういった他系統本との構成の差異、項目の入れ替わり、およびそれに伴う本文の異同などを考え合わせると、他系統本から堺本のようなものを生成する過程はある程度想像し得るが、逆の場合は難しいと思われた。よって、現在の堺本の大枠は、ある時点で一個人または一集団の手によって意識的に編纂されたものと考えられた。また、堺本が本来、終末部以降に日記的章段を備えていたとする先行の見解への疑問点を述べ、まずは現存堺本と向き合う必要があり、日記的章段をもたないところに現存堺本の性質が現れているのではないかと論じた。さらに、主に第Ⅱ部で検討した堺本の独自の表現の特徴をふまえて、そこから想定される『枕草子』の読者層の広がり、『枕草子』の享受のありようについて論じた。

最後に、今後の課題について簡単に述べておきたい。

まずは、堺本に見られる独自本文のさらなる検討を進めていく必要がある。堺本という本の特性の大枠が本書によって明らかになったと思われるが、その成果を生かした本文分析が求められてこよう。本書の第九章では宸翰本（堺本Ⅲ類）の本文と前田家本の本文とが接近していることを論じたが、宸翰本（堺本Ⅲ類）と宮内卿本（堺本Ⅰ類）の本文にもそれぞれの特色が見出せてくるのではないかと思われる。本文の分類に関しては、未見の伝本の調査を進める必要がある。『堺本枕草子本文集成』に収録されていない写本も複数見つかっている。書写、伝来の問題に関しては、宮内卿本系統（堺本Ⅰ類）の写本に清原枝賢の奥書が二種類あるなど、未検討のまま残されていることがらが多い。また、堺本と同様に前田家本についてもあらためてていねいに検討していく必要がある。前田家本における独自本文の構成・表現の分析を進めることで、堺本と前田家本、および『枕草子』諸本との比較研究がさらに進むことが期待されるからである。調査と探究とを一歩ずつ、着実に積み重ねていきたいと考えている。

あとがき

本書は、早稲田大学大学院文学研究科に博士学位請求論文として提出し、二〇〇九年三月に博士（文学）の学位を受領した「堺本枕草子の研究」をもとに、博士論文提出後に執筆したいくつかの関連する論考を加えて、一書としてまとめたものである。卒業論文から一貫してご指導いただいている陣野英則先生にはとくに感謝の意を示したい。また、学位論文審査をはじめとして、日頃から多くのご助言をくださる兼築信行先生、福家俊幸先生にもあらためて厚く御礼を申し上げたい。

学部時代から大学院時代、そして今に至るまで、先生方、先輩方、後輩の方々から、演習・学会・研究会などの発表の場ごとに、多くのご教示をいただいてきた。本来かなりの怠け者かつ浅薄な私であるので、ひとりきりではとてもここまで研究を続けることはできなかった。数多のご恩にあらためて深く感謝申し上げたい。

堺本の研究を始めたきっかけは、卒業論文で『枕草子』を扱いたいと思ったことだった。陣野先生から一案として本文研究を勧められ、図書館で『堺本枕草子評釈』を手に取ってみたところ、今まで暗記していたのとはまったく違う「春はあけぼの」の文章がそこには展開されていた。当時「オリジナリティ」とは何かということに関心があり、また、『平家物語』の学生研究班に入っていたことなども作用して、古典作品のバリエーションのもつおもしろさに魅了されたのだと思う。当初は自分の研究がどのような方向に進んでいくのかもわからなかったが、調べていくうちに自分なりに気になることがらが連鎖的に生じてきて、本書に収めた内容にまで発展することとなった。とはいえ、これまでにいただいてきたご質問やご意見にまだまだお答えしきれていないのには忸怩たるものがある。拙いながら、これからも研究を継続することで、このご学恩に報いることができればと考えている。

今回、堺本に関する論考を一書にまとめたことは、これまでに考えてきたことを整理し見直す機会にもなった。今後の課題はさまざまにあるが、最近は、堺本以外、あるいは『枕草子』以外の作品にも目を向けて、ものごとを考える必要性を、あたりまえのことながら痛感している。一方で、堺本枕草子の研究もいまだ道半ばといってよい状態である。『堺本枕草子評釈』のご著者である速水博司先生からは、折にふれ励ましのお言葉をかけていただいており、感謝の念が尽きない。奇しくも平成二十六年度より速水先生の母校東洋大学へと奉職することとなった。『枕草子』と堺本とに縁の深い環境に身を置けためぐりあわせに感謝しながら、堺本への取り組みを今後も休むことなく続けていきたいと考えている。

また、本書の刊行にあたって、武蔵野書院の前田智彦氏には本当にお世話になった。私の身辺の事情もあって数年間にわたりご心配をおかけしたうえ、このたびのタイトな刊行スケジュールに関して、かなりのご無理を聞いていただいた。心より御礼を申し上げたい。また、本書の校正にあたっては、大塚誠也氏、楊卓婧氏、小野寺拓也氏のご助力を得た。ここに記して御礼を申し上げたい。

本書の各章の初出を示すと以下のとおりである。適宜、補足修正を行っているが、論旨に変わりはない。

序　章　書き下ろし

（※ただし、「堺本枕草子の類纂形態――複合体としての随想群とその展開性――」（『中古文学』八〇、中古文学会、二〇〇七年十二月）の第一節に基づく部分がある。）

第Ⅰ部

第一章　「堺本枕草子の類纂形態――複合体としての随想群とその展開性――」

（『中古文学』八〇、中古文学会、二〇〇七年十二月）

第二章　「堺本枕草子における類聚の方法――項目の流動と表現の差異をめぐって――」
（『平安朝文学研究』復刊一四、平安朝文学研究会、二〇〇六年三月）に基づき、用例を大幅に増補した。
第三章　「堺本枕草子における類纂の特性と構成力」
（『早稲田大学大学院文学研究科紀要』五二―三、早稲田大学大学院文学研究科、二〇〇七年二月）
第四章　「『枕草子』の類纂とその指向性――前田家本・堺本における類似記事の重出現象から――」
（『古代中世文学論考』十九、新典社、二〇〇七年）

第Ⅱ部
第五章　「堺本枕草子における随想章段の編纂と表現――男性に関する随想群の類纂方法――」
（『国文学研究』一四八、早稲田大学国文学会、二〇〇六年三月）
第六章　「堺本枕草子の再構成行為――「女」と「宮仕へ」に関する記事をめぐって――」
（『国文学研究』一五五、早稲田大学国文学会、二〇〇八年六月）
第七章　「『枕草子』堺本・前田家本における『白氏文集』受容――堺本の随想群と『和漢朗詠集』――」
（高松寿夫・雋雪艶編『日本古代文学と白居易――王朝文学の生成と東アジア文化交流――』、勉誠出版、二〇一〇年）
第八章　「〈雪月夜〉と〈車〉の景の再構成
――堺本「十二月十日よひの月いと明かきに」の段と一連の随想群をめぐって」
（小森潔・津島知明編『枕草子　創造と新生』、翰林書房、二〇一一年）
第九章　「堺本枕草子宸翰本系統の本文と受容――前田家本との本文異同をめぐって――」
（『国語と国文学』八六―九、東京大学国語国文学会、二〇〇九年九月）

「『枕草子』堺本と前田家本の本文——随想群の本文異同をめぐって——」
（陣野英則・横溝博・新美哲彦編『平安文学の古注釈と受容　第二集』武蔵野書院、二〇〇九年）

第十章「堺本枕草子の本文系統の分類について」
（陣野英則・緑川真知子編『平安文学の古注釈と受容　第三集』武蔵野書院、二〇一一年）
「堺本枕草子　朽木本・鈴鹿本本文の性格——「堺本枕草子の本文系統の分類について」補説」
（『平安朝文学研究』復刊二一、平安朝文学研究会、二〇一三年三月）

第十一章　書き下ろし
（※ただし、「堺本枕草子における類纂の特性と構成力」（『早稲田大学大学院文学研究科紀要』五二—三、早稲田大学文学研究科、二〇〇七年二月）、「堺本枕草子における随想章段の編纂と表現——男性に関する随想群の類纂方法——」（『国文学研究』一四八、早稲田大学国文学会、二〇〇六年三月）、「堺本枕草子の再構成行為——「女」と「宮仕へ」に関する記事をめぐって——」（『国文学研究』一五五、早稲田大学国文学会、二〇〇八年六月）に基づく部分がある。）

終　章　書き下ろし

第九章の加筆修正部分は、平成二十六年度日本学術振興会科学研究費（課題番号：26884054）の成果に基づく。
本書の刊行にあたって、独立行政法人日本学術振興会平成二十七年度科学研究費助成事業（科学研究費補助金（研究成果公開促進費）課題番号：15HP5029）、および東洋大学平成二十七年度井上円了記念研究助成（刊行の助成）の交付を受けた。

引用文献一覧

浅田　徹［二〇〇一］「歌学書・歌論書」枕草子研究会編『枕草子大事典』勉誠出版
有吉　保［一九五二］「大弐高遠集の研究」『古典論叢』三　古典論叢会
安藤　靖治［二〇〇二］「『枕草子』の一視点――諸本における「めでたきもの」段の前後から――」『王朝文学論序説』おうふう（初出一九八五年）
安藤　靖治［二〇〇三］「『枕草子』の一視点――三巻本巻末部における章段の一群と女房日記との関連をめぐって――」『麗澤大学紀要』七七　麗澤大学紀要等編集委員会
池田　亀鑑［一九二七］「前田本枕草子解説」『前田本まくらの草子』育徳財団尊経閣文庫（↓池田［一九六九］に収録）
池田　亀鑑［一九二八］「清少納言枕草子の異本に関する研究」『国語と国文学』五―一　東京大学国語国文学会（↓池田［一九六九］に収録）
池田　亀鑑［一九三〇］「美論としての枕草子――原典批評の一つの試みとして――」『国語と国文学』七―一〇　東京大学国語国文学会（↓池田［一九六三］に収録）
池田　亀鑑［一九三二］「枕草子の形態に関する一考察」『岩波講座日本文学』七―一一　岩波書店（↓池田［一九六三］に収録）
池田　亀鑑［一九三八］「枕草子の原形とその成立年代」『國語』三―三　東京文理科大学国語国文学会（↓池田［一九六三］に収録）
池田　亀鑑［一九四七］「枕草子評註六　音と聲の美」『国文学　解釈と鑑賞』一二―八　至文堂

池田　亀鑑［一九四九］「清少納言枕草子評釈」『国文学　解釈と鑑賞』一四―七　至文堂（↓池田［一九六九］に収録）

池田　亀鑑［一九五二］「書評　田中重太郎氏著「前田家本枕冊子新註」」『国語と国文学』二九―七　東京大学国語国文学会

池田　亀鑑［一九五六］「枕草子研究の課題」『国文学　解釈と鑑賞』二一―一　至文堂（↓池田［一九六三］に収録）

池田　亀鑑［一九六三］『研究枕草子』至文堂

池田　亀鑑［一九六九］『随筆文学』至文堂

池田　亀鑑［一九七七］『全講枕草子』至文堂（※一九五六年刊行の上下巻の合冊版）

石坂　妙子［二〇一〇］「「内侍」を演じる女房――〈書く〉清少納言の位相――」『平安期日記の史的世界』新典社（初出一九九九年）

石田　穣二［一九七二］「枕草子「ふと心劣りとかするものは」の段について」『学苑』三八五　昭和女子大学光葉会

石田　穣二［一九七九］『新版枕草子　上巻』角川書店

磯山　直子［二〇〇二］「『枕草子』本文の写本性――前田家本を中心として――」片桐洋一編『王朝文学の本質と変容　散文編』和泉書院

市古　夏生［一九九八］「福住道祐の生涯」『近世初期文学と出版文化』若草書房（初出一九七五年）

伊藤正義・黒田彰・三木雅博［一九八九～一九九七］『和漢朗詠集古注釈集成』大学堂書店

遠藤　寛一［一九七七］「平安及び鎌倉・室町時代の長恨歌――金沢文庫本白氏文集を中心として――」『日本文学研究』一六　大東文化大学日本文学会

太田　次男［一九九五］「白氏文集諸本の本文について」太田次男ほか編『白居易研究講座第六巻　白氏文集の本文』勉誠社

太田　次男［一九九七ａ］『旧鈔本を中心とする白氏文集本文の研究』勉誠社
太田　次男［一九九七ｂ］「単篇作品の本文」『旧鈔本を中心とする白氏文集本文の研究』勉誠社
大室　精一［一九七八］「三巻本枕草子重出章段考」『語文』四四　日本大学国文学会
岡部明日香［二〇〇一］「藤原道長の漢籍輸入と寛弘期日本文学への影響」王勇・久保木秀夫編『奈良・平安期の日中文化交流――ブックロードの視点から――』農山漁村文化協会
小沢　正夫［一九六七］「成立と構想」岸上慎二編『枕草子必携』學燈社
柿谷　雄三［二〇〇二］「三巻本」枕草子研究会編『枕草子大事典』勉誠出版
加藤　静子［二〇一二］「一の宮敦康親王、中宮彰子猶子の時代」『王朝歴史物語の方法と享受』竹林舎（初出一九八三年）
金子　元臣［一九三九］『枕草子評釋　増訂版』明治書院（刊行一九二一年・一九二四年）
岸上　慎二［一九七〇ａ］「三巻本の抜書本」『枕草子研究』大原新生社
岸上　慎二［一九七〇ｂ］「三巻本を中心とした枕草子章段対照表」『枕草子研究』大原新生社
岸上　慎二［一九七〇ｃ］「諸本の本文の成立」『枕草子研究』大原新生社
楠　道隆［一九七〇ａ］『枕草子異本研究』笠間書院
楠　道隆［一九七〇ｂ］「続枕草子異本研究（その一）」『枕草子異本研究』笠間書院（初出一九六五年）
楠　道隆［一九七〇ｃ］「続枕草子異本研究（その二）」『枕草子異本研究』笠間書院（初出一九七〇年）
楠　道隆［一九七〇ｄ］「枕草子異本研究（上）・（下）――類纂形態本考証――」『枕草子異本研究』笠間書院（初出一九三四年）
楠　道隆［一九七五］「枕草子の諸本」有精堂編集部編『枕草子講座第三巻　枕草子とその鑑賞Ⅱ』有精堂
楠　道隆［一九七六］「枕草子堺本系統本文考（その一）」『武庫川国文』一〇　武庫川女子大学国文学会

楠　道隆［一九七七］「枕草子堺本系統本文考（その二）」『武庫川国文』一一　武庫川女子大学国文学会
楠　道隆［一九七八］「枕草子堺本系統本文考（その三）」『武庫川国文』一三　武庫川女子大学国文学会
楠　道隆［一九七九］「枕草子異本の問題点について」『武庫川国文』一四・一五　武庫川女子大学国文学会
久保田　淳［一九六七］「中世人の見た枕草子」『國文學　解釈と教材の研究』一二―七　學燈社
久保田　淳［一九七六］「枕草子の影響――中世文学」有精堂編集部編『枕草子講座第四巻　言語・源泉・影響・研究』有精堂
五島　和代［一九六九］「藤原高遠考」『平安文学研究』四三　平安文学研究会
小森　潔［一九九八］「枕草子の始発――「宮にはじめてまゐりたるころ」の段をめぐって――」『枕草子　逸脱のまなざし』笠間書院（初出一九九〇年）
小森　潔［二〇一二］「「枕草子研究」論――「言説史」へ――」『枕草子　発信する力』翰林書房（初出二〇〇五年）
近藤　春雄［一九六六］「長恨歌について――文字の異同――」『説林』一四　愛知県立女子大学国文学会
近藤　春雄［一九九〇］「五妃曲と国文学」『新楽府・秦中吟の研究』明治書院
新間　一美［二〇〇三］「桐と長恨歌と桐壺巻――漢文学より見た源氏物語の誕生――」『源氏物語と白居易の文学』和泉書院（初出一九八三年）
菅野　禮行［一九九九］『新編日本古典文学全集19　和漢朗詠集』小学館
関根　正直［一九七七］『補訂　枕草子集註』思文閣出版（一九三一年刊行）
高橋　亨［二〇〇七］「〈もどき〉の文芸としての枕草子」『源氏物語の詩学』名古屋大学出版会（初出一九九六年）
田中重太郎［一九五一］『前田家本枕冊子新註』古典文庫
田中重太郎［一九五三］『校本枕冊子　上巻』古典文庫

田中重太郎［一九五六ａ］『校本枕冊子　下巻』古典文庫
田中重太郎［一九五六ｂ］『堺本枕冊子　改訂版』古典文庫（一九四八年に刊行の改訂版）
田中重太郎［一九六〇ａ］「梅林老夫と与壌軒との枕冊子研究について」『枕冊子本文の研究』初音書房
田中重太郎［一九六〇ｂ］「枕冊子類纂諸段の研究――類纂諸段の限界について――」『枕冊子本文の研究』初音書房
田中重太郎［一九六七］「諸本の伝流」岸上慎二編『枕草子必携』學燈社
田中重太郎［一九七二］『枕冊子全注釈　一』角川書店
田中重太郎［一九七三］『堺本枕草子　上・下　編者蔵』笠間書院
田中重太郎［一九七四］『枕冊子　下』旺文社
田中重太郎［一九五三～七四］『校本枕冊子』全五巻　古典文庫
田中重太郎［一九七五］『枕冊子全注釈　二』角川書店
田中重太郎［一九八三］『枕冊子全注釈　四』角川書店
田中重太郎・鈴木弘道・中西健治［一九九五］『枕冊子全注釈　五』角川書店
田中　新一［一九七五］「枕草子三巻本の性格」有精堂編集部編『枕草子講座第三巻　枕草子とその鑑賞Ⅱ』有精堂
田中　幹子［二〇〇六ａ］「院政期歌学書の『和漢朗詠集』利用について――『和歌童蒙抄』を中心に――」『和漢朗詠集』とその受容』和泉書院（初出一九九一年）
田中　幹子［二〇〇六ｂ］「『和漢朗詠集』「扇」の背景――公任の四季の構成意図――」『『和漢朗詠集』とその受容』和泉書院（初出二〇〇〇年）
津島　知明［二〇〇五ａ］『動態としての枕草子』おうふう
津島　知明［二〇〇五ｂ］「異本化の実相――諸本「にげなきもの」から」『動態としての枕草子』おうふう（初出一九八八年）

津島　知明［二〇〇五c］「〈うちとくまじき〉本文――英訳を鏡として」『動態としての枕草子』おうふう（初出二〇〇〇二年）
津島　知明［二〇〇五d］「読者としての和辻哲郎」『動態としての枕草子』おうふう（初出一九九五年）
津島　知明［二〇〇五e］「類集化する枕草子――「にくきもの」類集群の流動」『動態としての枕草子』おうふう（初出一九八五年・一九八六年）
津島　知明［二〇一四］「「宮仕え」輝くとき」『枕草子論究　日記回想段の〈現実〉構成』翰林書房（初出二〇〇七年）
永井　和子［一九九九］「動態としての『枕草子』――本文と作者と――」『國文』九一　お茶の水女子大学国語国文学会
中川　諭［一九九五］「単行諸本」太田次男ほか編『白居易研究講座第六巻　白氏文集の本文』勉誠社
名子喜久雄［一九八三］「「藤原高遠略伝」試稿」鈴木一雄編『平安時代の和歌と物語』桜楓社
西山　秀人［一九九四］「『枕草子』の新しさ――後拾遺時代和歌との接点――」『学海』一〇　上田女子短期大学国語国文学会
沼尻　利通［二〇〇七a］『平安文学の発想と生成』國學院大學大学院研究叢書　文学研究科　一七
沼尻　利通［二〇〇七b］「『異本紫明抄』所引枕草子本文の再検討」『平安文学の発想と生成』國學院大學大学院研究叢書　文学研究科　一七（初出二〇〇五年）
沼尻　利通［二〇〇七c］「『河海抄』所引枕草子本文の再検討」『平安文学の発想と生成』國學院大學大学院研究叢書　文学研究科　一七（初出二〇〇五年）
沼尻　利通［二〇一二］「『清少納言枕草子抄』と『枕草子春曙抄』の本文」小森潔・津島知明編『枕草子　創造と新生』翰林書房

野村　精一［一九五七］「宮廷文学としての枕草子」『文学』二五―六　岩波書店
萩谷　朴［一九七七］『新潮日本古典集成　枕草子　下』新潮社
萩谷　朴［一九八一］『枕草子解環　一』同朋舎出版
萩谷　朴［一九八二］『枕草子解環　三』同朋舎出版
萩谷　朴［一九八三ａ］『枕草子解環　四』同朋舎出版
萩谷　朴［一九八三ｂ］『枕草子解環　五』同朋舎出版
橋口　利長［一九五四］「堺本枕草子の日記的章段の存在に就いて――原形堺本の推定――」『国語と国文学』三一―三
　　東京大学国語国文学会
花房　英樹［一九六〇］『白氏文集の批判的研究』中村印刷出版部
浜口　俊裕［一九九二］「『枕草子』前田家本・堺本・伝能因本本文の劣位（三）――「心にくきもの」の章段の場合――」
　　『日本文学研究』三一　大東文化大学日本文学研究会
林　和比古［一九七〇］「枕草子、「おとこもをんなもよろつの事（よりも）まさりてわろき物（は）」・「ふと心おとり
　　してわろくおほゆる物」両段の本文批判」『大阪大学教養部研究集録』一八
林　和比古［一九七二］「枕草子三巻本の重出段について」『語文』二九　大阪大学文学部国文学研究室
林　和比古［一九七九ａ］「三種跋文の所属」『枕草子の研究　増補版』右文書院
林　和比古［一九七九ｂ］「章段の意味」『枕草子の研究　増補版』右文書院
林　和比古［一九七九ｃ］「描写と判断」『枕草子の研究　増補版』右文書院
林　和比古［一九八八］『堺本枕草子本文集成』私家版
速水　博司［一九九〇］『堺本枕草子評釈――本文・校異・評釈・現代語訳・語彙索引――』有朋堂

速水　博司〔二〇〇一〕「堺本」枕草子研究会編『枕草子大事典』勉誠出版

原　由来恵〔二〇〇一〕「枕草子に描かれた教育観」枕草子研究会編『枕草子大事典』勉誠出版

原田　芳起〔一九六二〕「平安朝数名詞考」『平安時代文学語彙の研究』風間書房

平岡武夫・今井清〔一九七一〕『白氏文集』京都大学人文科学研究所

藤實久美子〔二〇〇六〕「書肆出雲寺家の創業とその活動――閉鎖系の「知」から開放系の「知」への回路――」『近世書籍文化論　史料論的アプローチ』吉川弘文館

藤本　一恵〔一九七五〕「枕草子の男性観・女房観」有精堂編集部編『枕草子講座第一巻　清少納言とその文学』有精堂

堀部正二・片桐洋一〔一九八一〕『校異和漢朗詠集』大学堂書店

松尾聰・永井和子〔一九七四〕『日本古典文学全集11　枕草子』小学館

松尾聰・永井和子〔一九九七〕『新編日本古典文学全集18　枕草子』小学館

三木　雅博〔一九九五ａ〕「院政期における和漢朗詠集注釈の展開――『朗詠江注』から『和漢朗詠集私注』へ――」『和漢朗詠集とその享受』勉誠社（初出一九八八年）

三木　雅博〔一九九五ｂ〕「鎌倉前期における和漢朗詠集注釈の展開――『和漢朗詠集私注』から『和漢朗詠集永済注』『和漢朗詠註抄』へ――」『和漢朗詠集とその享受』勉誠社

三木　雅博〔一九九五ｃ〕「『和漢朗詠集私注』の変貌――院政期から室町期にかけての『和漢朗詠集』の享受と関連して――」『和漢朗詠集とその享受』勉誠社（初出一九八五年）

三木　雅博〔一九九五ｄ〕「『和漢朗詠集』上巻四季部の構成――先行詞華集との関連において――」『和漢朗詠集とその享受』勉誠社

三木　雅博〔一九九五ｅ〕「『和漢朗詠集』全般の構成――『古今集』をはじめとする勅撰和歌集との関連において――」

『和漢朗詠集とその享受』勉誠社（初出一九九二年）
三谷　栄一［一九七六］「枕草子の影響――狭衣物語その他」有精堂編集部編『枕草子講座第四巻　言語・源泉・影響・研究』有精堂
三田村雅子［一九七二］「枕草子の虚体験」早稲田大学平安朝文学研究会編『平安朝文学研究　作家と作品』有精堂
三田村雅子［一九九四］「解説――枕草子研究史――」三田村雅子編『日本文学研究資料新集4　枕草子　表現と構造』有精堂
三田村雅子［一九九五］「「日ざし」「花」「衣装」――宮仕え讃美の表現系――」『枕草子　表現の論理』有精堂（初出一九八〇年）
宮崎　莊平［一九九六］「『枕草子』の性格――女房日記とのかかわり――」『女房日記の論理と構造』笠間書院（初出一九八二年）
武藤　元信［一九一二］「清少納言枕草紙異本大概」『枕草紙通釋　上巻』有朋堂書店
森田　直美［二〇一一］「「濃き色」試論――衣配りにおける明石君への御料「濃きが艶やかなる」を起点として――」『平安朝文学における色彩表現の研究』風間書房
山脇　毅［一九六六］『枕草子本文整理札記』山脇先生記念会
湯本なぎさ［二〇〇一］「おひさきなく（第二二段）」枕草子研究会編『枕草子大事典』勉誠出版
吉田　幸一［一九九六］『堺本枕草子　斑山文庫本』古典文庫
吉松智恵子［一九七五］「枕草子堺本の性格」有精堂編集部編『枕草子講座第三巻　枕草子とその鑑賞Ⅱ』有精堂
渡辺　実［一九九一］『新日本古典文学大系25　枕草子』岩波書店
和辻　哲郎［一九二六］「『枕草紙』に就ての提案」『国語と国文学』三―四　東京大学国語国文学会

索引

《凡例》

一、この索引は、「Ⅰ　事項・人名・書名等索引」と「Ⅱ　『枕草子』章段索引」から成る。

一、「Ⅰ　事項・人名・書名等索引」の配列は、現代日本語の発音に基づく五十音順とする。

一、類似表現については同一の項目にまとめたため、本文中の表記と若干異なるものもある。たとえば、「池田［一九二七］」のような引用箇所についても、「池田亀鑑」の項に統一している。その他の言いかえ表現、異称等については（　）内に記すなどした。また、書名については本文中の表記にかかわらず『　』で括ってある。

一、「Ⅱ　『枕草子』章段索引」の章段番号は、堺本は林和比古編著『堺本枕草子本文集成』（私家版、一九八八年）、三巻本は杉山重行編著『三巻本枕草子本文集成』（笠間書院、一九九九年）、能因本は田中重太郎編著『校本枕冊子』（古典文庫、一九五三年（上巻）・一九五六年（下巻））、前田家本は田中重太郎『前田家本枕冊子新註』（古典文庫、一九五一年）に拠る。また、冒頭部分を見出しとして記してあるが、堺本の見出しは吉田本の表記を私に改めている。他本については基本的に上記の書籍に拠りつつ、私に表記を改めた箇所がある。

Ⅰ　事項・人名・書名等索引

Ⅱ 『枕草子』章段索引

章段 【堺本】

章段 【三巻本】

章段 【能因本】

章段 【前田家本】

◆著者紹介
山 中 悠 希 （やまなか・ゆき）

1981 年　兵庫県生まれ
2004 年　早稲田大学第一文学部　卒業
2006 年　早稲田大学大学院文学研究科 修士課程　修了
2009 年　早稲田大学大学院文学研究科 博士後期課程　修了
2009 年 3 月 15 日　早稲田大学より博士（文学）の学位受領（第四九九一号）

2006 年 4 月～ 2007 年 3 月　田園調布雙葉中学校・同高等学校　非常勤講師
2007 年 4 月～ 2009 年 3 月　日本学術振興会特別研究員（DC2）
2009 年 4 月～ 2010 年 3 月　早稲田大学研究補助員、駒場東邦中学校・高等学校　非常勤講師
2010 年 4 月～ 2011 年 3 月　早稲田大学　非常勤講師
2010 年 4 月～ 2011 年 9 月　湘北短期大学　非常勤講師
2010 年 4 月～ 2014 年 3 月　法政大学　兼任講師
2012 年 6 月～ 2014 年 3 月　ベルギー ルーヴェン・カトリック大学　訪問研究員
現職　東洋大学　専任講師

業績
本書所収論文の他、「『枕草子』「殿などのおはしまさで後」の段における定子の意向――「いはでおもふ」ことの否定――」（『中古文学』91、中古文学会、2013 年 5 月）、「『枕草子』「殿上より」の段の本文異同と前田家本の編纂方法――漢詩文をふまえた応酬をめぐって――」（小山利彦・河添房江・陣野英則編『王朝文学と東ユーラシア文化』、武蔵野書院、2015 年）など。

堺本枕草子の研究

2016 年 2 月 28 日 初版第 1 刷発行

著　　者：山中悠希
発 行 者：前田智彦
装 幀 者：武蔵野書院装幀室
発 行 所：武蔵野書院
〒101-0054
東京都千代田区神田錦町 3-11 電話 03-3291-4859　FAX 03-3291-4839
印　　刷：三美印刷㈱
製　　本：㈲佐久間紙工製本所

ISBN 978-4-8386-0293-3 Printed in Japan